Karen Chance
Bezaubernd untot

PIPER

Zu diesem Buch

Cassie Palmer muss durch die Hölle gehen – und das im wahrsten Sinne des Wortes. Als frischgebackene Oberste Seherin der Magischen Gemeinde wird sie von ihren Pflichten ziemlich in Anspruch genommen, zumal man ihre Kräfte nicht gerade als zuverlässig bezeichnen kann. Dabei hat Cassie momentan nur ein Ziel, und das hat überhaupt nichts mit ihrem Job zu tun: Sie will einen gewissen Magier vor einem Schicksal in ewiger Verdammnis retten. Dazu muss sie unter anderem in das mit Fallen gesicherte Büro eines Vampirmafiabosses eindringen. Und wer ahnt, dass das nur die Spitze des Eisbergs für Cassie ist, der liegt genau richtig …

Karen Chance lebte in Frankreich, Großbritannien und Hongkong, kehrte aber stets wieder zurück in ihre amerikanische Heimat. Derzeit hat sie sich in Orlando, Florida, niedergelassen. Bei Piper erschienen zusätzlich zu ihrer »Cassie Palmer«-Reihe die Romane »Dämonisch verführt« und »Dämonisch ergeben«. Weiteres zur Autorin unter: www.karenchance.com

Karen Chance

Bezaubernd untot

Roman

Aus dem Amerikanischen
von Michaela Link

Piper München Zürich

Entdecke die Welt der Piper Fantasy:

Piper-Fantasy.de

Von Karen Chance liegen bei Piper vor:
Untot mit Biss
Hinreißend untot
Für immer untot
Unwiderstehlich untot
Verlockend untot
Bezaubernd untot
Blutrot
Dämonisch verführt
Dämonisch ergeben

MIX
Papier aus verantwortungsvollen Quellen
FSC
www.fsc.org
FSC® C014496

Deutsche Erstausgabe
Februar 2015

Titel der amerikanischen Ausgabe:
»Tempt the Stars«, Signet, Penguin Group (USA) Inc., New York 2013

Umschlaggestaltung: Guter Punkt, München | www.guter-punkt.de
Umschlagabbildung: Guter Punkt unter Verwendung von Motiven von Shutterstock
Satz: psb, Berlin
Papier: Pamo Super von Arctic Paper Mochenwangen GmbH, Deutschland
Druck und Bindung: GGP Media GmbH, Pößneck
Printed in Germany ISBN 978-3-492-28003-7

Meinen Lesern gewidmet, die dafür gesorgt haben, dass diese Serie inzwischen den sechsten Band erreicht hat! Als kleines Dankeschön findet ihr auf meiner Website, karenchance.com, zwei Kurzromane, die diesen Band ergänzen. Es sind die Prequels »A Family Affair« und »Shadowland«. Keine der beiden ist erforderlich, um diesen Roman zu verstehen und zu genießen, aber sie sind witzig, kosten nichts und verschaffen euch besseren Einblick in bestimmte Bereiche von Cassies verrückter Welt. Viel Spaß damit, und Danke, dass ihr meine Bücher lest!

Eins

»Bist du groß geworden.«

Die zarte Stimme gehörte einem noch zarteren Mädchen an der Tür. Die Kleine war schwer zu erkennen, denn sie schimmerte in der Nacht wie die Mondstrahlen, die sie durchdrangen, und wurde vom dunstigen Gewirr der Geisterspuren überdeckt, die wie Graffiti in der Luft hingen. Meine Nackenmuskeln entspannten sich langsam.

Verkrampften sich aber sofort wieder, als eine zu laute Stimme aus einem nahe gelegenen Raum rief: »Cassie?«

Es gelang mir nur mit knapper Not, nicht aus der Haut zu fahren. Plötzliche Bewegungen erschreckten das Geistermädchen vielleicht, und das konnte ich mir jetzt nicht leisten. »Bin gleich wieder da«, sagte ich ihr leise und lächelte beruhigend.

»Was?«, erklang die Stimme, lauter diesmal.

Ich schaute mich um und sah den wilden, weißen Schopf meines Komplizen Jonas Marsden aus einer Bürotür lugen. Mit dem wirren Haar, den rosigen Wangen und einer Brille mit Gläsern so dick wie Colaflaschenböden sah er aus wie Einstein auf LSD. Aber trotz des äußeren Anscheins verdiente er seine Position als tatsächlicher Führer der magischen Welt. Jonas leitete den mächtigen Silbernen Kreis, die größte Organisation von Anwendern der Magie auf Erden.

Aber selbst große Magier sind menschlich, und Jonas' Ego verkraftete das Altern nicht besonders gut. So weigerte er sich zum Beispiel, sich mit einem Gehörzauber zu belegen, nur weil wir anderen alle zu leise redeten. Bedauerlicherweise konnte man dasselbe nicht von ihm sagen.

»Es gibt keinen Grund zu flüstern«, brüllte er. »Ich versichere dir, der Schild wird halten.«

»Das erzählst du mir schon die ganze Zeit.« Er redete von dem

Stillezauber, den er gesprochen hatte, um jeden Lärm, den wir machten, daran zu hindern, ins restliche Haus vorzudringen. Das war ziemlich wichtig, da unsere Situation das Potential hatte, eine Katastrophe auszulösen. Wobei das irgendwie gerade auf jede Situation in meinem Leben zutraf.

Mein Name ist Cassie Palmer, und ich bin die frisch gekrönte Pythia, alias die Chefseherin der Welt. Der Job klingt erheblich beeindruckender, als er ist. Bisher ging es hauptsächlich darum, seltsamen Leuten Taxifahrten durch die Zeit zu verschaffen, wenn ich nicht gerade fast umgebracht wurde. Da ich mich zurzeit zwei Jahrzehnte in der Vergangenheit befand und versuchte, zusammen mit einem Typen, neben dem alles Exzentrische langweilig aussah, meinen alten Vampirmeister zu berauben, war der heutige Tag eigentlich eher durchschnittlich.

Meine Nerven waren allerdings anderer Meinung.

Vielleicht zeigte mir der fleckige Spiegel über dem Kamin auch deshalb kurze, blonde Locken, die aussahen, als wäre ich mir unentwegt nervös mit den Fingern durchs Haar gefahren. Außerdem ein Gesicht, das bleich genug war, um meine Sommersprossen scharf hervorstechen zu lassen, und große, erschrockene blaue Augen. Und ein T-Shirt mit der Aufschrift *Brave Mädchen lassen sich nur nicht erwischen*.

Das wollen wir hoffen, dachte ich inbrünstig.

Glücklicherweise war dieser Vampirhof vergleichsweise nachlässig, da er von einem Mann geführt wurde, der die Renaissance-Entsprechung zu »White Trash« war. Es gab nur eine felsenfeste Regel bei Tony: Niemand schwänzte das Abendessen. Ich war mir nicht sicher, warum, denn Vampire brauchen nicht zu essen – jedenfalls keine Menschennahrung. Und die meisten tun es auch nicht, da alle unterhalb des Meisterniveaus, dem Nonplusultra für Vampire, keine funktionierenden Geschmacksknospen haben.

Vielleicht war es Tradition, etwas, das er im Leben getan hatte und woran er sich im Tod noch immer festklammerte. Vielleicht war er auch einfach das gleiche Arschloch wie immer und wollte sein Abendessen vor einem Haufen von Leuten genießen, von denen die meisten genau dazu nicht in der Lage waren. So oder so bedeutete es, dass Jonas und ich eine Stunde Zeit haben sollten, bevor uns irgendjemand unterbrach.

Jedenfalls vorausgesetzt, dass der Zauber hielt.

Jonas wirkte nicht allzu besorgt. »Du könntest einen irischen Volkstanz veranstalten«, prahlte er, »in Holzschuhen, und niemand würde etwas hören.«

»Nein, aber sie könnten vielleicht die Vibrationen spüren ...«

»Hier?« Er deutete auf die Risse in den Dielenbrettern, die aus der Zeit der Amerikanischen Revolution stammten, auf die jahrhundertealten Fenster, gegen die der Regen trommelte und hinter denen immer wieder Blitze aufzuckten und den uralten Putz auf den Wänden kalkweiß aufleuchten ließen. Tony lebte in einem historischen Bauernhaus im ländlichen Pennsylvania, das normalerweise einer Postkartenidylle glich.

In diesem Moment allerdings nicht.

»Oder uns wittern«, fügte ich hinzu.

»Von der anderen Seite des Hauses aus?« Jonas lachte spöttisch. »Das sind keine Übermenschen.«

Ich blinzelte. »Nun, eigentlich ...«

»Du gibst zu viel auf deine Vampire, Cassie«, sagte er streng. »In einem Wettbewerb zwischen einem von ihnen und einem guten Magier würde ich immer auf den Magier setzen!«

Naja, das tue ich gerade, wollte ich erwidern. Aber ich hielt mich zurück, damit er *endlich die Klappe hielt.* Ich bin normalerweise nicht reizbar, allerdings versuche ich normalerweise auch nicht, ein durch Fallen gesichertes Büro eines Vampirmafiabosses auszurauben. Nicht dass ich das jetzt tat. Das war Jonas' Ding. Ich war aus einem anderen Grund hier.

»Okay«, sagte ich und schaute wieder beunruhigt zu dem Mädchen hinüber.

Zum Glück war sie immer noch da, jetzt sogar ein wenig stofflicher. Die alte Puppe, die sie an den Haaren herumschleppte, hatte einen rosigen Farbton angenommen, und ihr Kleid, von dem ein Teil im Boden verschwand, zeigte jetzt eine helle Blauschattierung. Ich atmete auf und wurde mir dabei erst bewusst, die Luft angehalten zu haben.

Der Name des Geistes war Laura, und wir hatten als Kinder zusammen gespielt, damals, als ich diesen Ort mein Zuhause genannt hatte. Nur war ich erwachsen geworden, und sie … nun, sie eben nicht.

Eine der feststehenden Tatsachen über Geister ist: Wenn du stirbst, bleibst du ziemlich genau so, wie du es im Leben warst. Was bedeutet, wenn du ein einarmiger Mann warst, wirst du ein einarmiger Geist; so manifestiert sich die Energie eben. Größtenteils lernen die Betroffenen in *Beetlejuice*-Manier, damit klarzukommen und werfen abgetrennte Köpfe nach ahnungslosen Touristen – dem Geisterausdruck für Friedhofsbesucher – oder ziehen ausgeweidete Innereien wie einen blutigen Zug hinter sich her.

Humor tendiert dazu, ins Makabere umzuschlagen, wenn man gestorben ist.

Das Dumme ist nur, dass man fünf bleibt, wenn man mit fünf Jahren stirbt. Man lernt zwar neue Dinge, erwirbt neue Fähigkeiten, erlangt vielleicht sogar eine Art von Weisheit. Aber es ist die Weisheit eines Kindes. Man fängt nicht plötzlich an, wie ein Erwachsener zu denken.

Selbst nach mehr als hundert Jahren tut man das nicht.

Das war ein Problem, da ich Informationen brauchte, und ich brauchte sie dringend. Vor allem musste ich mit meiner Mutter sprechen, die früher ebenfalls Tonys Gastfreundschaft genossen hatte. Aber sie war gestorben, als ich noch jünger gewesen war, als Laura es zu sein schien.

Natürlich sollte es für eine Zeitreisende leicht sein, einer Toten einen Besuch abzustatten, nicht wahr? Nur dass es bei mir niemals leicht ist. Ich hatte fast eine ganze Woche damit verbracht, nach ihr zu suchen, und ich hatte nichts gefunden, nada. Aber ich *musste* sie aufspüren. Ein Freund von mir steckte in Schwierigkeiten, und Mom war die Einzige, die vielleicht wusste, wie man ihm helfen konnte. Und es bestand eine extrem gute Chance, dass Laura wusste, wo sie war.

Aber wenn ich mich recht erinnerte, würde es nicht einfach werden, sie zur Mitarbeit zu bewegen.

»Hey, Laura …«, begann ich möglichst lässig.

»Was macht der da?«, fragte sie und zog ihr Püppchen in den Lichtkeil, der aus dem Büro flutete.

»Nichts. Alles in Ordnung«, flüsterte ich und versuchte, sie hier draußen zu halten, wo wir ungestört reden konnten.

Also ging sie natürlich hinein.

Ich schloss die Augen.

So lange ich mich zurückerinnere, kann ich mit Geistern sprechen, viel länger also, als ich meinen jetzigen, verrückten Job mache. Aber es ist so wie mit Menschen – sie reden nur mit dir, wenn sie es wollen. Natürlich wollen sie es üblicherweise durchaus, da die meisten Geister an einen einzigen Ort gekettet sind und nicht viele Besucher bekommen. Nun, jedenfalls nicht viele, die sie auch bemerken. Also hätte die Kleine mir, wäre Jonas nicht hier gewesen, inzwischen wahrscheinlich ein Ohr abgekaut.

Aber er war da, und von uns beiden war er offensichtlich der Interessantere.

Ich akzeptierte das Unausweichliche und folgte ihr hinein.

Jonas musste schon einiges zerlegt haben, denn nichts erschoss, erdolchte oder packte mich, als ich durch die Tür trat. Er sah auch ziemlich okay aus, wenn man seine Angewohnheit ignorierte, willkürlich Dinge in die Hand zu nehmen und sie in oder in diesem Fall auf die wogende Masse zu stecken, die er Haar nannte.

»Er sieht aus wie Honeybun.« Laura kicherte. Sie sprach von meinem zahmen Kaninchen aus Kindertagen, das wir uns praktisch geteilt hatten, da Tiere Geister erheblich besser spüren können als Menschen.

Damit lag sie nicht ganz falsch.

»Hast du irgendetwas gefunden?«, fragte Jonas, der im Chaos auf dem Schreibtisch herumgestöbert hatte und jetzt aufschaute. Sein weißes Haar stand in zwei ungeheuerlichen Puscheln zu beiden Seiten eines alten Filzhutes heraus. Der Hut passte nicht zu seinem Outfit, und er hatte ihn bei seiner Ankunft hier noch nicht aufgehabt. Aber ich wusste bereits, dass der Versuch, Jonas zu verstehen, mir nur Kopfschmerzen bereitete – also ließ ich es meistens bleiben.

»Er ist so flauschig.«

»Wie bitte?«

»Ähm, nein. Noch nicht«, antwortete ich ihm und versuchte verstohlen, Laura zur Tür hinauszuscheuchen.

Sie kroch stattdessen unter den Schreibtisch.

»Schon fertig?«, fragte Jonas und schaute mich über den Rand seiner Brille an, während ich hinter ihr herkroch.

»Ähm, ja.«

»Bist du dir sicher, dass du nichts übersehen hast? Es ist ziemlich klein, weißt du.«

»Ziemlich sicher.«

Was er haben wollte, befand sich nicht im vorderen Büro. Ich wusste das, weil ich wusste, wo es sich befand, aber es war notwendig, ihn ein paar Minuten lang damit zu beschäftigen, es zu finden. Minuten, die ich nutzen konnte, um Laura einige Geheimnisse zu entlocken. Aber Jonas sah nicht so aus, als hätte er Lust, mir diese Zeit zu geben. Ausnahmsweise wirkte Jonas einmal sehr konzentriert.

»Wir haben keine Zeit für Spielchen, Cassie«, ermahnte er mich streng, während Laura zwischen seinen Beinen durchkroch.

»Ich kann dir gar nicht genug zustimmen«, murmelte ich und griff nach ihr.

Nur um zu erleben, dass sie sich abrupt auflöste und meine Hände direkt durch sie hindurchglitten. Und stattdessen Jonas' Wade zu fassen bekamen. »Gibt es ein Problem?«, fragte er trocken.

Ja. Das Auflösen war es nicht – Lauras Sinne funktionierten nicht so gut, wenn sie nicht ganz da war, und sie war garantiert neugierig genug, um jeden Moment wieder aufzutauchen. Das war nicht das Problem.

Das Problem war, dass sie dachte, ich wolle spielen.

»Nein, nein, warte – oh, Scheiße«, zischte ich, als sie vollkommen unsichtbar wurde.

»Was?« Jonas versteifte sich und sah sich um. »Was ist los?«

Laura kicherte und erschien bei dem fadenscheinigen karierten Sofa, auf dem Tony seine Gäste zu parken pflegte, damit er beobachten konnte, wie sie sich auf den harten alten Federn wanden.

»Fang mich doch!«, rief sie mir die gewohnte Herausforderung entgegen.

Es hatte mir als Kind Spaß gemacht, als ich nichts Besseres zu tun hatte. Jetzt machte es weniger Spaß. »Nein, hör zu …«

»Ich höre zu«, warf Jonas ungeduldig ein, als sie erneut verschwand.

Verdammt!

Ich kroch unter dem Schreibtisch hervor. »Cassie, was …«

»Bin in einer Sekunde wieder da«, unterbrach ich ihn mit zusammengebissenen Zähnen.

»Du benimmst dich selbst für eine Pythia ein wenig verrückt«, seufzte er, als ich hinausstapfte.

Nicht halb so verrückt, wie ich werde, wenn ich einen gewissen verspielten Geist nicht finde, dachte ich grimmig und schaute mich im vorderen Raum um.

Nichts schaute zurück, bis auf ein altes Porträt an der Wand, irgendein finster blickender Verwandter der Familie, der dieses Haus gehört hatte, bevor Tony beschloss, dass er es haben wollte. Es war in Mondlicht getaucht wie alles andere hier drin, was ein Problem war. Wenn sie verblassten, waren Geister wenig mehr als silberne Kleckse und verdammt schwer zu entdecken im Hell und Dunkel alter Möbel, muffiger Porträts und tanzender Schatten. Draußen zuckten Blitze auf und ließen das Weiß der gemalten Augen unheimlich hervorstechen.

»Verstecken ist unfair!«, rief ich angespannt.

Aber es sah aus, als sei ich die Einzige, die dieser Meinung war.

Es würde wirklich nicht einfach werden. Auch nichts Neues, dachte ich grimmig. Während der letzten drei Monate hatte ich gelernt, dass nichts jemals einfach war. Es war, als lebte ich in Murphy's Law.

Obwohl, nein.

Das wäre eine Verbesserung.

Murphy zufolge ging alles, was schiefgehen konnte, auch tatsächlich mal schief. Aber das passte nicht auf mein Leben. Ich brauchte eine neue Regel. Cassies Regel. Etwas wie »Was nicht schiefgehen kann, weil es vollkommen unmöglich ist, wird irgendwie trotzdem schiefgehen.«

Typisches Beispiel: Es ist schon ziemlich unwahrscheinlich, dass der eigene Vater von einem Vampirmafiaboss getötet wird. Und dass die Seele besagten Vaters in einem verzauberten Briefbeschwerer gefangengehalten wird, weil der Vampir ein Arschloch ist, das sich so lange wie möglich an seinem ehemaligen Diener ergötzen will, ist einfach nur albern. Wenn jetzt vielleicht noch das Schicksal der Welt von diesem Briefbeschwerer und dem darin enthaltenen Geist abhängt, wird das Ganze grotesk. Und wenn die magische Welt es auch noch schafft, diesen überaus wichtigen Briefbeschwerer zu verlieren, weil besagter Bastard von einem Vampir damit ins Feenland abhaut … nun. Ich weiß nicht einmal, ob es ein Wort dafür gibt.

Aber wir brauchen eins. Denn es passierte. Einfach so, und zwar mir.

Ist jetzt klar, womit ich mich hier herumschlagen muss?

Aber gerade war es an Jonas, den Briefbeschwerer des Verhängnisses wiederzubeschaffen. Er war derjenige, der eine Welt zu retten versuchte. Ich war nicht so ehrgeizig. Ich versuchte einfach, einen Freund zu retten.

Und das klappte nicht so besonders gut.

Ich gab jede Raffinesse auf und zog die welthässlichste Halskette aus meinem T-Shirt.

Eine Sekunde später erschien ein Geist, wie ein Dschinn aus einer Flasche. Nur dass dieser Dschinn ein Cowboyoutfit trug und ziemlich erschrocken aussah. »Nein«, erklärte er mir energisch. »Auf keinen Fall, niemals. *Denk* nicht einmal daran …«

»Ich habe gerade nicht viel Zeit«, flüsterte ich barsch. »Und sie kann stundenlang so weitermachen. Einmal haben wir eine ganze Woche gespielt.«

»Und wieso ist das mein Problem?«, fragte er und sah sich nervös um. »Verdammt, es ist schlimmer, als ich es in Erinnerung hatte. Dieser ganze Ort tropft von Ektoplasma.«

»Du weißt, dass es so etwas nicht gibt«, erwiderte ich ungeduldig. Der Name des Geistes war Billy Joe, und obwohl er selbst zu den vom Leben Gebeutelten gehörte, hatte er keine Ahnung vom Tod. Vielleicht weil er die Ewigkeit damit verbrachte, kitschige alte Filme zu sehen und mich in den Wahnsinn zu treiben.

Wir hatten uns kennengelernt, als ich mit siebzehn versehentlich die Kette, in der er spukte, als Geburtstagsgeschenk für meine Gouvernante gekauft hatte. Am Ende schenkte ich ihr stattdessen einige geisterfreie Taschentücher und behielt dafür einen irischen Glücksspieler aus dem neunzehnten Jahrhundert mit einem großen Mundwerk und null Mumm in den Knochen. An manchen Tagen denke ich noch immer, dass die Gouvernante es besser getroffen hatte.

»Ach, wirklich?«, fragte Billy und sein gewohnter Sarkasmus wurde von einem Anflug von Panik überlagert. »Hör auf, dich wie ein Mensch umzusehen, und stell mal zur Abwechslung auf GEISTERSICHT um!«

Sein Ton verlieh dem Wort Großbuchstaben, obwohl es tatsächlich nur um die Art ging, wie Seher die Welt betrachten. Manche Leute sind gelenkig; wir sehen extrem gut, mit so etwas wie einem zweiten Augenpaar, das auf die Geisterwelt konzentriert ist. Ich versuchte für gewöhnlich, diese Gabe zu unterdrücken, da die Beobachtung anderer meist dazu führt, dass die einen ihrerseits beobachten, und es gibt da draußen einige furchteinflößende Dinge. Aber es sah nicht so aus, als könnte ich Laura auf eine andere Art finden.

»Siehst du, was ich meine?«, fragte Billy, als ich umschaltete. Nur dass er jetzt kein halbdurchsichtiger Cowboy in Rüschenhemd und Stetson war, sondern eine leuchtende, grüne Säule halbwegs cowboyförmigen Rauchs. Und schlechter erkennbar, statt besser, wie es der Fall hätte sein sollen, denn er hatte recht – der ganze Raum leuchtete in derselben unheimlichen Farbe.

Es war nicht nur so, dass die Vorbesitzer des Landhauses ein unappetitliches Ende gefunden hatten. Lange bevor hier gebaut worden war, hatten die Indianer auf diesem Hügel ihre Toten bestattet, und danach war er im Amerikanischen Unabhängigkeitskrieg in ein Schlachtfeld verwandelt worden. Und dann hatte es diverse Rivalen gegeben, die Tony im Laufe der Jahre hierher verschleppt hatte – die meisten von ihnen hatten das Haus nie wieder verlassen. Außerdem gab es noch Rachegeister, die verschiedenen Vampiren hierher gefolgt waren, um noch ein bisschen Post-mortem-Vergeltung zu üben. Das Ergebnis war eine Art Geister-Hauptbahnhof, mit den leuchtenden Spuren, die so dick auf dem Boden und an den Wänden und an der Decke hafteten, dass der ganze Raum neonfarben pulsierte.

»Du weißt, dass die Typen hier andere Geister hassen«, bemerkte Billy und riss den Kopf bei einem Geräusch herum, das ich nicht hören konnte. »Also, richtig, richtig hassen!«

»Dies müsste geheiligter Boden sein«, erwiderte ich. »Die ursprünglichen Besitzer mochten die Neuankömmlinge nicht, und sie prügeln sich deswegen bis heute.«

»Tja, nun, das sollen sie mal ohne mich machen«, sagte Billy. »Ich bin fertig.« Und er begann in seine Halskette zurückzuverschwinden, die, da er von ihr Besitz ergriffen hatte, neutraler Boden war.

Zumindest tat er das, bis ich ihn wieder herauszerrte.

»Laura wird dir nichts tun«, sagte ich und rang mit ihm um die Kontrolle. »Sie ist einer der süßesten Geister, die ich je getroffen habe. Sie spielt einfach gern.«

»Ja, das möchte ich wetten. Mit meinen Knochen, wenn ich welche hätte!«

»So ist sie nicht!«

»Klar. Denn wenn ein unschuldiges kleines Mädchen in einem Horrorstreifen auftaucht, ist das immer eine *gute* Sache!«

»Das hier ist kein Film!«, entgegnete ich und riss die Halskette zurück.

»Okay. Okay, sicher. Sie ist in Ordnung. Sie ist wunderbar. Aber was ist mit den anderen?«

Er hatte nicht ganz unrecht. Das Haus war ein Kriegsschauplatz, für Menschen unsichtbar, wo Generationen von Geistern Allianzen schmiedeten und brachen, gejagt und gelegentlich voneinander kannibalisiert wurden und ganz allgemein im Tod die Schlachten weiterführten, die sie im Leben gekämpft hatten. Und wie in allen Schlachten überlebten die Schwachen nicht lange.

»Ich will nicht, dass du dich in Gefahr begibst«, sagte ich ihm aufrichtig. »Schau dich nur einmal um; schau, ob sie mit dir redet. Du weißt, was ich brauche.«

»Ja, eine Untersuchung deines Kopfes!«, blaffte Billy. »Sie ist ein *Geist* – es ist nicht so, als würde sie irgendwo hingehen. Du könntest sie in unserer eigenen Zeit finden, ohne das Risiko …«

»Meinst du nicht, dass ich daran auch schon gedacht habe?«, zischte ich. »Das Haus ist in unserer Zeit leer. Niemand vertraut Tonys Leuten …«

»Keine Ahnung, warum«, unterbrach Billy mich sarkastisch.

»… also wurden sie auf andere Häuser verteilt, wo man sie beobachten kann. Seit er zum Verräter wurde, hat dieses Haus leergestanden. Und ohne menschliche Energie, um sich davon zu ernähren …«

»Verfallen Geister in den Winterschlafmodus«, beendete er meinen Satz.

Er sollte es wissen; er war nur deshalb so aktiv, weil ich ihm erlaubte, Energie von mir abzuzapfen. Andere Geister taten das gleiche, in einem viel kleineren Umfang, bei jedem, der in ihr Territorium eindrang – Menschen verlieren die ganze Zeit über Lebensenergie wie Hautzellen. Deshalb werden Geister auch überwiegend auf Friedhöfen oder alten Häusern gesichtet. Nicht nur, weil ihr körperliches Leben oft dort geendet hatte, sondern auch, weil Geister, die von einem anderen Ort stammten, es viel schwerer hatten, genug Energie aufzunehmen, um aktiv zu bleiben.

»Ich kann sie in unserer Zeit nicht finden«, erklärte ich ihm. »Und wann immer ich versuche, allein in der Zeit zurückzureisen, werde ich beinahe geschnappt. Dies ist vielleicht meine einzige Chance.« Er sah so aus, als wolle er Einwände erheben, und darin war Billy genauso ausdauernd, wie Laura im Verstecken. Aber auch dafür hatte ich keine Zeit. »Billy, *bitte*. Ich weiß nicht, was ich sonst tun soll!«

Er runzelte finster die Stirn. »Das ist nicht fair.«

Und das war es wirklich nicht. Wir kabbelten und stritten und zickten uns einander ständig an, schlimmer als ein altes Ehepaar. Und das war okay; das war Standard in den Familien, in denen wir beide aufgewachsen waren. Aber mit zarteren Gefühlen kamen wir nicht so gut klar, weil wir ihnen nicht allzu oft begegnet waren.

Billy war in einer lärmenden Familie mit zehn Kindern großgeworden, und obwohl ich den Eindruck hatte, dass seine Eltern bis zu einem gewissen Grad liebevoll gewesen waren, hatte es einfach nicht für alle gereicht. Er war in dem Gedränge oft untergegangen. Und was mich betraf …

Nun, Tonys Haus war vieles gewesen, aber bestimmt keine liebevolle Umgebung.

Als Resultat zogen wir beide es vor, uns von zarteren Gefühlen fernzuhalten oder sie ganz zu ignorieren. Also ja, Anflehen mit Tränen in den Augen war definitiv eine Art Mogeln. Aber ich war verzweifelt.

Einen Moment später gab Billy einen angewiderten Laut von sich und schaute himmelwärts. Warum, weiß ich nicht. Er hatte das seit ungefähr einhundertfünfzig Jahren ausdrücklich vermieden. Dann verschwand er ohne ein weiteres Wort, aber mit einer gereizten Vehemenz, die mich wissen ließ, dass ich irgendwann dafür bezahlen würde.

Das war okay. Das ging in Ordnung.

Über die Konsequenzen würde ich mir später Gedanken machen.

Jetzt musste ich sie *einfach nur finden*.

»Komm schon«, schmeichelte ich und versuchte, ruhig und lieb zu klingen. »Ich bin aus der Übung.«

Nichts. Nur ein dunkler, hallender Raum, durch den sich kreuz und quer Geisterspuren zogen. So dick und so verwirrend, dass die Geistersicht verdammt nochmal nichts nützte.

»Verflixt, Laura!«

Endlich kicherte jemand.

Es war schwer zu erkennen, wo es herkam, da der Wind und der Regen so laut waren, aber Geduld war nie Lauras Stärke gewesen. Eine Sekunde später war ein verdächtiges Flattern neben den langen Gardinen am Fenster bemerkbar. Als sie rannte, stürzte ich los, zu erleichtert, um vorsichtig zu sein, rutschte auf einem Teppich aus und fiel am Ende direkt durch sie hindurch.

»Verblassen … unfair!«, keuchte ich, als ich auf Hartholz aufschlug.

Sie lachte und hüpfte fröhlich durch die halboffene Tür in den Flur hinein, während ich mich aufrappelte. Aber sie nickte. »Kein Verblassen.«

»Keine Tricks?«, fragte ich, während ich ihr folgte. Denn andernfalls galt es nicht.

»Keine Tricks«, stimmte sie feierlich zu.

Dann trat sie durch eine Wand.

Technisch gesehen war das kein Verblassen. Es war außerdem ihre patentierte Du-kommst-aus-dem-Gefängnis-frei-Karte, da das Kind, das ich gewesen war, ihr nicht hatte folgen können. Daher hatte sie neun von zehn Malen gewonnen, wenn wir dieses Spiel spielten. Aber ich hatte seit dem letzten Mal einige Dinge dazugelernt, und eine Sekunde später trat ich hinter ihr durch die Wand.

Nun, ich trat nicht direkt. Ich sprang und bewegte mich räumlich durch die Macht meines Amtes, genauso wie ich mich durch die Zeit bewegt hatte, um uns hierher zu bringen. Es war ein guter Trick, wie Lauras Gesicht verriet, als ich mich einen halben Meter hinter ihr wieder materialisierte. »Wie hast du das gemacht?«, fragte sie mit leuchtenden Augen.

Und dann lief sie wieder los, verschwand durch ein Bücherregal.

Ich eilte hinter ihr her und versuchte, mich an den Grundriss dieser Räume zu erinnern, während ich rannte. Aber im Gegensatz zu Laura werde ich nicht körperlos, wenn ich springe. Ich ploppe einfach von einem Ort weg und in einem anderen wieder auf, und es würde keinen Spaß machen, mitten auf einem Stuhl oder Tisch aufzuploppen. Also lagen meine Nerven blank, noch bevor ich durch einen weiteren Raum stürmte, durch einen Kamin sprang und es mit knapper Not vermied, mich mit einem Schüreisen aufzuspießen, bevor ich in den Flur hinausflitzte …

Wo ich Laura erblickte, wie sie direkt zwischen zwei Männern hindurchhuschte, die in meine Richtung kamen.

Oh nein, dachte ich, plötzlich erstarrt.

Keine Männer.

Zumindest nicht mehr.

Sie kamen eine prachtvolle alte Wendeltreppe herunter, eins der schönsten Dinge, die das Haus zu bieten hatte. Sie war aus Eichenholz gefertigt, aber durch das Fett tausender Hände über die Jahrhunderte dunkel poliert worden. Doch sie konnte den Vampiren, die sie benutzten, nicht das Wasser reichen. Nun, jedenfalls einem von ihnen nicht.

Mircea Basarab, Tonys eleganter Meister, hätte wahrscheinlich auch in schlichten alten Jeans mein Herz zum Rasen gebracht. Ich sage wahrscheinlich, weil ich ihn nie in etwas so Lässigem gesehen hatte und es auch jetzt nicht tat. Das schimmernde, mitternachtschwarze Haar fiel ihm auf Schultern, die in einem so perfekt geschneidertem Smoking steckten, als käme er direkt aus einem Fotoshooting. Mirceas Haar war eigentlich mahagonibraun, nicht schwarz, wie es bei dem schwachen Licht erschien, aber die breiten Schultern, die schmale Taille und die Aura kaum gezügelter Macht waren keine Illusionen.

Allerdings wirkte er ein wenig deplatziert in einem Haus, in dem sein Gastgeber sich nur mit Glück darauf besann, seine Krawatte nicht in die Suppe zu hängen. Und da Mircea es für gewöhnlich vermied, deplatziert zu wirken, musste er einen guten Grund für seine Anwesenheit hier haben. Vielleicht denselben, aus dem Tony die Familie jeden Abend zum Festmahl geißelte?

Eine Sekunde lang wünschte ich mir, ich hätte Tony sehen können, seine gut dreihundert Pfund in einen Frack gezwängt, ausnahmsweise einmal so überaus unbehaglich bei einem seiner Dinner wie alle anderen. Aber das würde nicht passieren. Denn der Vampir an Mirceas Seite mit dem dunklen, gelockten Haar, dem Ziegenbärtchen und den trügerisch freundlichen, braunen Augen war nicht Tony.

Scheiße, dachte ich grimmig und wich schnell in den Raum zurück, aus dem ich gerade gekommen war.

Absolut die richtige Entscheidung.

Zumindest bis sie mir dorthin folgten.

In Panik *sprang* ich – ebenfalls die richtige Entscheidung, da es keine anderen Türen aus diesem Raum gab. Aber Springen im

Sekundenbruchteil und in einem Anfall von Panik ist nicht leicht, und diesmal schaffte ich es nicht. Oder vielmehr schaffte ich es nicht *ganz*.

Verdammte Scheiße!, dachte ich verzweifelt und fand mich gefangen im Kamin, während zwei hochrangige Meistervampire in den Raum spazierten.

Zwei

Ich versuchte erneut zu springen, kam aber nicht vom Fleck, beinahe so, als säße ich fest. Was daran liegen mochte, dass ich tatsächlich festsaß, begriff ich eine Sekunde später. Eine Hälfte von mir befand ich sich im Nebenzimmer, nachdem sie schön ordentlich durch den Kamin gesprungen war. Aber die andere Hälfte …

Die andere Hälfte, knapp oberhalb meiner Taille, befand sich immer noch auf dieser Seite der Wand und ragte durch die geschwärzten, alten Ziegelsteine.

Ich drehte und wand mich verzweifelt, kam aber nicht weiter. Dann bemühte ich mich hektisch, erneut zu springen. Doch ein halbes Dutzend Versuche in schneller Folge machten mich so schwindlig, dass ich mich am liebsten übergeben hätte. Und ich war noch genauso eingeklemmt wie zuvor.

Ein Blick auf meine Taille zeigte mir, dass ich zumindest nicht in zwei Hälften geschnitten worden war wie der unfähige Assistent eines Magiers. Ich hatte bis jetzt angenommen, dass genau das in solchen Fällen geschah. Stattdessen hatten sich eine Menge verärgert aussehender Ziegelsteine um mich herum in einem Kreis zusammengedrängt, wie Pendler, die vergeblich einen Platz zu ergattern suchten. Dabei war ein fast unmerkliches Knirschen von Stein auf Stein zu vernehmen.

Ich bekam es mit der Angst zu tun, denn wenn ich es schon hören konnte, musste es für die Vampire wie eine Lawine klingen. Aber als ich aufblickte, schaute nur die Kaminabdeckung zu mir zurück. Buchstäblich, da es sich um eins dieser unechten Tiffanydinger handelte mit hundert Farben und einem Haufen facettenäugiger Insekten darauf.

Doch weit und breit waren keine Vamps zu sehen, weder facettenäugig noch anders. Erstaunlicherweise hatten sie meine Anstrengungen nicht bemerkt, ebenso wenig wie meinen Herzschlag oder meine panische Atmung. Entweder die Dunkelheit in dem großen alten Kamin oder die kitschige Abdeckung hatten mich vor ihren Blicken verborgen. Und wahrscheinlich hatte der Sturm jedes meiner Geräusche übertönt, oder aber ich befand mich immer noch innerhalb des Geräuschschildes, den Jonas erschaffen hatte. Er hatte ihn teilweise mit dem Hausschutzzauber verbunden, und ich war mir nicht sicher, wie weit dieser reichte.

Nicht dass es eine Rolle gespielt hätte. Denn Sehen und Hören sind nicht die einzigen Sinne, die bei einem Vamp stärker ausgeprägt sind. Und trotz der Temperatur schwitzte ich wie ein …

»Es ist das Mädchen, nicht wahr?«, sagte der zweite Vampir abrupt.

Ich erstarrte in meinem Geruckel. Es fühlte sich an, als sei mein Herz stehen geblieben.

»Cassandra.« Mircea nickte und reichte seinem Gefährten einen Drink. »Sie spielt im ganzen Haus.«

Und dann fiel bei mir der Groschen.

Natürlich roch das Haus nach mir, dachte ich benommen. Was auch sonst? Mein jüngeres Ich schlief am anderen Ende des Flurs; war doch klar.

Ich schluckte und fragte mich nicht zum ersten Mal, welche Lebenserwartung eine Pythia hatte …

Irgendwie hatte ich nicht den Eindruck, dass sie sehr hoch war.

»Nein. Ich meinte, das ist der Grund, warum Sie hier sind«, erwiderte der andere Vampir, die dunklen Augen argwöhnisch zusammengekniffen.

Das war nichts Ungewöhnliches. Er konnte so charmant sein wie jeder andere seiner Art, aber anders als in Mirceas Fall war das nicht seine Aufgabe. Sein Name war Kit Marlowe, und er hatte vor langer Zeit als Spion die Seite gewechselt. Von der Spionage für Ihre Majestät, die Königin von England, war er zu einer anderen Königin übergelaufen. Diese hatte das Kommando über den gefürchteten nordamerikanischen Vampirsenat.

Zumindest wurde der Senat von den meisten Leuten gefürchtet, einschließlich des größten Teils der amerikanischen Vampire, weil er der alles andere als wohlwollenden Regierung diente. Mir jedoch erschien er nicht mehr ganz so furchteinflößend, vielleicht weil ich mit einem der Senatoren zusammen war. Demjenigen, der Kit gerade erheitert ansah.

»Was hat Sie auf diese Idee gebracht?«

»Sie müssen sich nicht zieren. So viel Mühe investieren Sie normalerweise nur, wenn Sie eine Gräfin verführen wollen …«

»Die erfordern normalerweise auch keine besondere Anstrengung«, murmelte Mircea und nippte an seinem Brandy.

»… Aber bei diesem Kind … ›Nein wirklich, ist das ein hübsches Gemälde, Cassie! Wie hast du das bloß so hinbekommen?‹«, äffte Marlowe den anderen Vampir nach.

»Die Farben waren recht hübsch«, protestierte Mircea mit zuckenden Lippen.

Kit wirkte nicht besonders erheitert.

»Was interessiert Sie an ihr?«, fragte er unumwunden.

»Sie ist ein entzückendes Kind.«

»Sie ist eine *Seherin.*« Marlowes Augen wurden schmal. »Eine richtige Seherin, nach allem, was man so hört, aber das ist noch lange kein Grund, um in dieser Wildnis seine Zelte aufzuschlagen …«

»Es ist weniger als eine Stunde bis nach Philadelphia.«

»In der *Wildnis*«, beharrte Marlowe und sah sich geringschätzig um. »Und davon abgesehen, wenn Sie den verdammten Vampir sehen wollen, warum befehlen Sie ihn nicht an Ihren Hof? Warum kommen Sie überhaupt hierher, und dann noch für fast *ein Jahr*?«

»Ah. Ist es das, was Ihre Herrin Ihnen aufgetragen hat? Sollen Sie das über mich in Erfahrung bringen?«, fragte Mircea und ließ sich in einen dunkelroten Ledersessel sinken. Er wirkte noch immer amüsiert, aber ob er es wirklich war oder nicht, ließ sich nicht sagen.

Sein Begleiter blieb stehen und versteifte sich. »Ich muss Sie etwas fragen in Bezug auf eine Anzahl von …«

»Wer von uns beiden ziert sich hier eigentlich?«

Marlowe winkte ab. »Nun, wenn sie neugierig ist, wer kann ihr einen Vorwurf daraus machen? Niemand *tut* das.«

»Viele Meister besuchen ihre Diener.«

»Diener, die in Paris leben. Diener, die in Rom leben. Keine Diener, die auf einer Müllkippe im hinterwäldlerischen Pennsylvania leben!« Marlowe deutete auf den Raum, in dem sie sich befanden, und der kleine, goldene Ohrring, den er an einem Ohr trug, blitzte im Licht auf. »Was erwarten Sie, das ich ihr erzähle?«

»Dass ich mich um Familienangelegenheiten kümmere, die sie nicht betreffen.«

»Oh ja. Ja, das wird gut ankommen«, sagte Marlowe sarkastisch.

»Allerdings. Es ist die Wahrheit.«

»Und Sie werden keine weiteren Erklärungen abgeben, keine zusätzlichen Einzelheiten«, entgegnete Marlowe und näherte sich dem Kamin.

»Ich wüsste nicht, warum sie das erwarten sollte«, bemerkte Mircea, während ich erneut begann, mich durch die Wand zu kämpfen. »Ich bin kein Neugeborenes, um das man sich kümmern muss, und diese Sache hat nichts mit ihr zu tun.«

»Gar nichts?« Marlowe wirbelte herum, kurz bevor er mich erreichte. Und kurz bevor er nah genug herangekommen wäre, um einen Blick über die Abdeckung zu werfen.

Ich schluckte hörbar.

Ich war vierundzwanzig.

Und ich war bereits zu alt für diese Dinge.

»Genau. Gar nichts.«

Marlowe stürzte sich auf das, was Mircea gesagt hatte. »Dann ist die Tatsache, dass ihre Mutter Elizabeth O'Donnell war, die ehemalige Erbin der Pythia, also unerheblich?«

Mircea legte den Kopf schräg, und seine Augen wurden eine Spur schmaler. »Sie verblüffen mich. Habe ich den Maulwurf in der Familie oder Antonio?«

»Ich brauche keinen Maulwurf«, sagte Marlowe knapp und trank Scotch.

»Ah, also eine Wanze. Tja, da haben Sie hier leichtes Spiel. Antonios Magier sind nicht die Besten.«

»Sie sind beschissen«, erwiderte Marlowe unumwunden. »Aber das ist nicht der Punkt. Sie sammeln Wissen über eine mögliche Pythia ...«

»Das ist jetzt aber weit hergeholt, finden Sie nicht auch?«

»Nein, das finde ich nicht! Und Sie haben uns nichts davon erzählt!«

Marlowes Ton war ebenso anklagend wie seine Worte, aber Mircea wirkte nicht besorgt. »Bisher gibt es nichts zu erzählen. Cassandras Mutter war einmal die Erbin des pythischen Throns, ja, aber sie wurde abgesetzt …«

»Aber nicht wegen des Mangels an Fähigkeiten! Sondern weil sie sich mit diesem Typen eingelassen hat, diesem Roger Palmer …«

»Dessen Fähigkeiten unbekannt sind.«

»Er hat für Ihren Diener gearbeitet. Sie sollten hinlänglich über ihn Bescheid wissen!«

»Wie auch immer, über seine Fähigkeiten weiß ich nichts.« Mirceas Ton war ruhig, aber andererseits war er das immer. Verräterischer war, dass seine Augen braun blieben. Marlowe drang nicht zu ihm durch. »Und da er und Elizabeth jetzt verblichen sind, werden wir darüber vielleicht niemals Kenntnis erlangen. Wodurch fraglich bleibt, welche Talente Cassandra hat.«

»Doch Sie haben trotzdem beschlossen, sie sich anzusehen.«

»Hätten Sie das nicht getan?«

»Und ihr Vertrauen zu gewinnen.«

»Was ja wohl klug ist.«

Marlowe verschränkte die Arme vor der Brust. Und obwohl ich sein Gesicht nicht mehr sehen konnte, sprach die Haltung seiner Schultern Bände. »Es wäre klug gewesen, wenn Sie es uns gesagt hätten. Und Sie nicht zuvor schon Interesse am Amt der Pyhia gezeigt hätten.«

Ich hatte gerade versucht, in den Ring der zusammengedrängten Ziegelsteine zu greifen, um das verdammte Ding mit Gewalt zu öffnen. Aber jetzt glitten sie mir einfach durch die Finger, als ich abrupt den Kopf hochriss. Ich riss ihn allerdings noch schneller herunter, als ich eine Hand auf meinem Hintern spürte.

Der Herzinfarkt, dem ich die letzten Monate immer gerade noch entronnen war, hätte vielleicht diesen Moment gewählt, um aufzutauchen und Hallo zu sagen, aber der Hand folgte kein harter Klaps oder ein Schreckenslaut, sondern eine zweite Hand auf meiner Hüfte und dann ein energisches Ziehen. Mein Rückgrat hätte sich vor Erleichterung verflüssigt, wäre es nicht damit beschäftigt gewesen, aus meinem Körper gezogen zu werden.

Es musste Jonas sein, einer von Tonys Männern hätte mich inzwischen entzweigerissen. Nicht dass es sich nicht so anfühlte. Und das Schlimmste von allem war, dass er es mir schwer machte, mich darauf zu konzentrieren, was die Vamps sprachen.

Und das wollte ich hören.

»Wie viele Geschenke«, fragte Marlowe und übertönte das Knirschen von Stein, »hast du im Laufe der Jahre gemacht? Wie viele Besuche?«

»Anscheinend nicht genug«, sagte Mircea trocken. »Wir sind so weit vom Kern der Macht entfernt wie je. Wenn die Konsulin ein so wenig von ihrem eigensinnigen Stolz aufgeben und ihr selbst einen Besuch machen würde, würde das vielleicht mehr bewirken als jedes Geschenk ...«

»Halten Sie mich nicht zum Narren, Mircea!«, unterbrach ihn Marlowe, rauschte vorwärts, ging in die Hocke und packte die Armlehnen von Mirceas Sessel. »Ich kenne Sie zu lange! Sie sind der beste Botschafter unter den Senatoren. Das stellt niemand infrage. Aber Sie sind nicht in Ihrer Eigenschaft als Senator hierhergekommen, nicht wahr? Sie sind allein hierhergekommen, still und leise, ohne ein Gefolge und ohne eine Erwähnung in den Senatsunterlagen. Sie sind *ihretwegen* gekommen, nicht unseretwegen, und ich will wissen ...«

»Und *ich* will wissen«, fiel ihm Mircea ins Wort, und wurde plötzlich leise, »wie Sie es schaffen, Ihre Abteilung zu führen, wenn all Ihre Bemühungen sich darauf zu konzentrieren scheinen, mir zu folgen.«

»Was erwarten Sie?«, fragte Marlowe scharf, aber dann wurde sein Tonfall verbindlicher. »Sie sind ihr mächtigster Diener. Natürlich macht sie sich Sorgen bei dem Gedanken, dass Sie sich mit einer möglichen Pythia verbünden. Das wäre ein Schritt, der Sie in eine unangreifbare Position bringen könnte.« Er zögerte, dann rückte er mit der Sprache heraus. »Sie wären in der Lage, sie zu ersetzen.«

»Ich hege keine derartigen Ambitionen«, sagte Mircea noch ruhiger.

»Und wenn doch?«, fragte Marlowe anzüglich. »Was würden Sie dann sagen?«

»Wenn Sie sich bereits entschieden haben, an mir zu zweifeln, warum fragen Sie dann?«

»Um Ihnen eine Chance zu geben, es zu erklären.«

»Das habe ich getan. Sie weigern sich einfach, irgendetwas von dem, was ich sage, zu akzeptieren.«

»Weil es keinen Sinn ergibt! Erwarten Sie wirklich …«

Ich konnte dem Gespräch nicht mehr folgen, weil der Stein um mich herum sich plötzlich aufheizte, und zwar nicht wie ein Fels an einem sonnigen Tag. Mehr wie Lava. Jonas zerrte ruckartig und mit aller Kraft an mir, und es fühlte sich beinahe so an, als verflüssigten sich die Ziegelsteine für einen Sekundenbruchteil …

Und verhärteten sich dann plötzlich wieder, sodass ich schlimmer festsaß als zuvor.

Viel schlimmer. Jetzt ragten mein Kopf und meine Schultern heraus, aber meine Hände waren an den Kopf gedrückt, wie ich sie gehalten hatte, als an mir gezogen wurde. Meine Brust war so eingeklemmt, dass es mir schwerfiel zu atmen. Die Steine fingen eine Sekunde später wieder an zu knirschen, lauter denn je und direkt an meinem Ohr. Und ich konnte nur dann Atem holen, wenn die Steine direkt unter meiner Brust sich genau richtig drehten.

Was sie nur ungefähr halb so oft taten, wie ich es gebraucht hätte.

»Urk«, entfuhr es mir, und ich starrte verzweifelt auf das schmale Stückchen von Marlowe, das ich noch durch die Abdeckung erkennen konnte.

Beeil dich, durchzuckte es mich, aber der Gedanke galt nicht Jonas. Ich konnte atmen, manchmal zumindest. Es ging mir gut. Kein Grund zur Sorge. Wahrscheinlich jedenfalls. Und ich wollte hören …

»… überprüfen Sie, was Sie glauben«, sagte Mircea gerade. »Ich treffe viele wichtige Leute, einschließlich der Führer der anderen Senate …«

»Und außerdem *jede* Pythia.«, erwiderte Marlowe halsstarrig. »In einem Fall sogar, bevor sie auch nur gekrönt wurde, und zwar nicht in offizieller Eigenschaft ...«

»Offizielle Besucher sind kalt und förmlich. Meine Arbeit gelingt am besten in einer entspannteren Umgebung. Ich kann niemanden für die Konsulin bezirzen, wenn ich den Betreffenden nicht einmal kenne.«

»Und doch scheinen diese Besuche nichts zu bringen«, stellte Marlowe fest.

»Scheinen noch nichts zu bringen.« Mircea leerte sein Glas. »Jede Pythia ist anders ...«

»Einschließlich der, die Sie besucht haben, bevor Sie dem Senat beigetreten sind?«

Im Gegensatz zu Marlowes anderen Bemerkungen war sein Tonfall sanft, beinahe schmeichelnd, ein Dolchstoß statt eines Knüppels. Und im Gegensatz zu den anderen traf sie ihr Ziel. Mirceas Augen leuchteten bernsteinfarben auf, hell genug, um mit den Blitzen draußen zu konkurrieren, und Marlowe trat schnell einen Schritt zurück.

»Sie waren ja beschäftigt«, zischte Mircea.

Marlowe blinzelte ihn an, als sei er es überhaupt nicht gewohnt, diesen Ton zu hören. Aber er erholte sich schnell. »Sie müssen zugeben, es wirkt verdächtig ...«

»Es würde nicht verdächtig wirken, würden Sie nicht nach irgendetwas suchen!«

»Es ist mein Job, danach zu suchen. Und ich habe einen glaubwürdigen Zeugen, der Sie gesehen hat ...«

»Wie ich am helllichten Tage einen legitimen Besuch gemacht habe! Wenn es anders gewesen wäre, hätten Sie keinen Zeugen dafür.«

Bei der Andeutung blinzelte Marlowe erneut. Aber dann redete er trotzdem angriffslustig weiter. »Ich wäre nicht besorgt, wenn ich wüsste, warum Sie dort waren. Sie können kaum im Auftrag einer Konsulin unterwegs gewesen sein, die Sie zu der Zeit noch nicht einmal gekannt haben.«

»Ich habe nie behauptet, dass es so war.«

»Warum dann?«

Ja, dachte ich, und mir war plötzlich ganz schwindelig. Warum?

Und dann wurden die Steine wieder heiß.

Nein!, durchzuckte es mich, und ich trat um mich und versuchte, Jonas' Aufmerksamkeit zu erregen. Noch nicht!

Und bekam für meine Bemühungen einen Schlag aufs Hinterteil.

Verdammte Schei…

Ein weiterer Ruck, und diesmal steckte mein Hals in der Mauer. Was eine Verbesserung gewesen wäre, nur dass ich jetzt überhaupt nicht mehr atmen konnte. An mir wurde gezogen und gezerrt, was mir schon hätte vertraut sein sollen, aber ich war vollkommen durcheinander, weil ich kurz davor war zu ersticken. Und entweder war der Mond gerade hinter einer Wolke verschwunden oder es wurde dunkler im Raum.

Das war kein besonders gutes Zeichen, ebenso wenig wie das Blut, das plötzlich in meinen Ohren rauschte, oder das Herz, das in meiner Brust flatterte, oder die verdammten, sich bewegenden Ziegelsteine, die sich anfühlten, als versuchten sie, mich zu enthaupten. Aber das Schlimmste war, dass ich nicht *hören* konnte.

Doch es sah so aus, als hätte Mircea sich besonnen. Er tat wieder, was er immer tat, besänftigte blank liegende Nerven, glättete die Wogen und brachte Leute dazu, zuzuhören. Und Marlowe hörte zu. Die dunklen Augen blickten immer noch scharf, er war auf der Hut, aber seine Haltung hatte sich ein wenig entspannt und das intelligente Gesicht war nachdenklich. Marlowe sah so aus, als würde er es Mircea abkaufen.

Was immer es war, dachte ich wütend, während mir schwarz vor Augen wurde und es mir damit unmöglich war, wenigstens von den Lippen der beiden Männer zu lesen. Nicht dass ich mich mit den Steinen um meinen Hals, die plötzlich erglühten, hinreichend hätte konzentrieren können. Ich hätte vor Schmerz geschrien, wenn ich den Atem dazu gehabt hätte, oder um mich geschlagen, wären meine Hände nicht eingeklemmt gewesen. Nur dass das eine Sekunde später nicht mehr zutraf, als starke Arme mich erneut packten und an mir zogen und zerrten und mich *hievten* …

Und Krrrr.

Und Rassel und *Krach*.

Und Peng, laut genug, um meine Trommelfelle beinahe platzen zu lassen.

Was zum Teufel …?

Ich zog die Nase aus einem staubigen Stück Teppich und sah Jonas' grimmiges Gesicht eine Sekunde auf mich herabblicken. Und dann sagte er etwas – harsch, kehlig, furchteinflößend –, und ich beschloss, dass ich vielleicht zu hart auf dem Boden aufgeprallt war. Denn es sah aus, als sei der Raum plötzlich lebendig geworden.

»Steh auf!«, blaffte er, als ein Kleiderschrank sich von der gegenüberliegenden Seite durch den Raum katapultierte und in die Tür krachte.

Jonas stieß mich ärgerlich in den Rücken.

Eine Lampe flog hinterher und verfehlte meinen Kopf um Haaresbreite, als ich auf die Füße gezerrt wurde. Sie zerschellte an dem beeindruckenden Haufen Möbel, die sich in der Türöffnung auftürmten. Eine weitere Lampe lag zersplittert auf dem Boden – das Rasseln und Krachen, das ich zuvor gehört hatte, vermutete ich. Hatte ich dagegen getreten, als ich versucht hatte freizukommen? Aber das erklärte immer noch nicht …

»Ist das nicht der Schutzzauber?«, brüllte ich über das abartige Krachen hinweg, während wir durch eine Verbindungstür ins Nebenzimmer rannten, das sich ebenso sehr wie das andere bewegte und veränderte. Und seinen Inhalt hinter uns herschleuderte.

»Ja«, sagte Jonas kurz angebunden und drückte uns flach gegen die Wand, während ein Himmelbett sich an uns vorbeizwängte.

»Aber … ich dachte … du hättest dich darum gekümmert«, keuchte ich.

»Habe ich auch!«, erklärte Jonas entrüstet. »Aber wenn man gezwungen ist, genug Magie zu wirken, um eine Kleinstadt dem Erdboden gleichzumachen, löst man selbst die unzulänglichsten Schutzzauber aus!«

»Wie bitte?«

Jonas machte sich nicht einmal die Mühe, darauf zu antworten. Er zerrte mich einfach durch die Mitte zweier zu dick gepolsterter

Sessel, die sich an uns vorbei und hinaus in den Flur drängelten. Nur um mich plötzlich wieder zurückzureißen.

Ich verstand nicht, warum, bis die Möbel um uns herum sich plötzlich nicht mehr weiter durch die Verbindungstür zu drängeln versuchten, sondern sich stattdessen auf die Tür zum Flur stürzten. Wir wichen aus und schlossen uns dann dem Strom an, der sich hinausbewegte.Ein beinahe deckenhohen Haufen schwerer Möbelstücke aus Eiche versuchte, sich wie ein Bulldozer den Weg zum Büro zu bahnen.

Er scheiterte.

Offenbar weil irgendjemand auf der anderen Seite die Möbel schnellstens zersplittern ließ.

Wir wirbelten wieder herum und sahen, wie das Gleiche am anderen Ende des Flures geschah, neben dem Kaminzimmer. Antike Stücke und alter Trödel drehten und wendeten sich, wichen aus und versuchten, massive Schläge von der anderen Seite abzuwehren. Immer noch flogen uns Gegenstände um die Ohren. Ein Gemälde von einer Frau in einem Kleid aus dem neunzehnten Jahrhundert landete mit der Vorderseite nach unten auf dem Haufen; ihr komisch geöffneter Mund sah aus, als schreie sie um Hilfe, während irgendjemand sein Bestes tat, den Berg in einen Maulwurfshügel zu verwandeln.

Und sein Bestes war verdammt gut.

Die fette Dame singt, ging mir durch den Kopf, unmittelbar bevor Jonas mich packte.

»Was ist los?«, fragte er und schien sauer zu sein, dass seine beeindruckende Zurschaustellung von Magie nun doch nicht mehr so beeindruckend aussah. »Wer ist da hinten?«

»Mircea«, gab ich zu, und Jonas fluchte.

»Ein Meister der obersten Stufe? Du hast mir nicht erzählt, dass einer von ihnen hier sein würde!«

»Ich habe es nicht gewusst. Und … genau genommen … sind es zwei. Marlowe ist bei ihm«, gestand ich und schaute hinter uns. Mircea musste auf einer Seite des Flures gelandet sein, woraufhin die erste Welle belebter Möbel einen Damm gebildet hatte, während Marlowe auf der anderen Seite stand. Was unseren Standort zur Falle machte, gefangen zwischen zwei Möbeldämmen, die gerade so zwei Meistervampire zurückhielten.

Wir konnten nirgendwohin entwischen.

»Ich nehme an, es ist gewagt zu hoffen, dass du genau im richtigen Moment springen kannst?«, fragte Jonas trocken.

Ich schüttelte den Kopf, und er blickte finster. Aber er stritt nicht mit mir. Jonas war der Geliebte der alten Pythia gewesen, und er wusste Dinge über das Amt, die die meisten Magier nicht wussten. Wie zum Beispiel, dass die Macht des Amtes vielleicht unerschöpflich sein mochte, die Pythia selbst jedoch nicht. Und dass ein Sprung, selbst ein räumlicher wie der, der uns auf die Straße befördern würde, Konzentration erforderte.

Einen solchen Sprung brachte man nicht einfach mal zuwege, nachdem man fast erstickt war.

Statt zu springen, ließ er meine Hand los und hob seine beiden Hände, während er eine lange Abfolge von etwas murmelte, das mir die Härchen im Nacken zu Berge stehen ließ. Seine ohnehin bereits wilde Mähne begann elektrisiert zu knistern. Und alle Türen zu allen Räumen hinter uns öffneten sich weit. Das Mobiliar begann herauszustürmen, wie Verstärkungstruppen, die an die Front zogen.

»Sobald du kannst, spring, damit wir von hier wegkommen«, brüllte er, um sich über dem Knarren von Holz und dem schrillen Kreischen von Metall Gehör zu verschaffen. Die Möbel bewegten sich durch den Schutzzauber auf eine Art, wie es ihre Gestalter niemals für möglich gehalten hätten. »Wir werden ein andermal zurückkommen müssen!«

»Nicht … nötig«, stieß ich hervor und versuchte, Atem zu schöpfen.

»Was?«

Ich streckte die Hand aus und riss ihm den Filzhut herunter, der irgendwie immer noch auf seinen knisternden, abstehenden Haaren saß, und fischte etwas heraus. Es war eine relativ kleine Bronzekugel, die in Glas eingefasst war und schwach leuchtete, sobald ich sie berührte. »Sie ist verzaubert«, erklärte ich atemlos. »Du musst wissen … da ist etwas drin … oder nicht.«

Jonas' blaue Augen wanderten zwischen dem Briefbeschwerer

und meinem Gesicht hin und her, dann schaute er mich scharf aus dem Augenwinkel an. »Ich nehme an, es gibt einen Grund, warum du mir nicht früher davon erzählt hast?«

Ich leckte mir die Lippen. »Uh-huh.«

»Pythien!« Er riss die Hände auf eine Weise hoch, die mich unheimlich an Agnes erinnerte, meine Vorgängerin, die wahrscheinlich irgendeinen Trick gekannt hätte, um uns aus dieser Sache rauszubringen. Aber ich konnte mich bestenfalls hinhocken, mir die Hände auf die Ohren pressen, um den Lärm zu dämpfen, und mich darauf konzentrieren, mich zu erholen.

Ich hoffte nur, dass es schnell ging, denn Jonas hatte uns nicht viel Zeit verschafft. Zwei Meister der obersten Stufe berappelten sich schnell, und den Räumen gingen bereits die Gegenstände aus, die sie zerschlagen konnte. Wir mussten weg von hier.

»Billy«, flüsterte ich. »Es ist höchste Eisenbahn.«

Ich bekam keine Antwort, obwohl ich wusste, dass er mich gehört hatte. Billy brauchte keine Ohren, um meinen Ruf aufzufangen; ob er sich dafür entschied, darauf zu hören oder nicht, war eine andere Sache. Aber er war vorhin eifrig darauf bedacht gewesen zu verschwinden.

Ich wollte es gerade noch einmal versuchen, da packte mich Jonas am Arm. »Planänderung. Wenn du springen kannst, bring uns zurück ins Büro.«

»Was? Warum?«

»Wir haben den Briefbeschwerer«, erklärte er, wenig hilfreich.

»Aber ist es nicht das, was du wolltest?«

Er sah mich verärgert an. »Ja, aber nicht, um ihn aus dieser Zeitlinie zu nehmen! Der Geist, den er enthält, ist das Einzige, was die Schutzbarriere der Welt an Ort und Stelle hält. Wenn wir sie entfernten, würde dieser Schutz aufhören, genau wie unser Feind es will!«

»Dann versteck die Kugel irgendwo. Irgendwo, wo Tony sie nicht finden kann. Später können wir sie dann wiederholen, wenn wir zurück in unsere Zeit …«

Jonas schüttelte den Kopf. »Wir haben keine Ahnung, wofür Tony sie zwischen jetzt und damals benutzt hat.«

»Als Briefbeschwerer?«

»Und als was noch?«, fragte Jonas streng. »Wir wissen es nicht; daher können wir das Risiko nicht eingehen, ein Teil aus dem Puzzle zu entfernen. Das ist viel zu heikel! Wir würden unausweichlich die Geschichte verändern.«

Ich runzelte die Stirn. »Wenn du die Kugel nicht mitnehmen willst und sie nicht verstecken willst, was tun wir dann hier?«

»Ich musste sie sehen, um zu wissen, wonach ich suche. ›Briefbeschwerer‹ hätte alles bedeuten können ...«

»Ich habe sie dir beschrieben!«

»... und ich musste sie auch sehen, um bestätigen zu können, dass der Vampir Antonio, was das Schicksal deines Vaters betrifft, nicht gelogen hat, nur um dich zu quälen.«

Was er nur zu gern getan hätte, begriff ich. Tony und mich verband etwas, was man eine suboptimale Beziehung nennen mochte. »Aber er hat nicht gelogen.«

»Nein. Ausnahmsweise, so scheint es, hat er die Wahrheit gesagt. Was bedeutet, dass wir das hier zurückbringen müssen«, fügte Jonas hinzu und zeigte auf den Briefbeschwerer in meiner Hand, »damit Antonio nicht begreift, was er für eine Bedeutung hat, und sich in Zukunft anders verhält. Dann finden wir ihn vielleicht nie!«

Ich sagte etwas Undamenhaftes, das er nicht verstand, weil es mittlerweile unmöglich war, überhaupt irgendetwas zu verstehen. Mir war danach zumute, gegen den Lärm der Schutzzauber anzuschreien, aber ich war zu sehr außer Atem und nutzen würde es auch nichts. Genauso wenig, wie meine letzte Energie darauf zu verwenden, ins Büro zu springen, wo wir nur wieder von Neuem festsitzen würden. Ich konnte so etwas nicht zweimal hintereinander. Nicht in meinem derzeitigen Zustand und nicht dann, wenn ich zwei Personen tragen musste. Und das setzte voraus, dass ich es schaffte ...

»Cass! Mach dich bereit zu springen!«, durchschnitt Billys panische Stimme das Getöse.

»In einer Minute«, erwiderte ich gereizt und rieb mir den Nacken.

»Nicht in einer Minute! *Jetzt.* Jetzt, jetzt, jetzt, jetzt, jetzt, jetzt, jetzt!«

Ich hob den Kopf. »Was stimmt nicht mit dir?«

»Erinnerst du dich, dass du gesagt hast, dass ich, wenn ich Probleme hätte, zurückkehren solle? Nun, ich kehre zurück. Und ich habe Probleme!«

»Was für Probleme?«

»Welche wohl?«, blaffte er. »Ich versuch', sie abzuschütteln, aber sie kennen dieses Haus viel besser als ich, und ich glaube, sie haben einen Grund gefunden, zusammenzuarbeiten …«

»Warte.« Ich schaute mich um. Schmaler Flur; abgelegener Teil des Hauses; niemand außer uns und zwei mehr oder weniger unverwüstlichen Vampiren in der Nähe. »Versuch nicht, sie abzuschütteln.«

»*Was?*«

»Komm einfach zu mir – jetzt.«

»Du kapierst es nicht, Cass. Als ich *Problem* sagte, meinte ich …«

»Ich kapiere sehr wohl. Komm einfach.« Ich stand auf.

»Cassandra?« Jonas beobachtete mich mit schmalen Augen. »Was hast du vor?«

»Ähm«, sagte ich brillanterweise, da sich solche Dinge in der Regel nicht so gut erklären ließen. Aber es spielte keine Rolle, weil ich ohnehin keine Zeit dazu hatte. Eine Sekunde später durchschnitt ein schreckliches Geheul die Luft und ließ die kreischenden Schutzzauber daneben wie eine Melodie klingen.

Ich riss den Kopf herum, aber es war nichts zu sehen. Und Jonas machte nicht den Eindruck, als hätte er irgendetwas bemerkt. Bis die Luft plötzlich dick und kalt und schwer zu atmen wurde. Der Flur begann merklich zu beben und die Lichter über uns erloschen, eins nach dem anderen in einer langen Reihe.

»Cassandra?«, fragte Jonas, ein wenig nachdrücklicher diesmal.

»Ich glaube, es wird Zeit für den Mitternachtsexpress«, erwiderte ich und hoffte, dass ich nicht gerade einen wirklich großen Fehler gemacht hatte.

»Und was bedeutet das?«, fragte er scharf.

»Es bedeutet tschu-tschu, du Wichser!«, schrie Billy und schwang sich von der Decke. Und in seinem Kielwasser befand sich tatsächlich so etwas wie ein Zug – vermutlich sämtliche verdammten Geister des Grundstücks in einer Reihe.

Ach du Scheiße. Ich sprach es nicht aus, weil ich damit beschäftigt war, Jonas zu packen und mich mit ihm gegen die nächste Tür zu werfen, kurz bevor der überirdische Wind wie ein Tornado in den Flur krachte.

Wir stürzten auf der anderen Seite der Tür zu Boden, als er durch den Flur sauste und alles aufwirbelte wie Waggons voller Zorn. Allein sein Luftzug genügte, um Lampen von den Wänden zu reißen, Asche von einer ganzen Woche aus dem Kamin zu fegen und Porzellanfigürchen in ihren Untergang rauschen zu lassen. Ein halbes Dutzend Bücher flatterte wie verrückt durch die Luft über unseren Köpfen und verfing sich in den verhedderten Vorhängen. Ich rappelte mich wieder hoch.

Jonas hob den Kopf, um mich anzustarren. »Was zur …«

»Geister!«, erklärte ich ihm und taumelte auf die Tür zu.

Mein Knöchel schmerzte, ich rang immer noch nach Atem, und mein Nacken brannte. Aber ich hielt nicht inne, um den Schaden zu begutachten. Ich wartete nicht einmal, bis der Sturm vorüber war. Ich stolperte, dicht gefolgt von Jonas, in den Flur hinaus, hin- und hergeschubst von zu spät kommenden Geistern.

Und dann hielt ich für eine Sekunde voller Ehrfurcht inne.

Denn es gab hier keine Geisterspuren. Der Flur vor uns war eine gerade Flucht, grünlich und düster. Da war auch kein Wall aus Möbeln mehr, nur verstreute Holzstücke, die wie Wildschweinborsten aus dem Putz ragten.

Und außerdem kein stinksaurer Vampir weit und breit.

Derjenige, der am Flurende hinter uns war, hatte nichts abgekriegt, nach den neuerlichen Geräuschen der Zerstörung hinter der Barrikade aus Möbeln zu schließen. Aber der andere … nun, ich wusste nicht, wo er gelandet war. Aber ich hielt es nicht für eine gute Idee, mich auf die Suche nach ihm zu machen.

Denn der Zug kam wieder in unsere Richtung zurück.

»Lauf!«, schrie ich Jonas zu und eilte zur Bürotür, gerade als die wilde Jagd wieder auf uns zuschoss und eine tödliche Trümmerwolke vor sich her blies. Jonas sprang hinter mir her, ziemlich behände für einen alten Burschen, während Splitter der Wandvertäfelung wie fliegende Messer draußen vorbeisausten.

Dann schlug er die Tür zu.

Ich sah ihn ungläubig an. *»Geister, erinnerst du dich?«*

Er blickte ein wenig beschämt drein. »Stimmt.«

Und dann waren sie zurück.

Wir hatten es nicht einmal bis in die Mitte des Raums geschafft, als Billy durch die Tür schoss und etwas kreischte, was ich nicht verstehen konnte, weil ein erzürnter Tornado sich direkt an seine nicht existenten Fersen geheftet hatte. Etwas fegte an der Wand entlang, und wir duckten uns. Es warf Aktenschränke um und sandte einen wirbelnden Schneesturm aus Papier durch die Luft. Jonas sprang auf den Hutständer zu, ich setzte ihm nach, und Billy packte mich am Hals und faselte immer noch irgendetwas.

»Was?«

»Du schuldest mir was, du schuldest mir *so was* von was!«

»Hast du ihn bekommen?«

»Ja, es geht mir gut. Danke der Nachfrage!«

»Billy! Hast. Du. Ihn …«

»Ja, verdammt noch mal, ja! Ich habe ihn! Ich habe ihn!«

»Danke«, sagte ich inbrünstig.

Und sprang.

Drei

»Nicht«, sagte ich anderthalb Jahrzehnte später zu Marco, als er die Tür zu der Hotelsuite in Las Vegas öffnete, die ich mein Zuhause nannte. »Tun Sie es … einfach nicht, okay?«

Marco ist mein Chefbodyguard. Er ist knapp zwei Meter groß, wiegt um die hundertdreißig Kilo und ist gebaut wie ein Güterzug. Seine Arme sind dicker als meine Beine, was an sich schon seltsam ist, aber sie sind sogar dicker als die der meisten Männer. Er ist ein dunkler, behaarter, unhöflicher, zigarrenkauender Macho, wie er im Buche steht, und er strotzt normalerweise vor Waffen – die braucht er allerdings nicht, weil er außerdem ein Meistervampir ist.

Weshalb es nervt, wenn er beschließt, die Glucke zu spielen.

Heute Nacht tat er es nicht.

»Hatte ich auch nicht vor«, erwiderte Marco und zerrte mich hinein.

»Was ist bloß los mit Ihnen?«, fragte ich, denn Marco wirkte irgendwie panisch. Das war besorgniserregend bei jemandem, der, wie ich stark vermutete, meine Leibwache anführte, weil er der älteste von Mirceas Meistern war. Er war erfahren und nicht so leicht zu erschüttern.

Obwohl er jetzt ziemlich erschüttert aussah.

»Wir haben ein Problem«, erklärte er mir finster.

Ich schüttelte den Kopf und eine kleine Staubwolke stieg auf. Mitbringsel aus Tonys verkommenem Haus. »Nein.«

»Was soll das heißen?«

Ich hätte gedacht, dass es offensichtlich war, da ich mich um zwei Uhr morgens starrend vor Ruß, Gips und Schweiß mit einem wundgescheuerten Hals und einem fast völlig zerfetzten T-Shirt hereinschleppte. Aber anscheinend nicht. Ich schob mich an ihm vorbei und balancierte einen Kaffeebecher und eine Tüte fettiger

Berliner aus dem Café unten, denn es war unwahrscheinlich, dass ich lange genug leben würde, um mir Sorgen um Cholesterin machen zu müssen.

»Das bedeutet, dass es mir reicht für eine Nacht. Ich bin müde; ich gehe ins Bett. Falls es ein Problem gibt, kann es warten, bis …«

Ich brach ab, weil ich gerade einen Blick ins Wohnzimmer geworfen hatte. Man würde es abgesenkt nennen, wenn es nicht im einundzwanzigsten Stock des Hotels liegen würde. Es war geschmackvoll in Weiß, Blau und Gelb eingerichtet, da ich bei der Renovierung nach der letzten Katastrophe ein Wörtchen mitgeredet hatte. Normalerweise war es leer, da die Wächter lieber im Aufenthaltsraum mit dem Billardtisch und dem Bierkühlschrank rumhingen.

Aber nicht heute Nacht. Heute Nacht saß jeder diensthabende Wächter entweder auf den Sofas, rauchte draußen auf dem kleinen Balkon oder stand an der Bar. Es war wie eine Party.

Oder vielleicht wie eine Totenwache; die Männer machten extrem düstere Gesichter.

»Warum sind alle hier?«, fragte ich Marco, der mir eine kurze Treppe hinuntergefolgt war.

»Wegen denen da drin«, antwortete er und deutete mit dem Daumen auf den Aufenthaltsraum. Der, wie ich gerade erst bemerkt hatte, geschlossen war, die Schiebetüren fest zugezogen. Ich hatte sie noch nie so gesehen, denn die Männer zogen offene Räume vor, damit sie mich besser im Auge behalten konnten.

Aber es sah so aus, als würden sie lieber auf den Anblick der Leute da drinnen verzichten.

»Wer sind ›die da drin‹? Ich habe diese Nacht keine Termine.« Zumindest hoffte ich inständig, dass ich keine hatte. Gäste, die ich um zwei Uhr morgens empfing, waren meist von der blutsaugenden Art und nicht von der spaßigen Sorte. »Erzählen Sie mir nicht, dass es noch mehr Senatoren sind«, bat ich, denn dem fühlte ich mich nun wirklich nicht gewachsen.

»Schön wär's.«

Ich seufzte und verschränkte die schmutzigen Arme vor der Brust. »Okay. Raus damit.«

Aber er rückte nicht damit raus. »Wo ist Jonas? Er sollte bei Ihnen sein.«

Ich zuckte die Schultern. »Zu Hause?« Ich hatte ihn in der Lobby abgesetzt, bevor ich mir Kaffee holen gegangen war. Und das hatte eine Weile gedauert, denn trotz der Tatsache, dass ich wie ein Kriegsflüchtling aussah, hatte ich in der Schlange warten müssen.

Vegas ...

»Verdammt!« Marco wirkte ernsthaft verärgert. Nein, das traf es nicht. Marco wirkte beinahe ...

Die Schiebetüren öffneten sich, und ein kleiner Vamp schlängelte sich heraus, bevor er sie dramatisch hinter sich zuknallte. »Erfrischungen!«, rief er schrill.

»Was?« Marco funkelte ihn an.

»Du hast schon verstanden«, sagte der Vampir mit wilden Augen. »Sie sagen, wenn sie noch länger warten müssen, verdienen sie ...«

»Ich werde dir sagen, was sie verdienen«, erklärte Marco drohend.

»... etwas zu essen, aber du weißt, dass wir hier nichts zu essen haben, und ich weiß nicht, was ...« Der Vamp brach abrupt ab und starrte mich an.

Oder um genau zu sein, meine kleine, weiße Bäckereitüte.

»Nein«, sagte ich und versuchte, sie hinter mir zu verstecken. Aber eine Sekunde später war sie trotzdem in seiner Hand.

Der Kerl, der gerade binnen eines Wimpernschlags den Raum durchquert hatte, hieß Fred. Wenn er lange genug stillstand, sah er aus wie ein Buchhalter – mit dünnem, braunem Haar und einer eher beleibten Figur –, was angemessen schien, da er vor seiner Versetzung in den Wächterdienst tatsächlich mal einer gewesen war. Ich hatte immer noch nicht herausgefunden, wem er auf den Schlips getreten war, um damit gestraft zu sein.

Aber ich wusste, wen er heute Nacht sauer machte.

Er sah meinen Gesichtsausdruck. »Nein, nein, nein!«, murmelte er und wich zurück. Seine großen, grauen Augen wurden riesig. Und dann nahm das kleine Wiesel Reißaus.

»Kommen Sie wieder her!«, verlangte ich, aber Fred gehorchte nicht. Fred umklammerte die Tüte, für die ich gerade zwanzig beschissene Minuten angestanden hatte, und schoss in die Küche.

Nur um bei seiner Ankunft festzustellen, dass ich dort bereits auf ihn wartete.

»Was – wie – Scheiße!« Er starrte mich an, eine Hand auf dem Herzen, das nicht stehen bleiben würde, da es schon seit einigen Jahrhunderten nicht mehr schlug. »Sie wissen, dass ich es hasse, wenn Sie das tun!«

»Dann geben Sie mir meine Sachen zurück!«

»Ich ... kann nicht«, antwortete er und sah sich verzweifelt um.

Marco war ihm hinterhergekommen, aber er tat nichts, sondern stand nur mit verschränkten Armen vor der Tür und wartete ab.

»Bitte«, flehte Fred, als ich nach meinem Eigentum griff. Und dann: *»Bitte! Bitte! Gah!Gah!«*

Ich ließ die Tüte los, denn ich wusste wirklich nicht, was zur Hölle er hatte. »Was zur Hölle hat er?«, fragte ich Marco.

»Er hat Angst.«

Fred leugnete es nicht.

»Wovor?«

»Vor denen da drin.« Der Daumenwink zeigte diesmal nach hinten, über seine Schulter. Aber es half nicht, da die Falttüren, die die Küche vom Aufenthaltsraum trennten, geschlossen waren, wie für die förmlichen Partys, die wir nie veranstalteten.

»Vor *wem* da drin?«

Marco öffnete den Mund, aber es war Fred, der sprach. Er warf einen Blick in die Tüte, und er schien nicht glücklich zu sein. Vielleicht, weil er sie in all der Aufregung zerquetscht hatte und an der Seite ein roter Fleck wie Blut entstanden war.

Er schnappte sich einen Teller, drehte die Tüte um und kippte sie darauf aus. Und dann stand er da und sah die drei traurig zermatschten Berliner an. »Was ist das?«, wollte er wissen.

»Wonach sieht es denn aus?«, fuhr ich ihn an. Verdammt, fast der ganze Puderzucker war ab, und das war das Beste daran.

Große, graue Augen hoben sich und blickten mich mit dem

Ausdruck eines Mannes an, der seinem Untergang entgegensah. »Was haben Sie da gekauft?«, quiekte er.

»Was haben Sie denn erwartet?«

»Keine Ahnung! Es gibt da unten alles Mögliche – feines Teegebäck und kleine Tartes und Schokocroissants, außerdem Fingersandwiches und diese niedlichen kleinen Macarons! *Warum haben Sie keine Macarons gekauft?*«

»Ich mag keine Macarons.«

Er sah mich entgeistert an. »Wie meinen Sie das, Sie mögen keine Macarons? Jeder mag Macarons!«

»Nun, ich bin nicht jeder, und ich mag sie nicht«, erwiderte ich und griff nach dem Teller. Und bekam dafür einen Klaps auf die Hand.

»Aber … aber *das da* kann ich ihnen nicht servieren«, sagte er säuerlich. »Und der Zimmerservice braucht ewig, und unten ist immer eine Schlange, und – was soll ich nur *tun*?«

»Sie sollen mir sagen, was los ist, bevor ich Sie erwürge«, entgegnete ich unheilvoll.

Fred sah drein, als hielte er Erwürgen für eine Verbesserung. Er beugte sich über den Teller, und seine Blicke huschten über die glänzenden Oberflächen der Küche, als baute er darauf, dass irgendwo ein Teeservice und Canapés erscheinen würden.

»Oh Gott …«, murmelte er kläglich, als das nicht geschah.

Ich sah Marco an und erwartete etwas Vernunft. Nur um feststellen zu müssen, dass auch er den Teller betrachtete. »Vielleicht könntest du sie wieder … zurechtschütteln«, sagte er und meinte es anscheinend ernst.

»Sie zurechtschütteln? *Sie zurechtschütteln?*«, zischte Fred. »Das sind Berliner! Da gibt es nichts zu schütteln!«

»Es sind *meine* Berliner«, erklärte ich und griff wieder nach dem Teller. Der mir weggerissen wurde.

»Essen Sie einen Apfel«, knurrte Fred und warf mir einen aus der Schale zu.

»Wenn ich einen Apfel wollte, hätte ich keine Berliner gekauft!«

»Tja, das ist wirklich Pech«, zischte er, über mein Abendessen gebeugt wie Gollum mit dem Ring. »Denn ich gehe nicht da raus und sage einem Haufen Hussen …«

»Was?«

»… dass wir nichts für sie haben. Das tue ich nicht, verstanden?«

Nicht wirklich. »Einem Haufen was?«, bat ich um Aufklärung.

Die huschenden Augen kehrten zurück, und sein Ton war kaum hörbar. »Huxen«, sagte er ehrerbietig.

»Wie?«

Er sah auf, eine leichte Zornesfalte auf der Stirn. »Höxen!«

»Was sind Höxen?«

Marco seufzte. »Hexen«, dolmetschte er.

»Hexen?« Ich runzelte die Stirn.

»Ja!«, sagte Fred heftig. »Hexen! Hexen! He…« Ihm wurde plötzlich bewusst, dass er gebrüllt hatte, und brach mitten im Wort ab. Und hockte sich hinter den Küchentisch, vermutlich, damit Marco und ich die besseren Ziele abgaben. »Hexen«, flüsterte er.

Ich griff mir an den Kopf. Ich wollte einfach nur einen Berliner. Eine süße, weiche, geleegefüllte Erinnerung daran, dass es auch gute Dinge im Leben gab, egal wie entschlossen das Schicksal zu sein schien, sie mir zu verweigern.

»Was für Hexen?«, erkundigte ich mich schließlich.

»Zirkelhexen«, erläuterte Marco mürrisch. »Sie sind vor knapp einer Stunde aufgetaucht und wollten Sie sprechen.«

»Hatten sie einen Termin?«

Marco wirkte etwas unbehaglich. »Nein.«

»Warum haben Sie sie dann hereingelassen?«

»Weil sie auf dem Balkon erschienen sind und sich trotz der Schutzzauber selbst reingelassen haben?«, fragte Fred und spähte über den Tisch, sodass Marco ihm einen Blick zuwarf.

»Weil man einem Haufen Zirkelführerinnen nicht einfach sagt, sie sollen sich verpissen!«, knirschte Marco.

»Wenn sie keinen Termin haben, sagt man es ihnen«, gab ich grimmig zurück.

Ich wollte nicht ungastlich sein, aber ernsthaft, dieser Scheiß musste aufhören. Morgens, mittags und nachts, seit meiner Beinahe-Krönung war es immer dasselbe: Senatsführer, Zirkelführer, Rudelführer, Pressevertreter, die so taten, als seien sie Führer von irgendetwas – sie alle kreuzten einfach auf. Um mich anzugaffen. Und im Falle der Letzteren, um an die Story des Jahrhunderts zu kommen.

Und das Schlimmste war, es war noch nicht mal meine Story. Ja, ich war die Pythia, die die Vampire vor einigen Monaten aus der Versenkung geholt hatten, von der niemand etwas wusste. Das hätte in jeder Situation die Schlagzeilen beherrscht. In jeder *anderen* Situation.

Aber plötzlich interessierte es niemanden, dass ich bei Tony der Laus aufgewachsen war, statt sorgsam am Pythia-Hof erzogen zu werden. Niemand störte sich an der Tatsache, dass ich daher praktisch keine Ausbildung für den Job erhalten hatte, den ich machen sollte. Sie schienen sich nicht einmal darum zu kümmern, dass ein ungebildeter Vampirschützling eine der wichtigsten Positionen in der magischen Welt besetzte, während besagte Welt von einem großen Krieg verzehrt wurde.

Nein.

Sie interessierten sich nur für eins.

Sie interessierten sich nur für meine Mutter.

Es war nämlich nicht die Seele meines Dads gewesen, die diesen Briefbeschwerer ganz oben auf Jonas' Wunschzettel gesetzt hatte. Es war die Tatsache, dass meine Mom, kurz bevor sie und Dad und ihr Buick in eine Million Stücke explodiert waren, etwas getan hatte, das ihre Seele mit seiner verbunden hatte. Als also Pops Geist in der magischen Falle gefangen worden war, die Tony gebaut hatte, war damit auch ihre gefangen worden.

Und ihre Seele war eine ziemlich große Sache.

Denn sie gehörte einer Göttin.

Ja, ich weiß. Es verleiht dieser ganzen verrückten Scheiße einen kleinen, zusätzlichen Anflug von Wahnsinn, nicht wahr? Als Kind hatte ich gedacht, dass Tony mich aus der Güte seines kalten, schleimigen Herzens aufgenommen hatte, nachdem meine Eltern bei einem tragischen Unfall ums Leben gekommen waren, nur um herauszufinden, dass er den Unfall arrangiert hatte. Einen Unfall, der nicht nur meinen Vater getötet hatte, sondern auch das Wesen, das die Welt einst als Artemis gekannt hatte.

Oh, sie hatte andere Namen gehabt, noch bevor sie begann, das Pseudonym O'Donnell zu benutzen. Alle Götter hatten welche, während sie fröhlich auf dieser neuen Welt herumhüpften, die sie gefunden hatten, während sie Chaos verursachten und Halbgötter produzierten, während sie unter hundert verschiedenen Titeln verehrt wurden. Aber in Griechenland war sie Artemis gewesen, wo sie eine Erleuchtung hatte – darüber, wie viel Chaos die Götter während ihrer Ausflüge anrichteten, und darüber, wie viele Menschen dabei umkamen.

Sie war Artemis gewesen, als sie ein Gewissen entwickelt hatte.

Zumindest nahm ich das an, obwohl, wer weiß? Die Götter waren extrem launisch. Vielleicht ist sie einfach eines Tages aufgewacht und hat beschlossen, ihre Mitgötter zu demütigen – indem sie ihre göttlichen Ärsche vom Planeten warf.

Sie tat dies, wie sich herausstellte, mithilfe eines Zaubers, der zum Teil – wen überrascht's? – von ihrer eigenen göttlichen Seele gespeist wurde. Es war das Einzige, das mächtig genug war, um den Zugang zu einer ganzen Welt abzuschneiden. Und es hatte funktioniert ... fast.

Genaugenommen hatte es damals funktioniert. Und selbst später, nachdem sie aus Mangel an kompatibler Magie auf dem Planeten, auf dem sie sich selbst ausgesetzt hatte – tolle Idee, Mom – anfing nachzulassen, funktionierte es immer noch. Der Zauber wurde jetzt von der Gruppe unterstützt, die Jonas gegenwärtig anführte, einer Allianz von menschlichen Magiern, die als der Silberne Kreis bekannt war. Also sollten die Magier vermutlich in der Lage sein, den Zauber neu zu weben, selbst wenn er etwas geschwächt war.

Vorausgesetzt, sie hatten alles, was dafür notwendig war.

Was natürlich die Stelle ist, an der die Platte einen Sprung bekam. Da Artemis' Schutzzauber mit ihrer Seele verknüpft war, bildete diese Seele einen entscheidenden Teil des Zaubers. Was bedeutet, dass, wenn die Seele verschwinden würde, auch der Zauber verginge, den sie unterstützte.

Und da die anderen Götter nicht gerade begeistert gewesen waren von ihrer kleinen Erleuchtung oder was zur Hölle es gewesen war, und *wirklich* wieder auf die Erde wollten, war das ein Problem. Vor allem, da die andere Seite im Krieg nur allzu bereit war, sie wieder mit offenen Armen aufzunehmen. Jonas wollte sich wegen dem ganzen Scheiß schon die verrückten Haare ausreißen.

Ich hingegen wollte meine schreddern, weil alle annahmen, ich könne gegen diese ganze Sache irgendetwas unternehmen.

Ja, okay, irgendwann hatte die Göttin, die für ihre Jungfräulichkeit berühmt war, aus heiterem Himmel beschlossen, sich mit einem Menschen zusammenzutun und das Baby Cassie zu bekommen. Aber das übertrug nicht automatisch ein spezielles Wissen. Ich hatte von dem ganzen Scheiß auf die harte Tour erfahren müssen, wie alle anderen auch – indem ich im Laufe der letzten Monate Hinweise zusammengefügt hatte, seit durch den Krieg klar geworden war, dass die Götter ernst damit machten, ihren Spielplatz zurückzufordern. Und ich wusste immer noch nicht viel.

Tatsächlich wusste ich wahrscheinlich weniger als die meisten, da niemand es für wichtig zu halten schien, mir irgendetwas zu sagen. Ich war einfach ihr Ass im Ärmel, das quasigöttliche Mädel, auf das sie zufällig gestoßen waren und von dem erwartet wurde, dass es sich jedes Mal etwas einfallen ließ, wenn ein Gott oder sein kleiner, gemeingefährlicher Nachwuchs aufkreuzte, um noch mehr Chaos und Verwüstung anzurichten. Es machte mich wahnsinnig.

Und es machte mir Angst.

Vor allem da ich neben meiner Ahnungslosigkeit auch in der Abteilung für göttliche Ausstattung absolut null mitbekommen habe. Klar, ich hatte die Macht, die mir das Amt verlieh, aber die bekamen alle Pythien. Die meisten hatten darüber mehr gewusst als ich. Aber falls es irgendeine Art von Halbgott-Bonus gab, den ich zusätzlich erhalten sollte, tja, dann war er wohl in der Post verloren gegangen. Trotz meiner mütterlichen Linie war ich einfach nur Cassie.

Und an manchen Tagen – an den meisten Tagen – hatte ich Angst, dass das nicht annähernd genug war.

Wie an Tagen, an denen ich mit blauen Flecken und meinem eigenen Blut bedeckt war, plus zwanzig Jahre alten Spinnweben, die mir bis jetzt gar nicht aufgefallen waren. »Scheiße!«, rief ich, fuhr mir hektisch durchs Haar und schlug zwei kleine, braune Dinger heraus, die in Deckung huschten. Und es dank Marcos Stiefel Größe 51 nicht schafften. »Ich brauche einen Drink«, erklärte ich aufrichtig.

»Drinks!« Freds Kopf tauchte auf. »Genau. Wir brauchen ...«

»Denken Sie nicht mal ...«, warnte ich ihn, als er nach dem Kaffeebecher griff, den ich dummerweise auf die Küchentheke gestellt hatte.

»Konnten Sie keinen großen nehmen?«, knurrte er und wich mir aus. Und dann wanderte mein Kaffee irgendwie in drei kleine Espressotassen, die mit den tropfenden Berlinern auf ein Tablett geknallt und eilig zur Tür hinausgebracht wurden, und das alles im Bruchteil einer Sekunde.

Ich wollte ihm nach, aber Marco verstellte mir den Weg. »Warten Sie.«

»Ich warte und verhungere!«

»Es gibt Schlimmeres.«

»Wie was?«

»Wie wenn einem der Schwanz weggezaubert wird«, warf Fred ein, der durch den hauchdünnen Spalt, den Marcos Körperfülle ließ, in die Küche zurückschlüpfte.

»Was?«

»Sie wissen schon.« Er schaute vielsagend nach unten.

»So was machen sie nicht!«

»Und ob sie das machen! Ich habe Dinge *gesehen*, okay? Das sind keine Magier. Sie gehören nicht zum Kreis. Sie haben keine Regeln ...«

»Sie haben schon Regeln, aber die haben ihre Zirkel beschlossen«, argumentierte Marco.

»Ja, Regeln wie die, dass sie einem *den Schwanz wegzaubern können*, wenn man sie sauer macht ...«

»Seien Sie verdammt nochmal ein Mann!«, fuhr Marco ihn an. Und legte Fred eine Hand von der Größe eines Baseballhandschuhs auf den Mund. Worauf Fred seinen Unmut in Form von entrüstetem Grunzen äußerte.

»Ich dachte, die Zirkel unterstehen dem Silbernen Kreis«, sagte ich und versuchte, mich an all die Informationen zu erinnern, mit denen Jonas mich in letzter Zeit zwangsernährt hatte.

»Die mächtigsten nicht. Sie sind nicht beigetreten.« Marco warf einen Blick über die Schulter. »Sie dachten vermutlich, es sei nicht nötig.« Ja. Und da sie einfach durch die Schutzzauber hindurch hier hereingetänzelt waren, die der Silberne Kreis um diese Suite gelegt hatte, gab ich ihnen irgendwie recht. Aber es war trotzdem nicht in Ordnung.

»Warum sind sie hier?«, verlangte ich zu erfahren.

»Das wollten sie mir nicht sagen«, antwortete Marco und hielt Fred mühelos fest. Und da Fred trotz aller gegenteiliger Indizien außerdem ein Vamp auf Meisterniveau war, war das ziemlich beeindruckend. Zumindest wäre es das gewesen, hätte Marco sich nicht gleichzeitig vor ein paar alten Damen versteckt.

»Sie sind eingeschüchtert«, beschuldigte ich ihn.

Er runzelte finster die Stirn. »Wissen Sie noch, wie alt ich bin?«

»Was spielt das für eine Ro…«

»Es spielt deshalb eine Rolle, weil ich nicht durch Dummheit so lange überlebt habe. Manchmal ist es klug, eingeschüchtert zu sein. Manchmal ist es klug, erst zu wägen und dann zu wagen.«

»Das tue ich.«

Fred hörte plötzlich auf, sich zu wehren, vermutlich, damit er und Marco mir beide den gleichen Blick fassungslosen Unglaubens zuwerfen konnten.

»Ehrlich!«, sagte ich, und es war die Wahrheit. Größtenteils. Okay, die Wahrheit, wenn ich die Gelegenheit hatte, zu wägen, was in diesen Tagen nicht oft vorkam. Aber darum ging es nicht.

»Darum geht es nicht«, erklärte ich ihm.

»Worum dann?«

»Ich habe das hier satt, okay? Ich bin nicht ihr Sklave – oder der Sklave des Kreises oder der Vampire oder von sonstwem. Ich werde nicht so leben …«

»Es ist Ihr Job.«

»Schwachsinn.« Ich funkelte ihn an, zu müde und zu hungrig und zu sehr auf Koffeinentzug, um mich mit Diplomatie aufzuhalten, die ohnehin nicht meine Stärke war. »Was hätte Agnes getan, wenn sie mitten in der Nacht bei ihr eingebrochen wären?«

»Ich weiß nicht …«

»Nun, ich schon!«, sagte ich und erinnerte mich an meine Vorgängerin mit dem süßen Gesicht, die mir das eine Mal, als ich es versucht hatte, in den Hintern geschossen hatte. »Agnes war ein Miststück, okay? Aber sie *musste* ein Miststück sein. Denn die Leute in ihrer Umgebung waren große, mächtige Persönlichkeiten, die sie bei der ersten Gelegenheit untergebuttert hätten. *Und sie hat es gewusst.* Also hat sie sich das nicht gefallen lassen. Zu keiner Zeit, aus keinem Grund, von keinem von ihnen! Und deshalb haben sie sie respektiert. Deshalb hatten *sie* Angst vor *ihr*, nicht andersrum.«

Marco musterte mich mit einer Mischung von Zuneigung und Verzweiflung und vielleicht einem kleinen bisschen Mitleid. Aber er schwieg. Fred hingegen nutzte die kurze Ablenkung, um sich aus Marcos Griff zu winden. Und er war nicht so subtil.

»Ja, aber Sie sind nicht Agnes«, erinnerte er mich.

»*Noch* bin ich nicht Agnes«, zischte ich und sprang.

Vier

Ich hatte einen hellen, lauten und stressigen Ort verlassen und kam dort an, wo zumindest hell und laut komplett fehlten. Ich machte mir nicht die Mühe, eine Lampe anzuschalten. Durch das trübe, orangefarbene Licht, das durch eine Lücke zwischen den Vorhängen fiel, konnte ich gut genug sehen, und die Aussicht war sowieso nicht so toll.

Die Zimmer, die das Dante's, mein Zuhause auf der Vegas-Vergnügungsmeile, für seine budgetbewussteren Gäste reserviert, sind etwas … spartanisch. Ironischerweise macht sie das weniger grässlich als die Suiten oben, die größtenteils dem völlig übertriebenen Geisterhaus-Motto des Hotels folgen. Aber dem Designer war das Geld ausgegangen, als er hier angekommen war, daher waren die einzigen Affronts gegen den guten Geschmack einige klassische Horrorfilmposter und eine hässliche Tagesdecke.

Ich war einige Zeit nicht mehr hier gewesen, und ich war mir nicht sicher, warum ich es jetzt war. Vielleicht weil ich nicht die Kraft hatte, viel weiter zu gehen. Oder vielleicht weil ich nirgendwo anders hin konnte.

Es war schon absurd; ich konnte jede beliebige Zeit erkunden – zumindest theoretisch –, bis auf meine eigene. In meiner eigenen Zeit hatte ich wochenlang wie eine Gefangene gelebt, und die wenigen Male, die ich es gewagt hatte, das Hotel zu verlassen, waren nicht gut gelaufen. Ich hielt es für unwahrscheinlich, dass ich wieder jemanden finden würde, mit dem ich einen unerlaubten Abstecher machen konnte, da der letzte Mann, mit dem ich das getan hatte …

Nun, er war nicht mehr hier.

Aber sein Zimmer war es.

Obwohl es ein wenig wüst aussah.

Scherben knirschten unter meinen Füßen und glitzerten in einem

Streifen rostfarbenen Lichts. Ein Nachttisch lag in zwei Teile zerbrochen da, und die Porzellanlampe, die darauf gestanden hatte, war beinahe zu Pulver zerstampft worden. Ein Spritzer von irgendeinem Trank hatte sich direkt zu den Wandpfosten durchgefressen und verströmte noch immer einen schwach giftigen Geruch, trotz einer Woche Klimaanlage.

Und auf dem Teppich beim Fenster war ein großer Fleck zu erkennen, der im schwachen Licht schwarz wirkte.

Ich starrte den Fleck an, und alles stürzte wieder auf mich ein: Der Schock, das Entsetzen, der Zorn der Nacht, in der der halsstarrige Mistkerl, der hier gelebt hatte, es auf sich genommen hatte, sein Leben für meines zu geben. Die Woche, die seither verstrichen war, hatte weder die Erinnerung daran abgeschwächt, noch das dazugehörige Gefühl. Wenn überhaupt, war es stärker denn je, der Drang, ihn zu packen und zu fragen, woher er die Frechheit nahm, sich das *Recht* nahm, diese Entscheidung für mich zu treffen …

Zitternd stand ich eine Minute lang da, wieder von Neuem wütend, aber ohne ein Gegenüber, das ich hätte schlagen können. Denn er war nicht hier. Nur der Raum, kalt und leer und unpersönlich, ohne seinen überlebensgroßen Bewohner. Die lastende Stille nur von meiner unregelmäßigen Atmung unterbrochen. Ich schlang mir die Arme um den Leib und wartete darauf, dass mein Herz aus dem Angriffsmodus wechselte und mein Puls sich beruhigte.

Das schien er aber nicht tun zu wollen.

Ich hatte einmal gelesen, dass es fünf Phasen der Trauer gab: Leugnung, Wut, Feilschen und Verhandeln, Depression und Akzeptanz. Das hatte ich anders erlebt. Es hatte ein wenig Leugnung gegeben, ja, als ich gerade herausgefunden hatte, was geschehen war. Aber das hatte nicht lange gedauert. Und danach … nun, sagen wir einfach, dass ich mit aller Macht in Phase zwei eingetreten war.

Und da war ich geblieben.

Weshalb ich mir wohl aus Versehen meine Nägel in die Oberarme gekrallt hatte, so tief, dass es blutete. Ich zog sie langsam heraus und wischte mir die Hände gewissenhaft an meinen bereits verdreckten Jeans ab. Ich würde mich jetzt nicht damit auseinandersetzen.

Ich würde es später tun.

Ich würde es tun, wenn *ich ihn erst wiederhatte.*

Obwohl das bisher nicht besonders gut lief.

Das war wieder so eine Sache, die leicht hätte sein müssen. Verdammt, ich war eine Zeitreisende, oder etwa nicht? Einfach zurückgehen und einige Dinge ändern. Ein paar Korrekturen vornehmen. Dafür sorgen, dass die Guten gewinnen. Leicht, oder?

Natürlich sollte ich so etwas eigentlich nicht tun. Tatsächlich gehörte es ganz bestimmt zu den Dingen, die ich so was von überhaupt nicht tun sollte. Pythien beschützten die Zeitlinie vor Veränderungen durch andere; wir veränderten sie nicht selbst.

Außer natürlich, wenn wir es doch taten.

Agnes hatte es getan, als sie mich gewarnt hatte, dass ich in Kürze ermordet werden sollte. Hätte sie geschwiegen, hätte ich den unsäglichen Kerl namens John Pritkin überhaupt nie kennengelernt, hätte mich nie von ihm retten lassen müssen, und hätte nie sein Leben derartig vermurkst. Er wäre vielleicht besser dran gewesen, wenn sie sich um ihre eigenen Angelegenheiten gekümmert hätte, aber sie hatte es nicht getan, und ich hatte überlebt. Alles, weil sie eine einzige Kleinigkeit verändert hatte …

Aber das war das Problem. Agnes hatte solche Sachen seit Jahrzehnten getan. Sie hatte gewusst, was sie verändern und was sie unter allen Umständen in Ruhe lassen musste. Ganz zu schweigen davon, dass die Nacht, in der sie für mich eine Regel gebrochen hatte, ein Spaziergang gewesen war im Vergleich zu dem Wahnsinn von vor einer Woche. Wenn ich wirklich zurückginge, wo sollte ich den Schnitt ansetzen? Ich hatte lange nachts wach gelegen und mir den Kopf darüber zerbrochen.

Der Ort war offensichtlich – genau dieser Raum hier. Der Kampf, der ihn noch ramponierter aussehen ließ als gewöhnlich, hatte meinetwegen stattgefunden. Irgendjemand von der gegnerischen Seite hatte ein Objekt haben wollen, das Pritkin bei sich trug, eines, das mich zu einer spontanen Exekution zitieren würde, wenn ich das nächste Mal zu springen versuchte. Sie hatten gekämpft. Pritkin hatte es verloren, war ihm nachgejagt und hatte mich nur deshalb gerade noch in letzter Sekunde gefunden.

Also, wenn ich etwas verändern wollte, wäre es am einfachsten, ihn vor dem Kommenden zu warnen.

Und das würde großartig funktionieren – *falls* er den Hinweis beherzigte.

Aber Pritkin war der Inbegriff von Halsstarrigkeit und gab dem Wort paranoid eine ganz neue Bedeutungstiefe. Es konnte durchaus sein, dass er eine Vorwarnung wie die, die Agnes mir geschickt hatte, ignorierte. Und selbst wenn er es nicht tat und es vermied, dem potentiellen Attentäter aufs Schlachtfeld zu folgen, würde auch das nicht gutgehen.

Da ich in diesem Fall tot sein würde.

Also, wo dann? Mitten in einem Kampf, den ich schon beim ersten Mal kaum gewonnen hatte? Ich sah einfach nicht, wie das funktionieren sollte. Der Endkampf hatte sich binnen weniger Minuten voller Verzweiflungshandlungen und quälendem Entsetzen abgespielt. Und wie gewöhnlich hatte ich ebenso sehr durch Glück, wie durch Können überlebt. Jede kleine Veränderung machte die Dinge vielleicht schlechter statt besser.

Ganz zu schweigen von der Tatsache, dass das Duell, das ich mit einem weiteren Halbgott ausgefochten hatte, sich, so verrückt es auch war, am Ende als verdammt nützlich erwiesen hatte. Es hatte die sechs Vampirsenate extrem beeindruckt, die kurz darauf beschlossen hatten, sich im Krieg vielleicht doch zusammenzutun. Wenn ich den Kampf vermied, würden sie es vielleicht vermeiden, den Bündnisvertrag zu unterzeichnen. Und wir brauchten diesen Vertrag.

Wie dem auch sei, das alles war irrelevant, denn selbst wenn ich einen Weg fand, um Pritkin zu retten, nicht selbst dabei getötet zu werden und nicht bekannt werden zu lassen, dass Pythien die Zeit doch gelegentlich für ihre eigenen Zwecke veränderten, was dann? Pritkin würde immer noch in Schwierigkeiten stecken und zwar nicht zu knapp. Und die Tatsache, dass das ausnahmsweise einmal nichts mit mir zu tun hatte, machte es auch nicht wirklich besser.

Ich wollte ihn nicht retten, nur um ihn in dieselbe gequälte Existenz zurückzubringen, in der er fast ein Jahrhundert lang gelebt hatte. Ich wollte *ihn retten*. Ausnahmsweise wollte ich, dass diese Macht, um die ich nie gebeten hatte und die von dem Moment an, in dem ich sie bekam, nichts als Ärger bedeutet hatte, tatsächlich ihre verdammte Aufgabe erfüllte. Und *jemandem half.*

Jemandem, der es verdiente.

Ich war mir nur nicht sicher, wie ich es anstellen sollte. Ich setzte mich aufs Bett, um abzuwarten, bis das Chaos da oben vorbei war. Der Raum war friedlich und still, bis auf das schwache Seufzen der Klimaanlage. Oder er wäre friedlich gewesen, wenn der Spalt zwischen den Vorhängen nicht einen Streifen Licht hereingelassen hätte, der eines der Filmposter beleuchtete.

Nicht, dass es in diesem Moment allzu schauerlich aussah. Jemand hatte einen Edding zur Hand genommen – irgendein Kind, schätzte ich, da ich mir nicht vorstellen konnte, dass der mürrische Kriegsmagier, den ich kannte, Bela Lugosi einen Schnurrbart und eine Brille verpasst hätte. Aber andererseits wäre das nicht die größte Überraschung gewesen, die er mir in letzter Zeit bereitet hatte.

Manchmal fragte ich mich, ob ich den Mann überhaupt gekannt hatte. Verstehen tat ich ihn ums Verrecken nicht. In einem Moment war er ein absoluter Knallkopf, bis zu dem Punkt, dass ich ihn einfach an irgendeinen besonders abscheulichen Ort bringen und ihn dort lassen wollte, und im nächsten Moment dann …

Mein Atem ging schneller, meine Hände verkrampften sich, und dumme Tränen schossen mir in die Augen. Ich wischte sie wütend weg. Ich hatte mir gesagt, dass ich es nicht mehr tun würde, und verdammt nochmal, ich würde es auch nicht tun …

»Cass?«

»Ahhhh!« Ich machte einen Satz rückwärts und traf mit meinem bereits geprellten Hinterteil den verbliebenen Nachttisch, als Billy zwischen flatternden Spielkarten auftauchte.

Die Karten gehörten mir. Ich hatte nicht einmal bemerkt, dass ich damit herumgespielt hatte, aber es war keine Überraschung. Kinder haben ein Lieblingsspielzeug. Linus hat seine Decke. Ich habe ein speckiges Deck Tarotkarten, die mir meine alte Gouvernante geschenkt und zum Spaß verzaubert hatte. Und die jetzt überall im Raum verteilt waren und wild durcheinander brabbelten.

Ihr Zauber bestand darin, von allein die Zukunft zu weissagen. Allerdings versuchten sie – ob gewollt oder aufgrund irgendeines Fehlers beim Verzaubern –, einander dauernd zu übertönen. Das Ergebnis waren achtundsiebzig winzige Stimmen, die allmählich immer lauter wurden, während jede versuchte, die anderen zu überschreien. Am Ende machten sie einen Höllenlärm.

Ich stopfte sie zurück in die Schachtel, die als einziges dafür sorgte, dass sie verstummten, und funkelte gleichzeitig Billy an. »Mach das nicht nochmal!«

»Dann lauf du nicht davon, ohne mir Bescheid zu geben. Du solltest gerade schlafen.«

Klar. Als ob das in letzter Zeit besonders gut geklappt hätte. »Ich hatte einige unwillkommene Gäste.«

»Dann spring sie von dort weg. Warum musst du diejenige sein, die geht? Es ist dein Zimmer!«

»Und ich möchte es nicht noch einmal neu einrichten müssen. Nachdem es von drei angepissten Hexen verwüstet wurde.«

»Sie würden nicht die Suite der Pythia verwüsten.«

»Warum nicht? Sie sind in die Suite eingebrochen«, brummte ich und schaffte es, die meisten Karten wieder an ihren Platz zu schieben. Bis auf einige wenige, die immer noch irgendwo weiterplapperten. Ich wühlte im Bettzeug herum und versuchte, die verdammten Dinger zu finden. »Es war einfacher für mich, fortzugehen.«

»Aber warum bist du hierher gekommen?« Billy sah sich um und rümpfte die Nase. »Es riecht wie im Krieg.«

»Es ist mir egal, wie es riecht.«

»Und es ist wahrscheinlich bis unter die Decke mit Fallen gesichert.«

Ich hielt eine Sekunde lang inne, die Hand halb unter dem Bett. Ich hatte Pritkin hauptsächlich in seiner Rolle als meinen vom Kreis ernannten Bodyguard / Personal Trainer / Drill Sergeant gekannt, aber er hatte bisweilen auch andere Titel gehabt. Wie Kriegsmagier-Assassine.

»Ich glaube nicht, dass er das noch tut«, erklärte ich Billy. Nicht, seitdem ich einige Male unerwartet aufgetaucht war.

»Vielleicht nicht. Aber was ist mit jemand anderem? Es sieht aus, als sei hier alles durchsucht worden.«

»So sieht es hier immer aus.« Außer bei seinen Waffen war Pritkins Vorstellung von einem ordentlichem Leben ungefähr die eines vierzehnjährigen Jungen.

»Ja, aber die Leute werden sich fragen, wo er geblieben ist«, bemerkte Billy. »Er ist ein Kriegsmagier, nicht wahr? Ist denn niemand neugierig?«

»Alle sind neugierig.« Buchstäblich alle hatten mich täglich danach gefragt, bis auf Jonas. Das war etwas merkwürdig, denn Pritkin war praktisch sein Untergebener. Aber vielleicht hatte Jonas das Gefühl, dass ein Mann wie Pritkin kein Kindermädchen brauchte. Vielleicht stellte er einer Pythia auch einfach nicht gern allzu viele Fragen.

Weil ihm die Antworten so selten gefielen.

»Dann solltest du vielleicht nicht auf dem Boden herumkriechen«, war Billys eindringlicher Hinweis.

»Und vielleicht solltest du mir erzählen, was Laura gesagt hat«, konterte ich sofort.

Billy gab den Versuch auf, mit mir zu diskutieren, und parkte sein körperloses Hinterteil fünf Zentimeter über der hässlichen Tagesdecke. »Sie sagte, sie sind im Bootshaus.«

Ich schnappte mir die Karte, die halb unter dem Bett gelandet war, zog sie heraus und starrte Billy an. »Meine Eltern?«

Er nickte.

Ich runzelte die Stirn. »Welches Bootshaus? Tonys Haus liegt mitten auf dem Land. Da gibt es meilenweit keinen See.«

»Ja, das habe ich auch gesagt. Offenbar meint sie eine baufälligen Hütte, die früher hinter dem Haus gestanden hat. Der ehemalige Besitzer hat sein Boot dort gelagert, und der Name blieb haften. Jedenfalls bis Tony alles mit dem Bulldozer plattgemacht hat, um daraus einen Parkplatz zu machen.«

Ich nickte. Unter anderem hatte Tony sich als Kredithai betätigt. Und nicht alles, was er gepfändet hatte, wenn die Schuldner nicht bezahlten, war klein genug, um im Haus aufbewahrt zu werden. Irgendwann hatte er einen Teil des Grundstücks hinterm

Haus zupflastern lassen, um Platz zu schaffen für die Autos, Trucks und Mobilheime, die er behielt, bis sie ausgelöst oder verkauft wurden. Ich war nicht oft dort gewesen, weil es da nichts gab, was ein Kind interessierte – und die gepfändeten Sachen waren immer abgeschlossen gewesen.

»Sie sagte, deinen Eltern hätte das Haupthaus nicht gefallen«, fuhr Billy fort, »und Tony hat es nicht gefallen, sie dort zu haben – oder ihre kleinen Freunde.«

»Welche Freunde?«

»Es scheint, dass sie wie sonst niemand Dämonen angezogen haben, und die haben den Vamps Angst gemacht.«

»Dämonen?« Mein Dad war gut mit Geistern klargekommen – das hatte ich vermutlich von ihm geerbt. Aber ich hatte bisher noch nichts von Dämonen gehört.

Billy nickte. »Es gab einige Zwischenfälle – Poltergeistgeschichten, Brände, ein Vampir wurde angeröstet ...«

»Wer?«

»Manny«, antwortete Billy. Das war einer von Tonys schwachsinnigeren Vamps. »Er hat sich ganz gut erholt, aber kurz danach wurden Mom und Pop ausquartiert.«

»Ins Bootshaus«, sagte ich und starrte auf die Karte in meiner Hand, ohne sie wirklich zu sehen.

»Ja«, bestätigte Billy, der plötzlich verärgert klang. »Und sieh mich nicht so an.«

»Wie soll ich dich nicht ansehen?«

»Mit diesem Blick, der mir sagt: Ich werde Mom fragen, wie ich meinen Kumpel Pritkin zurückbekommen kann. Es ist nicht so einfach!«

»Ach, ganz was Neues.« Aber das spielte keine Rolle, denn wenn jemand wusste, wie er mich aus diesem Schlamassel herausholen konnte, dann war es Mom.

Wie gesagt, die Götter hatten an verschiedenen Orten verschiedene Namen. Die nordischen Völker hatten sie als Hel verehrt, die Göttin des Todes. Die unter anderem zuständig war für die Region, die ihren Namen trug – die Hölle. Über die ich mich dringend erkundigen musste.

Denn Pritkin hatte sein Leben für meines gegeben, aber nicht im konventionellen Sinne. Natürlich nicht – wann tat er *jemals* etwas Konventionelles? Nein, es musste auf die ausgefallene Tour sein.

Er hatte mir Energie gegeben, als ich fast am Ende war, und mir damit das Leben gerettet. Aber er hatte dafür eine Regel gebrochen, die allein die Bedingung dafür war, dass er auf Erden sein durfte. Infolgedessen hatte sein Mistkerl von einem Vater ihn sich geschnappt – nachdem er ungefähr ein Jahrhundert lang auf einen Vorwand gewartet hatte, sein einziges Kind dorthin zurückzubringen, wo es seiner Meinung nach hingehörte – auf einen Thron in der Hölle.

Wahrscheinlicher noch in ein Schlafzimmer dort, denn Pritkins Vater, Rosier, war Fürst der Inkuben. Das machte Pritkin zu einem mächtigen Halbinkubus, der in der verzerrten Weltsicht seines Vaters lange genug auf Erden herumgealbert hatte. Es wurde Zeit für ihn, sein Erbe anzutreten und der Familie zu dienen, indem er sich an die Höchstbietenden prostituierte.

Dass diese Art von Existenz für Pritkin schlimmer war als der Tod, da er seine dämonische Natur und alles, was damit zu tun hatte, hasste, störte Rosier nicht. Er hatte Jahrhunderte auf den Versuch verwendet, einen leiblichen Sohn zu zeugen, den er als Druckmittel in Verhandlungen benutzen konnte, und er hatte nicht die Absicht, ihn jetzt zu verlieren. Im Gegensatz zu Persephone waren Pritkin nicht einmal Besuchsrechte auf der Erde gestattet.

Rosier hatte ihn und plante, ihn zu behalten.

Von wegen!

»Warum machst du so ein Gesicht?«, fragte Billy argwöhnisch.

»Was für ein Gesicht?«

»Als würdest du gleich jemanden erwürgen.«

»Ich weiß nicht, wovon du redest«, gab ich zurück und stieß den Rest der Karten wieder in die Schachtel.

»Okaaaaay. Aber bevor du zu deinem Familientreffen gehst, solltest du vielleicht noch etwas wissen.«

»Zum Beispiel?«

»Zum Beispiel: Wenn deine Eltern sich erhofft haben, in ihrer

Hütte ungestört zu sein, dann ist ihnen das tatsächlich gelungen. Laura meinte, niemand ginge dorthin – nicht einmal die anderen Geister. Dämonen können sich von Geisterenergie noch leichter ernähren als von menschlicher – es gibt keinen Körper, den sie zuerst überwinden müssen, verstehst du? Und sie wollten nichts riskieren.«

»Na und? Ich bin kein Geist.«

»Ich sagte: leichter. Dämonen ernähren sich auch von Menschen sehr gut, wenn sie sich die Mühe machen, und es gibt dort einen ganzen Haufen von denen.«

Ich legte die Stirn in Falten. »Wie viele?«

»Laura wusste es nicht. Sie ist nie selbst dort gewesen, weil sie nicht blöd ist. Aber einige der Vampire kamen ausgesprochen verängstigt zurück. Sie hätten etwas gehört, bei dem es sich um Hunderte von Dämonen gehandelt haben muss. Außerdem berichteten sie, verrückte Lichter gesehen und gespürt zu haben, wie sich der Raum um sie herum verzerrte. Das ganze Programm also. Sie hatten eine Scheißangst.«

Die Falte zwischen meinen Brauen wurde tiefer. »Was für Dämonen waren es?«

»Ist das nicht völlig egal? Die Moral von der Geschichte ist: Wenn die scheißgruseligen Dreckskerle bei Tony sich vor dieser Hütte gefürchtet haben, solltest du es vielleicht auch tun!«

»Meine *Mutter* ist da drin«, rief ich ihm ins Gedächtnis. Und es war nicht so, als könnte sie mit Dämonen nicht fertig werden. Soweit ich die alten Legenden verstand, hatte sie irgendwann einmal praktisch über sie geherrscht.

»Ja, manchmal«, erwiderte Billy griesgrämig. »Und wenn sie gerade unterwegs ist, wenn du auftauchst? Und wie genau willst du das überhaupt anstellen, wenn du die räumlichen Gegebenheiten gar nicht kennst? Du wirst draußen auftauchen müssen, wo du sehen kannst, wo du hingehst, und das bedeutet, dass du durch den Wald zur Vordertür gelangen musst. Und dann wirst du auf jemanden warten müssen, der dich hereinlässt – vorausgesetzt, es ist überhaupt jemand zu Hause. Und während der ganzen Zeit bist du ein leichtes Ziel für einen Haufen hungriger Dämonen. Denn du weißt so gut wie ich, dass du keine Ahnung hast, wie man sie abwehrt …«

»Hör auf damit.«

»Okay, klar. Ich hör damit auf. Sobald du mir sagst, wie du da reinkommen willst.«

Ich schwieg eine Minute. »Jonas kennt sich mit Dämonen aus.«

»Ja. Und ich bin mir sicher, er wird gerade jetzt begeistert über einen weiteren Ausflug zu Tonys Haus sein. Und selbst wenn er mitmacht, es wäre eine Sache, die deine ganze Existenz verändern könnte …«

»Ich gehe nur hin, um zu reden …«

»… und welchen Vorwand willst du ihm dafür liefern, dass du sie sehen willst? Du kannst ihm nicht von dem Magier erzählen, denn dann würdest du ihm verraten, was Pritkin ist. Und du weißt, wie das Corps zu Dämonen steht …«

»Ich habe gesagt, du sollst damit aufhören!«, unterbrach ich ihn wild. Das konnte ich jetzt gar nicht gebrauchen. Noch mehr verdammte Steine im Weg, in einer Woche, die aus nichts anderem bestanden hatte. Einer Woche, in der ich versucht hatte, Mom aufzuspüren, die jedem aus dem Weg ging, der das versuchte. Ihr saßen ihre eigenen Feinde im Nacken, und sie hatte Ausweichmanöver zur Kunstform erhoben.

Und als ich endlich in den sauren Apfel gebissen und begriffen hatte, dass ich in Tonys Haus zurückkehren musste, zum einzigen Ort, wo ich mir sicher war, sie zu finden, stellte ich dort lediglich fest, dass sie nicht da war. Nachdem ich die Schutzzauber überlistet hatte und ein halbes Dutzend Mal beinahe geschnappt worden wäre. Es fühlte sich langsam so an, als sei sie nirgendwo.

Aber dann war Jonas heute Nachmittag aufgetaucht und hatte erklärt, dass er unbedingt jetzt sofort in der Zeit zurückgebracht werden müsse. Mit seiner Hilfe war ich an den Schutzzaubern vorbeigekommen – den meisten jedenfalls –, und Billy hatte die Wahrheit aus Laura herausgeholt. Und jetzt stellte ich fest, dass ich meine Eltern bei Tony gar nicht hatte finden können, weil sie dort nicht gewesen waren. Sie waren in der Hütte gewesen.

Von der ich nun erfuhr, dass sie von einer Armee Dämonen umzingelt war.

»Cass ...«

»Nicht«, sagte ich gepresst. »Nicht jetzt.«

»Doch, jetzt«, ließ Billy nicht locker. »Hör mal, ich habe geholfen, richtig? Ich habe es versucht – wir haben es beide versucht. Aber er ist fort.«

»Ist er *nicht.*«

»Doch, ist er wohl. Und du kannst ihn nicht durch bloße Willenskraft zurückbringen. Sieh mal, selbst wenn du irgendwie dort hineinkommen *würdest*, und selbst wenn sie dir sagt, wie du an Rosiers Hof gelangen kannst, was dann?«

»Dann *hole* ich ihn«, erwiderte ich grimmig.

»Hm-hm.« Billy sah mich an, und er war stofflich genug, dass ich das Mitleid in seinen haselnussbraunen Augen erkennen konnte. »Du weißt doch, dass es nicht so kommen wird, oder? Cass, versteh mich nicht falsch, aber du konntest nicht einmal bei Tony ohne Hilfe einbrechen. Und jetzt denkst du, du könntest einfach so in die Hölle spazieren ...«

»Halt den Mund.«

»... und Pritkin rausholen? Obwohl Rosier höchstwahrscheinlich genau das von dir erwartet? Obwohl er *vorbereitet* ist?«

»Billy! Sei still!«

»Diesmal nicht«, sagte er energisch. »Du musst dir das anhören. Da niemand sonst weiß, was du ausheckst, bin ich der einzige, der versuchen kann, es dir auszureden. Cass, es ist *Selbstmord.* Pritkin hat alles aufgegeben, um dich zu retten; denkst du, er würde wollen, dass du dein Leben wegwirfst bei dem Versuch, ihn zurückzuholen?«

Ich stand abrupt auf, weil ich nicht länger stillsitzen konnte. Aber das brachte Billy auch nicht zum Schweigen. Natürlich nicht. Das Mittel dafür hatte ich noch nicht gefunden.

»Selbst wenn du ihn gegen alle Wahrscheinlichkeit dort herausholen könntest – was denkst du, passiert dann?«, fragte er scharf. »Es würde sich dadurch ja nichts ändern. Er hat gegen seine Bewährungsauflagen verstoßen oder wie immer du es nennen willst. Rosier würde ihn einfach zurückschleifen ...«

»Das wissen wir nicht!«

»Doch, tun wir. Pritkin hat es dir *gesagt* …«

»Er hat gesagt, was er wusste. Aber vielleicht wusste er nicht alles«, wandte ich ein und versuchte, auf und ab zu gehen, was ich aber wegen der verdammten Scherben auf dem Boden nicht tun konnte. Ich trat einen Schwung davon aus dem Weg, und die Glassplitter blitzten für einen Moment im hereinfallenden Licht wie züngelnde Flammen auf.

»Ach. Du weißt also mehr über die Hölle als ein Typ, der dort gelebt hat.«

»Nein, aber vielleicht tut meine Mutter es!« bestürmte ich ihn. »Sie hat ebenfalls dort gelebt, wenn die alten Legenden recht haben. Und das jahrhundertelang! Wenn es ein Schlupfloch gibt, dann wird sie es kennen!«

»Und wenn es keins gibt?«

»Dann gibt es keins«, sagte ich, verschränkte die Arme vor der Brust und funkelte ihn wütend an. »Aber bis ich das höre – von *ihr* –, werde ich nicht einfach aufgeben. Ich kann nicht, Billy – kapierst du das denn nicht?«

»Oh, ich kapiere es durchaus«, murmelte er. »Ich bin mir nur nicht sicher, ob du es kapierst.«

»Was soll das heißen?«

Er schüttelte den Kopf. »Nichts. Einfach … nichts. Aber die Tatsache bleibt, dass du nicht zu ihr gelangen kannst, um sie zu fragen.«

Plötzlich erschöpft setzte ich mich auf das Bett. Es war ein langer Tag am Ende einer langen Woche gewesen, und mein Brustkorb schmerzte. Ich wollte schreien, weinen, mit Dingen werfen, hatte aber die Energie dazu nicht mehr. Ich wollte ohnmächtig werden und Pritkin finden, wenn ich aufwachte. Ich wollte …

Gott. Manchmal wusste ich nicht einmal, was.

»Nicht heute Nacht«, gab ich zu und rieb mir den Nacken. Wenn ich mich schon nicht dazu in der Lage fühlte, mit ein paar neugierigen Hexen fertigzuwerden, konnte ich es gewiss nicht mit dem aufnehmen, was immer die gute alte Mom da bewachte.

»Komm zurück in die Suite«, sagte Billy leise. »Bevor Marco

wegen dir noch einen Herzinfarkt bekommt. Ruh dich ein wenig aus. Morgen … sehen die Dinge vielleicht anders aus.«

Mit anderen Worten, morgen würde ich vielleicht zu Verstand kommen.

»Ja, vielleicht«, antwortete ich, weil ich nicht länger streiten wollte.

Billy nickte und verblasste. Dabei schaffte er es, erleichtert zu wirken. Was meine Stimmung nicht verbesserte. Er hörte sich in letzter Zeit zwar anders an, aber Billy Joe war eigentlich kein furchtsamer Typ. Er war zu seinen Lebzeiten ein Spieler gewesen, der um hohe Einsätze gespielt hatte, bis er in einem Sack auf dem Grund des Mississippi gelandet war, weil er die falschen Leute betrogen hatte. Wenn Billy dachte, etwas sei zu riskant …

Nun, sagen wir einfach, dann standen die Chancen nicht allzu gut.

Es war auch nicht alles falsch, was er gesagt hatte. Aber das galt auch für das, was zu erwähnen er sich nicht die Mühe gemacht hatte. Dass Pritkin, lägen die Dinge andersherum, gekommen wäre, um mich zu holen. Ob es mir gefiel oder nicht, ob ich wollte, dass er es riskierte oder nicht, er hätte mich nicht einfach aufgegeben. Das wäre ihm wahrscheinlich nicht einmal in den Sinn gekommen. Ich wusste das mit größerer Gewissheit, als ich wusste, wo die Sonne morgen aufgehen würde.

Also konnte ich ihn auch nicht aufgeben!

Ich rollte mich auf seinem unordentlichen Bett zusammen, und selbst nach einer Woche rochen die Laken immer noch gut. Nach Seife und Schießpulver und Magie. Ich lag da, starrte an die Decke und weinte nicht. Weil das Schwäche war und weil ich es mir nicht leisten konnte, schwach zu sein.

Und weil man nur um Leute weinte, die nicht zurückkamen.

Und das war hier nicht der Fall, ganz gleich, wie es aussah. Ich musste ihn holen, musste ihn von seinem verhassten Vater wegbringen, musste einen Weg finden, ihn zu behalten. Und dafür musste ich zu meiner Mutter gelangen.

Irgendwie.

Aber es war eine Woche vergangen, und bisher hatte ich nicht einmal diesen ersten Schritt geschafft. Ich hatte mich verausgabt, indem ich wie eine Verrückte durch die Zeit gerast war. Ich war von Wachen durch den alten Pythia-Hof gejagt worden, wäre in London beinah überfahren und von Tonys Schlägern fast erschossen worden. Und wofür? Ich war dem Ziel, Pritkin zu finden, nicht näher als vor einer Woche.

Als er mich verlassen hatte.

Fünf

»Der Stern …«

Ein leises Murmeln weckte mich.

»Der Stern … der Stern … der Stern …«

Ein leises, nervtötendes Murmeln. Ich stöhnte und rollte mich herum, denn es war verdammt noch mal zu früh. Das Murmeln wurde plötzlich gedämpfter. »Der Stern … der Stern … der Stern …«

Ich stöhnte abermals und richtete mich auf.

»Der Stern gilt bekanntermaßen als die schönste Karte im Tarot«, informierte mich eine selbstgefällige Stimme von irgendwo unter meinem Hintern. »Es ist außerdem eine der Glück verheißendsten Karten, wenn auch vielleicht nicht so, wie es vielen Leuten lieb ist. Der Stern …«

Ich tastete benommen und immer noch im Halbschlaf um mich und fand nichts.

»… bedeutet, dass Erfolg möglich ist, aber er kommt erst mit der Zeit und nur durch große Anstrengung. Der Stern leuchtet am Nachthimmel, ein Lichtstrahl in einer dunklen Welt. Er inspiriert die Fragende zu einer heldenhaften Suche …«

Etwas klebte an der Rückseite meiner Beine. Ich schälte es herunter und hielt es vor meine schlaftrunkenen Augen. Und sah ein kleines Rechteck mit einer Nachtszene: ein nacktes Mädchen mit einem Krug in einem Garten.

»… die einer entsprechend großen Belohnung würdig ist«, schwadronierte die kleine Tarotkarte weiter. »Sollte die Fragende die unausweichlichen Fährnisse, Fallen und bisweilen tödlichen Gefahren überleben …«

»Überleben?«

»… die ihr auf dem Wege begegnen, wird die Belohnung so süß sein wie das klare, kalte Wasser, das die liebreizende Maid in den

Teich gießt, in dem sich das Sternenlicht widerspiegelt. Und wenn nicht …«

»Was?«, krächzte ich. »Was, wenn nicht?«

»… dann darf sie gewiss sein, dass sie in der Verfolgung eines bewundernswerten Ziels gefallen ist«, sagte die Karte, und ihr zartes Stimmchen schwoll leidenschaftlich an. »Im Himmel werden Loblieder über deinen Mut erschallen, so wie für die Helden, nach denen die Sternbilder benannt sind, und die Kunde deines Ruhms soll durch die Äonen widerhallen …«

»Ach, sei still«, unterbrach ich die Karte und tastete auf dem Nachttisch nach dem Kartenpäckchen. Ich fand es nicht. Toll, dachte ich und rollte mich vom Bett.

Aber nicht von meinem.

Ich fiel auf den Boden und blinzelte die zum Fürchten scheußliche Decke an, die halb mit mir heruntergerutscht war. Statt des Bezugs aus geschmeidigem Satin hatte sie einen aus einem kratzigen, billigen Stoff. Solche Bezüge verwendete das Hotel für Zimmer, die weniger kosteten als ein Billigflug. Und statt des geschmackvollen, hellen Blau war sie wie ein Halloweenartikel in Gelb, Schwarz und Grau gehalten, mit einem geisterhaften Mond, der durch die Äste eines knorrigen und leblosen Baums schien.

Scheiße.

Ich musste versehentlich in Pritkins Zimmer eingeschlafen sein, statt meinen müden Hintern in mein eigenes Bett zu schwingen. Da würde sich Marco sicher ganz besonders freuen. Ich war ein wenig überrascht, dass sie mich nicht bereits gefunden hatten – ich war ja mit einem Auffindezauber der Vamps belegt. Ich hatte ihn einige Male von Pritkin entfernen lassen, aber am Ende war er immer wieder da gewesen, für gewöhnlich binnen einer oder zweier Stunden. Und da Pritkin seit einer Woche fort war, stand zu vermuten, dass sie genau wussten, wo …

Ich rappelte mich hoch, um mich zu sammeln, stolperte jedoch über irgendetwas und sackte gleich wieder zu Boden. Nur dass ich diesmal auf dem Teppich neben einem Paar schmutziger Stiefel landete. Sie waren alt, mit dicken Sohlen und zerkratztem Oberleder, zumindest soweit ich das trotz der Schlammschicht darauf beurteilen konnte. Sie war so dick, dass die Stahlkappe über den Zehen kaum zu sehen war.

Huh. In meinem halbwachen Zustand stellte ich zumindest fest, dass das seltsam war. Aber es blieb unerklärlich.

Ich setzte mich auf und starrte die Stiefel noch ein Weilchen länger an.

Es war nichts besonders Merkwürdiges an den Stiefeln bis auf den Schlamm, der in Vegas nicht unbedingt alltäglich war. Aber es waren solche Stiefel, wie Pritkin sie trug, nützlich, wenn es darum ging, Türen oder Gesichter böser Buben einzutreten, und sie waren, wie er es gewöhnlich tat, achtlos unter das Bett geworfen worden. Oder neben das Bett, nur waren sie unter dem Dreck kaum zu sehen gewesen. Was vielleicht erklärte, warum ich nicht –

Okay, das war es. Sie waren nicht merkwürdig, nur die Tatsache, dass ich sie gestern Abend nicht bemerkt hatte, war merkwürdig. Vor allem da ich sie aus einer Entfernung von zwei Metern hätte riechen müssen. Ich rümpfte die Nase angesichts des Gestanks, der stark an eine Männerumkleide erinnerte, und schob die Stiefel zur Seite. Und spähte in die Düsternis dahinter auf der Suche nach dem verdammten Kartenpäckchen, während eine fröhliche Stimme begann, mich mit spaßigen Tatsachen über die Sternenkarte zu ergötzen.

Das war übel, aber wenn ich sie nicht zum Schweigen brachte, würde sie zu den möglichen Bedeutungen der Karte in Kombination mit andern übergehen. Und dann dazu, wie man sie in den verschiedenen Auslegeweisen deuten sollte. Und wenn ich mich recht erinnerte, würde dem die ganze Geschichte des Tarots folgen, was buchstäblich Stunden dauern konnte, bevor es endlich aufhörte. Und so, wie ich mich fühlte und wie es hinter meinem linken Auge pochte, würde ich noch vorher Migräne kriegen.

Nach einer fruchtlosen Suche unter dem Bett tauchte ich auf und keuchte wegen der Mischung aus Stiefelgestank und Staubmäusen, dann begann ich im zerwühlten Bettzeug nach dem Kartenpäckchen zu suchen, das dort einfach irgendwo sein musste. Aber ich konnte es nicht finden. Vielleicht weil es schwer war, irgendetwas zu sehen in dem gleißenden Sonnenschein, der durch die Vorhänge flutete.

Ich hielt inne und blinzelte sie an.

Die plötzlich weit geöffneten Vorhänge.

Die plötzlich weit geöffneten Vorhänge, die sich im Spiegel über der Ankleidekommode spiegelten.

Und okay, nein. Dieser Spiegel hatte gestern Nacht in ungefähr tausend Stücken überall auf dem Boden gelegen. Ich konnte mich in diesem Punkt einfach nicht irren, oder doch? Ich war in die Splitter getreten und hatte sogar einige weggeschleudert, als …

Ich brachte den Gedankengang nicht mehr zu Ende, denn in diesem Moment geschahen drei Dinge gleichzeitig. Mein Blick wanderte durch das Zimmer, dem es merklich an zerbrochenem Glas, ramponierten Möbeln oder ominösen Flecken mangelte. Meine Nase registrierte nicht den Hauch eines Geruchs von magischen Tränken. Und meine Ohren fingen ein leises, neues Geräusch auf.

Ein Geräusch wie das Piepen eines automatischen Schlosses, durch das eine Schlüsselkarte gezogen wird.

Ich drehte mich um, sah, wie der Türknauf sich drehte, und versuchte zu springen. Aber mein verwirrter Geist kam nicht mit. Stattdessen hatte er sofort auf Fluchtmodus geschaltet. Doch aus irgendeinem Grund hatte er beschlossen, dass meine Sicherheit den Versuch notwendig machte, mich in die paar Zoll Raum unter dem Bett zu quetschen. Nur dass ich das nicht konnte, weil die verdammten Stiefel im Weg waren. Als ich sie zur Seite gestoßen und mir die immer noch redende Tarotkarte in mein Shirt gestopft und begriffen hatte, dass bereits etwas zwischen meinen Brüsten klemmte – nämlich der schmale, speckige Karton –, und die Karte hineingeschoben hatte und mich dann zu den Staubflusen unter das Bett schieben wollte …

Da war es zu spät.

Die Tür wurde geöffnet, und jemand kam herein. In Sneakern steckende Füße bewegten sich leise über den gefliesten Boden im Türbereich. Sie hielten abrupt inne, und einen Augenblick war nichts zu hören. Es blieb still. Dann sah ich die Sneaker lautlos über den Teppich kommen, bevor sie erneut stehen blieben, diesmal am Bett.

Ihr Träger wurde mit dem Anblick meines Hinterns belohnt, der in der Luft zappelte wie der von Pu dem Bären, als er aus Rabbits Haus ragte. Er hatte es nicht mit dem Rest von mir unters Bett geschafft.

Einen Moment lang wurde nicht gesprochen.

Dann lüpfte ein einzelner Finger die schmuddelige Tagesdecke. Und ein klares, grünes Auge spähte unters Bett. Ich starrte es an, und die paar zusammenhängenden Gedanken, zu denen ich eben noch fähig gewesen war, verflüchtigten sich.

»Gibt es ... ein Problem?«, fragte mich eine milde Stimme.

Ich leckte mir die Lippen, denn wie üblich, wenn es mich betraf, war der Ausdruck »Problem« unzureichend. Ich öffnete den Mund zu einer Antwort, und Gott weiß, was ich gesagt hätte. Nur dass Sprechen im Moment eins der vielen Dinge war, die nicht funktionierten.

Ebenso wenig wie Körperkontrolle. Denn im nächsten Moment, als ich unter dem Bett hervorgezerrt wurde und zu einem Paar ach so vertrauter grüner Augen aufschaute, hing ich einfach schlaff da. Und gaffte.

In ein Gesicht, das ich kaum anblicken konnte.

Nicht dass es unattraktiv gewesen wäre. Das hatte ich früher einmal so empfunden – die übergroße Nase, die Augen, die so hart wirkten wie Glas, und der Ich-habe-mir-heute-nicht-die-Mühe-gemacht-mich-zu-rasieren-und-gestern-möglicherweise-auch-nicht-Stoppelbart verliehen ihm nicht gerade das Aussehen eines Filmstars. Aber in John Pritkin steckte eine Menge mehr als Aussehen, obwohl mir das erst in letzter Zeit langsam aufgegangen war. Das starke, halsstarrige Kinn, der muskulöse Körper und die humorvollen Spitzen in seiner wortkargen Art – zum Teufel, selbst die starren, blonden Stacheln, die er Haare nannte, hätte man nicht als gutaussehend bezeichnen können, aber alles zusammen ergab das gewisse Etwas.

Was vielleicht beunruhigend gewesen wäre, hätten mich im Moment nicht so viele andere Dinge beunruhigt.

»Was ist los?«, fragte Pritkin und hielt mich an den Oberarmen fest, während sein Gesicht plötzlich vor mir verschwamm.

Ich versuchte, mich zusammenzureißen, aber es gelang nicht. Dass er so plötzlich auftauchte, war … nun, es war vermutlich so, wie die meisten Leute es empfanden, wenn sie einen Geist sahen. Es war verblüffend und berauschend und seltsam furchteinflößend …

Und unmöglich, begriff ich, als ich wieder klar denken konnte.

Rosier hatte wohl kaum entdeckt, dass er ein Herz besaß, und seinen Sohn dorthin zurückgeschickt, wo er hingehörte. So viel sagte mir Pritkins Gesichtsausdruck. Ich konnte zwar nicht voraussagen, welchen Blick ich auf seinem Gesicht vorfinden würde, wann auch immer ich wieder mit ihm zusammen sein würde, aber ich glaubte nicht, dass es milde Sorge gemischt mit einer gesunden Dosis Verärgerung war.

Nein. Dies war ich, die dachte, sich sehnte, träumte … und gesprungen war, entweder während ich schlief oder beinahe schlief, in eine Zeit zurück, wo ich ihn finden würde. Zurück in eine Zeit, die ich königlich vermasseln würde, wenn ich ich mich nicht einkriegte.

»Cassie …« Pritkin sah langsam ernsthaft besorgt aus, vielleicht weil ich immer noch leblos da hing und ihn anstarrte wie eine Idiotin. Bis auf eine Hand, die sich hob, um sanft sein Gesicht zu berühren. Ich riss sie zurück, denn, tja, davon sollte ich die Finger lassen.

Ich leckte mir abermals die Lippen. »Ähm«, sagte ich und brach ab. Ich wusste nicht, was ich sagen sollte.

Aber etwas in meinem Gesicht musste ihn trotzdem beruhigt haben. Denn er ließ mich los und setzte sich auf die Bettkante, und etwas von der Sorge wich aus seinen Augen. »Wir haben darüber geredet«, bemerkte er trocken.

»Wir … ach ja?«

»Ja. Du kannst nicht einfach hier herunterspringen, weil es schneller ist als der Aufzug. Ich bewahre hier gefährliche Substanzen …«

»Ich habe die Bücherregale nicht angerührt«, unterbrach ich ihn schnell. Die Erinnerung an das einzige Mal, als ich es getan hatte, war nicht angenehm. Nun, bis auf die Tatsache, dass ich hatte beobachten können, wie Rosiers selbstgefälliges Gesicht zu einer

Schleimpfütze geschmolzen war, nachdem einige Dutzend Phiolen mit Dämonenbekämpfungs-Trank darübergekippt worden waren. Und nach allem, was seither geschehen war, war das tatsächlich ziemlich …

»Cassie?«

»Hm-hm?«

»Hier gibt es mehr Gefahren als nur das Bücherregal.«

»Wie was zum Beispiel?«

»Wie dies«, antwortete Pritkin, griff unter das Bett und zog einen seiner stinkenden Stiefel hervor. Und dann riss er etwas aus dem Inneren. Etwas, das …

Er presste seinen Daumen auf etwas, das starke Ähnlichkeit mit einer Granate hatte, nur dass es glatt, stahlblau und mit einer Art Hebel versehen war, wo man den Steckstift vermuten würde. Ein Hebel, den Pritkin schon halb heruntergedrückt hatte, ehe er es bemerkte. Was vielleicht etwas mit dem schrillen Jaulen zu tun haben mochte, das das Ding von sich gab.

Pritkins Augen weiteten sich. Er packte den anderen Stiefel und drehte ihn um. Und dann packte er mich. »Wo ist sie?«

»Wo ist was?«

»Die Trankgranate!«

»Da ist sie doch«, antwortete ich und betrachtete verwirrt den Gegenstand, den er gerade aufs Bett geworfen hatte.

»Nein! Die andere!«

»Es gibt noch eine?«

»Es sollte zumindest noch eine geben!«

»Nun, ich habe keine mitgebracht!«, sagte ich hitzig.

»Was ist dann …« Sein Blick blieb plötzlich an der Vorderseite meines T-Shirts hängen. »Da!«

Und im nächsten Moment riss er mein Shirt hoch. Und zerrte etwas aus meinem BH. Und schleuderte es mit einer heftigen Bewegung weg, die ich kaum sah, bevor er sich auf mich warf.

Wir fielen auf den Boden, und es tat weh, denn Pritkin besteht größtenteils aus Muskeln, und er wiegt eine Menge. Und weil mein Kopf auf dem Weg nach unten die Kante des Nachttischs erwischt hatte. Und weil Pritkins Schilde sich so hart und so schnell schlossen, dass sie zwei Zentimeter meines Haares abschnitten. Das mir prompt in die Augen fiel.

Aber das schien keine große Rolle zu spielen, da wir im Begriff standen, in Stücke gerissen zu werden, und zwar von …

Von einer Granate, die sich alle Zeit der Welt ließ, dachte ich, während Sekunden verrannen und nichts geschah. Bis auf Pritkins Herz, das laut an meinem Ohr schlug, weil ich unter ihm eingezwängt lag, den Kopf zwischen seine Brust und den Boden geklemmt. Irgendwann bekam ich kaum noch …

»Luft«, kiekste ich, und Pritkin stützte sich ab, sodass sich sein Leib leicht anhob.

Und sobald er das tat, begriff ich, was das widerwärtige Jaulen verursachte.

»Der Stern gilt bekanntermaßen als die schönste Karte im Tarot«, sagte ein zartes Stimmchen tadelnd über meinem Kopf. Wo die Karte aus dem Tarotdeck lugte, an das ich nicht herankam. Das jetzt vor der Wand stand, an der es aufgeschlagen war. Achtundsiebzig Karten kreischten herum und drückten gleichzeitig ihre Missbilligung über ihre grobe Behandlung aus.

Pritkin hob den Kopf, um das Deck anzusehen. Dann schaute er wieder auf mich herab. Schließlich kroch er einige Schritte weg, setzte sich auf den Teppich und stützte den Kopf in die Hände.

»Tut mir leid«, sagte ich atemlos, während die Karten fortfuhren, miteinander zu tuscheln.

Pritkin erwiderte nichts.

Das war okay. Das war gut. Ich brauchte einen Moment, um mich zu besinnen.

Und ein Bad, begriff ich, als ich einen Arm hob, um mir die abgetrennten Haare aus den Augen zu wischen. Es waren nicht nur Pritkins Stiefel, die den Raum mit Gestank verpesteten. Ich saß gedemütigt da und konnte nicht glauben, dass ich so eingeschlafen war. »Wird mich irgendetwas umbringen, wenn ich dein Bad benutze?«, fragte ich schließlich.

»Das weiß man bei dir nie.« Pritkins Stimme war gedämpft, da er den Kopf nicht gehoben hatte.

Ich runzelte die Stirn. »Ist das ein Ja?«

Zwei Finger fuhren hoch, um seine Schläfen zu massieren. »Das ist ein Nein. Vorausgesetzt, du nimmst nichts Tödliches mit.«

»Nur Dreck«, antwortete ich und begriff, wie schmuddelig ich war. Es war mir unerklärlich. Ich sah aus, als hätte ich mich in einer Fledermaushöhle herumgetrieben. »Ich gehe duschen«, erklärte ich ihm.

Pritkin reagierte nicht darauf, daher huschte ich hinüber in das winzige Bad, das zu den einfachen Zimmern des Dante's gehörte und ungefähr die Größe meiner Toilettennische oben hatte.

Scheiße. *Oben.* Wo mein jüngeres Ich wahrscheinlich herumhing und tat ... nun, was immer ich vor drei Wochen getan hatte.

Damals hatte Pritkin mich zum ersten Mal zu einem Marsch über einen gottverfluchten Bergpfad in den Vorhügeln der Rockies mitgenommen. Das Corps, der offizielle Name für die Gruppe der Kriegsmagier im Kreis, benutzte ihn als Trainingsplatz. Es war eine denkwürdige Erfahrung gewesen, vor allem deshalb, weil es in der Nacht zuvor geregnet hatte, sodass der ganze Berg in einen Schlammhügel verwandelt worden war.

Pritkin hatte mich trotzdem den Pfad entlang rennen lassen.

Natürlich.

Das einzig Gute war, dass ich mir gegen Ende der Tour bei einem Sturz über eine Baumwurzel einen Knöchel verstaucht hatte und für drei Tage von dem höllischen Training befreit worden war. Dem Zustand seiner Stiefel nach zu urteilen, war das der erste dieser Tage, denn er hätte sie so bestimmt nicht lange herumstehen lassen. Was bedeutete, dass Pritkin vielleicht nicht nach oben gehen würde und dass ich nicht so tief im Schlamassel steckte, wie ich ursprünglich gedacht hatte.

Nun, vorausgesetzt, mir fiel ein Grund ein, warum ich in sein Zimmer eingebrochen war und aussah wie ein Kriegsflüchtling. Das T-Shirt, beziehungsweise der Rest davon, den die Ziegelsteine nicht zerfetzt hatten, war mit Ruß bedeckt, meine Jeans sahen aus, als hätte ich für eine Rolle als Schornsteinfeger vorgesprochen, und mein Haar – das, was noch übrig war – war schmutzig und vom Schlaf verfilzt. Ganz davon zu schweigen, dass ich kreidebleich war wie immer, wenn ich Mahlzeiten ausließ.

Eine Sirene war ich nicht gerade.

Ich starrte mich im Spiegel an und fragte mich, wo dieser Gedanke hergekommen war. Aber es spielte vielleicht keine Rolle. Für einen Mann, der in Bezug auf andere Dinge so scharfsichtig war, schien Pritkin nie zu bemerken, wie ich aussah.

Es klopfte, laut genug, dass ich zusammenzuckte. »Ich gehe hinaus.«

Ich öffnete die Tür einen Spaltbreit und streckte den Kopf hindurch, alles Weitere wäre unschicklich gewesen. »Warum?«, fragte ich besorgt.

»Um Frühstück zu holen. Was willst du?«

»Woher weißt du, dass ich nicht bereits gegessen habe?«

Er sah mich nur an.

»Muss es gesund sein?«

Der Blick veränderte sich nicht.

Ich seufzte.

»Ich habe dich gefragt, was du willst«, rief er mir ins Gedächtnis. »Ich werde es dir später abtrainieren.«

»Du hast mir bereits den Fuß gebrochen!«

Er zog eine Augenbraue hoch. »Und doch hast du es geschafft, ziemlich schnell hier hereinzukommen.«

Ich kam zu dem Schluss, dass ich jetzt vielleicht einfach den Mund halten sollte. »Unten im Café haben sie Käse-Schinken-Brötchen, wenn es vor elf ist.«

Pritkin sah mich mit einem seltsamen Ausdruck an. »Es ist halb acht.«

»Nun … dann sollten sie noch genug haben.«

Er sah aus, als wolle er noch etwas anderes sagen, aber dann hielt er inne und kniff die Augen zusammen. *»Genug?«*

»Ich will zwei.«

»Du wirst eins bekommen.«

»Ich habe nichts zu Abend gegessen!«

»Du hast mit mir gegessen«, gab er stirnrunzelnd zurück.

Mist.

»Oh. Ja. Nun, dann eins«, sagte ich schwach und schlug die Tür zu.

Sechs

Ich lehnte mit dem Rücken gegen die Wand, bis ich hörte, wie die Tür zum Flur geöffnet und wieder geschlossen wurde, dann stieß ich einen bebenden Atemzug aus. Gott, ich war so eine Null. Weshalb ich mir einen Vorwand ausdenken, ihm einen Zettel hinterlassen und zusehen sollte, dass ich schleunigst von hier verschwand, bevor er zurückkehrte.

Warum also ging ich stattdessen unter die Dusche?

Vielleicht, weil der aktive Teil meines Gehirns etwas bemerkt hatte, das es dem Rest von mir vorenthielt. Aber es schien wichtig zu sein. Und vielleicht würde ich es herausfinden, sobald ich länger als zwei Minuten wach war.

Ich ließ mir das heiße Wasser direkt ins Gesicht laufen, und ich schätze, es half. Als ich mir das Haar eingeschäumt, ausgespült und festgestellt hatte, dass der Schaden nicht allzu groß war, und nachdem ich Ruß in den Abfluss gespült hatte, der für einen ganzen Schornstein gereicht hätte, hatte ich auch diesen schwer fassbaren Gedanken erwischt. Was bewies, dass mein Unterbewusstsein klüger war als ich.

Ich brauchte einen Dämonenexperten, um überhaupt eine Chance zu haben, Mom zu erreichen. Also hatte es mich zu einem verschlagen. Tatsächlich hatte es mich zu *dem* Dämonenexperten verschlagen, dem Mann, der mehr über Dämonen wusste als alle anderen im Kreis zusammen.

Es gab nur ein Problem: Pritkin hasste meine Sprünge durch die Zeit. Er war absolut der Meinung, dass wir, wenn wir weiter hierhin und dorthin sprangen, früher oder später etwas anrichten würden, das sich nicht wiedergutmachen ließ. Er war so sehr davon überzeugt, dass ich beim ersten Rücksprung in der Zeit, um meine Mutter zu sehen – aus Neugier und nicht, weil es dringend notwendig gewesen wäre – gar nicht daran gedacht hatte, ihn mitzunehmen. Ich hatte bereits gewusst, wie seine Antwort ausfallen würde.

Und wenn man bedachte, wie es gelaufen war – Halbgötter waren in die Party geplatzt, auf der sie gewesen war, und hatten versucht, sie zu töten –, war es wahrscheinlich nur gut so. Pritkin schoss für gewöhnlich zurück, wenn auf ihn geschossen wurde, und das hätte bei diesem speziellen Gegner nicht funktioniert. Aber Dämonen ... ja, er wusste alles über sie.

Die Hälfte der Phiolen, die so untypisch präzise in den Ständern in seinem Bücherregal sortiert waren, waren Tränke für die Bekämpfung verschiedener Arten von Höllenbrut, was sein Job gewesen war, bevor er sich mir Pechvogel verschrieben hatte. Er hatte wahrscheinlich mehr über den Kampf gegen Dämonen vergessen, als der Rest des Corps jemals gewusst hatte. Tatsächlich wusste er vielleicht so viel darüber wie Mom, wie ich ihn aus seiner gegenwärtigen Zwangslage befreien konnte. Nur würde er wohl kaum bereit sein, es mir zu verraten.

Denn Billy hatte recht – Pritkin würde nicht wollen, dass ich ihm in die Hölle folgte. So sehr er seinen Vater hasste, und so sehr er sein momentanes Leben hassen mochte, er würde nicht wollen, dass ich das Risiko einging. Mir stand wahrscheinlich ein mächtiger Anschiss bevor, wenn ich ihn fand ...

Nur dass Billy auch damit recht gehabt hatte, begriff ich. Ich würde ihn nicht finden. Nicht ohne Hilfe.

Ich trat aus der Dusche und in die heiße Luft, die durchs Badezimmer waberte. Der Spiegel war völlig beschlagen, und als ich mit der Hand darüber wischte, änderte sich das nur für eine Sekunde. Aber eine Sekunde war genug. Sie zeigte mir ein Gesicht, das immer noch ein wenig rundlich war von Babyspeck, mit von der Hitze geröteten Wangen, blonden Locken, die mir am Kopf klebten, einer Stupsnase und großen, unschuldigen blauen Augen. Tropfnass sah ich ungefähr so gefährlich aus wie ein ausgestopftes Kaninchen. Tropfnass sah ich ... nun, wie jemand aus, der auf einer tollkühnen Rettungsmission nichts zu suchen hatte.

Ich runzelte die Stirn und machte unbewusst einen gewissen mir bekannten Kriegsmagier nach. Aber während der Ausdruck bei ihm wild und sogar furchteinflößend war, wirkte er bei mir … nun, bei mir sah es vor allem so aus, als hätte ich Verstopfung. Ich seufzte.

Aber anders als in der vergangenen Nacht, als ich mich hilflos und zerschlagen gefühlt hatte und am liebsten aufgegeben hätte, schien es mir heute nicht so wichtig zu sein, dass mir die Qualifikation zur harten Socke fehlte. Denn wenn man bedachte, womit ich es zu tun hatte, hätte es ohnehin keine Rolle gespielt. Ich hätte die größte, böseste Magierin von allen sein können, hätte ein Meistervampir sein können – verdammt, ich hätte eine Armee von beiden haben können –, und es hätte nichts geändert.

Denn ich sah auch keinen von ihnen einfach so in die Hölle spazieren.

Ich war mir auch gar nicht so sicher, ob es im Moment nicht sogar ein Vorteil war, ich zu sein. Denn Billy hatte sich in einem Punkt vielleicht geirrt – ich glaubte nicht, dass Rosier mich erwartete. Warum sollte er auch? Jeder andere, den ich kannte, unterschätzte mich. Jeder andere schaute mich an und sah das flauschige Häschen im Spiegel; gut, fast jeder. Aber trotz seines Alters hatte ich nicht den Eindruck, dass Rosier den Einblick seines Sohnes hatte. Und selbst Pritkin tat manchmal so – wenn er mich nicht gerade einen Berg hinaufscheuchte oder mich über Klippen stieß – als sei ich aus gesponnenem Glas und könnte zerbrechen.

Aber ich war nicht zerbrochen.

Ich würde nicht zerbrechen.

Diesen Luxus hatte ich nicht.

Und Agnes auch nicht. Ich blickte wieder in den Spiegel und befand, dass ich nicht zarter aussah als sie. Vielleicht sogar weniger. Sie war in Strümpfen ganze einssiebenundfünfzig groß gewesen, mit einem herzförmigen Gesicht, Porzellanhaut und einer mädchenhaften Ausstrahlung, von der ich langsam glaubte, dass sie sie mit Absicht kultivierte. Damit die Leute sie unterschätzten.

Und dann schoss sie ihnen in den Hintern.

Ich ließ einen Finger über die schwache Narbe gleiten, die sie mir verpasst hatte und die dank der heilenden Fähigkeiten eines gewissen Vampirs viel unauffälliger war, als sie hätte sein sollen. Sie war jetzt nur noch ein Grübchen und kaum zu sehen. Aber die Sache war die, ich dachte, dass sie damals gar nicht auf meinen Hintern gezielt hatte.

Sie war damals hinter einem Mitglied der Gilde hergewesen, das einer geheimen Sekte von Spinnern angehörte, die die Zeit für ihre eigenen Zwecke verändern wollten, und sie hatte nicht gespielt. Sie hatte auch kein Problem damit gehabt, sich ihm allein an die Fersen zu heften, ohne die Kriegsmagiereskorte, die ihr zustand. Sie hatte mir erzählt, dass sie häufig mehr Probleme schufen als sie lösten, indem sie auf alles schossen, was sich bewegte, und nach dem, was ich in meiner kurzen Bekanntschaft mit dem Corps gesehen hatte, hatte ich keinen Grund, daran zu zweifeln. Aber wahrscheinlich wollten die meisten Leute, die einen gefährlichen dunklen Magier jagten, wohl trotzdem einen oder zwei dabeihaben, nur zur Sicherheit.

Agnes hatte ihnen noch nicht mal gesagt, dass sie ging.

Also, ja, wenn sie angefangen hätte, mir ein paar Worte über das Eingehen von Risiken zu sagen, dann hätte ich ihr mal meine Meinung dazu gesagt. Um sie dann zu fragen, was sie in dieser Situation getan hätte. Nur wäre sie wahrscheinlich nicht darauf eingegangen, weil sie sich geweigert hätte, mit mir zu reden – für den Fall, dass ich ihr einen Hinweis auf die Zukunft gegeben hätte, durch den sie es vielleicht vermasseln konnte.

Aber wenn sie bereit gewesen wäre zu reden … dann wusste ich, was sie gesagt hätte. Was sie getan hätte. Jetzt musste ich nur noch herausfinden …

Die Badezimmertür flog in einem Wirbel vergleichsweise kalter Luft auf, bevor ich den Gedanken zu Ende gedacht hatte. Und ehe ich aufschreien konnte, wurde ich herausgezerrt und gegen die Wand geknallt, sodass ich mit dem Gesicht zur Badezimmertür stand, aus der Dampfwolken herausquollen, als stünde der Raum in Flammen.

Irgendwie passend, wenn man bedachte, dass sie das Gesicht eines fuchsteufelswilden Halbdämons rahmten.

Einen Moment später flogen meine Hände an die Wand neben meinem Kopf, was mich vollständig entblößt hätte, da sie das

Badehandtuch hielten, in das ich mich gerade hatte einwickeln wollen. Nur ließ ich es nicht los. Also wurde das Handtuch mit meinen Händen ausgebreitet und bildete vor mir eine nasse, an mir haftende Barriere.

Die, wenn sie nicht viel magischer war, als sie schien, nicht ausreichen würde.

Denn Pritkin sah verdammt mordlüstern aus.

»Waren die Käsebrötchen aus?«, fragte mein Mund, weil mein Mund ein Idiot ist.

»Wer bist du?«, schoss er zurück und baute sich vor mir auf. »*Was* bist du?«

»Was?« Ich blickte in zornige, grüne Augen.

»Ich spiele keine Spielchen mit dir«, warnte er, seine Stimme leise, tonlos und tot. »Wenn die nächsten Worte aus deinem Mund kein Geständnis sind, werden sie deine letzten sein.«

Daraufhin erstarrte mein Hirn, denn es hatte gesehen, was Pritkin im Zorn tun konnte. Aber mein Mund – mein dummer Mund, der anscheinend nicht mit Hirnsubstanz verbunden war – geriet in Panik. Und plapperte wie ein Wasserfall.

»Töte mich nicht! Töte mich nicht! Ich bin es! Du weißt, dass ich es bin! Es ist wie – Gott! Wieso sollte ein verrückter Attentäter hierherkommen und *deine Dusche benutzen? Wer tut denn so was*? Vor allem wenn sie so dringend mal wieder geputzt werden müsste? Ich meine, manchmal musst du das Zimmermädchen schon hier reinlassen oder aufhören, da drinnen Tränke zu brauen, denn sonst wird dich die Dschungelfäule lange vor den Bösewichten töten und *hau mich nicht so gegen die Wand*! Das tut weh! Ich kann es erklären, versprochen, aber ich kannesnichtwenndumichumbringstohGott!«

Die letzten Worte waren eine Reaktion auf zwei verzauberte Messer, die aus Pritkins altem, grauen Kapuzenshirt glitten, das er zum Joggen anzog, weil sein verschlissener Ledertrenchcoat ein bisschen seltsam dabei aussehen würde. Aber er brauchte etwas, um das Arsenal illegaler Waffen und der Waffen, die illegal gewesen wären, wenn die Menschen von ihnen gewusst hätten, zu verstecken. Die beiden Messer fuhren zu beiden Seiten seines Gesichtes nach oben und untermauerten die Tatsache, dass er mich nicht loszulassen brauchte, um mich auszuweiden, ein Gedanke, der selbst das hirnlose Gebrabbel meines Mundes stoppte. Vielleicht weil er zu sehr damit beschäftigt war zu kreischen.

»Lass das!«, sagte Pritkin, als er mich wieder gegen die Wand warf, was mich natürlich umso heftiger kreischen ließ. Und versuchen ließ, zu springen, nur dass das nicht funktionierte, weil Pritkin mich festhielt. Was bedeutete, dass er mitkam.

Wir landeten drüben am Fenster, was nichts zu meiner Würde beitrug, da mein nackter Hintern jetzt fest gegen die Scheibe gepresst war. Willkommen in Las Vegas, dachte ich hysterisch und fragte mich, ob ich den halben Parkplatz ausleuchtete. Und dann fragte ich mich, warum mir das etwas ausmachte, wo ich doch kurz davor war, von meinem eigenen Bodyguard umgebracht zu werden.

Oder vielleicht auch nicht.

Pritkin ließ mich nicht los, aber die Messer blieben auf der anderen Seite des Raumes. Wenn man bedachte, wie schnell sie diese Situation verändern konnten, war das für mich kein Trost. Aber potenzieller Tod ist besser als bevorstehender Tod, wenn man wählen konnte.

Es sah allerdings so aus, als hätte ich einiges zu erklären.

»Du hast uns gerade weggesprungen«, sagte er vorwurfsvoll.

»Natürlich habe ich das!«, gab ich fieberhaft zurück. »Was sollte ich denn sonst tun? Bleiben und aufgespießt werden?«

»Du bist eine Pythia.«

Ich starrte ihn an. *»Ach was!«*

»Oder eine pythische Eingeweihte, die vorgibt, eine zu sein!«

»Oh, zum – Myra ist *tot*«, rief ich ihm ins Gedächtnis. Meine Rivalin um die Macht der Pythia hatte versucht, mich zu töten, war aber am Ende an meiner Stelle zerfetzt worden. Nicht von mir, aber ich hatte ihr auch nicht viele Tränen nachgeweint.

»Es gibt andere Eingeweihte«, erinnerte mich Pritkin, während er sich näher heranschob und mir mit schmalen Augen ins Gesicht sah.

Ich zitterte. Aber nicht wegen der Worte. Sondern weil mir mein nackter Arsch am klimatisierten Fenster gerade eine Ganzkörpergänsehaut bescherte.

Zumindest redete ich mir das ein.

Ich versuchte, wegzugleiten, aber ich konnte nirgendwo hin. Ich klebte bereits an dem verdammten Fenster. Und das Gefühl glatter Kälte auf einer Seite und harter Hitze auf der anderen war … ablenkend.

Wie diese Augen, die mit einer Intensität auf mir ruhten, die meine Haut kribbeln ließ und mich unruhig und nervös machte. Oder wie die Hitze seines Körpers, die durch das nasse Handtuch drang, oder die starken Finger, die sich mir in die Haut gruben, oder der heiße Atem auf meinem Gesicht. Zumindest nahm ich an, dass das der Grund war, warum mein Atem sich beschleunigt hatte und mir schwummrig geworden war. Ich war plötzlich seltsam dankbar, dass meine Hände neben meinem Kopf festgehalten wurden.

Denn sie wollten ihm unbedingt durchs Haar fahren.

Pritkin sagte etwas, auf das ich wahrscheinlich hätte achten sollen, da er ein wenig … gestresst wirkte. Vermutlich lag es am Misstrauen oder Ärger oder an der Art von frustriertem Zorn, den ich manchmal in ihm zu wecken schien. Aber es fühlte sich nicht so an. Das hieß, für mein Gehirn, das jetzt hellwach war, fühlte es sich schon so an. Aber für meinen Körper …

Mein Körper informierte mich vergnügt, dass Pritkin sich so an mich gepresst wirklich gut anfühlte, diese harten Muskeln und glatten Konturen und verdächtigen Wölbungen. Meinem Körper gefiel die kaum gebändigte Kraft und gezügelte Gewalt, die er verströmte. Mein Körper fand, dass er wirklich gut roch, nach Hitze und Kaffee und Elektrizität.

Mein Körper würde mich noch umbringen.

Und okay, dies war eine unerwartete Komplikation. In einer Situation, die schon kompliziert genug war. Aber es war nicht direkt überraschend.

Pritkin und ich waren in letzter Zeit viel zusammen gewesen, und er war ein Halbinkubus. Verdammt, er war der Sohn ihres Königs oder was immer der Titel der Kreatur war. Es wäre seltsam gewesen, wenn ich *nicht* manchmal etwas gespürt hätte. Und das war ohne die Erinnerung an seine letzte Nacht auf der Erde, als er mir Energie auf die einzige Art gegeben hatte, zu der ein Inkubus fähig war.

Ich schloss die Augen, aber das machte es nur schlimmer, weil es Ablenkungen ausblendete und es mir erlaubte, noch einmal das zu durchleben, was ich eigentlich vergessen wollte. Die vertraute Stimme war ein zischendes Flüstern, sein Rücken war schweißnass und das überraschend weiche Haar streifte mich, als er die Kontrolle übernahm. Und sich über mir bewegte.

»Lass das«, knirschte Pritkin, dessen Stimme den Nebel in meinem Kopf irgendwie durchschnitt. Aber er ließ nicht los. Wahrscheinlich hatte er Angst davor, denn eine Pythia oder eine ihrer Senior-Eingeweihten konnte ohne ihn springen, wenn sie keine Berührung daran hinderte. Aber auf diese Weise klebten wir zusammen, und das wurde langsam wirklich, *wirklich* …

Geil, meldete mein Körper sich begeistert zu Wort.

»Ich habe dir gesagt, lass den Scheiß!«, bemerkte Pritkin und klang sauer.

»Du zuerst«, knurrte ich und riss die Augen auf, um ihn anzufunkeln, denn er war nicht direkt hilfreich.

Natürlich tat es keiner von uns.

Er musste Joggen gewesen sein, wahrscheinlich sein üblicher, morgendlicher Zehn-Meilen-Lauf zum Aufwärmen, bevor er zu mir kam, um mich zu foltern. Zumindest nahm ich an, dass das der Grund war, warum die harten Bauchmuskeln sich unter dem feuchten, khakifarbenen T-Shirt abzeichneten, die dünnen alten Jogginghosen an den richtigen Stellen klebten und die Ärmel des Kapuzenshirts bis zu den Ellbogen hochgeschoben waren und das Muskelspiel seiner Unterarme zeigten. Und dann waren da diese Hände und diese Augen und dieser Mund …

Ich schauderte wieder, diesmal ein ausgewachsenes Beben, und er fluchte. Aber das schien keine Rolle zu spielen. Denn es war als Knurren herausgekommen, und das gefiel meinem Körper ebenfalls. Meine Hüften bewegten sich automatisch und pressten uns aneinander, und ich stieß ein leichtes Keuchen aus, weil es so ein gutes Gefühl war.

Und keuchte gleich noch mal, als ich abrupt losgelassen wurde.

Es ging so schnell, dass ich beinahe das Handtuch hätte fallen lassen. Ich musste es hastig schnappen, und dann blieb ich einfach da und atmete schwerer, als eigentlich nötig gewesen wäre, während ich immer noch gegen das infernalische Fenster gedrückt war. Denn er war noch so nah, dass ich unweigerlich wieder mit ihm zusammenstoßen würde, wenn ich mich rührte.

Und das hielt ich für keine gute Idee.

Pritkin hatte sich einige Schritte entfernt, aber er hatte der gefährlichen Kreatur, die in sein Zimmer und sein Leben eingedrungen war, nicht den Rücken zugekehrt. Daher konnte ich die Röte auf seiner Haut und den Ärger auf seinem Gesicht sehen. Ärger, den ich ausnahmsweise einmal überhaupt nicht verdiente.

»Was zum Teufel war das?«, fragte ich schrill.

»Meine Fähigkeiten werden durch starke Gefühle ausgelöst«, sagte er steif. »Entweder meine oder die von jemand anders.«

Inkubuskräfte. Kein Wunder, dass ich mich so fühlte … wie ich mich fühlte. »Nein! Ich meinte, *das*«, stelle ich richtig und wedelte mit dem Arm, der nicht damit beschäftigt war, das wenige an Würde, das mir noch geblieben war, zu bedecken. »Das ganze Rumwerfen und das Messerfuchteln und das … *das*. Was ist los mit dir?«

»Nichts.« Vorwurfsvolle grüne Augen fingen meinen Blick auf. »Abgesehen von der Tatsache, dass der Verfolgungszauber, mit dem ich dich belegt habe, deinen gegenwärtigen Aufenthaltsort lokalisiert – fünf Stockwerke über uns.«

Verdammt. Daran hätte ich denken sollen. Die Vamps waren nicht die einzigen, die mich mit einem Suchzauber belegt hatten. Pritkin hatte seinen eigenen, um mich in einem Notfall ausfindig zu machen. Aber wie alle Zauber musste er erneuert werden. Und er war in letzter Zeit nicht dagewesen und konnte es nicht tun.

Was bedeutete, dass der einzige Zauber in diesem Zeitrahmen meinem anderen Ich anhaftete.

Und das bedeutete …

»Ach du heilige Scheiße!« Ich packte ihn mit meiner freien Hand. »Hast du mit ihr gesprochen?«

»Über dich? Nein, ich habe nur angerufen …«

»Du hast *angerufen*?« Ich schüttelte ihn. »Was hast du gesagt?«

Er runzelte finster die Stirn. »Ich habe mich nach ihrem Befinden erkundigt und mich davon überzeugt, dass es tatsächlich sie war. Du. Verdammt! Wer *bist* du?«

»Was denkst du denn?«, fragte ich zurück und setzte mich auf die Fensterbank, da ich vor Erleichterung plötzlich weiche Knie bekam.

Gott, wenn er etwas gesagt hätte, und mich das dazu gebracht hätte, irgendetwas anders zu machen ... aber er hatte es nicht. Er konnte es nicht getan haben. Der Beweis dafür war die Tatsache, dass ich immer noch hier war anstatt irgendwo in tausend Stücken auf einem Feld verstreut zu liegen.

»Du kommst aus Cassandras Zukunft, nicht wahr?«, wollte Pritkin wissen.

»Tolle Art, auf dem Laufenden zu bleiben«, gab ich zurück und schob mir nasses Haar aus den Augen. Als ich aufschaute, funkelte er auf mich herab, aber ich war viel zu erschöpft, um mich darum zu kümmern. »Hör mal, ich brauche etwas ...«

»In der Tat.«

»Komm mir nicht britisch«, blaffte ich. Die steife Oberlippe ging für gewöhnlich einem Wutanfall voran, aber ich hatte bereits einen, und wir durften nie einen gleichzeitig bekommen. »Ich brauche Waffen. Gegen Dämonen. *Viele* Dämonen.«

»Nein.«

Ich hatte mir das Handtuch umgelegt und war dabei, es festzustecken, weil ich den Leuten unten lange genug eine kostenlose Show geboten hatte, daher war ich mir nicht sicher, ob ich richtig gehört hatte. »Wie bitte?«, fragte ich liebenswürdig.

»Du hast schon verstanden.« Pritkin hatte wieder seinen üblichen Stahlblick aufgesetzt. Und seine Stimme hatte wieder ihren normalen Ton angenommen, diesen leichten, singenden Tonfall am Ende eines Wortes. Aber das bedeutete nur, dass er weniger mordlüstern war, nicht hilfsbereiter.

»Ich brauche Waffen«, wiederholte ich. »Etwas, das leicht in der Handhabung ist. Ich weiß nicht, wie man gegen Dämonen kämpft ...

»Weshalb du keine bekommst«, wurde mir energisch beschieden. »Eine Gruppe von gefährlichen Wesen zu verärgern, indem du auf sie schießt, wird dein Leben kaum verläng…«

»Auf sie schießt?« Ich horchte ein wenig auf. Denn das wäre gut. Nun ja, jedenfalls besser als nah genug an sie heranzukommen, um einen Trank über ihnen auszukippen.

»Es gibt keinen Grund, über Waffen zu sprechen, die du nicht benutzen wirst«, sagte Pritkin.

Ich hörte kaum zu, weil ich damit beschäftigt war, sein Dämonenbekämpfungsarsenal zu checken. Ich nahm an, dass es das war, wenn man bedachte, dass die meisten seiner Waffen in einer Truhe waren oder in seinem Kleiderschrank den Raum beanspruchten, der für Kleider bestimmt war. Aber ich schätzte, dass die Sachen für den Kampf gegen Dämonen zusammen aufbewahrt würden, denn Pritkin war äußerst pingelig, was seine Waffen betraf.

Also ging ich zum Bücherregal.

»Wofür ist das?«, fragte ich und griff nach einer der unheimlich aussehenden Waffen, die an der Wand über den Ständern mit den kleinen Phiolen angeordnet waren. Sie hatte eine Mündung, die mindestens doppelt so groß war wie die einer Fünfundvierziger, und sah aus wie ein Elefantentöter. Sie war bestimmt schwer …

Eine Hand schloss sich um mein Handgelenk, bevor ich die Gelegenheit hatte, es herauszufinden.

»Fass. Nie. Meine. Waffen. An.«

Ich funkelte ihn an; sein Griff war stark genug, um mir wehzutun. »Aua.«

Er entschuldigte sich nicht, und er ließ auch nicht los, obwohl sich sein Griff etwas lockerte. »Mit dieser Waffe kannst du nicht umgehen.«

»Woher weißt du das?«

»Ich habe dich schießen sehen«, sagte er mürrisch und nahm sie von der Wand.

»Du hast mich nicht *damit* schießen sehen.«

»Und das werde ich auch nicht. Was für Dämonen?«

»Was?«

»Dämonen. Mit welcher Art hast du es zu tun?«, wollte Pritkin wissen.

»Ich weiß es nicht.«

»Du *weißt* es nicht?«

»Meine Information war nicht so präzise«, entgegnete ich, verletzt von der Ungläubigkeit auf seinem Gesicht. Wenn er wüsste, was ich durchmachen musste, um wenigstens das zu erfahren. »Man hat mir nur gesagt, dass es viele sind. Sie haben dieses Haus umstellt, und ich ... nun, ich muss da rein.«

»Wo ist das Haus?«

»Warum musst du das wissen?«

Er sah mich entnervt an. »Verschiedene Gruppen von Dämonen frequentieren verschiedene Gebiete. Sie halten sich oft in bestimmten Gebieten auf, so wie früher deine Vamps. Zu wissen, wo dieses Haus ist, könnte uns möglicherweise verraten, womit du es zu tun hast, oder das Feld zumindest eingrenzen.«

»Ja«, sagte ich, weil das logisch klang. »Nur, nein.«

Pritkin legte die Stirn in Falten. »Was?«

Ich sagte nichts. Mir war gerade klar geworden, dass ich nichts sagen *konnte*. Geografie spielte keine Rolle, denn diese Dämonen waren nicht aus den üblichen Gründen dort. Sie waren dort, weil Mom sie beschworen hatte – oder was immer man tat, um eine unheilige Armee zusammenzurufen. Ich konnte ihm nicht sagen, wo ich hinwollte, denn er wusste, wo Tonys Farmhaus war, und er würde mir noch weniger helfen wollen als Jonas, mich an meiner eigenen Vergangenheit zu vergreifen. Und natürlich war das, was ich vorhatte, verboten, da er auf keinen Fall meinem Plan zustimmen würde, mir zu helfen, in die Hölle zu gehen.

Im Grunde genommen konnte ich ihm gar nichts sagen.

»Ich kann dir gar nichts sagen«, erklärte ich und wusste, wie gut das wahrscheinlich ankommen würde. »Ich wünschte, ich könnte es, aber ich kann es nicht. Ich brauche einfach etwas, womit ich durch einen Wald voll unbekannter Dämonen zur Vordertür komme und genug Zeit habe, dass mich jemand hereinlässt. Hast du etwas in der Art?«

Pritkin verschränkte die Arme vor der Brust und schaute zornig auf mich herab. »Ja.«

Sieben

»Dich habe ich damit nicht gemeint«, sagte ich heftig, als wir einige Minuten später mitten auf einem dunklen, nebligen Feld auftauchten.

Pritkin war zu sehr damit beschäftigt, das Gelände in Special-Ops-Manier abzusuchen, um sich mit einer Antwort aufzuhalten. So wie er nicht erwähnt hatte, dass er beabsichtigte, mich zu packen, als ich gerade begann zu springen. Ich hätte es wissen müssen, als er plötzlich kooperativ wurde, aber ich war von dem Versuch abgelenkt gewesen, mir das zu kurze, smaragdfarbene T-Shirt, das er mir geliehen hatte, über den Hintern zu ziehen.

Das klappte nicht so besonders.

Ich zog das Shirt wieder herunter und wünschte, er wäre größer oder ich hätte einen Mantel. Es war kühl, und das dünne T-Shirt trug nicht viel dazu bei, eine Gänsehaut zu verhindern. Oder ein paar andere Dinge.

»Sieht man, dass ich keinen BH trage?«, erkundigte ich mich nervös. Ich hatte nicht viel darüber nachgedacht, was ich beim Besuch bei meinen Eltern anziehen würde, aber ein dünnes altes T-Shirt mit nichts darunter stand nicht auf der Liste.

»Es ... war mir nicht aufgefallen«, erwiderte Pritkin.

Ich schaute auf die anstößigen Hügel hinab, die sich gegen die weiche, grüne Baumwolle pressten. Und zwei spitze Bemerkungen über meinen Mangel an Unterwäsche machten. »Denkst du, irgendjemand sonst wird es bemerken?«

Er schaute mich an und wandte dann schnell den Blick ab. »Nun ...«

»Nun *was?*«

»Sie ... wackeln ein wenig.«

»Wackeln?« Ich schaute entsetzt an mir herab. Hier *wackelte* nichts rum; ich war zu jung, um da was herumwackeln zu haben. Ich hüpfte ein wenig auf den Zehen, und sie bewegten sich, sicher. Aber das war normal. Oder? »Sie wackeln nicht!«

»Vielleicht war es eine schlechte Wortwahl.«

»Da hast du verdammt recht.«

»Ich meinte nur, dass sie dazu neigen, ein bisschen hin und her zu schwingen, wenn du …«

»Wenn ich was?«

»Überhaupt irgendetwas tust, eigentlich.«

Ich seufzte und machte einen runden Rücken. »Hilft das?«

Pritkin sagte nichts.

»Nun?«, fragte ich.

»Sie sind etwas … groß … um so einfach verdeckt werden zu können von …«

»Sie sind nicht groß!« Ich hatte keine großen, wackelnden Möpse, verdammt nochmal. Ich hatte hübsche, kecke Brüste. Ich war immer stolz auf meine Brüste gewesen. Ich wollte nur nicht nackt vor meinen Eltern stehen, das war alles. »Sie haben die perfekte Größe!«

»Dem widerspreche ich nicht.«

Ich starrte ihn an. Wenn es aus dem Mund eines anderen Mannes gekommen wäre, hätte es sich wie ein Flirt angehört. Aber Pritkin flirtete nicht. Er zog jedoch die Kapuzenjacke aus, die er immer noch trug, und hüllte mich darin ein.

Sie war noch warm von seinem Körper und roch nach ihm. Und die Tatsache, dass er sich wie ein Arschloch benahm, hinderte mich nicht daran, die Jacke und die Hände, die den Reißverschluss zu schließen versuchten, kurz zu umklammern, weil ich ihn nicht loslassen wollte. Hör auf damit, befahl ich mir schroff. Ich würde ihn zurückbekommen. Ich würde …

»Wo sind wir?«, fragte er sanft.

Ich sah ihn nur einen Moment lang stumm an und sagte dann, was gesagt werden musste. »Ich bringe dich zurück.«

»Nein, tust du nicht.«

»Und wie willst du mich daran hindern?« Ich schaute vielsagend auf seine Hände hinab, die sich fest um die weiche Baumwolle des

Kapuzenpullis schlossen. »Indem du mich ankettest? Denn das funktioniert nicht so gut.«

»Nein. Indem ich von dir erwarte, dass du dein Hirn benutzt. Du hast gesagt, du brauchst Waffen …«

»Und du hast sie. Also rück sie raus.«

Eine Lippe zuckte. »Das sind Werkzeuge. *Ich* bin die Waffe. Ohne mich nützen sie dir nur wenig.«

»Ich gehe das Risiko ein!«

»Nein, tust du nicht«, erklärte er mir noch einmal sehr überzeugt. »Dazu bist du zu klug.«

»Wenn ich klug wäre, hätte ich einen anderen Weg gefunden, um das hier zu tun!«

»Vielleicht gibt es keinen anderen Weg.«

»Vielleicht verliere ich den Verstand«, murmelte ich.

»Es ist nicht so schlimm, wenn du dich erst daran gewöhnt hast«, erwiderte er und ließ mich stutzen, denn Pritkin machte normalerweise keine Witze. »Kannst du mir zumindest eine grobe Lagebeschreibung geben?«, fragte er, bevor ich eine Bemerkung dazu machen konnte. Als hätten wir etwas ausgehandelt.

Und das hatten wir wohl auch, da ich automatisch antwortete: »Es gibt da einen Parkplatz – nein. Der kam später. Da sollte ein Haufen Bäume herumstehen, wie ein kleiner Wald.«

Pritkin deutete mit dem Kopf auf etwas hinter mir. »Diese Bäume?«

Ich schaute mich um. Der Nebel sorgte dafür, dass ich nicht allzu viel sehen konnte. Nicht einmal Tonys Haus, das irgendwo weiter rechts liegen musste, vorausgesetzt, die grauen Knubbel entlang des Horizonts waren die besagten Bäume. Ich konnte es nicht mit Sicherheit feststellen, da ich mich nicht daran erinnerte, dass es so viele gewesen waren. Und weil meine Augen kein Interesse an Bäumen hatten.

Sie hielten Ausschau nach den Patrouillen, die Tony immer durch die Gegend schickte und die gerade jetzt lautlos durch den Nebel auf uns zugleiten konnten. Obwohl sie, wenn meine Erinnerung mich nicht täuschte, die meisten Nächte unter der überdachten Einfahrt vorn verbrachten, rauchend und tratschend, denn wer zum Teufel brach schon in eine Vampirfestung ein? Natürlich hatten Jonas und ich es getan, aber das würde erst Jahre später geschehen, nachdem meine Eltern lange tot waren. Also selbst wenn es die Patrouillen veranlasste, danach wachsamer zu sein, sollte es sich nicht auswirken auf …

»Cassie?«

»Ich weiß es nicht«, antwortete ich und versuchte, mich auf die vielleicht richtigen Bäume zu konzentrieren, obwohl meine Augen nach Vamps Ausschau halten wollten. Nicht dass sie sie sehen würden. Das war das Problem. Man sah sie nie … bis sie wollten, dass man sie sah. »Ich sollte wahrscheinlich die Möglichkeit erwähnen, ähm, dass vielleicht noch jemand anderes hier in der Nähe sein könnte …«

»Jemand anderes?« Pritkin runzelte die Stirn. »Du meinst, abgesehen von der Dämonenarmee?«

»… darum sollten wir wahrscheinlich leise sein.«

»Wie leise?«

Ich wand mich leicht. »So leise, dass Vampirohren uns nicht hören?«

Das Stirnrunzeln verwandelte sich in eine finstere Grimasse. »Wie viele Vampire?«, fragte er grimmig.

»Das würde davon abhängen, wie laut …«

Pritkin fluchte – leise.

»Kannst du einen Stillezauber wirken?«, erkundigte ich mich hoffnungsvoll.

»Nein.« Er begann einige der Waffen in den Halftern umzuwechseln.

»Aber Jonas …«

Pritkins Kopf fuhr hoch.

»Ich meine, er konnte, und er hat gesagt, er könnte etwas zusammenbasteln …«

»Und doch hast du nicht ihn mitgenommen, oder?«, fragte Pritkin honigsüß.

»Er war … beschäftigt …«

Pritkin schob einige weitere Waffen in neue Halfter und murmelte etwas, das wie »kluger Mann« klang.

»Aber wenn Jonas es tun konnte«, ließ ich nicht locker, »musst du doch in der Lage sein …«

»Nicht der Zauber ist das Problem«, bekam ich kurz und bündig zu hören.

»Was ist es dann?«

»Magie ist verbunden mit menschlicher Energie.«

»Na und?«

»Menschliche Energie lockt Dämonen an!«

Nun. Scheiße.

Pritkin deutet auf die Hubbel. »Sind das nun die verdammten Bäume oder nicht?«

Ich blinzelte. Sie sahen erheblich unheilverkündender aus als die dünne Linie, die ich in Erinnerung hatte, beinahe wie ein Wald. Aber sie waren auch die einzigen in Sicht.

»Ja«, bestätigte ich. »Denke ich. Vielleicht?«

Pritkin murmelte noch etwas anderes. Das machte er heute Nacht oft. »Gehen wir.«

Es war die richtige Baumgruppe. Ich erkannte es, als wir nah genug waren, um die Lichtstrahlen durch die Äste fallen zu sehen. Es war kein Mondlicht – zu hell und von der falschen Farbe –, eher das Licht eines Feuers oder warmes elektrisches Licht. Aber die Bäume, größtenteils Eichen mit einigen Weymouth-Kiefern dazwischen, machten es unmöglich, mir sicher zu sein, da ich das Haus nicht sehen konnte.

Das, was ich sehen konnte, gefiel mir allerdings nicht.

Durch die seltsame Beleuchtung tauchten überall merkwürdige, sich kreuzende Schatten auf und verwandelten den Bereich unter den Bäumen in ein halbdunkles Labyrinth. Ein nebliges, halbdunkles Labyrinth, in dem die Lichtstrahlen tanzten wie Ufo-Scheinwerfer in Alien-Filmen. Ich schluckte und wünschte mir plötzlich Dr. Scully aus *Akte X* – irgendeine ausgesprochen nüchterne Person, die mir versicherte, dass es für alles im Leben eine schöne, tröstliche, wissenschaftliche Erklärung gab.

Wobei sie allerdings von einem Alien geschwängert worden war, nicht wahr? Also war es vielleicht ganz gut, dass mein Gefährte mehr wie Mulder war. Ein zugekokster Mulder mit einem Haufen

Waffen, der wusste, dass die Monster unter dem Bett real waren und einen *ausweiden* würden.

Pritkin wirkte vorsichtiger als gewöhnlich. Vielleicht gefiel es ihm auch einfach nicht, gegen etwas zu kämpfen, das er nicht einmal benennen konnte. Was immer der Grund war, er hielt an einer abseits stehenden Eiche inne, die wie eine Vorhut ein Dutzend Meter vor den übrigen stand, dann zog er die seltsame Waffe mit dem dicken Lauf, die ich im Dante's gesehen hatte.

»Was ist los?«, fragte ich, plötzlich angespannt. »Stimmt was nicht?«

»Ich spüre nichts.«

»Aber ... das ist gut, oder?« Ich beobachtete, wie er die Trommel wie bei einem altmodischen Revolver aufdrehte.

»Das ist gut, wenn deine Informationen falsch waren«, erklärte er mir finster, während er einige merkwürdige Kugeln aus einem Lederkasten hineinsteckte. Sie sahen aus wie winzige Trankphiolen mit verschiedenfarbigen Flüssigkeiten darin, die gegen die transparenten Seiten schwappten. Ich konnte mir nicht vorstellen, wie etwas so Zerbrechliches heil bleiben konnte, wenn es aus einer Waffe abgefeuert wurde, aber andererseits waren sie wahrscheinlich nicht wirklich aus Glas gemacht. »Wie sicher bist du dir?«

»Ziemlich sicher.«

»Dann ist es nicht so gut«, erwiderte Pritkin trocken.

»Was bedeutet?«

»Eins von zwei Dingen. Entweder gibt es keine Dämonen dort drin ...«

»Oder?«, hakte ich nach, denn er war verstummt, weil er wieder den Waldrand absuchte.

»Oder wir haben es mit etwas zu tun, das alt und mächtig genug ist, sich davor zu schützen, bemerkt zu werden – selbst in großer Zahl.«

Ich versuchte, mein Rückgrat bequemer in die unnachgiebige Borke hinter mir zu drücken. »Also ... das wäre schlecht.«

»Ja. Weshalb du hierbleibst.«

Ich wollte etwas sagen und biss mir dann auf die Lippen, weil das seine Streite-nicht-mit-mir-Stimme gewesen war, auf die ich normalerweise hörte, da er sie nur benutzte, wenn die Kacke schon am Dampfen war. »Du wirst vielleicht schnell wegmüssen«, bemerkte ich nach einer Sekunde. »Ich kann dich dort schneller rausholen als jede Waffe.«

Er ließ die Waffe zuschnappen. »Nicht wenn du tot bist.«

»Wenn wir zusammenbleiben, werde ich das nicht sein. Ich sage dir …«

Ich wurde plötzlich hochgerissen und befand mich im nächsten Moment nur wenige Zentimeter vor seinem Gesicht, mit seinem angespannten Kinn und glühenden, grünen Augen. »Nein. Du sagst mir gar nichts. Nicht darüber. *Du tust, was ich befehle.*«

»Verdammt, Pritkin!«

Das Mondlicht hatte alle Farbe aus seinem Gesicht gewaschen, sodass es nun schwarz und weiß war. So hart und entschieden wie die Hand auf meinem Arm oder der tiefe Klang seiner Stimme. »Du hast nur zwei Möglichkeiten. Du hörst auf mich, und wir gehen weiter; du weigerst dich, und wir gehen zurück. Du hast um meine Hilfe gebeten; du tust es auf meine Art. Ich habe nicht mehr als ein Jahrhundert lang gegen diese Kreaturen gekämpft, um nicht genau zu wissen, wie gefährlich sie sein können. Hast du verstanden?«

Ja klar, ich verstand es gut. Das Problem war nur, dass er es nicht tat. Er dachte, er beschütze mich, aber wenn er am Ende tot war, weil ich nicht da war, um mit ihm wegzuspringen, wären wir beide geliefert. Aber ich konnte das nicht erklären, ohne mehr zu erklären, als für ihn im Moment sicher war zu wissen.

»Wie viel wirst du riskieren?«, flüsterte ich.

»Nicht mehr als nötig. Ich werde finden und herauslocken, was immer dort drin ist. Wenn du mein Signal siehst, lauf zum Haus. Spring hierher zurück, wenn du fertig bist, und ich werde hier warten. Aber beweg dich nur, wenn *ich das Signal gebe*. Wenn ich es nicht tue, bleibst du, wo du bist.«

»Und wenn du nicht zurückkommst?«, fragte ich wütend.

»Dann verschwinde von hier. Geh zurück in deine Zeit …«

»Den Teufel werde ich tun! Ich verschwinde nicht einfach …«

»Dann gehe ich nicht hinein.«

Und dieser mich zur Weißglut treibende Mann verschränkte die Arme vor der Brust, lehnte sich gegen den Baum und sah mich an. Gelassen. Freundlich. Als hätte er die ganze verdammte Nacht Zeit.

Ich funkelte zurück. »Und ich dachte, du hättest dich in letzter Zeit gebessert!«

»Ich habe dich verhätschelt.«

»Verhätsch...« Ich schloss die Lippen vor einem Sturzbach aus Worten, von denen ich keines aussprechen konnte. Nicht nur, weil wir leise sein mussten, sondern weil ich eine Sekunde lang tatsächlich sprachlos war.

Mich zu verhätscheln sollte nicht bedeuten, mich wie eine Rekrutin im Trainingscamp der Marines zu behandeln. Es sollte nicht bedeuten, jeden Befehl in Zweifel zu ziehen, den ich gab. Und es sollte verdammt nochmal nicht bedeuten, sein Leben gegen meines einzutauschen, ohne mich auch nur zu fragen, was ich von der Idee hielt.

Oder wie ich mich danach fühlen würde.

Irgendwie hatte ich bei all den Tränen, die ich in der letzten Woche für den Mann vergossen hatte, vergessen, was für ein absoluter Mistkerl er sein konnte.

Wie zum Beispiel, wenn er wie jetzt begann, gelassen an seinem Fingernagel zu reißen.

»Hör auf damit!« Ich schlug seine Hand weg.

Er schaute verwundert auf.

»Du ... du reißt dir die Nagelhaut ein«, blaffte ich, weil ich nichts anderes sagen konnte.

»Und dann ist mein Abend ruiniert.«

Ich stand einen Moment lang da und erwog ernsthaft, einfach auf die Bäume loszurennen. Er würde mitkommen oder beobachten müssen, wie ich von was immer dort drin war wahrscheinlich aufgefressen wurde. Oder auch nicht. Jeder *andere* Mann würde das müssen.

Pritkin würde mich mit irgendetwas aus seinem Arsenal bewusstlos schlagen, mich über die Schulter werfen und mich Gott weiß wohin verfrachten. Und das war's dann. Nur dass ich, wenn ich morgen aufwachte, der Lösung nicht näher sein würde als jetzt.

Und ich war die Sackgassen langsam verdammt leid.

Ich verschränkte meine eigenen Arme. »Schön.«

»Schön was?«

»Schön, wir machen es auf deine Art.« Als hätte ich eine Wahl.

Was auch immer seine Fehler waren, Häme gehörte nicht dazu. »Warte auf mein Signal«, rief er mir ins Gedächtnis. Und dann war er weg, rannte auf den Waldrand zu und verschwand dort eine Sekunde später.

Und sobald er das tat, war ich mir sicher, dass ich einen Fehler gemacht hatte. Bei meinem Glück sorgte ich wahrscheinlich gerade dafür, dass der Mann durch meinen Versuch, ihn zu retten, umgebracht wurde. Ich spähte um den Baumstamm und krallte die Hände so fest in die raue Borke, dass ich Splitter unter die Fingernägel bekam.

Komm schon, dachte ich verzweifelt, während die Minuten verrannen. Komm schon, komm schon, *komm* schon.

Aber nichts geschah. Da war kein Laut, keine Bewegung, kein irgendetwas. Nur eine sanfte Brise, die den Duft von Regen und Harz mit sich brachte, und eine gedämpfte Stille, die meine Ängste lächerlich erscheinen ließ.

Bis jemand anfing zu schreien.

Ich rannte bereits, ehe ich mich an das Signal erinnerte und dann *zum Teufel mit dem Signal* dachte, denn ich hatte Pritkin noch nie zuvor schreien hören. Und ich hoffte verzweifelt, dass ich es auch jetzt nicht tat. Aber es klang menschlich – wie wenn ein Mensch von einem Bären gefressen, über einem Feuer geröstet oder ihm die Gliedmaßen einzeln ausgerissen wurden, oder …

Ich schaltete mein Gehirn aus, bevor es mich ausschaltete, und beschleunigte das Tempo. Ich hätte einfach springen sollen, aber die Sicht war schlecht, und außerdem war es dafür jetzt zu spät. Der Boden wurde unter meinen Füßen uneben, die Bäume schlossen sich über mir. Ich rutschte und schlitterte auf einem Haufen schwarz verfaulter Blätter einen Hang hinunter und durch eine Wand kratziger Äste. Bevor ich zur anderen Seite durchbrach und hinein in …

Was zum Teufel?

Etwas, das aussah wie zuckende rote Nachbilder, füllte mein Sichtfeld und machte mich halb blind, obwohl ich gar nicht in irgendwelche grellen Lichter hineingeschaut hatte. Außerdem war ich auch nicht mehr außer Atem, aber das ganze Gebiet pulsierte, wie aus der Sicht eines Marathonläufers. Es sah aus wie eine Dämonendisco und fühlte sich an, als stünde ich inmitten eines sich drehenden Kaleidoskops, während dieser unirdische Schrei immer noch anhielt und immer noch und …

So abrupt abbrach, wie er begonnen hatte.

Mit ihm verschwanden auch die Lichter, was toll gewesen wäre, wenn ich dafür nicht durch absolute Dunkelheit taumeln musste, während mein Herz hämmerte, mein Puls raste und mein Verstand vor Entsetzen irgendetwas daherfaselte. Aber mein Mund funktionierte wie gewöhnlich noch ganz gut.

»Pritkin!«, rief ich mit belegter Stimme. »Gottverdammtnochmal, wo …«

»Hier drüben.«

Die Stimme war überraschend ruhig. Oder vielleicht nahmen meine Ohren, die noch vom Geheul klingelten, keine Feinheiten mehr wahr. So wie meine Beine nicht länger in der Lage zu sein schienen, in einer geraden Linie zu laufen. Nicht dass sie das überhaupt gekonnt hätten, bei dem rutschigen Untergrund. Und meine Knie. Und mein Hintern. Ich stolperte und fiel und rappelte mich auf und geriet dann auf einen besonders abscheulichen Haufen Blätter und schlitterte den Rest des Weges bis nach unten.

Wo Pritkin im Dreck kniete, mitten in einem Bereich, in dem etwas weniger Bäume standen. Der dichtere Bewuchs um die Ränder formte eine natürliche Barriere, die der neblige Sprühregen auf das gleiche nasse Grau reduziert hätte, wie alles andere, wäre da nicht diese gruselige Light Show gewesen. Aber Pritkin schien vollkommen unversehrt und ungerührt zu sein.

Zumindest solange, bis er zu mir aufschaute und die Stirn runzelte. »Was machst du hier?«

»Ich … was?«, fragte ich stockend, denn die Lichtung drehte sich immer noch um mich. Und weil das eine verdammt dumme Frage war.

»Du hattest die Anweisung, auf das Signal zu warten.«

»Du hast geschrien!«

»Was für gewöhnlich ein Zeichen ist, dass man sich fernhalten sollte«, erwiderte er. Die Falte zwischen seinen Brauen wurde tiefer. »Außerdem war ich das nicht.«

»Wer hat dann ...«

»Nicht wer. *Was*«, unterbrach er mich und versuchte, mir etwas in die Hand zu drücken.

Da es starke Ähnlichkeit mit einer schleimbedeckten Schlange hatte, wich ich zurück. »Was zum ...«

»Hat dieser Vampir, bei dem du gelebt hast, dich nie in einen Spielzeugladen mitgenommen?«

Ich starrte ihn an. »Was?«

»Zu einem besonderen Anlass, einem Geburtstag ...?«

»Tony hielt mehr davon, Geschenke zu bekommen, als welche zu geben«, erwiderte ich und bückte mich, um das unheimliche Ding zu betrachten, das er in der Hand hielt. Es war lang und schwarz und leblos, und es sah immer noch entweder wie eine kurze Schlange oder wie eine lange Schnecke aus. »Willst du mir sagen, das ist ein *Spielzeug*?«

»War. Der Zauber hat ausgespielt.«

Gott sei Dank.

»Du meinst, das war nicht irgendeine Art von Kampfzauber?«, fragte ich und deutete entrüstet auf meine Umgebung, wobei ich beinah umfiel. Okay, das wurde ermüdend. »Und was zum Teufel ist los mit mir?«

»Ein Streich«, antwortete Pritkin, und seine Lippen zuckten in seiner Version eines Lächelns. »Das magische Äquivalent eines Furzkissens. Aber statt Peinlichkeit bringt die visuelle Komponente des Zaubers die Sehnerven in Verwirrung. Am besten nicht anschauen.«

Das sagte er mir jetzt.

»Vorsicht. Es gibt wahrscheinlich noch mehr davon«, fügte er hinzu, als ich einen Schritt machte.

»Woher weißt du das?«

»Sonst würden sie sich nicht als Alarmanlage eignen.« Er hielt einen Finger hoch, auf dem oben eine dünne Schnur ruhte. Dann zog er sanft daran, und die Verlängerung davon kam aus dem Dreck hervor, und an ihr hing alle paar Meter eine weitere »Schlange«. Es sah aus wie ein Geburtstagsbanner für die *Addams Family*, aus dessen Ballons vorzeitig die Luft entwichen war.

»Eine Alarmanlage – okay, das ist einfach bescheuert«, bemerkte ich.

Er zog eine blonde Augenbraue hoch. »Wenn es bescheuert aussieht, aber funktioniert … dann ist es nicht bescheuert.« Er deutete auf ein kleines, silbernes Ding am oberen Ende der nächstgelegenen Schlange. »Wenn man die Kappe entfernt, löst man sie aus. Glücklicherweise bin ich auf diese draufgetreten, statt über die Schnur zu stolpern und alle Kappen gleichzeitig herauszuziehen. So viel Lärm würde Tote wecken.«

»Tote … oh, *Mist*«, sagte ich und sah mich um.

»Es ist kein schlechtes System«, kommentierte er und legte das schleimige Ding vorsichtig zurück in den Matsch. »Primitiv, aber effektiv, und es benutzt zu wenig Magie, um leicht aufspürbar zu sein. Natürlich setzt es voraus, dass ein Eindringling hier entlangkommen würde. Aber angesichts des Umfangs der Baumstämme an den Seiten, ist das nicht allzu weit hergeholt.« Er sah mich mit schmalen grünen Augen an. »Die Frage ist, warum braucht jemand mit einer Dämonenarmee ein Kinderspielzeug zum Schutz?«

»Das ist eine gute Frage«, stimmte ich zu und versuchte, ihn zu packen.

Aber er war bereits auf den Füßen und wich zurück. »Findest du nicht, es wird Zeit, dass du mir erzählst, was los ist?«

»Los ist, dass wir gleich Gesellschaft bekommen!« Die Dämonen hier mussten wohl taub sein, aber ich kannte einige Leute, die es verdammt nochmal nicht waren.

»Versuch's nochmal«, sagte Pritkin. »Ich bezweifle, dass es hier jemals irgendwelche Dämonen gegeben hat.«

»Zum Kuckuck mit den Dämonen!«, gab ich zurück und griff erneut nach ihm. Und er wich erneut aus. »Verdammt, Pritkin! Tonys Leute könnten das quer durchs ganze Land gehört haben …«

»Tonys Leute?«

Scheiße.

Blonde Augenbrauen zogen sich zusammen. »Das Haus, das wir suchen, gehört *deinem alten Vormund*?«

Scheiße, Scheiße.

»Ich – nein«, erwiderte ich lahm und versuchte, mir die Lüge auszudenken, mit der ich mir zuvor keine Mühe gegeben hatte. Was einfacher gewesen wäre, wenn der verdammte Wald nicht immer noch Cha-Cha getanzt hätte. Ich gab auf. »Tonys Haus ist dort drüben.« Ich zeigte zurück in die Richtung, aus der wir gekommen waren. »Aber es ist nah genug, dass sie dort alles gehört haben können, also müssen wir weg!«

»Einverstanden«, erwiderte er grimmig und griff nach meiner Hand. »Und dann müssen wir reden.«

Nur dass es nicht so aussah, als würden wir auch nur eins von beidem tatsächlich tun. Seine Hand schloss sich um meine, warm und real und stützend. Aber anscheinend nicht ausreichend.

»Was ist los?«, fragte er nach einigen Sekunden, als ich einfach fortfuhr, dort zu stehen und ihn anzusehen.

»Es funktioniert nicht.«

»Du meinst deine pythische Kraft?«

»Nein, meine Gesangskünste«, blaffte ich und versuchte es noch einmal. Und kam wieder nirgendwo hin. Vielleicht weil ich mich nicht konzentrieren konnte, während mein Gehirn so in meinem Schädel herumschwappte. »Wie lange, hast du gesagt, hält diese Wirkung an?«, fragte ich verzweifelt.

»Habe ich gar nicht gesagt. Und es hängt von der Person ab. Vielleicht eine halbe Stunde …«

»Eine halbe *Stunde*?« Ich sah ihn entsetzt an. Es hätte ebenso gut das Ende aller Zeiten sein können.

Und für uns würde es das wahrscheinlich sein.

»Ich kann dir nur sagen, was einige meiner Kollegen erzählt haben, nachdem ein Kleinkind, das zu Besuch war, eins dieser Dinger in der Zentrale losgelassen hat. Niemand hatte ein Schild oben, und einige Leute sah man ungefähr so lange umherstolperten …«

»Nun, das ist ein Problem, oder?«, erwiderte ich und bemühte mich um Gelassenheit, obwohl ich wusste, *wusste*, dass wir geliefert waren. Pritkin war gut, aber er war nur ein einziger Mann, und Tony konnte Dutzende schicken, viele davon Meister. Und auch wenn sie keine magischen Mitbringsel für uns hatten, brachten sie eine Menge Dinge mit, die Peng und Krach machten und *Leuten den Kopf wegbliesen*. Und wir konnten nicht einmal zurückschießen, weil wir vielleicht Pech haben und einen von ihnen töten würden, und das würde die Zeit verändern und dann …

»Vielleicht hat es niemand gehört«, meinte Pritkin, der nicht annähernd besorgt genug wirkte. So viele Bäume haben einen geräuschdämpfenden Effekt, und wir befinden uns in einer Senke …«

»Ja, Pritkin, weil wir garantiert so viel Glück haben, wie immer!«, sagte ich schrill, weil die Sache mit der Gelassenheit nicht funktionierte.

Das war, bevor etwas durch die Bäume brach und über die Lichtung krachte.

Acht

Es war kein Vampir. Jedenfalls nicht, wenn mich meine Erinnerung nicht trog und unter Tonys Leuten jemand von der Größe von Bigfoot war. Aber nach Pritkins Miene zu schließen, die sich zu seinem Was-zur-Hölle-Gesicht verändert hatte, war es auch kein Dämon.

Es sah aus, als hätte ich vielleicht anfangs doch recht gehabt, dachte ich aufgebracht. Ich hätte Scully mitnehmen sollen. Aber *das* hier hätte vielleicht nicht einmal sie in Kategorien fassen können.

Es tauchte aus dem Nebel zwischen den Baumstämmen auf und hielt inne, als suche es nach etwas. Vielleicht nach seinem Kopf, denn es schien keinen zu haben. Es sei denn, man zählte etwas, das aussah wie ein Krötenbauch, den jemand ausgestopft und dann in das Halsloch gezwängt hatte. Es kippte unter einem Schlapphut hin und her wie ein Wackeldackel, und starrte ins Leere, weil die Augen aussahen, als seien sie mit Textmarker aufgemalt.

Vom Hals abwärts schien ebenfalls nichts zusammenzupassen. Das Wesen hatte ungefähr die Größe und Gestalt eines Footballspielers auf Stelzen. Es bestand aus irgendwelchen nicht zusammenpassenden Metallen und einer Menge Glas, Letzteres größtenteils ein Haufen runder Gefäße, die in Vertiefungen eines Gegenstandes eingelassen waren, das ich für seinen Panzer hielt. In den meisten schwappte irgendeine silbrig-blaue Substanz, die mit dem Nebel verschwamm, aber eine Reihe kleiner, goldener Gefäße lief diagonal über seinen Leib, ähnlich einem Gürtel mit Tränken, wie ihn Pritkin manchmal trug. Doch wenn es Tränke waren, wusste ich nicht, wie das Wesen einen ergreifen sollte.

Da es statt Händen etwas hatte, das aussah wie Gartenscheren.

Einen Moment lang gaffte ich bloß.

Ich weiß, ich hätte wahrscheinlich Respekt haben sollen, aber es gelang mir nicht recht. Vielleicht weil ich etwas betrachtete, für das jeder gute Horrorfilmproduzent seine künstlerische Abteilung gefeuert hätte. Es sah aus wie der Blechmann aus dem *Zauberer von Oz* oder als hätte Edward mit den Scherenhänden ein Baby bekommen. Es sah aus, als hätte jemand in einer Schrotthalde gewühlt und aus irgendwelchen Fundstücken einen Roboter gebaut. Es sah … nun, es sah dämlich aus.«

»Ein Homunculus«, hauchte Pritkin, ohne dass ich zu fragen brauchte.

Nicht dass es half.

»Was?«, fragte ich, plötzlich eher wütend als irgendetwas sonst. Denn nein, keine Chance. Welche verrückten Gestalten auch immer auf mich losgelassen wurden – bei enthaupteten Robotern hörte es auf. Ich hatte Prinzipien. Ich hatte Maßstäbe. Ich hatte …

Ein Gesicht voller Dreck, als Pritkin mich plötzlich nach unten schubstc.

Etwas blitzte auf, und etwas zischelte. Und es sah aus, als käme der Blechmann doch bestens mit diesen Scheren zurecht. Denn als ich aufschaute, sah ich die Welt durch mehr als eine Schicht Schlamm. Ein Haufen leuchtender, goldener Fäden hatte sich um uns herumgewoben und schwebte etwa eine Armeslänge entfernt in einem hübschen, ordentlichen Kreis. Als seien wir der Fang des Tages.

Was, zugegeben, tja.

»Pritkin …«

»Wenn ich dir sage, dass du laufen sollst«, erklärte er gelassen und ohne den Blick von der Kreatur abzuwenden, »renn zu den Bäumen. Bleib nicht stehen und schau nicht zurück.«

Ich machte mir nicht die Mühe, Einwände zu erheben, da ich keine Möglichkeit sah, dass einer von uns irgendwo hinlaufen würde. »Und wie schütteln wir das Netz ab?«

»So!«, sagte er und versetzte mir einen Stoß.

Und plötzlich sah das Netz aus wie ein Ballon, in den man gerade mit einer Nadel gestochen hatte. Mir blieb eine Sekunde, um zu begreifen, dass sich das Netz an der Außenseite von Pritkins Schilden verfangen hatte, und dass Pritkin, wenn er sie aufklappte, uns einige Sekunden Zeit verschaffte, um unter den schwebenden Fetzen, die wie ein Spinnennetz zu beiden Seiten herunterfielen, hindurchzugleiten. Und dann kroch ich auf dem Bauch durch den Schlamm, erhob mich taumelnd und rannte los …

Und begriff, dass Pritkin nicht hinter mir war.

Als ich herumwirbelte, sah ich ihn mit dem Netz kämpfen, von dem sich ein Teil auf der Rückseite seines Shirts verfangen hatte. Das wäre nicht weiter schlimm gewesen, aber die andere Hälfte hatte sich an den Boden geklebt, und sie musste besseren Halt gefunden haben als die modrigen Blätter. Denn so sehr sich Pritkin auch bemühte, er dehnte es nur wie Kaugummi zwischen einem Gehsteig und einem Schuh, und er kam nirgendwo hin.

»Lauf!«, befahl er mir zornig, als ich mich umdrehte, um zu helfen, auch weil der Blechmann sich anschickte, den Hang hinunterzutorkeln mit dem goldig-plumpen Gang eines Kleinkindes, das gerade laufen lernte. Eines wahnsinnigen Kleinkindes, das mit tödlichen Klingen und Trankbomben bewaffnet war.

Vielleicht gab es auch noch einen anderen Grund, dachte ich, während die Luft sich an meinem linken Ohr kräuselte. Etwas traf den Schlamm vor mir, und etwas anderes vermochte es nicht, mich zwischen den Augen zu treffen. Denn ich hatte mich bereits wieder zu Boden geworfen.

Ich wusste vielleicht nicht, wie man mit magischen Robotern umging, aber die Kugeletikette verstand ich bestens.

Pritkin fluchte und hechtete neben mich. »Was jetzt?«

»Ich habe es dir ja gesagt«, zischte ich und packte ihn am Revers. »Tonys Jungs. Jetzt sieh zu, dass du das verdammte Hemd loswirst!«

»Warum habe ich wohl nicht daran gedacht?«, knurrte er. Und dann: »Fass es nicht an!« In dem Moment erkannte ich das Problem. Ein schleimiger Faden hatte sich über die Vorderseite seiner Kleider geschlungen. Was kein Problem gewesen wäre, wären da nicht all die Waffen und Gürtel und Halfter gewesen, die er über seinen Kleidern am Leib trug. Und die Tatsache, dass der Faden so dehnbar wie solider Stahl war.

»Zieh sie aus!«, sagte ich ihm und packte die Vorderseite seiner Jeans. »Zieh alles aus!«

»Ich gebe mir ja Mühe!«

»Gib dir mehr Mühe!«, entgegnete ich, als er nach links ruckte und uns auf dem schleimigen Boden im Halbkreis drehte, kurz bevor eine weitere Trankbombe dort explodierte, wo wir gesessen hatten. Glücklicherweise traf sie einen Felsen und floss in die andere Richtung und fing eine Menge Blätter ein, sodass es aussah, als hätte eine Riesenspinne in dem Bereich genistet. Aber es konnte nur noch schlimmer werden.

Pritkin musste das Gleiche gedacht haben, denn er ergriff meine Hände, die irgendwie seinen Gürtel herausgezogen hatten und an dem Patronengürtel arbeiteten, und schüttelte mich so heftig, dass mir die Zähne klapperten. »Verschwinde von hier!«

»Zwing mich doch!«, fauchte ich und riss den Patronengurt heraus, grob genug, dass Pritkin fluchte.

Wirklich Pech; er würde sich von einigen blauen Flecken erholen müssen. Abgesehen von anderen Dingen, dachte ich. Denn als ich aufschaute, sah ich, dass das Kleinkind mit Riesenschritten auf uns zukam, und zwar ziemlich schnell. Und schlimmer noch, die Kreatur holte aus, um wieder zu werfen, und uns gingen die Orte aus, zu denen wir fliehen konnten.

Ich tat, was ich schon zuvor hätte tun sollen, und riss eine der Waffen aus Pritkins Gürtel. Sie sah aus wie eine kleine Pistole, silberfarben und unauffällig. Sie wirkte nicht, als könne sie viel ausrichten, geschweige denn gegen Dämonen. Aber vielleicht würde sie dieses Ding verlangsamen.

Nur nicht, wenn sie zuerst auf den Boden geschmettert wurde.

»Was machst du da?«, fragte ich scharf, als Pritkin mich anfunkelte. »Schieß auf das verdammte Ding!«

»Ja, es ist ein guter Plan, auf etwas zu schießen, das aus Schlachttränken gemacht ist«, knurrte er.

Nur dass es so aussah, als hätte jemand anders ebenfalls so gedacht wie ich. Die Worte waren kaum ausgesprochen, als irgendetwas von dem glänzenden Brustpanzer des Blechmanns abprallte. Und dann riss etwas anderes ihm den Hut herunter. Und dann fluchte Pritkin und packte mich.

»Lauf!«

»Wohin?«

»Irgendwohin!«

Und ich versuchte es. Aber bevor ich mich bewegen konnte, passierten drei Dinge gleichzeitig. Ein Haufen dunkler Silhouetten schoss aus dem Wald, die Kreatur warf ihren Trank, und Pritkin stieß einen markerschütternden Schrei aus, der sich anhörte, als sei endgültig Schluss mit lustig.

Und oh, Scheiße …

Wenn ich gedacht hatte, der letzte Ausflug in kindliche Glückseligkeit sei die Hölle gewesen, war es nichts im Vergleich zu dem hier. Ich stand Magier-Eltern, die sich dachten, es sei eine witzige Idee, ihren Kindern als Spielzeug einen LSD-Trip zu spendieren, skeptisch gegenüber. Aber jetzt kam ich auf einmal darauf, dass das vielleicht zur Abhärtung gedacht war.

Was mit mir geschah, fühlte sich an, als versuchte mein Körper, sich von innen nach außen zu stülpen. Es fühlte sich an, als seien all meine inneren Organe zu Brei geworden. Es fühlte sich an wie in einem Spiegelkabinett, wo alles in bizarre, deformierte Formen und Muster zersprang. Ich hätte mich übergeben, wenn ich noch einen funktionierenden Magen gehabt hätte; ich hätte geschrien, wenn ich mich daran hätte erinnern können, wie das ging.

Aber so kauerte ich einfach nur im Schlamm und beobachtete, wie die Vampire umherstolperten, denn es schien auch bei ihnen zu wirken.

Die elegante, tödliche Horde bewegte sich nicht mehr geschmeidig und verstohlen. Es war, als seien die Vampire gegen eine Wand geprallt. Und als seien sie wacklig auf den Beinen und betrunken, was nicht gerade einschüchternd wirkte. Es wäre lustig gewesen, wenn die Kreatur ebenfalls herumgestolpert wäre.

Unglücklicherweise schienen unsere Spielzeugwaffen sie nicht im Mindesten zu kümmern. Pritkin bemerkte es und nuschelte benommen irgendetwas, aber ich hörte das meiste nicht wegen der gellenden Schüsse und der brüllenden Vamps. Doch in der nächsten Sekunde war er frei, und nackt bis auf seine Springerstiefel. Von denen ich hoffte, dass sie ihrem Ruf gerecht wurden. Denn die nächste Trankbombe schlug ein, als er nach den Waffen greifen wollte, die er abgestreift hatte, und zwang ihn zurückzuzucken.

Er versuchte es nicht noch einmal.

Er riss mich hoch, legte mir einen Arm um die Taille, und wir stolperten auf den Waldrand zu.

Und seltsamerweise half uns ausgerechnet die Tatsache, dass keiner von uns es schaffte, in einer geraden Linie zu gehen. Netze schlugen vor uns herunter, hinter uns und neben uns, landeten aber nicht auf uns. Als könne die Kreatur nicht absehen, wohin wir torkelten.

Aber auch wenn wir quer über die Lichtung taumelten, wir waren schnell. Pritkin beschleunigte zusätzlich das Tempo, als wir uns den Bäumen näherten, und ich war direkt neben ihm. Wir hatten jetzt beinahe das Dickicht des Waldes erreicht, wo jedes Netz sich in den Ästen verheddern würde, bevor es auf uns landen konnte. Es sah gut für uns aus …

Beinahe jedenfalls. Nur dass dieser Blechmann den Zauberer bereits aufgesucht haben musste. Denn hirnlos war er nicht. Wie auch immer, er zielte gar nicht mehr und sprühte wie ein Schnellfeuer Trankbomben – auf die Bäume direkt vor uns.

Das Ergebnis war ein langes, klebriges, sich bauschendes Netz aus widerlicher Scheiße, das sich praktisch vor unseren Gesichtern öffnete.

Eine Sekunde war ich mir sicher, dass ich nicht würde stehen bleiben können, da meine Beine größtenteils machten, was sie wollten, und nicht das, was ich wollte. Aber entweder wirkte sich der Zauber auf Pritkin weniger stark aus oder seine Springerstiefel hatten besseren Halt als meine Keds. Denn er zerrte an mir und schaffte es, uns seitlich wegzudrehen, sodass wir nur Zentimeter neben dem langen Netz im Dreck landeten.

Ein Windstoß ließ es über unsere Köpfen wehen, und ich jaulte auf und klammerte mich am Boden fest, gerade als der Blechmann sich zu einem weiteren Schuss bereitmachte.

Einen, den er nie abfeuerte.

Man konnte von Tonys Jungs sagen, was man wollte – dass sie lausige Schützen waren, wie zum Spaß durch den Wald stolperten und nicht fähig waren, ein bewegliches Ziel ins Auge zu fassen. Aber sie gaben nie auf. Ein mordlustiges Arschloch zum Boss zu haben, tat seine Wirkung. Sie hatten sich neu gruppiert, während wir gerannt waren, und lausige Schützen hin oder her, wenn man so viele Kugeln herumspritzte, wie sie es plötzlich taten, musste man früher oder später etwas treffen.

»Mist«, sagte Pritkin und klang beinah lässig. Denn tja. Es gab nichts, was wir tun konnten.

Ich konnte nicht feststellen, wessen Kugel getroffen hatte; alles ging dafür viel zu schnell. Aber natürlich sah ich das Ergebnis. Was mit ziemlicher Sicherheit für jeden in den umliegenden drei Grafschaften galt, da der Blechmann in einer Explosion aus sengendem weißen Licht und einer Masse zischelnder, rauchender Trankbälle detonierte. Ich spürte die Hitzewelle über die halbe Lichtung. Inzwischen erzitterte der Wald überall um uns herum von verschiedenen Explosionen, die die Luft über uns wie Kometenschweife erhellten.

Eine von ihnen tauchte Pritkins Gesicht in blau-weiß flackerndes Licht. Sie war so nah, dass ich überrascht war, dass sein Haar nicht in Brand geriet. Aber nicht alles verlief so glücklich. Eine Sekunde später krachte etwas durch das Netz und dann zwischen die ersten Bäume. Ich ließ mich wieder in den Dreck fallen, in diesen verdammten Schlamm, weil ich für meine Begriffe genug Explosionen gesehen hatte.

Aber jetzt sah ich keine.

Stattdessen schoss etwas vom Waldrand her auf uns zu, strich über unsere Köpfe wie ein Fluss aus Holz. Ich verstand gar nichts, bis ich fliegende Borkenstücke und sich biegende, belaubte Äste, die so dick wie Autoreifen waren, aus dem Wald hinter uns peitschen sah. Und dazu anschwellende Wurzeln, die sich plötzlich überall ausbreiteten, über und unter der Erde, und angestrengt versuchten, die ehemals jungen Bäumchen zu stützen, die wie zweihundert Jahre alte Mammutbäume in die Höhe schossen.

Sicher, man sollte denken, etwas Derartiges würde Aufmerksamkeit erregen. Und das hätte es vielleicht auch – wenn der Rest der Kometen nicht diesen Moment genutzt hätte, um die Schwerkraft zu entdecken. Ihre Schweife wölbten sich hoch über den Baumwipfeln, ein glitzerndes, blau-weißes Feuerwerk, in dessen

Hintergrund die Sterne wie Nadelstiche wirkten. Und dann stoben sie zurück auf den Boden. Vor ihnen hoben sich die Silhouetten eines Haufens regelrecht panischer Vampire ab, bevor sie mit einem lauten *Wusch* in der nassen und fruchtbaren Erde verschwanden.

Die prompt zu glühen begann.

Überall, wo ein Komet niederging, erhellte er den Boden für einige Sekunden wie ein Röntgengerät und gab den Blick frei auf riesige Dinge, die sich dort unten wanden. Ich riss die Augen auf, denn es sah aus, als hätte Cthulu sich verirrt und zu guter Letzt ein Nickerchen unter dem ländlichen Pennsylvania gehalten. Und er schien nicht glücklich darüber zu sein, gestört zu werden.

Er war nicht unglücklicher als ich.

»Cassie! Komm!«

Pritkin renkte mir praktisch die Schulter aus, als er mich hochriss. Aber ich beklagte mich nicht. Denn jetzt schossen überall um uns herum Bäume aus der Erde, ein Irrgarten hölzerner Speere, die dem entrückten Himmel entgegenstrebten. Es war schon schwer genug, ihnen auszuweichen, aber wenn sie in die Höhe schossen, ging ein dunkler Regen aus Schlamm, Blättern und Erdklumpen nieder – auf uns und auf die verzweifelt fliehenden Vampire.

Die Untoten hatten ihre Coolness verloren und rannten in alle Richtungen, prallten sogar zusammen. Wenn die Szene einen Soundtrack gehabt hätte, wären eine Menge quäkender Tröten dabei gewesen. Stattdessen war er voller knarrendem Holz, fluchender Vampire, Blätter und …

Und dem Geräusch eines riesigen Baumes, der durch den Boden brach, direkt unter unseren Füßen, und uns in verschiedene Richtungen warf.

»Pritkin!«, schrie ich, noch bevor ich auf dem Rücken landete. Der Boden unter mir buckelte und riss wie bei einem Erdbeben, und warf mich wie einen Öltropfen auf einem heißen Blech umher.

Ich bekam Ohrensausen, so schnell rauschte das Blut durch meine Adern. Der Boden buckelte wieder und wieder, und Trümmer klatschten mir auf Kopf und Schultern. Staub verfing sich in meinen Wimpern und machte es schwer, etwas zu sehen, und ich bekam Dreck in die Kehle und konnte kaum noch atmen. Und dann griff ein Arm um meine Taille, riss mich hoch und *hoch*!

Plötzlich flog ich in einem Wahnsinnstempo durch die Bäume.

Zwei Sekunden lang war ich völlig verwirrt und wusste nicht, was geschehen war – bis ich hinabschaute. Und dann verstand ich es immer noch nicht. Ich sah einen Fluss aus Holz unter meinem Hintern dahinfließen, Pritkins Beine umfassten ihn beiderseits, und ihr Besitzer klammerte sich fest, als gälte es sein Leben – an eine sich stetig ausdehnende Wurzel, aus der winzige Finger schossen, die mich im Gesicht kitzelten.

»Was …«, kreischte ich ungläubig auf, denn ich konnte ja wohl kaum auf einer Riesenwurzel wie auf einem gottverdammten Motorrad fahren.

Nur dass ich genau das tat.

Wirklich und wahrhaftig. Pritkin hatte sich einen der verrückten Fühler geschnappt, die aus der Erde brachen, und benutzte ihn als schnelles Transportmittel. Ein wenig zu schnell, dachte ich hektisch, während Bäume zu beiden Seiten vorbeirasten. Die kleineren wurden nach oben gestoßen und zur Seite geworfen, während wir uns in wilder Fahrt wie verrückt zwischen ihnen hindurchfädelten, Gott weiß wohin. Wir konnten dabei beide leicht enthauptet werden.

»Duck dich!«, brüllte Pritkin; ich weiß nicht, warum. Gleichzeitig stieß er meinen Kopf auf das Holz zwischen meinen Beinen, um zu vermeiden, dass das dichte Geäst, durch das wir gleich schießen würden, ihn abriss.

Das Geäst einer riesigen, alten Eiche, die über uns aufragte.

Ich starrte sie mit offenem Mund und voller Entsetzen an, denn ich kannte diesen Baum. Jeder, der bei Tony wohnte, kannte ihn. Er wurde »der General« genannt. Ein Leviathan des Waldes, er war bereits alt gewesen, als Washington und sein räudiger Trupp nicht weit von hier entfernt den Delaware überquert hatten. Er war jetzt rissig und von der Zeit mitgenommen, mit behaarten, alten Armen, so dick wie andere Baumstämme, und er trug einen Mantel aus grau-grünem Moos. Aber er war so beständig wie ein verdammter Berg und fast genauso groß. Wenn ein Baum schrullig aussehen konnte, dann war es dieser. Er würde mit Sicherheit nicht ausweichen.

Was bedeutete, dass wir es tun mussten.

Pritkins Arme schlossen sich eine Spur fester um mich, und dann riss er uns zur Seite, und wir flogen weiter. Allerdings diesmal ohne ein Sicherheitsnetz, wenn man eine gewaltige, wahnsinnige Baumwurzel so nennen kann. Glücklicherweise passierte uns nichts, als wir einen Augenblick später ohne Pritkins Schilde zu benutzen auf den Boden prallten.

Ich nehme an, er hatte ein klein wenig zu viel durchgemacht, um jetzt mit seinen Schilden zurechtzukommen. Aber das war okay. Er hatte richtig entschieden. Nur Sekunden später durchbrach die Wurzel mit unwiderstehlicher Wucht den unnachgiebigen Baum, und ein Feuerwerk aus Holzsplittern sprühte durch den Wald.

Es hätte uns beinahe erwischt, aber inzwischen hatte Pritkin es geschafft, einen Schild hochzuziehen. In etwa jedenfalls. Er war dünn und wackelig und sah ungefähr so substanziell aus wie eine Seifenblase, und wahrscheinlich würde er auch genauso langlebig wie eine solche sein. Aber ich wusste es wirklich, wirklich zu schätzen, vor allem als ein beindicker Eichensplitter durch die Luft direkt auf uns zugeschossen kam.

Der Schild brach nicht.

Doch er verbog sich. Nach innen, um genau zu sein, was es mir erlaubte zuzusehen, wie ein säulendicker Ast direkt über meinem Kopf niederging. Er kam näher und näher und beulte Pritkins Schild immer weiter aus, bis ich den Ast kaum mehr sehen konnte, weil er nur einen Zentimeter von meiner Nasenspitze entfernt war.

Dann kippte er mit einem gewaltigen Krachen um und schlug so hart im Unterholz auf, dass der Boden unter uns bebte. Und das Geräusch verschluckte, das Pritkins Schild machte, als er einen Augenblick später den Geist aufgab. Ich bezweifelte, dass ich dieses winzige Ploppen überhaupt hätte hören können neben all dem anderen Krachen, den Explosionen und den Baumstämmen, die barsten. Und neben meinem Herzen, das lauter donnerte als alles andere zusammengenommen.

Eine ganze Weile lag ich einfach nur da.

Ich wollte nach Pritkin sehen, der merkwürdig still war. Ich wollte aufstehen und schreiend in eine Richtung rennen, in irgendeine Richtung, einfach weg von hier. Ich wollte meinen Körper nach Blessuren absuchen, denn es fühlte sich so an, als wären es eine ganze Menge.

Ich wollte viele Dinge tun, aber ich tat gar nichts.

Denn wir waren nicht mehr allein.

Zwei weitere schrottige Blechmänner krachten durch die Bäume, während ich zitternd und hilflos dalag. Die Glasteile des einen waren mit einer bösartig schäumenden roten Flüssigkeit gefüllt, die des anderen mit einer in gleichermaßen finsterem Grün, und beide waren bestückt mit weiteren Gefäßen goldener Netzzauber. Doch bevor ich eine Chance hatte, mich darüber aufzuregen – nicht dass ich dazu überhaupt noch in der Lage gewesen wäre –, kam irgendetwas anderes durch die Bäume.

Oder genauer gesagt, irgendjemand.

Ein langes pferdeartiges Gesicht, ebenfalls unter einem Schlapphut verborgen, kämpfte sich mit einem Stock und einem Stirnrunzeln den Weg durch das Unterholz. Der Besitzer des Gesichtes blieb einen Meter entfernt stehen und betrachtete den brennenden Baum, die sich hindurchschlängelnden Wurzeln, den nackten Kriegsmagier und die schreienden Vamps. Und mich, wie ich der Länge nach über einem Partner lag, von dem ich wirklich hoffte, dass ich ihn nicht gerade getötet hatte. Lange Zeit sagte er nichts. Und dann seufzte er.

»Genau wie deine Mutter«, sagte er. »Du weißt wirklich, wie man einen Auftritt hinlegt.«

Neun

Auf dem Weg zum Haus verdichtete sich das Nieseln zu einem peitschenden Regen, daher beschränkte sich unsere Unterhaltung auf ein Minimum. Obwohl ich protestierte, als die gewaltige, rote Kreatur sich den bewusstlosen Pritkin wie einen Kartoffelsack über die Schulter warf. Und als Pritkins Kopf, der jetzt tropfnass war, gegen das Hinterteil der Kreatur knallte, als sie aufstand.

»Dieses Ding wird ihn noch umbringen!«, entrüstete ich mich und kämpfte mich auf die Füße.

Aber das schien Roger – dem Mann, der uns gefangen hatte –, egal zu sein. Ich beschloss, bei Roger zu bleiben, denn ich würde ihn auf keinen Fall Dad nennen. Und irgendwie musste ich ihn ja nennen.

»Er ist ein Kriegsmagier. Die sind nicht totzukriegen.« Er machte ein finsteres Gesicht. »Nicht mal mit Absicht.«

Er stapfte weiter durchs Unterholz. Und da Big Red folgte, blieb mir keine andere Wahl, als ebenfalls mitzugehen. Zum Glück schienen wir den größten Teil der Strecke bereits auf unserem verrückten Flug zurückgelegt zu haben, denn ein paar Minuten später stieß unser Gastgeber eine Seitentür eines hübschen, hellblauen Cottages auf.

Big Red knallte Pritkin so hart auf einen Tisch, dass ringsum die Regale klapperten.

»Du hast doch gesagt, dass du ihn nicht umbringen willst!« Ich funkelte Roger an, der sich gerade aus seinem nassen Mantel schälte.

Er warf mir einen verärgerten Blick zu. »Es sah nicht so aus, als würdest du Hilfe brauchen.« Und dann verschwand er eine Treppe hinauf.

Ich beugte mich über Pritkin, das Herz in der Hose. Eines Tages würde sein berühmter Dickschädel nicht dick genug sein. Vielleicht heute, weil daraus etwas über den ganzen Tisch rann.

Ich konnte nicht erkennen, was es war, denn Roger hatte kein Licht gemacht, und der Raum lag im Halbdunkel. Ein diffuser Nebel sickerte die Treppe herab, aber es war nicht genug, um dabei zu sehen. Bis meine tastende Hand endlich einen Lichtschalter an der Wand fand und eine kleine Lampe über dem Tisch zum Leben erwachte.

Und mir eine dreckige Pfütze zeigte, kein Blut.

Ich sackte auf den Stuhl, denn ich fühlte mich schwach.

Eine schnelle Überprüfung zeigte mir viele Schnittwunden und Kratzer an dem reglosen Körper, aber nichts, was lebensbedrohlich aussah. Ich zog das Kapuzenshirt aus und legte es um ihn, um den letzten Rest an Schicklichkeit zu bewahren, und merkte, dass meine Hände zitterten. Einen Moment später hatte sich das Beben in meinem ganzen Körper ausgebreitet, was selbst aufrechtes Sitzen schwer machte.

Ich war mir nicht sicher, ob der Grund dafür Sorge um Pritkin war oder die Tatsache, dass ich von einem Dutzend kleiner »Spielzeuge« auf einmal attackiert oder von einem kompletten Wald angegriffen worden war. Aber mein Kopf schien plötzlich zu denken, dass es ihm auf meinen Knien besser gehen würde.

Und zwar jetzt.

Ich kippte nach vorn und blieb so, während mein Körper seine Demonstration darüber fortsetzte, warum ich nicht für diesen Scheiß geschaffen war.

Einige Minuten lang waren die einzigen Geräusche mein schwerer Atem und eine Uhr, die irgendwo nervig laut tickte. Und Regen, der gegen die Fenster peitschte, denn anscheinend besuchte ich Tony immer nur bei miesem Wetter. Und etwas, das leise *Kratz, Kratz, Kratz*, machte.

Etwas in meiner Nähe.

Ich riss den Kopf hoch, und mir sprang das Herz wieder dorthin, wo es neuerdings zu Hause zu sein schien, direkt hinter meine Mandeln. Aber ich sah nichts als Dunkelheit. Vielleicht weil die Hauptlichtquelle fast genau über mir war.

Aber nichts sprang mich aus der Finsternis an, und meine Augen gewöhnten sich langsam daran. Und sandten Bilder einer typischen Küche der 1960er Jahre zurück, was vermutlich das letzte Mal gewesen war, dass sich jemand die Mühe gemacht hatte, dieses Haus zu renovieren. Auf der anderen Seite des Raumes standen ein lindgrüner Herd, Kühlschrank und Spüle. Darüber erhob sich ein quadratisches Fenster mit weißen Gardinen, eine Tür führte in einen angrenzenden Raum.

Und ein Roboter saß zusammengesunken auf einem Stuhl und stocherte sich im Auge herum.

Ich erstarrte.

Es war der, aus dessen Brust säuregrüne Trankbomben wie Pestbeulen bei einem Pestopfer ragten. Und obwohl mir im Moment noch nicht viel klar war, war ich bei einem sicher: Ich wollte nicht herausfinden, was diese Bomben anstellten. Ich hatte plötzlich Angst, mich zu bewegen, da ich nicht wusste, was der Roboter als Bedrohung empfand.

Die Minuten verstrichen. Die Uhr, eine große, hölzerne Kuckucksuhr an der Wand, tickte weiter. Der Regen schlug weiter an die Fenster. Und der Roboter kratzte sich weiter an seinem Auge, aber ich kam einfach nicht drauf, was es war ...

Oh.

Wie der Blechmann mit dem schlaffen Gartensack und Big Red, dessen Schultern in einem kleinen Knubbel mündeten, hatte auch er hier keinen richtigen Kopf. Als hätte sein Schöpfer einfach über dem Kragen das Interesse verloren. Aber jemand anders hatte beschlossen, dass das nicht ging, und einen weißen Plastikeimer in das Halsloch gestopft.

Das wäre vielleicht nicht so schlimm gewesen, da er zumindest halbwegs die richtige Form hatte. Und seine fröhliche, nüchterne Oberfläche weniger *Kinder des Zorns* als die des Blechmanns war. Aber dann musste ja einer hingehen und es ruinieren.

Indem er vorn ein Paar falsche Wimpern aufklebte.

Für einen Moment starrte ich sie nur an.

Sie waren dick und schwarz und hingen wie zwei mutlose Spinnen herab. Eine war halb die Wange heruntergerutscht, wenn man es so nennen wollte, vielleicht weil Wimpernkleber dafür gemacht war, an anderen Wimpern zu kleben und nicht auf glänzendem Plastik. Dies schien den … was immer es war … zu stören, denn er pulte daran herum und versuchte, sie wieder an die richtige Stelle zu schieben. Aber obwohl er schöne, roboterhafte Hände statt Gartenscheren hatte, schien er nicht gut voranzukommen.

Ich sah ihm eine Weile mit leerem Blick zu, während ich ein nicht unangenehmes Rauschen in den Ohren hatte. Und dann kam ich zu dem Schluss, dass ich eine Weile einfach gar nicht denken würde. Mein Gehirn war dem offensichtlich nicht gewachsen, und Abschalten klang ziemlich gut …

Aber es sollte natürlich nicht sein.

Schwere Schritte wurden auf der Treppe laut, und dann platzte Roger mit seiner üblichen wilden Energie und einer Wasserschale wieder in die Küche. »Einfach so hereinzuschneien«, brummte er, als führe er Selbstgespräche. »Hättest dich umbringen können, du verdammte Idiotin!«

»Du bist nicht gerade leicht zu finden«, sagte ich. Meine Stimme klang etwas seltsam und etwas hauchig, als versuchte ich, einen auf Marilyn machen. Ich legte den Kopf auf den Tisch.

Nun sah ich ihn von der Seite an, aber das half nicht. Er runzelte auch aus diesem Blickwinkel die Stirn. »Du hättest anrufen können!«

»Anrufen?«

»Wir stehen im Telefonbuch!«, erklärte er und schmetterte eins vor mir auf den Tisch.

Ich blinzelte es schielend an. »Worunter? Götter und Dämonen?«

»Der einzige Dämon ist der, den du mitgebracht hast«, sagte er und verlagerte das Stirnrunzeln auf Pritkin.

Und okay, dachte ich. Es sah aus, als sei Mom zu Hause. Denn ich glaubte nicht, dass ihr … Geliebter? Freund? Schoßhündchen? … so schnell herausgefunden hätte, was Pritkin war. Er hatte den Kerl kaum angesehen, und Pritkin sah aus wie ein Mensch.

Normalerweise jedenfalls. Im Moment sah er mehr wie eine Leiche aus. Ich stand mit der unklaren Idee auf, etwas zu tun, nur dass meine Beine auf halbem Weg ihr Veto einlegten, wodurch ich unbeholfen gegen den Tisch stolperte.

Es tat weh. Sehr. Mein Knie nahm schmerzhaft Kontakt mit einem der stabilen Tischbeine auf, und der Tisch gewann. Ich wich zurück, begleitet von Rogers lautstarken Flüchen, die eines mir bekannten Kriegsmagiers würdig gewesen wären.

»Setz dich hin, bevor du hinfällst!«

»Zu spät«, murmelte ich, aber mein Hintern fand trotzdem irgendwie den Stuhl. Roger knallte die Wasserschale auf die Tischplatte und murmelte weiter vor sich hin, während er Pritkin abschrubbte, als würde er an Dreck sterben. Ich dachte, wenn das der Fall wäre, würden wir beide hinüber sein, da wir das Stadium »verdreckt« schon vor einer ganzen Weile überschritten hatten. Aber andererseits sah ich auch nicht mehr so unanständig aus, da ich züchtig mit Schlamm bedeckt war.

Ein Lichtblick, dachte ich und lümmelte mich an den Tisch, während ich weiter beobachtete, wie der Roboter versuchte, seine schiefe Wimper zurechtzurücken.

Er sah irgendwie so aus, als hätte er eine harte Nacht hinter sich. Konnte ich ihm nachfühlen.

»Was ist das?«, fragte ich nach einigen Minuten.

Roger, der Pritkin auf Verletzungen untersucht hatte, schaute auf. »Bist du hergekommen, um mich das zu fragen?«

»Nein.«

»Dann brauchst du es auch nicht zu wissen, oder?«, blaffte er und stürmte aus dem Raum.

Ich sah ihm kurz nach. Dann schaffte ich es endlich, aufzustehen und nach Pritkin zu sehen, der viel sauberer, aber nicht mehr bei Bewusstsein war als zuvor. Mir wurde flau im Magen, da wir im Erste-Hilfe-Training nichts über das Verhalten bei magischen Streichen oder menschenfressenden Wäldern oder Angriffen durch übernatürliche Roboter gelernt hatten.

Ich legte ihm eine Hand auf die Wange, und seine Haut fühlte sich klamm an. Vielleicht lag es auch einfach daran, dass es hier drin kalt war. Er drehte das Gesicht in meine Hand, sodass ich seinen warmen Atem spürte, eine sanfte, beruhigende Liebkosung.

Bis er plötzlich aufhörte.

Ich packte und schüttelte ihn, was nicht viel brachte, weil ich keine Kraft hatte. Und dann, ungefähr zu der Zeit, als der Raum über mir einzustürzen schien und das Licht grau wurde und ich dachte, dass ich zu meinem Schlaganfall noch einen Herzinfarkt bekam, stieß er ein lautes Schnauben aus. Dem etwas folgte, das man nur wohlwollend als Schnarchen bezeichnen konnte.

Ich setzte mich hart auf den Stuhl und versuchte zu entscheiden, ob ich in Tränen ausbrechen oder ohnmächtig werden sollte. Aber es schien beides nicht so verlockend. Also beschloss ich schließlich, ihm einfach eine Weile beim Atmen zuzuhören.

Und dem Mann oben beim wütenden Rumoren.

»Ich glaube nicht, dass er sich freut, mich zu sehen«, sagte ich zu Pritkin, der diesbezüglich keine Meinung hatte.

Aber jemand anders hatte eine.

»Oh nein, es ist nicht so, als ...«, sagte jemand und brach dann mit einem kleinen »Miep« ab.

Ich runzelte die Stirn. Ich war erschöpft und verschreckt und wahrscheinlich dem Wahnsinn nahe, aber noch nicht ganz. Und ich war mir ziemlich sicher, dass es von dem Roboter gekommen war. Und da es keinen Mund hatte, war das ...

Nun, das war interessant.

Ich stand wieder auf.

Das Herumstochern hatte verdächtigerweise aufgehört, und die Hände des Geschöpfs lagen sittsam im Schoß. Einem Schoß, von dem ich gerade erst bemerkte, dass er mit einer Halbschürze bedeckt war. Die Schürze war grünkariert und hatte einen Rüschensaum mit Lochstickerei.

Es geht doch nichts über Farbabstimmung, dachte ich und rückte näher heran.

Das Geschöpf bewegte sich nicht.

Ich blieb vor ihm stehen.

Es saß einfach nur da.

Ich beugte mich vor und streckte die Hand aus, die zugegebenermaßen ein wenig zitterte. Aber das war wahrscheinlich das Ergebnis der Abendunterhaltung. Denn ob es nun an der Schürze oder den Wimpern oder der Tatsache lag, dass ich völlig überdreht war, konnte ich unmöglich ... also ...

»Oh, vielen Dank!«, sagte jemand munter, als die Wimper wieder an ihren Platz glitt, und ich riss die Hand zurück.

Jemand anders fluchte. »Verdammt, Frau!«

»Nun, was sollte ich denn tun?«, fragte die erste Stimme. Sie war weiblich, und sie klang gereizt. »Wie dem auch sei, es spielt keine Rolle. Sie kann uns offensichtlich hören.«

»Ja, natürlich kann sie das!«, gab der Mann zurück. »Darum geht es ja!«

»Nun, ich wollte nicht unhöflich sein, wo sie doch verletzt und verängstigt ist und niemand der Armen etwas Trockenes zum Anziehen besorgt ... sie könnte sich den Tod holen.«

»Dann würde sie gut hier reinpassen«, brummte die Männerstimme.

Okay. Ich war zwar nicht der Welt größte Kriegerin. Oder, Sie wissen schon, überhaupt auf der Liste. Aber eins wusste ich. Ich wusste es ... verdammt ... gut ...

Ich beugte mich näher vor. Und in der glänzenden, weißen Oberfläche des Eimers sah ich die Spiegelung der Lampe über dem Tisch, einen verschwommenen Eindruck eines alten Vorratsschranks und das lange Rechteck, das als Treppe diente. Und ein paar große, blaue Augen, die mich anstrahlten – aus dem Plastik heraus.

»Erwischt«, sagte die Frau vergnügt. »Sehen Sie sich an!«

Ich stand schwankend auf, schaffte es aber, mit dem Finger auf sie zu zeigen. »Du. Du bist kein Homun – Humunk – was auch immer«, erwiderte ich vorwurfsvoll. »Du bist ein Geist.«

Ein freundliches Faltengesicht mit einem grauen Haarschopf erschien über dem Eimer und stieß eine kleine grüne Dampfwolke in den dunklen Raum. »Sie haben recht«, sagte sie, anscheinend begeistert.

»Nein, hat sie nicht!«, nörgelte die andere Stimme. Und ein alter Herr in einer blauen Uniform mit schwingenden, goldenen Epauletten lugte ein Stück aus der Uhr heraus. »Wir sind beides. Und es heißt Homunkulus«, erklärte er mir beflissen.

»Das bedeutet ›kleiner Mann‹ auf Lateinisch«, fügte die Frau hinzu. »Obwohl ich das immer schrecklich sexistisch fand. Schließlich bin ich darin besser als er.« Und sie deutete mit einem Metalldaumen auf den männlichen Geist.

»Bist du nicht!« Seine gewaltigen, grauen Koteletten bebten vor Entrüstung.

»Bin ich doch«, erwiderte sie wohlwollend. »Das ist der Grund, warum ich die guten Hände bekomme.« Sie öffnete und schloss eine demonstrativ. Und lächelte mich an. »Er kann damit nicht umgehen.«

»Du kannst dir nicht einmal eine Wimper wieder ankleben, Frau!«

»Kann ich wohl. Ich habe versucht, unauffällig zu sein.«

»Unauffällig? Du wiegst zweihundertfünfzig Kilo und bist gebaut wie ein Panzer!«

Sie verdrehte die Augen. »Ich wette, bei dir haben die Mädchen früher Schlange gestanden.«

Ich setzte mich wieder hin.

»Was seid ihr?«, fragte ich und schaute zwischen den beiden hin und her. »Wenn ihr Geister seid, warum steckst ihr ... *da drin*?« Ich deutete auf ihren großen Metallkörper.

Sie schaute an sich hinab. »Es ist nicht besonders hübsch, nicht wahr?«

»Es ist zweckmäßig«, ermahnte der alte Mann sie streng.

»Nun ja, aber ...« Sie sah wieder zu mir auf. »Ich wollte einen Busen, wissen Sie.«

»Also schön, das reicht jetzt«, erklang die verärgerte Stimme meines Gastgebers hinter mir.

Ich drehte mich langsam um, weil mir zu schnelle Bewegungen in letzter Zeit nicht so gut bekamen, und sah, dass er einen weiteren Topf mit Wasser hielt. Oder vielleicht denselben wie vorher, nur dass er ausgewaschen worden war, und er hatte ein Handtuch über dem Arm hängen. Er stieß mir beides entgegen, zusammen mit einem Stück Seife mit Rosenduft.

»Falls du dich waschen willst«, sagte er steif.

Ich war drauf und dran, ihn darauf hinzuweisen, dass dafür

mehr als ein Topf Wasser nötig sei, ein Fluss zum Beispiel. Aber ich tat es nicht. Denn er hätte ihn mir nicht zu bringen brauchen, und es wäre schön, mir wenigstens das Gesicht zu säubern.

Das hätte ich natürlich an der Spüle tun können, so wie er den Topf dort hätte auskippen können. Vielleicht war er pingelig und wollte keinen Walddreck in derselben Spüle auswaschen, über der er Essen zubereitete. Aber ich wettete auf einen anderen Grund.

Ich schaute bewusst nicht zu der Treppe hinüber. »Danke«, sagte ich und setzte mich wieder an den Tisch.

»Dein Freund wird schon wieder«, bemerkte er nach einem Moment, ohne zu erwähnen, woher er das wusste. »Und sobald er wieder auf den Beinen ist, müsst ihr ... nun, dann müsst ihr gehen.«

Ich ignorierte das, denn ich war einer Auseinandersetzung im Moment nicht gewachsen. Und weil ich nirgendwo hingehen würde. Stattdessen begnügte ich mich damit, mir das Gesicht zu waschen, während er verlegen herumstand.

Es war schön, zur Abwechslung einmal nicht diejenige zu sein, die das tat.

Auf dem Herd stand ein glänzender, silberner Kessel. Ich sah ihn, als ich mir den dreckigen Nacken wusch. »Ich hätte gern etwas Tee«, sagte ich ihm, weil ich wirklich welchen wollte. Und weil es Zeit schinden würde.

Er sah aus, als überlege er, ob er mir sagen wolle, dass ihm der Tee ausgegangen sei, oder dass ich mich zum Teufel scheren solle, aber der weibliche Geist ergriff das Wort. »Nimm den Pfefferminztee, mein Lieber. Bei Nervosität hilft er wunderbar.«

»Mir hilft er nicht«, blaffte er. Aber er ging ihn trotzdem machen.

Mein Magen knurrte, da ich nicht zu Abend gegessen hatte, wie viele Stunden das auch her sein mochte. »Und da ist etwas Shortbread«, fügte sie hinzu. »Ich glaube, es ist im ...«

»Ich weiß, wo es ist!«

»Er ist sonst nicht so«, vertraute sie mir an, als ein Brotkasten geöffnet und wieder zugeschlagen wurde. »Nur wenn er nervös ist. Ich bin übrigens Daisy.«

»Daisy.« Daisy, der Geist. Okay.

»Nun, mein richtiger Name war Gertrude, aber den habe ich immer gehasst. Ich bin nach meiner Großmutter benannt worden, und die konnte ich nicht ausstehen. Mein Mann hat mich Daisy genannte, weil ich Gänseblümchen so liebte.« Sie lächelte mit leicht feuchten Augen.

Ich sah von ihr zu dem … Leutnant? Colonel? Was auch immer. »Ist … ist er …«

»Gütiger Gott, nein«, sagte er, und sein Schnurrbart bebte vor Empörung.

»Da könnte er sich glücklich schätzen.« Sie schniefte. »Ralph war mein Ehemann. Er starb im Jahr, äh, 1942 war es.«

»Unter feindlichem Beschuss?«, riet ich angesichts des Datums.

»Nein.« Sie wirkte überrascht. »Unter dem 6-Uhr-Zug nach Hoboken. Er war betrunken und ist auf den Gleisen eingeschlafen.« Sie seufzte. »Er war kein kluger Mann.«

»Na schön, ich meine es ernst«, sagte Roger und kam mit einer Keksdose herbei. »Schluss jetzt.«

Sie sah ihn an und verdrehte die Augen.

Ich nahm einen Keks.

»Wer sind die beiden?«, fragte ich und deutete wieder auf die Roboter.

»Daisy hat sich glaube ich bereits vorgestellt«, entgegnete er säuerlich. »Das ist Sam.«

»Ihr Diener, Ma'am«, murmelte der alte Herr und kam ganz aus der Uhr heraus. Über seinem stattlichen Leib trug er eine gestärkte, blaue Uniform. »Ich habe es draußen gelassen«, erklärte er dem Mann, und sprach vermutlich von Big Red. »Soll ich zurückgehen und schauen, ob ich noch etwas retten kann?«

»Ich weiß nicht.« Mein Gastgeber sah mich an. »Ist noch etwas übrig?«

»Von dem anderen?«, fragte ich zurück.

Er nickte.

Ich dachte darüber nach. »Der Hut?«

Er machte ein finsteres Gesicht. »Nein«, sagte er zu dem Colonel, der etwas murmelte und hinüberging, um Pritkin mit schmalen Augen anzusehen.

»Was haben wir zerstört?«, erkundigte ich mich, während ich mich vollstopfte. Die Kekse waren selbstgebacken. Mann, waren die lecker!

»Haben sie dir in deiner Zeit nichts zu essen gegeben?«, wollte mein Gastgeber wissen.

»Nicht oft«, antwortete ich aufrichtig.

Er trat neben den Colonel und blickte ebenfalls finster auf Pritkin hinab.

»Was ist dieses Ding?«, fragte ich noch einmal, als der Kessel pfiff.

»Meine Gärtnerin«, erklärte er mir und stand auf, um sich um den Kessel zu kümmern.

»Deine – meinc Frau«, räumte er mit Blick auf Pritkin ein, »liebt den Wald. Aber als wir hier ankamen, war nicht mehr viel davon übrig. Die Vorbesitzer hatten etwas Land für den Ackerbau und zum Bau des Haupthauses gerodet. Und dann hat Tony ein Stück des restlichen Waldes niedergebrannt, um ein offenes Schussfeld zu haben, falls seine Feinde versuchten, sich an ihn ranzuschleichen.«

Das klang ganz nach Tony.

»Es ist uns gelungen, einen großen Teil des Schadens rückgängig zu machen, aber der Wald muss gepflegt werden. Und jetzt erst recht«, fügte er trocken hinzu, während er zwei bunte Tonbecher herunternahm.

»Dann waren die Tränke …«

»Dünger, ja.«

»Toller Dünger!«

Er runzelte die Stirn und kippte Wasser in eine Teekanne, die zu den Bechern passte. »In der richtigen Menge wirkt er sehr gut. Vielleicht solltest du dir beim nächsten Mal einen Moment Zeit nehmen, um herauszufinden, was du angreifst!«

»Wir haben gar nichts angegriffen«, entgegnete ich, und erinnerte Furcht schärfte meine Stimme. »Warum hast du ihr gesagt, dass sie uns ins Visier nehmen soll? Du hättest mich erkennen müssen!«

»Ich war nicht da«, sagte er und stellte die Teekanne härter als nötig auf ein Tablett.

»Dann willst du mir sagen, dass die Kreatur das alles aus eigenem Antrieb gemacht hat?«

»Darum geht es ja bei einem Homunkulus – er hat einen eigenen Willen. Manchmal zu viel davon.« Er warf Daisy einen Blick zu.

»Ich habe nur versucht, Sie zu fangen«, sagte sie mit schuldbewusstem Blick.

»Das war … Moment.« Ich nahm den Becher, der mir angeboten wurde, denn meine Kehle war voller Kekskrümel, und ich konnte kaum sprechen. Aber sobald ich von dem wirklich kochend heißen Tee getrunken hatte, stellte ich ihn ab. »Das warst *du*?«

»Nun, ich war es jedenfalls nicht«, meldete sich der Colonel zu Wort. »Ein guter Soldat weiß, wann er handelt und wann er um Befehle bittet!«

»Zu schade, dass ich kein Soldat bin«, schnaubte Daisy.

»Wie du immer wieder unter Beweis stellst.«

»Und ich habe Sie nicht erwartet«, sagte sie mir und achtete nicht auf ihn. »Ich habe nur ein bisschen gejätet, Ordnung gemacht und so weiter, und dann ging der Alarm los und hat mich praktisch zu – nun, nicht zu Tode erschreckt, aber Sie wissen, was ich …«

»Du hast den Kopf verloren!«, warf ihr der Colonel vor.

»Ich habe keinen Kopf, alter Mann, und du auch nicht!«, gab sie schnippisch zurück. »Und ich wollte niemanden verletzen, ich habe nur versucht, sie festzuhalten, bis ich herausfinden konnte, wer sie waren. Aber dann sind diese schrecklichen Vampire gekommen und haben mich in die Luft gesprengt. Und als ich wieder hier war, meinen anderen Körper holte und wieder nach draußen …«

»Wir waren dabei, erinnerst du dich?«, fragte der Colonel scharf.

»Dann hör auf, mir die Schuld zu geben«, beschwerte sie sich.

»Aber du bist ein *Geist*«, stellte ich das Offensichtliche fest. »Und Geister können keine Dinge bewegen. Gut, vielleicht ein Stück Papier oder eine Büroklammer. Aber nichts wie …« Ich deutete auf den Metallanzug, den sie trug, der kunstvoller war als das

Outfit des Blechmanns, fast wie ein altmodischer Taucheranzug. »Das kannst du unmöglich hochheben.«

»Nun, nein, natürlich nicht«, stimmte sie zu. Ich dirigiere es nur, meine Liebe.«

»Wie hast du dann …«

»Können wir darüber sprechen, warum du hier bist?«, unterbrach Roger.

»Nein«, antwortete ich, und nicht nur, weil ich Zeit schinden musste, bis meine Mutter zu uns stieß. Ich hatte gedacht, dass ich alles über Geister weiß, aber das war neu. »Willst du mir sagen, dass du ihnen einfach … neue Körper gemacht hast?«

»Ich betrachte es gern als eine Ganzkörperprothese«, antwortete der Colonel.

Ich sah von ihm zu Roger. »Du – wie funktioniert das? Denn ich verstehe nicht …«

Er stieß einen verärgerten Laut aus. »Ist das von Belang? Es war ein fehlgeschlagenes Experiment. Aber das ist nicht …«

»Was für ein Experiment?« Ich betrachtete die unbeholfenen Geschöpfe. Ich konnte draußen durch ein Fenster neben der Tür ein Stück von Big Red sehen. Wahrscheinlich weil er noch größer war als der grüne Roboter und zu viel Platz in Anspruch nahm, sodass man ihn wie den Familienwagen in der Einfahrt stehen lassen musste. Nur dass es so etwas wie Autos für Geister nicht gab. »Wer *macht* das?«

»Der Schwarze Kreis«, sagte Pritkin heiser von hinten.

Zehn

Pritkins Stimme war kräftig, aber sie schien das Einzige an ihm zu sein, was kräftig war. Er musste sich mit einem Arm abstützen, um sich aufrecht hinsetzen zu können, und der Arm zitterte leicht. Auf seinem Brustkorb prangten zahlreiche farbenfrohe Prellungen, ein blaues Auge war auf gutem Wege, und seine Haut hatte einen gräulich-weißen Ton angenommen, der mir überhaupt nicht gefiel. Aber er schien sich nicht für seine Gesundheit zu interessieren. Er schien sich für meinen Vater zu interessieren.

»Sie sind Roger Palmer«, sagte er schlicht.

Es war keine Frage. Er hatte jede Menge Zeit gehabt, sich auszurechnen, wen wir besuchten, und niemand hatte Pritkin je bezichtigt, langsam zu sein.

»Stellt er immer das Offensichtliche fest?«, fragte Roger mich und strich sich eine Strähne schlaffen, blonden Haares aus dem Gesicht.

Ich antwortete nicht. Ich war zu sehr damit beschäftigt, mich zu verkrampfen. War ich mir doch nicht sicher, was geschah, wenn hochrangige helle und dunkle Magier aufeinandertrafen. Es war allerdings eher unwahrscheinlich, dass es spaßig würde. Selbst wenn einer von ihnen keine Waffen hatte, und der andere … nun, zumindest griff er nach keiner.

Noch nicht.

»An diesen Dingern haben Sie für den Kreis gearbeitet, nicht wahr?«, verlangte Pritkin zu erfahren, was die Lage nicht gerade entspannte.

»Ich bin im Ruhestand«, sagte Roger milde, versäumte es aber, ihm Tee anzubieten.

Ich reichte ihm meinen Becher. Es war keine Zitrone darin, weil ich ein Barbar bin. Aber Pritkin nahm den Becher trotzdem, trank aber nicht davon, weil er zu sehr damit beschäftigt war, Roger niederzustarren. Was besser funktioniert hätte, wenn der Mann mit seiner langen Nase nicht gerade in einer Keksdose gesteckt hätte.

»Und doch besitzen Sie mindestens drei von diesen Dingern, vielleicht mehr!«, erwiderte Pritkin mit rauer Stimme. »Wofür?«

»Wofür auch immer ich sie haben will, Kriegsmagier.«

»Zum Schutz«, warf ich schnell ein, weil Pritkins bleiches Gesicht gerade purpurn angelaufen war. Und weil es die Wahrheit war.

Das brauchte man mir nicht zu sagen. Meine Eltern hatten sich bei Tony versteckt, diesem Scheißkerl, weil es, ob man es glaubt oder nicht, schlimmere Dinge dort draußen gab. Wie zum Beispiel einen Haufen übriggebliebener Halbgötter aus der Antike mit lange währendem Leben und noch länger währendem Groll. Die Spartoi waren die Kinder von Ares gewesen, zurückgelassen auf der Erde, als die Götter von der Erde vertrieben wurden – dort hatten sie mit ihrem gemischten Blut einen besseren Stand. Sie benutzten ihre Lage, um den Anordnungen ihres Vaters zu folgen: die Person, die für sein Exil verantwortlich war, zur Strecke zu bringen und zu vernichten.

Meine Mutter.

Sie waren gescheitert. Und im Moment begriffen Mom und ihr seltsamer Beschützer nicht, dass der kleinliche, rundliche Tony eines Tages ein viel größeres Problem für sie darstellen würde als alle antiken Halbgötter. Sie wussten nur, dass Moms Macht sich im Laufe der Jahre erheblich verringert hatte und dass sie ein Versteck brauchten, wo sie niemand suchte.

Roger sah mich an, als wisse er, was ich dachte. Nicht allzu schwierig, da wir früher einmal zusammen gegen die Spartoi gekämpft hatten. Naja, sozusagen.

Wir waren hauptsächlich zusammen weggerannt.

»Was soll das für ein Schutz sein?«, fragte Pritkin. »Wenn Sie die Wahrheit sagen, sind das nichts als Geister …«

»Sie denken, diese Wesen seien nicht mächtig?«, gab Roger spitz zurück. »Gerade Sie sollten es besser wissen.«

»Warum sollte gerade ich es besser wissen?« Pritkins Stimme

war aalglatt. Es gab nicht allzu viele Leute, die erraten konnten, was er war, vor allem nach einer nur halbstündigen Bekanntschaft. Aber Roger grinste ihn nur an.

Okay, das lief ja toll. »Ich kapiere immer noch nicht, wie du sie gemacht hast«, schaltete ich mich schnell ein.

»Auf dieselbe Weise, wie Kriegsmagier Golems machen«, erklärte Roger mir.

»Die haben damit keinerlei Ähnlichkeit!«, widersprach Pritkin. Und er wusste, wovon er sprach. Er hatte selbst einmal einen Golem gehabt.

»Nun, allerdings. Da wäre die Tatsache, dass Sie und Ihre Leute Dämonen dazu zwingen, Ihre Vehikel zu steuern«, stimmte Roger zu. »Während meine Partner es aus freiem Willen tun. Aber davon abgesehen …«

»Golems werden *kontrolliert* …«

»Ein hübscheres Wort für versklavt.«

»… damit sie nicht aus eigenem Antrieb Unheil anrichten können …«

»Bis sie freikommen und zu menschenfressenden Zombies werden«, sagte Roger trocken.

»… ganz im Gegensatz zu diesem Ding da heute Nacht! Es hätte uns töten können!«

»Womit? Sie war unbewaffnet …«

»Es hat auch so gute Arbeit geleistet, auch ohne …« Pritkin brach ab. »Sie?«

»Ihr Name ist Daisy«, informierte ich ihn.

Pritkins Mund war zu einer weiteren Erwiderung geöffnet, aber er schloss ihn wieder. Sein Blick wanderte zu Roger hinüber und dann zurück zu mir, als versuche er, eine Ähnlichkeit zwischen uns zu erkennen. Mein Gesicht glühte; ich wusste nicht, warum. Ich selbst sah ums Verrecken keine Ähnlichkeit.

Roger Palmer war ein hochgewachsener, schlaksiger Mann, eher ein wenig dünn, und sein Gesicht, seine Nase und seine Zähne waren alle eine Spur zu lang. Das gab ihm ein pferdeähnliches Aussehen, was nicht gerade durch den Schopf spülwasserblonden Haares, das ihm gern in seine blassblauen Augen fiel, verbessert wurde.

Er trug einen alten, braunen Anzug und eine hellbraune Strickjacke, die fusselte. Seine Füße steckten in fadenscheinigen Pantoffeln aus purpurnem Samt, da die Gummistiefel, die er getragen hatte, um durch den Wald zu stapfen, wohl gereinigt werden mussten. Er sah nicht aus wie ein gefährlicher dunkler Magier, obwohl das die Geschichte war, die ich immer wieder hörte. Und gewiss sah er nicht aus wie jemand, der mit einer Göttin verheiratet war.

Aber andererseits sah ich auch nicht wirklich wie eine Pythia aus. Äußerlickeiten konnten täuschen. Aber ich wusste nicht, ob das in seinem Fall zutraf. Ich wusste außerdem nicht, ob er den bereits mies gelaunten Pritkin provozierte, weil er dachte, er würde schon mit ihm fertig werden, oder ob er es einfach nicht bemerkte.

Seiner Reaktion nach zu urteilen wusste Pritkin es offenbar auch nicht.

»Aber Geister können nichts selbst bewegen«, wiederholte ich, bevor sie von Neuem loslegten. »Und die meisten von ihnen schaffen es nur mit knapper Not, für sich selbst zu sorgen …«

»Unsinn«, unterbrach Roger mich. Und zum ersten Mal wurde sein Gesicht lebendig. »Geister sind erstaunliche Geschöpfe und zählen zu den vielseitigsten, die es überhaupt gibt. Und sie sind mächtig …«

»Mächtig?«, wiederholte ich, denn meine Erfahrung war das nicht. Sicher, die bei Tony hatten einiges Unheil angerichtet, und ich hatte bei ein paar anderen Gelegenheiten etwas Ähnliches gesehen. Aber das waren seltene Fälle, in denen mehrere Geister einen Grund gefunden hatte, zusammenzuarbeiten. Für gewöhnlich passierte das zur Ausübung ihres Lieblingssports – Rache – oder zur Jagd nach Energie, die sie so verzweifelt brauchten. Ohne die blieben sie in einer Halbexistenz gefangen, angekettet an was auch immer sie heimsuchten, bis sie am Ende gänzlich verschwanden.

Ich hatte oft gedacht, das sei der Grund, warum so viele von ihnen irgendwann den Verstand verloren. Die Ewigkeit hört auf, ein Bonus zu sein, wenn man unterm Strich ein Gefangener ist. Und es gab ganz bestimmt genug verrückte Geister dort draußen.

Aber mächtig?

»Oh ja«, beharrte Roger. »Nehmen wir zum Beispiel Dämonen.

Alle reden immer davon, wie stark sie sind, wie schwer zu kontrollieren und wie gefährlich.« Er machte bei dem letzten Wort ironische Bewegungen mit dem kleinen Finger, als mache er sich über die Idee lustig, jemand könne sich vor einem niederen Geschöpf wie einem Dämon fürchten. »Aber was sie nicht wissen – Geister sind das um vieles mehr.«

»Sie sind wahnsinnig«, sagte Pritkin, als hätte er endlich eine Erklärung gefunden, die ihn zufriedenstellte.

Roger grinste höhnisch. »Oh ja, lassen Sie uns doch unbedingt das abgenutzte alte Klischee bemühen …«

»Das Sie momentan ausgezeichnet zu bedienen wissen.«

»… des wahnsinnigen Nekromanten …«

»Bist du das?«, fragte ich mit einem flauen Gefühl im Magen. Jonas hatte es behauptet, aber ich hatte gehofft, dass er sich irrte.

Roger warf mir einen ungeduldigen Blick zu. »Trotz allem, was man dir vielleicht erzählt hat, ist es kein schlimmes Wort. Es ist lediglich ein Name für jemanden, der Magie anwendet und sich auf die Toten spezialisiert – auf alle Arten von Toten. Der einzige Grund, warum es mit etwas Bösem assoziiert wird, ist der, dass der Kreis alles dafür getan hat, damit das so ist.«

»Und weil so viele dieser Art am Ende eingesperrt werden müssen«, fügte Pritkin hinzu.

»Ja, das hat mich immer gewundert«, erwiderte Roger honigsüß. »Wenn wir so machtlos sind, warum dann die Mühe?«

»Nicht Ihre Macht wird infrage gestellt, Magier. Sondern Ihre Prinzipien.«

»Prinzipien.« Roger lachte schnaubend. »Als würde das Corps irgendetwas davon verstehen.«

»Im Gegensatz zum Dunklen Kreis, der ja so berühmt für Selbstlosigkeit ist.«

»Ja, lassen Sie uns so tun, als seien das die beiden einzigen Optionen.«

»Das Corps ist die einzige Einheit, die die magische Welt beschützt!« Pritkin wurde rot.

»Vor allem, außer vor sich selbst.«

»Vor denen, die jahrhundertelange Erfahrung rücksichtslos ignorieren …«

»Vor denen, die die Absurdität stagnierender Magie ignorieren, die mit jedem Jahr schwächer wird …«

»… und gefährliche Experimente ausprobieren, die fast zwangsläufig in einer Katastrophe enden!«

»… während unsere Feinde stärker werden! Ja! Sie schneiden sich ins eigene Fleisch, Kriegsmagier!«, blaffte Roger. »Aber verdammen Sie nicht den Rest von uns dazu, mit Ihnen unterzugehen. Viele würden die Chance des Kampfs vorziehen!« Und er knallte den Becher auf den Tisch.

Daisy und ich zuckten zusammen. Der Schnurrbart des Colonels vibrierte. Pritkin und Roger warfen sich sengende Blicke zu. Ich griff ein, solange ich die Gelegenheit dazu hatte. Vielleicht würde ich keine weitere bekommen.

»Wie können Geister mächtiger sein als Dämonen?«, fragte ich. Denn wenn das wirklich stimmte, musste ich unbedingt mit Billy Joe plaudern.

Roger warf mir einen Blick zu, als wisse er, was ich vorhatte. Aber dann antwortete er trotzdem. »Nun, zum einen sind sie weniger verwundbar. Nimm den Colonel. Siehst du einen Kontroll-Edelstein auf seiner Stirn?«

»Er hat überhaupt keine Stirn«, stellte Daisy missbilligend fest. »Hat nicht mal einen Kopf …«

»Ich habe einen Kopf, Frau!«, entrüstete sich der Colonel.

»Ich meinte, auf deinem neuen Körper.«

»Den habe ich auch gemeint! Der ganze Sinn bestand darin, sie über dem Hals leer zu lassen, damit unsere Köpfe irgendwo hinkönnen!«

»Aber niemand sieht unsere Köpfe«, entgegnete Daisy. »Und die hier sehen so … seltsam aus.«

»Sie sind nicht das einzige Seltsame hier.«

»Mein Punkt«, schnitt Roger ihnen das Wort ab, »war, dass der Colonel sich keine Sorgen darum zu machen braucht, dass jemand einen Zauber auf seiner Stirn löscht oder eine Schriftrolle aus seinem Mund zieht …«

»Was einfach genug wäre, da der für gewöhnlich offen steht«, warf Daisy ein.

»… oder über andere typische Vorgehensweisen, um so ein Machwerk wie einen Golem handlungsunfähig zu machen. Weil sie keine Machwerke sind; sie benutzen sie nur.«

»Wie das Fahren eines Autos«, erklärte Daisy mir. »Wenn es einen Totalschaden hat, geht man einfach.«

»Kann ein Dämon nicht weggehen?«, fragte ich.

»Doch, aber er kommt auch nicht zurück, nicht wahr?«, konterte Roger. »Sobald der Golem – sein eigentliches Gefängnis – zerstört wird, ist seine Gefangenschaft vorbei. Und er verliert für gewöhnlich keine Zeit, sich aus dem Staub zu machen. Es sei denn, er beschließt … mit seinem ehemaligen Herrn noch ein Hühnchen zu rupfen. Aber so oder so, du hast deinen Diener verloren.«

Pritkin sah ihn finster an, aber er widersprach nicht. Was wohl bedeutete, dass Rogers Bericht ziemlich zutreffend war. Pritkin stritt sich zwar auch gern mit Leuten, die er mochte, aber ich glaubte nicht, dass er Roger mochte.

»Und dann noch die Art, wie sie sich ernähren«, fuhr Roger unbeeindruckt fort. »Geister und Dämonen sind beides Erscheinungen, ja?«

»Nun, einige Dämonen …«

»Und sie beide werden stärker, indem sie sich von lebender Energie ernähren.«

Ich nickte.

»Der Unterschied ist, dass Dämonen nur eine bestimmte Menge davon fassen können. Sie sind in dieser Hinsicht wie Menschen oder wie Vampire. Sie nähren sich, um ihre gegenwärtigen Bedürfnisse zu befriedigen und um Macht für später zu sammeln. Und natürlich kann bei den älteren Dämonen die Menge, die sie fassen können, sehr, sehr groß sein. Aber selbst sie haben Grenzen, obwohl sie es nicht gern zugeben. Während Geister …«

»Was ist mit Geistern?«

»Das sind maßlose Schwämme: Sie werden niemals voll. Du kannst sie füttern und füttern und füttern, und sie … saugen es einfach auf.«

Daisy nickte mit ihrem Kopf-Ersatz und die Wimper fiel wieder herunter.

Ich runzelte die Stirn. »Woher weißt du das? Kein Geist hat Zugang zu so einer Art von Kraftquelle.« Für die meisten Geister, die ich gekannt hatte, bestand das Problem darin, genug Energie zu finden, um weiter zu bestehen, nicht darin, zu gucken, wie viel sie fassen konnten.

»Doch, wenn jemand sie ihnen zur Verfügung stellt.«

»Aber warum sollte irgendjemand ...«

»Sie erschaffen unzerstörbare Soldaten!«, schaltete sich Pritkin anklagend ein.

Ich sah ihn an und war leicht überrascht, aber nicht so überrascht wie Roger. Der schien sehr erstaunt darüber zu sein, dass so ein magischer Muckityp zwei und zwei zusammenzählen konnte. Aber er schüttelte den Kopf.

»Nicht unzerstörbar. So viel haben Sie heute Abend festgestellt. Nicht dass dieses Modell überhaupt für den Kampf geschaffen worden wäre, wohlgemerkt, aber jedes von ihnen kann unter den richtigen Umständen vernichtet werden. Doch das ist wirklich nicht das Thema.«

»Was ist dann das Thema?«

Roger wirkte nachdenklich. »Ich nehme an, die treffendste Parallele wären Ihre Spitfire-Flugzeuge im Zweiten Weltkrieg.«

Seiner verwirrten Miene nach zu urteilen, klärte das für Pritkin nicht viel. Für mich klärte es auch nicht viel, aber ich war ein wenig abgelenkt von der Übelkeit, die sich in meiner Magengrube entwickelt hatte. Denn es war nicht das *Warum* von Rogers merkwürdigem Hobby, das mich interessierte.

Es war das *Wie*.

»Im Zweiten Weltkrieg planten die Nazis eine Invasion der Britischen Inseln«, erklärte er mir. »Aber dazu mussten sie zuerst die Kontrolle über den Luftraum haben und das bedeutete, dass sie die RAF auslöschen mussten – das ist die britische Luftwaffe.«

Ich nickte benommen.

»Aber die RAF hielt durch, hauptsächlich, weil ihre Flugzeuge, die Spitfires, verdammt gute kleine Flugzeuge waren, und weil ihre

Fabriken einen scheinbar endlosen Vorrat davon zu produzieren schienen. Wann immer ein Flugzeug abstürzte, gab es zwei neue, die darauf warteten, an seine Stelle zu treten. Es gab nur ein einziges Problem.«

»Fabriken konnten nicht auch am Fließband Piloten produzieren«, sagte Pritkin und musterte Daisy, die ihre Schürze nach der verlorenen Wimper durchwühlte, mit zusammengekniffenen Augen.

»Genau«, sagte Roger. »Der RAF gingen ständig die Piloten aus, und sie konnten nicht schnell genug neue ausbilden, um der Nachfrage beizukommen. Sie hielten nur wegen des Zustroms qualifizierten Personals aus dem Ausland durch. Und selbst damit war es eine knappe Geschichte. Aber stellen Sie sich vor, Sie könnten jemanden ein einziges Mal ausbilden und ihn wieder und wieder einsetzen. Stellen Sie sich vor, dass, wenn ein Fahrzeug zerstört wird, der Körper unverletzt bleibt und einfach zurückhuscht und sich ein Neues holen kann. Und dann wieder eins und danach wieder …«

»Es würde einem nie der Nachschub ausgehen«, stellte ich fest, während ich Pritkin beobachtete, der zu Beginn ärgerlich gewesen war und jetzt fuchsteufelswild wurde.

Roger nickte. »Denken Sie nur: Eine Armee von Soldaten, die nicht sterben können – sie sind bereits tot. Die nicht gefangen oder gezwungen werden können, ihren Feinden Fragen zu beantworten. Oder daran gehindert werden können, zur Basis zurückzukehren. Denn was kann schon einen Geist fangen?«

Mir fiel da schon etwas ein, aber ich sagte es nicht, weil Pritkin einem Schlaganfall nah war. Vielleicht dachte er an die Zerstörung, die eine solche Truppe beim Corps anrichten könnte. Oder vielleicht war es Rogers Haltung, die ihn störte. Der schien vergessen zu haben, wer sein Publikum war, und ließ sich weiter enthusiastisch über sein Lieblingsthema aus.

»Natürlich gab es Probleme«, fuhr Roger an mich gewandt fort. »Das Ärgerlichste war, dass die Geister sagten, die Körper fühlten sich nicht wie ihre eigenen an.«

»Ich bin immer wieder oben herausgedriftet«, bestätigte Daisy. »Und das, noch bevor ich versucht habe, das Ding zu bewegen!«

»Und Übung hat nicht viel geholfen«, ergänzte Roger. »Ich habe schließlich begriffen, dass ich lediglich ein Vehikel erschaffen hatte, aber was sie brauchten, war ein Körper. Also habe ich einige Nachforschungen angestellt und entdeckt, dass der Bindezauber für einen Golem Ähnlichkeiten mit der Art aufweist, wie Zombies gemacht werden, und sobald ich das verstanden hatte, nun, da ging mir ein Licht auf.«

»Und wie!«, warf Daisy ein.

»Natürlich musste ich trotzdem noch einen Zauber finden, um das Gewicht der Körper zu verringern, damit sie nicht so viel Energie verbrannten wie eine 747. Und Geister können keine Magie wirken. Daher mussten all ihre Zauber in einen Trank gebannt werden, den man bei sich tragen konnte …«

»Aber du hast es geschafft«, sagte ich, weil es offensichtlich war.

»Nun … mehr oder weniger.« Er tätschelte Daisys gewaltigen Oberschenkel. »Und im Gegensatz zu lebendigen Soldaten werden meine nicht müde. Sie können nicht verwundet werden. Sie brauchen nicht zu schlafen. Solange es Körper gibt, die sie beherbergen, und Energie, die sie versorgt, können sie weitermachen und immer weiter und …«

Er brach ab, weil Pritkin endlich genug hatte. Eine Woge von Macht erfüllte plötzlich den Raum und erinnerte mich daran, dass Pritkin keine Waffen brauchte. Er war selbst eine. Er war ein Kriegsmagier. Aber andererseits war Roger ebenfalls einer.

Pritkin sprang vom Tisch in die Luft, mit etwas in der Hand, das ich nicht sehen konnte, wovon ich aber verdammt gut wusste, dass er es nicht benutzen durfte. Es ist vorbei, wollte ich brüllen. Er kann niemandem wehtun! Er ist bereits tot!

Aber dazu bekam ich keine Gelegenheit mehr.

Ich hatte mich halb von meinem Sitz erhoben, die Hand ausgestreckt, während sich auf meinen Lippen die Worte formten, als Pritkin plötzlich nicht mehr da war. Aber eine Sekunde später traf etwas mit einem Krachen die gegenüberliegende Wand. Als ich hinüberschaute, schälte er sich gerade von der Wandfarbe hinter dem Tisch ab – und dem Gips und den Ziegelsteinen –, nachdem er quer durchs Zimmer und halb durch die Wand geschleudert worden war. Von etwas, das sich so schnell bewegt hatte, dass ich es nur verschwommen wahrgenommen hatte.

Und das blieb so, denn ich war zu beschäftigt damit zu rennen, um danach Ausschau zu halten. Ich stieß einen Stuhl beiseite und kniete mich neben den zusammengesackten Kriegsmagier, dem eine nicht explodierte Trankgranate aus der Hand fiel. Pritkin musste lange genug bei Bewusstsein geblieben sein, um Big Red eine zu stehlen, während er zurückgetragen wurde, und er hatte sie in seine Stiefel gestopft.

Verdammt! Daran hätte ich denken sollen. Aber ich hatte es nicht für nötig gehalten, einen nackten Mann zu filzen.

»Das wird ihn lehren, nicht mal Mühe auf einen Schild zu verwenden!«, sagte jemand, und als ich mich umdrehte, sah ich die Kreatur selbst in der Tür stehen. Der Regen wehte durch ein geisterhaftes Bild des Kopfs des Colonels, der aus dem Hals ragte und selbstgefällig dreinschaute.

»Es wird ihn gar nichts lehren, wenn er tot ist!«

»Würden Sie lieber Ihren Vater tot sehen, Mädchen?«, fragte der Colonel.

Ich hob die goldene Granate auf und warf sie nach ihm. »Er wollte ihn fangen – nicht ihn töten!«

Der Colonel duckte sich durch die Tür weg und wich damit den klebrigen Fäden aus, die den Knauf trafen und sich wie ein riesiges Netz über die Öffnung spannten. »Nun, woher sollte ich das wissen?«, rief er und funkelte mich durch eine Lücke an. »Und was würde es nutzen, ihn zu fangen? Dies ist nicht Ihre Zeit!«

»Es könnte ihn dazu zwingen, die Wahrheit zu sagen! Wie viele von euch hat der Schwarze Kreis? Wo halten sie euch …«

»Ich hätte das vorhersehen müssen«, sagte Roger gereizt und kam herbei. Er sah den Colonel an. »Erlaube mir das nächste Mal, um Hilfe zu bitten, bevor du eingreifst.«

»Er ist ein Kriegsmagier. Sie hätten keine Zeit gehabt zu fragen«, protestierte der Colonel – an niemanden speziell gerichtet, denn niemand hörte ihm noch zu.

»Tu etwas!«, befahl ich Roger, der neben Pritkin kniete und zum zweiten Mal in dieser Nacht nach einem Puls tastete.

Er schaute zu Big Red auf. »Taschenlampe.«

Der Riese riss mit einem der Haken, die er als Hände benutzte, eine Taschenlampe aus seinem Werkzeuggürtel und stieß sie durch eine Lücke im Netz. So wie alles andere aussah, das ihm um die Taille baumelte, war klar, dass Reds Hauptaufgabe nicht das Gärtnern war. Er hätte Pritkin mit etwas viel schlimmerem als der flachen Hand schlagen können, obwohl das vielleicht schon schlimm genug gewesen war.

Roger nahm die Taschenlampe und zog Pritkins linkes Augenlid auf, sorgfältig darauf bedacht, den Kopf nicht zu bewegen. »Normale Erweiterung«, sagte er nach einer Sekunde. »Und sein Herzschlag ist kräftig. Er müsste sich erholen, aber wir wissen es erst mit Sicherheit, wenn er zu sich kommt.«

»*Falls* er zu sich kommt!«, gab ich zurück.

»Du machst dir zu große Sorgen. Er ist halb Dämon …«

»Er ist auch halb Mensch!«

»Und, was soll ich deiner Meinung nach tun?«, fragte er ungeduldig. »Ich bin kein Arzt, und er ist kein Vampir. Ich kann totes Fleisch manipulieren, wie immer es dir beliebt, aber ich habe keine Macht über Lebendes.«

Vielleicht nicht, aber ich kannte jemanden, der das hatte.

Er packte meinen Arm, als ich aufsprang. »Sie ist nicht da. Sie …«

»Und ob sie da ist!« Ich riss mich los und rannte auf die Treppe zu.

Elf

Es gab nur eine Treppe, die auf einen kleinen Flur hinaufführte. Auf beiden Seiten war je eine Tür. Durch die erste kam man in einen Abstellraum, in dem sich alte Möbel türmten, und durch eine angrenzende Tür gelangte man in ein winziges Bad. Aber die Tür auf der anderen Seite des Flures führte in ein Schlafzimmer mit einem großen Messingbett, einem Fenster, das weit genug geöffnet war, um zum Sprung hinaus einzuladen, und einem altmodischen Schrank. Und eine weitere Tür …

Führte in ein Kinderzimmer.

Es war niemand darin bis auf ein Baby in einem Gitterbett, das den Sturm draußen und den Kampf unten irgendwie verschlafen hatte. Es wachte allerdings auf, als ich die Tür aufriss. Es wachte auf und begann zu schreien.

»In Ordnung, das reicht«, sagte Roger und trat hinter mich.

Einen Augenblick war ich mir nicht sicher, ob er mit mir oder mit dem Baby redete.

Nicht dass es eine Rolle spielte.

Er eilte an mir vorbei und hob ein kleines Bündel in einem gelben Strampler hoch, mit einem Mob daunenfeiner, blonder Locken und einem zerknautschten Gesicht. »Deine Mutter ist im Wald«, sagte er mir, während er in seiner Jacke hektisch nach etwas tastete. »Und kümmert sich um den Schlamassel, den ihr zwei angerichtet habt, bevor der halbe Staat verwüstet wird!«

Ich erwiderte nichts. Er förderte schließlich einen Schnuller zutage, den er in den weit offenen Mund steckte, aus dem das Geschrei kam. Das kleine Mädchen saugte zweimal daran, dann spuckte es den Schnuller prompt wieder aus. Er seufzte.

»Ich staune immer über Babys, die man mit solchen Dingern täuschen kann«, bemerkte er und schüttelte es ein wenig auf und ab. »Sie – du – wirst dich nie täuschen lassen. Ein-, zweimal saugen, und wenn nichts herauskommt ...« Er zuckte die Achseln, legte ihren Kopf an seine Schulter und vollführte den Bitte-sei-still-Babytanz, den alle Eltern zu kennen schienen.

Ich setzte mich.

Ich war auf einem Schaukelstuhl gelandet, aber ich hätte nicht sagen können, ob mir das vorher klar gewesen war. In diesem Moment war ich mir nicht sicher, ob ich überhaupt irgendetwas begriff. Ich betrachtete einen besorgten Vater, der sich sanft um ein schwieriges Kind kümmerte. Fahles Mondlicht flutete durch ein kleines Fenster, um ihrer beider blonden Köpfe, einer mit strohglatten Haaren, der andere mit dichten Locken wie von einem Heiligenschein umgeben. Und nichts ergab einen Sinn.

»Du hast Hunderte von Leuten getötet«, murmelte ich benommen.

Er schaute auf. »Was?«

»Geister arbeiten nicht kostenlos. All diese Macht ...«

»Welche Macht?«

»Um deine Armee zu nähren. Sie muss ja von irgendwoher kommen.«

Er runzelte die Stirn. »Sind wir wieder bei diesem Thema angelangt?«

Ich starrte ihn an und wünschte, er sähe aus wie das Bild, das ich in meinem Kopf mit mir herumtrug. Ein verrückter Magier, der in einem muffigen Kerker auf mich und Agnes schoss; ein Wahnsinniger, ein stolpernder Idiot, der sich bei einer verzweifelten Flucht durch London kaum vor den Spartoi halten konnte; ein sarkastischer, zorniger Mann, der ganz von unten kam. Jede dieser Facetten von ihm würde es einfacher machen.

Stattdessen hatte ich einen erschöpft aussehenden Burschen mit Spucke auf der Schulter vor mir. Ich sah eine Hand, die verzweifelt einen in einer Windel steckenden Po umklammerte, mit dem Bitte-mach-dass-sie-keine-neue-Windel-braucht-während-ihre-Mutter-aus-dem-Haus-ist-Blick, den Männer überall auf der Welt haben. Ich sah ein lächerlich einfältiges Grinsen, als ihm klar wurde, dass sie trocken war.

Ich hatte es wahrhaftig nicht leicht.

»Was bietest du deinen Legionen an?«, fragte ich und ließ die Frage absichtlich schroff klingen.

»Meinen was?« Er schaute sich einen Moment verwirrt um, vielleicht weil er dabei war, ein Fläschchen aus einem altmodischen Kühlschrank zu fischen, der unter einen Tisch geschoben war, während er gleichzeitig ein zappelndes Baby festhielt.

»Den Legionen, von denen du Pritkin erzählt hast!«

Er bekam das Fläschchen endlich zu fassen. »Du meinst den Kriegsmagier? Wir sind nie dazu gekommen, uns miteinander bekannt zu machen.«

»Ja! Ich meine den, den deine Kreatur beinahe getötet hätte! Du hast ihm gesagt ...«

»Was er hören wollte«, beendete er meinen Satz und stellte das Fläschchen auf den Tisch. Und dann murmelte er etwas und wedelte mit der Hand in Richtung der Flasche. Und dann versuchte er, sie am Handgelenk zu testen, aber das ist ein wenig schwierig mit einem Säugling, der einem auf die Schulter sabbert. »Hier«, sagte er und hielt mir das Baby hin.

Ich wich zurück, aber er streckte die Arme nur weiter aus.

Ich nahm sie.

Sie sah nicht aus wie ich. Sie sah wie alle Babys und halbgebackenen Brotlaibe nach gar nichts aus. Als es sie zu langweilen begann, auf die Tasche an Pritkins Hemd zu starren, kreuzte sich der Blick eines vertrauten Paares babyblauer Augen mit meinem.

Sie wirkte nicht beeindruckt.

»Ach du Schei ...«, fluchte Roger.

Als ich aufschaute, hatte er einen roten Striemen auf dem Handgelenk, dank des glühheißen und geronnenen Inhaltes des Fläschchens, das er fallengelassen hatte. Ich wartete, während er ein weiteres herausfischte, und erneut den Zauber, worin er auch immer bestand, ausprobierte. Endlich schaffte er es, die Temperatur richtig hinzubekommen. »Ich tue das normalerweise nicht«, erklärte er. »Ich meine, ich lasse normalerweise keine Dinge fallen, und ihre Mutter hat gesagt ...«

»Deine. Legionen«, wiederholte ich, weil es mich dazu trieb. Ich musste es wissen.

»Oh, um ...« Er brach ab und machte ein Gesicht, als wünschte er, er könnte mich immer noch mit einem Schnuller zum Verstummen bringen. »Meine Legionen bestehen aus einem Exmarinesoldaten, der im Spanisch-Amerikanischen Krieg gestorben ist, und einer obdachlosen Dame, die unter der Forty-forth Street Bridge das Zeitliche gesegnet hat! Und ich habe niemals jemanden geleert, um sie zu nähren. Ganz das Gegenteil ist der Fall – meistens leeren sie am Ende mich!«

Er nahm das Baby zurück, stopfte ihm den Sauger des Fläschchens in den Mund und funkelte mich an.

»Aber ... du hast für den Schwarzen Kreis eine Armee gemacht. Du hast gerade gesagt ...«

Er zuckte die Achseln. »Ich war schon immer gut darin, irgendwelche Geschichten zu erzählen. Und dein Kriegsmagier ... nun, er hat ein paar Schrecksekunden verdient. Ich hatte heute Abend genug Scherereien wegen ihm!«

»Versuchst du, mir weiszumachen, dass das nicht wahr ist? Dass du das alles erfunden hast?« Ich glaubte es keine Sekunde. Der Beweis für das Gegenteil hatte Pritkin gerade halb durch eine Mauer geworfen.

Er sah mich ungeduldig an. »Die Theorie hört sich ganz gut an, aber in der Praxis – ist es so, wie ich dir gesagt habe. Es war ein *gescheitertes* Experiment.«

»Für mich hat es ziemlich erfolgreich ausgesehen!«

»Nun, natürlich. So war es auch gedacht.« Er klemmte sich das Fläschchen kurz unters Kinn und zog sich einen Hocker heran. Vermutlich wollte er mich nicht beim Trinken stören. Dann ließ er sich nieder.

»Und wofür hast du sie dann gemacht?«

»Um den Schwarzen Kreis zu täuschen.« Er sah meinen Gesichtsausdruck und gab einen angewiderten Laut von sich. »Hör mal, es funktioniert nicht, in Ordnung? Aber der Kreis wusste das nicht, weil niemand es jemals ausprobiert hatte. Die Dämonologen, die einen richtigen Bindezauber erschaffen konnten, konnten keine Geister sehen. Und du kannst nicht binden, wovon du nicht einmal erkennen kannst, dass es da ist! Und die Nekromanten, die auf Geister spezialisiert sind, können keinen Bindezauber machen.«

»Daisy hat etwas anderes gesagt«, rief ich ihm ins Gedächtnis.

Er verdrehte die Augen in einer unbewussten Imitation. »Weißt du, wie man Zombies macht?«, fragte er, legte sich das Baby auf die Schulter und tätschelte ihm den Rücken. »Sie sind nicht wie Geister. Sie haben keine Seelen. Also muss ein Nekromant ein winziges bisschen von seiner eigenen Seele hineinsenden, um seine Schöpfung zu beleben.«

»Und?«

»Und es ist nicht so, als könnte man besonders viel von seiner Seele erübrigen! Deshalb siehst du keine Zombiearmeen umherstreifen, auch wenn Filme dich das glauben machen wollen. Ein Nekromant kann nur zwei, vielleicht drei gleichzeitig mit einem gewissen Erfolg dirigieren. Alle anderen, die er großzuziehen versucht, werden auf Autopilot sein – die Lichter brennen, aber es ist niemand zu Hause, okay? Und als solche sind sie leicht zu treffende Ziele. Sie sind nutzlos.«

»Ich verstehe immer noch nicht …«

Das Baby unterbrach mich mit einem erstaunlich lauten Rülpsen. Wir sahen sie beide an, ich mit Schrecken, er mit Befriedigung. Dann wischte er ihr das Kinn ab und stopfte ihr den Sauger wieder in den Mund.

»Ich habe es dir doch erklärt – ich habe den Bindezauber, der bei Golems benutzt wird, mit dem Zauber abgeändert, den wir benutzen, um Zombies zu machen. Und es hat funktioniert, mehr oder weniger. Aber du weißt ja, wie das mit Magie ist … irgendwann geht sie immer nach hinten los. Und in diesem speziellen Fall habe ich herausgefunden, dass der neue Zauber auf die gleiche Weise eingeschränkt war wie der Zombiezauber – ich konnte nur zwei oder drei ›Körper‹ gleichzeitig binden. Ich könnte keine Armee erschaffen, selbst wenn ich es versuchte!«

Ich musterte sein Gesicht und wollte ihm glauben. Seine blauen Augen wirkten harmlos, und er klang absolut überzeugend. Aber andererseits hatte er auch unten überzeugend geklungen.

Roger zog die Brauen zusammen, vermutlich weil ich zu lange

schwieg. »Denk nach, Mädchen! Warum, glaubst du, hat niemand zuvor Geister als Waffe eingesetzt? Ich bin kein Genie, und nichts ist neu unter der Sonne. Irgendjemand hat es wahrscheinlich irgendwann versucht und dann angewidert aufgegeben und ist zu Zombies zurückgekehrt! Sie mögen abscheulich sein, aber zumindest sind sie verlässlich.«

»Und doch hast du es getan, zumindest mit zwei …«

»Ja, zwei. Und du würdest nicht glauben, welch höllischen Ärger sie mir machen. Ich meine, denk für einen Moment an die Logistik. *Falls* du genügend unabhängig gesinnte Geister finden könntest, die nicht sieben Tage die Woche vierundzwanzig Stunden lang mit ihrer Rache beschäftigt sind, und *falls* du irgendwie genug Energie finden könntest, um sie zu nähren, und *falls* du sie überzeugen könntest, deine Sache zu unterstützen … nun, dann hättest du vielleicht eine Streitmacht, mit der zu rechnen wäre. Aber weißt du, wie die Chancen diesbezüglich stehen?«

Er hatte recht, begriff ich. Und wenn ich nicht zu beschäftigt damit gewesen wäre, mir darum Sorgen zu machen, dass er und Pritkin einander an die Kehle gingen, hätte ich es vielleicht von allein herausgefunden. Billy Jo war nur ein einziger Geist, und er machte mich rasend. Ich konnte mir nicht vorstellen, eine Armee zu kontrollieren oder es auch nur zu schaffen, sie überhaupt zu rekrutieren. Kein Wunder, dass niemand es je getan hatte. Es wäre so, als versuche man, Katzen zu Schoßhündchen zu machen.

»Obsessive, plappernde Katzen«, stimmte Roger zu, denn ich hatte den letzten Gedanken wohl laut ausgesprochen.

»Aber Jonas – der Anführer des Silbernen Kreises – hat mir erzählt, deine Geisterarmee bewache jeden einzelnen Schritt des Kreises.«

Roger lachte. »Das hat er erzählt, ja?«

»Du willst mir sagen, dass das auch nicht stimmt?«

»Natürlich stimmt es nicht. Ich mag den Silbernen Kreis nicht, aber der Schwarze ist noch schlimmer. Ich hatte nicht vor, ihnen zu helfen, aber sie haben immer wieder darauf bestanden. Sie hatten es sich in den Kopf gesetzt, dass ich mehrere hundert Geister zur Verfügung hätte, was sie wahrscheinlich für eine Verschwendung hielten, da sie sie fütterten! Also sorgte ich dafür, dass Gerüchte den Silbernen Kreis erreichten, um sie ganz paranoid zu machen. So kam ich aus der Schusslinie.«

Ich starrte ihn an. Er klang so blasiert, als sei es keine große Sache, die beiden mächtigsten magischen Organisationen auf Erden zu belügen. »Und deine Armee …«

»Wenn Leute den Ausdruck ›Armee‹ im Zusammenhang mit mir hören, neigen sie dazu, es zu glauben. Frag Tony.«

»Ihn hast du auch belogen.« Es war keine Frage.

»Nun, wir konnten nicht in dem Haus bleiben«, sagte er gereizt und wirkte ein wenig verärgert. Als hätte er von mir erwartet, dass ich mich angesichts seiner Leistung in Ohs und Ahs ergehe. Ich war tatsächlich beeindruckt – dass er sich so lange gehalten hatte. Ich gelangte außerdem langsam zu Pritkins Ansicht – es war nicht gerade unwahrscheinlich, dass Daddy ein Spinner war.

»Warum konntet ihr nicht in dem Haus bleiben?«, fragte ich, obwohl ich mir nicht sicher war, ob ich es wissen wollte.

»Deine Mutter hat sich rundheraus geweigert. Du weißt ja, sie zieht den Wald vor, und außerdem mochte sie Tony nicht.«

Man stelle sich das vor.

»Und dazu haben die Mistkerle von Geistern, die sie dort drüben hatten, immer wieder versucht, Sam und Gänseblümchen anzufallen. Ich musste uns da wegbringen.«

»Also hast du den Dämonenangriff vorgetäuscht, damit Tony euch aus dem Cottage verbannt«, sagte ich, denn natürlich hatte er das getan.

»Feuerzauber. Du weißt ja, wie Vampire sind.«

»… und dann hast du den Wald mit Sprengfallen gespickt.«

»Nun, wir mussten ihn erst wachsen lassen.«

»… und diese Dinger gebaut, damit niemand herauskommen konnte, um dich auszuspionieren.«

»Ich mache mir weniger Sorgen wegen des Spionierens als wegen des Sterbens«, bemerkte er trocken. »Wenn die verdammten Spartoi auftauchen, brauche ich etwas Besseres als Tonys Haufen, um Zeit zu schinden. Etwas, das nicht einmal ein Gott erwarten würde. Und ich hatte immer noch die Bauanleitungen für die Homunculi aus der Zeit, als ich beim Schwarzen Kreis war, also ...« Er zuckte die Achseln.

Ich saß da. Ich hatte ungefähr tausend Fragen, auf die ich eine Antwort wollte – brauchte –, und dies war vielleicht meine einzige Chance. Denn meine Mutter war ganz und gar nicht wie Agnes, sie würde sich nicht darüber freuen, mich zu sehen. Ich wusste das, wusste, dass ich die Chance beim Schopfe packen musste, solange sie sich mir bot, aber es fiel mir sehr schwer.

»Du ... du hast in allem gelogen«, sagte ich und versuchte zu realisieren, dass dieser vollkommen gewöhnliche Mann irgendwie alle anderen – den Schwarzen und den Silbernen Kreis, Agnes, einen Meistervampir, *alle* – überzeugt hatte, dass er eine Macht war, mit der man rechnen musste. Obwohl alles, was er hatte, einige Schrottroboter waren und zwei Klugscheißer von Geistern.

»Ich ziehe es vor, es als kreative Problemlösung zu betrachten«, erklärte er mir steif.

»Und du bist damit durchgekommen«, sagte ich staunend. Denn das war kaum zu glauben.

»Du klingst überrascht.«

»Ich bin sprachlos«, antwortete ich aufrichtig. Er feixte.

»Du hättest schon vor *Jahren* tot sein sollen.«

Das Feixen verblasste. »Danke«, sagte er säuerlich und wechselte das Baby auf die andere Schulter, da die erste hinreichend vollgesabbert worden war. »Aber vielleicht wirst du eines Tages lernen, dass die Leute leichtgläubig sind. Oft glauben sie einfach, was du ihnen sagst, wenn du nur selbstbewusst klingst – und wenn es etwas ist, was ihnen gefällt. Sie wollen glauben, das ist schon die halbe Miete.«

»Aber ... der *Schwarze Kreis*«, sagte ich und versuchte, ihm klarzumachen, mit was für Leuten er es zu tun gehabt hatte, da er es anscheinend immer noch nicht kapierte.

»Die Maxime gilt für Betrüger ebenso wie für alle anderen«, meinte er. »Vielleicht noch mehr. Sie gewöhnen sich so sehr daran, dass alle zu große Angst haben zu versuchen, sie übers Ohr zu hauen, dass sie einfach annehmen, dass du die Wahrheit sagst.«

Ich saß nur da und sah ihn weiter an. »Und diese Armee, die du immer wieder versprochen hast? Erwartet denn keiner, sie früher oder später zu Gesicht zu bekommen?«

»Nun, ja«, antwortete er, leiser, weil das Baby wieder eingeschlafen war. »Das ist der Grund, warum wir ein Zerwürfnis hatten. Sie haben Resultate verlangt, und ich … nun, ich habe es so lange wie möglich hinausgezögert und darauf hingewiesen, dass die Rekrutierung von Geistern für eine Armee ein wenig schwieriger ist als für gewöhnliche Zwecke. Und dann musste ich den Prototyp bauen und dann die Fehler ausmerzen und ihn dann vorführen – zumindest an diesem Tag waren sie glücklich. Aber schließlich verlangten sie, mehr zu sehen, und natürlich waren zwei alles, was ich hatte.«

»Aber warum hast du überhaupt welche gemacht?«, gab ich ärgerlich zurück, denn nichts von all dem ergab einen Sinn. »Was *wolltest* du denn damit?«

Er sah mich stirnrunzelnd an, vielleicht weil ich es geschafft hatte, das Baby wieder zu wecken, und dann stand er auf, um es zu wiegen. »Natürlich Macht. Ich habe ihnen gesagt, ich könne ohne sie keine Geister rekrutieren oder meine eigene Armee stützen. Wenn sie Resultate wollten, mussten sie etwas dafür aufbringen. Und das haben sie.« Er grinste. »Oh ja, sie haben was springen lassen. Über Jahre hinweg habe ich sie angezapft …«

»Über *was?*«, fragte ich scharf, weil ich mindestens eine wahre Sache in diesem Haus der Lügen hören wollte, das er erbaut hatte. »Warum dein Leben für Macht riskieren, wenn du sie nicht einmal brauchst?«

Er holte zu einer Antwort aus, sah dann aber auf. Und sein ganzes Gesicht veränderte sich. Einen Moment sah er beinahe hübsch aus. Er schaute auf jemanden hinter mir, in der Tür, und ich wusste, noch bevor ich mich umdrehte, was es war.

Oder vielmehr wusste ich, wer es war.

»Ich habe einen Kriegsmagier vorgefunden, der das Linoleum vollblutet«, erklärte meine Mutter, kam herein und übernahm das Baby.

»Vollblutet?« Ich sprang auf.

»Heilen war früher einmal eine meiner Gaben«, sagte sie mir. »Ich habe die Fähigkeit nicht vollkommen verloren.«

»Ist er bei Bewusstsein?« Ich zweifelte nicht an ihr, aber ich wollte ihren finsteren Blick selbst sehen.

»Er wird es bald sein.« Sie blickte ihren Mann an. »Wirst du ihn bewachen?«

»Natürlich.«

»Ohne einen weiteren Zwischenfall?«

Er verdrehte die Augen, wirkte aber ein wenig schuldig. Dann ging er. Ließ mich mit einer Göttin, die ich nicht kannte, allein, und mit einer Mutter, der ich kaum je begegnet war.

Ich schwieg eine ganze Weile. Sie war genauso schön, wie ich sie in Erinnerung hatte, und ganz anders, als die Legenden sagten. Sie war eine Kriegerin – das wusste ich, und nicht nur wegen einiger alter, wahrscheinlich halb verstümmelter Geschichten. Sondern weil ich es mit eigenen Augen gesehen hatte. Sie hatte einen der Spartoi in Staub verwandelt, einen anderen in einer Zeitschleife gefangen und einen dritten mit der Version eines Streitwagens aus dem neunzehnten Jahrhundert überfahren. Und dann hatte sie mit ein wenig Hilfe von mir die meisten der Übrigen in die Zeit gekippt, wo sie immer tiefer in der Geschichte versanken, ohne eine Möglichkeit zu stoppen.

Aber man sah es ihr nicht an. Ihr schönes, kupferbronzefarbenes Haar kringelte sich in feuchten Löckchen ihren Rücken hinunter. Ihr weiches, weißes Kleid war nass und schmutzig am Saum, als hätte sie einen Mantel getragen, der ein klein wenig kürzer war. Und ihr entzückendes Gesicht war heiter, während sie ihr Kind beruhigte.

Sie roch nach Lilien, stellte ich unwillkürlich fest, der vertraute Duft umgab mich wie eine Liebkosung. Ich erinnerte mich … aus meiner Kindheit … dass es fast das Einzige war, das ich …

»Cassandra.«

Violettblaue Augen sahen in meine. Sie waren ruhig, wie ihre Stimme. Aber plötzlich war ich es nicht mehr. Plötzlich bekam ich kaum noch Luft und mein Herz schmerzte mir in der Brust.

»Cassie«, flüsterte ich. »Die meisten Leute … sie nennen mich …«

Eine weiche Hand umfasste meine Wange. Ich erstarrte, nicht

weil die Berührung unerwünscht war. Sondern weil ich mich plötzlich in sie hineinschmiegen wollte, mein Gesicht verbergen und ihr hundert verschiedene Dinge sagen wollte, die an dem Kloß in meiner Kehle nicht vorbeikamen. Ich wollte …

»Du hättest nicht herkommen sollen.«

Es war wie ein Tritt in den Magen, obwohl ich es erwartet hatte. »Ich … ich weiß.« Ich schluckte. »Agnes hat gesagt … sie wollte mich auch nicht sehen. Sie hat gesagt, sie käme dann zu sehr ins Grübeln, bloß die Tatsache, dass ich … ich meine, sie hat gesagt, ich solle nicht zurückkommen. Und ich bin nicht wiedergekommen. Aber sie hätte mir bei dieser Sache ohnehin nicht helfen können. Ich musste mit dir sprechen … um zu fragen …«

»Ich weiß, warum du gekommen bist.«

»Du weißt es?« Ich stutzte.

»Ich bin nicht mehr, was ich einst war, Cassandra. Aber ich bin auch nicht menschlich.«

Nein, doch ich war es. Es hing in der Luft, unausgesprochen, aber greifbar. Ich war nicht, was sie war. Ich konnte mich in ihr überhaupt nicht wiedererkennen. Hatte es nie getan. Ich war viel mehr wie der unbeholfene Bursche unten, der, der Babys fallen ließ – hey, vielleicht war es das, was mit mir nicht stimmte –, der, der Streit suchte, den er nicht gewinnen konnte, der, der halsstarrig darauf bestand, die Dinge auf seine Art zu tun. Es hatte ihn umgebracht.

Ich fragte mich, was es mir eintragen würde.

»Ich freue mich, dass du da warst.« Ihre Hand lag noch einen Moment weich und sanft auf meiner Wange, bevor sie sie sinken ließ. »Du solltest gehen.«

Ich schaute zu ihr auf, und zornige Tränen verbargen das Bild von ihr, wie sie das jetzt ruhige Baby hielt, und ich fragte mich, warum sie mich überhaupt bekommen hatte. Warum sie sich die Mühe gemacht hatte. Wurden Göttinnen ebenfalls umgetrieben? Schwer zu glauben, dass es mit Absicht geschehen war, da sie jetzt offensichtlich gut auf mich hätte verzichten können. Nun, Pech. Ich war hier, und ich blieb hier, bis ich kriegte, weshalb ich gekommen war. Meine beiden Elternteile hatten mich herzlich wenig auf dieses verrückte Leben vorbereitet. Aber jetzt *würde ich bekommen, was ich wollte.*

Sie drehte sich um, um das Baby in das Gitterbett zu legen. »Du bist genauso halsstarrig wie dein Vater.«

»Dann weißt du, dass ich nicht einfach weggehen werde.«

»Du wärst gut beraten, noch einmal darüber nachzudenken.«

»So wie er hätte darüber nachdenken sollen, in jener Nacht in London?« Es kam heraus, bevor ich es aufhalten konnte, aber es tat mir nicht leid. Ein Mensch – ein unbeholfener, schwerfälliger, tollpatschiger Mensch mit Fäusten groß wie ein Schinken – hatte sie in jener Nacht vor einer Gruppe von Kreaturen gerettet, bei denen es sogar Götter schauderte. Es war nicht die feine Art gewesen, und zum Teufel, es war nicht elegant gewesen, aber es hatte geklappt.

Manchmal konnten wir Sterblichen einen überraschen.

»Wenn er nicht dort gewesen wäre, wäre ich gestorben«, stimmte sie zu und breitete die Decke über dem Kind aus. »Aber sein Leben ... wäre vielleicht ganz anders verlaufen.«

»Und mich würde es gar nicht geben. Also verzeih mir, dass ich froh über seine Halsstarrigkeit bin!«

Sie sah mich an. »Du klingst sogar wie er.«

Ihr Tonfall war liebevoll, beinahe nachsichtig. Es schien unmöglich, dass sie für jemanden, der so ... nicht göttlich war, etwas empfinden sollte. Ich hatte im Wesentlichen angenommen, dass sie ihn auf irgendeine Weise benutzte. Aber jetzt hatte es sich so angehört ...

»Wie habt ihr zwei euch eigentlich kennengelernt?«, fragte ich, weil ich das immer hatte wissen wollen.

Sie antwortete nicht. Sie setzte sich auch nicht, daher musste ich ebenfalls stehen bleiben. Vielleicht war das der Grund, warum sich diese Situation weniger wie ein Besuch oder auch nur wie eine Audienz anfühlte, sondern mehr wie ein Arschtritt Richtung Tür.

Na schön, dachte ich ärgerlich. Aber ich würde trotzdem fragen. Sie konnte mich ignorieren, doch ich würde fragen, was mir verdammt noch mal gefiel.

»Es geschah nicht in jener Nacht«, erklärte ich trotzig.

Sie setzte sich immer noch nicht, sondern lehnte sich an das Gitterbett. Sie sah müde aus, dachte ich, und dann schob ich den Gedanken beiseite. Göttinnen wurden nicht müde … oder?

Sie lächelte schwach. »Wir haben uns kennengelernt, als Agnes ihn durch mehr als drei Jahrhunderte zurückgeholt hat. Von einem Keller in London, wenn du dich erinnerst.«

Ich erinnerte mich, dass Agnes den zornigen Magier, der er gewesen war, fortgeholt hatte, aber ich hatte nicht gedacht, dass sie geplant hatte, ihn bei sich zu behalten. »Warum hat sie ihn nicht an den Kreis ausgeliefert?«

»Der Kreis ist nicht darauf eingerichtet, sich um Zeitreisende zu kümmern, wie unbeholfen sie auch sein mögen. Dergleichen liegt in der Verantwortung des Pythia-Hofes. Agnes hat ihn nach London gebracht, und kurz darauf habe ich ihn kennengelernt – im Gefängnis.«

»Und du hast dich in einen unfähigen, zeitreisenden Knacki verliebt?«

Es kam heraus, bevor ich es verhindern konnte, aber sie schien nicht gekränkt zu sein. »Damals wusste niemand, dass er unfähig war. Ich war dazu abgestellt worden, ihm etwas zu essen zu bringen, weil er als ein gefährlicher dunkler Magier galt und ich von einer Sekunde auf die andere wegspringen konnte. Stattdessen bin ich geblieben. Und wir haben geredet.«

»Worüber?« Ich konnte mir keine zwei Leute vorstellen, die weniger gemeinsam hatten.

»Die Vergangenheit, die Zukunft … einen Hass auf das Schicksal, auf Regeln, auf erstickende Gebote.«

»Ich dachte, Gebote seien etwas Gutes.«

»Es hängt davon ab, um wessen Gebote es sich handelt.«

Ich blinzelte. Das hatte grimmig geklungen. »Das verstehe ich nicht.«

Die Blitze zuckten draußen über den Himmel und ließen ihr Haar für einen Moment flammendrot leuchten. »Doch, das verstehst du. Du bist ein Kind des Chaos, Cassie, von Aufruhr und Tumult und wilder Unsicherheit. Deine bloße Existenz ist Beweis …«

»Wofür?«, fragte ich, als ihre Stimme sich verlor.

»Dafür, dass Hoffnung nicht in Ketten gelegt werden kann. Dafür, dass Schicksal nicht unabänderlich ist!«

Ich blinzelte abermals. Sie hatte es inbrünstig und leidenschaftlich gesagt, was nur gut war. Denn anderenfalls hätte es vielleicht von den Lippen einer Göttin weniger wie eine Prophezeiung geklungen ... sondern mehr wie das billige Gefasel mancher sogenannter Hellseher bei einer Deutung, wenn sie nicht wussten, was sie sagen sollten.

Oder wenn sie versuchten, das Thema zu wechseln.

Sie lächelte wieder, als lese sie meine Gedanken. »Du möchtest diesen Dämon also retten?«

Ich nickte.

»Warum?«

»Ich – was?«

»Es ist eine ganz einfache Frage, oder nicht? Du scheinst viel für ihn riskieren zu wollen.«

»Er würde es auch für mich tun.«

»Würde er das? Sie sind eigennützige Kreaturen, diese Dämonen ...«

»Das Gleiche könnten wir von Menschen sagen – oder Göttern.«

Sie zog eine Augenbraue hoch. »Vielleicht. Aber wir reden nicht über sie. Sondern von einer Kreatur, die gegen ihre Natur ankämpft. Früher oder später wird er ihr nachgeben. Vielleicht ist es das Beste, wenn er unter Seinesgleichen ist.«

»Sie sind nicht Seinesgleichen! Sie sind ...« Ich dachte an die Dämonen, die ich kannte, von den größtenteils wohlmeinenden bis zu den, offen gesagt, furchteinflößenden. Keiner davon erinnerte mich auch nur im geringsten an den Mann unten. »Er ist menschlich.«

»Er ist zum Teil menschlich. Es ist seine andere Hälfte, die er noch kennenlernen muss.«

»Ich glaube nicht, dass er etwas darüber lernen will«, versetzte ich trocken. Diesbezüglich hatte Pritkin sich ziemlich klar ausgedrückt.

»Das obliegt nicht seiner Entscheidung. Wir sind, wer wir sind. Wir alle werden davon bis zu einem gewissen Grad beherrscht.«

»Und wir alle entscheiden, bis zu welchem Grad – bis auf ihn. Die Entscheidung wurde für ihn getroffen. Man hat ihn *genommen* …«

»Man hat ihn dir weggenommen.«

»Ja.«

»Und dir missfällt das.«

»Ja!«

»Weil er Dein ist.«

»D…« Ich hielt inne, plötzlich verwirrt. Bis es mir wieder einfiel: Die Götter hatten Menschen immer zu ihren Dienern oder Spielsachen oder wozu auch immer gemacht, und das ohne auch nur darüber nachzudenken. Vor ihrer Erleuchtung hatte Mutter es wahrscheinlich auch getan. Aber ich war kein Gott, und das war es nicht, was hier passiert war. »Nein. Er ist sein eigener Herr …«

»Sollte er dann nicht selbst entscheiden?«

»Du verstehst es nicht. Er hatte keine Chance …«

»Er hatte sie. Er konnte wählen, ob er dich rettet und verdammt wird oder dich sterben lässt. Er hat sich für Ersteres entschieden.«

»Nein! Er – das war keine Entscheidung! Sie wurde ihm aufgezwungen von … von seinem Vater, von den Umständen, von …«

»Vom Schicksal?«

»Ja – das nehme ich an.«

»Und du willst sein Schicksal jetzt ändern.«

»Wenn du es so ausdrücken willst …«

»Du musst wissen«, sagte sie plötzlich drängend, »das Schicksal hat viele Saiten, Cassie, und wenn wir an denen eines anderen zupfen, klingen unsere eigenen oft mit.«

Okay, ich merkte, dass ich bei diesem Gespräch offensichtlich nicht mithalten konnte. Mir ging auf, warum die Leute früher Probleme mit Orakeln hatten. »Kannst du dich auch einfach ausdrücken?«, murmelte ich hoffnungsvoll.

»Wenn du das Schicksal einer anderen Person veränderst, verändert es auch dein eigenes.«

»Zum Besseren?«, fragte ich, obwohl ich bereits wusste, wie die Antwort ausfallen würde.

»Das lässt sich nicht vorhersagen. Das ist die Essenz von Chaos.

Wenn du von einer Klippe springst, kannst du nicht wissen, was du am Grund vorfinden wirst.«

Klar, nur ich wusste, was ich für gewöhnlich fand. »Ich glaube, ich mag Gebote ganz gern«, flüsterte ich.

»Tatsächlich?« Sie zog eine schmale Augenbraue hoch. »Dann überlass ihn seinem Schicksal und kehre zu deinem zurück.«

»Nein.«

»Dann wählst du das Chaos.«

»Was soll's, na schön, ich wähle das Chaos!«, sagte ich leidenschaftlich. »Sag mir einfach, was ich wissen muss!«

Zwölf

Ich materialisierte mich einige Minute später in meiner abgeschiedenen Lieblingsecke der Hotellobby. Sie war an zwei Seiten von einer Wand begrenzt, und ein dicker, künstlicher Stalaktit bot weiteren Sichtschutz. Ein Stalaktit, an dem ich mich ganz schnell festhalten musste, um nicht auf den Hintern zu fallen.

Okay, dachte ich, während der Raum sich wie wild um mich drehte.

Okay, dachte ich, während Farben ineinander verliefen, ein Windkanal-Effekt in meinen Ohren brüllte und das Ganze Rogers Spielzeugen scharfe Konkurrenz machte.

Okay, dachte ich, als mein Magen auch mitspielte und mein Gehirn beschloss, drauf zu pfeifen und ich trotzdem auf den Hintern fiel.

Okay.

Es bestand der Hauch einer Möglichkeit, dass ich einen freien Tag brauchte.

Ich ließ mich rückwärts fallen, da ich es ohnehin tat. Und dann lag ich da und sah den Tragbalken in der Dunkelheit hoch über mir dabei zu, wie sie sich auf eine Weise drehten, wie sie es eigentlich nicht sollten. Das war recht unterhaltsam, aber nach einer Weile musste ich die Augen schließen, weil mir davon schlecht wurde.

Und mir war schon schlecht genug.

Rückblickend hätte ich wahrscheinlich bleiben sollen, nachdem ich Pritkin abgesetzt hatte, um mir eine Pause vor dem nächsten Sprung durch die Zeit zu gönnen. Was ich nach der Art zu urteilen, wie ich mich fühlte, in letzter Zeit etwas zu oft getan hatte. Aber Pritkin war langsam aus der Groggy-Phase gekommen, und ich hatte ein Gespräch vermeiden wollen, auf das ich nicht vorbereitet war, also hatte ich mich verdrückt.

Nicht mein bester Zug, befand ich, als das Wirbeln schlimmer wurde.

Nach einer Weile drehte ich den Kopf zur Seite, denn ich wollte nicht ersticken, wenn ich ohnmächtig wurde und mich gleichzeitig übergab. Aber ich wurde nicht ohnmächtig. Und es kam auch nichts hoch, vielleicht weil ich nicht genug im Magen hatte.

Mahlzeiten auszulassen hatte seine Vorteile, und ich fragte mich, ob es irgendjemandem etwas ausmachen würde, wenn ich hier schlief.

Der Teppich roch nach Schuhen und Zigarettenkippen.

Damit konnte ich leben. Ich rollte mich herum und versuchte, eine bequeme Stelle zu finden.

Und hatte stattdessen ein Paar hochglänzender Ferragamos vor der Nase.

»Wusst ich's doch«, sagte jemand verbittert.

Es dauerte einen Moment, aber schließlich blickte ich in das gutaussehende Gesicht eines ziemlich angekotzten Vampirs. Zum Glück war es nicht Marco. Oder Mircea. Oder jemand anders, für den ich mir eine gute Geschichte hätte ausdenken müssen, denn dem war ich noch nicht gewachsen.

»Ich habe gewartet«, erklärte der Vamp mir grimmig. »Ich habe tausend andere Sachen zu erledigen, aber ich wusste, ich *wusste*, dass du im schlimmstmöglichen Moment auftauchen würdest. Und wie man sieht, wurde mein Glaube bestätigt.«

»Du hast keinen Glauben«, nuschelte ich, während ich versuchte, meine Augen zu entschielen.

Der Wirbel von Farben, Geräuschen und Musik hinter den Beinen des Vampirs verschmolz langsam zu einem Bild der Unterwelt, falls man in der Unterwelt geschmacklose T-Shirts und Fruchtdrinks verkaufte und die Leute dort in Smokings herumliefen.

Moment.

Smokings?

»Oh, ich habe einen Glauben«, sagte der Vampir mit funkelnden dunklen Augen. Sie passten gut zu dem Smoking, der sein attraktives spanisches Aussehen betonte. »Ich glaube, dass du mein Leben ruinieren wirst!«

Er hieß Casanova. Ja, *der* Casanova, oder zumindest behauptete er das, obwohl er es nicht war und nie gewesen ist. Aber der Inkubus, von dem er besessen ist, hatte zuvor den berühmten Latin Lover besessen, und die Vampirgemeinschaft ist nicht immun gegen Promigeilheit. Also hatte »Casanova« mit dem Geist auch den Namen und den Lebensstil angenommen, was bedeutete, dass er mehr daran gewöhnt war, in seidenen Laken herumzuliegen, als irgendetwas Produktives zu tun.

Es hatte mich daher überrascht, dass er sich damals voll in den ersten richtigen Job gestürzt hatte, obwohl das vielleicht erklärte, warum er mich so anfunkelte. Wieder einmal besudelte ich sein Hotel mit meiner Anwesenheit. Wenn man bedachte, wie der Laden normalerweise aussah, hätte mir dieser Gedanke ein Lächeln entlockt, wenn ich nicht so verdammt müde gewesen wäre.

Und wenn heute Nacht nicht die Ausnahme gewesen wäre, die die Regel bestätigte.

Dante's Hotel und Casino war abwechselnd geschmacklos und vulgär und protzig und kitschig, aber es war nicht billig. Nichts auf dem Filetstück des Vegas Strip war das. Aber nur weil seine Gäste Wucherpreise zahlten, um dem Casino noch mehr sauer verdientes Geld in den Rachen zu stopfen, hieß das nicht, dass sie sich fein machten. Auch wenn das Kino einen etwas anderes glauben machen wollte, bestand die übliche Abendgarderobe in Vegas aus einem T-Shirt und Shorts, außer im Winter, wo man gelegentlich ein Kapuzenshirt und Jeans sah.

Aber nicht heute Nacht. Heute Nacht wurden die Stalaktiten und Stalagmiten und die dampfspeienden Geysire in der pompösen Lobby verdeckt – von schönen Menschen. Ich hatte hier noch nie so viele Glitzerkleider und elegante Anzüge und gelackte Frisuren auf einmal gesehen.

Und war das ein Streichquartett?

»Feiern wir eine Party?«, fragte ich und stützte mich auf einen Arm.

»*Wir* feiern gar nichts«, antwortete er und schnappte sich das Champagnerglas, das eine vorbeigehende Kellnerin mir gerade überreicht hatte. »Und falls ich an ein göttliches Wesen glaubte, müsste es der größte Sadist seit dem Marquis selbst sein, dass er mir dich aufgehalst hat!«

»Okay, Schluss damit«, sagte ich und verzog das Gesicht – mit einem Blick auf das Glas, denn der eine Schluck, den ich ergattert hatte, hatte furchtbar geschmeckt. »Ich bin gerade zurückgekommen. Und wenn du das hier den Gästen servierst, solltest du dich auf einige Gerichtsverfahren gefasst machen.«

»Das sind keine Gäste; das ist Personal. Und ich bezahle nicht für Champagner, solange die Kameras den Unterschied nicht erkennen können!«

»Welche Kameras?«

»Die Kameras, die dich nicht zu interessieren brauchen. Jetzt zuck mit der Nase oder was immer du sonst tust und verschwinde von hier! Und beeil dich, bevor dich jemand sieht. Die Penner, die die Automaten nach Münzen absuchen, sehen besser aus als du!«

Ausnahmsweise einmal schien er wirklich beleidigt zu sein.

Ich schaute an mir hinab.

Zugegeben, ich hatte schon besser ausgesehen.

Das Kapuzenshirt, das Pritkin mir geliehen hatte, hatte meinen Oberkörper größtenteils geschützt, als es im Wald zur Sache ging. Aber meine Beine waren nackt gewesen und waren übersät von Kratzern und Insektenstichen und getrocknetem Schlamm und etwas, das ich schließlich als Harzflecken identifizierte. Meine einst weißen Keds waren schwarz, meine Fingernägel ebenfalls, und ich dachte, dass es gut war, dass ich mein Gesicht in letzter Zeit nicht im Spiegel gesehen hatte.

Aber es juckte auch.

Ich zupfte mir eine Kiefernnadel aus dem Haar und bemühte mich um Würde. »Ich hab es dir gesagt, ich bin gerade erst zurückgekommen. Und ich werde nicht eher aufs Zimmer gehen, bis ich etwas zu essen bekommen habe.«

»Ich werde dir etwas nach oben schicken lassen!«

»Ja, klar. In zwei Stunden, und bis dahin bin ich eingeschlafen.«

»Ich werde ihnen sagen, dass sie sich beeilen sollen.«

»Das tun sie nie.« Fred hatte in einem Punkt recht gehabt – der

Zimmerservice hier war ätzend. »Ich werde mich einfach in der Taco-Schlange vordrängeln …«

»Aber die ist ganz hinten auf der Straße!«

»Na und?«

»Oh, zum – warte hier«, befahl er mir und deutete auf den Boden vor meinen schmutzigen Schuhen. Dann stach er einige Male zur Betonung in die Luft. »Genau. Hier. Hast du verstanden?«

»Ich mag sie mit Guacamole und roter Sauce, aber ohne Salat«, entgegnete ich und setzte mich wieder an den Sockel des künstlichen Steins.

Er war nach einer Sekunde zurück, ohne Essen, aber dafür mit einem großen Farn in einem Bronzeeimer, wie die neben dem Empfangstisch. Ich weiß nicht, was Farne mit dem Ambiente zu tun hatten, aber im Dante's machte man sich wegen solcher kleinen Unstimmigkeiten keine Gedanken. Oder wegen der Tatsache, dass nicht einmal die Hölle diesen Teppich geduldet hätte.

»Genau. Hier«, wiederholte er und knallte den Farn auf den Boden. Und dann war er wieder weg.

Ich schob mir Farnwedel aus dem Gesicht, da Casanova mir das Ding genau vor die Nase gesetzt hatte, und betrachtete die schönen Menschen, die zu Partys, Tagungen oder sonstwohin wollten. Ich wusste nicht, ob Casanova versuchte, eine betuchtere Klientel anzuziehen, indem er seine dienstfreien Angestellten in Gucci herumlaufen ließ, oder ob etwas anderes im Gange war. Und nach einer Minute kam ich zu dem Schluss, dass es mir egal war.

Ich lehnte mich wieder gegen den Stalaktiten und schloss die Augen. Der Raum schien sich dadurch schneller zu drehen, aber seltsamerweise ging es meinem Magen besser. Was natürlich nur bedeutete, dass mein Gehirn aufwachte.

Es bestürmte mich mit Gedanken an all die Dinge, die ich heute Nacht hätte fragen können, statt einfach herumzusitzen und mit Rogers Geistern zu plaudern. Aber ich war aufgekratzt und mehr als ein wenig panisch gewesen und konnte die Geister schwer ignorieren. Und dann Mutter …

Verdammt. Meine Mutter. Ich schluckte und schlug dann mit dem Kopf einige Male gegen den Stein, weil er es verdiente.

Ich weiß nicht, was ich von ihr erwartet hatte. Dass sie mich mit offenen Armen willkommen hieß? Mich mit Küssen überhäufte? Mir sagte, dass sie mich vermisst hatte?

Ja, begriff ich. Ein Teil von mir *hatte* das erwartet, sonst hätte es nicht so wehgetan. Ein dummer Teil, denn natürlich hatte sie mich nicht vermisst. Sie hatte nie die Gelegenheit dazu gehabt. Sie hatte nicht Jahrzehnte damit verbracht, sich Fragen zu stellen, zu suchen, zu träumen …

Und sie hatte mir gegeben, worum ich gebeten hatte. Nun, mehr oder weniger. Und es war nicht das gewesen, was ich erwartet hatte.

Weniger die Information selbst – nachdem ich eine Woche lang darüber nachgedacht hatte, in die Hölle einzubrechen, war ich auf fast alles vorbereitet gewesen. Doch die Tatsache, dass sie mich nicht ausgelacht oder mir gesagt hatte, ich sei verrückt, oder mir in den Hintern geschossen hatte … Sie hatte es mir einfach … gesagt.

Sie hatte mir ohne große Einwände das gesagt, was ich wissen musste, um den nächsten Quadratscheiß anzustellen. Entweder überschätzte sie mich ernsthaft, oder … oder vielleicht hatte ich tatsächlich einen Versuch? Vielleicht sah sie etwas in mir, das ich nicht sah? Vielleicht …

Vielleicht dachte sie, die beste Möglichkeit, mich loszuwerden, sei die, mir das zu geben, was ich wollte, und mich selbst herausfinden zu lassen, dass es Schwachsinn war.

Keine Ahnung. Ich hatte dieses komische Gefühl, dass ich jetzt weniger über meine Eltern wusste als zuvor. Zumindest *verstand* ich weniger.

Wie meinen Vater. Ich nahm an, dass die Wahrheit – falls er mir überhaupt die Wahrheit gesagt hatte – besser war als die Gerüchte, die ich gehört hatte, aber sie war nicht weniger bizarr. Was machte eine antike Göttin mit der magischen Version eines Schwindlers? Und was hatte er mit dem Schwarzen Kreis gemacht?

Er hatte Macht gebraucht, hatte er gesagt. Aber wofür? Denn zwei Geister konnten unmöglich so viel verbrauchen, selbst wenn sie Ironman spielten. Wofür brauchte er also die Macht?

Jedenfalls nicht, um Mutter zu helfen. Sie war schwach gewesen, ja. Sie hatte Magie gebraucht, ja. Aber keine menschliche Magie. Das war der Grund, warum die alten Legenden davon sprachen, dass die Götter zwar die Erde besuchten, aber woanders lebten – in Asgard, in Vanaheimr, auf dem Olymp –, wie immer man es nennen wollte. Weil sie aus menschlicher Magie keine Kraft beziehen konnten. Ich wusste nicht, ob sie sich mit ihrer nicht vertrug oder nicht stark genug war oder was. Aber sie würden schwach werden, wenn sie lange hierblieben.

Das war der Grund, warum Mutter am Ende den größten Teil ihrer Macht verloren hatte, nachdem sie hier festsaß. Und warum sie schließlich an den Pythia-Hof gegangen war, nachdem sie ihn all diese Jahrhunderte gemieden hatte. Apollo, der Gott der Prophezeiung, hatte das Orakel von Delphi mit einem Teil seiner eigenen Macht ausgestattet, damals, als es brave kleine Anbeter gewesen waren, und es war noch immer stark. Ich schätze, dass das Bisschen, das die Pythien benutzten, im Vergleich zu der Menge, die ein hungriger Gott brauchte, unerheblich war.

Aber Mom war nicht lange in den Genuss der Macht gekommen. Durch ihren Besuch bei Hof war es ihren Feinden gelungen, sie aufzuspüren, und sie hatte den größten Teil der Macht, die sie gewonnen hatte, im Kampf gegen sie aufbrauchen müssen. Also war sie schließlich in Tonys Gästecottage bei Dad gelandet, der den Schwarzen Kreis mied, der ihm wahrscheinlich Gewalt antun wollte. Und wartete …

Worauf? Bis heute Nacht hatte ich nie richtig darüber nachgedacht. Ich hatte einfach angenommen, dass sie sich versteckten. Das machte man so, wenn böse Menschen hinter einem her waren. Aber jetzt, da ich ihnen begegnet war, ergab das nicht viel Sinn, zumindest nicht als langfristiger Plan.

Die Spartoi waren gnadenlos. Sie musste wissen, dass sie sie irgendwann finden würden, und dann hieß es Game over. Ihre Macht war fast aufgezehrt, Tonys Leute würden nicht für sie kämpfen, und selbst wenn, würden die Spartoi in einer Minute Hackfleisch aus ihnen machen. Und nachdem ich gegen beide gekämpft hatte, bezweifelte ich, dass Rogers verrückte Erfindungen sich besser schlagen würden. Selbst wenn ich den Wald als Teil von

Moms Verteidigung betrachtete – und nachdem ich ihn durchquert hatte, sah ich keinen Grund, warum ich das *nicht* tun sollte –, nun, Pritkin und ich hatten ihn überlebt. Ein Haufen antiker Halbgötter würde das erst recht schaffen.

Alles, was ich gesehen hatte, hatte nach einer Notlösung ausgesehen, die meinen Eltern etwas Zeit erkaufen würde.

Aber *wozu*?

»Hier!« Ich wurde aus meinem Zustand zwischen Halbschlaf und Tagtraum gerissen, als mir jemand etwas unter die Nase stieß. Etwas, das göttlich aussah, als es mir gelang, ein silbernes Tablett so weit wegzuschieben, dass ich den Inhalt erkennen konnte.

»Das sind keine Tacos«, murmelte ich verschlafen.

»Nein, es ist besser«, blaffte Casanova. »Jetzt geh auf dein Zimmer, bevor dich noch jemand sieht!«

Ich hätte zurückgeblafft, aber ich hegte zärtliche Gefühle für den Mann, der mir gerade ein Tablett mit köstlich aussehenden Hors d'oeuvres gebracht hatte. Es enthielt zu gleichen Teilen wunderbaren Lachs, saftige Würstchen, fette, in Schinken gewickelte Garnelen und herzhafte Hackbällchen. Mein Magen erwachte und begann klagend zu knurren. Plötzlich hatte ich einen Bärenhunger.

Ein Telefon klingelte, und Casanova riss es aus seinem Jackett. »Natürlich tust du das«, erklärte er ihm giftig. »Ich habe keine fünf Minuten … na gut, na gut. Ich komme!«

Er stieß mir das Tablett hin und verschwand mit der verfließenden Geschwindigkeit, mit der sich Vampire bewegen, wenn sie es ernst meinen. Und ich verschwendete auch keine Zeit. Ich schnappte mir ein Stückchen Lachs, das auf einem kunstvoll gespritzten Tupfen Kräuterkäse lag, welcher wiederum auf einer frischen Gurkenscheibe ruhte …

Die für immer frisch bleiben würde, wie ich eine Sekunde später begriff.

Weil sie aus Plastik war.

Es gelang mir, das Ding auszuspucken, bevor ich daran erstickte. Dann saß ich einfach nur da und betrachtete das schleimige Zeug in meiner Hand. Und fragte mich, wie es so weit mit mir kommen konnte. Ich warf es weg, wischte mir die Hand an meinem dreckigen

Top ab und griff nach einer gummiartigen Garnele – die aus echtem Gummi zu bestehen schien. Und dann nach einer Wurst mit einem wunderschönen Röststreifen, der aus einer Sprühdose stammte. Und dann …

»Nein«, sagte ich mit wachsender Verzweiflung, während ich das ganze Tablett überprüfte. Aber es war immer dasselbe. Sie waren künstlich. Sie waren alle künstlich.

Casanova hatte mir gerade ein Tablett mit Plastikessen gegeben.

Es sah aus wie eins dieser Tabletts mit Mustergerichten, die die Restaurants am Eingang als Anreiz benutzten. Es schien, dass die Angestellten nicht nur keinen echten Champagner, sondern auch nichts zu essen bekamen. Genauso wenig wie ich.

»Mistkerl!« Für eine Sekunde saß ich da, ungläubig und stinksauer und vollkommen ausgehungert. Dann war ich auf den Füßen und schob Farnwedel aus dem Weg.

Der Laden war gerammelt voll. Wenn überhaupt möglich, hatten sich noch schönere Typen in die bereits mit Touristen überfüllte Lobby gequetscht, seit ich das letzte Mal hingeschaut hatte. Es war unmöglich zu springen, ohne gesehen zu werden, und ich fühlte mich dem ohnehin nicht gewachsen.

Ich sah zwar aus wie eine Stadtstreicherin, aber das hier sollte angeblich die Hölle sein. Wenn oben an der Bar Satyrn bedienten, Inkubi den Salon bemannten und eine Cocktailkellnerin mit Teufelsohren umherwanderte, sollte ein Obdachloser niemanden schockieren. Und wenn doch, Pech gehabt. Das Universum mochte Casanova zwar hassen, aber es verschwor sich, mich auszuhungern.

Und ich hatte die Nase voll.

Ich nahm mein Leben wieder selbst in die Hand, oder zumindest mein Abendessen.

Ich strebte dem Ausgang zu.

Oder schlich vielmehr hinter die Empfangstheke, denn ich wollte nicht hochkant rausgeschmissen werden.

Zum Glück checkte gerade niemand ein. Das Personal warf mir einige Blicke zu, aber die meisten kannten mich inzwischen, und hinter die Rezeption zu kriechen gehörte zu den weniger seltsamen Dingen, die sie mich hatten tun sehen. Niemand versuchte, mich aufzuhalten, und ich huschte von dort in einen Serviceflur, hinten durch eine Eisdiele und wieder hinaus in die Lobby. Genau dorthin, wo die Höllenlandschaft in eine Geisterstadt aus dem Wilden Westen überging, wenn es im Wilden Westen Plastikkakteen und Neonschilder für Cocktails und überteuerte Boutiquen gegeben hätte.

Und einen Eselskarren aus glasfaserverstärktem Kunststoff mit einem blinkenden Tacoschild.

Ich hätte schwören können, dass ein himmlischer Chor zu singen anhob, wenn das hier nicht wirklich unwahrscheinlich gewesen wäre. Ich taumelte weiter, angelockt von dem Sirenenruf von gegrilltem Fleisch und Habanerosauce. Das Wasser lief mir im Munde zusammen, und meine Augen wurden glasig. Und ich rannte mitten in ein gestärktes Anzughemd hinein.

»Meinst du nicht, dass ich dich inzwischen kenne?«, fragte Casanova, und sein kastilisches Lispeln blieb ebenso wenig verborgen wie der ausgewachsene Wutanfall.

»Oh, Himmel Herrgott nochmal ... geh mir aus dem Weg!« Ich versuchte, mich an ihm vorbeizudrängen.

Aber ich hatte keine Kraft mehr, und Casanova war ein Meistervampir, auch wenn er sich die Hälfte der Zeit wie ein kleines Miststück benahm. Ich kam nicht weiter. Verdammt!

»Du wirst mir das nicht ruinieren«, erklärte er mir drohend.

»Ich versuche nur, in die verdammte Tacoschlange zu kommen! Ich weiß nicht einmal, was ›das‹ ist!«

»Das ist mein Versuch, ein angeschlagenes Unternehmen zu retten«, zischte er, packte mich am Arm und zerrte mich hinter zwei künstliche Heuballen. »Ich werde gleich ins Fernsehen kommen, landesweite Ausstrahlung, zur besten Sendezeit!«

»Wofür?«

»Dafür!«, antwortete Casanova und deutete auf einen Kerl mit großen Zähnen und einem Knopflochmikrofon, der gerade vorn in der Lobby in einen freigeräumten Bereich getreten war. Er und das Dutzend Männer in schwarzen Hemden, die ihm den Rücken freihielten, versperrten den meisten Leuten den Zugang zu den Aufzügen um die Ecke, aber es schien niemanden zu stören. Die

Leute waren zu sehr damit beschäftigt, ihn zu beobachten, während er in eine professionell aussehende Videokamera grinste.

»Teufel«, erklärte er ihr plötzlich mit allem Anschein von Genuss. »Oger. Riesen. Freaks aller Art. Wer nicht an Monster glaubt, gehört zu einer kleinen Minderheit. Im Laufe der Geschichte hat fast jede Kultur der Erde an sie geglaubt. Noch merkwürdiger ist, dass sie alle an die gleichen Monster geglaubt haben. Nehmen Sie zum Beispiel Zombies: ›Ich werde die Toten erwecken, und sie werden die Lebenden essen … ich werde dafür sorgen, dass die Zahl der Toten die der Lebenden übersteigt.‹ Was denken Sie, woher dieses Zitat stammt? Stephen King? *Die Nacht der lebenden Toten?* Nein. Es stammt aus einem alten babylonischen Epos, das vor fünftausend Jahren geschrieben wurde. Es ist eins der ältesten geschriebenen Werke der Welt. Zombies … haben einen Stammbaum.«

»Was ist das?«, fragte ich, und mir wurde aus einem ganz neuem Grund flau. »Wie ist die Presse hier hereingekommen?«

»Ich habe sie eingeladen«, antwortete Casanova knapp.

»Was?« Ich sah ungläubig zu ihm auf.

»Hast du irgendeine Vorstellung, wie schwer es ist«, fragte er mich heftig, »Profit zu machen, wenn die Hälfte deiner Zimmer und der größte Teil deines Personals von dem verdammten Senat beschlagnahmt worden sind?«

Der »verdammte Senat« war der Vampirsenat, der seine gewohnten Räumlichkeiten bei einem früheren Angriff im Krieg verloren hatte. Er war vorübergehend hier eingezogen, da sich das Casino als Teil von Mirceas umfangreichem Portfolio im Besitz einer der ihren befand. Bisher war das besser gelaufen, als ich erwartet hatte, mit einem Haufen Senior-Meister und ihrem Gefolge, die das Hotel füllten. Aber das konnte sich leicht ändern – wie heute Nacht zum Beispiel.

»Bist du *wahnsinnig*?«, zischte ich. »Du weißt, was da oben ist. Was um alles in der Welt hat dich darauf gebracht, dass das eine gute Idee ist?«

»Das, was ich gerade ansehe.«

»Was?«

»Oh, wie schnell man vergisst!« Er grinste höhnisch. »Oder erinnerst du dich vielleicht undeutlich daran, vor knapp über einem Monat fast mein Hotel zerstört zu haben?«

»Wann genau?«, fragte ich unbehaglich. Denn es hatte mehrere Zwischenfälle gegeben.

»Aber Zombies sind im Vergleich zu Wergeschöpfen Neulinge«, erklärte uns der Sprecher. »Es gibt vierzehntausend Jahre alte Höhlenmalereien von Menschen mit Tiergesichtern, oder wie sie sich in alle möglichen Tiere verwandeln. Aus Europa kommen Geschichten der berühmtesten Wergeschöpfe von allen, der Werwölfe. Aber haben Sie gewusst, dass es in Zentralamerika Geschichten über Werjaguare gibt? In Zentralasien über Werbären?«

»Die große Schlacht«, flüsterte Casanova stocksauer. »Die Schlacht, deren Schäden ich noch immer repariere.«

»Oh.« Die. »Was ist damit?«

»Nun, es hat sich herumgesprochen, nicht? Zurückhaltung ist nicht so einfach, wenn über dem verdammten Dach in der Luft gewaltige magische Kämpfe stattfinden! Wir haben unser Bestes gegeben, aber seitdem gibt es Gerüchte. Sie wurden schließlich so beharrlich, dass der Senat beschlossen hat, dass es einfacher sei, die *Hogwash* Leute kommen zu lassen ...«

»Was für Leute?«

»Du musst sie gesehen haben«, sagte er ungeduldig. »Sie haben kleine Hörner und quieken und – ach, vergiss es. Der Punkt ist, dass sie moderne Sagen entlarven. Wenn sie hierherkommen und nichts finden ...«

»Und wenn sie doch etwas finden?«

»Dann ist da der ewige Liebling aller, der Vampir«, fuhr der Sprecher fort. »Wie weit gehen sie zurück? Drücken wir es mal so aus: Es gibt altpersische Tonscherben, die blutsaugende Kreaturen darstellen. Sie sind älter als jede schriftliche Überlieferung, Leute.«

»Dann nehmen wir ein paar mentale Korrekturen vor, löschen einige Bänder, was eben notwendig ist!«, antwortete Casanova. »Aber am Ende werden sie zufrieden von dannen ziehen und, was wichtiger ist, ich bekomme eine kostenlose, einstündige Werbung zur besten Sendezeit, und das wirst du mir nicht vermasseln!«

»Ich tue doch gar nichts«, gab ich ärgerlich zurück. »Was ist dein Problem?«

»Oh, bitte! Denk nicht, ich wüsste nicht, warum diese Miststücke hier sind!«

»Wovon redest du?«

Ich bekam keine Antwort, denn ein uniformierter Sicherheitsmann kam mit panischer Miene angerannt. Da der größte Teil des Sicherheitsdienstes rund um das Casino aus Vampiren bestand, und zwar aus Vampiren, die wirklich schon einiges gesehen hatten, machte es mich nicht allzu glücklich. Und ausnahmsweise einmal schienen Casanova und ich auf derselben Wellenlänge zu sein.

»Was?«, fragte er, noch bevor der Wachmann stehen geblieben war.

»Sir, es wird schlimmer. Wir können sie nicht mehr …«

»Dann rufen Sie Verstärkung! Hier wird *gefilmt*!«

»Sir, wir *haben* Verstärkung gerufen. Jeder diensthabende Wachposten ist hier oder unterwegs, aber wir sind nicht, das heißt, wir haben nicht …«

»Kommen Sie mir nicht damit«, fauchte Casanova. »Es sind nur drei! Setzen Sie sich drauf, wenn es sein muss!«

»Sir, ich denke nicht, dass Sie ver…«

»Ein bisschen leiser bitte«, bekamen wir von einem Mann in einem schwarzen T-Shirt mit einem rosa Schwein gesagt. »Wir haben Sie übers Mikro mit drauf.«

»Oh Verzeihung«, flüsterte Casanova liebenswürdig und zerrte mich wieder an die Wand.

»Und was Dämonen betrifft, nun, sie werden in fast jedem heiligen Buch erwähnt, das es gibt«, sagte der Sprecher. »Und in vielen profanen Texten. Nehmen Sie zum Beispiel den Inkubus. Ein Geist, der angeblich Menschen im Schlaf besucht, für, ähm, fleischliche Beziehungen. Diese Vorstellung geht auf Mesopotamien zu Beginn der Geschichtsschreibung zurück, mindestens fünfundvierzig Jahrhunderte.«

Casanova wandte sich wieder seinem Vamp zu. »Die Filmleute werden in einer Minute mit der Einführung fertig sein. Halten Sie einfach durch, bis …« Ein Huhn flog an ihm vorbei. »Was zum – was war das?«

»Sir, das versuche ich Ihnen die ganze Zeit zu sagen«, antwortete der Vampir gepresst. »Wir *haben* keine Minute.«

»Aber jetzt hat man all diese Legenden, Fabeln, Mythen, und – ja – Monster zu Ihrer Unterhaltung an einem Ort zusammengebracht«, fuhr der Sprecher fort und breitete einen Arm aus, »in der Las Vegas-Attraktion, von der jeder spricht! Dem Dante's, wo Gerüchten zufolge regelmäßig unerklärliche Dinge …«

Ein weiteres Huhn flog vorbei, diesmal vor dem Gesicht des Mannes. »Was ist das? Was ist hier los?«, fragte er und fiel aus der Rolle.

»Ich glaube, sie haben eins vergessen«, erklang eine erheiterte Frauenstimme.

»Was?«

»In ihrer Aufzählung übernatürlicher Wesen. Sie haben das Wichtigste von allen vergessen.«

»Wen soll ich vergessen haben?«, fragte der Mann verwirrt.

Noch verwirrter wurde er, als plötzlich ein ganzer Schwarm panischer Vögel schreiend und gackernd über der Menge niederging, sodass die Leute sich duckten und kreischten. Oder als einer von ihnen sich plötzlich mitten im Flug in einen nackten Vampir verwandelte, der mit einem dumpfen Aufprall auf dem Boden landete und einen gellenden Schrei ausstieß: »Hexen!«

Er rappelte sich hoch und stolperte davon und hielt den blanken Hintern voll in die Kamera, aber ich glaube nicht, dass es jemand gemerkt hat. Denn soeben war die Hölle losgebrochen. Hühner, Schafe und eine Herde von – ja – Schweinen rannten und flatterten und schrien und quiekten überall, Menschen riefen durcheinander und duckten sich, und irgendjemand oder irgendetwas krachte in den Tacostand. Der umkippte und süß riechendes Fleisch und geriebenen Käse und meine letzte Chance auf ein Abendessen überall verteilte.

Und ich hatte endgültig genug.

»*Aufhören!*«, schrie ich aus vollem Hals, denn ich konnte einfach nicht mehr.

Und das tat es, einfach so.

Es hörte auf.

Nicht etwas. Alles. Einschließlich eines gemeingefährlichen Salatkopfes mitten im Flug.

Ich sah ihn kurz an. Dann fiel mein Blick auf den Tacomann, der im Begriff gestanden hatte, jemandem zwei große, weiße Papiertüten zu geben. Ich leckte mir die Lippen. Und ging hin und riss ihm die Tüten aus den erstarrten Fingern.

Später würde ich deswegen ein schlechtes Gewissen haben. Jetzt hatte ich einfach nur Hunger. Ich drückte mir mein unrechtmäßig erworbenes Essen an die Brust und stieg über den Fettstrom hinweg. Und einen gefallenen Touristen. Und einen schwebenden Vogel. Schließlich bog ich um die Ecke …

Um festzustellen, dass die Zeitblase, die ich ungewollt geschaffen hatte, nicht so weit reichte. Die Wedel eines Topffarns raschelten leicht im Lufthauch aus einem Lüftungsgitter. Ein Huhn, das sich in der Uniform eines Sicherheitsmannes verfangen hatte, hörte auf zu zappeln und starrte mich aus dem Halsausschnitt an. Und drei Frauen an einem der Aufzüge tauschten Blicke.

Der Aufzug machte »Ping«, und die Türen öffneten sich. Ich stieg ein. Eine der Frauen wollte etwas sagen, aber ich hob die Hand. Es war Tacosauce daran. »Nächstes Mal«, sagte ich heiser, »rufen Sie mich an.«

»Ich soll Sie anrufen?«

»Ich stehe im Telefonbuch«, erklärte ich ihr wild.

Und dann schlossen sich die Türen, und ich war weg.

Dreizehn

So gut! Oh Gott, so verdammt …

Es klopfte an der Tür. Ich schaute von dem Festmahl auf, das sich auf meiner Tagesdecke verteilte, und warf der Tür einen bohrend-bösen Blick zu. Aber anscheinend vermittelte sich meine Stimmung nicht durch den PUR-Hartschaumkern der Tür, denn einen Moment später wurde sie geöffnet.

Ein Vampir schaute herein.

Ich versteckte mein Essen, so gut ich konnte, und knurrte ihn an.

Er wich mit erhobenen Händen leicht zurück. »Gott. Ich meine … oh Gott.« Seine grauen Augen waren geweitet.

»Gehen. Sie. Weg«, warnte ich und stopfte mir einen weiteren Nacho in den Mund.

»Ja, ähm, tja. Nur hat Marco gesagt, dass ich Sie fragen soll …« Er brach ab und sah sich etwas an. »Hey, ist das diese Sauce …«

»Raus!« Und er verschwand plötzlich.

Er ging nicht, er *verschwand.*

Ich geriet kurz in Panik, aber dann sah ich ihn, nicht mental, so wie ich es getan hatte, als ich früher mal jemanden irgendwo hingesprungen hatte, sondern ich sah ihn draußen panisch an der offenen Tür vorbeirennen. Kurz fragte ich mich, ob ich ihn überhaupt gesprungen hatte, Vamps konnten sich schnell genug bewegen, dass es so *aussah* …

Aber nein. Einen Augenblick später fühlte ich mit einem Schlag, wie meine Kraft aufgezehrt wurde. Verdammt, ich fühlte mich beschissen.

Keine große Überraschung. Der eigentliche Schock war, dass ich nicht tot war. Eine Woche dauernder Zeitsprünge, kaum Pausen zum Essen und Schlafen, bevor ich wieder loszog, die Zeit anhalten – allein das verbrauchte ungeheure Kräfte – und dann mit jemandem zu springen … kein Wunder, dass er sich nur um einige Meter bewegt hatte. Ich war überrascht, dass er sich überhaupt bewegt hatte. Jetzt war mir allerdings übel.

Ich trank Margarita aus einem eleganten Styroporbecher und befahl meinem Magen, damit fertig zu werden. Einen Moment später erschien ein weiterer Vampir an der Tür.

Dieser war klüger. Dieser kam nicht herein. Dieser sah mich nur an, ganz verschränkte Arme und Missbilligung, wie vom großen Bruder, obwohl ich nicht wusste, ob diese Missbilligung meiner Erscheinung galt, dem Umstand, dass ich im Bett aß, oder dass ich den armen Fred erschreckt hatte.

»Kann ich gefahrlos eintreten?«, fragte er nach einer Minute.

»Haben Sie vor, mir was wegzuessen?«

Marco zog eine buschige, schwarze Augenbraue hoch. »Ist das aus dem Schuppen da unten, wo man Sodbrennen kriegt?«

»Ja.«

»Dann habe Sie nichts zu befürchten, das versichere ich Ihnen.«

»In dem Fall dürfen Sie hereinkommen«, sagte ich, als hätte ich eine Wahl. Marco ging hin, wo immer es ihm verdammt nochmal gefiel.

In dem Moment gefiel es ihm, sich auf eins der zierlichen kleinen Prinzessinnenstühlchen zu setzen, die der Designer ausgewählt hatte, um mein Schlafzimmer zu zieren. Sie sahen immer so aus, als würden sie unter der Last zusammenbrechen, aber irgendwie taten sie es nie.

»Sie waren lange fort«, bemerkte er schließlich.

»Ich bin eingeschlafen.«

»In einem Kiefernwald?« Er pflückte mir etwas aus dem Haar.

Verdammt, ich dachte, ich hätte sie alle erwischt.

»Das war, nachdem ich aufgewacht bin.«

Er schaute mich an. Ich schaute zurück. Und dann aß ich noch einen Nacho.

Er seufzte. »Sie haben sich die ganze Woche lang merkwürdig benommen.«

»Ihnen zufolge benehme ich mich immer merkwürdig.«

»Dann eben noch merkwürdiger.« Er betrachtete mein zerkratztes, schmutziges, mit Habanero-Sauce bekleckertes Selbst. »Gibt es etwas, das Sie mir erzählen wollen?«

Und plötzlich gab es etwas. Es gab wirklich, wirklich etwas. Ich wusste nicht, ob er das Vampirding machte und meine Gefühle manipulierte, aber ich bezweifelte es. Marco machte dergleichen normalerweise nicht. Darum hatten wir auch im Laufe der Wochen, die wir beide hier gefangen gewesen waren, eine Art Bündnis geschlossen.

Ich wusste, dass es Marco ebenso wenig passte, meinen Babysitter zu spielen, wie es mir passte, gebabysittet zu werden. Aber es war sein Job, mich zu bewachen, und mein Job, bewacht zu werden, zumindest in der gegenwärtigen Alle-wollen-mich-umbringen-Ära. Und wir machten beide unsere Jobs. Man musste es Marco hoch anrechnen, dass er seinen mit etwas Würde ausführte und diesen Ort so einladend für mich gestaltete, wie es ein vergoldeter Käfig voller Vampire sein konnte.

Vielleicht verspürte ich deshalb einen plötzlichen, hirnrissigen Drang, ihm mein Herz auszuschütten. Ich wollte ihm haargenau erzählen, was ich gemacht hatte. Die ganze Woche hatte ich *irgendjemandem* davon erzählen wollen. Der Druck, die Furcht, die nagende, Magen umdrehende Angst; alles hatte sich aufgestaut, bis ich mich so fühlte, als wollte ich schreien.

Und man sehe sich an, wohin das geführt hatte, dachte ich grimmig.

»Nein«, sagte ich und kaute an mit Schokolade überzogenem Hühnchen.

»Sind Sie sich sicher?«, fragte er und betrachtete vielsagend mein T-Shirt.

Und Mist. Ich wusste nicht, welche anderen merkwürdigen Gerüche dem verdreckten Ding anhafteten, nachdem ich den halben Wald damit aufgewischt hatte, aber es spielte keine Rolle. Vampire sind keine Pflanzenfresser. Es ist ihnen nicht gegeben, zwischen verschiedenen Arten von Vegetation zu unterscheiden, auch nicht abgedrehten, von Göttern geschaffenen Vegetationen. Es ist ihnen gegeben, Beute zu finden. Wie den Typen, mit dem ich mich gerade im Wald herumgewälzt hatte.

Ich belud einen Nacho und antwortete nicht.

Marco hatte mich nie gefragt, wo Pritkin war. Aber einige der anderen Männer hatten Andeutungen gemacht, und irgendein Klugscheißer hatte auf der Küchentheke eine Ausgabe eines der skandalöseren Schundblätter liegen lassen. Die mit einem grobkörnigen Bild von Pritkin und mir beim Rummachen auf dem Rasen vom Boss.

Es war zu dem Anlass aufgenommen worden, der meine Krönung sein sollte, nachdem die Spartoi mich angegriffen hatten. Wir hatten gekämpft, und ich hatte gesiegt, eine Tatsache, die mich immer noch erstaunte. Aber siegen hieß nicht unbedingt überleben, und ich hätte es beinahe nicht geschafft. Das Bild war aufgenommen worden, als Pritkin mir die Energie spendete, die ich brauchte, um zu leben; im Wesentlichen hatte er mir die Inkubusversion einer Mund-zu-Mund-Beatmung gegeben. Nur dass es nicht so ausgesehen hatte.

Und die Tatsache, dass ich zu der Zeit splitterfasernackt gewesen war, hatte es nicht besser gemacht.

Vielleicht dachte Marco das Gleiche wie einige der anderen, dass Pritkin sich bedeckt hielt, um Mircea aus dem Weg zu gehen. Ich wusste es nicht, weil wir nie darüber gesprochen hatten. Und wir hatten nie darüber gesprochen, weil er nie gefragt hatte.

Er tat es auch diesmal nicht.

Er streckte nur die Hand aus und beschlagnahmte den gewaltigen Nacho, den ich geistesabwesend erbaut hatte, und schluckte die Guacamole, das Fleisch, den Käse und das Bohnenmus, die Sour Cream und den mit Salsa beladenen Haufen mit einem einzigen Bissen. Und dann sagte er milde: »Denn Sie wissen, wer als nächstes fragen wird.«

»Der Senat?«

Marco bedachte mich mit einem seltsamen Blick. »In gewisser Weise.«

Mist, Mist, Mist.

»Ich dachte, Mircea ist in New York.« Er war neuerdings immer in New York. Nun, es sei denn, er war in Vegas oder an seinem Hof in Washington State oder an einem halben Dutzend Orte dazwischen. Ich verstand das Verlangen, in Kriegszeiten nicht alle Eier in einen Korb zu legen – es machte Sinn, dass der Senat seine Machtbasis verteilte. Aber so wurde es langsam lächerlich. Es überraschte mich, dass er kein Schleudertrauma bekam.

»Er braucht nicht hier zu sein, um hier zu sein«, erwiderte Marco. »Wenn Sie verstehen, worauf ich hinaus will.«

»Ja.« Das war einer der Pluspunkte dabei, ein Meistervampir zu sein: Was seine Familie sah, sah auch Mircea. Aber im Gegensatz zu allen anderen hier besaß ich nicht die Fähigkeit, mich mittels Gedankensprache auszutauschen, und ich hatte nicht vor, ans Telefon zu gehen. Tatsächlich würde ich es eigentlich lieber aus der Wand reißen. Mircea, mein Freund / Liebhaber / Beschützer / gelegentlicher Komplize wäre willkommen. Mircea, der Senator … nicht so sehr. Jedenfalls nicht, bis ich meine gegenwärtige Aufgabe erledigt hatte.

Ihm mochte zwar ein Kasino gehören, das thematisch als Hölle gestaltet war, aber ich hatte eine ziemlich klare Vorstellung davon, wie er dazu stehen würde, wenn ich die echte Hölle aufsuchte.

Marco seufzte abermals und betrachtete meine Tagesdecke. »Seit wann haben die Guacamole?«

»Seit letzter Woche«, erwiderte ich und reichte ihm den Nacho. Ich hatte noch jede Menge übrig.

Eine Weile aßen wir in geselligem Schweigen. Marco war einer der Männer, die nicht das Bedürfnis verspürten, die ganze Zeit zu reden. Ich hatte ihn einmal danach gefragt, und er hatte erzählt, dass er Jahre damit verbracht habe zu lernen, das unablässige Geplapper der anderen Familienmitglieder auszublenden, das sich in seinem Kopf abspielte. Man sollte meinen, dass mentale Vampirfähigkeiten nur für wichtige Dinge benutzt wurden, aber so war es anscheinend nicht. Ihm zufolge tratschten sie die ganze Zeit, und es hatte ihn beinahe wahnsinnig gemacht, bevor er gelernt hatte, zu filtern. Und jetzt schätzte er es nicht, wenn verbale Unterhaltungen an die Stelle der geistigen traten.

Das war okay. Ich hatte es auch gern still. Vor allem wenn die Alternative eine Menge Fragen waren, die ich nicht beantworten konnte.

Nicht dass ich es nicht gern versucht hätte. Marco hatte breite Schultern, und es wäre eine Erleichterung gewesen, etwas von alledem auf ihnen abzuladen. Aber es wäre nicht fair gewesen, und außerdem konnte er ohnehin nichts tun. Außer Mircea erzählen, was los war, und nicht weil er ein Spitzel war, sondern weil Vampirdiener das eben taten.

Er hatte mich im Wesentlichen gerade an diese Tatsache erinnert, da er ein anständiger Kerl war. Aber ich hatte diesen Hinweis nicht gebraucht.

Ich wusste, dass ich niemandem irgendetwas erzählen konnte.

Das war eins der härtesten Dinge an diesem Job. Und, wie ich vermutete, der Grund, warum eine Menge Pythien den Ruf entwickelten, ein wenig … seltsam zu sein. Wie konnte man das auch nicht sein, wenn man Dinge wusste, die niemand sonst wusste, Dinge, die niemand sonst wissen *durfte*, und wenn man nicht einmal jemanden hatte, bei dem man ab und zu mal Dampf ablassen konnte über die Absurdität vom Besuchen toter Eltern oder dem Anhalten der Zeit oder *zur Hölle zu fahren* …?

Es trieb mich in den Wahnsinn, und ich machte den Job erst seit einigen Monaten. Wie hatte Agnes das geschafft? Und zwar über Jahrzehnte hinweg?

Natürlich war sie nicht direkt der Inbegriff der Normalität gewesen. Und das, obwohl sie Jonas gehabt hatte, der ihr half. Und während ich bezweifelte, dass sie ihm alles erzählt hatte oder auch nur die meisten Dinge, wusste ich doch, dass sie geredet hatten. Er wäre sonst nicht in der Lage gewesen, mich auszubilden.

Und plötzlich verspürte ich törichterweise einen scharfen Stich der Eifersucht auf eine tote Frau.

Und okaaaay. Das reichte für einen Tag.

Ich kratzte den letzten Rest Guacamole aus dem winzigen Plastikbecher. »Ich denke, ich lege mich hin«, sagte ich zu Marco. »Was wollten Sie mich eigentlich fragen?«

Er legte seinen dunklen Kopf schief.

»Fred meinte, es gäbe da etwas?«, lieferte ich das Stichwort.

Er grinste. »Oh ja. Ich wollte wissen, was Sie mit diesen Hexen gemacht haben.«

»Warum?«, erkundigte ich mich vorsichtig.

»Weil sie gerade für morgen um einen Termin gebeten haben.«

»Ähm.«

Dunkle Augen wurden schmal. »Gibt es ein Problem?«

»Lieber übermorgen. Ich … habe vor auszuschlafen.«

Er fragte immer noch nicht. »Nehmen Sie ein Bad«, riet er mir und klopfte sich an die Nase.

Und dann ruinierte er es, indem er den Rest meiner Nachos stahl.

Mistkerl.

Ich wusch gerade das verdammte T-Shirt aus, als ich eine SMS bekam. Ich schnappte mir das Telefon vom Nachttisch, bevor es über den Rand vibrierte, und sah ein großes, schwarzes Fragezeichen mir entgegenstarren. Ich starrte für einen Moment zurück und simste dann *morgen*.

Ich wartete, um sicherzugehen, dass die SMS durchging.

Scheiße.

Ja. Sie ging durch.

Ich ließ das T-Shirt zum Einweichen im Becken und gab meinem müden Hintern einen Tritt in Richtung Dusche. Nachdem ich zweieinhalb Hektar von den insgesamt elftausend hinter Tonys Haus in den Abfluss gespült hatte, lehnte ich den Kopf an die nassglitschige Fliese, schlang eine Hand um meinen Hals und versuchte, mich zu entspannen. Es funktionierte nicht. Ich war müde, wirklich, zum Umfallen müde, so sehr, dass es mich überraschte, dass ich nicht an Ort und Stelle einschlief.

Aber ich war nicht müde genug.

Um mich zu entspannen, um zu vergessen, um alles für eine Weile einfach gut sein zu lassen und den Strudel in meinem Kopf zu stoppen. In letzter Zeit hatte es sich angefühlt wie eins dieser Jahrmarktspiele mit dem großen, sich drehenden Glücksrad und den Marktschreiern, die einem sagten, dass man bezahlen und sein Glück versuchen solle. Nur dass es mit meinem Rad keinen Sinn machte, da jedes verdammte Segment einfach ein weiteres Problem enthielt.

Und das Feld, auf dem der kleine Zeiger diesmal landete, trug die Aufschrift Mircea.

Gott, Mircea. Kein Wunder, dass Marco nett zu mir war. Er rechnete sich wahrscheinlich aus, dass ich sowieso schon erledigt war.

Irgendwie rechnete ich mir das auch so aus. Vampire dachten über viele Dinge anders als Menschen, aber die eigene Freundin mit einem anderen Mann auf seinem eigenen Rasen rummachen zu sehen, gehörte wohl eher nicht dazu. Nicht wenn es von einigen der Kameras vor Ort aufgeschnappt worden war, um meinen großen Moment aufzuzeichnen, der am Ende anders ausgefallen war, als erwartet.

Nicht dass sie das daran gehindert hätte, die Übertragung auf der ganzen verdammten Welt zu verbreiten.

Ich hatte erwartet, etwas darüber zu hören zu kriegen – darum hatte mich die halsbrecherische Geschwindigkeit der letzten Woche nicht gestört. Ich zog es vor, woanders zu sein. Aber früher oder später mussten Mircea und ich reden, und das würde ein Spaß werden. Wenn ich ihm nicht einmal erzählen konnte, was los gewesen war, weil das Pritkin als halben Inkubus outen würde? Und dieser so scharfe Intellekt würde nicht lange brauchen, um zwei und zwei zusammenzuzählen. Nicht wenn es in der ganzen Weltgeschichte je nur einen einzigen Hybrid aus Mensch und Inkubus gegeben hatte.

Ich fragte mich, was Mircea mehr stören würde: Dass ich mit einem Kriegsmagier rummachte oder mit dem Typen, den die Welt als Merlin in Erinnerung hatte?

Natürlich war ich nicht die Einzige, die Geheimnisse hatte. Wie diese ganze Sache mit den Pythien, die ich halb mitangehört hatte. Was zum Teufel wollte Mircea so dringend mit einer Pythia?

Ich wusste, was der Senat wollte: Die Pythia auf seiner Seite zu haben, gab ihm in der übernatürlichen Welt eine Macht, die mit der der Magier wetteifern konnte. Etwas, das sie niemals zuvor wirklich gehabt hatten. Und es schadete auch ihren Bemühungen im Krieg nicht. Aber hier war es nicht um den Senat gegangen, oder? Hier war es um Mircea persönlich gegangen.

Was hatte er also gewollt?

Vielleicht ging es nur um das, was ich bereits wusste – die Inquisition hatte seinen Bruder Radu eingekerkert und gefoltert, bis er wahnsinnig geworden war. In der Zeit zurückzugehen, um ihn zu retten, war beinahe das Erste gewesen, worum Mircea mich gebeten hatte, als wir uns als Erwachsene wiederbegegnet waren. Und es war klar, dass er seinen Bruder liebte. Er redete ständig von ihm …

Aber er redete nicht darüber. Er redete nicht über den jahrhundertelangen Feldzug, den er geführt hatte, um ihn zu retten. Ich konnte verstehen, dass er es mir nicht erzählte, bevor ich tat, was er wollte, für den Fall, dass ich herausfand, dass das Verändern der Zeit für eine Pythia im Allgemeinen ein großes Tabu war. Aber er hatte auch anschließend nichts gesagt, und nachdem er Radu zurückgehabt hatte, was konnte es schaden, es mir zu erzählen?

Vielleicht war es einfach nie zur Sprache gekommen. Aber das war die Sache mit Mircea – eine Menge Dinge kamen einfach nie zur Sprache. Und wann immer ich versuchte, nach etwas jenseits des Oberflächlichen zu fragen, lief das Gespräch schnell in andere Bahnen. Wirklich schnell.

Also, was war es, das ich nicht wissen sollte?

Vielleicht war es gar nichts, nur die alte Angewohnheit von jemandem, der vor langer Zeit gelernt hatte, Dinge für sich zu behalten. Aber ich war kein rivalisierender Meister. Und wir waren zusammen. Wir sollten doch eigentlich mehr miteinander sprechen, als wir es taten.

Ich wusste es nicht. Ich hatte vorher eben noch keinen festen Freund gehabt. Da ich bei Tony aufgewachsen war, hatte ich es ihm zu verdanken, dass ich keine Beziehung gehabt hatte, die man streng genommen normal nennen konnte. Und Mircea konnte gegenüber äonenalten Vamps um den heißen Brei herumreden; es würde ihn wahrscheinlich keinerlei Mühe kosten, mich im Dunkeln zu halten.

Aber tat er das?

Mein Gehirn wusste es nicht, doch mein Bauch … mein Bauch hatte andere Ideen. Er hatte zum Beispiel ein Veto gegen die Idee eingelegt, Rafe, Tonys alten Hofmaler und meinen Kindheitsfreund, nach meinen Eltern zu fragen. Es wäre einfacher gewesen als Laura aufzuspüren – erheblich einfacher. Und als einziger von Tonys altem Hof würde Rafe mich nicht belügen.

Aber andererseits wäre er vielleicht auch nicht in der Lage, Mircea zu belügen, wenn man ihn rundheraus fragte, was ich im Schilde führte. Also hatte ich mich für Laura entschieden, obwohl ich das vielleicht nicht hätte tun müssen. Selbst wenn diese Zweifel vielleicht alle nur in meinem Kopf waren. Selbst wenn …

Zum x-ten Mal sagte ich mir, dass ich damit aufhören und mich einfach entspannen müsse. Morgen würde ein langer Tag werden. Ich brauchte einen klaren Kopf. Ich brauchte etwas Schlaf. Ich brauchte …

Teufel, ich wusste, was ich brauchte.

Ich wusste außerdem, dass ich es nicht bekommen würde.

Eins der Probleme, die das Zusammenleben mit Kreaturen mit übernatürlichen Sinnen mit sich brachte, war, dass sie *ständig* bei mir waren. Selbst wenn sie nicht direkt an meiner Seite waren, hätten sie es genauso gut sein können. Und es waren nicht nur ihre Nasen, um die ich mir Sorgen machen musste. Vampirgehör bedeutete, dass jeder Atemzug vermerkt wurde, jedes Wort, jeder Seufzer …

Meine Hand schloss sich zur Faust an der warmen, nassen Fliese, aber es half nicht. Ich brauchte Zeit für mich allein. Ich brauchte *Raum.* In letzter Zeit war ich nur einmal kurz in Pritkins Zimmer allein gewesen, und da hatte ich größtenteils geschlafen. Nicht dass es eine Rolle spielte, da ein Kriegsschauplatz für ganz bestimmte Dinge nicht sehr förderlich war. Obwohl, wenn ich überhaupt daran gedacht hätte, wäre ich vielleicht verzweifelt genug gewesen …

Ich schaute zur Duschtür, die ganz beschlagen war. Das zusammen mit der schweren, warmen Wasserflut bescherte mir beinah ein Gefühl, als sei ich irgendwo anders. Ich konnte die Augen schließen und mir einen Wasserfall oder einen Regenwald vorstellen oder … oder eine *Dusche* ohne Vampire in der Nähe. Ich war im Moment wirklich nicht wählerisch.

Ich stand einen Moment lang da und fragte mich, wie eine Person so weit kommen konnte, dass sie tatsächlich eine innere Debatte darüber führen musste, ob sie masturbieren sollte oder nicht. Ein halb hysterisches Kichern stieg zu meinen Lippen auf, angesichts der bloßen Absurdität, ein Kichern, das ich natürlich ebenfalls herunterschlucken musste. Die große Pythia, Halbgöttin und Erbin des Throns der Artemis …

Konnte es sich nicht einmal selbst besorgen.

Doch, ich konnte. Ich konnte absolut. Es fühlte sich an, als wollte ich es so dringend, war so nah dran, dass ich vielleicht gar nicht allzu viel würde tun müssen. Ich konnte einfach die Hand über meine Brüste streichen lassen, über meinen Bauch und dann einfach dem Strom des Wassers ein klein … wenig … tiefer folgen …

Und dann den jähen Schock von Händen auf meinem Körper spüren, von einer Zunge, die an meinem nackten Rückgrat hinaufwanderte.

Ich hätte zusammenzucken sollen; ich wäre beinahe zusammengezuckt. Aber ich kannte diese Zunge. Ich kannte diese Hände. Ich kannte … oh Gott.

Die Handflächen waren warm, der Legende zum Trotz. Die Finger hatten raue Schwielen, entstanden vor Jahrhunderten, in Kriegen, die die meisten Leute vergessen hatten. Und die Berührung … war meisterlich.

Das bringen dir fünfhundert Jahre Erfahrung, dachte ich wild, als sich ein vom Wasser glitschiger Körper an meinen presste.

Ich drehte mich nicht um. Ich bewegte mich nicht. Ich hatte nicht erwartet, Mircea heute Nacht zu sehen, hatte mich psychisch schon nur auf ein *Telefongespräch* vorbereiten müssen, und jetzt …

Ich wollte sprechen, wollte ihm sagen, dass es mir leid tat, ihm sagen, dass es nicht so gewesen war, wie es ausgesehen hatte. Aber meine Kehle war wie zugeschnürt, und nichts kam heraus. Bis auf ein Stöhnen, als nackte, nasse Haut über meine glitt, mit einer beinah elektrischen Reibung.

Auch Mircea sagte nichts, nicht mit Worten. Aber ich kannte die Art, wie dieser drahtige Körper seine Muskeln anspannte, und er brauchte keine Worte. Die Hände, die einen Moment zuvor so sanft gewesen waren, umfassten meine Hüften, Finger gruben sich in mein nacktes Fleisch und zogen mich grob wieder an ihn, abrupt genug, um mir ein weiteres Keuchen zu entlocken.

Oder war es das Bild, das vor meinen Augen aufblitzte, von einem machtvollen Körper, der unter dem Wasserstrahl stand, einen Arm an die Wand gestützt, das angespannte Gesicht voller Wasserperlen, halb geschlossenen Augen, während er … sich befriedigte?

Es machte keinen Sinn, ebenso wenig wie die Tatsache, dass die Fliesen, an denen er lehnte, eine andere Farbe als meine hatten. Oder dass die Dusche, in der er stand, anders ausgerichtet war, was mir Kopfschmerzen bereitete. Aber ich hatte keine Zeit, es zu verdauen, denn die visuellen Eindrücke waren ein wenig … überwältigend.

Nasses, dunkles Haar fiel über seine Schultern, so unfrisiert, wie nur wenige es je sahen. Über seine Brust liefen Rinnsale, Bauch und Hintern waren vor Anstrengung angespannt, die harten Bizeps traten an dem Arm hervor, mit dem er sich abstützte, und an dem, den er benutzte, um sein Glied zu halten. Nur war halten nicht das richtige Wort.

Er stieß in seine geschlossene Hand mit langen, langsamen Stößen und ließ mich die Macht hinter jedem Stoß spüren. Da war nichts von der Schmetterlingsberührung, die er oft bei mir anwandte, und von der ich irrtümlich angenommen hatte, sie sei eine Vorliebe. Sie war, wie ich jetzt begriff, die Folge davon, dass ein Vampir die Zerbrechlichkeit eines Menschen überkompensierte, so voller Angst, dass er einem wehtun könnte, dass er übertrieben sanft war, übertrieben vorsichtig.

Jetzt war er nicht vorsichtig. Und es war wunderschön. Er war wunderschön in seiner lässigen Rohheit. Jemand, der sich nicht selbst wehtun konnte und das wusste, an seine Grenzen gehend, auf einen Höhepunkt zusteuernd, der …

Plötzlich mich einschloss?

Diese unglaublichen Augen schlossen sich, und ein Ausdruck intensiver Konzentration trat auf sein Gesicht. Eine Hand schob meine nassen Locken zur Seite, und die Zunge fand die Abdrücke an meinem Hals, die er dort als Markierung seines Besitzes gelassen hatte. Und eine Art elektrischer Schlag pulsierte durch mich hindurch. Hände glitten über meinen Körper, zwirbelten meine

Brustwarzen, spannten meine Haut, noch bevor eine unverkennbare Erektion sich gegen mich schob.

Sie war hart und heiß und massiv. Mircea war nicht klein oder zart, und in seinem jetzigen Zustand war er sowohl überwältigend als auch ein wenig furchteinflößend. Zumindest normalerweise. Aber in diesem Moment war er nichts davon. Nur keuchender Atem und rohes Verlangen und pulsierende, unerfüllte Qual, und ich würde tatsächlich explodieren, würde an den Nähten auseinanderplatzen, würde vollkommen wahnsinnig werden, wenn er nicht …

»Oh Gott. *Ja.*« Das war es, was ich gewollte hatte, was ich gebraucht hatte, nicht meine eigene Berührung, sondern seine, ihn zu spüren, während ich ihm die Beine um die Taille schlang …

Und beinahe herunterfiel. Mein Rücken war gegen nasse, schlüpfrige Fliesen gepresst, meine Vorderseite an einen eingeseiften, schlüpfrigen Vampir, und ich würde jetzt jeden Moment als würdeloses Häufchen auf dem Boden landen. Und erfahrungsgemäß wahrscheinlich auf dem Hintern. Aber dann schob Mircea seine starken Hände unter meine Oberschenkel, stemmte mich hoch und fixierte mich mit dem eigenen Körper, während er in mich eindrang …

Vorsichtig, wie er es Momente zuvor nicht gewesen war. Er machte langsamer, war behutsam, hielt sich zurück. Und das wollte ich nicht.

»Nein«, stieß ich rau hervor, noch während er mich ach so vorsichtig festhielt. Als sei ich aus Porzellan, als könne ich zerbrechen. Wo ich doch zerbrechen wollte; ich wollte *fühlen.* »Nicht so. Wie eben.«

»Ich würde dir wehtun.«

»Wirst du nicht.«

Aber Mircea war stur. »Meine Fantasie, meine Regeln«, erklärte er mir, änderte seine Position und schaffte sich noch diesen letzten Zentimeter … genau dort …

»Das ist geschummelt«, keuchte ich. »Und es ist meine Fantasie.«

Eine dunkle Augenbraue zuckte und löste einen Miniaturwasserfall seine gemeißelte Wange hinab aus. »Verzeih mir, *Dulceață*, aber ich glaube, dies ist *meine* Fantasie, was erklären würde, warum du so schwierig bist.«

»Es gefällt dir, wenn ich schwierig bin?«

»Du gefällst mir egal wie«, murmelte er mir ins Ohr, und dunkles, nasses Haar fiel um mich herum, als er beschleunigte …

Aber nicht genug.

Lange, schwere Stöße machten mich eher verrückt als mich zu befriedigen, und ich hatte so ziemlich genug davon. »Verdammt!« Ich strich mit der Zunge über sein Ohrläppchen. »Tu, was ich dir sage!«

Er verlangsamte das Tempo noch weiter zu einem langen, sinnlichen Gleiten. »Zwing mich.«

Ich biss auf dieses verlockende Stückchen Fleisch und spürte, wie er an mir erzitterte. Oh, das hatte ihm wohl gefallen? »Doller«, befahl ich.

»*Das* ist geschummelt«, murmelte er, aber das Tempo zog merklich an.

Ich biss ihm als nächstes in den Hals, genau an die Stelle, wo harte Schultern auf starke Kehle trafen, und er bellte ein Lachen. »Jetzt weiß ich, dass ich träume.«

Es blutete ein wenig, aber das Wasser wusch es weg. Beim nächsten Mal biss ich höher zu, näher an dem Punkt, wo er sein Mal auf meinem eigenen Hals hinterlassen hatte. Plötzlich versteifte er sich – dann stieß er mich gegen die Wand und *nahm* mich mit einer hemmungslosen Hingabe, die mir die Luft nahm, mich verzehrte, mich keuchen ließ …

»Cassie?«

Diesmal fuhr ich zusammen und kreischte auf, während ich beinah auf meinen Arsch fiel. Denn das war nicht Mirceas Stimme gewesen. Es brauchte eine desorientierende Sekunde des Klammerns an die Seifenschale, um die Tatsache zu verdauen, dass a) es Marcos tiefe Stimme gewesen war und b) sie von außerhalb der Dusche kam, c) außer mir niemand hier war und d) ich vielleicht gerade verrückt wurde, aber das war nicht wirklich etwas Neues.

»Geht es Ihnen gut?«, fragte Marco scharf.

Ich antwortete nicht. Ich war mir nicht sicher, ob ich es konnte. Ich schnaufte wie eine Dampflok, und meine Augen schielten, während ich mich mühte, einen wirklich unpassenden Orgasmus zu unterdrücken. Was zum Teufel?

»Cassie?«

Ich schluckte und starrte die beschlagene Tür an, wo Marcos römisches Profil als Schattenriss erschien. Er blickte zur Wand, da er wusste, dass ich unbekleidet war, obwohl nicht einmal Vampiraugen hier drin viel hätten sehen können. Sie alle wussten, wie ich in Bezug auf Schamhaftigkeit tickte, was albern war, wenn man bedachte, wie oft ich am Ende nackt dastand, aber was soll's.

Doch er würde nicht lange draußen bleiben, wenn ich keine Antwort zustande brachte. Es war nicht sein Job zu bewahren, was mir an Schicklichkeit noch übrigblieb; sein Job war es, mich am Leben zu erhalten. Und ich war schon einmal beinah in der Badewanne gestorben, weil die Leute mich nicht hatten stören wollen, obwohl man darüber diskutieren konnte, wie ich es schaffen sollte, mich in einer Dusche umzubringen. Aber sehen wir den Tatsachen ins Auge, wenn irgendjemand das könnte …

»Cassie.« Okay, das klang nach: »Sie haben genau drei Sekunden, um zu antworten, bevor ich hereinstürme und Sie rette, wenn Sie also nicht gerettet werden wollen, sollten Sie verdammt noch mal sprechen«. Und da ich immer noch an der Wand klebte, mein Körper angespannt und bebend, entschied ich, dass das vielleicht keine so tolle Idee war.

»Ich … ja. Ja.«

»Sind Sie sich sicher?« Er klang nicht überzeugt, und ich konnte ihm keinen Vorwurf machen. Meine Stimme war ein gebrochenes Krächzen gewesen.

Ich räusperte mich und versuchte es noch einmal. »Ja, ich – es geht mir gut.«

»Okay. Es ist nur, weil Sie schon so lange dort drin sind.«

Ja, das war ich wohl. Meine Fingerspitzen wurden runzlig, und ich fühlte mich mehr als nur ein bisschen durchtränkt. Und dazu wirklich, wirklich verwirrt.

Ich schluckte. »Ich wollte gerade rauskommen.«

»In Ordnung.«

»Marco … Sie … haben heute Nacht nichts von Mircea gehört, oder?«

»Nein, es ist noch ein wenig früh für ihn, um sich zu melden. Es gibt einen Zeitunterschied zwischen hier und New York, wissen Sie.«

»Ja. Ich weiß.«

»Wenn er anruft, richte ich ihm aus, dass es Ihnen gut geht. Schlafen Sie ein wenig, Cassie.«

»Das mache ich«, antwortete ich und starrte meine leere Dusche an.

Schließlich würde morgen die Hölle sein.

Vierzehn

Die Hölle, so stellte sich heraus, hatte große Ähnlichkeit mit Vegas.

Nicht so sehr mit dem Glitzern und Glimmern von Neonlicht. Eher mit der Nummer Verzweifelte-Menschen-auf-staubigen-Straßen, aber trotzdem. Sie hatte etwas vage Vertrautes. Ich fragte mich, warum ein gewisser grünäugiger Dämon das nie erwähnt hatte.

Natürlich hatte er überhaupt nicht viel erwähnt, dachte ich ärgerlich, gerade als der Mann an meiner Seite der Länge nach hinfiel.

Soweit ich sehen konnte, gab es nichts, was das hätte verursachen können, bis auf sein eigenes staubiges Paar Pradas, aber er schlug trotzdem hart auf dem Boden auf. Ich hielt sofort inne und hockte mich hin, voller Angst, dass wir unbedacht einen Schutzzauber ausgelöst hatten oder ihm seine Sinne aus einem anderen Grund geschwunden waren. Aber so war es wohl nicht. Denn eine Sekunde später drehte er sich um. Die Wange, auf die er gefallen war, war staubig, und er starrte auf das hellblaue Rund, von dem ich beschlossen hatte, es Himmel zu nennen. Und fluchte einfallsreich.

Ich nahm einen Schluck von dem zu warmen Wasser in meiner Feldflasche und wartete ab. »Wollen Sie die Sache mit diesem Kamel nun durchziehen?«, fragte ich, als die Schimpftirade endlich versiegte.

Die einzige Antwort war ein weiterer Sturzbach von Flüchen.

»Wohl eher nicht«, sagte ich und reichte die Feldflasche dem dritten Mitglied unseres Trios, das sie mit einem einzigen herzhaften Schluck leerte.

»Haben Sie gerade einfach *alles* Wasser getrunken?«, fragte Casanova und versuchte, sich aufzurichten. Dabei klatschte ihm der räudige Schwanz der Bestie ins Gesicht.

Ich hätte viele neunmalkluge Antworten darauf gehabt. Zum

Beispiel, dass Casanova ein Vampir war und Wasser nicht wirklich brauchte. Oder ich hätte etwas zur Wahrscheinlichkeit, dass er es vergoss, sagen können in Anbetracht seiner gegenwärtigen Tolpatschigkeit. Oder ich hätte die Tatsache erwähnen können, dass wir eine Menge Mühe damit gehabt hatten, jemanden zu finden, der bereit war, uns eins dieser Kamele zu verkaufen, nur damit er reiten konnte, statt wie ein betrunkener Burschenschaftler durch den Staub zu torkeln.

Aber Caleb sah nur leidenschaftslos auf ihn hinab. Das wirkte zusammen mit seiner großen, dunklen, glatzköpfigen und einschüchternden Erscheinung überzeugend. Tatsächlich hatte ich Caleb niemals etwas nicht gut machen sehen, bis auf die Tatsache, dass es ihm nicht gelang, gute Miene zu Casanovas Theatralik zu machen. Ich nehme an, Kriegsmagier waren aus zu hartem Holz geschnitzt, um dafür Verständnis zu haben. Zumindest Kriegsmagier, die bereit waren, in die Hölle zu gehen, um einen Kumpel zu retten. Aber selbst Calebs Geduld war langsam zu Ende.

Wie ein staubiger Stiefel auf Casanovas in Haute Couture steckendem Hinterteil klarstellte. »Stehen Sie auf.«

Braune Augen, die gegenwärtig weder ausdrucksvoll noch sanft oder verlockend waren, funkelten ihn unter einem Schopf seidigen dunklen Haars an. »Wenn Sie diesen infernalischen Zauber von mir nehmen würden, wäre ich überhaupt nicht hingefallen!«

»Mein Humpelzauber hindert Sie nicht am Gehen.« Caleb verschränkte die Arme vor der Brust.

»Nein, er hindert mich daran, richtig zu gehen. Oder zu rennen, was ich vielleicht verdammt noch mal tun muss!«

»Er wäre nicht nötig gewesen, wenn Sie sich freiwillig gemeldet hätten.«

»Oh, natürlich!« Casanova kämpfte mit der voluminösen Robe, die er einem Mitreisenden abgekauft hatte, um seine Armaniklamotten zu verdecken. »Na klar, alles meine Schuld! Was auch sonst. Ich kann mir nur nicht vorstellen, warum ich mich freiwillig für einen Gang in die Hölle melden sollte!«

Caleb fuhr einfach fort, ihn anzusehen. Als einer von Pritkins ältesten Freunden im Corps und der einzigen anderen Person neben Casanova, die wusste, wer er wirklich war, hatte er ihn natürlich zum Rettungstrupp hinzugezogen. Casanova hatte nicht besonders viel zu bieten – fast gar nichts – aber wir brauchten ihn. Oder genauer gesagt, wir brauchten die Tarnung, die sein Körper unserem Führer bot.

Besagter Führer sah ihn mit mildem Tadel an. »Ich habe dir gesagt, du bist nicht in Gefahr, Carlos.« Rian benutzte seinen Geburtsnamen. Ich hatte den Eindruck, dass sie seine anmaßende Art ein wenig ermüdend fand. »Ein Wirt ist nicht verantwortlich für die Taten seines Dämons. Wenn wir geschnappt werden, werde ich ihnen erzählen, ich hätte dich gezwungen …«

»Ich *wurde* gezwungen«, unterbrach er sie heftig. »Niemand bei klarem Verstand würde freiwillig hier sein!«

Rian gab keinen Kommentar dazu ab. Wie so oft. Es war wahrscheinlich der Grund, warum sie und Casanova es geschafft hatten, ihre Beziehung so lange aufrechtzuerhalten. Natürlich hatte auch die Tatsache nicht geschadet, dass sie sich als eine schöne, schwarzhaarige Frau mit persischem Einschlag und riesigen, dunklen Augen, honigfarbener Haut und rubinroten Lippen manifestierte.

Und im Gegensatz zu ihrem Wirt hatte Rian sich freiwillig erboten zu helfen. Sie kannte Pritkin schon sehr lange, noch aus seinen Tagen als junger Mann am Hof seines Vaters, und sie hatte immer Verständnis für seine Situation aufgebracht. Was ein Glück war, da ein Besuch an besagtem Hof sich als komplizierter entpuppte, als ich gedacht hatte.

Casanova dagegen hatte offensichtlich das Gefühl, dass er sich besser dafür eignete, in irgendjemandes Boudoir herumzulungern, als durch die Hölle zu trotten. Nicht dass er besonders gut trottete.

Aber er rappelte sich schließlich aus dem Sand hoch und stand– ein Meter achtzig erzürnte Geschmeidigkeit – vor uns.

»Wie weit ist es noch?«, wollte er wissen.

Rian schaute zum Himmel. »Keine Sorge, ich habe das Timing perfekt gewählt. Wir werden die Stadt bei Einbruch der Nacht erreichen. Ich werde mindestens eine Stunde davor mit dir verschmelzen müssen, sonst riskieren wir, entdeckt zu werden.«

»Ja, und das würden wir nicht wollen«, murrte Casanova.

»Nein, würden wir nicht«, erwiderte sie ernst. »Dir droht keine Gefahr, Carlos. Aber wenn ich entdeckt werde, könnte der Meister meine Rechte widerrufen, noch länger auf der Erde zu weilen. Er hat ohnehin schon das Gefühl, dass sie unfair verlängert worden sind.«

»Ich sehe nicht, warum«, sagte ich und ergriff die Zügel des Kamels. Es schien Casanova zu mögen. Oder jedenfalls sein Haar. Es versuchte immer wieder, es zu fressen.

»Um verbrannte Erde zu vermeiden, sind die Dämonenfürsten zu einer Übereinkunft gekommen«, rief sie mir ins Gedächtnis. »Nur eine bestimmte Anzahl Individuen jeder unserer Rassen darf gleichzeitig auf Erden sein. Wir müssen uns abwechseln.«

»Aber Sie sind immer noch im Limit. Sind Ihnen nicht drei Wirte gestattet?«

»Ja.« Sie warf Casanova einen Seitenblick zu, der gerade den Kamelsabber von seiner Schmalzlocke wischte, mit dem er soeben beehrt worden war. »Aber es hat wohl niemand damit gerechnet, dass ich einen Unsterblichen als letzten Wirt finden würde. Ich hätte eigentlich schon vor Jahrhunderten zurückkehren müssen.«

»Aber technisch gesehen brechen Sie keine Regeln.«

»Jetzt schon«, antwortete sie leise, während wir uns wieder in den Zug ähnlicher Gruppen einreihten, die alle in dieselbe Richtung unterwegs waren.

Ich war dankbar, dass sie da waren, da ich die »Straße« nicht hätte ausmachen können, weit und breit erstreckte sich endlos rötliche Tonerde, die die sengende Sonne zu riesigen, rissigen Platten gebacken hatte. Nur gelegentlich einmal lugte ein vertrockneter Zweig oder Baum aus einem der Risse und durchbrach die Monotonie, zusammen mit den versprengten Reisenden. Meine Mutter hatte es versäumt zu erwähnen, dass der oberste Hof der Inkuben verdammt weit von dem Portal weg war, das wir passiert hatten, um hierherzukommen.

Natürlich wäre das normalerweise kein Problem gewesen. Rian konnte in die Dämonenwelt springen und wieder heraus, geradeso gut wie ich in der menschlichen umherspringen konnte. Aber die Dämonenfürsten standen einander argwöhnisch gegenüber und bewachten ihre Höfe streng, und Rosier hatte gerade seine Sicherheitsstufe von straff zu manisch verändert. Also keine Sprünge. Sie hatte die Schranken der Transportsicherheitsbehörde durchschreiten müssen, um nach Hause zu gelangen, genau wie jeder andere Dämon.

Glücklicherweise schloss unsere Gruppe keine weiteren Dämonen ein. Und soweit es die Wachen an den Toren betraf, bedeutete das, dass wir im Wesentlichen als Mahlzeit während des Fluges galten. Natürlich warf das die Frage auf, wie wir wieder herauskommen würden, wenn unsere Gruppe doch einen Dämon einschlösse, und zwar einen, der ganz oben auf der Nicht-entkommenlassen-Liste stand.

Verdammt, ich hoffte, dass meine Mutter recht gehabt hatte.

»Wer sind all diese Leute?«, fragte Caleb, der die Passanten beobachtete. Sie waren nicht so interessant, wie ich erwartet hatte, zumindest nicht, soweit ich es sehen konnte. Viele von ihnen waren ebenso vermummt wie wir, gegen den grellen Schein von oben und die unablässigen Windböen, die feinen Sand in jede verfügbare Öffnung peitschten. Aber sie sahen vage menschlich aus, und zumindest die meisten von ihnen waren zerlumpte, schmuddelige und hungrig aussehende Typen.

Zumindest galt das für diejenigen, die wie wir zu Fuß unterwegs waren. Aber ab und zu kündigten ein Klappern von Hufen und eine Miniaturstaubwolke das Erscheinen von wohlhabenderen Individuen an. Sie waren in feine, wallende Roben gekleidet, die sie vor der Sonne schützten. Ich konnte auch von ihnen nicht viel sehen, da sowohl Männer als auch Frauen an ihren Turbanen oder anderen Kopfbedeckungen Schleier hängen hatten, wahrscheinlich um so wenig wie möglich rosenfarbenen Staub einzuatmen. Aber hier und da konnte ich einen Blick auf leuchtend bunte Seidenstoffe unter ihren äußeren Roben erhaschen, und sie fuhren in bequem aussehenden Wagen.

Rian schaute sich desinteressiert um. »Diener oder jene, die es gern wären. Händler – die wenigen, denen man trauen kann. Die Leute dieser Welt, die nach Reisen anderswohin nach Hause zurückkehren …«

»Leute dieser Welt?« Caleb wirkte verwirrt.

»Es gibt viele Höllen«, erklärte sie ihm. »Es ist in dieser Dimension lediglich ein Ausdruck für Welt. Kazallu ist eine; die Erde ist eine andere.«

»Quatsch. Wir leben nicht in der Hölle!«

»Sprechen Sie für sich selbst«, warf Casanova ein, der nun wegen etwas humpelte, das sich als ein Stein in seinem Schuh entpuppte.

»In *einer* Hölle«, sagte Rian ungerührt. »Als wir vor Äonen diese fanden, waren die Leute, die hier lebten ... primitiv. Es waren nur wenige, und sie starben an Krankheiten, Hungersnöten und Krieg. Wir haben die Kontrolle übernommen und ihnen geholfen.«

»Sie meinen, Sie haben sich von ihnen genährt«, stellte Caleb richtig.

»In einem gewissen Maß. Aber sie sind nicht sehr ... nahrhaft? Sie bieten ein Auskommen, nicht mehr. Das ist der Grund, warum unsere Zeit auf Erden so kostbar ist. In einigen Jahren dort sammeln wir Macht an, für die wir hier Jahrhunderte brauchen würden.«

»Also sind wir Vieh für Sie«, sagte Caleb, als hätte sie gerade etwas bestätigt, was er lange geargwöhnt hatte.

Rian warf ihm einen koketten Blick zu. »Aber preisgekröntes Vieh.«

»Oh, hört auf damit«, mischte Casanova sich gereizt ein. »Sie zieht Sie nur auf«, fügte er an Caleb gewandt hinzu, was mich blinzeln ließ.

Ich sah Rian an, aber ihre violett gepuderten Augenlider waren gesenkt, die langen Wimpern beschatteten ihre hohen Wangenknochen. Und dann richtete ich meinen Blick wieder auf Casanova. Und fragte mich, wie ein Raubtier es nicht bemerken konnte, wenn es einem größeren begegnete.

Aber ich sagte nichts, und sie auch nicht, da sie damit beschäftigt war, sich einen Schleier über den unteren Teil ihres Gesichtes zu ziehen und sich leicht abzuwenden, als sich uns ein weiterer Wagen näherte.

Dieser war ungewöhnlich, sportlich, auf zwei Rädern, beinahe wie ein Streitwagen, und er wurde auch wie einer gefahren. Ich brauchte nicht zu fragen, wem er gehörte; Rians Reaktion war genug. Der von einem Inkubus besessene Fahrer hatte sich nicht wie alle anderen die Mühe gemacht, einen schützenden Umhang über seine Kleidung zu ziehen. Stattdessen trug er eine feine, dünne, rote Seidenrobe, bestickt mit Gold, das im Licht blitzte, während er uns beinahe über den Haufen fuhr und uns geringere Wesen zu beiden Seiten wegspringen ließ, als er vorbeidonnerte.

»Verdammte Schei – warum konnten wir keinen von denen bekommen?«, fragte Casanova.

»Sie stehen nur den Danim zu, jenen, die einem Inkubus als Wirt dienen«, antwortete Rian ihm. »Es würde zu viel Aufmerksamkeit erregen.«

»Und meine blutigen Füße tun das nicht?«

»Wenn es Sie so viel kosten könnte, warum helfen Sie uns dann eigentlich?« Caleb sah sie mit schmalen Augen an.

»Hätten Sie das nicht fragen sollen, bevor wir hierher gekommen sind?« Das war Casanova.

»Ich frage jetzt.«

»Die Fehde zwischen John und seinem Vater entzweit die Familie«, erklärte Rian ihm. »Neben anderen Dingen lässt sie den Meister schwach aussehen. Einige sind der Meinung, dass er, wenn er seinen eigenen Sohn nicht im Griff hat, vielleicht nicht derjenige sein sollte, der die Familie beherrscht – und das ist gefährlich.«

»Wer sonst würde es tun?«

»Wie an jedem Hof gibt es auch an unserem Fraktionen. Verschiedene Seniordämonen und ihre Anhänger wetteifern ständig miteinander um Vorteile. Rosier selbst steht gewöhnlich über den Zankereien, aber John ist sein Schwachpunkt, und jeder weiß es. Und wie alle Machthaber hat er Feinde.«

»Man stelle sich das vor«, sagte Casanova giftig. »Und dabei ist er so ein angenehmes Geschöpf.«

»Er ist besser als die, die ihn ersetzen würden«, erwiderte Rian in scharfem Ton.

»Wenn Sie sagen, dies entzweie die Familie – bedeutet das, dass einige sich auf Pritkins Seite schlagen?«, fragte ich hoffnungsvoll. Denn wir konnten mehr Freunde gebrauchen.

Aber natürlich war es so nicht.

»Nein. Niemand versteht sein Widerstreben, sich zu nähren. Es wird als Beweis für seine Menschlichkeit gesehen, seine Fremdartigkeit. Kein Inkubus könnte so lange …« Sie schauderte. »Es verstößt gegen unsere bloße Natur, gegen alles, was wir sind.«

»Dann hört es sich so an, als stimmten alle Rosier zu«, bemerkte ich säuerlich.

Aber sie schüttelte den Kopf. »Fast niemand tut das. Nur wenige verstehen seine Obsession, ein halbmenschliches Kind zu behalten, und noch weniger können begreifen, warum er sich weigert, dieses Kind so leben zu lassen, wie es will. Ja, John könnte ein Gewinn für die Familie sein, wenn er seine Kräfte zu unseren Gunsten einsetzen würde. Aber wenn er das nicht tut …«

»Oh ja. Wie schrecklich!«, sagte Casanova bitter. »Sein Vater will, dass er in Luxus lebt, umringt von schönen Frauen, und wie ein Prinz behandelt wird. Und als Gegenleistung braucht er nur einige wahrscheinlich zauberhafte Dämonen zu vögeln. Aber wozu entscheidet er sich stattdessen?«

»Sein eigenes Leben zu leben«, sagte ich. »Nicht von seinem Vater prostituiert zu werden, um Macht für Rosiers Ambitionen zu gewinnen. Über die er keine Kontrolle hat und die verflucht …«

»Oh bitte. Wir sind alle Rädchen im Getriebe, ob es uns gefällt oder nicht. So ist das Leben. Wenn du klug bist, holst du dir, was du kriegen kannst, statt dich gegen das System aufzulehnen.«

»Ja, wenn Sie ein selbstsüchtiger Huren …«

»Vegessen Sie es, kleines Mädchen«, blaffte Casanova. »*Ich* bin selbstsüchtig? Was ist mit Ihrem kostbaren Magier? Wir sind im Krieg, falls Sie das nicht bemerkt haben.«

»Das ist der Grund, warum er hier ist«, gab ich ungeduldig zurück. »Er hat mich gerettet …«

»Ja, eine einzige Person. Und was ist mit dem Rest von uns?«

»Was soll mit euch sein? Sollte Pritkin …«

»Er sollte den Arsch hochkriegen und seinen halsstarrigen Nacken vor seinem Vater beugen und nett fragen, ob er uns vielleicht einige Verbündete beschaffen könnte, die mehr als einen roten Heller wert sind!«

»Was meinen Sie?«

»Die Dämonenfürsten«, antwortete Casanova ernst. »Den Dämonenrat. Habt ihr überhaupt eine Ahnung, wie viel Macht der hat?«

»Carlos …«, sagte Rian leise.

»Ihr wollt, dass jemand diesen Krieg für euch gewinnt, und zwar schnell?« Casanova ignorierte sie. »Dorthin solltet ihr euch um Hilfe wenden. Aber was tun wir stattdessen?« Er streckte eine Hand aus. »Wir tun unser Bestes, um den Dämonenrat sauer zu machen!«

»Carlos …«, sagte Rian, ein wenig drängender.

Aber Carlos war in Fahrt. »Sehen wir uns doch mal die Tatsachen an, ja? Dieser verdammte Magier kriegt einen Koller. Beschließt, dass er kein Dämon sein will. Also kommt er auf die Erde und vergisst, dass man das, was man ist, nicht einfach so abtun kann. Man ist, was man ist. Es zu leugnen, ist einfach eine Phantasterei. Aber seine Phantasterei hat ein Mädchen das Leben gekostet …«

»Das ist nicht fair!« Ich funkelte ihn an.

»Natürlich ist es fair. Er mag nicht geplant haben, sie zu töten, aber er hat sie geleert, oder etwa nicht? Ja, Rian hat es mir erzählt«, fügte er hinzu, als er meine entrüstete Miene sah. »Wenn ich meinen Hals riskiere, um ihn zurückzuholen, habe ich es verdient, es zu wissen.«

»Ja, aber, Carlos …«, sagte sie.

»Ich bin noch nicht fertig. Also, jetzt hat er eine tote Ehefrau, dank seiner Fähigkeiten, über die etwas zu lernen er sich nie die Mühe gemacht hat. Und, was tut er jetzt? Beschließen, dass sein Vater vielleicht nicht ganz unrecht hat? Natürlich nicht. Er wird wahnsinnig und *versucht, ihn zu töten …*«

»Rosier hat gewusst, was sie vorhatte«, entgegnete ich zornig.

Das besagte Mädchen war Pritkins Ehefrau und selbst eine Dämonin niederen Ranges gewesen. Aber im Gegensatz zu ihm hatte sie die Dämonenwelt nicht gehasst. Sie hatte sie geliebt und begehrt, hatte mehr als alles andere dazugehören wollen. Aber da sie nur so wenig Macht hatte, war ihr die Dämonenwelt versperrt.

Daher hatte sie beschlossen, diese Macht zu verstärken – mit etwas von Pritkins. Ich weiß nicht, ob das der Grund war, warum sie überhaupt mit ihm zusammengekommen war, oder ob auch aufrichtige Zuneigung im Spiel gewesen war. Aber wenn es Zuneigung gegeben hatte, war sie nicht groß genug gewesen, um sie daran zu hindern, in ihrer Hochzeitsnacht einen Machtaustausch zu initiieren, in der Hoffnung, ihre eigenen Fähigkeiten zu vergrößern und damit auch ihren Status in der Dämonenwelt.

Unglücklicherweise war der Schuss grauenhaft nach hinten losgegangen, und Pritkin hatte es nicht geschafft, den Vorgang zu stoppen. Er hatte noch nie zuvor Sex mit einem anderen Dämon gehabt und das Ritual nicht gekannt, das sie benutzt hatte. Und Rosier hatte ihn nicht gewarnt, obwohl er von vornherein gewusst hatte, was sie vorhatte.

»Wir haben keine Ahnung, was Rosier wusste oder nicht wusste«, argumentierte Casanova, als ich darauf hinwies. »Sie hat ihn vor der Hochzeit besucht; wer weiß, warum? Vielleicht hat sie versucht, die beiden dazu zu bringen, sich miteinander zu versöhnen. Vielleicht wollte sie einfach ihren berühmten Schwiegervater kennenlernen. Was auch immer. Wir wissen es nicht – ebenso wenig wie er es gewusst hat!«

»Ich denke, dass Pritkin seinen Vater ein wenig besser kennt als Sie!«

»In Ordnung, sagen wir, ich gebe Ihnen in diesem Punkt recht. Sagen wir, Rosier hat es im Voraus gewusst oder erraten, was das idiotische Mädchen vorhatte. Verpflichtet ihn das irgendwie, es seinem entfremdeten Sohn zu erzählen – dem Sohn, der gesagt hat, er wolle nichts von seiner Welt wissen, dem Sohn, der geschworen hat, er wolle als ein Mensch leben, verdammt noch mal?«

»Ja! Wenn er kein ausgewachsener Mistkerl gewesen wäre …«

Casanova sah mich an, als zweifle er an meinem Verstand. *»Ein Dämonenfürst?«*

»Es war trotzdem beschissen von ihm.«

»Und in die Hölle zu marschieren, um ihn umzubringen, war nicht beschissen? Wie hätte das ein gutes Ende nehmen sollen? Und wie soll *das hier* gut ausgehen?«

»Weil es dabei nicht um Rosier geht«, erklärte ich ihm ungeduldig. »Dabei geht es um den Dämonenrat. Die Ratsmitglieder sind diejenigen, die Pritkin wegen des versuchten Mordes dazu verurteilt haben, von seinem Vater versklavt zu werden. Sie sind diejenigen, die das Urteil revidieren können.«

»Und warum sollten sie Ihnen helfen?«, fragte Casanova unangenehmerweise.

Ich holte tief Luft und versuchte, nicht die Beherrschung zu verlieren. Denn er war ein Arschloch, aber er war ein Arschloch, das nicht unrecht hatte. Weil er mitkam, verdiente er es, es zu wissen. Und weil wir ihn brauchten.

Ohne Rian konnten wir Pritkin niemals finden, bevor Rosiers Truppen uns fanden, und ohne Casanova würde sie entdeckt und identifiziert werden, bevor sie uns helfen konnte. Sie sollte auf Erden sein, nicht hier. Und jemand, der sie kannte, würde nicht lange brauchen, um herauszufinden, warum sie plötzlich beschlossen hatte, nach Hause zurückzukehren, nachdem sie es jetzt seit zweihundert Jahren vermieden hatte.

»Sie haben es selbst gesagt«, rief ich ihm ins Gedächtnis. »Wir sind im Krieg. Der Rat will ebenso wenig, dass die Götter zurückkehren, wie wir Übrigen …«

»Und wenn sie Ihnen einen einzigen Mann geben, wird das die Rückkehr der Götter verhindern?«

»Er hat bisher einen ziemlich guten Job gemacht.«

Casanova grinste höhnisch. »Er hat einen ziemlich guten Job gegen genau einen Gott gemacht, der bereits ernsthaft geschwächt war, als er hierherkam. Geschwächt dank dessen, was er tun musste, um durch den Zauber deiner Mutter zu gelangen. Und der dich unterschätzt hat, weil« – er deutete von Kopf bis Fuß auf mich und schnitt ein Gesicht – »er übertrieben selbstbewusst war und ihn das das Leben gekostet hat. Aber ich glaube nicht, dass das für den nächsten auch gelten wird!«

»Ein Grund mehr, mir zu geben, was ich will«, erwiderte ich. Ich weigerte mich, ihn zu nahe an mich herankommen zu lassen. »Es ist nur eine kleine Bitte; es kostet die Dämonenfürsten nichts; sie riskieren nichts dabei. Aber der Effekt könnte groß sein.«

»Warum haben Sie sie dann nicht gefragt, ob sie ihn selbst herausholen, bevor wir hier hereinmarschiert sind?«, gab er zurück.

»Weil sie nicht in das Reich eines anderen Dämons gehen können! Keiner aus dem Rat hat das Recht, die Vorherrschaft eines anderen Fürsten zu verletzen. Und keiner von ihnen wird es versuchen und riskieren, einen Präzedenzfall zu schaffen, der eines Tages gegen ihn verwendet werden könnte. Aber falls wir Pritkin herausbekommen können …«

»Wobei das ›falls‹ der springende Punkt ist.«

»… dann können sie Rosier sagen, es sei zum Wohl der Allgemeinheit.« Oder was auch immer sie ihm sagen würden; es scherte mich nicht. Aber meine Mutter kannte Dämonen besser als ich, und sie dachte, das würden sie vertreten können – falls wir ihn herausholen konnten.

Und wir würden es tun. Irgendwie. Aber die Stadt, die am Horizont aufzuschimmern begann, fahl und fern und schwach bläulich, weckte in mir den Wunsch, wir hätten eine zusätzliche Feldflasche mitgenommen. Denn mein Mund war plötzlich trocken geworden.

»Wir sollten nicht miteinander streiten«, sagte Rian, und ihre Stimme war ein wenig schärfer als gewohnt. Vielleicht weil auch sie die Stadt betrachtete. »Wenn alles nach Plan verläuft, sollte die Prozedur recht einfach sein.«

»Und wann läuft jemals etwas nach Plan?«, murrte Casanova.

Genau. Das war es, wovor ich Angst hatte.

Fünfzehn

Wie Rian prophezeit hatte, erreichten wir die Stadt bei Einbruch der Nacht. Und wieder einmal spürte ich den gewaltigen Unterschied zwischen allem, was ich je gekannt hatte, und allem, was ich erlebte. Es passierte oft in letzter Zeit und hatte angefangen mit meinem ersten Sprung aus einer Welt der Elektrizität und der gläsernen Wolkenkratzer und der Herrschaft des Gesetzes in eine Welt voller Fackellicht und Steinburgen und der Herrschaft der Launen eines Mannes.

Das war ein Schock gewesen.

Das war gewöhnungsbedürftig gewesen.

Das hier war schlimmer.

Die Wüste endete abrupt am schartigen Rand eines Steilhangs, der gut tausend Meter senkrecht abfiel. Ein Haufen Fahrzeuge standen verstreut vor dem Anfang einer Steinbrücke, die für meinen Geschmack viel zu schmal war. Sie überspannte wie ein schlanker Finger den Abgrund und konnte nur zu Fuß passiert werden. Und an ihrem anderen Ende stand auf einem dreieckigen Tafelberg eine Stadt so alt und gewaltig, dass menschliche Metropolen sich daneben wie Spielzeuge ausnahmen.

Wir stellten uns zu allen anderen, die dort mit ihren kleineren Tieren und Handkarren warteten, in die Schlange und gingen schließlich hinüber. Ein fieser Wind zupfte hungrigen Händen gleich an unseren Kleidern und heulte uns eine Warnung in die Ohren. Die verdammte Brücke hatte an beiden Seiten nur einen schwächlichen Handlauf, um uns vor einem tiefen Sturz zu bewahren. Eine Frau vor uns konnte ein fettes Huhn nicht festhalten; der Wind riss es ihr aus den Händen. Für eine Sekunde flatterte das Tier über der Leere, bevor es wie ein Stein hinabfiel.

Ich sah nicht hin.

»Stimmt etwas nicht?«, fragte Rian mich mit Casanovas Stimme.

Sie war vor einigen Meilen mit ihm verschmolzen, was die Kommunikation erschwerte, da sie dazu neigten, im selben Körper durcheinanderzureden. Aber es war nötig. In einem Körper hatten selbst ihre eigenen Leute Mühe, sie zu erkennen. Wenn sie aufmerksam waren, konnten sie feststellen, was sie war, aber nicht, wer sie war.

Zumindest hofften wir das.

»Das … ist nicht ganz das, was ich erwartet habe«, gestand ich und sah in die Tiefe, wo ein Fluss im letzten Sonnenlicht, oder was hier als Sonne galt, golden brannte und eine deutliche Narbe im gesichtslosen, roten Sand hinterlassen hatte. Darauf befanden sich ein paar kleine, schwarze Punkte.

Schlagartig wurde mir klar, dass es Boote waren.

»Was hast du denn erwartet?« Sie klang neugierig.

»Etwas, das mehr wie das Schattenland ist«, antwortete ich und meinte die Dämonenwelt, wo der Rat sich traf und wo Rosier während der Sitzungsperiode einen kleinen Nebenhof hatte. Es war nicht wie die Erde, aber zumindest war es nett und kompakt, eine kleine Handelsstadt in einer Dämmerwelt, wo alles und jeder in greifbarer Nähe war.

Sie hätte in den Platz gepasst, auf den wir am anderen Ende der Brücke stolperten.

Wie die Festung, die über uns aufragte, leuchtete der Platz in den letzten Strahlen des fahlen Lichts mattrot. Trotz seiner Größe war er überlaufen; es wimmelte von durcheinander redenden Menschen, brüllenden Tieren, klirrenden Glöckchen an Säumen und Zaumzeug, und unser Kamel schüttelte sich und begrub uns unter einer Schubkarrenladung feinen, roten Staubes.

Die meisten Leute stellten sich an, um durch das gewaltige, eisenbeschlagene Tor gelassen zu werden, ein Tor, das zehn Stockwerke hoch und der einzige Eingang in den Hauptmauern zu sein schien. Aber wir schlurften mit einigen Hundert anderen, die anscheinend eine Pause brauchten, erst einmal an die Seite. Während wir uns Sand aus dem Haar und den Kleidern schüttelten, stellten wir uns vor einem der flachen Brunnen zu beiden Seiten des Platzes in die Schlange.

Die meisten, auch das Vieh, tranken direkt aus dem riesigen Becken, aber wir warteten, während Rian unsere Feldflaschen mit vampirischer Flinkheit weiter oben nachfüllte, wo das Wasser aus dem rostfarbenen Felsen brach.

»Das … ist nicht gut«, knurrte Caleb mir ins Ohr.

Den Preis für die Untertreibung des Jahres hatte er sicher, dachte ich und sah mich um. Aber vor allem schaute ich hoch, hoch, hoch zu den neun Mauern innerhalb anderer Mauern, die die ungeheure Festung ausmachten, die über uns aufragte. Sie war so groß, dass sie das letzte Licht verdeckte und lange Schatten warf, die alles in ein schmutziges Ocker tauchten.

»Rosenrote Stadt, halb so alt wie die Zeit«, murmelte Caleb.

»Was?«

»Nur ein Zitat über eine Stadt, die es mal auf der Erde gab.«

»Ich habe noch nie etwas Derartiges auf der Erde gesehen.«

»Werden Sie auch nicht.« Aus irgendeinem Grund wirkte er nicht so beeindruckt wie ich. »Die menschliche Gesellschaft ist zu veränderlich, um so etwas zustandezubringen. Ein Eroberer hätte die Stadt in einem früheren Stadium geschliffen. Oder sie wäre von neuer Technologie überholt worden. Diese Stadt muss über Jahrtausende von einem Volk erbaut worden sein, das in einer Entwicklungsphase feststeckt und sich nicht verändern darf.«

»Vielleicht wollen sie sich gar nicht weitentwickeln.«

Caleb warf mir einen Blick zu. »Und vielleicht erlauben es ihre Oberherren nicht, da sie dann schwerer zu beherrschen wären. Schwerer zu kontrollieren.« Er verzog die Lippen. »Ich beginne zu begreifen, warum John diesen Ort hasst.«

Er sah aus, als wollte er noch etwas sagen, aber Rian war zurück und drückte uns randvolle Feldflaschen in die staubigen Hände. Ich trank einen Schluck, ließ das Wasser im Mund kreisen und spuckte es aus, damit mir der Sand nicht mehr zwischen den Zähnen knirschte. Es funktionierte nicht.

»Na gut, verstehst du *jetzt*?«, zischte Casanova. Es war immer leicht zu erkennen, wenn er sprach; Rians bedächtige, maßvolle Stimme und anmutigen Bewegungen machten wilderen Gesten und härteren Tönen Platz.

Zumindest, wenn er mit mir sprach.

Ich antwortete erst, als wir uns von der Menge entfernten und uns einer kleinen Steinmauer am Felsabriss näherten. Sie war nur etwa hüfthoch, und der Wind war unglaublich, daher hielt ich mich auf der rechten Seite des Kamels. Aber es nützte nichts; ich hatte das Gefühl, als würden wir beide jeden Moment fliegen gehen.

Ich hockte mich hin, was etwas besser war, vor allem weil ich den Abgrund nicht mehr sehen konnte.

»Verstehe ich jetzt was?«, fragte ich.

»Verstehst du jetzt, wie dumm es ist?«, gab Casanova zurück und hockte sich vor mich hin. »Wir müssen hier weg, bevor uns einer erkennt!«

»Erkennt?« Ich deutete auf unsere Umgebung. »Allein auf diesem verdammten Platz müssen sich zwei- bis dreitausend Leute befinden.«

»Ja, was uns bei unserem Glück etwa fünf Minuten bringen sollte!«

»Erkennen ist nicht das Problem«, bemerkte Caleb mit Blick auf das Tor. »Sie überprüfen nicht jeden oder noch nicht mal die meisten Leute, die reingehen. Es ist das Rauskommen.«

»Wir werden nicht rauskommen. Wahrscheinlich werden wir noch nicht mal reinkommen!«, sagte Casanova, bevor Rian ihm den Mund mit einer Feldflasche verstopfte.

»Wir werden genauso rauskommen, wie wir reingekommen sind«, erwiderte ich und versuchte, mich selbst genauso zu beruhigen wie die anderen. »Mutter hat gesagt, ich sollte in der Lage sein, Tore zwischen Welten zu öffnen, mit oder ohne Zustimmung der Wächter. Es war ihre größte Gabe.«

»Sollte?«, zischte Casanova und stieß die Feldflasche beiseite. »Du hast es nicht *überprüft*?«

»Wie sollte ich es denn überprüfen«, Casanova!«, zischte ich zurück. »Dämonen sind von Leuten, die in ihre Höfe einbrechen, nicht gerade erbaut!«

»Erbauter als Rosier, wenn wir versuchen, seinen Erben zu stehlen, und dann nicht schleunigst …«

Die Feldflasche war wieder drin.

»Mutter hat gesagt, ich könne es«, wiederholte ich langsam, um hoffentlich durch seinen dicken Schädel zu dringen. »›Sollte in der Lage sein‹ habe ich gesagt, und der Ausdruck war ... schlecht gewählt. Es tut mir leid.«

Ich hoffte, eine Entschuldigung würde ihn beruhigen, aber das war natürlich nicht der Fall.

»Wenn es dir leid tut, dann hol mich hier raus!«, prustete er, stieß die Feldflasche weg und bespritzte mich mit Wasser.

»Ich lasse ihn nicht hier!«

»Er ist ein Dämonenfürst! Er kann auf sich selbst aufpassen! Wenn er raus will, wird er einen Weg finden ...«

»Es ist jetzt sechs Monate her, Carlos«, unterbrach ihn Rian, was einen Wechsel von Oktave und Gesichtsausdruck mitten im Satz bedeutete. Er bekam dadurch ein merkwürdiges, schizophrenes Zucken, aber ich störte mich nicht daran. Ich war zu sehr damit beschäftigt zu verdauen, was sie sagte.

»Sechs *Monate*?«

»Die Zeit vergeht hier anders«, rief sie mir ins Gedächtnis. »Das ist der Grund, warum deine Macht nicht funktioniert. Wir befinden uns nicht länger in deiner Zeitlinie.«

»Aber *sechs* ...«

»Das ist ein Grund, warum ich mich bereiterklärt habe, dich zu begleiten. Lord Rosier hat lange hierauf gewartet. Er wird seinen Sohn nicht noch einmal verlieren, wenn er es vermeiden kann.«

»Ist das der Grund, warum hier so viele Wachen sind?«, fragte Caleb.

»Nein.« Rian schaute sich um, und für eine Sekunde dachte ich, ich sähe, wie ihre großen, mandelförmigen Augen hinter Casanovas glitten. »Ich habe noch nie so viele gleichzeitig gesehen. Es ist das einzige gute Zeichen.«

»Gut?«, fragte Casanova sich selbst. »Wie soll das ...«

Er brach abrupt ab, als mehrere indigoblau gekleidete Wachen sich von einer nahen Gruppe lösten und in unsere Richtung kamen. Sie waren stärker vermummt als die Touristen, nur scharfe, dunkle Augen und gewölbte, schwarze Brauen waren zwischen ihren

Turbanen und den Schleiern zu sehen, die sie sich in die Halsausschnitte ihrer Gewänder gesteckt hatten. Was nicht ganz die starken Krummschwerter an ihrer Seite verbarg.

Ich sagte auch nichts, als sie näher kamen. Ich bewegte mich nicht. Atmete nicht einmal. Ich versuchte, mir zu sagen, dass ich mich natürlich verhalten sollte, aber das funktionierte nicht so gut. Und es ging nicht nur mir so. Plötzlich war die einzige Bewegung in unserer kleinen Gruppe das Flattern unserer Kleider im Wind und das Kauen des Kamels. Es hatte sich Casanovas Haar vorgenommen.

Bis die Wachen vorbei waren und zwei Kinder ergriffen, die am Rande des Abgrunds gespielt hatten. Eine aufgelöste Mutter kam herbei und holte sie ab, und sie schluchzte bereits, bevor einer der Männer sie scharf zurechtwies. Ich schluckte Sand, ließ den Kopf hängen und goss mir etwas Wasser über den heißen Nacken, bis die Männer wieder fort waren.

»Es ist gut.« Rian räusperte sich. »Denn es zeigt, dass der Meister sich Sorgen macht. Es tun mindestens dreimal so viele Wachen Dienst wie sonst, vielleicht mehr. Das wäre nicht der Fall, wenn er sich nicht für gefährdet halten würde.«

»Er denkt, dass wir es tun können«, übersetzte ich das.

»Er denkt, dass wir dumm genug sein werden, es zu *versuchen*«, korrigierte Casanova mich. »Die Wachen sollen dafür sorgen, dass es uns nicht gelingt!«

Ich betrachtete das Tor, das oben ein riesiges, altmodisches Fallgitter hatte. Die spitzen Zähne waren aus einem schwarzen Metall gegossen und schimmerten dumpf in den letzten Lichtstrahlen, als seien sie in Blut getaucht worden. Ich warf Caleb einen Blick zu, der sie ebenfalls betrachtete.

Und im Gegensatz zu Casanova hatten er und ich keinen Ausweg. Rosier hatte Pritkin unlängst versprochen, keinen weiteren Mordversuch an mir zu unternehmen, aber ich war mir nicht sicher, wie das gehen sollte, wenn ich die Partei in der Offensive war. Aber selbst wenn er sich daranhielt, ließ es einen ganzen Wust von Möglichkeiten offen. Und was Caleb betraf …

»Wenn Sie zurückgehen möchten, habe ich dafür Verständnis«, sagte ich ihm leise.

Er schürzte leicht die Lippen und warf mir einen Blick zu. Es sah fast so aus, als versuche er, sich ein Grinsen zu verkneifen, nur dass Caleb nicht grinste. Es schien gegen den Kriegsmagierkodex zu verstoßen. Und weil es unter den gegebenen Umständen verrückt gewesen wäre.

»Gehen Sie zurück?«

»Nein.« Es war nicht so, als würde es später einfacher werden.

Es stand auf und reckte sich, und seine gespannten Bauchmuskeln zeichneten sich deutlich unter dem dünnen Stoff des Gewandes ab. »Ich schätze, ich werde gehen, wenn Sie gehen.«

»Oh, zum … Gott bewahre mich vor hirnlosen Heldentaten!«, blaffte Casanova.

»Hätte nicht gedacht, dass du an Gott glaubst.«

»Ich glaube an Satan«, erwiderte er und stieß das Kamel von seinem Haar weg. »Das sollte ich. Ich stehe auf seiner verdammten Türschwelle!«

Wenn Satans Türschwelle schon beeindruckend war, dann war sein Atrium atemberaubend.

Wir gelangten durch das Tor in einen schlundartigen Tunnel, und das verblassende Licht strömte von hinten wie rotes Wasser über die Decke, zu spät am Tag, um uns den Weg zu erhellen, aber zu früh, als dass die Laternen, die in Abständen über uns glitzerten, entzündet worden wären. Ich fand mich zurecht, indem ich die Fingerspitzen über die raue Steinwand gleiten ließ, die immer noch die Hitze des Tages gespeichert hatte und das angesichts der Dicke des Steines wahrscheinlich noch stundenlang tun würde. Und ich spürte, wie sich die anfängliche Ehrfurcht wieder einstellte.

Trotz der Luft hier drin, die wegen zu vieler zu dicht gedrängter Leiber ziemlich muffig war, und der unablässig drängelnden Menge und meiner schmerzenden Wadenmuskeln spürte ich es immer noch – das Gewicht von Jahrhunderten, das wie eine zusätzliche Atmosphäre auf uns lastete.

Caleb hatte recht gehabt; dieser Ort war alt. Älter als die Pyramiden, älter als alles auf der Erde. Vielleicht so alt wie diese Welt, da es auf dem dunkelroten Stein zwar Meißelspuren, aber keine erkennbaren Mörtelfugen gab. Es war, als sei die Stadt in den Berg gehauen und nicht gebaut worden. Als hätte ein Riese einen Berg von oben nach unten weggeschnitten und die Teile stehen gelassen, die seinem verrückten Entwurf entsprachen, und den Rest weggeschafft.

Es hätte beeindruckend sein sollen, und wäre ich eine Touristin gewesen, hätte es mich vielleicht wirklich beeindruckt. Wie die Dinge lagen, war es eher einschüchternd. Mein Magen verkrampfte sich etwas mehr, noch bevor wir einige Minuten später auf der anderen Seite hinausstolperten.

Und in etwas hineingerieten, das stark nach einem Souk aussah.

Läden säumten Straßen, die wie Speichen an einem Rad in alle Richtungen führten. Und verkauften alles – Gewürze, lebende Tiere, glänzende Metallwaren, hauchzarte Kleider, Töpfereien und Gemüse, Fisch, Lederartikel und Wolle und frisch gebackenes Brot. Händler riefen uns Neuankömmlingen Angebote zu, noch während sie die Markisen über ihren Läden aufrollten oder die Laternen entzündeten, die wie Sterne über den Straßen hingen. Andere legten frisches Fleisch auf ihre Grills und ließen köstliche Düfte zu uns herüberwehen, die unsere staubbedeckten Geschmacksknospen reizten. Es war laut und lärmend und voll und seltsam heiter, aber Caleb schien nicht begeistert zu sein.

»Diener, von wegen«, murmelte er.

Ich brauchte einen Moment, um zu begreifen, was er meinte. Deprimierend vielen Leuten folgten Sklaven, dünne Männer und Frauen und in einigen Fällen Kinder mit nackten Füßen und einfachen Tuniken. Sie trugen für ihre Herren Päckchen und Schachteln oder führten Tiere an den Zügeln.

Die meisten Sklaven sahen nicht wie Einheimische aus. Einige von ihnen sahen nicht einmal wie Menschen aus. Ich starrte, wahrscheinlich unhöflich, einen mit gescheckter, blauer Haut an, der einige zusätzliche Arme zu haben schien, als Rian mich am Ärmel packte.

Denn, ja.

Die Wachen waren auch hier dicht und allgegenwärtig.

Sie waren nicht so auffällig, hingen an den Essensständen rum oder mischten sich unter die Menge am Tor. Aber es waren viele von ihnen unterwegs, und sie nahmen die Neuankömmlinge überall mit der Wachsamkeit von Cops oder Sicherheitskräften in Augenschein. Und sie sahen nicht so aus, als würde ihnen viel entgehen.

Aber dank Caleb entgingen wir ihnen.

Er wedelte mit der Hand und sandte einen Strahl von irgendetwas auf das Hinterteil des letzten Kamels in einer Reihe ein kleines Stück vor uns. Es stieß ein erschrockenes Blöken aus und prallte gegen das Kamel davor, dann brüllte die ganze Reihe. Die Tiere waren bereits nervös von dem dunklen Tunnel, den sie gerade durchquert hatten, bockten und stoben in alle Richtungen auseinander. Der hektische Treiber und sein Junge rannten hinter ihnen her und riefen um Hilfe, die sie widerstrebend von einigen der Händler mit gefährdeten Haufen von Obst und Gemüse bekamen.

Von den Wachen bekamen sie keine.

Aber für einen Moment beobachteten alle die Show statt die Schlange, und wir schlüpften hindurch.

»Hier entlang, schnell.« Rian zog uns aus dem Gedränge am Tor und hinein in die anonymere Menge.

Zumindest schien es, als hätte sie das gesagt. Ich konnte kein Wort verstehen. Zu dem Geschrei der Leute, dem Quietschen der Wagenräder, dem Blöken der Tiere, dem Fluchen der Händler und der Musik, die aus jeder Schenke auf jeder Straße plärrte, war gerade ein Trompetenstoß von den hohen Mauern gekommen, der das Hereinbrechen der Nacht ankündigte.

Ich packte Casanova am Arm, damit ich ihn mit Rian nicht verlor, und gab jede Subtilität auf. Bei dem ganzen Lärm konnte mich ohnehin keiner hören. »Wo halten sie ihn fest?«, brüllte ich, nur um zu sehen, dass sie mit dem Kopf auf die Straße direkt vor uns deutete. Und etwas sagte, das ich nicht verstehen konnte, weil ich kein Vampirgehör hatte.

Aber andererseits brauchte ich vielleicht auch keins.

Weit oberhalb der stinkenden, lärmenden, lebensvollen Straßen erhob sich ein langes, flaches, elegantes Gebäude mit Balkons und

Terrassen und einigen anmutigen Türmen. Hier und da unterbrachen grüne Zweige den Stein, was in dieser Landschaft beinahe schockierend war. Springbrunnen fingen an manchen Stellen die letzten Lichtstrahlen ein. Und obwohl das Gebäude so aussah, als sei es ebenfalls aus dem Berg gemeißelt worden, musste es aus einer anderen Schicht stammen. Denn es war ein heller, honiggoldener Stein, der sich schimmernd von den dunkleren Häusern auf allen Seiten abhob, als sei er mit Goldstaub durchsetzt.

Wenn jemals irgendetwas nach einem Palast ausgesehen hatte, dann das.

»Es ist nicht hinter der höchsten Mauer«, flüsterte Caleb mir ins Ohr. Als sei er zu demselben Schluss gekommen.

»Also … das ist zumindest etwas Gutes.«

»Kommt drauf an.«

Ich drehte mich zu ihm um. »Worauf?«

»Auf das, was in den oberen drei Stockwerken ist.«

Sie waren dunkel, jetzt, da hier die Sonne versunken war, versunken zwischen den schartigen Kliffs der Felswand gegenüber, die nur hier und da noch unheilschwanger ein paar einzelne Strahlen durchließen. Wie eine schwere Braue über glitzernden Augen. Ich begann mich wieder zu verkrampfen, ohne zu wissen, warum.

Dann lieferte Caleb mir einen Grund, indem er mir von hinten einen heftigen Stoß versetzte.

Ich stolperte, stürzte zu Boden, verstauchte mir ein Handgelenk und schürfte mir beide Hände auf. Aber das war nicht schlimm. Denn eine Sekunde später raste jemand in einem schnellen Wagen durch den Souk – genau über die Stelle, an der ich gerade gestanden hatte. Wenn ich geblieben wäre, wo ich war, wäre ich unter den Wagenrädern so mühelos zerquetscht worden, wie es jetzt die weltliche Habe eines unglücklichen Einwanderers wurde.

Der Fahrer schien es nicht einmal zu bemerken. Ich beobachtete vom Boden aus, wie der Mann in eine der speichenartigen Straßen einbog, die von der Nabe ausgingen, die das Tor bildete. Sein leuchtend grünes Seidengewand flatterte, während er seinen Wagen auf einem verrückten Kurs hin- und herpeitschte, der offenbar den größtmöglichen Schaden anrichten sollte. Bis er in eine

Ladenfront krachte; seine Kamele bockten und bäumten sich auf und schrien laut genug, um selbst den Lärm der Menge zu übertönen.

Der Fahrer sprang lachend ab und verschwand mit einem leichtbekleideten Mädchen in einer Schenke auf der anderen Straßenseite.

Und überließ es dem Händler mit den Kamelen im Laden, die Sache selbst zu regeln.

Und mir, mich von einem erzürnten Kriegsmagier vom Boden aufhelfen zu lassen.

»Danke«, sagte ich ihm. »Ich habe ihn nicht gesehen …« Ich brach ab, denn Caleb wirkte nicht besonders besorgt wegen meiner aufgeschürften Knie. Caleb sah so aus wie Pritkin einige Male ausgesehen hatte, als wir uns zum ersten Mal begegnet waren.

Unmittelbar bevor er versucht hatte, mich zu töten.

»Was?«, fragte ich und sah mich nach einem weiteren Wagen um. Aber die Straße war frei – zumindest von Fahrzeugen Wahnsinniger. Alles strömte zurück in die Gasse, einschließlich der Einwandererfamilie, die hastig den Rest ihrer Habe einsammelte. Es kehrte wieder Normalität ein – oder was man hier dafür hielt.

Aber Caleb sah so aus, als sei er anderer Meinung.

»Fällt Ihnen was auf?«, zischte er.

»Wovon …« Ich brach ab, denn mir war etwas aufgefallen. Ich hatte gerade etwas bemerkt. Nicht etwas Neues, sondern etwas, das fehlte.

Oder vielmehr jemanden, der fehlte.

»Wo«, fragte Caleb mich mit zusammengebissenen Zähnen, »ist dieser verdammte Vampir?«

Sechzehn

Ich ließ den Blick über die Menge gleiten, entdeckte aber nirgends die Spur eines großmäuligen Vampirs in einer staubigen Obi-Wan-Robe, der sich kreischend beschwerte, beinah überfahren worden zu sein. Oder die eines ruhigen, heiteren unter der Kontrolle eines Wesens, das wahrscheinlich an die verrückten Fahrer hier gewöhnt war. Es gab nur den sich verdünnenden Strom von Leuten, die durch das Tor wollten, und das Gewusel rund um die Läden, das zur Normalität zurückkehrte.

Ich verstand das nicht. Wir waren nur eine Sekunde lang abgelenkt gewesen. Wo konnten sie so schnell hingegangen sein? Und warum sollten sie uns in einer fremden Stadt voller Wachen, die wahrscheinlich unsere Bilder an ihren Zielscheiben kleben hatten, im Stich lassen?

Mein Mund fühlte sich so trocken an, dass ich schlucken musste »Ich habe sie gefragt, wo Pritkin festgehalten wird. Vielleicht ist sie losgezogen, um es herauszufinden.«

Caleb warf mir einen zornigen Blick zu. »Vielleicht ist sie auch losgezogen, um Bonuspunkte bei ihrem Herrn und Meister einzustreichen, indem sie uns verpfeift!«

Ich schüttelte den Kopf. »Das ist lächerlich. Wenn sie nicht wollte, dass ich Pritkin suche, hätte sie nur in Vegas zu bleiben brauchen. Ohne sie hätte ich es niemals so weit geschafft. Das Tor hätte ich öffnen können, aber ich wäre nicht an den Wachen vorbeigekommen. Dafür brauchte ich einen Inkubus …«

»Und sie hat dafür gesorgt, dass Sie einen bekommen!«

»Ja, warum uns also helfen, wenn sie bloß geplant hat, uns auszuliefern?«

»Vielleicht dachte sie, es würde mehr einbringen, wenn wir uns als eine glaubwürdige Bedrohung entpuppten«, sagte Caleb schäumend. »Ihrem lieben Meister zu erzählen, was wir planen, als wir noch in Las Vegas waren, hätte ihr ein oder zwei Punkte bringen können. Aber wenn sie uns stoppt, während wir schon in seiner Stadt sind, weniger als eine Meile von unserem Ziel entfernt, dann könnte sie erwarten, dass er erheblich großzügiger ist!«

»Nicht wenn sie geholfen hat, uns überhaupt hineinzubringen!«

»Sie kann behaupten, sie hätte befürchtet, dass wir einen anderen Weg hinein finden, wenn sie nicht mitmacht. Dass sie dann nicht in der Lage gewesen wäre, ihn zu warnen, da sie nicht gewusst hätte, welcher Weg genommen wurde.«

Ich versuchte, mir einen Einwand dagegen auszudenken – ich gab mir wirklich Mühe. Denn wenn Rian beschlossen hatte, uns zu verpfeifen, dann waren wir so ziemlich geliefert. Und das galt besonders einen Moment später, als ein metallisches Grollen durch den Souk klirrte; es kam aus der Richtung des Tores.

Es war in Richtung Stadt noch offen und spie weiterhin verstreute Grüppchen von Neuankömmlingen aus. Aber ich hatte das wirklich miese Gefühl, dass es vielleicht in umgekehrter Richtung nicht der Fall war. Es sah aus, als rollten sie für die Nacht den Begrüßungsteppich zusammen – mit uns darin.

»Sie hat es perfekt getimt, so viel steht fest«, knurrte Caleb, packte meine Hand und riss mich zu einer der Seitenstraßen hin.

»Caleb, hören Sie«, rief ich, während ich hinter ihm herlief. »Sie hat Pritkin schon früher geholfen, mehr als einmal. Sie hat sich sogar selbst in Gefahr gebracht, um ihm zu helfen. Es gibt keinen Grund zu glauben …«

»Es gibt jeden Grund! Sie haben sie selbst gehört. Ihre Rückkehr ist überfällig, wahrscheinlich um einige hundert Jahre. Vielleicht hatte Rosier ihre kleinen Schliche ebenso satt wie die Tatsache, dass sie seinem launischen Sohn hilft? Und er hat ihr befohlen, Platz für jemand anderen zu machen. Und vielleicht hat sie entschieden, zum Teufel damit – und zum Teufel mit uns!«

Verflucht, das klang schrecklich logisch.

»Warum hat Casanova dann so lange mit uns rumgestritten?«, wollte ich wissen. »Er hat versucht, uns zur Umkehr zu bewegen!«

»Vielleicht hat sie ihm gesagt, er solle dick auftragen, um sicherzugehen, dass wir keinen Verdacht schöpften. Vielleicht hat er es aber wirklich nicht gewusst. Er ist ein Vamp, und die nehmen sich immer vor der Nummer eins in Acht. Und Mircea ist sein Meister. Welche Art von Empfang, denken Sie, wird er bekommen, wenn Mircea herausfindet, dass er Sie in Gefahr gebracht hat?« Er drehte sich plötzlich zu mir herum. »Kann er sie daran hindern, irgendetwas zu sagen? Kann er sie zumindest aufhalten?«

»Falls sie in seinem Körper bleibt, vielleicht. Ich weiß es nicht. Aber das muss sie nicht. Sie kann kommen und gehen, wie es ihr beliebt, und ich denke nicht, dass er das irgendwie kontrollieren kann.« Zumindest nicht, soweit ich es gesehen hatte.

Caleb benutzte einen von Pritkins Lieblingsflüchen. Und dann benutzte er noch einige weitere. »Verfickte Dämonen! Man kann ihnen nicht trauen, keinem Einzigen von ihnen. Ich *habe* es gewusst …«

Ich machte mir nicht die Mühe, darauf hinzuweisen, dass das nicht direkt politisch korrekt war, denn in diesem Augenblick stimmte ich ihm irgendwie zu. »Verfickte Dämonen« klang irgendwie nach dem Motto des Tages.

Vor allem, da ich im Begriff stand, einige von ihnen über den Haufen zu rennen.

»Wohin gehen wir?«, fragte ich, während ich mich duckte und auswich und versuchte, nicht mit jemandem zusammenzustoßen und dadurch mit einem großen, blinkenden Pfeil auf uns zu deuten.

»Weg. Sie wird erwarten, dass wir dableiben, dass wir denken, wir hätten sie in der Menge verloren. Sie glaubte wahrscheinlich, sie würde in der Lage sein, den Wachen genau zu sagen, wo sie uns finden können, während wir herumschlendern, Kebabs essen oder sonst irgendeinen Scheiß.«

»Also, was ist stattdessen der Plan?«

»Ein Versteck zu finden!«

»Ein Versteck?« Ich packte ihn am Arm und zog ihn in den Schatten eines Balkons, unter dem irgendjemand vergessen hatte, die Behänge aufzurollen. Es war kein tolles Versteck, aber zumindest war es abseits der Straße. »Wissen Sie, wie die Chancen stehen, dass sie uns bis zum Morgen nicht erwischen?«, fragte ich. »Oder, wenn uns das tatsächlich gelingt, dass wir es zurück zum Portal schaffen?«

»Haben Sie eine bessere Idee?«, fragte er scharf. »Denn ich bin gut – ich bin wirklich gut –, aber ich kann uns nicht einen Weg hier herauskämpfen!«

»Nicht allein. Aber hier gibt es noch jemanden, der sich mindestens genauso gut auskennt wie Rian.«

Caleb stieß einen angewiderten Laut aus. »Casanova ist ihre Kreatur. Er hat außerdem schreckliche Angst davor, sich sein hübsches Gesicht zu ruinieren. Selbst wenn er nicht zum Verräter geworden ist, können wir uns nicht darauf verlassen, dass er eine einzige verdammte …«

»Nicht Casanova!«, unterbrach ich ihn, denn ich stimmte seiner Einschätzung so ziemlich zu. »*Pritkin.*«

Caleb sah mich an, als hätte ich die ganze Zeit irgendwo zwischen exzentrisch und knatschverrückt geschwebt, und er hatte endlich erkannt, wohin ich mehr tendierte. »Und wie genau«, sagte er heftig, »sollen wir ihn erreichen? Die Chancen waren zuvor schon mies genug; jetzt haben wir jeden Moment die ganze Stadt am Arsch!«

»Aber die Stadt erwartet, dass wir uns verstecken, sobald wir kapiert haben, was los ist, oder im Souk herumhängen, sofern wir es nicht getan haben. Sie erwartet nicht, dass wir uns auf die Suche nach Pritkin machen.«

»Ja, ja, das ist wahrscheinlich wahr. Und dafür gibt es einen Grund«, fauchte Caleb. Und dann zog er mir abrupt die Kapuze meiner Robe hoch.

»Was …«

»Schauen Sie sich nicht um. Ein Haufen weiterer Wachen kommt gerade in den Souk gerannt.«

So viel zu den Resten meines Glaubens an Rian. Gottverdammt! Wenn sie einen Hals hätte, würde ich ihn ihr umdrehen, dachte ich und starrte böse unter Calebs Arm hindurch zu einem Haufen Wachen hinüber, die Schleier herunterzogen und Roben auseinanderrissen und sich ganz allgemein so benahmen, als hätte hier jemand auch nur das geringste Recht …

Mein Gedankenstrom kam ebenso abrupt zum Stillstand, wie es etwas anderes vor Kurzem getan hatte. Etwas anderes, das immer noch aus einer ruinierten Ladenfront ragte. Denn hier war man entweder auf der Haben- oder auf der Nichthaben-Seite, und es sah aus, als könnten die auf der Haben-Seite machen, was immer sie verdammt nochmal wollten.

Niemand hinterfragte es.

»Kommen Sie mit«, sagte ich Caleb. »Ich habe eine Idee.«

»Man sollte meinen, wir würden mehr für so ein feines Kamel bekommen«, brummte ich zehn Minuten später an Caleb gewandt.

»Seit der XP-38 herausgekommen ist, besteht einfach keine Nachfrage mehr nach ihnen,« versetzte Caleb.

»Was?«

»Sie kapieren wohl keine kulturellen Anspielungen, was?«

Ich runzelte die Stirn. »Ich kapiere sie schon. Ihre sind bloß etwas daneben.«

»Das war aus *Star Wars*. Es war nicht daneben.«

»Ich habe *Star Wars* gesehen, und das kam nicht darin vor.«

»Im ersten Film, wo sie in der Wüste sind?«, fragte er. »Als sie Lukes Landspeeder verkaufen müssen?«

»Ach. Sie meinen die alten Filme.«

»Die alten? Die *alten*? Sie meinen die einzig guten …« Er sah meinen Gesichtsausdruck. »Vergessen Sie es. Wofür brauchen wir mehr Geld?«

»Damit ich mir ein Outfit wie Ihres kaufen kann.« Ich betrachtete den kostbaren, grünen Wollstoff seines langen, kaftanähnlichen Gewandes. Es war warm. Es sah gut aus. Es verdeckte seinen Hintern.

»Was ist an dem auszusetzen, das Sie tragen?«

»Abgesehen von der Tatsache, dass ich wie eine Nutte aussehe?«

Ich zupfte hinten an dem engen, rosafarbenen Höschen, das ich trug, aber es half nicht. Es war immer noch mindestens zwei Nummern zu klein und rutschte mir in die Pofalte. Aber sie war das Nächstbeste gewesen, was der Kaufmann auf Lager hatte und was wir uns leisten konnten. Und wir hatten keine Zeit gehabt, Preisvergleiche bei der Konkurrenz anzustellen.

Natürlich spielte das keine Rolle, wenn man in einer hübschen, alles verdeckenden Robe wie Calebs steckte. Ein wenig problematischer war es, wenn es um eine sexy Sklavenmädchen-Aufmachung ging, besonders wenn das Einzige, was ich außer dem arschentblößenden Höschen trug, ein Paar durchsichtige, bis zum Himmel aufgeschlitzte Haremshosen waren und ein Top, das weniger bedeckte, als mein BH es getan hatte. Aber es waren die Hosen, die mich aus irgendeinem Grund wirklich störten.

»Sie sehen aus wie die *Bezaubernde Jeannie* ohne den Pferdeschwanz«, bemerkte Caleb, was nicht sehr hilfreich war. »Ich finde, es sieht aus, als hätte man es aus einem billigen *Aladin* kopiert«, blaffte ich. »Zusammen mit allem anderen.«

»Wenn kopiert wurde, dann würde ich sagen, eher anders herum«, meinte Caleb und betrachtete ein wenig sehnsüchtig die Gebäude, an denen wir vorbeikamen. Die Leute hier mochten kein Holz haben, aber den Stein, den es gab, hatten sie bestens zu nutzen gewusst, um Türstürze, Säulen, Treppen, sogar kunstvolle Gitter vor ihren Fenstern zu hauen.

Caleb sah aus, als hätte er sich gern ein wenig umgeschaut. Er sah aus wie das sprichwörtliche Kind im Süßigkeitenladen, nur ohne Geld. Irgendwie tat er mir plötzlich leid.

Aber ich fand, dass es nicht allzu gesund wäre, weiter zu verweilen.

»Was ist?«, fragte ich.

»Die Inkuben sind von hier aus auf die Erde gekommen, richtig?«

Ich nickte.

»Und dieser Ort war zuerst da. Also würde ich sagen, die Inkuben haben Teile dieser Kultur auf die Erde gebracht, nicht anders herum.«

»Ja, aber warum *diese* Teile?«, fragte ich, während ich immer noch versuchte, mir eins davon aus dem Arsch zu pulen.

Caleb sah mich nur an. »Wirklich? Ihnen ist nicht klar, warum Inkuben ein solches Outfit mögen?«

Ich seufzte. »Es ist nur ... einmal, wissen Sie? Nur einmal möchte ich gern auf eine Mission gehen, ohne dass mir der Hintern aus der Hose hängt oder angeschossen wird oder sonst irgendwie ein Problem ist.«

»Betrachten Sie es doch einmal so«, sagte er und hob mich auf den halbramponierten Streitwagen, den wir gerade klauen wollten. »Vielleicht werden die Wachen zu beschäftigt damit sein, ihn anzustarren, um auf uns zu achten.«

»Ja. Vielleicht.« Oder vielleicht machten wir Rosier seinen Job wirklich, wirklich leicht. Aber zumindest versuchte der Ladenbesitzer nicht, uns aufzuhalten, obwohl Calebs Outfit gestreift war und das des anderen Mannes unifarben gewesen war, und obwohl seine Haut einen anderen Farbton gehabt hatte, und obwohl ich blond war und der Fahrer mit einer Brünetten abgezogen war.

Natürlich war er ein Inkubus, damit ließ sich Letzteres wohl erklären.

Aber es fragte auch niemand nach den anderen Sachen. Niemand schaute uns auch nur direkt an, als sei unsere glorreiche Präsenz zu viel für sie. Tatsächlich kam Caleb einem Träger etwas zu nah, als er mit den Kamelen kämpfte, die die ganze Zeit zufrieden an den Waren des Ladenbesitzers geknabbert hatten und es nicht eilig hatten, sich davon abzuwenden. Und der Mann warf lieber seine Schubkarre um und verlor überall Päckchen, statt auch nur den Saum von Calebs Gewand zu streifen.

Verdammt, ich war noch keine Stunde hier und hasste diesen Ort bereits.

Ich hoffte wirklich, dass ich keine dauerhafte Bewohnerin werden würde.

»Also schön.« Caleb griff nach den Zügeln. Dann stand er einfach nur da.

»Also schön«, stimmte ich zu.

»Also. Schön«, wiederholte er und schürzte die Lippen, während wir weiterhin nirgendwo hinfuhren.

»Gibt es ein Problem?«, fragte ich nach einigen Sekunden.

Er warf mir einen Blick zu. »Sie, ähm, wissen nicht zufällig, wie man eins von diesen Dingern fährt, oder?«

Ich sah ihn an. »Ob ich weiß, wie man einen Streitwagen fährt, Caleb? Fragen Sie mich das?«

Er seufzte. »Ja. Ich auch nicht.«

Er hantierte noch ein wenig länger mit den Zügeln herum, bis eins der Kamele sich umdrehte und ihm einen vernichtenden Blick zuwarf. Caleb funkelte es an. »Wissen Sie, so was wird bei der Ausbildung zum Kriegsmagier nicht abgedeckt!«

»Werden Betäubungszauber abgedeckt?«

»Ja, warum?«

»Weil ich glaube, dass der Besitzer seinen Streitwagen zurückhaben will.«

Und ich musste es Caleb lassen. Er würde vielleicht nicht allzu bald Ben Hur Konkurrenz machen, aber an seinen Reflexen war nichts auszusetzen. Er warf sich herum und stieß eine Hand nach vorn, und der angepisste Dämon, der gerade aus der Bar getaumelt kam, flog durch die Luft. Buchstäblich – der Fluch riss ihn von den Füßen und ließ ihn mindestens fünf Meter rückwärts segeln, bis er durch die offene Front der Taverne krachte und Stühle, Tische und Gäste in alle Richtungen zerstreute.

Normalerweise wäre es damit erledigt gewesen. Bis auf die Tatsache, dass wir nicht annähernd normal waren. Stattdessen geschah also dies: Ein jetzt super angepisster Inkubus erhob sich aus seinem bewusstlosen Wirt und kam auf uns zu. Ungefähr gleichzeitig begriff das Dutzend Wachen, das ein Stück weiter die Läden durchsucht hatte, dass es gerade den Jackpot geknackt hatte.

Nun, dieser Teil ist normal, dachte ich und griff nach den Zügeln. Und Caleb begann Fluch um Fluch abzufeuern, was bei einem geringeren Magier vielleicht wie Panik ausgesehen hätte. Aber Kriegsmagier gerieten nicht in Panik. Und wenn sie es taten, sorgten sie dafür, dass jeder in ihrer Nähe verdammt nochmal mit ihnen in Panik geriet.

Und es ging doch nichts über die Androhung eines unmittelbar bevorstehenden Todes, um ehemals unterwürfige Leute in einen tobenden Mob zu verwandeln. Einige Feuerzauber steckten die halbe Straße in Brand, einige der impulsartigen Flüche ließen all die Hängelaternen in einem bunten Regen zerplatzen, einige hammerartige Trommelschläge auf Wagen und Warenstapel und Tische vor Straßenrestaurants, und plötzlich mussten die Wachen sich mehr Sorgen wegen allem Möglichen machen, nicht nur wegen uns. Zum Beispiel, weil sie niedergetrampelt werden würden, weil alle Leute an unserem Ende der Straße, all die zweihundert Personen dort, plötzlich beschlossen, dass sie lieber woanders sein wollten.

Alle bis auf Herrn Arschloch höchstpersönlich allerdings, der einfach immer näher kam.

Aber das war okay, denn das Feuer hatte endlich bewirkt, was wir nicht geschafft hatten, nämlich dass die Kamele sich in Bewegung setzten. Bloß bewegten sie sich nicht nur, sie *bewegten* sich, in blinder Panik und mit noch weniger Rücksicht auf Leben oder Besitz anderer, als ihr Besitzer zuvor gezeigt hatte. Ich versuchte, sie zumindest weg von den Leuten zu lenken, aber das war etwas schwierig, da so viele überall herumrannten, noch dazu während ich mich festklammerte, als gelte es mein Leben. Und Caleb konnte mir nicht helfen, weil er versuchte, herauszufinden, was aus seinem Arsenal gegen einen Inkubus wirkte.

Nicht viel, wie es aussah, und der Dämon kam immer noch näher, und der Zustand der Straße schien ihm nichts auszumachen, denn jetzt rannte er weniger hinter uns her, als dass er flog, und es würde uns sicher nicht gefallen, wenn er uns einholte.

»Meine Tasche«, rief ich Caleb keuchend zu, während wir durch ein Tor donnerten, den Inkubus dicht auf den Fersen, der im schwächeren Licht des kurzen Tunnels besonders funkelte.

»Welche Tasche?«

»Die da!«

Ich stieß ihn mit der Hüfte an, und das kleine, quastenbesetzte Stückchen Nutzlosigkeit, das ich gekauft hatte, um die Hosentaschen zu ersetzen, die ich zusammen mit meinen Kleidern verloren hatte, rutschte. Die Tasche war so geschmacklos wie, nun, die Hölle, aber irgendetwas hatte ich haben müssen, denn ich war nicht so verrückt, vollkommen unvorbereitet aufzutauchen.

Und weil ich Pritkin nie seine kleine, silberne Dämonenbekämpfungswaffe zurückgegeben hatte.

»Was macht dieses Ding?«, brüllte Caleb, als er es herauszog.

»Schießen Sie und finden Sie es heraus!«

Er schien mir zuzustimmen, denn eine Sekunde später gab er einen perfekten Schuss in die glitzernde Wolkenformation des Inkubus ab. Und eine Sekunde danach brach es in einen Haufen kleinerer Wölkchen auseinander, die für einen Moment in der Luft schwebten und erheblich weniger glitzernd aussahen. Und dann wieder zusammenflossen, sowohl blasser, als auch kleiner, sich aber noch immer sehr schnell bewegten.

In die andere Richtung.

»Verdammt!« Caleb betrachtete es mit leuchtenden Augen. »So'n Baby will ich für mich auch!«

»Hören Sie auf, aus Filmen zu zitieren, und helfen Sie mir!«, brüllte ich zurück, weil die Kamele wahnsinnig waren und die Straßen nicht einmal annähernd eben und die Inkuben uns in ein paar Minuten gar nicht töten mussten, weil wir uns bis dahin selbst um die Ecke gebracht hatten. »Nehmen Sie die Zügel!«

»Ich will die Zügel nicht!«

»Verdammt, warum nicht? Sie machen das sicher nicht viel schlechter als …«

»Nicht deshalb!«

Ich musste nicht nachfragen, was er meinte. Ein Blitz von etwas Rotem und Zischelndem schlug beinahe im gleichen Moment neben uns ein, als die Worte seinen Mund verließen, woraufhin die Kamele sich aufbäumten und dann auf die andere Straßenseite hinüberschwenkten. Bis ganz hinüber. Plötzlich schlugen wir Funken an unnachgiebigem Stein und mussten Körben und zusammengerollten Markisen ausweichen und durch einen Haufen von Tongeschirr stürmen, das morgen definitiv im Mülleimer liegen würde.

Uns konnte das auch noch passieren.

Denn während wir versuchten, diese verdammten Kreaturen ansatzweise in die Mitte der Straße zurückzuziehen, dabei nicht enthauptet zu werden und den umherflitzenden Leuten auszuweichen, die glücklicherweise an grottenschlechte Fahrkünste gewohnt zu sein schienen, sah ich Sicherheitskräfte von allen Seiten auf uns zulaufen.

Nur nicht aus dem Tor vor uns, wo, wie ich vermutete, die Wachen den Aktenvermerk noch nicht erhalten hatten. Vielleicht war es auch bloß schwer, alte Gewohnheiten abzulegen. Sie waren so daran gewöhnt, ihre Herren und Meister alles tun zu lassen, was immer zum Teufel die tun wollten, dass sie einfach mit verwirrten Gesichtern dastanden, während wir vorbeirasten, obwohl wir ein Dutzend brüllender Wachen direkt in unserem Kielwasser hatten.

»Wie viele Tore macht das?«, fragte Caleb und warf einen Fluch, der das Fallgitter auf unserer Seite herunterkrachen ließ, sobald wir daran vorbeigeschossen waren.

»Zwei!«

»Scheiße. Mit der äußeren Mauer macht das drei, und es gibt drei jenseits dieses verdammten Palastes …«

»Damit bleiben drei übrig.«

»Nein, zwei. Der Palast ist *auf* der sechsten Ebene, nicht dahinter. Wir brauchen das sechste Tor nicht zu passieren.«

Ja, aber wir mussten das vierte und fünfte schaffen, und ich glaubte nicht, dass wir sie erreichen würden. Denn plötzlich läuteten Glocken von höher oben auf den Mauern Alarm, und die Wachen kamen näher, und durch das Labyrinth von Straßen mussten wir an immer mehr Gassen zu beiden Seiten vorbeizischen, und mehr und mehr von diesen roten Energiebolzen kamen aus ihnen herausgeschossen. Wenn wir so weitermachten, bezweifelte ich, dass wir auch nur das nächste Tor schafften.

Natürlich konnte ich mich auch irren.

Zwei Wachen traten vor das nächste Tor, die Arme warnend ausgestreckt, zu weit entfernt, um sich Sorgen darüber zu machen, überfahren zu werden. Aber nicht weit genug, um nicht von einem einzelnen Fluch von der Straße gepustet zu werden. Wir schossen durch das Tor, das herunterzulassen sie sich nicht die Mühe gemacht hatten, denn natürlich würden wir ja anhalten, wenn sie uns höflich darum baten.

Natürlich.

Unsere Manieren brauchen etwas Schliff, dachte ich und kicherte. Und fragte mich, ob ich den Verstand verlor.

»Eins noch«, sagte Caleb und sah mich eigenartig an.

»Ja, vielleicht«, hauchte ich, denn plötzlich konnte ich nicht einmal mehr den Palast sehen.

Ich starrte zwischen angesengtem, blondem Haar hindurch und versuchte herauszufinden, wo genau ich falsch abgebogen war, denn ich erinnerte mich nicht daran, überhaupt abgebogen zu sein. Aber die Straßen hier oben waren noch schlimmer als die im Souk, ein verworrenes Chaos aus sich kreuzenden Passagen, wie der Wunschtraum eines Banditen, und alles andere als gerade. Und der Palast schien, wenn ich ihn überhaupt sah, nicht näherzukommen. Wie eine Fata Morgana tauchte er funkelnd zwischen Gebäuden oder am Ende irgendwelcher Gassen auf und leuchtete spöttisch, während wir Leute auseinandertrieben und Lichtblitzen auswichen und allen möglichen verdammten Mist überfuhren …

Doch dann standen wir plötzlich vor einem Riesenhaufen Wachen.

Sie hatten sich auf einer kleinen Plaza versammelt, vor dem letzten Tor, das zwei von ihnen anscheinend hatten herablassen wollen. Aber es sah aus, als seien diese inneren Tore seit sehr langer Zeit nicht mehr geschlossen worden, und sie waren nicht im besten Zustand, denn sie schienen Schwierigkeiten zu haben. Die Wachen hatten allerdings offensichtlich nicht vor, uns weiterkommen zu lassen. Ein Sturm aus roten Blitzen jagte in unsere Richtung durch die Luft und explodierte dann direkt vor den Nasen unserer Kamele zu einem blendenden Strahlenglanz, als Caleb einen Schild hochriss.

Er verhinderte, dass wir gebraten wurden, aber es waren zu viele von ihnen, der Schild würde unter dieser Art von Beanspruchung nicht lange halten, und es sah aus, als hätten sie das Tor endlich in Bewegung gebracht und …

Und *scheiß* drauf.

»Sind Sie *verrückt*?«, sagte Caleb, als ich es aufgab, die halb wahnsinnigen Kamele zurückzuhalten, und ihnen stattdessen mit den Zügeln einen kleinen Klaps aufs Hinterteil gab.

Ich antwortete nicht, weil ich keine gute Antwort parat hatte und weil wir gerade nach vorn *gehüpft* waren. Wir hatten eine Senke in der Straße erwischt und waren darüber hinweggesegelt, wobei wir mehrere Wachposten zu Boden geschlagen und einen dritten wahrscheinlich überfahren hatten. Obwohl ich nicht sah, wie, da ich mir ziemlich sicher war, dass beide Räder den Boden verlassen hatten. Und dann schlugen wir wieder auf, hart genug, dass ich mir auf die Wange biss. Als wir durch das letzte Tor flogen, die Nasen der Kamele beinah auf einer Höhe mit ihren Körpern, während Caleb und ich unsere Nasen nur knapp über dem Wagenkorb herausgucken ließen, hinter den wir uns duckten.

Trotzdem spürte ich noch diese gemeinen Zacken, Miniaturversionen derer an dem Haupttor draußen, die im Vorbeifahren meine Locken streiften.

Es war mir egal. Ich schluckte Blut und war viel zu sehr damit beschäftigt, nicht aus dem Wagen zu fallen, um mich um irgendetwas sonst zu scheren. Ich versuchte nicht einmal mehr zu lenken; es war bei dieser Geschwindigkeit ohnehin nicht möglich, und außerdem schienen die Kamele zu wissen, wo sie hinliefen. Ich hielt mich einfach fest, die kleine Beinschiene an der Seite des Streitwagens bohrte sich in meinen Oberschenkel, meine Hände krallten sich vorne fest, Caleb fluchte, Kamele schrien und Glocken dröhnten …

Plötzlich tauchte der Palast wieder vor uns auf, ein ganzes Stück auf dem Hügel.

Davor lag noch ein weiteres Tor, ein instabil aussehendes Ding, das eher dekorativ als irgendetwas anderes zu sein schien, und davor zwei weiß gewandete Männer mit eleganten, goldenen Gürteln. Männer, die erheblich hübscher aussahen als die blau gewandeten Feinde hinter uns. Ihrem Gesichtsausdruck nach zu schließen, waren sie sogar überwiegend dort stationiert, um gut auszusehen.

Es versuchten wohl nicht viele Leute, Rosiers Palast zu stürmen.

Wenn es doch jemand tat, dann waren dies nicht die Männer, die sie aufhalten würden.

Sie warfen uns einen einzigen ungläubigen Blick zu, den außer Kontrolle geratenen Kamelen, den fliehenden Leuten und feurigen

Flüchen, die nur so auf uns niederprasselten, während die Wachen sich hinter uns zu einer einzigen langen Reihe formierten. Und dann sprangen die zwei vor uns zur Seite, während wir durch das Tor bretterten. Splitter des kostbaren Holzes flogen durch die Luft, mehrere Blumenkübel zerbarsten und eine schaukelnde Laterne hoch oben wurde zerschmettert.

Und dann waren wir drin.

Siebzehn

Wir hielten nicht an. Es kamen mehr hübsche, hübsche Wachen die geschwungene Vordertreppe herunter, und Calebs Schild war gerade zertrümmert worden. Und nach den Schlägen zu urteilen, die es hatten zersplittern lassen, würde uns ein Schild auch in der nächsten Zeit nicht besonders viel nützen.

Also pflügten wir uns mitten hindurch, samt Kamelen und allem, direkt die Treppe hinauf und hinein in einen Wirbel greller Farben, kunstvoller Muster und zauberhafter Fliesen. Diener in weißen, goldbesetzten Gewändern standen um ein Atrium mit einem langen Pool und Springbrunnen herum, und sie bedienten eine Menge wunderschöner Leute. Die gerade lange genug aufhörten zu essen, um den Partyschreck, der wir waren, erschrocken anzusehen. Einer Frau fiel sogar ein Canapé aus ihrem entzückenden Mund.

Und dann fasste Caleb mich an der Hand, und wir schwangen uns über den Schlag unseres kaputten Wagens und eine weitere prachtvolle Treppe hinauf, nicht weil wir wussten, wo wir hinmussten, sondern weil die blaugewandeten Wachen nicht weit hinter uns sein konnten.

»In welche Richtung?«, fragte Caleb, als wir das nächste Stockwerk erreichten und uns fast ein Mann in einem dürftigen Outfit und einem eleganten Tablett umgerannt hätte.

Ich glaube nicht, dass es mit Absicht geschah; er sah ganz so aus wie die Diener unten, in gefältelten Hosen aus dünnem Stoff und einer goldbesetzten Schärpe. Und sobald Caleb ihm das Tablett entrissen hatte, stand er einfach nur zitternd da, seine Augen riesig. Bis Caleb ihn in Richtung Treppe schubste und er davonrannte und etwas in einer Sprache brüllte, die ich nicht kannte. Aber dem unverkennbaren Tonfall nach musste es etwas wie »Oh Scheiße!« bedeuten.

»Wohin?«, wiederholte Caleb und zerquetschte mir praktisch den Oberarm.

»Ich weiß es nicht!«

»Was meinen Sie ...«

»Dafür war Rian da!«

»Scheiße!«

Tja. Dann verstärkte sich der Lärm unten plötzlich, und es war keine Zeit mehr zu debattieren. »Laufen Sie«, schlug ich vor.

Ein Stampfen, das von unten kam, sorgte nachdrücklich dafür, dass wir genau das taten, und zwar weiter hinauf. Die Treppe verjüngte sich und führte uns nun in den hinteren Teil des Gebäudes. Es sah aus, als würde sie nur von Dienern benutzt, was in Ordnung war – es sei denn, wir wurden darauf gestellt, denn dann hätten wir keinen Platz gehabt, um auszuweichen. Aber das passierte nicht, denn die Männer, die uns jagten, kamen von hinten, und die wenigen Leute, die wir hinabgehen sahen, machten keine Anstalten, uns zu behindern.

Was wunderbar gewesen wäre – wenn wir gewusst hätten, wo wir hinmussten.

»Halten Sie Ausschau nach Wachen!«, sagte Caleb mir, als wir an einem winzigen Treppenabsatz vorbeikamen, der zu einem langen Flur führte. »An seiner Tür werden einige stehen!«

Aber weder auf diesem Stockwerk waren Wachen an irgendwelchen Türen noch auf dem nächsten oder dem übernächsten. Ich versuchte, meine Panik niederzukämpfen, aber es klappte nicht. Vom Souk aus hatte dieser Palast nicht so groß ausgesehen, aber aus der Nähe war es eine andere Geschichte. Es würde Stunden dauern, das ganze Gebäude zu durchsuchen, wenn Rian überhaupt die Wahrheit in Bezug auf Pritkins Aufenthalt hier gesagt hatte, worauf ich im Moment nicht gewettet hätte ...

Ich krachte in Caleb hinein, der plötzlich stehengeblieben war, einen Fuß auf der nächsten Treppe nach oben. Er betrachtete etwas weiter hinten im Flur. Kein Wachposten, obwohl der Mann Blau trug. Und kein Diener, obwohl er rückwärts aus einem Raum gestolpert kam, als hätte irgendjemandem die Vorspeise des Abendessens nicht gefallen.

Oder sein Gesicht, dachte ich, als Casanova gegen die Wand gegenüber der Tür prallte und, während er zu Boden ging, Bekanntschaft mit einer sehr vertrauten Faust machte.

»Pritkin!«, brüllten Caleb und ich wie aus einem Mund, und der zornige blonde Mann, der Casanova gerade aus der Tür gefolgt war, schaute auf und stutzte dann, die Faust immer noch geballt. Und ballte dann auch noch die andere, während ein Stirnrunzeln alle anderen Falten auf seinem Gesicht nichtig erscheinen ließ. Er starrte mich an, und war *sauer*.

Nein, das traf es nicht ganz.

Er sah aus, wie ich mich gefühlt hatte, als ich auf diesem qualmenden, schwelenden Hügel erwacht war und festgestellt hatte, dass er gerade die Unabhängigkeit aufgegeben hatte, für die er so hart gearbeitet hatte, für die er so viel erlitten hatte. Er hatte sie gegen mein Leben eingetauscht. Als ich begriff, dass er nicht nur seine Zukunft zerstört hatte, um meine zu retten, obwohl ich nicht darum gebeten hatte und ihn auch niemals darum gebeten hätte. Der gleiche ohnmächtige, alles verzehrende, hilflose Zorn war auf seinem Gesicht, der in jener Nacht auf meinem gewesen war, und ich verspürte eine plötzliche, wilde Freude darüber.

Und dann riss er Casanova hoch und schleifte ihn hinein, und wir rannten hinterher und knallten die Tür zu. Was dumm war, denn schließlich wussten alle, wo wir hingewollt hatten, und es sah nicht so aus, als ob eine dürftige Holztür unsere Verfolger lange genug draußen halten würde. Aber es tat gut, sie zuzuknallen, so gut, dass ich sie beinahe noch mal geöffnet hätte, um sie erneut zuzuwerfen.

Ich begnügte mich damit, Pritkin anzufunkeln, während er zurückfunkelte, und forderte ihn heraus, es auszusprechen. Forderte ihn heraus, mit mir dafür zu schimpfen, dass ich *genau dasselbe* getan hatte, was er für mich getan hatte. Forderte ihn dazu heraus, *irgendetwas* zu sagen.

»Sie haben mir die Nase gebrochen!«, kreischte Casanova.

»Sie haben sie hierhergebracht!«, gab Pritkin aufgebracht zurück, ohne den Blick auch nur für eine Sekunde von meinem Gesicht abzuwenden.

»Nicht freiwillig, Sie unerträglicher …«

»Wo ist Rian?«, schnitt ich ihm das Wort ab, starrte aber Pritkin an. Er sah anders aus. Das Haar war länger, so lang, dass es bei einer normalen Person tatsächlich hätte gestylt werden können. Er war rasiert, und seine Haut sah weich aus und glänzte leicht wie die der Leute unten. Er trug eine Art fließenden, wüstenscheichmäßigen Kaftan in einem dunklen Grün, der die Breite seiner Schultern betonte und seine Augen zur Geltung brachte.

Er sah schrecklich aus.

Pritkins Vorstellung von Körperpflege schloss Seife und Deodorant ein; ich hatte jedoch niemals Rasierwasser an ihm gerochen. Aber jetzt hatte er welches benutzt, es roch nach etwas Wildem und Verführerischem und – und Falschem. Pritkin hatte nach *Schweiß* zu riechen. Nach verbranntem Schießpulver. Nach abscheulichen Trankzutaten und zu starkem Kaffee und diversen kleinen Lakritzbonbons, die er mit sich herumtrug und heimlich naschte, weil er mir Süßmäulchen kein schlechtes Vorbild sein wollte.

Nur jetzt nicht.

Jetzt roch er nach diesem Ort.

Jetzt roch er nach *nichts*.

»Was glauben Sie denn, wo sie ist?«, fragte Casanova verbittert. »Sie hat mir erklärt, dass wir hierherkämen, um nach John zu suchen, aber sobald wir eintrafen, begann sie nach Rosier zu fragen. Als ich wissen wollte, warum, hat sie mich stehenlassen und sich auf die Suche nach ihm gemacht. Und törichterweise habe ich versucht, John zu warnen …«

»Ich wusste, dass es um dich ging«, erklärte mir Pritkin mit verhaltenem Zorn. »Bevor er auch nur ein verdammtes Wort gesagt hat. Sobald ich den Lärm hörte, *wusste* ich …«

Ich schlug ihn. Fest. Es kam aus dem Nichts, ja, ich realisierte nicht einmal, dass ich es tat, bis sein Kopf zurückflog, bis er mich über dem Abdruck meiner Hand auf seiner linken Wange anfunkelte.

»Ich – wir reden später«, erklärte Casanova und schlich sich irgendwohin davon.

»Wie fühlt es sich an?«, fragte ich mit leiser, zitternder Stimme. Ich sprach nicht von der Ohrfeige.

»Du …« Pritkin brach ab und presste die Lippen fest zusammen, als fürchte er, dass er, wenn er anfing, nicht mehr aufhören könnte. Was mir recht war. Adrenalin rauschte durch meine Adern, mein Puls hämmerte, und alles, was er mir an den Kopf werfen konnte – einfach *jedes verdammte* …

Außer das, dachte ich, während ich gegen eine muskulöse Brust gezerrt wurde.

»Du Hurensohn …«, begann ich, musste aber feststellen, dass meine Stimme von einem Kloß im Hals erstickt wurde. Es war keine Sentimentalität. Dafür war es zu düster. Ich vermutete, dass es Hass sein könnte.

Ja, das war es. Ich *hasste* ihn.

»Hören Sie mir überhaupt zu?«, blaffte Caleb von der anderen Seite des Raumes.

»Was?«, fauchte ich. Und schaute endlich auf. Und blinzelte. Denn eine Gefängniszelle war dies nicht.

Statt des engen, mit Tränken gefüllten, unordentlichen Raumes in Vegas, der selbst an einem guten Tag aussah, als würde er von einer Mischung aus einem hyperaktiven Kleinkind und Rambo bewohnt, war dieser Ort … wunderschön. Anmutig. Perfekt.

Der Raum war riesig, mit Sofas und Kissen und verteilten Läufern und einem Bett, das groß genug für sieben oder acht Personen war. Und vielleicht dafür gedacht war, wenn man in Betracht zog, wo wir uns befanden. An beiden Seiten waren oben gerundete Türen, die in noch mehr Räume führten, aber das Beste war der Balkon, der locker so breit war wie der Raum und über seine ganze Länge verlief.

Durchbrochene Bronzelaternen schwankten sachte an seidenen Schleifen und warfen geometrische Muster aus Licht auf Boden und Wände. Eine Brise ließ lange, weiße Vorhänge träge in den Raum wehen, so durchsichtig, dass man die Sterne hindurchsehen konnte. Ihre Säume glitten über ein Steinmosaik in der Formgebung eines Brillantschliffs, in jeder möglichen Schattierung von Honig bis zu hellstem Gold. Ich starrte diese Dinge an und versuchte, die Vorstellung in den Kopf zu bekommen, dass Pritkin in einem Palast lebte, statt mitten in dem kitschigen Chaos des Dante's, dass er feine, bestickte Kleider trug statt alten, zerkratzten Leders, dass er einen Raum bewohnte, der ebenso schön wie fremdartig war, mit nichts, keinem Buch, keiner Phiole, keinem Foto, *nichts*, was ihn an die Welt erinnerte, die er verloren hatte.

Als würde es keine Rolle spielen. Als würde er nicht einmal etwas vermissen …

»Cassie!«, rief Caleb, diesmal drängender. »Sehen Sie sich das an.«

Ich lief hinüber zu dem Balkon, der eine ziemlich gute Aussicht über die sich weit hinstreckende Stadt bot. Aber deren funkelnde Lichter fesselten meine Aufmerksamkeit nicht annähernd so sehr wie das, was sich über sie hinweg bewegte. Das ist es also, was los ist, dachte ich und beobachtete einen Haufen dunkler Gestalten, die buchstäblich über Gebäude und steinerne Giebel und Dachfirste liefen. Sie benutzten die Straßen nicht; sie sprangen von Dach zu Dach, als wäre es ihr ausgetretener Pfad.

Und jeder Einzelne von ihnen kam direkt auf uns zu.

»Es sieht so aus, als hätte jemand Elitetruppen gerufen«, bemerkte Caleb grimmig. »Wenn wir noch irgendetwas tun können, dann jetzt.«

»Bringt sie ins Arbeitszimmer«, befahl Pritkin, der hinter uns trat. Verbarrikadiert euch darin. Ich kann die Wachen nicht abberufen, aber ich kann meinen Vater rufen …«

»Wir verstecken uns nicht; wir gehen«, unterbrach ich ihn entschieden.

»Nicht ehe ich sicheres Geleit ausgehandelt habe …«

»Dein Vater wird dir kein sicheres Geleit gewähren!«

»Das ist unerheblich …«

»Schwachsinn.«

»… wie du ziemlich genau gewusst hast, bevor du diesen Wahnsinn angezettelt hast! Verdammt, Cassie! Ich dachte, du hättest mehr Verstand …«

»Wussten Sie noch nicht, wie sie ist?«, fragte Casanova und streckte seine blutige Nase auf den Balkon.

Ich verlor die Fassung. Ich packte die Vorderseite von Pritkins goldbesticktem Kaftan – seit wann trug er einen gottverdammten *Kaftan*? – und zerrte ihn zu mir herunter. »Ein für alle Mal: Du bist mein Diener. Du hast geschworen, mir bis zum Tod zu dienen. Ich habe dich von dieser Pflicht nie entbunden. Und wenn ich dich holen kommen will, werde ich dich verdammt noch mal holen!«

In seinen Augen flackerte es gefährlich. »Und ich werde brav den Mund halten und es mir gefallen lassen.«

»In diesem Moment schert es mich einen *Scheißdreck*, ob du willst oder nicht. Aber ich gehe nicht ohne dich, daher kannst du geradeso gut …«

Die Tür flog auf, und Caleb und Pritkin versetzten dem Eindringling beide einen Stoß mit der Hand. Und wer immer es war, er flog direkt wieder hinaus. Die Tür schloss sich mit einem sanften Klicken.

Pritkin funkelte mich noch eine Sekunde lang an, dann schweifte sein Blick zu Caleb. »Die Teppiche«, knurrte er, und für eine Sekunde sah Caleb genauso verwirrt aus wie ich. Und dann …

»Ah, *zum Teufel*, nein!«

»Hast du eine bessere Idee?«, blaffte Pritkin, stolzierte hinüber und packte einen großen, goldenen, der unter einer Sitzgruppe im Schlafzimmer lag.

Caleb verdrehte die Augen, schien sich dann aber daran zu erinnern, wo er war, und gab auf. Und riss einen roten Teppich vom Boden des Balkons. Nebenbei beförderte er einen der Wachposten über das Geländer und hinaus in die Nacht, einen Mann, der vom Stockwerk über uns heruntergesprungen war.

Caleb packte Pritkins Arm, während sein Kumpel etwas, das wie ein teurer Teppich aussah, hinter dem Dämon herwarf. »Meine Magie ist hier schwach«, warnte er.

»Das unten im Souk war schwach?« Ich konnte es nicht glauben.

Caleb sah mich an. »Bei der Menge Macht, die ich entfesselt habe, hätte der ganze verdammte Markt in Flammen aufgehen müssen. Wir haben es jedoch kaum bis hierher geschafft. Und ich weiß nicht …«

»Es wird genügen müssen«, unterbrach Pritkin ihn grimmig.

»Sicher. Sagt der Halbdämon.«

»Du wirst mir das ewig vorhalten, oder?«

»Nach dem hier?« Caleb verdrehte die Augen. Und dann packte er Casanova. »Nehmen wir den da mit?«

»Ja!«, sagte Casanova hitzig. »Ich will nicht hier sein, wenn Rosier herausfindet, was ihr tut!«

»Was *wir* tun?«

»Nichts von alldem ist meine Schuld!«

»Oh, wir sollten Sie hierlassen«, erklärte Pritkin grimmig. Aber dann warf er ihn ebenfalls über den Balkon. Ich wollte gerade ausflippen, denn es war eine verdammt weite Strecke bis nach unten, selbst für einen Vampir. Aber ich bekam keine Chance dazu. Denn ich war die Nächste.

Ich hatte nicht einmal Zeit zu schreien, bevor mein Hintern auf etwas Festes, aber Weiches prallte, keine zwei Meter unter dem Balkon. Ich hatte auch keine Zeit zu sehen, was es war, bevor Pritkin neben mir landete. Und bevor wir in einen Wirbelwind gerieten, der mir die Tränen in die Augen trieb.

Oder vielleicht tränten mir die Augen aufgrund eines Zaubers, der direkt vor meinem Gesicht durch die Luft blitzte und etwas in Brand steckte.

Ich blickte auf, denn der Blitz war von oben gekommen. Und sah einen Haufen Wachen über dem Geländer des Stockwerks über Pritkins lehnen und etwas abfeuern, das aussah wie Bälle aus purem Blitz. Sie brannten auch wie Blitze, dachte ich, als ich versengte Wolle roch.

Und begriff, dass das, was in Flammen stand, etwas war, auf dem wir saßen.

Etwas Großes und golden Schimmerndes und …

Der nächste Ball verfehlte eine Ecke, und Pritkin zog ein Messer heraus, um das brennende Stück von dem, was einmal ein hübscher Teppich gewesen war, abzuschneiden. Nein, kein Teppich, dachte ich automatisch und ergriff die Seiten, die sich plötzlich sehr dürftig anfühlten. Jetzt war es ein fliegendes …

Ziel, das, sich sanft wellend, über der Stadt schwebte. Ich starrte darüber hinweg zu Casanova hinüber, der sich ebenfalls mit beiden Händen an eine Kante des Teppichs klammerte. Er kauerte mit dem Po in der Luft darauf und spähte über den Rand, und zwar mit einem Gesichtsausdruck, der tatsächlich angewidert und verängstigt zugleich wirkte.

Und eins ist klar, die Dinge stehen nicht gut, wenn man anfängt, es Casanova nachfühlen zu können.

»Sie schießen immer noch auf uns!«, sagte ich Pritkin, der umherkroch und dem Teppich etwas zuraunte.

»Und das überrascht dich?«

»Ja! Sie wissen garantiert, dass du bei uns bist!«

»Offensichtlich.«

»Aber sie könnten dich töten!«

»Das dürfte der Gedanke dahinter sein.«

»Du willst sagen, dass es hier Leute gibt, die dich tot sehen wollen?« Ein angespanntes Nicken, aber keine Information. Natürlich nicht. »Verdammt, Pritkin! Ich verstehe nicht ...«

»Nein, das tust du nicht!«, unterbrach er mich und drehte sich aufgebracht zu mir um. »Und genau deshalb hättest du nicht kommen sollen!«

»Dann hättest du nicht fortgehen sollen!«

»Ich hatte keine Wahl!«

»Ich auch nicht!«

»Nehmt euch ein Zimmer!«, kreischte Casanova, als ein weiterer Zauber durch die Luft zwischen uns zischte. »Und bringen Sie dieses verdammte Ding endlich auf Touren, sonst werden wir alle sterben!«

»Das Schichten von Zaubern ist selbst unter den besten Umständen nicht einfach«, eröffnete Pritkin ihm. »Und dies sind nicht die besten Umstände!«

»Welches Schichten? Bewegen Sie dieses Ding einfach!«

»Schwebezauber – Nummer eins«, sagte Caleb und hielt einen Finger vor sein Gesicht. »Den verdammten Teppich steif und gerade zu halten – Nummer zwei.« Noch ein Finger. »Und jetzt wollen Sie einen Antriebszauber, was Nummer drei ist und was nicht klappt.«

Casanova starrte zwischen ihm und Pritkin hin und her. »Sie meinen, Sie haben uns von dem Balkon geworfen und hatten keinen Plan dafür, wie Sie uns *hier wieder runterbekommen*?«

»Irgendjemand hat einmal gesagt, wenn man in einem brennenden Gebäude ist, springt man aus einem Fenster. Alles andere überlegt man sich auf dem Weg nach unten.«

»Es ist ja gerade das Unten, was mich mit Sorge erfüllt!«

Ich konnte ihm keinen Vorwurf machen. Ein Sturz wie dieser war eins der wenigen Dinge, die einen Meistervampir töten konnten. Aber es war nicht so, als sollten wir tiefer fliegen. Die roten Blitzbälle schienen eine Zeitspanne zu brauchen, ehe sie sich entzündeten, und wir waren zu hoch gedriftet, als dass sie sie ausschöpfen konnten. Wir hatten außerdem begonnen, uns ein wenig vorwärts zu bewegen, aber längst nicht schnell genug, dass mir die Haare flatterten. Aber es wäre immerhin eine Verbesserung gewesen – wären die Wachen nicht gerade zu anderen Zaubern übergegangen. Diese sahen anders aus, mit langen Schweifen und breiterer Streuung; ich nahm an, weil wir auf die Entfernung hin nun schwerer zu treffen waren. Im Ergebnis war der Himmel überzogen von etwas, das stark nach Feuerwerk aussah, rot und pink und gelb und orange, und das wirklich schön gewesen wäre …

Wenn wir nicht mitten hindurchgeflogen wären.

Casanova stieß einen spitzen Schrei aus, als ein weiterer Zauber vorbeizischte und gelbe Funken sprühte, die winzige Löcher in seine Robe fraßen, bevor etwas, das Caleb murmelte, sie löschte. Ich machte mir größere Sorgen wegen der Schockwellen von den Explosionen, die uns durchrüttelten wie ein Boot in schwerer See.

Während ich in diese Gedanken vertieft war, traf uns eine weitere Druckwelle, stärker als die vorigen, und der Teppich, an den ich mich mit beiden Händen klammerte, kippte um mindestens sechzig Grad. Ich rutschte an den Rand, und eine Sekunde lang starrte ich hinab auf eine Stadt voller dunkelblauer Schatten und orangefarbenen Laternenlichts und explodierenden Zaubern und Straßen voller Leute, die zu uns heraufstarrten. Aber ich schrie nicht.

Denn da war zumindest eine Sache, die ich nicht sah.

»Warum kommen die Inkuben nicht hinter uns her?«, keuchte ich, als Pritkin mich packte und der Teppich flatternd wieder in die Waagerechte kam. »Sie können uns erreichen, ganz gleich wie hoch wir sind!«

»Ja, nur dass wir vor einigen Minuten einen abgeschossen haben«, informierte mich Caleb. Das Licht eines vorbeifliegenden Feuerschweifs färbte sein Gesicht golden.

»Womit?«, wollte Pritkin wissen.

Caleb hielt die kleine, silbrige Waffe hoch, die ich ihm gegeben hatte.

Pritkin stieß eine Reihe von Flüchen aus.

»Wir haben jemanden getötet«, sagte ich. »Was mehr ist, als sie uns antun wollen!«

»Es gibt viele unter den Fürsten, die mich mit Freuden tot sehen würden«, erwiderte Pritkin, streckte die Hand aus und entriss Caleb seine Waffe. »Aber sie werden mich nicht direkt vor den Augen meines Vaters angreifen – und auch nicht jene, die unter meinem Schutz stehen. Es sei denn, ihr zwei liefert ihnen einen perfekten Grund, indem ihr auf sie schießt!«

»Es war nur einer«, wandte Caleb schüchtern ein.

»Du bist genauso schlimm wie sie!«

»Warum wollen sie dich denn tot sehen?«, fragte ich. »Du bist Rosiers Erbe …«

»Und stehe als solcher zwischen ihnen und der Macht. Meine Rückkehr hat jeden anderen einen weiteren Schritt vom Thron entfernt.«

»Aber wenn sie dich nicht vor deines Vaters Augen töten können …«

»*Sie* können es nicht. Zumindest nicht offen, obwohl die Hälfte der Wachen hier auf der Lohnliste der einen oder anderen Fraktion steht. Aber sie sind nicht die Haupt…«

»Augghhh!« Das war Casanova, dessen blutbeflecktes Gesicht von einem rötlichen Zauber beleuchtet wurde, was ihm ein wahrhaft höllisches Aussehen bescherte. Auch wenn er in diesem Augenblick keine Hilfe brauchte. »Bin ich die einzige vernünftige Person hier? Bin ich der Einzige, der begreift, dass *jetzt nicht die*

Zeit für eine Plauderei ist? Es kümmert mich nicht, was sie tun oder wie sie es tun, aber fliegende Teppiche sollten *fliegen*!«

»In Filmen vielleicht«, sagte Caleb. »Aber für den Fall, dass du es nicht bemerkt hast, dies ist kein Film. *Dies* – er zeigte auf die Lichter der Stadt, die jetzt so tief unter uns lag – »sind keine Special Effects, und *Sie* werden von diesem Teppich geschubst, wenn Sie nicht den Mund halten und uns nachdenken lassen!«

Nur dass das nicht so gut zu laufen schien.

Und das war, bevor es in der Luft um uns herum wie Donner grollte. Allerdings machte dieser Ort nicht den Eindruck, als gäbe es hier viele Gewitter. Und ich konnte mir auch nicht vorstellen, dass ein Gewitter ausgerechnet diesen Ausdruck auf Pritkins Gesicht hervorrufen würde.

»Was ist das?«, fragte Casanova in angespanntem Tonfall. Als könne er gerade jetzt nicht noch mehr schlechte Nachrichten verkraften. Was Pech war, da wir nur solche Nachrichten zu bekommen schienen.

»Ein Dämonenprinz im Vollbesitz seiner Macht«, erklärte Pritkin gepresst, während ein gewaltiger Sandsturm über die Klippen wirbelte.

Achtzehn

Die Stadt sah dagegen winzig aus, und das weite Häusermeer nahm sich im Vergleich wie Spielzeug aus. Der Sturm erhob sich über die ganze Länge des Horizonts, so weit ich in beide Richtungen sehen konnte, eine wütende, brodelnde Masse aus Erde und Staub, Dutzende von Stockwerken hoch. Casanova sah ihn für eine Sekunde ungläubig mit wilden Augen an, wie ein Mann, der dem Tod jahrhundertelang erfolgreich ausgewichen war und ihn jetzt direkt auf sich zukommen sah.

Und dann zog er sich aus.

Er riss sich das staubige Gewand herunter, das er den ganzen Tag getragen hatte, noch während die ersten Windstöße uns trafen und die Kleider aufblähten. Er fummelte und fluchte und führte sich auf wie ein Irrer. Aber ausnahmsweise einmal hielt ich ihn nicht für verrückt.

Ausnahmsweise einmal dachte ich, dass er eine verdammt gute Idee hatte.

Ich packte Pritkins schönen grünen Kaftan.

»Zieh ihn aus!«, übertönte ich das Heulen der Winde, die uns fast schon erreicht hatten, und wie durch ein Wunder widersprach er nicht.

Vielleicht war er selbst drauf gekommen, vielleicht machte auch der Lärm ein Gespräch unmöglich. Ich weiß nur, dass er ihn auszog, und glücklicherweise war es gute, schwere Wolle, bequem und warm in diesen kalten Wüstennächten. Und reißfest – hoffte ich.

Ich band ein Ende davon um eine Ecke des Teppichs und griff nach der anderen – nur um festzustellen, dass sie dank des Zaubers, der sie weggebrannt hatte, nicht mehr da war. Hektisch knotete ich den Kaftan wieder los und kroch zum anderen Ende des Teppichs, um ihn dort mit Pritkins Hilfe zu befestigen. Er sagte etwas, aber ich konnte ihn nicht verstehen, weil mir der Wind in den Ohren heulte und die erste Ladung Staub das Gesicht abschmirgelte und ich vor Panik so ungeschickt herumfummelte wie Casanova, den ich noch nicht mal mehr sehen konnte.

Aber wir bekamen es angebunden, und das improvisierte Gefährt drehte, kurz bevor uns der Sturm traf. Ein heftiger Stoß aus Wind und Sand donnerte mit einer solchen Wucht in uns herein, dass man uns damit bis zum Mond hätte schießen können. Oder in einem wahnsinnigen Tempo durch eine Stadt, wie eine Kugel, die aus einer Waffe abgefeuert wurde.

Einer sehr, sehr unsicheren Waffe. Das improvisierte »Segel«, das sich vor uns aufblähte, war nur unten festgebunden, was bedeutete, dass Pritkin und ich es an den oberen Enden festhalten mussten, da wir keinen Mast hatten. Außerdem mussten wir uns an die andere Seite des Teppichs klammern, damit wir nicht runtergeschleudert wurden und dieser ganzen Sache ein schnelles Ende machten. Aber verrückterweise funktionierte es, vielleicht weil der Zauber, der den Teppich gerade hielt, ihn auch zu stabilisieren schien, was nur ein kleines Problem übrig ließ.

Der menschliche Körper war nicht als Takelage geschaffen.

War es definitiv absolut nicht, dachte ich und warf Pritkin einen verzweifelten Blick zu. Er hielt sein Ende des Teppichs zwischen den Zähnen und fummelte mit etwas herum, das er sich um den Arm geschlungen hatte. Aber ich konnte nicht erkennen, was es war oder was er da machte, weil ich zu sehr damit beschäftigt war, zu spüren, wie sich meine Sehnen dehnten und Bänder zogen und Muskeln kreischten, dass das nicht gut war, nicht gut, *nicht gut* …

Und dann prallte ich auf die Mitte des Teppichs.

Ich geriet für einen Moment in Panik und dachte, dass wir wegen mir jetzt angeschissen waren, aber wir flogen immer noch vor dem Sturm her und lagen so gut, wie ein notdürftig zusammengebasteltes Gefährt es konnte. Pritkin musste das Stück gepackt haben, das ich gehalten hatte, und schaffte es irgendwie, beide gleichzeitig zu kontrollieren, denn das Segel war so voll wie vorher. Aber ich konnte mich nicht umdrehen, um zu sehen, wie er das machte, denn ich war halb blind von dem Sand und versuchte verzweifelt, mich an einen bockenden fliegenden Teppich zu klammern, der nicht annähernd so viel Spaß machte, wie die Legenden einen glauben machen wollten.

Bis der Teppich sich plötzlich straffte.

Ich drehte mich um und hoffte verzweifelt, dass Rosier es sich noch einmal überlegt hatte, obwohl ich die Chancen dafür kannte. Aber hinter mir tobte dieselbe wütende, brodelnde Masse, nur dunkler jetzt, als sie die Lichter der Stadt verschluckte, die wir gerade hinter uns gelassen hatten. Aber ich nahm es kaum war, denn Pritkin war …

»Nein«, sagte ich und wies sofort zurück, was meine Augen mir sagten.

Ich blinzelte, und dann schob ich mir einen flatternden Schal aus dem Gesicht und blinzelte noch mal. Aber das Bild blieb das Gleiche. Pritkin lehnte immer noch über den hinteren Rand des Teppichs, seine Füße waren immer noch hinter einer steifen Falte in dem Gewebe verankert, und er beugte sich immer noch so weit zurück, dass er beinah flach lag. Aber jetzt hatte er die Unterarme um die Enden der langen Stoffschärpe gewickelt, die er getragen hatte und die sicher an den beiden oberen Ecken unseres Segels befestigt waren.

Unseres windgefüllten Segels. Das er lenkte, indem er an der einen oder anderen Seite des improvisierten Seils zog oder sich in diese oder jene Richtung drehte. Sodass er im Grunde genommen …

»Nein!«, wiederholte ich, denn er konnte in der Hölle absolut definitiv nicht Windsurfen. Es tat meinem Gehirn weh – meinem relativ vernünftigen Gehirn, egal, was Casanova sagte –, die Worte auch nur zu denken, denn so was gab es einfach nicht.

Es sei denn, ich war wirklich übergeschnappt. Eine Sekunde später verfestigte sich eine Idee, als Pritkin mich plötzlich angrinste – *angrinste* – und etwas sagte, das der Wind fortriss. *»Was?«*

»Warum gehört es immer zu deinen Plänen, dass ich am Ende nackt bin?«, brüllte er, was mich erneut blinzeln ließ. Und dann finster blicken, denn verdammt, Hirn, dies war nicht der richtige Zeitpunkt, um den Verstand zu verlieren.

»Du bist nicht nackt!«, brüllte ich zurück, denn es war wahr, wenn auch nur fast. Er trug noch immer ein paar goldene Seidenhosen, die sich im Wind kräuselten und neben den harten Linien seines Körpers lächerlich wirkten.

Und was sollte man sonst zu einem grinsenden, windsurfenden Dämon sagen?

Er sagte etwas, das wie »Enttäuscht?« klang, aber das wäre absurd gewesen.

Und dann flogen Caleb und Casanova heran und verfehlten nur knapp die Front unserer verrückten Konstruktion, denn sie schienen Pritkins Änderung nicht kapiert zu haben. Aber mit Vampirstärke und Calebs Muskelkraft war es für sie kein Problem, einfach die Enden des Segels festzuhalten, obwohl sie dadurch viel weniger Kontrolle hatten als wir. Aber der bockende, schlingernde, verrückte Kurs, auf dem sie waren, schien ihnen nichts auszumachen.

Zumindest schien er Caleb nichts auszumachen. Den ich endlich lachen und jauchzen sah und der mir deutlich vor Augen führte, warum wir die Kriegsmagier etwas seltsam fanden. Wie Casanova, der die Fahne der geistigen Vernunft mit entsetztem Gekreische hochhielt.

Ich drehte mich zu Pritkin um, um ihn darauf hinzuweisen, dass so ein normaler Mensch reagierte, wenn er von dem Riesensturm eines Dämonenlords durch den Himmel der Hölle gejagt wurde. Aber ich tat es nicht, weil er etwas brüllte. Etwas, das wie »Das Tor« klang.

Mist.

Ich drehte mich wieder um, legte mich flach hin und blickte unter den starren Rand unseres Segels. Und sah zu meinem Entsetzen, dass wir in einigen kurzen Minuten fast die gleiche Strecke zurückgelegt hatten wie zu Fuß in mehreren Stunden. Was bedeutete, dass wir uns dem Portal zu dieser Welt näherten, und zwar schnell.

Die Zwillingsgipfel beiderseits der Schlucht, wo sich das Tor zu Rosiers Hof befand, waren bereits zu sehen. Sie lagen weit von der Stadt entfernt, sodass er einige Zeit hatte zu reagieren, falls er von dort angegriffen wurde. Aber ich hatte diese Zeit nicht – meiner rasenden Geschwindigkeit wegen – und war mir nicht sicher, ob ich meiner Aufgabe gewachsen war. Casanova, der entrüstet zu erfahren verlangt hatte, warum ich Mutters Theorie nicht geprüft hatte, erschien mir plötzlich gar nicht so unvernünftig gewesen zu sein …

»Scheeeeiiiiiße!«, brüllte ich in den heulenden Wind und den wirbelnden Staub. Die Wachen am Portal sahen uns und warfen sich lang hin. Und Casanova und Caleb flogen wieder schreiend an uns vorbei und packten dabei irgendwie unseren Teppich am Rand und schwangen uns in einem großen Bogen herum. Denn niemand wusste, ob das Tor für diejenigen offen bleiben würde, die nicht bei mir waren.

Vorausgesetzt, es öffnete sich überhaupt.

Ich wusste nicht, ob ich irgendetwas tat, denn wir drehten uns wieder herum und dann noch einmal, immer noch auf dem Weg in den möglichen Tod, aber in wilden, peitschenden Bögen, was Konzentration fast unmöglich machte. Oder Sicht. Oder alles andere außer Schreien und Anklammern an unser verrücktes Luftfahrzeug.

Aber durch die goldroten Sandstreifen sah ich undeutlich einen anderen Farbkreisel, einen leuchtend blauen Wirbel, der von innen heraus glühte. Und das war in Ordnung, aber ich konnte nicht erkennen, ob der Schild das Portal bedeckte oder nicht, weil es selbst unter guten Bedingungen fast durchsichtig war, und dies *waren keine guten Bedingungen*. Aber der verdammte Pritkin tat sein Bestes, darauf zu zielen, als wisse ich, was ich tat, obwohl wir schlüssig bewiesen hatten, dass das so ziemlich nie der Fall war, und plötzlich kreischten Casanova und ich wie aus einem Mund, aber das war mir egal, denn *oh Gott* …

Und dann waren wir durch, schossen durch einen irrwitzigen Wirbel aus Farben, die mich sonst schwindlig machten, aber – schon vorbei – und dann hinaus in die Welt.

Aber nicht die von Rosiers Hof mit ihrem Sandstein, stummen Dienern und der prächtigen, fremdartigen Eleganz. Sondern in eine neonbeleuchtete Welt mit zuckenden Lichtern und peppiger Hau-auf-die-Pauke-, Weg-mit-dem-Geld-Musik und lärmenden

Spielautomaten. Und einem schreienden Mann, den wir bei Pritkins Kurskorrektur vom Boden gerissen hatten, damit wir nicht mitten in einen arschhässlichen Teppich pflügten. Aber stattdessen rasten wir genau auf eine Stalaktitendecke zu.

Einschließlich eines riesigen Exemplars, das uns wie ein Dolch genau in den Weg ragte.

»Augghhh!«, schrie der Kerl in dem pinkfarbenen Schweineshirt.

»Augghhh!«, schrie Casanova mir genau ins Ohr, denn er war irgendwie auf unserem Teppich gelandet.

Augghhh schrie ich nicht, denn er hatte mich am Hals gepackt und würgte mich bei dem Versuch, sich festzuhalten.

Was nicht gesund war, aber auch nicht schlimmer, als den gewaltigen Kunststein zu treffen, der uns gleich alle drei aufspießen …

Bis Caleb in letzter Sekunde einen Zauber aussandte, der das Ding in eine Wolke aus Gipsstaub und einer Million fliegender Teile verwandelte.

Und dann hustete ich mir die Seele aus dem Leib und versuchte nur, mich festzuhalten. Und bemühte mich gleichzeitig, Casanovas Todesgriff zu lösen, während ich außerdem den Schweinemann daran hinderte, vor mir vom Teppich zu rutschen, denn wir waren mindestens ein halbes Dutzend Stockwerke hoch und rasten um einen höhlenartigen Raum wie ein …

Nun, eigentlich geht doch nichts über schnelle, sandgefüllte, fliegende Teppiche voller panischer Passagiere.

Und dann gelang es Pritkin endlich, das Ding anzuhalten; er bremste scharf und ließ uns rückwärts gegen ihn purzeln. Und dann wieder zurück in die Mitte des Teppichs, als der sich wieder glatt zog, denn der Zauber, der in der Hölle so schwach gewesen war, wurde wieder munter, jetzt, da wir zurück waren. Auf der Erde?

Ich verstand nicht, aber durch die Teppichfransen war unverkennbar die Hauptachse des Dante's zu sehen, dessen Thema eine Geisterstadt sein sollte, nicht Aladin, aber es schien niemanden zu kümmern. Eine Menschenmenge bildete sich und sah erwartungsvoll zu uns hoch, als seien wir eine bessere Variation der Straßenkünstler, die normalerweise herumschlichen und Leute erschreckten. Nur dass es diesmal anders herum war, nach der Art zu urteilen, wie Casanova immer noch kreischte.

Ich kreischte nicht, aus demselben Grund, warum ich nicht gebrüllt hatte.

»Hilfe«, stieß ich erstickt hervor, denn ich bekam wegen des fünfundachzig Kilo schweren Vampirs, der mir auf dem Rücken lag, keine Luft. Weshalb mir ein gewisses schweinemäßiges T-Shirt und der panische Mann, der es trug, langsam aus den Händen glitten …

Pritkin packte den Mann und riss ihn wieder auf den Teppich, unmittelbar bevor er der Menge das Schauspiel lieferte, auf das sie gehofft hatte. Ein Haufen Sicherheitsleute des Dante's kam angerannt, einen Moment zu spät, und stand dann einfach da und starrte hoch wie alle anderen auch. Denn das hatte nicht auf ihrem Ausbildungsplan gestanden.

Bis der Boss über mich hinwegkroch, schmutzig und nackt bis auf arg mitgenommenen Feinripp, und seinen nicht länger perfekt frisierten Kopf über den Teppichrand streckte. Und wieder schrie. Nur dass es diesmal echte Worte waren.

»Holt mich runter, ihr Kretins! Holt mich runter, holt mich runter, holt mich runter!«

Die Wachen sahen einander an, und dann legten einige von ihnen die Hände zusammen und sahen wieder zu ihm empor. Hoffnungsvoll. Was man irgendwie bewundern musste, wenn man bedachte, wer ihr Boss war.

Ich hätte gedacht, dass er ihnen das schon vor Jahren ausgeprügelt hätte.

Casanova dachte das anscheinend auch, denn er brüllte weiter, aber ich konnte es nicht hören. Der Wind hatte gerade merklich aufgefrischt und blies die Worte weg, so wie er mir plötzlich mein verschwitztes Haar gegen das Gesicht wehte. Und da wir uns im Gebäude befanden, war das wahrscheinlich keine tolle …

»John!«, sagte Caleb drängend.

»Ich weiß.«

»Hol uns runter!«

»Keine Zeit.«

Es war wirklich keine Zeit. Eine Sekunde später rauschte ein Sturm durch das Hotel wie ein Wirbelsturm über eine Prärie. Die Menge schrie und rannte in Deckung, zwei Steppenläufer rollten vorbei, und wir begannen wieder herumzuschweben, wobei unser improvisiertes Segel sich etwas aufblähte, bevor Caleb es herunterreißen konnte.

Ich klammerte mich an den sich sanft drehenden Teppich, aber es war nicht die Angst vor einem Sturz, die mir ein mulmiges Gefühl bescherte. Es war nicht einmal der Sturm; wir schienen uns ohnehin in dessen Auge zu befinden. Nein, meine Furcht richtete sich auf das Paar eleganter Stiefel, die sich auf dem Teppich materialisierten, während der Sturm wirbelte und kreiselte und in der Gestalt eines ziemlich angekotzten Dämonenlords zusammenkam.

Der nach mir griff, noch bevor er sich ganz gefestigt hatte, aber ich rollte mich zur Seite, und er bekam stattdessen Schweinemann zu fassen.

Den er prompt vom Teppich fallen ließ.

»Oh mein Gott!« Ich stürzte an den Teppichrand und erhaschte für den Bruchteil einer Sekunde einen Blick auf einen verblüfft aussehenden Fernsehreporter, der auf einem Haufen überkreuzter Vampirarme saß, bis sie ihn ohne viel Federlesens auf den Boden kippten. Und dann wurde ich hochgerissen und schaute in ein Paar zorniger, grüner Augen.

»Versuch's noch mal«, hauchte Rosier.

»Lass sie los!«, knurrte Pritkin und zog sein Messer, worauf Rosiers Augen kurz zu ihm zuckten.

»Guter Plan«, sagte er und ließ mich über den Rand baumeln. »Es war die Frau!«, brüllte er, scheinbar zu dem Sturm. »Sie hat ihn getäuscht! Nehmt sie und macht mit ihr, was ihr wollt!«

Aber der Sturm schien nicht beeindruckt zu sein. Wenn überhaupt, wurde er lauter und heftiger, und neue Gestalten begannen sich aus dem fliegenden Sand zu bilden. Eine landete auf unserem Teppich, sodass das ganze Ding federte und ich gegen Rosier geworfen wurde.

Der mich prompt zurückwarf, was sich als gute Sache herausstellte.

Ein Lichtblitz versengte mir die Netzhäute, als ich zurückfiel, und das Stück Teppich neben mir kreiselte fort auf seinem eigenen Kurs, wobei Casanova sich daran festklammerte wie ein schiffbrüchiger Seemann an das letzte noch treibende Fass.

Für einen Moment begriff ich nicht, was geschah, bis Pritkin mich hinter sich schob. Und mit einem Messerhieb eine Hand und das Krummschwert, das sie hielt, in hohem Bogen über die Leere fliegen ließ. Neon floss wie Blut entlang der Klinge, bis sie eine der falschen Ladenfronten traf und zitternd dort stecken blieb.

Aber sie zitterte nicht so stark wie ich, als ein jetzt einhändiger, schwarzgewandeter Dämon auf mich losging. Pritkin versetzte ihm einen heftigen Tritt und er fiel zurück auf Calebs Teppich, wo zwei seiner Kumpel sich gerade auf uns stürzen wollten. Aber sein zusätzliches Gewicht ließ sie hochfliegen, bevor sie bereit waren, einer auf ein nahes Dach und einer genau auf uns zu …

Wo er auf einem Schwert landete, das gehalten wurde von … Rosier?

Und der wilden Befriedigung auf Rosiers Gesicht nach zu urteilen war das wohl kein Irrtum gewesen.

»Ruf sie zurück!«, brüllte Pritkin.

»Kann ich nicht!« Rosier riss die Klinge heraus und trat den Leichnam ins Leere. »Sie unterstehen mir nicht!«

»Warum haben Sie sie dann mitgebracht?«, fragte ich.

»Ich habe sie nicht mitgebracht! Ich habe versucht, meinen Sohn von ihnen wegzubringen, bevor Sie es schafften, ihn umzubringen!« Er funkelte Pritkin an. »Was in den Neun Höllen …«

»Cassie wollte nicht ohne mich gehen! Ich habe sie in Sicherheit gebracht!«

»Und wie ist das gelaufen?«, fragte Rosier, als zwei weitere Wachen aus dem wirbelnden Sand auftauchten – und alsbald erledigt wurden.

»Ich dachte, wir würden ins Schattenland gehen«, sagte Pritkin und sah mich an.

»Das wollten wir auch«, erklärte ich ihm. »Ich dachte … ich muss uns mit einem Sprung …«

»Du kannst nicht aus dem Königreich meines Vaters springen!«

»Das ist sie auch nicht«, knurrte Rosier. »Sie hat die Tore verbunden, meins und das zurück zur Erde, und sie hat dich genau dorthin zurückgebracht, wo sie dich haben wollte!«

»Das hätte ich nicht tun können«, sagte ich hitzig. »Ich war mir nicht einmal sicher, wie ich eins aufbekomme …«

»Wir sind hinter euch durchgekommen!«

Oh. »Dann war das ein Fehler …«

»Ein Fehler!«, zischte Rosier. »Sie haben gerade meinen Sohn unter ein Interdikt gestellt!«

»Ich war auf Befehl des Rats an Rosiers Herrschaftsgebiet gebunden«, erklärte Pritkin. »Das Schattenland ist neutraler Boden; dorthin hätte ich dich begleiten können. Aber hier …«

»Hier ist er ein Verfemter – zu töten, sobald man seiner ansichtig wird!«, keuchte Rosier, der gerade einen weiteren Wachmann vom Teppich geworfen hatte.

»Auf Befehl des Rats?«, wiederholte ich und hatte plötzlich ein ganz schlechtes Gefühl. »Aber warum sollte er …«

»Ihretwegen«, zischte Rosier und baute sich vor mir auf. »Er hat seine eigene Vergangenheit mit ihm. Der Rat hat ihn nie gemocht, aber erst als John sich mit Ihnen verbündet hat, begann der Rat ihn zu *fürchten*! Ein den Rat hassender Dämon und eine zeitreisende, grenzüberschreitende Bedrohung? Sie könnten in der Geschichte zurückgehen und uns alle vernichten! Obwohl Ihnen das auch so schon zu gelingen scheint!«

»Ich habe es Ihnen schon einmal gesagt, ich stelle keine Bedrohung für den Rat dar …«

»Ja, und es ist so beruhigend, Ihr Wort darauf zu haben. Bedauerlicherweise hätte er lieber etwas, das sicherer ist – wie den Kopf meines Sohnes!«

»Warum nicht meinen?«

»Sie werden für die Kriegsanstrengungen gebraucht«, sagte Rosier bitter. »Er ist entbehrlich …«

»Er ist nichts dergleichen!«

»Sagen Sie das denen.«

»Rufen Sie den Rat zusammen, und ich werde es tun!«

Rosiers Augen blitzten neonfarben auf, und wenn Blicke töten könnten … nun, sie hätten ihm einige Mühe erspart. »Ja, das hätten Sie wohl gern, nicht wahr?«, knurrte er.

Pritkin fluchte. »Tu es! Wir haben keine andere Wahl!«

»Du hast das geplant«, zischte Rosier. »Du hast das die ganze Zeit über geplant. Ich wusste verdammt gut, dass sie nicht von allein darauf gekommen ist …«

Pritkin fluchte wieder, wenn auch nicht so stark, da die Wachen kapierten und vier von ihnen beschlossen, uns gemeinsam anzugreifen. Vier schlugen gleichzeitig auf unseren Teppich auf und landeten zwischen mir und den beiden Dämonenlords, und ihr vereintes Gewicht katapultierte mich in die Luft. Vom Teppich und nach oben und ins Leere, während ich verzweifelt mit rudernden Armen versuchte zu springen – und scheiterte.

Und in Pritkins panisches Gesicht sah, als ich stürzte, denn es war ein langer, langer Weg nach unten.

Neunzehn

Zumindest wäre es ein langer Weg gewesen, wenn ich nicht direkt auf Casanova gefallen wäre. Und das wiederum wäre toll gewesen – wenn mein zusätzliches Gewicht nicht sein Stückchen Teppich dazu veranlasst hätte, ein ganzes Stockwerk nach unten abzusacken. Und dann wieder nach oben zu fliegen. Und dann wie ein Jo-Jo hoch und runter zu federn, an der Schlacht vorbei, die jetzt auf beiden Teppichen wütete.

»Ooooh«, raunte die Menge, beeindruckt von unserer Akrobatik.

»Aaaaah!«, stöhnte ich und packte Casanova um den Hals, weil ich kein Mitglied des Cirque du Soleil war.

»Geh runter!«, knurrte er, weil er diese Heldentat wohl nicht geplant hatte. Er hatte auf allen Vieren über den Rand seines unsicheren Ausgucks gespäht, während er versuchte hatte, seine Männer zu einem Sicherheitsnetz umzugruppieren. Aber sie waren damit beschäftigt, die Menge von etwas wegzuscheuchen, von dem sie endlich begriff, dass es keine Show war.

Deshalb war niemand da, der einen von uns auffangen konnte.

Nicht dass ich allzu großes Interesse daran gehabt hätte, hinunterzugelangen. Der Sturm hatte einige Dutzend weiterer schwarz gewandeter Gestalten auf den umliegenden Dächern abgesetzt, zu weit entfernt, um die Hauptschlacht zu erreichen, aber nur wenige Treppen entfernt vom Boden. Ich vermutete, dass deshalb Pritkin und Caleb die Teppiche weiterhin in der Luft hielten. Auf einer winzigen, instabilen Plattform zu kämpfen macht keinen Spaß.

Aber es ist besser, als von zwei Dutzend jenseitiger Soldaten gleichzeitig belagert zu werden.

Besonders von *diesen* Soldaten.

Unter dem fahlen Licht an Rosiers Hof und während des hektischen Durcheinanders unserer Flucht hatte ich keinen guten

Blick auf die schwarz gekleideten Elitetruppen werfen können. Jetzt konnte ich es. Die Kapuze einer der Kreaturen rutschte weit genug zurück, um mir sein Gesicht zu zeigen – wenn er eines gehabt hätte. Stattdessen glänzte eine leere Bronzeplatte unter den Lichtern und mein Magen begann abrupt in Richtung Zehen zu rutschen.

»*Fuck*«, sagte ich gefühlvoll.

»Was?« Casanova riss den Kopf herum. »Was ist jetzt schon wieder?«

»*Das* ist jetzt.« Ich streckte die Hand aus.

»Was?«

»Allû.«

»Allû?« Eine Sekunde lang starrte er ausdruckslos auf den nächsten Teppich, dann veränderte sich sein Gesicht. »Fuck!«

Und ja, das beschrieb sie so ziemlich. Die Allû waren die Leibwachen des Rates, die für gewöhnlich draußen im Schattenland kampierten und das Leben in der Hölle für jeden noch ein wenig höllischer machten, der es wagte, ihren dämonischen Herren dumm zu kommen. Aber gelegentlich wurden sie zu Botengängen ausgesandt, zum Beispiel, wenn der Rat jemanden wirklich tot sehen wollte.

Und er bekam seinen Wunsch für gewöhnlich erfüllt, da seine freakigen Krieger nicht wirklich sterben konnten. Ich wusste das, weil ich schon einmal gegen sie gekämpft hatte. Nicht dass mir diese Erfahrung im Moment viel geholfen hätte, da sie hauptsächlich darin bestanden hatte, wieder und wieder getötet zu werden. Ich war in einer Zeitschleife gefangen gewesen und jedes Mal »wiederauferstanden«, wenn die Zeit auf den Anfangspunkt zurückgesprungen war, bis ich endlich einen Weg fand, sie zu schlagen.

Unglücklicherweise hatte ich diesmal keine hundert Versuche frei.

»Bring uns näher heran!«, befahl ich Casanova und versuchte, den Rand von Pritkins Teppich zu fassen zu kriegen, als wir wieder nach oben stiegen. Aber der bewegte sich ebenfalls, während ein halbes Dutzend Männer und Kreaturen darauf kämpften, und die Fransen streiften kaum meine Finger.

Was nur gut war, da ein Allû eine Sekunde später vom Teppich fiel, in Brand gesteckt von einem Feuerzauber, und uns nur knapp verfehlte, bevor er tief unten auf den Boden krachte und dann wieder aufstand, immer noch brennend. Er rannte zum nächsten Gebäude, um sich wieder in den Kampf zu stürzen.

Einen Moment später brach er erneut zum Dach durch und bewegte sich dabei so schnell, dass die Luftzufuhr die Flammen umso höher schlagen ließ. Seine äußeren Roben waren schon fast weg – flammende Fetzen, die sich langsam von dem jetzt rotglühenden Metall darunter lösten. Nicht dass der Allû es zu bemerken schien.

Aber Casanova bemerkte es. Seine entsetzten Augen reflektierten die Flammen des brennenden Dämons, als er mich anstarrte. »Bist du *wahnsinnig*? Schaff uns mit einem Sprung von hier weg!«

»Ich habe nur Kraft für vielleicht einen Sprung, wenn ich Glück habe,« erwiderte ich. Und das setzte voraus, dass ich mich konzentrieren konnte. Aber es war die einzige Chance, die Pritkin hatte.

Die gute Nachricht war, die Allû benutzten keine Flüche. Die schlechte Nachricht: sie brauchten sie nicht. Sie waren monstermäßig stark, unglaublich schnell und unempfindlich gegen Schmerz, da sie unter ihrem Metall keine echten Körper zu haben schienen. So weit ich das jemals hatte erkennen können, waren sie nichts als belebte Rüstungen.

Was irgendwie die Angriffsstrategie begrenzte. Die einzige Möglichkeit, die ich gefunden hatte, um sie loszuwerden, bestand darin, die Rüstung vollkommen zu zerstören. Sie mit einer Maschinenpistole zu schreddern oder in die Luft zu jagen. Sonst kamen sie einfach immer wieder zurück.

Jetzt beschlossen sie gerade, mit ihren fiesen Klingen herumzuwerfen. Plötzlich war die Luft von glänzendem Tod erfüllt. Casanova schnappte sich eine der Klingen aus der Luft über uns. Er benutzte sie, um mehrere andere wegzuschlagen, die wegen unseres verrückten Kurses oder einfach aus Pech in unsere Richtung flogen.

Aber nicht weil man auf uns gezielt hatte.

Man hatte auf Pritkin gezielt.

»Bring mich da hoch!«, rief ich Casanova panisch zu. Unser winziges Gefährt hüpfte immer noch wild, aber es war jetzt weit unterhalb von Pritkins Teppich. Er und Rosier hatten gerade einen Haufen Angreifer in hohem Bogen weggeschleudert, und der plötzliche Gewichtsverlust hatte dazu geführt, dass sie nach oben geschossen waren.

»Ich bin kein Magier!«, ereiferte Casanova sich. »Ich weiß nicht, wie man dieses Ding fährt!«

»Dann denk dir etwas aus!«

»Was erwartest du von mir?«, fragte er. »Springen? Das ist einfach …« Er bemerkte meinen Gesichtsausdruck. »Nein.«

»Du bist ein Vampir. Du wirst es überleben.«

»Das sind fünf Stockwerke!«

»Jetzt sind es eher vier …«

»Das sind vier zu viel!«

»… und da unten steht ein Wagen voller Heu …«

»Der ist unecht! Dieses ganze Gebäude ist unecht!«

»Du schuldest mir etwas!« Ich packte seinen Arm. »Du hast mich in eine Falle gelockt!«

»Ich dich gelockt …« Wenn möglich wirkte er noch entrüsteter als sonst. »Du hast mich *gekidnappt* …«

»Eine Falle, die mich beinahe umgebracht hätte!«

»Ich wusste nicht, was Rian tun würde!«

»Das behauptest du. Wir haben nichts als dein Wort, nicht wahr? Hilf mir jetzt, und ich werde mich bei Mircea für dich verbürgen.«

»Du – *Dios*!«, fauchte er. Gefolgt von einer Menge Dinge auf Spanisch, die wahrscheinlich nicht schmeichelhaft waren, während wir uns dem Boden so weit näherten, wie wir kommen würden.

Und dann sprang er. Ich bekam keine Gelegenheit festzustellen, wie oder wo er landete, denn ohne sein zusätzliches Gewicht war der anstehende Jo-Jo-Effekt von der Dynamik einer Schleuder.

Die Fahrt nach oben war furchterregend verschwommen, der Satz von meinem Ausguck auf Pritkins Teppich war schlimmer, und dann schrie ich, und Pritkin fluchte, und Rosier erdolchte – eine Wache und nicht mich, erstaunlicherweise – und ich sprang …

Und nichts passierte.

»Schaffen Sie ihn von hier weg!«, knurrte Rosier und packte mich am Arm. »Jetzt!«

Ich starrte ihn an und versuchte verzweifelt wieder und wieder, genau das zu tun. Aber das Einzige, was ich spürte, war das metaphysische Äquivalent einer schleifenden Kupplung. Vier Leute durch drei Welten zu schleppen hatte mich so trocken wie den Sand gemacht, der endlich weniger wurde, nachdem er noch ein paar Duzend mehr Wachen auf den Dächern der künstlichen Geisterstadt abgesetzt hatte. Rosier musste es geschafft haben, jede einzelne verdammte Wache vom Hügel zu pflücken, als er vorbeiflog, und wir konnten nicht gegen sie alle kämpfen.

Eine Ansicht, die er zu teilen schien. »Wenn Sie mich meinen Sohn gekostet haben, Mädchen ...«

»Halsstarriger Hochmut hat das schon vor Jahren getan«, sagte Pritkin und schlug die Hand seines Vaters weg. »Deiner und meiner. Dies ist nicht ihr Kampf!«

»Sie hat ihn zu dem Ihren gemacht! Sie besteht darauf, ihn zu dem Ihren zu machen!«, knurrte Rosier, und die Hand war zurück, diesmal um meine Kehle. Der Blick grüner Augen, denen seines Sohnes so ähnlich, aber doch so anders, brannte sich in meine. »Springen Sie jetzt mit ihm hier weg!«

Aber das konnte ich nicht, ich konnte überhaupt keinen Zugang zu meiner Macht finden, und ich hatte keine Zeit, um mich zu erholen. Denn die Allû hatten beschlossen, dass der Messerwurf nicht funktionierte, und begannen stattdessen sich selbst zu werfen. Einer schnellte von einem Dach rechts von uns herab, hüpfte über Calebs Teppich und benutzte den Schwung, um einfach weiterzufliegen, durch die Luft und direkt über die Straße auf ein Gebäude auf der anderen Seite.

Dabei hinterließ er im Vorbeifliegen einen blutigen Schnitt quer über Pritkins Bauch, wo sein Schwert ihn ausgeweidet hätte, wenn die Reflexe eines Kriegsmagiers etwas langsamer gewesen wären.

Aber das würde nicht lange helfen. Mehr als ein Dutzend Wachen sammelten sich entlang der Dachkante und standen im Begriff, uns durch zahlenmäßige Überlegenheit zu überwältigen.

Und es war bereits zu spät für alles andere, außer zu schreien, als sie sprangen …

Und dann rückwärts flogen, als wäre eine Bombe vor ihnen losgegangen.

Pritkins und Rosiers Stimmen hatten sich zusammen zu einem Fluch erhoben, der uns nicht nur rettete, sondern auch den anderen Teppich freiräumte. Caleb hatte sich in letzter Sekunde auf seinen Teppich geschmissen und starrte jetzt nach oben, überrascht und immens erleichtert.

Er hatte gegen zwei der Kreaturen allein gekämpft, und das war nicht toll gelaufen.

Allerdings lief auch dies nicht toll, denn sie würden zurückkommen. Und ich glaubte nicht, dass wir uns lange halten würden, wenn die Luft voller tödlicher Klingen war, die von einem Haufen unsterblicher Krieger per Kamikaze-Mission direkt auf ihre Angriffsziele befördert wurden.

Und Rosier dachte es wahrscheinlich auch nicht.

Einige der Allû fielen noch immer, als er etwas Leises und Harsches und Bösartiges flüsterte, mit genug Macht dahinter, dass sich die Härchen in meinem Nacken aufstellten.

Das wäre in Ordnung gewesen; das wäre umwerfend gewesen.

Wenn es tatsächlich irgendwas bewirkt hätte.

»Sollte das helfen?«, fragte ich, während Rosier und Pritkin einander mit leerem Blick ansahen.

Dann versuchte es Rosier noch einmal, und diesmal kribbelte die Macht seiner Worte beinah schmerzhaft über meine Haut. Sie fuhr fort zu kribbeln, bis Pritkin eine Hand vorschnellen ließ und den Arm seines Vaters packte. »Sie kommen nicht!«

»Sie müssen«, widersprach Rosier und wirkte in seiner Entrüstung beinah komisch. »Ich bin ein Mitglied des Rats!«

»Desselben Rats, der dich daran hindert, zurück zum Hof zu springen?«, fragte Pritkin schneidend.

»Das sind nicht sie; es ist *sie*«, sagte Rosier und deutete auf mich. »Sie will mich zum Handeln zwingen …«

»Bist du wahnsinnig? Sie hat diese Art von Macht gar nicht!«

»Du weißt, wer ihre Mutter war! Wer weiß, wozu sie fähig ist …«

»Stell dich den Tatsachen! Der Rat würde dich lieber tot sehen als selbst etwas zu riskieren! Sie werden ihre Wachen nicht abberufen, bis sie mich getötet haben – und jeden, der bei mir ist.«

Pritkins Augen richteten sich bei diesem letzten Satz auf mich, und ich schüttelte den Kopf. Denn ich kannte ihn. »Nein. Nein! Ich werde nicht geh…«

Weiter kam ich nicht, bevor er mich packte und mich vom Teppich warf – in Calebs Arme.

»Pritkin! Verdammt…«

»Hör mir zu! Du musst Casanova finden. Sag ihm, dass er seine Männer…«

Aber ich hörte nicht, was immer er von Casanova wollte. Denn zwei sehr beängstigende Dinge geschahen gleichzeitig. Die Menge unten stieß ein gewaltiges Brüllen aus, als hätte ihr Lieblingsteam gerade einen Touchdown gemacht, und eine beinahe flächendeckende Wand von Krummsäbeln durchschnitt die Luft von der anderen Seite der Straße her.

Ich hatte nicht einmal Zeit zu schreien, bevor ich mit der Nase im Teppich steckte, mit Calebs Hand auf meinem Nacken, die mich unten hielt. Ich sah Rosier eine rotglänzende Klinge von seiner Seite ziehen, spürte, wie unser Teppich heftig unter mir buckelte, hörte Pritkin fluchen, als er von zwei Wachen angesprungen wurde, die uns gerade als Sprungbrett benutzt hatten. Und dann bewegten wir uns.

Aber nicht sehr schnell. Es sah aus, als hätte der Zauber Probleme, vielleicht weil die Allû unseren Teppich praktisch in Stücke gehackt hatten. Aber trotz der schlechten Behandlung sah es nicht so aus, als wollten sie, dass er irgendwo hinging.

Wir dagegen waren eine andere Sache.

Etwas krachte mir in die Seite, und zum zweiten Mal in weniger als dreißig Sekunden flog ich.

Und Caleb konnte mich diesmal nicht auffangen.

Weil er direkt neben mir war.

Doch eine Sekunde später fing uns tatsächlich etwas auf, etwas, wovon ich prompt herunterfiel, weil es die Größe eines eher kleinen Geschirrtuchs hatte.

Nein, nicht eines Geschirrtuchs, dachte ich, als Caleb hinter mir her rollte. Ich jaulte auf und versuchte, ihm Platz auf einem Teppich zu machen, der ein Fragment in der Größe einer einzelnen Treppenstufe war, nur um wieder zu fallen – auf eine weitere. Ich schaute auf und sah Pritkin seitlich über den Teppichrand hängen, während Rosier und die Allû um ihn herum kämpften, seine Hand ausgestreckt und einen intensiven Ausdruck der Konzentration auf dem Gesicht …

Während er eine Treppe aus Wollfragmenten formte, in manchen Fällen einen ganzen Fuß breit.

Und dann fiel Caleb wieder gegen mich, und wir rollten und holperten und fielen vier »Treppenfluchten« hinab, auf Teppichstücken, die es schafften, uns jedes Mal aufzufangen, obwohl ich überzeugt davon war, dass keine Neuen mehr nachkommen konnten.

Dann schlug ich mit dem Gesicht irgendwo gegen: Etwas erheblich Härteres als Wolle. Ich schaute auf und fand Casanova vor mir, der auf mich herabstarrte und mich dann hochriss und zur Seite stieß.

Unmittelbar bevor ein Allû auf die Stelle krachte, an der ich gelegen hatte.

»Nehmt ihn auseinander!«, schrie Casanova fast hysterisch. Und seine Männer verschwendeten keine Zeit. Aber sie waren von der Hotelsecurity, sie waren keine Soldaten. Sie hatten keine Granaten oder Percussionsbomben dabei, und obwohl jemand daran gedacht hatte, die Handfeuerwaffen zu ziehen, waren sie nicht allzu nützlich gegen etwas, das keine inneren Organe besaß.

Ich rappelte mich auf und packte Casanovas Arm. »Pritkin wollte, dass ich dir etwas sage …«

Casanova fluchte. »Ich würde *ihm* gern etwas sagen …«

»Nein, hör zu. Ich glaube, es ging darum, wie man diese Dinger bekämpft! Und er muss es wissen. Er hatte früher einmal einen Golem – erinnerst du dich? Und sie sind nicht allzu verschieden!«

»Und, was war es?«

»Das ist es ja; ich weiß es nicht! Wir müssen jemanden wieder dort hoch kriegen …«

Casanova sagte etwas, das wohl ziemlich gotteslästerlich war, aber ich konnte es nicht verstehen. Denn die Menge kam jetzt richtig in Fahrt. Die Leute schrien in gespieltem Entsetzen, als Kugeln den gefallen Krieger durchsiebten, dann brüllten sie zustimmend, als er wieder aufstand und das Neonlicht einer nahen Ladenfront durch die etwa hundert Löcher in seinem Körper fiel.

Sie drängten außerdem gegen die Reihe von Vamps, die Casanova auf der Straße aufgestellt hatte, was okay gewesen wäre, da sie auf keinen Fall dort durchbrechen konnten. Aber dann stieß der Krieger eine Gruppe von Securityleuten, die ihn bedrängten, gegen ihre Kumpel zurück, wodurch sich Lücken in der Kette bildeten, durch die die Menge herausfluten konnte.

»Drängt sie zurück, drängt sie zurück, drängt sie zu …«, schrie Casanova, bevor er ebenfalls einen Schlag abbekam.

Ich sah seine Männer ihn ängstlich anstarren, außerstande, zu helfen und gleichzeitig die Menge unter Kontrolle zu halten. Ich sah ihn durch die Luft segeln und eine Wand treffen. Ich schnappte mir eine Waffe von einem nahen Vamp und stolperte hinter ihm her, weil ich den Allû *nicht* sah …

Bis ich plötzlich wieder auf dem Rücken lag, über mir ein leeres Bronzegesicht, das mich anstarrte.

Sein Gewicht drohte, mich zu zerquetschen, die gezackten Ränder, die die Kugeln in seinen Torso gerissen hatten, stachen mich wie winzige Messer, und die Hitze mehrerer geschwärzter Stellen an seiner Rüstung war im Begriff, mich zu versengen. Aber ich bemerkte es kaum. Weil dieses leere Bronzegesicht vielleicht fünf Zentimeter von meiner Nase entfernt war und meine eigenen benommenen Züge reflektierte.

Und verrückterweise war das Einzige, woran ich in diesem Moment denken konnte, Daisy, die mich über den Rand ihres Eimers gemustert hatte, während ihre Wimper von einer glänzenden Wange herabhing.

Und die Tatsache, dass das ein verdammt merkwürdiger letzter Gedanke war.

Doch dann bewies mir Caleb das Gegenteil, riss den von Kugeln durchlöcherten Körper von mir herunter und schlidderte ihn über den Boden. Was nicht viel genützt hätte, wenn er nicht noch einen Schild darüber geklatscht hätte, ehe das Ding wieder auf die Füße kommen konnte. Ich huschte hinterher, während ein halbgarer Gedanke in meinem Gehirn rumorte, und fand die Kreatur auf dem Rücken liegend vor, wie ein Käfer, der in Bernstein gefangen war.

Aber nicht lange.

Kriegsmagier sind zäh, und wenn das Training, dem Pritkin mich unterzogen hatte, irgendein Maßstab war, geht es ihnen mehr als alles andere um Ausdauer. Denn man kann keine Magie lenken, wenn man vor Erschöpfung ohnmächtig wird. Aber Caleb hatte den ganzen Tag gekämpft, und ein Teil dieser Zeit war er an einem Ort gewesen, der zusätzliche Anstrengung erfordert hatte. Die Anspannung stand ihm ins Gesicht geschrieben, und ich war sicher nicht die Einzige, der das auffiel.

Es gab keine Augen, keinen Mund, nichts, das irgendeinen Ausdruck auf diesem Stück polierten Metalls hätte bilden können. Nur blinde Entschlossenheit, während es unaufhaltsam gegen den Schild drückte. Warum also hatte ich den starken Eindruck, dass uns reine Bosheit entgegenstarrte?

Diese Dinger mochten keinen Schmerz empfinden, aber irgendetwas empfanden sie eindeutig.

Wie für die Frau, die vor zwei Wochen einen Haufen von ihnen in Stücke gesprengt hatte.

Wirklich Pech, dass ich jetzt keine dieser Waffen hatte. Und jene, die ich hatte, würde wahrscheinlich nicht genug Schaden anrichten, um einen Unterschied zu machen. Ich hatte *gar nichts* ...

Mein Gedankenstau verebbte schlagartig, als ich das kleine, diamantförmige Juwel sah, das da inmitten der Bronzefläche glitzerte – die die Stirn der Kreatur gewesen wäre, hätte sie eine gehabt. Ich hatte es vorher nicht bemerkt, weil es winzig war, vielleicht halb so groß wie mein kleiner Fingernagel, und rötlichgolden, beinah der gleiche Ton wie das Metall, das es umgab. Es war aus der Ferne buchstäblich unsichtbar ...

Aber ich war nicht in der Ferne, und ich sah es deutlich.

So wie ich die Stimme meines Vaters fragen hörte: »Siehst du einen Kontrolledelstein auf seiner Stirn?«

Ja, dachte ich benommen, irgendwie tat ich das wohl.

Ich wusste außerdem jetzt, was Pritkin mir zu sagen versucht hatte.

Casanova kam herbeigerannt, und ich packte ihn. »Hast du eine Waffe?«

»Ja«, antwortete er sarkastisch. »Natürlich. Ich bewahre sie in meiner Unterwäsche auf!«

»Dann besorg dir eine!«

Einer seiner Vamps warf ihm eine Beretta zu, und er pflückte sie aus der Luft, noch während er mich anfunkelte. Vampirsinne hörten niemals auf, mich zu erstaunen. Zumindest hoffte ich wirklich, dass dies nicht das erste Mal sein würde, dass sie mich im Stich ließen.

»Ich weiß nicht, was das bringen soll«, nörgelte er. »Wir haben bereits hundert Schuss auf dieses verdammte Ding verschwendet …«

Caleb unterbrach ihn mit einem Brüllen. »Casanova! Bring sie weg von hier!«

Aber es war zu spät.

Der Schild barst, und wir flogen alle durch die Luft und landeten dann, in Casanovas und meinem Fall, fast fünf Meter weg und auf unseren Ärschen. Es tat weh, aber nicht so sehr, wie es gleich wehtun würde. Nur Caleb erholte sich fast so schnell wie die Kreatur, umklammerte ihre Beine, als sie auf mich losging.

»Schieß auf das Juwel!«, brüllte ich und packte Casanova.

»Welches Juwel? Wovon redest …«

»Zwischen seinen Augen! Das Juwel zwischen seinen …«

»Es hat keine Augen!«, kreischte er, als die Kreatur Caleb gegen die Reihe von Vamps warf und in unsere Richtung abhob.

Und zu einem Haufen bronzefarbenen Schrotts explodierte, als Casanova den Schuss des Jahrhunderts landete.

Er wirkte noch überraschter als ich, und seine Hände begannen zu zittern. Aber als ich ihn packte und schrie: »Schießt auf die Juwelen, sag deinen Männer, dass sie auf die …«

Tat er es.

Zumindest nahm ich an, dass er es tat; ich höre keine Vampirkommunikation. Aber ich sah sie, als etliche Vampire, die herumgestanden und sich Sorgen um das Kontrollieren der Menge gemacht hatten, sich plötzlich umdrehten und auf jeden Allû in Sichtweite zu schießen begannen. Und während Menschen vielleicht ein Problem mit sich schnell bewegenden Zielscheiben gehabt hätten, die kleiner als ein M&M's und ein halbes Fußballfeld entfernt waren …

Hatten Vampire das nicht.

Eine Sekunde lang blieb ich einfach platt auf meinem zerschundenen Hintern sitzen und beobachtete, wie Rüstungen explodierten, während sie von Gebäuden sprangen oder auf Dächern standen oder von einem Paar erzürnter Dämonen von den Überresten der beiden einst hübschen Teppiche geworfen wurden. Und trotz der Tatsache, dass alles schmerzte und eine Migräne gegen meine Schläfen pochte und ich mich fühlte, als würde ich mich möglicherweise übergeben müssen, breitete sich auf meinem Gesicht ein leicht manisches Grinsen aus.

Und dann gingen die Lichter aus.

Zwanzig

Die Neonlicht-Kakteen, die über ein Barschild uns gegenüber tanzten, wurden plötzlich von der Dunkelheit verschluckt. Die zwei Dutzend Handybildschirme, die Leute hochgehalten hatten, um die Show aufzuzeichnen, verloschen. Die Lichterketten der Weihnachtsbeleuchtung um die Eselattrappe gingen aus. Und dann wurde alles ersetzt durch ein riesiges, blauschwarzes Nichts, das an meinen Nerven zerrte.

Und eine Präsenz, die von Alter geradezu troff. Sie war alt, alt, so alt; ich konnte gewöhnlich das Alter von Vampiren schätzen, aber dies ... ich hatte keine Worte dafür. Und bekam keine Luft mehr, als ich mich ihrer Macht gegenübersah.

Ich mühte mich, wenigstens Atem zu schöpfen, und brauchte nicht zu fragen, was geschah.

Wenn dies nicht der Dämonenrat war, was sonst?

Eine Stimme, die jede Sprache und keine sprach, kam aus allen Richtungen gleichzeitig. »Sie haben uns gerufen?«

»Wie freundlich von Ihnen, es endlich zu bemerken!«, knurrte Rosier, während ich mich hochrappelte.

Und dann wieder niederfiel, als etwas, das sich anfühlte wie eine unsichtbare Faust, sich um meine Kehle schloss.

Rosier sagte etwas, etwas, was ich über dem gewaltigen, ozeanartigen Rauschen in meinen Ohren nicht verstehen konnte.

Im ersten Augenblick dachte ich, dass ich von einem körperlosen Allû erstickt würde, der gekommen war, um Rache zu üben. Nur ohne Körper konnten sie das gar nicht. Und wie auch immer, ich kannte diese Hand. Ich wusste nur nicht, was sie hier unten tat, da der Mistkerl von einem Dämonenfürsten, zu dem sie gehörte, sich auf einem Teppich fünf Stockwerke weiter oben befand.

Pritkin rief irgendetwas, aber ich konnte nicht ausmachen, ob es mir galt, seinem mordlustigen Vater oder einer sonstigen Person, mit der er sprach, wer immer das sein mochte. Ich konnte nur das Rauschen in meinen Ohren und das Stampfen meines Herzens hören, einen langsamen, trägen Beat, als würde ich gleich ohnmächtig werden. Aber wenn das geschah, wäre alles umsonst gewesen. Wenn das geschah, würde Pritkin in sein Gefängnis zurückkehren, falls ihn nicht ein schlimmeres Schicksal ereilte, weil er es gewagt hatte, es zu verlassen. Wenn das geschah, könnten die Kreaturen, die ihm ihre gottverdammten Wachen auf den Hals gehetzt hatten, vielleicht etwas anderes aushecken, um ihn unschädlich zu machen und ihr Problem ein für alle Mal aus der Welt zu schaffen.

Also wurde ich nicht ohnmächtig.

Ich versuchte nicht, wieder aufzustehen, da das Gelingen im Moment ungefähr so wahrscheinlich war wie Fliegenkönnen. Ich versuchte nicht einmal zu verfolgen, was immer gesprochen wurde, denn offensichtlich wurde nicht gesprochen. Ich konzentrierte mich voll und ganz darauf, meine verdammte Zunge einfach dazu zu bringen, mir nicht länger aus dem Mund zu hängen und zu sabbern. Irgendwie die Worte zu formen, für die ich Pritkin durch drei Welten gezerrt hatte.

Und ich nehme an, ich habe es geschafft, obwohl ich meine eigene Stimme nicht hören konnte. Denn plötzlich schien in der Dunkelheit ein Licht auf, als leuchte in der Ferne ein Stern. Und dann, direkt vor meinem Gesicht, blendend hell und unheimlich schön aus dieser Nähe, sprühte ein leuchtendes Prisma sich verändernde Farben über mich.

Ich starrte halb gebannt hinein und hätte den Drang niederkämpfen müssen, die Hand auszustrecken und es zu berühren, wäre ich in der Lage gewesen, mich zu bewegen. Aber wie die Dinge lagen, schluckte ich nur und versuchte es noch einmal, weil ich nicht wusste, ob ich laut gesprochen hatte oder nur in meinem Kopf. »Artemis … möchte das Wort an den Rat richten.«

»Die, die Sie Artemis nennen, ist nicht mehr«, informierte mich das Licht. »Wie könnten die Toten zu den Lebenden sprechen?«

Ich versuchte zu antworten, aber das Einzige, was herauskam, war ein würgendes Keuchen. Es fühlte sich an, als hätte sich zu dem Pferd, das scheinbar auf meiner Brust saß, gerade ein Elefant gesellt. Rosier wollte wirklich nicht, dass ich sprach, was mich nur umso entschlossener machte.

»Sie hat mir ... eine Nachricht gegeben«, ächzte ich. »Sie hat gesagt ... es gibt Dinge ... die Sie versteh... ugghh.« Meine kleine Ansprache wurde abrupt beendet, als sich zu dem Elefanten noch zwei seiner Kumpel gesellten.

Das war's dann wohl. Ich konnte nicht mehr sprechen, konnte nicht einmal atmen. Es fühlte sich an, als sei meine Brust gerade implodiert.

Bis das Licht sich vorwärtsbewegte und mich umschloss, seine leuchtenden Strahlen schirmten mich vor dem mich umgebenden Raum ab, und damit auch vor der Macht, die sich darin aufhielt.

»Sie ... Sie sind der Rat?«, keuchte ich, als der Druck mit einem Mal nachließ.

»Ich bin der Torhüter, Kind. Ich rufe den Rat, wenn es wirklich notwendig ist. Sagen Sie mir, warum sollte ich die Ratsmitglieder für Sie rufen?«

»Damit sie sich ... die Nachricht meiner Mutter anhören.«

Das Licht dachte für einen Moment darüber nach, während ich mich mühte, meine Lungen wieder mit Luft zu füllen. »Gib die Nachricht mir, dann werde ich sie weiterleiten.«

Vielleicht kam es mir nur so vor, aber die Lichtstimme hörte sich auf einmal verschlagen an, was mir gar nicht nicht gefiel.

»Sie hat gesagt ...« Ich leckte mir die Lippen und brachte heraus: »Sie hat gesagt ... es würde nur funktionieren ... wenn ich sie vor dem vollen Rat abspiele.«

»Abspiele.« Das Licht flackerte. »Ist es eine Aufzeichnung?«

»Ja. Sozusagen.« Ich war mir über diesen Teil nicht wirklich im Klaren, aber dies war offensichtlich nicht der Zeitpunkt, das zur Sprache zu bringen.

»Von ihr, die Sie Artemis nennen ... an uns?«

»Ja. Und es geht um mehr als Pritkin ... John ... Emrys.« Ich keuchte, als mein nach Sauerstoff lechzendes Gehirn endlich den Namen hervorbrachte, den Rosier für seinen Sohn benutzte. »Es gibt andere Dinge, die Sie wissen sollten.«

Das Licht flackerte erneut ein Weilchen, aber vielleicht lag das nur an meiner Wahrnehmung. Ich konnte inzwischen auch kaum noch sehen. Ich wollte meine letzten Kräfte mobilisieren, musste aber feststellen, dass ich keine Reserven mehr hatte. Ich musste das hier hinter mich bringen.

Und dann hatte ich es hinter mich gebracht.

»Wir werden hören, was die Jägerin uns sagen will«, erklärte mir das Licht. »Sie werden gerufen werden.«

Und dann kam der gute, altmodische Strom wieder, und hektisches Klatschen und Pfeifen brandeten auf, vor mir und zwei leeren Teppichen; wer auch immer auf ihnen gewesen war, war weg wie der Stern, wie die Allû, wie der ganze Raum, als ich ins Nichts fiel.

Ich erwachte mit einem Keuchen, eine Hand an der Kehle, die sich anfühlte, als sei ich gewürgt worden. Mir war, als ob ich in irgendeinem Zwielichtnichts festsaß und auf ein Urteil wartete, das sehr wichtig war, in dem es um alles oder nichts ging, das ich aber nicht beeinflussen konnte. Oder auch nur vorhersagen …

Aber ich war nicht in fahlem Licht; ich war in gar keinem Licht. Und wenn irgendjemand hier bei mir war, war er verdammt leise. Ich schaute mich hechelnd um, aber so weit ich erkennen konnte, starrte niemand zurück. Ich war lediglich umgeben von samtiger Dunkelheit, dem leisen Sirren einer Klimaanlage und dem vertrauten Duft des Weichspülers, den das Hotel für meine Bettwäsche benutzte.

Ich lag da und entspannte mich mit einer Erleichterung, die so tief war, dass mir schwindlig wurde.

Oder vielleicht war etwas anderes der Grund dafür. Es fühlte sich an, als würde sich das Bett unter mir langsam drehen, ein schwaches, driftendes Gefühl, wie das träge Wallen des Teppichs, bevor Rosier gekommen war … Rosier.

Und plötzlich war alles wieder da.

»*Pritkin*«, hauchte ich und richtete mich auf …

Das Gefühl zu driften verwandelte sich in eine Flutwelle, die drohte, mich zu einem ganz anderen Ufer zu mitzureißen.

Langsam und vorsichtig legte ich mich wieder hin. Und die krachenden Wellen verebbten allmählich zu Übelkeit erregendem Schwappen. Was keine besondere Verbesserung war, aber zumindest war ich bei Bewusstsein. Da lag ich nun, mein Körper machte ein Aufstehen unmöglich, ich war buchstäblich hilflos und hatte doch tausend Fragen …

Ich wünschte beinah, ich wäre bewusstlos gewesen.

Denn dies war Folter.

Aber langsam gewöhnten meine Augen sich an die Dunkelheit. Genug, um einen Lichtstreifen zu sehen, der unter der Tür hindurchfiel, den nächtlichen Schimmer der Stadt durch das Gewebe der Vorhänge und den sanften Schein meines Weckers, der zu schwach war, um die Uhrzeit lesen zu können. Und ein kleines Rechteck, das auf dem Nachttisch glänzte, direkt davor …

Und ich stellte fest, dass ich mich doch bewegen konnte, weil ich nach meinem Handy griff.

Meine Hände zitterten so heftig, dass ich es beinahe fallen ließ, und das Licht des Bildschirms so nah vor meinen Augen blendete mich. Aber meine Finger fanden irgendwie die richtigen Knöpfe.

U K?

Ich drückte auf Senden. Und dann wartete ich, und mir war schwindlig, ich fühlte mich verschwitzt und hoffnungslos und krank. Ich behielt die Tür im Auge, weil die Vamps es normalerweise wussten, wenn ich aufgewacht war. Veränderungen meines Herzschlags und meiner Atmung verrieten es ihnen, selbst wenn ich nicht im Begriff stand zu hyperventilieren.

Eine ganze Weile kam keine Antwort. Ich atmete flacher, was dumm war, denn es würde nicht helfen. Ich befahl mir, mich zu beruhigen, sagte mir, dass Zeichen von Stress eine schnelle Entdeckung nach sich zogen, dass das Letzte, was ich gebrauchen konnte, ein Haufen Fragen war, die ich nicht zu beantworten wusste …

Aber es half nichts.

Und dann bekam ich eine SMS zurück und entspannte mich etwas.

Bis ich sie las.

Ja, jetzt lassen Sie mich schlafen.

Aber natürlich, Caleb, dachte ich böse und tippte energisch eine Antwort. *SPK! Sag mir, was passiert ist!*

Wieder kam eine ganze Weile keine Antwort. Ich krallte die Hand um das Handy und musste mich beinahe körperlich zurückhalten, es nicht an die Wand zu werfen. Und dann …

Ich bin zu alt für diesen Scheiß.

Ich starrte den kleinen Bildschirm an: *?!*

Lass es.

Ich holte tief Luft. Caleb benutzte selten SMS-Kürzel. Und er hasste es, wenn ich das tat. Er schrieb generell nicht gern, daher versuchte ich, vorsichtig zu sein, während ich ausführlicher tippte.

Geht es P. gut? Was ist passiert?

P+R weg. C gespr. P sitzt bis Anh. Mwdr.

Ich starrte eine Weile auf diesen Unsinn und fragte mich, ob ich verrückt wurde oder Caleb. Kein Wunder, dass er SMS-Kürzel hasste. Er war ätzend darin.

Die Langfassung?

Ich wartete, während Caleb tippte. Und tippte. Und tippte. *Versuchte er*, mir zu einem Herzinfarkt zu verhelfen?

Er und Rosier sind verschwunden. Ich habe mit Casanova gesprochen. Er sagte, P werde bis zu der Anhörung festgehalten. Man wird dich rufen.

Ich starrte auf diese Nachricht, aber sie ergab immer noch nicht viel Sinn.

Wo festgehalten?

Was glaubst du denn, wo?

Verdammt, Caleb!

Nun, was hast du erwartet? Dass sie ihn einfach hierlassen würden?

JA! Wir haben all das durchgemacht, und sie erlauben R einfach, ihn zu ergreifen?

Erneut offensichtlich langwieriges Getippe. Ich kam langsam zu dem Schluss, dass Caleb nur einen Finger benutzte. Einen, den ich ihm *brechen* würde …

Er hat ihn nicht. Er ist beim Rat. Und bevor du ausflippst, Casanova sagte, es gäbe Regeln.

Regeln? Das sind Dämonen!

Und P ist Teil ihrer herrschenden Klasse. Und sie haben Privilegien, falls dir das nicht aufgefallen ist.

Ich dachte an den verrückten Streitwagenfahrer im Souk und daran, wie alle praktisch einen Kotau gemacht hatten, obwohl er einfach über den Haufen fuhr, was immer ihm im Weg war. Ja, es war mir aufgefallen. Aber Pritkin war halb menschlich, halb Inkubus, was ihm nicht gerade viel Respekt einbrachte. Der Rat spielte vermutlich mit der Vorstellung, seinem Vater eins auszuwischen.

Vielleicht hatte ich einfach einen guten Riecher.

Welche Privilegien?, tippte ich.

Zum Beispiel, dass sie ihn nicht ohne Verhandlung töten können.

Klasse. Dabei ging es meinem Magen gleich viel besser. *Wann ist sie?*

Was?

WANN IST SIE?

Hör auf, mich anzubrüllen. Ich weiß es nicht. Casanova meint, sie könne in wenigen Stunden oder in einigen Tagen anberaumt werden.

Woher soll ich erfahren, wann? Ich war keine Abonnentin der *Höllengazette.*

C. sagte, du wirst es erfahren. Jetzt schlaf etwas. Oder lass wenigstens mich schlafen!

Ja, na klar, dachte ich und begann eine weitere Nachricht zu tippen. Aber Caleb war stur, wie Kriegsmagier nun mal sind. Entweder das, oder er hatte sein Handy ausgeschaltet. Denn ich bekam keine Antwort.

Ich lag eine Weile da und versuchte es noch einmal. Und noch einmal und noch einmal, weil ich ebenfalls stur sein kann. Ich gab es schließlich auf, keuchend, weil selbst das Simsen mich angestrengt hatte. Also lag ich einfach nur da und starrte stattdessen an die Decke.

Ich verstand nicht das kleinste, gottverdammte Fitzelchen. Ich hatte eine Woche lang verzweifelt alles versucht, was mir eingefallen war, um zu Pritkin zu gelangen. Und als ich ihn endlich erreicht hatte – was war passiert? Er landete wieder genau dort, wo er vorher gesessen hatte, nur dass er jetzt wahrscheinlich noch schlechter dran war. Aber wenigstens wollte sein Vater ihn nicht töten!

Und die Ratsmitglieder hätten sich heraushalten sollen. Ich hatte erwartet, mit Rosier fertig werden zu müssen. Ich hatte Probleme mit seinem Hof vorhergesehen. Aber ich hatte nicht viel an den Dämonenrat gedacht, außer als eine Art Hintergrund. Weil sie sich keinen Scheißdreck um irgendetwas von alldem hätten kümmern sollen!

Aber es hatte dort unten jede Menge Beweise für das Gegenteil gegeben. Und es erschien mir einfach verrückt. Warum sollte der Rat einen offensichtlich großen Anteil seiner eigenen Wachen aussenden, um über einen einzigen kleinen Halbdämon zu wachen? Und noch dazu einen Inkubus? Man könnte meinen, Pritkin sei Godzilla oder etwas in der Art, so wie sie sich benahmen.

Und okay, er hatte einmal versucht, einen von ihnen zu töten. Aber da dieser eine Rosier gewesen war, den die anderen Dämonenfürsten ohnehin nicht allzu sehr zu mögen schienen, hätte ich gedacht, dass ein Jahrhundert genug Zeit wäre, um darüber hinwegzukommen. Sein Vater war offensichtlich darüber hinweggekommen.

Und was seine Verbindung zu mir betraf, das war ja nun das Allerletzte. Wann hatte ich dem Rat jemals etwas angetan? Ich hatte ihnen einmal sogar geholfen, indem ich Pritkin dabei unterstützt hatte, irgendeinen uralten Dämon zu Fall zu bringen, der überall Zwietracht säte. Zugegeben, das war größtenteils deshalb geschehen, weil ich von besagtem Dämon nicht getötet werden wollte, aber trotzdem. Es war von Erfolg gekrönt gewesen.

Also, was zum Teufel war da los?

Nach dem, was Rosier gesagt hatte, schien es, als hätten es sich die Dämonenfürsten irgendwie in den Kopf gesetzt, dass Pritkin und ich einen kunstvollen Plan schmiedeten, um in der Zeit zurückzuspringen und sie zu vernichten. Was der größte Blödsinn von allem war, denn seit wann lief ich herum und veränderte die Zeit? Ich hatte mein Bestes getan, es zu vermeiden, trotz einiger sehr ernstzunehmender Versuchungen.

Und wenn ich tatsächlich aus Rache auf eine Zeitreise ging, würde ich ohnehin die Götter aufs Korn nehmen. Nicht einen Haufen Dämonen, die ich nicht einmal kannte. Vorausgesetzt, ich hatte die Macht dafür, die ich nicht hatte, was es noch verrückter machte ...

Mir schwirrte der Kopf. Es wurde immer schlimmer, aber ich war mir nicht sicher, worauf ich es schieben sollte. Es konnte Erschöpfung sein. Es konnte daher kommen, dass ich seit dem Frühstück nichts mehr gegessen hatte. Denn ich hatte keine Zeit gehabt, irgendwelche von den deftig riechenden Würsten im Souk zu essen, schließlich wollte ich nicht Rosiers Rache zum Opfer fallen. Es konnte wegen dieses Rats sein, der aus einem Haufen paranoider Spinner bestand.

Aber ich wusste, was ich zu tun hatte.

Die Wellen der Übelkeit und des Schwindels verebbten schließlich zu einem sanften Plätschern, und ich beschloss, dass ich es müde war, an die Decke zu starren. Ich stand vorsichtig auf und taumelte zur Ankleidekommode hinüber. Gott, mir tat alles weh. Ich kramte herum, bis ich Aspirin fand, dann ging ich damit ins Badezimmer, um mir Wasser zu holen, denn auf keinen Fall würde ich das Spießrutenlaufen in die Küche auf mich nehmen. Marco hatte in letzter Zeit oft so getan, als sehe er nicht, was ich trieb, was wirklich nett gewesen war. Aber ich dachte mir, dass selbst er vielleicht ein klein wenig neugierig auf eine heldenhafte Schlacht sein würde, die mitten in der Luft stattgefunden hatte.

Gott, warum hatte das passieren müssen? Warum musste es immer ...

Ich hielt blinzelnd inne. Okay, vielleicht war das Badezimmer eine schlechte Idee gewesen. Denn es bedeutete, dass ich einen Blick auf den Spiegel erhaschte.

Und einer war genug. Ich schaute weg. Und starrte stattdessen auf den gewaltigen Verband, den mir jemand um den Bauch gewickelt hatte.

Ich stand eine Minute lang da und versuchte, mich daran zu erinnern, warum mein Bauch eingewickelt war wie eine Mumie.

Und dann fiel es mir wieder ein: Der Allû, dessen Nichtgesicht auf mich herabgestarrt hatte, während die gezackten Ränder seiner Scharten passende Löcher in meinen Leib gestanzt hatten.

Ich musste mich plötzlich gegen das Waschbecken lehnen, aber nicht, weil ich mich bei der Erinnerung fürchtete. Mehr wegen eines Gefühls vollkommener Verwirrung. Dinge wie diese passierten normalen Menschen nicht. Nicht einmal den Normal-wenn-man-ein-Auge-zudrückt-Typen wie mir.

Zumindest, wie ich einer gewesen war.

Ich betrachtete mich abermals im Spiegel, obwohl ich beschlossen hatte, das nicht zu tun, aber es half nicht.

Denn ich sah nicht mich an.

Natürlich lag das zum Teil an der zuvor erwähnten Erschöpfung, die mein Gesicht verkniffen machte und mich kreidebleich aussehen ließ. Und an dem Dreck, der immer noch größtenteils da war, da niemand den Ärger hatte haben wollen, den er gekriegt hätte, wenn ich aufgewacht wäre und herausgefunden hätte, dass ich wie ein Baby gebadet worden war. Aus demselben Grund hatte man mich nicht ausgezogen und in einen meiner knapp sitzenden Pyjamas gesteckt. Weshalb ich aussah wie die *Bezaubernde Jeannie*, die in schlechter Gesellschaft eine zweitägige Sauftour unternommen hatte.

Trotz allem lächelte ich schwach und fragte mich, was Caleb sagen würde, wenn er hörte, dass ich ihn so beschrieb. Mr K K (korrekter Kriegsmagier), der auf dem Weg über den Himmel der Hölle wie ein Wahnsinniger gelacht und gejohlt hatte. *»Sie sind genauso verrückt wie sie«*, hatte Pritkin ihm gesagt.

Vielleicht war er das ja. Und vielleicht war ich tatsächlich verrückt. Denn meine Augen im Spiegel sahen heute Nacht anders aus als sonst. Nicht, was Farbe oder Form oder irgendetwas anderes klar Bestimmbares anging. Einfach anders. Als hätten sie vielleicht Dinge gesehen, die den Geist hinter ihnen ein wenig verändert hatten.

Ich befingerte den Stoff der Hose, zumindest das, was davon übrig war, und begriff, dass es keine Seide war. Er stammte von keinem Insekt oder Tier, das ich je zuvor gesehen hatte. Es stammte nicht von diesem *Planeten*. Wie der Dreck, der an meiner Schläfe klebte.

Ich wischte ihn weg, und er fühlte sich zwischen meinen Fingerspitzen nicht ungewöhnlich an.

Aber das war er.

Drei Monate. Mehr Zeit war nicht vergangen, seit Agnes mir eine aufmunternde Nachricht auf meinem Computer hinterlassen und all dies begonnen hatte. Ich fragte mich, was die Cassie von damals denken würde, was sie sagen würde, wenn ich ihr erzählte, was ich heute gesehen hatte. Wenn ich beschrieb, wie ich mit einem Streitwagen gefahren war, durch – wie hatte Caleb es noch gleich genannt? Eine rosenrote Stadt, halb so alt wie die Zeit? Oder dass ich auf einem Teppich hoch über einer fremdartigen Welt geflogen war, während um mich herum Zauber wie Feuerwerk explodiert waren. Oder dass ich zugeschaut hatte, wie drei Monde in einem dunkelblauen Zwielicht aufgegangen waren, unter einem Baldachin von Sternen, die ich nicht benennen konnte …

Oder dass ich von einem Dämonenfürsten gejagt worden war oder von einem Haufen übellauniger Wachen aufs Korn genommen oder beinah von einer Truppe rachsüchtiger Golems zerfleischt worden wäre.

Ich brauchte nicht zu raten; ich wusste, was die alte Cassie mir gesagt hätte. Ganz einfach: *Lauf.* Verschwinde, hau hab, geh irgendwo anders hin, geh irgendwo hin, wo es sicher ist. Aber das war der springende Punkt, nicht wahr? Es gab keinen sicheren Hort mehr. Und früher einmal, noch vor sehr kurzer Zeit, hätte dieser Gedanke mir schreckliche Angst gemacht.

Das tat er noch immer. Natürlich machte er mir Angst. Es war nicht so, als *genösse* ich es, gejagt oder verprügelt oder beinahe getötet zu werden …

Aber es gab Dinge an diesem neuen Leben … Dinge, die ich tatsächlich irgendwie genossen hatte. Oder die mich mit Ehrfurcht erfüllt hatten, oder, wie Caleb, die ich genauer hätte erforschen wollen.

Oder was auch immer. Ich betrachtete mein Spiegelbild stirnrunzelnd und schluckte meine Tabletten. Ich verstand mich selbst nicht, und meine Gedanken drehten sich im Kreis. Ich ging wieder ins Bett.

Es war weich, und der Raum drehte sich weiterhin sachte um mich, bis ich die Augen schloss, nur damit er damit aufhörte. Ich würde in einer Minute aufstehen. Ich würde versuchen, Casanova einige weitere Antworten abzuringen, zum Beispiel auf die Frage, wie der hohe Rat der Dämonen mich zu sich rufen würde. Ich würde ein Bad nehmen, denn ich konnte bestimmt eines gebrauchen. Ich würde überlegen, was ich allen von der ganzen Sache mit dem Flug durch die Luft erzählen würde. Ich würde … ich würde …

Einundzwanzig

Ich erwachte zum zweiten Mal – von dem wunderbarsten Duft, der mir je unter die Nase gekommen war.

»Gut so«, sagte jemand, als ich dem Duft instinktiv folgte. »Noch zwei ... mehr ... reicht!«

Und bevor ich wusste, wie mir geschah, hatte mir irgendein Bastard ein Kissen in den Rücken gestopft und hinderte mich daran, mich wieder in mein schönes, weiches Bett zu kuscheln. Aber da er mir auch ein Tablett voller Speck, Pfannkuchen, Ahornsirup, Orangensaft, Kaffee, frischem Obst und Toast unter die Nase hielt, beschwerte ich mich nicht.

Gott, ich musste damit aufhören, nur einmal am Tag was zu essen. Aber es war ein verdammt gutes Frühstück. Ich blickte erst auf, als ich es zur Hälfte vernichtet hatte, und sah Fred, der neidisch meinen Teller beäugte.

»Weißt du, ich habe nie verstanden, warum man Pfannkuchen und Toast essen sollte«, bemerkte er und schob sich an Letzteren heran. »Zumindest nicht zusammen. Ich meine, im Grunde genommen ist beides Brot ...«

»Mein Brot«, sagte ich mit vollem Mund. Und klatschte schnell Butter und Erdbeermarmelade auf die zwei mickrigen Stücke, die man mir zugestanden hatte, denn sie abzulecken wäre wahrscheinlich unhöflich gewesen.

»Unten ist noch mehr«, stellte Marco fest, was ihm ein Grinsen eintrug. Er sorgte gut für mich.

»Ja, aber ich brauche es hier oben. Du hättest ruhig sagen können, dass du Frühstück bestellst«, bemerkte Fred.

»Ich habe nicht geflüstert.«

»Aber ich habe draußen auf dem Balkon telefoniert. Ich habe es nicht gehört ...«

»Nicht mein Problem.«

»... und überhaupt, wer bestellt um sieben Uhr abends schon Frühstück?«

»Sieben Uhr abends?«, fragte ich verwirrt. Denn ich hatte eindeutig das Gefühl, dass ich länger geschlafen hatte.

»Sie haben fast rund um die Uhr geschlafen«, eröffnete Marco mir.

Ich starrte ihn an. Und dann ...

»Schön hiergeblieben«, sagte er, was mich nicht beeindruckte. Leider hatte er auch eine Hand auf der Schulter, die ich aus dem Bett schieben wollte, und ich schätze, das wirkte. Denn ich kam nicht vom Fleck.

»Ich muss mit Caleb und mit Casanova sprechen«, sagte ich und wehrte mich. Denn trotz des Schlafes hatte ich nicht das Gefühl, dass ich springen könnte.

»Dieser Kriegsmagier hat vor einer Weile angerufen ...«

»Was hat er gesagt?«

»... und ich denke nicht, dass Casanova mit Ihnen reden möchte.«

»Marco.« Ich packte ihn mit einem Griff an der Schulter, der für einen Menschen schmerzhaft gewesen wäre. Marco zuckte nicht mal. »Was. Hat. Er. Gesagt?«

»Dass Sie sich keine Sorgen machen sollen, weil nichts passiert ist.« Marco warf mir einen Blick zu. »Muss ich wissen, was geschehen wird?«

»Nein. Und Finger weg von meinem Essen.« Letzteres galt Fred, der einen Appetit zu haben schien, der einem Brummifahrer zur Ehre gereicht hätte.

»Das ist kein Essen, es ist Kaffee.« Er warf mir einen Blick zu. »Und Sie haben eine ganze Kanne.«

»*Jetzt* nicht mehr«, bemerkte ich und schob die geklaute Kanne von ihm weg. Er verdrehte die Augen. Und dann stahl er mir Kaffeesahne. »Warum sind Sie hier?«, fragte ich.

»Ich wohne hier.«

»Aber nicht in meinem Schlafzimmer!«

»Ja, aber in der einzigen Alternative sind Hexen.«

Ich hörte auf zu essen. »Was?«

»Sie sind vor einer Stunde gekommen …«, begann Marco.

»Nun, schicken Sie sie weg!«

Er sah mich nur an. »Sie haben einen Termin. Erinnern Sie sich?«

Es fiel mir wieder ein. Plötzlich erinnerte ich mich ganz genau daran, einer von ihnen gesagt zu haben, sie solle einen Termin machen. *Scheiße.*

»Was wollen sie?«

»Das haben sie nicht gesagt.«

»Haben Sie sie nicht gefragt?«

Er runzelte die Stirn. »Ich bin nicht Ihr Sekretär. Und sie sind nicht sehr gesprächig.«

»Marco!«

»Nun, ich habe gefragt«, sagte Fred mit vollem Mund.

»Und?«

Er schluckte. »Und sie haben mir gesagt, ich solle mich um meine eigenen Angelegenheiten kümmern. Nur dass sie es nicht so nett ausgedrückt haben. Ich glaube, sie waren sauer, weil sie warten mussten.«

Ich fiel zurück aufs Bett. Für jemanden, der gerade fast einen ganzen Tag geschlafen hatte, fühlte ich mich nicht erholt. Ich fühlte mich steif, und mir tat alles weh, und ich war träge von den zwei Kilo Frühstück, die ich gerade gegessen hatte. Ich hatte so was von keinen Bock auf drei zornige Hexen.

»Es ist Ihre Entscheidung«, meinte Marco, und er klang ernst. Als würde er dort hinausmarschieren und ihnen erklären, dass sie sich verziehen sollen, wenn ich sagte, dass ich mich dem nicht gewachsen fühlte. Wenn es jemand anders gewesen wäre, hätte ich angenommen, dass er bluffte, aber Marco hatte erschreckendere Dinge gesehen als drei angekotzte Magiearbeiter. Ich hatte Angst, dass er es wirklich tun würde.

Und ich kannte den Umkehrzauber für Hühner nicht.

»Ist schon gut«, sagte ich ihm.

»Sind Sie sicher?«

»Ja. Geben Sie mir nur zwei Minuten Zeit.«

Er nickte, und sie verließen mich, damit ich aufessen konnte, was ich auch tat, denn ich brauchte die Energie, aber irgendwie hatte ich den Appetit verloren. Allerdings fühlte ich mich etwas besser, als ich fertig war. Immer noch müde und alles tat höllisch weh, aber nicht mehr so, als könne ein kräftiger Windstoß mich wegwehen. Ich fand mich damit ab, stellte das Tablett auf das Bett und schwang die Beine heraus.

Mist.

»Was ist los?«

Als ich aufschaute, sah ich, dass Fred zurückgekommen war, vielleicht weil in meinem Schlafzimmer keine Hexen waren. Gut, abgesehen von mir, aber ich zählte nicht. »Ich weiß nicht mehr, wo Marco das Codein hingetan hat«, antwortete ich ihm wahrheitsgemäß.

»Das Zeug können Sie gar nicht haben. Ist nicht gut für Ihre Pythiakräfte. Erinnern Sie sich?«

»Von denen scheine ich im Moment eh nicht viele zu haben. Und ich fühle mich wie der Tod persönlich.«

»Nein, tun Sie nicht. Tod tut nicht weh«, sagte er mir und bot mir etwas auf einem kleinen Tablett an. »Nun, Sie wissen schon. Nur am Anfang.«

»Was ist das?«

»Wonach sieht es denn aus?«

»Nach Irish Coffee«, sagte ich und merkte auf. Verdammt. Es war, als hätte er meine Gedanken gelesen.

»Besser?«, fragte er und ließ sich aufs Bett fallen.

Ich leckte mir Schlagsahne von der Nase. »Es wird.«

Und es ging mir tatsächlich besser, als ich ein warmes Kribbeln verspürte. Der Schmerz verschwand zwar nicht, machte mir aber nicht mehr so viel aus. Bis ich einen Blick in meinen Schrank warf. Und feststellte, dass in diesem Fall die alte Klage zutraf.

»Was ist jetzt?«, fragte Fred, als ich einfach nur dastand, trank und ein finsteres Gesicht machte.

»Ich habe nichts anzuziehen.«

»Sie haben einen ganzen Schrank voller Sachen.«

»Ja. Aber nicht die *richtigen* Sachen.«

»Ist es nicht egal, was Sie anziehen?«, fragte er. »Das sind Leute, die uneingeladen mitten in der Nacht aufkreuzen und alle terrorisieren. Warum sich für sie fein machen?«

»Heute Abend kommen sie nicht uneingeladen«, entgegnete ich. »Und es ist nicht für sie.«

»Für wen dann?«

»Für mich«, sagte ich grimmig und ging die Kleiderbügel durch. Als würde einfach wie von Zauberhand das perfekte Outfit erscheinen.

Aber nein. Magie war mein Verderben; meine Rettung war sie nur selten. Und diesmal war sie es eindeutig nicht.

»Will sagen?«

»Will sagen, ich bin müde und gestresst, und meine Kraft scheint nicht ganz in Ordnung zu sein …«

»Aber Sie können es sich nicht leisten, es sich ansehen zu lassen.«

Ich drehte mich überrascht um, obwohl ich es nicht hätte sein sollen. Fred war nicht dumm. Er war einfach nur … Fred.

Der auf etwas in meiner Hand blickte und finster dreinschaute.

»Was ist das?« Er deutete auf den Kleiderbügel, den ich hielt.

»Ein Rock«, antwortete ich abweisend. Er war süß, eine bunte Batikkreation, die ich von einem Straßenhändler gekauft hatte und die meine Knöchel umspielte, wann immer ich sie trug. Und bei der die Vamps immer gequält das Gesicht verzogen.

Fred enttäuschte mich nicht. »Hängen Sie das zurück.«

»Nun, ich habe keine große Auswahl!« Tatsächlich hatte mein Kleiderschrank im Moment eine ernsthafte Identitätskrise.

Auf der einen Seite waren meine alten Kleider – vor allem Jeans und T-Shirts, und dazwischen auch ein paar Shorts und Jogginganzüge. So was hatte ich jahrelang getragen und es hatte völlig ausgereicht, als ich in einem Nachtclub Tarotkarten gelesen oder in einer Reiseagentur als Bürokraft gearbeitet hatte, wo ich nie mit Publikum zu tun hatte. Die Sachen waren bequem und vertraut, und allein bei ihrem Anblick fühlte ich mich besser.

Leider begriff selbst ich, dass sie eher nach Eisverkäuferin im Einkaufszentrum aussahen als nach bester Hellseherin der Welt.

Die andere Seite war natürlich nicht besser. Nicht dass sie leer gewesen wäre; ganz im Gegenteil. Da war kaum genug Platz, um alles hineinzupacken, was erklärte, warum die bunte Fülle der extravaganten Ballkleider sich zu einem Dasein neben den »zwei für zehn Dollar« T-Shirts herabgelassen hatte.

Es war doppelt ärgerlich, da ich nie eins davon getragen hatte. Denn wer braucht zwanzig Ballkleider? Niemand. Am allerwenigsten ich, da ich ohnehin nicht zu solchen Partys eingeladen wurde.

Jedenfalls normalerweise nicht.

Und wenn doch, versuchte jemand, mich umzubringen.

Ich hängte den Rock zurück und suchte weiter.

»Nehmen Sie ein Geschäftskostüm. Sie tragen meistens Geschäftskostüme«, riet Fred mir.

»Ich habe keine Geschäftskostüme.«

»Warum nicht?«

»Weil meine Garderobe ständig in die Luft fliegt!«

»Dann ziehen Sie etwas Pythiamäßiges an. Was trägt man da bei offiziellen Besuchen?«

»Ich will verdammt sein, wenn ich das weiß.« Ich hatte Agnes in kleinmädchenhaftem Weiß, einem Retro-Cocktailkleid im Stil der 50er-Jahre und einem Abendkleid aus den 80ern gesehen. Aber falls es ein offizielles Pythiakostüm gab, musste ich es übersehen haben.

»Ich wette, es ist etwas Griechisches«, meinte Fred. »Sie wissen schon, dieses wallende Zeug und Sandalen, wie man sie bei diesen alten Statuen sieht. Das heißt, wenn sie überhaupt etwas anhaben.«

Ich runzelte die Stirn. »Ich weiß nicht. Delphi ist lange her. Sie haben wahrscheinlich modernisiert.« Zum Teufel, nicht mal Nonnen trugen mehr mittelalterliches Habit.

»Ja, aber weiß das die Durchschnittshexe?«, fragte er schlau. »Außerdem sollten Sie wahrscheinlich das mit der Göttin betonen. Für den Einschüchterungsfaktor.«

»Ich bin keine Göttin.«

»Aber Sie sind mit einer verwandt.«

Ich hörte auf, in Outfits zu kramen, drehte mich aber nicht um. Das war das erste Mal, dass jemand es angesprochen hatte, zumindest in meiner Hörweite, seit wir alle es vor einer Woche herausgefunden hatten. Ich hatte zu viel um die Ohren gehabt, um mir deswegen wirklich Sorgen zu machen, aber jetzt machte ich mir Gedanken. »Ist das ein Problem?«

»Man sollte meinen, es wäre ein Vorteil, obwohl sie bis jetzt nicht besonders beeindruckt zu sein scheinen. Ich meine, wer bricht schon in das Penthouse einer Göttin ein?«

Ich drehte mich schließlich um und blickte in graue Augen, die genauso aussahen wie immer – unsicher. Mit einem Blick, der ungefähr auf mein linkes Ohr gerichtet war. Fred hatte vor der Veränderung nicht gut gesehen, und normalerweise wurde es danach besser. Aber er musste wirklich ganz schlechte Augen gehabt haben, denn er war immer noch furchtbar kurzsichtig. Er war der einzige Vamp, den ich kannte, der eine Brille trug, obwohl er es nur heimlich tat.

»Sie können sie ruhig aufsetzen«, sagte ich ihm. »Es ist sonst niemand hier.«

»Ja, aber sie könnten reinkommen. Außerdem kann ich sehen. Vor allem, wenn Sie weiter mit Sachen wie diesem Batikteil ankommen. Ich meine, wenn *ich* es schon knallig finde …«

»Schon gut. Ich dachte ja nur.« Ich stand für einen Moment da. »Also, wie nehmen die Jungs es auf?«

»Sie wissen es nicht. Zumindest denke ich das. Die Jungs zu Hause hätten es erwähnen können, aber sie klatschen in erster Linie über den Meister. Und ich denke nicht, dass mich seit meiner Ankunft hier jemand mit Brille gesehen hat.«

»Nein, ich meine das mit meiner, äh, Herkunft. Wie nehmen alle es auf?«

»Oh, das.« Er zuckte mit den Schultern. »Ich habe zwei sagen hören, es sei logisch. Dass eine menschliche Frau unmöglich so viel Ärger bekommen könnte wie … ähm, das heißt, es schien sie nicht besonders zu beunruhigen. Falls Sie wissen, was ich meine.«

»Ich weiß, was Sie meinen.« Und ich war plötzlich zutiefst dankbar dafür, mit Wesen zu leben, die Hunderte von Jahren alt waren und alles locker nahmen. Vampire waren schwer zu beeindrucken, aber sie waren auch schwer zu erschüttern. Mein

Rückgrat entspannte sich ein wenig, als sich zumindest eine Sorge in Luft auflöste.

»Natürlich haben sie ein bisschen Angst, dass Sie dadurch zu einer Person der Öffentlichkeit werden, sodass es mehr Mordversuche geben wird. Aber ich habe ihnen gesagt, hey, wisst ihr noch, letztes Mal? Ich meine, wenn es ein Haufen anderer Halbgötter nicht geschafft hat, Sie umzubringen, wen werden sie dann schicken? Es müsste etwas wirklich Unheimliches sein, etwas wirklich Ungewöhnliches, etwas wirklich Gefährliches …«

»Wie drei Zirkelhexen?«

Fred blinzelte. »Ach was«, antwortete er schließlich. »Es sind ja nur drei. Wenn sie Sie wirklich umlegen wollten, hätten sie wahrscheinlich mehr geschickt.«

»Danke«, sagte ich säuerlich. »Da geht es mir doch gleich viel besser.«

»Ich bin hier, um zu helfen. Also, was werden Sie anziehen?«

»Keine Ahnung.« Ich begann von neuem die Kleider durchzusehen, aber sie waren hoffnungslos, mehr ballkleidmäßig als göttinnenhaft. Und obwohl ich mit meinen Klamotten Eindruck machen wollte, würde ich das wohl kaum schaffen, wenn ich aussah, als warte ich auf den Märchenprinz.

»Die gehen gar nicht«, stimmte Fred mir zu und schlürfte an seinem Kaffee. »Aber ich wette, Augustine hat etwas.«

»Die sind von Augustine, er hat sie geschickt«, bemerkte ich und sprach von dem besten – zumindest laut Eigenaussage – magischen Designer hier in der Gegend. Seine Boutique war in dem größten Geschäft der überteuerten Ladenstraße des Hotels untergebracht.

»Nun, ja. Aber er hat einfach normales Partyzeug geschickt. Ich wette, er hat etwas, das gehen würde.«

Augustine schloss um sechs. Und ich würde auf keinen Fall zwei Stunden zurückspringen, um zu versuchen, den großen Mann zu erwischen, bevor er ging.

»Kein Problem«, sagte Fred, plötzlich ganz geschäftsmäßig. »Welche Größe haben Sie?«

»Alles von 30 bis 36, je nach Outfit. Aber es spielt keine Rolle. Augustine schließt um …«

»Ja, ich weiß. Welche Farbe möchten Sie?«

»Weiß. Aber Sie kommen nicht rein, und er wohnt nicht hier. Und bis er zurückkommen und aufschließen könnte, vorausgesetzt, dass er das für mich überhaupt tun würde …«

»Oh, das würde er«, unterbrach Fred mich zynisch. »Es würde ihm vielleicht nicht gefallen, aber er würde es tun. Haben Sie in letzter Zeit mal sein Schild gesehen?«

»Welches Schild?«

»Das draußen vor seinem Laden. Das mit der Aufschrift ›Modeschöpfer der Pythia.‹ Den offiziellen Teil hat er zwar weggelassen, aber man kann ihn sich denken.«

Nun, das erklärte die Gewänder, die ich ständig bekam. Ich hätte wissen sollen, dass Augustine nicht großzügig war. Er war nicht für sanfte Gefühle bekannt.

Oder überhaupt für welche.

»Er hat sich eine goldene Nase an all den reichen Frauen verdient, die sich so kleiden wollen wie Sie«, fügte Fred hinzu.

Ich blinzelte ihn an. »Haben sie mich denn *gesehen*?«

Er lachte. »Er kann sich jedenfalls nicht beklagen. Wir werden uns einfach nehmen, was wir brauchen, und ihm morgen Bescheid geben. Wenn er sich beschwert, können Sie ihm sagen, dass er sein verdammtes Schild wegnehmen soll.«

»Ja, aber Sie hören mir nicht zu. Wir kommen nicht rein.«

»Wollen wir wetten?«

Ich brauchte einen Moment, um zu begreifen, worauf er hinauswollte. »Nein«, sagte ich streng. »Das können wir nicht.«

»Fünfzig Mäuse? Oder wollen Sie es interessant machen?«

»Es ist interessant genug. Haben Sie nichts von diesen Burschen letzte Woche gehört?«

»Welche Burschen?«

»Zwei Jugendliche mit langen Fingern haben versucht, ein paar T-Shirts zu stehlen. Also hat Augustine sie so verzaubert, dass sie überall dran festklebten.«

Fred legte die Stirn in Falten. »Wo dran?«

»An allem. Er hat einen Zauber gewirkt, der sie zu einer Art menschlichem Klettband gemacht hat. Nur, sobald etwas festklebte, ging es nicht mehr ab. Einer der Jungs kam am Ende des Tages völlig aufgelöst an und zog einen langen Rattenschwanz an Straßenmüll hinter sich her, einen Klappstuhl, einen Kinderwagen … und den vollen Einkaufswagen eines Obdachlosen.«

»Nun, das klingt nicht so …«

»*Und* den Obdachlosen, der ihm mit einer zusammengerollten Zeitung pausenlos eins über die Rübe gab.« Sie hatten den ganzen Tag zusammengeklebt, da der Mann den Jungen am Arm gepackt und um Kleingeld gebettelt hatte.

»Oh. Nun, tja, das würde wohl …«

»*Und* er hat dabei noch Glück gehabt. Den anderen mussten sie von einem Taxi befreien – nachdem es zehn Blocks weit gefahren war!«

Fred schürzte die Lippen. »Zehn ist nicht so schlimm, wenn man nur auf dem Kofferraum mitfährt.«

»Er ist hinterhergejoggt! Er hatte Glück, dass nicht so viel Verkehr war und dass der Taxifahrer nicht so schnell gefahren ist …«

Meine Stimme verlor sich, weil Fred nicht mehr zuhörte. Er starrte stattdessen mit leerem Blick die Wand an. »Welche Schuhgröße tragen Sie?«, fragte er plötzlich.

»Achtunddreißig. Warum?«

»Nur so.«

Ich musterte ihn mit schmalen Augen. »Sagen Sie mir, dass Sie nicht dabei sind, einzubrechen.«

»Ich? Ich sitze doch hier.«

»Und was ist mit den anderen?« Fred war Teil eines unheiligen Trios, das Mircea mir vor gut einer Woche geschenkt hatte. Zuerst hatte ich gedacht, er verstärke nach den zwei jüngsten Zwischenfällen nur die Sicherheitsmannschaft. Aber in letzter Zeit hatte ich den Verdacht geschöpft, dass er andere Gründe gehabt hatte.

Sehr, sehr selbstsüchtige Gründe.

»Welche anderen?« Fred versuchte, unschuldig dreinzublicken, als meine Tür aufgerissen wurde.

»Diese anderen!«, rief ich und zeigte auf die zwei Männer, die in der Tür erschienen. Gut, ein Mann, da ich den anderen unter einem Berg von Kleidern nicht sehen konnte, obwohl ich wusste, dass er da war. »Verdammt, Fred!«

Aber Fred hörte mir nicht zu. »Und?«, fragte er und drehte sich um.

»Ich hasse dich«, knurrte der Berg.

Und begann dann in Richtung meines mit Essen übersäten Bettes zu taumeln, bevor alle brüllten: »Nein!«

Der Berg fluchte, und der gut aussehende, dunkelhaarige Vamp, der nach ihm hereingeschlendert kam, grinste, ein schnelles Aufblitzen von Zähnen in einem olivfarbenen Gesicht. »Wir sind unbehelligt rausgekommen«, sagte er mir. »Nun, mehr oder weniger.«

»Wie viel weniger?«

»Wir sind in einen kleinen Schutzzauber gerannt. Beziehungsweise, einer von uns.«

»Hier. Leg alles auf den Stuhl«, sagte Fred und schleppte einen Sessel vom Fenster an.

»Leg du es doch hin!«, blaffte der Berg.

»Wo ist das Problem? Lass es einfach fallen.«

»Ich kann es nicht einfach fallen lassen!«

»Warum nicht?«

»Du klebst nicht daran fest, oder?«, fragte ich ängstlich.

Ein blaues Auge schaffte es, mich wütend durch eine Lücke in einer Lage Chiffon anzufunkeln. »Nein! Ich klebe an mir fest!«, sagte er. Und dann hob er die Arme und verursachte einen furchtbar teuren Erdrutsch auf meinem Teppich.

Mir klappte der Unterkiefer runter, aber nicht wegen der Demütigung von Augustines Werk.

»Oooooh!«, rief Fred beeindruckt.

»Tut doch was!« Der Berg hatte sich als ein gestresst aussehender, blonder Junge namens Jules entpuppt, der die Hände ausstreckte. Oder ich sollte besser sagen, eine Hand, da die beiden nicht länger getrennt waren. Die Finger der einen Hand gingen in die der anderen über, ohne Unterbrechung in der glatten, hellen Haut. Was den Dieb in Handschellen zurückließ.

Die aus seinen eigenen Händen bestanden.

Zweiundzwanzig

»Wo sind deine Fingernägel geblieben?«, fragte Fred und präsentierte uns seine kahle Stelle, als er sich bückte, um nachzusehen. Er wirkte eher neugierig als angeekelt.

»Woher zum Teufel soll ich das wissen?«, kreischte Jules. »Bringen Sie es einfach in Ordnung!« Und er stieß die unheimlich aussehenden Fingerkäfige wieder von sich – in meine Richtung.

Ich schaffte es, nicht zurückzuschrecken, aber es war knapp. Denn Fred hatte recht; da waren weit und breit keine kleinen polierten Ovale zu sehen. Nur etwas, das wie ein zusätzliches Gelenk aussah, wo die Verschmelzung stattgefunden hatte. Und nach Jules' Gesichtsausdruck zu schließen, fand er das genauso beunruhigend wie ich.

Aber nicht so beunruhigend, wie plötzlich drei Augenpaare gleichzeitig auf mir zu spüren. Und alle erwartungsvoll, weil die Jungs neu waren und einige Dinge noch nicht kapiert hatten. Wie die Tatsache, dass ich zwar eine Hellseherin sein mochte, aber keine Hexe war.

Naja, okay, ja. Technisch gesehen fiel ich in diese Kategorie, aber nur weil das jeder weibliche Anwender der Magie tat. Es war ein Allerweltswort, wie »Zauberer« es für Männer war, was nichts über das Niveau der Fähigkeiten, Ausbildung oder Spezialisierung einer Person aussagte. Oder in meinem Fall, ob ich auch nur den grundlegendsten Zauber zustande bringen konnte.

Natürlich hatte ich das pythische Zeug, aber das war nur auf seine ganz eigene, verrückte Art nützlich. Es konnte mich durch die Zeit schleudern, aber es konnte keinen simplen Schutzzauber machen oder einen Glamourzauber, um meine Sommersprossen zu überdecken, oder mir helfen, beim Kartenspiel zu mogeln. Weshalb immer Billy gewann.

Pritkin zufolge besaß ich eine ansehnliche Menge der normalen Art von Magie, aber nur als Potenzial, da ich nie gelernt hatte, wie man sie benutzt. Das lag an Tony, dem Mistkerl, der Angst gehabt hatte, ich könnte etwas, das ich lernte, eines Tages gegen ihn verwenden. Und es lag an meinem üblichen Mangel an Glück.

Nachdem ich Tony weggelaufen war, hatte ich bei einer Hexe gewohnt, die über das seltene Talent verfügte, jede Magie, die um sie herum gewirkt wurde, auszulöschen. Das war großartig gewesen, um sich vor den bösen Buben zu verstecken, deren Verfolgungszauber über Tammys Haus flossen wie Wasser über Glas. Aber es bedeutete auch, dass sie weder selbst Magie wirken noch sie mich lehren konnte.

Dann war ich für drei Jahre zu Tony zurückgegangen, um zu versuchen, ihm eine Falle zu stellen, für das, was er meinen Eltern angetan hatte. Das hatte also auch nichts gebracht. Und dann, als ich das zweite Mal weglief, nachdem mein Racheversuch mit Pauken und Trompeten gescheitert war, verbrachte ich die meiste Zeit in der menschlichen Welt. Weil sie viel größer ist als die übernatürliche Welt und ich mich dort in einer größeren Menge verstecken konnte.

Es hatte funktioniert – er hatte drei weitere Jahre gebraucht, um mich zu finden, obwohl er *wirklich* motiviert gewesen war. Und in der Zwischenzeit, wette ich, hatten seine Jungs Hunderte von Stunden damit verbracht, all die Orte abzusuchen, an die eine junge, ungebildete Hexe sich vielleicht wenden würde, um ihr kleines Problem zu lösen, und sie hatten nichts gefunden. Weil ich an keinen dieser Orte gegangen war.

Teils aus Paranoia, teils, weil die Trauben einfach zu hoch hingen. Ich hatte mich sehr erfolgreich selbst davon überzeugt, dass ich nichts mit der Welt zu tun haben wollte, die ich ohnehin nicht haben konnte. Aber jetzt entstand daraus ein Problem, und zwar eines, das ich noch nicht hatte korrigieren können, seit mir all dieses pythische Zeug vor die Füße gekippt worden war.

Nicht dass irgendetwas davon für Jules eine Rolle spielte, der offensichtlich den Tränen nahe war.

Seine Haltung war nicht weiter schockierend. Augustines kleiner Scherz hätte jeden in Panik versetzt, aber in Jules' Fall war es besonders grausam. Seine Hände waren für den Mann so bezeichnend wie für Marco die Zigarren, für Fred die großen, grauen Augen oder für Rico seine Bonmots. Ich hatte mich einige Male gefragt, ob er halb Italiener war, da er die Neigung hatte zu gestikulieren, wenn er sprach. Oder wenn er mit den anderen Vamps stritt. Oder wenn er Musik hörte und den Noten mit seinen ausdrucksstarken Fingern folgte, als spielte er ein Klavier.

Fingern, die ausnahmsweise einmal vollkommen steif und still waren.

Und plötzlich verspürte ich aufrichtigen Zorn auf den selbstgefälligen Ladenbesitzer. Die anderen Sachen waren irgendwie witzig gewesen; dies war schlicht und einfach grausam. Und er sollte verdammt nochmal seinen eleganten Arsch aus dem Bett schwingen und herkommen und es in Ordnung bringen.

»Holen Sie Augustine ans Telefon«, befahl ich Fred. »Sagen Sie ihm …«

»Nein!«, unterbrach Jules mich panisch. »Nein, Sie *können* nicht …«

Er brach abrupt ab, riss den Kopf hektisch hin und her und rannte dann in mein Badezimmer, wo wir ihn herumpoltern hörten, während wir einander anstarrten. Dann gingen wir endlich hinein, um zu gucken.

Wir fanden ihn in der Dusche.

Er versuchte offenbar, sie anzustellen, bloß funktionierte das nicht so gut nur mit Ellbogen. *Hilf mir*, formte er mit den Lippen an Rico gerichtet. Der seufzte, ging aber pflichtschuldig hinüber und drehte am Knauf. Wasser schoss zur selben Zeit aus der Wand hervor, als ein weiterer Schwall – von Lärm – mich zusammenfahren ließ. Fred hatte auf den Knopf des Radios gedrückt, das Beyoncés jüngsten Hit aus jedem eingebauten Lautsprecher plärrte, bis er von den gekachelten Wänden widerhallte und den Handtuchhalter erzittern ließ.

Und dann hob Jules die Arme über meinen Kopf und zerrte mich in die Duschkabine.

Das wäre nicht so schlimm gewesen, da ich wusste, was er vorhatte. Ich hatte es selbst einige Male getan und versucht, Hintergrundgeräuschen eines lauten Kasinos ein weiteres lautes Geräusch hinzuzufügen, um das Vampirgehör durcheinanderzubringen. Aber dann drängten die beiden anderen hinter uns ins Bad.

Und obwohl es eine große Dusche war, war sie doch nicht *so* groß.

Aber Jules scherte sich nicht darum, was ich dachte. Jules ging es nur darum, seinen Standpunkt klarzumachen. »Sie dürfen nicht – versprechen Sie mir, dass Sie Augustine nicht anrufen!«, flüsterte er.

»Warum nicht?«, fragte ich und versuchte, mich unter seinem Arm hinwegzuducken, da er mich nicht sehr gut auf die gewohnte Weise gehen lassen konnte. Aber das bewirkte nichts, da Rico direkt hinter mir stand, was dazu führte, dass ich Jules zurück in einen der Duschhebel drängte – und ich brauchte nicht zu fragen, welcher es war.

Der lauwarme Strahl bekam plötzlich etwa die Temperatur von Lava.

Ein schmerzerfülltes Keuchen war alles, was ich herausbrachte, bevor mir jemand eine Hand auf den Mund presste. Es war Ricos Hand, erkannte ich an dem hübschen goldenen Armband um das elegante Handgelenk. Eins, das ich ihm in seinen Hals stopfen würde, wenn er nicht …

Es raschelte irgendwo. Und dann sank die Temperatur abrupt auf erträglich und ließ mich nur halbverbrüht zurück. Aber nicht minder zornig. Und nicht minder stumm, denn das Hand-über-meinem-Mund-Ding veränderte sich nicht.

»Lass sie los«, sagte jemand, als ich begann, mit den Armen um mich zu schlagen.

Ich brauchte eine Sekunde, um die Stimme zu erkennen, denn sie enthielt einen überraschenden Befehlston. Und weil sie von dem kleinen Mann kam, der unter dem Badezimmerregal hockte, da er sich den Kopf stoßen würde, wenn er aufstand. Fred sah Rico böse an, und zu meiner weiteren Überraschung ließ Rico mich los und trat einen Schritt zurück, machte mir Platz, dass ich mich umdrehen und ihn wütend anstarren konnte.

Aber er wirkte nicht allzu zerknirscht, vielleicht weil er mit dem entsprechenden Gesichtsausdruck nicht viel Übung hatte. Ich bezweifelte, dass Frauen lange wütend auf ihn blieben, mit seinen dunklen Locken, seinem stoppelbärtigen Kinn und dem Sixpack, das unter seinem rapide feuchter werdenden Hemd zu sehen war. Aber es nützte ihm bei mir nichts – nachdem ich drei Monate lang mit Mircea zu tun gehabt hatte, brauchte es etwas mehr als ein paar Muskeln, um mein Gehirn zu umnebeln.

»Und wir rufen Augustine nicht an, weil …?«, fragte ich abermals.

»Wir *dürfen* nicht«, sagte Jules, der wieder in den Panikmodus schaltete. »Wenn wir das tun, findet der Meister es sicher heraus!«

»Na und? Er wird Augustine schon nicht angreifen …«

»Wer schert sich um Augustine? Ich mache mir Sorgen um mich!«

Ich drehte mich mühsam wieder herum, um aufrichtige Panik in diesen blauen Augen zu sehen. »Mircea läuft auch nicht herum und greift seine Vampire an«, stellte ich fest. Das brauchte er auch gar nicht. Die meisten von ihnen benahmen sich auch so schon, als sei er das Jüngste Gericht. »Das Problem ist nicht so sehr ein Angriff«, sagte Fred, anscheinend in Zenmodus, obwohl er von einem Wasserfall begossen wurde, der vom Regal hinabrann.

»Was dann?«

Die drei warfen sich Blicke zu. Zumindest vermutete ich, dass sie das taten. Ich konnte Rico nicht mehr sehen, aber Fred schaute hinter mich und dann zu Jules. »Ich sag's ihr«, warnte er.

Niemand sprach.

»Mir was sagen?«, fragte ich.

»Es ist wie …« Fred dachte einen Moment lang nach. »Wissen Sie, wie die Briten früher Sträflinge nach Australien geschickt haben?«, sagte er schließlich.

Ich sah ihn durch die Rinnsale schlammigen Wassers an, die von meinen schmutzigen Ponyfransen rannen. »*Was?*«

»Sie wissen schon, in den schlechten alten Zeiten. Als sie einige Unruhestifter loswerden mussten, die nicht genug getan hatten, um zu hängen, aber auch nicht gut genug waren, um sie dazubehalten? Dass sie sie auf Schiffe geladen und nach Oz geschickt haben?«

»Nein!«

»Australien ist ein schlechtes Beispiel«, protestierte Rico. »Leute sind dort gestorben. Und davor gab es Not und Schmerz und Leiden …«

Fred zog eine Augenbraue hoch. »Und?«

Rico dachte einen Moment nach. »Guter Punkt.«

Ich schloss die Augen und holte tief Luft. Und öffnete sie dann, um Fred böse anzustarren. »Warum erzählen Sie mir das?«

Seine grauen Augen schauten mit einem Anflug von Mitgefühl in meine. »Weil Sie Australien sind?«

Ich wollte meinen Kopf gegen die Kacheln schlagen, aber ich kam nicht an sie dran. Also stand ich einfach kurz da und fragte mich, wie viel Ärger ich mit Mircea bekommen würde, wenn ich drei seiner Leute tötete. Wenn ich sie recht verstand, würde es nicht allzu schlimm sein.

Rico lachte schnaubend. »Ich wünschte, ich könnte ihr Gesicht sehen.«

»Nein«, bemerkte Fred zu ihm. »Tust du nicht. Aber wir haben keine Zeit für Diplomatie.«

»Auch gut«, erwiderte Rico, der es irgendwie schaffte, sich eine Zigarette anzuzünden. »Darin sind wir alle Nieten.«

»Also Sie erzählen mir gerade, Sie alle haben Mist gebaut und Mircea hat Sie bestraft, indem er Sie zu mir geschickt hat?«, fasste ich zusammen.

»Siehst du?«, fragte Rico. »Ich sage allen immer wieder, dass sie wirklich keine dumme Blondine ist.«

Ich drehte mich um und stieß dabei Jules mit dem Ellbogen in die Eingeweide, dann riss ich Rico die Zigarette aus dem Mund und warf sie auf die durchnässten Fliesen, wo sie mit einem kleinen Zischeln ausging. »Das war ein Kompliment«, protestierte er.

»Der Punkt ist, wir dürfen es nicht wieder vermasseln«, sagte Fred schnell. »Sonst … nun, ich weiß nicht, was dann passiert. Aber ich denke, man kann definitiv sagen, dass keiner von uns es herausfinden will. Aber ihr wisst ja, wie Augustine ist. Der Mann ist selbst an einem guten Tag empfindlich …«

»Man nennt es künstlerisches Temperament.« Rico klang erheitert.

»Nun, ich nenne es ein Arsch sein«, sagte Fred säuerlich. »Aber wenn er aus dem Bett steigen und den ganzen Weg hier heraufkommen muss, um seinen Fluch oder was auch immer rückgängig zu machen, und wenn er dann sieht, was für eine Schweinerei ihr in der Werkstatt hinterlassen habt …«

»Sie haben eine Schweinerei hinterlassen?«, fragte ich Rico und wandte mich ihm zu.

»Sie hatten es eilig.«

»Ich hatte – ich habe Sie gar nicht gebeten, irgendetwas zu tun!«

»Man sagt uns immer, dass wir die Initiative ergreifen sollen.« Jules klang entnervt. »Jedenfalls zu Hause. Ein guter Diener weiß, was sein Meister will, bevor sein Meister es tut …«

»Ich bin nicht Ihr Meister!«, erklärte ich ihm und schaffte es endlich, mich unter den mich umklammernden Armen wegzuducken.

»Nun, Sie kommen einem Meister noch am nächsten im Moment«, sagte Jules und benutzte die Handgelenke, um sich eine Strähne nassen, blonden Haares aus dem Gesicht zu wischen. »Und ich bin dort hinuntergegangen, um für Sie zu sorgen. Nun sorgen Sie für mich!«

Ich starrte ihn an, wütend, durchweicht und angekotzt. Aber auch seltsam verständnisvoll. Denn er hatte gerade in zwei Sätzen perfekt den Vampircodex zusammengefasst.

Echte Vampire waren nicht die einsamen Wölfe aus den Filmen, die ein zurückgezogenes, aber sexy Leben irgendwo in einer Burg führten und sich nach der Liebe einer guten Frau verzehrten. Tatsächlich war so ziemlich das Gegenteil der Fall. Wenn überhaupt, erinnerten sie mich an Ameisen, die in weit verzweigten Familien lebten, manchmal zu Hunderten oder sogar zu Tausenden, und jedes Mitglied fügte sich an seinen Platz in einer komplexen Hierarchie ein, bei der den meisten Leuten bei dem Versuch, sie zu durchdringen, der Kopf geplatzt wäre.

Und all diese Mitglieder waren – bis auf eines – Diener unterschiedlicher Ränge. Die herumkommandiert und kontrolliert wurden und Befehle von jenen weiter oben auf der Leiter empfingen, und das auf eine Art und Weise, welche die meisten Menschen entsetzt hätte. Aber mit den Einschränkungen ging ein seltsames Gefühl von Freiheit einher, das die meisten eben dieser Menschen niemals kennen würden.

Man machte zwar die Regeln nicht, aber man brauchte sich auch nicht um Konsequenzen zu kümmern. Man hatte zwar keine Macht, aber man trug auch keine Verantwortung. Solange man nicht das Oberhaupt seines eigenen Hausstandes war, konnte man das Problem immer einem anderen zuschieben, war es die Bürde eines anderen, egal ob besagter anderer etwas mit dem Schlamassel, den man angerichtet hatte, zu tun hatte oder nicht. Man mochte bestraft werden, wenn man seine Sache hinreichend vermasselte, aber man war nie dem Stress ausgesetzt, ganz allein mit den Dingen fertig werden zu müssen.

Weil man niemals ganz allein *war*.

Und weil der schwarze Peter immer weitergegeben werden konnte.

Und gerade jetzt klang das wirklich verlockend.

»Es ist schon gut«, sagte Fred nach einem Moment. »Er kann warten.«

Jules sah ihn ungläubig an. Und dann sah er mich an. Er sah nicht aus wie jemand, der warten konnte.

»Nein!«, rief er mit vor Schreck erhobener Stimme. »Bringen Sie es in Ordnung! Bringen Sie es *jetzt* in Ordnung!«

Und klar. So würde ich mich an seiner Stelle wahrscheinlich auch fühlen. Als wollte ich die Hände auseinanderzerren oder sie von meinem Körper abreißen, so fremd, wie sie geworden waren. Der einzige Unterschied war, dass Jules Vampirkräfte hatte. Er konnte es tun. Und sicher, sie würden am Ende wieder nachwachsen, aber nicht alle Narben würden heilen. Zum Beispiel die Erinnerung daran, sich sein eigenes Fleisch abgerissen zu haben.

»Okay«, sagte ich ihm und hielt seine Hände mit meinen fest. »Okay. Geben Sie mir nur … eine Sekunde.«

Ich schloss die Augen wieder, nicht so sehr um nachzudenken, weil es nichts gab, worüber man nachdenken musste. Sondern um es zu vermeiden, ihm in die Augen zu schauen. Aber es half nicht viel, da ich immer noch die Hände vor mir sah, die ich so eindringlich angestarrt hatte.

Und vor meinen inneren Augen sahen sie normal aus, hübsch sogar, mit feinen Knochen und eleganten Linien. Es waren Künstlerhände, Schauspielerhände. Wenig überraschend, schätze ich, da Jules genau das einst gewesen war.

Er war irgendwann in den Anfangstagen des Films ein hoffnungsvolles Hollywood-Talent gewesen, als Mircea ihn kennengelernt und ihm eine andere Art von Deal angeboten hatte. Nur hatte es sich nicht so gut entwickelt, wie Jules gehofft hatte. Vielleicht, weil er, obwohl er Talent, Verstand und Ehrgeiz hatte, außerdem hitzköpfig und ungehobelt war und eine ungünstige Neigung dazu hatte, erst zu handeln und dann zu denken.

Wie Rico gesagt hatte, er war ein mieser Diplomat.

Was nicht so schlimm gewesen wäre, aber in Mirceas Familie drehte sich alles um Diplomatie. Also ja, einem Mann, dem nicht viel mehr als sein Aussehen übriggeblieben war, würde etwas wie dies wehtun. Was wohl erklärte, warum seine Hände plötzlich in meinen zitterten.

Verdammt! Pritkin hätte so etwas im Handumdrehen geregelt, wahrscheinlich ohne dass ihm auch nur der Schweiß ausbrach. Aber dank Rosier war er nicht da. Und ich konnte nicht gut Jonas rufen, der einen Haufen Zirkelhexen in meinem Wohnzimmer finden würde, woraufhin ihm wahrscheinlich eine Sicherung durchbrennen würde. Wodurch ebenso wahrscheinlich eine Vergeltungsaktion ausgelöst werden würde, da die Führung des Hexenzirkels mich bisher nicht gerade durch Zurückhaltung beeindruckt hatte. Und dann würden beide Seiten um Hilfe rufen, und dann …

Und dann würden wir alle den Abend als gackernde Hühner beenden.

»Cassie?« Jules' Stimme erklang wieder, schüchterner diesmal. Als mache er sich vielleicht Sorgen, wie lange meine Untersuchung dauerte.

Das machte auch mir Sorgen, denn mir fiel nichts ein. Naja, abgesehen von Rogers altem Mantra, »Durch Schein zum Sein«. Was vielleicht nicht wirklich helfen, aber vielleicht Jules daran hindern würde, Amok zu laufen, bis ich etwas fand, das funktionierte.

»Ja«, sagte ich nachdenklich, strich über seine Handrücken und versuchte, mich von jedem Arzt inspirieren zu lassen, den ich je gehört hatte. »Ja. Das dachte ich mir.«

»Was haben Sie sich gedacht?«

»Sie sollten sich keine Sorgen machen«, entgegnete ich, öffnete die Augen und sah mitten in seine. »Es ist nicht so schlimm.«

»Nicht so schlimm?« Jules klang ungläubig.

»Nun, klar, Ihnen kommt es wahrscheinlich nicht so vor. Aber es ist ein einfacher Zauber. Mehr ein Streich als irgendetwas anderes. Die Kinder der Magier machen so etwas manchmal zum Spaß miteinander.«

»Zum …« Er brach mit einem erstickten Laut ab. »Magier haben einen Knall.«

»Was Sie nicht sagen. Hören Sie, machen Sie sich keine Sorgen und bleiben Sie unsichtbar. Ich sehe zu, dass ich unsere Gäste so schnell ich kann loswerde, und dann bringen wir Sie wieder in Ordnung. Okay?«

Er blinzelte mich durch tröpfchenverhangene Wimpern an, irgendwie benommen, als habe er sich auf ein Todesurteil gefasst gemacht. Aber dann nickte er und wirkte ein klein wenig ruhiger. Und ließ sein klatschnasses Selbst von Rico aus der Dusche führen.

Fred folgte ihnen nicht.

»Wen soll ich anrufen?«

Ich sah ihn finster an. »Woher wollen Sie wissen, dass Sie jemanden anrufen sollen?«

Er sah mich nur an.

Ich seufzte. »Zentrale, das Hauptquartier des Corps. Fragen Sie nach Caleb Carter.«

»Nach wem?«

»Einer von Pritkins Freunden. Sie haben ihn neulich in dem Pizzaladen kennengelernt. Erzählen Sie ihm, was passiert ist, und bitten Sie ihn, hierherzukommen.«

Fred warf mir einen Blick zu. »Also ist es wohl schlimm, hm?«

»Ich weiß es nicht. Aber Caleb wird es wissen. Und er weiß, wie man den Mund hält.«

»Das weiß Pritkin auch«, bemerkte Fred. »Warum rufen wir nicht einfach ihn?«

»Er ist … beschäftigt.«

»Beschäftigt wo? Wir haben ihn schon die ganze Woche nicht gesehen. Einige der Jungs haben sich gefragt …«

»Ich hätte nicht gedacht, dass sie einen Kriegsmagier vermissen würden.«

»Vermissen wäre vielleicht ein wenig übertrieben«, gab er zu. »Aber er ist weniger nervig als die meisten anderen, und er bringt Bier mit. Also, wohin ist er nochmal gegangen?«

»Ich habe ihn ausgeschickt, etwas zu erledigen.«

»Oh Mann. Doch nicht wieder ins Feenland? Ist er nicht beim letzten Mal beinahe getötet worden?«

»Er ist nicht …« Ich brach ab. Ich würde mich hier nicht verstricken. Je weniger Lügen ich erzählte, desto besser.

Im Gegensatz zu Roger lagen sie mir nicht.

»Hören Sie, holen Sie einfach Caleb her, okay? Bevor Jules einen Nervenzusammenbruch bekommt.« Oder ich einen bekam.

»Zu spät. Jules ist so. Er wurde so geboren.«

»Fred!«

»Okay, okay. Entspannen Sie sich. Nehmen Sie ein Bad.« Er musterte mich von Kopf bis Fuß, und dann lächelte er schwach. »Oder, Sie wissen schon. Noch eins.«

Dreiundzwanzig

Ich nahm das Bad. Und rubbelte mir das Haar trocken. Und zog T-Shirt und Jeans an, weil ich es leid war und die Nase voll hatte und genug davon hatte, mich zu verstellen in Bezug darauf, was ich in der nächsten Nacht vorhatte. Dann machte ich mich auf zur Hexenjagd.

Ich fand sie im Aufenthaltsraum, wo sie Billard spielten.

Nun, zwei von ihnen. Die dritte war durch die Schiebetür zum Wohnzimmer zu sehen, die wieder einmal offenstand. Vielleicht weil Marco eine Charmeoffensive gestartet hatte, wahrscheinlich aber, um sich ein Date zu verschaffen; das würde sich noch herausstellen.

Aber er redete mit einer der Hexen, die ich sofort Jasmin taufte, weil sie aussah wie die Disneyfigur. Sie wissen schon, ungefähr so, wie wenn Jasmin Armani getragen und sich die Haare kürzer hätte schneiden lassen, dass sie ihr schönes Gesicht sanft umspielten. Sie war liebreizend wie ein Vamp, was vielleicht erklärte, warum Marco drüben an der Bar mit ihr plauderte. Ich konnte nicht erkennen, ob er weiterkam, denn ihre glutvollen Augen waren halb geschlossen, und das leichte Lächeln auf ihren dunkelroten Lippen konnte sowohl Erheiterung als auch Geringschätzung bedeuten.

Aber die beiden anderen Hexen tendierten definitiv zu Erheiterung.

Eine stand auf einem Hocker neben dem Billardtisch, das Queue in üppig beringten Händen, und konzentrierte sich auf ihren nächsten Stoß. Der Hocker war notwendig, weil sie nur etwa eins fünfzig oder fünfundfünfzig groß war, wenn man den wahrhaft prachtvollen Afro nicht mitzählte, der sie noch einmal zwölf Zentimeter größer machte. Sie trug einen grünseidenen Mu'umu'u, hatte lange, mit einem Goldglitterlack versehene Fingernägel und einen Haufen passender Goldketten um den Hals, die klirrten, als sie den Stoß vornahm. Und den Achterball versenkte, was ihre Gefährtin dazu veranlasste, ein unanständiges Wort zu sagen.

Die winzige Hexe kicherte und kletterte von ihrem Hocker, um ein Bier, das sie auf einem Beistelltisch abgestellt hatte, wieder an sich zu nehmen. Ihre Gegnerin baute eine neue Partie auf, da sie diese gerade verloren hatte. Es schien ihr nichts auszumachen. Ich hatte den Eindruck, dass es nicht viel gab, was ihr etwas ausmachte.

Sie war diejenige, die versucht hatte, in der Lobby mit mir zu reden. Es überraschte mich irgendwie, dass ich sie gerade hatte verlieren sehen, da sie auf Strümpfen vielleicht einen Meter fünfundachtzig war und locker eins neunzig in den bequemen schwarzen Pumps, die sie trug. Die Pumps komplettierten den Rest des Looks: Haare kurz und grau, Augen durchdringend und stahlfarben und ein eher praktischer als eleganter Nadelstreifenanzug. Sie sah nicht aus wie eine Hexe. Sie sah aus wie eine alternde Walküre. Und sie ähnelte ziemlich Eugenie, meiner alten Gouvernante, was wahrscheinlich erklärte, warum ich gerade Magenkrämpfe bekam.

Da sie mir ohnehin keine Aufmerksamkeit schenkten, ging ich in die Küche, um etwas zu suchen, womit ich meinen Magen beruhigen konnte. Und fand stattdessen eine weitere Hexe. Zumindest vermutete ich das, obwohl eine vierte den Anklang an das Macbeth-Trio irgendwie vermasselte. Aber sie konnten sich wohl nicht ständig an solche Dinge halten, vor allem wenn sie annahmen, dass sie vielleicht Verstärkung brauchen würden.

Nicht dass diese Hexe danach aussah, als würde sie sich dafür zur Verfügung stellen.

Zum einen war sie jung, etwa fünf oder sechs Jahre jünger als ich. Möglicherweise war aber selbst das zu hoch geschätzt, denn auch wenn ihr Körper der einer Erwachsenen war, trug sie ein langes, weißes, hochgeschlossenes Gewand, das Eugenie »vornehm« genannt hätte und das ich als Nachthemd aus dem neunzehnten Jahrhundert ansah. Solche Kleidung war einer der Gründe, warum ich zu Miniröcken und oberschenkelhohen Stiefeln gewechselt hatte, sobald ich von Tony weggekommen war und eigenes Geld verdiente: Ich war meine ganze Jugend über wie Wendy Darling gekleidet gewesen.

Eugenie hätte auch die Frisur des Mädchens gefallen. Das lange, hellbraune Haar wellte sich ihr auf eine seltsam vertraute Weise über den Rücken. Sie hatte mir halb den Rücken zugekehrt und kämpfte mit etwas auf der Anrichte. Dann erkannte ich auch, an wen sie mich erinnerte.

»Agnes?«

Der braun gelockte Kopf fuhr herum, aber natürlich war sie es nicht. Ich hatte das auch nicht wirklich vermutet, da dieses Küken vier oder fünf Zentimeter größer war als ich, und Agnes war ein winziges kleines Ding gewesen. Aber der Look war ähnlich, und ihr Gesicht war mir vertraut, obwohl ich nicht wusste, woher. Sie wirkte außerdem ein wenig gestresst, was sie definitiv von Agnes unterschied, bei der es gewöhnlich mehr brauchte, um diesen Ausdruck auf ihr Gesicht zu bringen, als eine störrische Kaffeemaschine.

»Das Ding da braucht diese Kapseln«, erklärte ich dem Mädchen hilfsbereit.

Sie sagte nichts.

»Du weißt schon, für kleine Tässchen.«

Sie wusste es offensichtlich nicht. Oder vielleicht war es ihr egal. Sie drehte sich um und presste sich an die Spüle, dann starrte sie mich mit leeren, riesigen, braunen Augen aus einem bleichen Gesicht an. Ich dachte mir, dass sie vielleicht kein Englisch sprach.

»Du brauchst eine Kapsel«, wiederholte ich langsamer und zeichnete mit den Fingern eine Kapselform nach.

Nichts.

»Hier.« Ich holte eine Schachtel mit Espressokapseln aus einem Schrank und reichte sie ihr. Oder versuchte es. Aber sie blieb einfach dort, wo sie war, gegen die Spüle gepresst, während sie mit den Händen die Arbeitsplatte umklammerte und ihre Augen groß und panisch waren.

Nein, begriff ich, sie wirkte nicht panisch.

Sie wirkte verängstigt.

Ich wirbelte herum, die Schachtel mit Kapseln in der Hand, weil man hier nie wusste, wer als Nächstes erschien. Aber es war niemand da. Nicht einmal einer der Vampire, die dazu neigten, sensiblen Gästen Angst einzujagen. Aber sie traumatisierten offensichtlich anderswo Leute, denn es stand niemand in der Tür.

Ich drehte mich wieder um, aber die Horrorfilmopferpose hatte sich nicht verändert, und das machte *mich* langsam panisch. Ich schob die Schachtel mit den Kapseln über die Anrichte. Ich schnappte mir ein Bier aus dem Kühlschrank. Ich wich langsam rückwärts durch die Tür zurück.

Und rannte gegen Marco, der auf dem Weg zu mir war. »Lassen Sie uns loslegen«, sagte er mir leise. »Mir gehen die Witze aus.«

»Sie könnten ihnen ja etwas zu essen anbieten.«

Ein Mundwinkel verzog sich. »Wenn wir sie zum Essen einladen, werden sie länger bleiben.«

»Nicht wenn die Qualität der Küche so ist wie beim letzten Mal«, bemerkte die Walküre von der anderen Seite des Raumes. »Oder war das Vorsatz?«

Sie versenkte eine Kugel.

Marco sah mich an.

Gehörverstärkung, formte ich mit den Lippen.

Die Schutzzauber sollten solche Dinge unterbinden, formte er seinerseits mit den Lippen.

»Und Ihre Schutzzauber sind beschissen«, fügte die Hexe hinzu, was Marco veranlasste, etwas zu murmeln. »Das habe ich gehört.«

Ich seufzte und ging hinüber.

»Zumindest die meisten«, räumte sie ein, stützte sich auf ihr Queue und musterte mich. »Es gab da mal so einen widerlichen Elfenzauber, der uns einige Schwierigkeiten gemacht hat, im Wesentlichen, weil wir ihn nicht erwartet hatten.«

»Ganz mit Stechpalmenzweigen umwunden«, fügte die kleine Hexe in einem Singsang hinzu. »Von Sonnenlicht durchschienen und voller Glanz in der Luft, sucht er Wasser, Feuer und Wind heim – und schützt und schützt und schützt.« Sie nahm einen Schluck von ihrem Bier. »Drei Elemente, was für ein Scheißteil.«

»Aber wir sind daran vorbeigekommen«, berichtete ihre Gefährtin. »Vor allem, weil Sie und Ihre Leute ihn nicht aufrechterhalten haben.«

»Der Mann, der das normalerweise tut, ist derzeit nicht in der Stadt«, sagte ich gelassen.

»Nun, Sie sollten ihn zurückholen.«

»Wir arbeiten daran.« Das wäre allerdings einfacher gewesen, wenn die Hexen verschwinden würden, damit ich Casanova aufspüren und herausfinden konnte, was er über den Rat wusste. Aber sie taten nichts dergleichen. Und da ich die Hexen bereits ungehalten genug gemacht hatte, sah es so aus, als würde ich mich für eine Weile in Diplomatie üben müssen.

»Spielen Sie?«, fragte die Walküre und baute ein neues Spiel auf, obwohl sie das letzte kaum begonnen hatten.

Ich schaute zu der kleine Hexe hinüber, die mich breit angrinste. »Ich werde eine Runde aussetzen«, erbot sie sich.

Ich zuckte die Achseln. »In Ordnung.«

Marco wirkte überrascht, wahrscheinlich weil er mich niemals hatte spielen sehen. Aber wenn man fast wöchentlich dem Tod ins Auge sah, nahm das der Sache den Spaß. »Ich habe früher in einer Bar gearbeitet«, rief ich ihm ins Gedächtnis.

»Und was haben Sie dort getan?«, wollte die Walküre wissen.

»Die Bar aufgefüllt. Vor allem habe ich Tarotkarten gelegt.«

»Die Pythia hat in einer Bar Tarotkarten gelegt«, sagte die Hexe, als glaube sie mir kein Wort.

»Ich war damals noch keine Pythia. Und ich esse gern.«

»Sie müssen ziemlich viele Leute angelockt haben«, erwiderte sie trocken.

»Nicht wirklich.« Ich hielt inne, als sie mit der Aufstellung fertig war, ohne mich darüber zu ärgern, dass sie mich zur Seite stieß. »Den meisten Leuten hat nicht gefallen, was ich ihnen sagen musste.«

»Und was war das?«

»Die Wahrheit.«

Ihr Queue ruckelte auf dem Samt, und sie verpatzte die Eröffnung. Sie funkelte mich an, als hätte ich ihr das absichtlich eingebrockt. Ich fischte die weiße Kugel aus einer Ecktasche und warf sie ihr zu. »Fangen Sie ruhig noch mal an.«

Sie schien überrascht zu sein, dass ich meinen Vorteil aufgab.

Aber mir war im Moment nicht gerade nach einem Wettbewerb zumute. Und ich bezweifelte, dass sie in meine Suite eingebrochen waren und die Lobby verwüstet hatten, um Billard zu spielen.

Die Hexe schob die Kugeln erneut zusammen und eröffnete so, dass sie anschließend zwei einfache Stöße hatte. Sie machte sich für einen von ihnen bereit, bevor sie mich durch einen Kranz grauer Ponyfransen ansah. »Ich hätte nicht erwartet, dass Sie so höflich sein würden.«

»Warum? Weil ich nicht mit Ihnen gesprochen habe, nachdem Sie hier eingebrochen waren?«

»Nein. Aber es gibt jede Menge anderer Gründe. Haben Sie Lust, sie zu hören?«

Nach ihrem Tonfall zu urteilen hatte ich das Gefühl, dass ich sie in jedem Fall zu hören bekäme. »Natürlich.« Ich ging zur Wand und wählte ein Queue aus.

»Sie haben uns nicht zur Krönung eingeladen, obwohl der verdammte Kreis da war – in voller Stärke.« Sie führte ihren ersten Stoß mit einer grimmigen kleinen Bewegung aus. »Sie haben uns nicht die üblichen Grüße geschickt oder auf andere Weise unsere Existenz zur Kenntnis genommen, obwohl Sie dafür mehr als genug Zeit hatten.« Mit ihrem zweiten Stoß versenkte sie zwei Bälle, klack-klack. »Und Sie leben mit einem Haufen gottverdammter Vampire zusammen!«

Sie fluchte und trat zurück, und ich nahm ihren Platz ein. Denn auf keinen Fall würde ich ihr jetzt noch einen zweiten Vorteil gewähren. Ich nahm mir einen Moment Zeit, um den Tisch zu mustern.

»Mit wem ich lebe, ist meine Angelegenheit«, sagte ich und kreidete mein Queue ein. »Und ich habe Ihnen keine Grüße geschickt, weil ich nicht wusste, dass ich das hätte tun sollen.« Oder dass Sie überhaupt existiert haben – aber das fügte ich nicht hinzu, denn ich nahm an, dass das Ego eines Oberhaupts eines ganzen Zirkels zu groß war, um Verständnis dafür aufzubringen. »Und ganz nebenbei, wenn es der Sache dienlich ist, ich war auch nicht eingeladen.«

»Wozu waren Sie nicht eingeladen?«, fragte sie, während ich mich über den Tisch beugte.

»Zu meiner Krönung.« Ich führte den Stoß aus. Es war ein einfacher Frontstoß. Die Kugel ging hinein – gerade eben. Ich war eingerostet.

»Wie meinen Sie das, Sie waren nicht eingeladen?«, wiederholte die Hexe, als ergäben meine Worte keinen Sinn. Okay. Für mich war es damals auch ziemlich unverständlich gewesen.

»Der Kreis und der Senat sind zusammengekommen und haben beschlossen, dass es zu gefährlich für mich sei, dort zu sein, bei all den Morddrohungen, die ich bekommen hatte«, erklärte ich. »Also haben sie das Datum vorverlegt, ohne mich davon in Kenntnis zu setzen. Ich habe es gerade rechtzeitig herausgefunden, um es zur Krönung zu schaffen.«

»Sie haben das Datum verlegt?« Sie wirkte immer noch verwirrt.

»Und als ich dann doch auftauchte, haben sie mich hinausgeworfen.«

»Wo hinausgeworfen?«

Ich schaute auf, um meinen nächsten Stoß vorzubereiten, und sah, dass sie die Stirn runzelte. »Aus dem Gebäude. Marlowe – typisch Kit Marlowe …«

»Ich weiß, wer er ist!«

»Nun, dann wissen Sie auch, dass er ziemlich … überzeugend sein kann. Nicht dass er sich in dieser Nacht Mühe damit gemacht hätte. Er hat mich einfach auf die Hintertreppe gestoßen und die Tür zugeschlagen. Sie haben irgendeine Braut so tun lassen, als sei sie ich, und es wäre peinlich gewesen, wenn zwei von uns herumgelaufen wären.«

Die Walküre sagte nichts, aber sie bekam ganz schmale Lippen.

»Warum sind Sie dann nicht wieder hineingesprungen?«, fragte Afro, die mit ihren dunklen Augen rollte. Als erwarte sie zu hören, wie die ganze Sache mit Karacho den Bach runtergegangen war. Ein Jammer, dass ich sie enttäuschen musste.

»Weil sie das verdammte Haus mit Schutzzaubern belegt hatten. Irgendein unheimlicher Zauber, der das Haus mitten auf einer Ley-Linie geparkt hat und es quasi aus dieser Welt herausgenommen hat. Es sah aus, als sei es da, aber meine Macht reichte nicht bis hin. Und ich kann nicht ins Nichts springen.«

Ich versenkte die Dreierkugel mühelos, und die Hexe machte ein langes Gesicht.

»Ich hätte einen Weg gefunden, sie dafür zahlen zu lassen!«, erklärte sie und stampfte mit einem Gehstock auf dem Boden auf. Er war mir zuvor nicht aufgefallen, sah aber nicht so aus, als brauche sie ihn. Er war schwarz und alt und knorrig, aber auf Hochglanz poliert. So, wie auch ihre Augen glänzten, die trotzig in meine schauten.

»Dann ist es ein Jammer, dass Sie nicht da waren«, erwiderte ich milde und versenkte die Sechs, als Jasmin hereingeschwebt kam, einen Cocktail in der Hand und Fred dicht hinter sich.

Er schnitt Grimassen und gestikulierte, bis er plötzlich erstarrte, eine Hand und ein Knie erhoben, die Fußspitze gestreckt und mit rollender Zunge. Er sah aus, als hätte er beschlossen, sich dem Ministerium für affigen Gang anzudienen. Er wirkte offen gesagt komplett irre. Es machte den Eindruck, als verspotte er unsere Gäste, was wahrscheinlich nicht gut ankommen würde.

Und dann wirbelte er plötzlich herum und rannte aus dem Raum, mit dem unbeholfenen Gang und dem überraschten Aussehen eines Mannes, der eine kräftige Hand im Kreuz verspürte, die ihm auf die Sprünge half. Ein Blick in Marcos Gesicht sagte mir, dass das wahrscheinlich nicht weit von der Wahrheit entfernt war. Ich seufzte.

Ich wusste nicht, was Freds Problem war, aber ich versuchte nicht, ihm zu folgen. Denn ich hatte jede Menge eigene Probleme. Wie die Tatsache, dass alle drei Hexen mich jetzt vorwurfsvoll ansahen, vor allem die Walküre.

»Sie haben zugelassen, dass der verdammte Kreis und ein Haufen Vampire sie so herumgeschubst haben?«, wollte die Walküre wissen.

Nun ja, so langsam hatte ich genug. Ich öffnete den Mund, um auf einige herausstechende Tatsachen hinzuweisen, aber ich bekam keine Gelegenheit dazu. Weil mir jemand zuvorkam.

»Sie hat einen Spartoi getötet!«

Die Stimme war hinter mir erklungen, daher drehte ich mich um. Ich sah, dass das Mädchen aus der Küche beschlossen hatte, in der Tür weiterzuzittern, statt an der Anrichte. Ihr Gesicht war immer noch weiß, und auf ihren Wangenknochen waren zwei kleine rote Flecken. Sie war entweder zornig oder stand im Begriff, ohnmächtig zu werden, und eingedenk ihres Verhaltens bisher war klar, worauf ich wetten konnte.

»Los, los«, sagte ich leise zu Marco.

Er sah mich an, sein Glas Whiskey Sour auf halbem Weg zum Mund. »Was?«

»Gehen Sie ins Wohnzimmer oder so.«

»Warum?«

»Weil ich glaube, dass Sie ihr Angst machen.«

Er schaute zu dem Mädchen hinüber und dann zurück zu mir. »Ich stehe doch einfach nur hier.«

Tja, das war das Problem. Einige Vamps schafften es, als menschlich durchzugehen, wenn man nicht so genau hinsah, selbst ohne einen Glamourzauber. Aber Marco gehörte nicht dazu. Es war weniger das Aussehen, obwohl zweihundertfünfzig Pfund Raubtier sich nicht ohne Weiteres durch ein rosafarbenes Golfhemd verdecken lassen oder dadurch, krumm dazustehen, um die Leute nicht zu überragen. Aber vor allem war es seine Ausstrahlung. Selbst wenn dieser Mann lächelte, sah er so aus, als könnte er einem in weniger als einer Sekunde die Kehle aufreißen.

Es half nicht gerade, dass es zufällig die Wahrheit war.

Er hatte mir nie Angst eingejagt, wahrscheinlich weil ich mit Alphonse aufgewachsen war, der Marco ziemlich ähnlich war, nur dass er nicht so gut ausgesehen hatte. Aber ich hatte früh gelernt, dass Vampire trotz aller Gerüchte keine stumpfen Raubtiere waren und dass sie nicht ohne Grund töteten. Und überhaupt, selbst der kleinste, ineffektivste, den man sich vorstellen konnte – Fred zum Beispiel –, konnte einem Menschen genauso viel Schaden zufügen wie Marco, also, welchen Unterschied machte da das Aussehen? Aber die meisten Leute sahen es nicht so, und speziell in Marcos Fall hatte ich bemerkt, wie sich ausgewachsene Männer flach gegen eine Wand pressten, wenn er vorbeiging, und instinktiv in eine Opferhaltung verfielen und hofften, dass sie nicht bemerkt werden würden.

Gott allein wusste, welche Wirkung er auf ein Mädchen hatte, das anscheinend schon *mich* für furchterregend hielt.

»Gehen Sie.« Ich versetzte ihm einen Stoß, was natürlich nutzlos war. »Holen Sie mir einen Drink.«

»Sie haben einen Drink.«

»Und jetzt will ich noch einen.«

»Sie brauchen nicht noch einen. Sie hatten vorhin einen Irish Coffee ...«

Ich verdrehte die Augen. »Klar, als hätte Fred mehr getan, als mit einem Korken über das Glas zu strei...«

»... und jetzt haben Sie ein Bier. Sie wollen doch nicht wieder alles vollkotzen.«

»Ich kotze nie ...« Eine buschige Augenbraue hob sich. »Okay, einmal. Aber das war nicht von einem Kater.«

»Und dieses Mal wird es auch nicht von einem Kater sein.« Und er nahm mir mein Bier weg.

»Hey!«

»Ist das Kaffee, was ich da rieche?«, fragte er das Mädchen und ging breitbeinig und grinsend auf sie zu, denn trotz aller Beweise für das Gegenteil hielt Marco sich für charmant. Und okay, manchmal war er es, wie es eben große, behaarte, dunkelhäutige, muskulöse Typen sind. Aber ich nahm nicht an, dass sie beeindruckt sein würde.

Sie war es nicht, aber sie reagierte nicht ganz auf die Weise, wie ich befürchtet hatte.

Sie stieß seine ausgestreckte Hand weg und schob sich an ihm vorbei, als hätte sie ihn kaum gesehen. Und vielleicht war das auch so. Denn ihr Blick war auf die anderen Hexen gerichtet, und ich vermutete, dass ich mich zuvor wohl geirrt hatte. Ihr Blick war nicht ängstlich. Sie schaute *angekotzt*.

»Sie ... Sie wagen es ...«, keuchte sie.

»Ist schon gut, Rhea«, sagte die Walküre unangenehm berührt.

»Es ist gar nicht gut! Sie waren nicht da – Sie haben es nicht gesehen! Sie hat uns gerettet, sie hat uns *alle* gerettet, mit nichts – und Sie *wagen* es ...«

Ich wusste nicht, was los war, aber die Hexen schienen sich unbehaglich zu fühlen und Anspannung lag in der Luft, und die Dinge waren ohnehin schon schlimm genug gewesen. Marco musste das Gleiche gedacht haben, denn er legte dem Mädchen onkelhaft eine Hand auf die Schulter. »Hey, warum machen wir nicht …«

»Lassen Sie mich los, Vampir«, knurrte sie, harsch genug, dass er blinzelte. Und die Hand zurückzog. Und mich ansah.

»Cassie …«

»Wissen Sie, ich hätte eigentlich gern etwas von diesem Kaffee«, sagte ich munter, obwohl ich nicht recht glaubte, dass es Wirkung zeigen würde.

Aber es funktionierte.

Das Mädchen machte einen Knicks – ja, genau, einen Knicks –, tief und elegant und perfekt. So einen Knicks, wie Eugenie ihn mir immer beizubringen versucht hatte. Ich hatte ihn aber nie so ganz gemeistert. Und dann zog sie sich zurück, verschwand durch die Schwingtüren, bevor ich auch nur blinzeln konnte.

Okay. Das war … überraschend gut gelaufen.

Und dann drehte ich mich wieder um und stellte fest, dass die drei Hexen mich immer noch anstarrten. Und immer noch unbehaglich wirkten. Eine von ihnen funkelte mich nun sogar ungeniert an.

Dreimal dürfen Sie raten, welche.

Ich seufzte.

»Hören Sie, wenn es hilft, es tut mir leid, okay?«, sagte ich ihnen. »Ich hätte Sie zu der Party eingeladen, wenn ich gewusst hätte, dass es eine Party geben würde, und ich hätte Ihnen Grüße übermittelt, wenn ich gewusst hätte, dass Sie existieren …«

»Gewusst, dass wir *existieren* …«, ereiferte sich die Walküre.

Mist.

»Und ich werde dafür sorgen, dass es keine weiteren Versehen mehr gibt, soweit es Sie betrifft«, fügte ich schnell hinzu. »Nicht dass im Moment etwas auf dem Plan stünde, soweit ich weiß, aber falls und wenn ich herausfinde …«

»Falls?« Die Walküre drehte sich um, um ihre Gefährtinnen anzusehen, und spreizte die Hände. *»Falls?«*

»Ich werde sicherstellen, dass Sie eine Einladung bekommen. Hat sich das damit erledigt?«

»Nein!«, entgegnete sie streng. »Nichts hat sich erledigt!«

Ich seufzte noch einmal, stützte mich auf mein Queue und fragte mich, was zum Teufel sie wollten. Und was notwendig wäre, um sie dazu zu bringen, sich zu verabschieden. Und warum meine Hand, die nach meinem Bier gegriffen hatte, immer noch leer war.

Verdammt sei Marco.

»Würde es helfen, wenn ich Sie gewinnen lasse?«, fragte ich säuerlich. Denn Jules war nicht der Einzige, der Probleme hatte, diplomatisch zu sein.

Die Walküre plusterte sich auf, aber Jasmin ging dazwischen, ihre Stimme drang wie ein kühler Fluss durch den erhitzten Raum. »Es würde helfen«, sagte sie mir sanft, »wenn Sie uns erzählen könnten, was Ihr Hof so treibt.«

Ich schaute zwischen den dreien hin und her, jetzt gründlich verwirrt. Als sei ich den ganzen Abend lang im falschen Film gewesen. Und dann sagte ich die Worte, von denen ich wusste – *wusste* –, dass ich sie bereuen würde.

»Welcher Hof?«

Vierundzwanzig

Das lief ungefähr so gut, wie ich erwartet hatte. Die Walküre rastete aus, die anderen versuchten, sie brüllend zum Schweigen zu bringen, und dann platzte das vierte Mitglied ihrer Gruppe wieder herein, und da ging es erst richtig los. Ich war müde und wollte mein Bier, also ging ich zur Küche, nur um von Marco abgefangen zu werden, der aus dem Wohnzimmer kam.

Ich hatte ihn nicht weggehen hören, aber das war auch nichts Ungewöhnliches. Neben Vampiren klangen kleine Katzenfüße laut.

»He, wo haben Sie mein …«, begann ich und verstummte, als ich seinen Gesichtsausdruck sah.

Das war genug, aber falls ich noch irgendwelche Zweifel gehabt hätte, wurden sie beim Anblick von Caleb hinter ihm zerstreut.

»Das müssen Sie sich ansehen«, erklärte er mir finster.

Ich war schon unterwegs, noch ehe er den Satz beendet hatte.

Jules war nicht mehr im Schlafzimmer. Das Wohnzimmersofa war an die Wand geschoben worden, wodurch vor den Balkontüren eine große, freie Fläche entstanden war. Hier lag er auf einem Laken, auf dem er hereingetragen worden sein musste.

Ich brauchte nicht zu fragen, warum sie das Laken gewollt hatten.

»Was hat er?«, flüsterte ich, als ich Caleb hinter mir spürte.

»Ich weiß es nicht.«

Ich wirbelte herum. »Was soll das heißen, Sie wissen es nicht? Sehen Sie ihn sich doch an!« Ich deutete auf Jules, der fast nicht wiederzuerkennen war. Sein schönes, blondes Haar war wie immer und lockte sich nur ein wenig von der Feuchtigkeit aus der Dusche. Aber was den Rest betraf …

»Ich glaube, ich muss mich übergeben«, sagte einer der Vampire und klang, als meinte er es ernst.

»Du hast schon früher Wunden gesehen«, blaffte Marco.

»Das ist keine Wunde. Das ist … das Gegenteil von einer Wunde.«

Und er hatte nicht unrecht. Statt dass sich in Jules' Körper Wundöffnungen auftaten, wie sie von einem Messer oder einer Kugel verursacht wurden, schloss er sich. Ich wusste nicht, was in seinem Inneren vor sich ging, aber sein Gesicht sah aus wie eine Maske, bevor jemand Löcher hineingeschnitten hatte. Seine Ohren waren so gut wie verschwunden, zurück in seinen Kopf geschmolzen. Seine Nase und sein Mund waren nur noch Vertiefungen in seiner blassen Haut, die aussah, als hätte sie ihre Poren verloren, so unheimlich glatt war sie. Und seine Augen …

Ich schauderte und packte Marco am Ärmel.

Wenn Jules menschlich gewesen wäre, wäre er längst tot gewesen, zumindest aus Sauerstoffmangel, da er keine Atmungsöffnungen mehr hatte. Natürlich immer vorausgesetzt, dass innen keine schlimmeren Veränderungen vor sich gingen. Aber er war nicht menschlich. Was wahrscheinlich der Grund war, warum dieses blicklose Gesicht sich plötzlich bewegte. Und sich ganz, ganz langsam drehte.

Um mich anzusehen.

Ich trat einen Schritt zurück und starrte auf die traubenförmigen Fleischklumpen, wo Augen hätten sein sollen, bevor ich mir befahl, mich zusammenzureißen. Er sah mich nicht an. Er konnte nicht wissen, dass ich da war. Er hat zufällig …

»Das war kein Ladendiebstahlzauber, in den sie hineingeraten sind«, sagte Caleb rau. »Es war einer von Augustines Sonderaufträgen für das Corps.«

»Sonderaufträge?«

»Im Wesentlichen Waffen.«

Ich schaute zu ihm auf. »Augustine entwirft *Kleider.*«

»Und Sie haben einige der Änderungen gesehen, die er an Ihren Gewändern vorgenommen hat. Denken Sie, das sei Standard?«

Ich versuchte kurz, das zu verarbeiten; dann schob ich es weg. Ich interessierte mich im Moment nicht für Erklärungen. »Rufen Sie ihn einfach an!«

»Das habe ich schon. Aber er kann uns nicht helfen. Der Zauber war nicht fertig, und er hat noch keinen Gegenzauber dafür.«

»Er hat keinen ...« Ich sah ihn an. »Warum zum Teufel hat er ihn dann herumliegen lassen?«

»Das hat er nicht. Er war in seinem privaten Arbeitsraum, der verschlossen und mit Schutzzaubern versehen war und den niemand betreten darf. Und er sollte morgen als Erster in den Laden kommen ...«

Ich schüttelte heftig den Kopf. Es war mir egal. »Caleb! Kehren sie ihn einfach um!«

»Das versuche ich Ihnen ja zu sagen; ich kann es nicht.«

»Sie – und jetzt?«, fragte ich und deutete auf Jules.

Caleb verschränkte seine gewaltigen Arme. »Man kann es mit einem Geisterbeschwörer versuchen, aber der Sinn eines Kriegszaubers ist es, dass er den Gegner schwächt. Wenn er leicht umzukehren wäre, würde er uns nicht helfen.«

Ich sagte nichts. Ich konnte es nicht. Ich betrachtete Jules und hatte das Gefühl, als habe ich den Boden unter den Füßen verloren. Ich hatte ihm gesagt, dass er schon wieder werden würde. Ich hatte ihm gesagt, dass es nicht schlimm sei. Ich hatte ihm gesagt ...

Hinter mir wurde es unruhig, und als ich mich umdrehte, sah ich die Walküre sich durch den Ring aus Vampiren drängen. Sie ging zu Jules und beugte sich vor, um besser sehen zu können. Ihr Gesicht blieb ausdruckslos, aber ihre Lippen waren fast unsichtbar.

»Scheußliche Sache«, bemerkte sie und sah Jasmin an, die auf seiner anderen Seite kniete.

Jasmin hatte die Hand ausgestreckt, als wolle sie ihn berühren, hielt jedoch in der Bewegung inne. »Kann man wohl sagen«, murmelte sie leise.

»Können Sie den Zauber brechen?«, krächzte ich.

Sie sahen einander an und schauten dann auf etwas hinter mir. Als ich mich umdrehte, sah ich eine Bewegung in dem Ring von Vampiren am Aufenthaltsraum, und dann sprangen plötzlich einige beiseite, wahrscheinlich um Schlägen von dem Stock zu entgehen, mit der die dritte kleine Hexe sich einen Weg bahnte.

»Warum seid ihr alle so groß?«, schimpfte sie. »Ihr seid Vampire. Größe spielt keine Rolle. Warum verwandeln sie nie normal große Männer?«

Fred, der mir gegenüberstand, setzte zum Sprechen an, schloss dann aber den Mund. Vielleicht weil sie sich endlich durch den Wald aus Beinen in Designerhosen hindurchgedrängelt hatte und neben Jules stehen geblieben war. Den sie daraufhin mit ihrem Stock anstupste.

»Was tun Sie …«

»Still«, sagte sie zu mir und schlug meine Hand weg.

Das Stupsen begann von Neuem. Und dann nickte sie. »Dacht' ich's mir. Kluger Junge. Er hat einen Wichtelzauber verkehrt, sodass er Schaden anrichtet anstatt zu helfen.«

»Elfenmagie«, erklärte die Walküre, als sie meinen Gesichtsausdruck sah. »Das ist der Grund, warum der Kreis Augustine für seine Hilfe bezahlt. Er ist eine halbe Elfe.«

»Elfe?«

Sie zog eine Augenbraue hoch. »Haben Sie das nicht gemerkt?«

Ich stellte mir das ätherische Wesen vor, das ich kannte, hochgewachsen, blond und, ja, elfenhaft. Es war irgendwie nicht zu verkennen, jetzt, da jemand darauf hingewiesen hatte.

»Sie haben seine Gewänder gesehen«, fügte Jasmin hinzu. »Die sind nicht von schwarzer Magie gemacht worden.«

»Die kann man besser verwenden«, murmelte Caleb.

Die Walküre seufzte. »Ja, erklären Sie uns doch noch mal, wie überlegen Ihre Magie ist. Aber ich sehe nicht, dass Sie das Problem lösen.«

»Ich sehe auch nicht, dass Sie es tun.«

»Zumindest konnten wir es identifizieren.«

»Identifizieren ist nicht das Gleiche wie umkehren.«

»Unsere Arbeit ist noch nicht erledigt.«

»Die Zirkel sind seit Jahren erledigt«, blaffte er.

Und bekam für seine Mühe einen Tritt gegen das Schienbein.

»Ausgerutscht«, sagte die kleine Hexe ohne Reue.

Caleb fluchte. »Wenn Sie ihn am Leben erhalten wollen – oder so lebendig, wie diese Dinger es jemals sind –, halten Sie ihn von ihnen fern!«, sagte er mir. Ja. Nur dass sie recht hatte; sie hatten sofort gewusst, womit sie es zu tun hatten. Er nicht.

»Können Sie den Zauber entfernen?«, fragte ich die Hexen noch einmal.

Was zu einer weiteren Runde Blickkontakt führte, aber niemand sagte etwas. Bis die Kleine sich wieder zu Wort meldete. »Ich würde es gerne versuchen«, erklärte sie wohlgelaunt.

Die beiden anderen wirkten weniger begeistert. Aber schließlich nickten sie. »Es *wäre* in einer Stadt«, seufzte Jasmin.

»Was spielt das für eine Rolle?«, fragte ich – dummerweise. Denn es war nicht so, als würde ich die Antwort verstehen.

»Es spielt überhaupt keine Rolle.« Caleb klang angewidert. »Magie ist Magie.«

»Wir benutzen eine Machtreserve, um unsere eigene Macht zu verstärken«, sagte Jasmin und beachtete ihn nicht. »Wie Sie es mit der pythischen Macht tun. Aber unsere wird von der Erde selbst erzeugt, dem Lied des Himmels, des Landes, der Meere …«

»Schwachsinn!«, ereiferte sich Caleb. »Sie pfuschen mit wilder Magie herum, und die wird Sie noch umbringen!«

Jasmin verdrehte die Augen. »Sie benutzen doch Talismane, nicht? Die sammeln auch die Magie, die die Erde abgibt.«

»Langsam, vorsichtig, sicher. Was wir machen, ist wie die Benutzung von Elektrizität. Aber Sie spielen mit Blitzen herum!«

»Das ist eine Übertreibung, wie Sie sehr gut …«

»Wie viele von Ihren Leuten sind bei dem Versuch gebraten worden, wilde Magie zu kanalisieren?«, fragte Caleb scharf.

»Und wie viele von Ihren haben sich selbst vergiftet, als sie mit Alchemie herumgespielt haben?«, warf die Walküre ein. »Magie ist von Natur aus gefährlich …«

»Nicht, wenn man weiß, was man tut!«

»Ah, und das ist der Haken, nicht wahr?« Sie grinste höhnisch. »Nur weil Sie es nicht können, ist es …«

»Nicht können …« Caleb wurde rot. »Wir *entscheiden* uns bewusst dafür, etwas nicht zu benutzen, das gefährlich instabil und von Natur aus unzuverlässig ist …«

»So unzuverlässig, dass wir Sie in Bedrängnis gebracht haben …«

»So unzuverlässig, dass Sie beinahe umgebracht wurden!«

»Nachdem Sie uns verraten haben! Ihre Versprechen gebrochen und der Ehre den Rücken gekehrt ...«

»Als ob eine Zirkelhexe etwas von Ehre wüsste!«, fauchte Caleb.

Und fing sich einen weiteren Hieb von dem Stock der kleinen Hexe ein.

Für einen Moment funkelten alle sich einfach nur gegenseitig an.

»Ich bin mir nicht sicher, ob ich verstehe, was Sie vorhaben«, sagte ich Jasmin, die sich etwas besser im Griff zu haben schien als die anderen.

»Druidenmagie ist eine Kombination aus menschlicher Magie – aus der Zeit vor den Zirkeln – und Elfenmagie«, erklärte sie. »Die Kombination erlaubt es uns, direkt den natürlichen Machtquell der Erde anzuzapfen, um unsere eigene Magie zu verstärken, anstatt Talismane zu benutzen, um sie langsam zu sammeln. Da man sich der Erde bedient, muss man die Zauber ein wenig verändern, weshalb man dieses System von der Elfenmagie unterscheidet. Aber es funktioniert recht gut, das versichere ich Ihnen.«

»Und das ist anders als das, was der Kreis tut?«

Die drei Hexen tauschten wieder Blicke.

»Die Magie des Kreises gründet sich auf alte Alchemie«, sagte Jasmin langsam. »Was wir als harte Magie bezeichnen, also etwas, das man in ein Reagenzglas stecken kann, um damit Versuche durchzuführen. Der Kreis will immer etwas, das er sehen und schmecken und berühren kann, etwas, das er kontrollieren kann. Die wildere, flexiblere und instinktivere Magie der Natur bleibt ihm versagt und verwirrt ihn. Der Kreis kann sie nicht meistern, weil er sie nicht spürt.«

»Sehen Sie?«, fragte Caleb mich. »Das ist genau der Hokuspokus, den man von den Zirkeln erwarten kann. Ich kann Ihnen Formeln geben, Ihnen genau zeigen, wie ein Trank oder ein Zauber funktioniert – und wie man ihn umkehrt. Und wenn Augustine schwarze Magie benutzen würde, könnte er es auch – und wir würden nicht in dieser Scheiße stecken!«

»Die schwarze Magie ist Magie des Kreises?«, fragte ich, um besser zu verstehen. Ich hatte schon früher davon gehört, aber ich wollte sicher sein, dass ich begriff, was sie meinten. Ich hatte Jules gegenüber die Verantwortung, mir sicher zu sein.

Die Hexen tauschten einen weiteren Blick. Selbst Caleb wirkte ein wenig verdutzt. Und dann wurde er wieder gehauen.

»Hexe!«, knurrte er. »Wenn Sie mich noch einmal mit diesem Ding schlagen …«

»Nicht in diesem Ton!«, entgegnete sie. »Und Sie verdienen eine ordentliche Tracht Prügel. Warum stellt die Pythia eine solche Frage?«

»Welche Frage?«, gab ich zurück.

»Sehen Sie? Sie weiß nicht einmal …« Die kleine Hexe schlug wieder zu, aber Caleb tänzelte aus dem Weg.

Doch zu meiner Überraschung funkelte er sie nicht an. Wenn überhaupt, wirkte er ein wenig beschämt. »Das war nicht meine Entscheidung.«

»Wessen Entscheidung war es dann?«

»Sie wurde von den Vampiren erzogen. Und der, bei dem sie gelebt hat, wollte nicht, dass sie ausgebildet wurde.«

»Überhaupt nicht?«, hakte die Walküre ungläubig nach.

Caleb schwieg. Aber die Wahrheit lag irgendwie auf der Hand.

Jasmin saß einfach nur da und wirkte entsetzt. Aber die Walküre schien das Konzept nicht ganz begreifen zu können. »Sie haben *gar keine* Ausbildung erhalten?«, wollte sie wissen.

»Er übertreibt«, sagte ihr die kleine Hexe. »Er muss übertreiben.«

Und dann wurde ich richtig fest gekniffen.

Ich sprang auf und fuhr herum, aber niemand war nah genug. Nicht dass das bei Vampiren etwas bedeutete, die sich bewegen konnten wie der Wind. Aber ich dachte nicht, dass die an der Tür übermäßig daran interessiert seien, mir einen Streich zu spielen. Sie hatten ihre entsetzten Blicke nicht von Jules abgewandt.

Und dann wurde ich wieder gekniffen, und ich wusste verdammt genau, dass sie sich diesmal nicht bewegt hatten. Es war ohnehin von hinten gekommen. Und dann von links und von rechts und …

»Au!«, rief ich und riss den Kopf hin und her. »Was zum …«

»Schluss damit«, knurrte Caleb, aber nicht an mich gewandt. Er sah die kleine Hexe an, und im Gegensatz zu seiner vorherigen Drohung war seine Stimme tonlos geworden, und seine Augen waren kalt und leer. Ich hatte diesen Ausdruck schon ein oder zweimal auf Pritkins Gesicht gesehen, und er machte mir mehr Angst als ein paar Kniffe.

»Caleb …« Ich streckte die Hand aus.

»Sie hat keine Schilde!« Die kleine Hexe war außer sich.

»Sie haben wirklich keine, oder?«, fragte Jasmin staunend. »Sie haben gegen einen Spartoi gekämpft … ohne Schutz?«

Ich antwortete nicht, weil ich mir langsam Sorgen um Caleb machte. »Entspann dich einfach«, riet ich ihm, als das Kneifen aufhörte.

»Die erste Pflicht eines Kriegsmagiers ist es, die Pythia zu beschützen«, murmelte er leise, seine Hand an dem Trankgürtel an seiner Hüfte. Viele der jüngeren Magier benutzten keinen und zogen verzauberte Kugeln vor, die weiter fliegen und genauer treffen konnten. Aber wie Pritkin verdoppelte Caleb lieber seine Waffen und benutzte beides.

Und ich wollte nicht herausfinden, wofür die Phiole, die er gerade befingerte, gut war.

»Ist schon okay. Es hat nicht wehgetan«, log ich. Weil ich morgen von einem hübschen Muster aus blauen Flecken übersät sein würde.

»Angriff ist Angriff …«

»Oh, bitte!«, unterbrach ihn die Walküre. Sie sah mich an. »Wir entschuldigen uns. Aber Sie können uns kaum einen Vorwurf machen. Die Tatsache, dass die Pythia – die Person, von der vielleicht unser alle Leben abhängt – nicht einmal einen einfachen Schutzzauber wirken kann …« Sie warf die Hände noch. »Das ist schockierend!«

»Als schockierend würde ich das nicht bezeichnen«, brummte die kleine Hexe und bückte sich, um meinen Arm zu betrachten. Und wedelte dann mit einer Hand und murmelte etwas …

Was sie nicht mehr beenden konnte, weil sie plötzlich auf der anderen Seite des Raumes gegen die Wand gedrückt wurde. Jasmin war gleichermaßen außer Gefecht gesetzt worden, sie lag auf dem Boden und wurde von einem großen Stiefel auf ihrer Brust festgehalten. Und die Walküre und Caleb standen sich gegenüber, er mit der Phiole in der Hand, mit der er nicht ihre Gefährtin zurückhielt, und sie mit etwas, das gefährlich nach einem Zauberstab aussah, der sich ihm in die Kehle bohrte.

»Sie ist nicht die einzige, die an ihren Schutzzaubern arbeiten muss«, zischte sie.

»Na los, tun Sie's doch«, erwiderte er gepresst. »Dann werden wir ja sehen, wer Schutz braucht.«

»Führen Sie mich nicht in Versuchung, Magier! Nach dem Schlamassel, den der Kreis hier angerichtet hat, würde ich uns vielleicht allen einen Gefallen tun!«

»Indem Sie wieder einen Bürgerkrieg anzetteln?«, fragte jemand von der Tür aus.

Als ich aufschaute, sah ich Jonas dort stehen. Seine prachtvolle Mähne wirkte wie ein elektrisierter Heiligenschein um seinen Kopf und knisterte, als würde ein Sturm hereinblasen. Aber seine Stimme war milde gewesen, und seine Berührung war sanft, als er der kleinen Hexe von der Wand half. Oder es zumindest versuchte.

»Ich kann das allein«, murrte sie und hüpfte so behände herunter wie jemand in meinem Alter. Obwohl ich unter den Umständen vermutlich nicht so ruhig gewesen wäre wie sie. Verdammt, ich hatte mich nicht gerührt, und ich war trotzdem nicht ruhig.

»Haben Sie ihn gerufen?« Ich sah Caleb an. Der zu schwitzen begann. Aber er blieb unverändert stehen, selbst als sein Boss neben ihn trat. Und sanft den Stiefel seines Untergebenen von Jasmin runterschob.

Sie sprang mit einer flüssigen Bewegung auf, die eines Vampirs würdig gewesen wäre, ihr schönes Gesicht verzerrt. Aber sie tat nichts. Sie wich zurück und warf einen Blick zur Walküre, die immer noch Caleb bedrohte.

Für einen Moment bewegte sich niemand.

Jonas räusperte sich. »Nein«, sagte er mir. »Hat er nicht.«

Das war gnädig, aber Caleb schluckte.

»Ich bin gekommen, um Sie zu sprechen. Ich hatte es ohnehin vor, aber dann hat dieser Hotelmanager die Zentrale angerufen und verlangt, dass jemand kommt, um seinen Sicherheitsdienst zu, äh, enthühnern.«

Die Lippen der Walküre zuckten.

Ich blinzelte, denn ich hatte mit einer Standpauke wegen der Schlacht unten im Hotel gerechnet. Hatte sogar damit gerechnet, seit ich aufgestanden war, nur dass niemand es erwähnt hatte. Was etwas merkwürdig war, wenn man darüber nachdachte.

Aber ich würde ganz sicher nicht die Erste sein, die davon anfing.

»Ich dachte, das würde sich von selbst geben«, sagte ich stattdessen.

»Ja, nun, das haben wir ihm auch gesagt. Aber es hält sich bei Menschen etwas länger, wissen Sie, und er hat darauf bestanden. Und wenn ich mich hier so umsehe ...« Er zog eine Augenbraue hoch und ließ den Blick über die Gruppe schweifen.

»Caleb ist auf meine Bitte hin gekommen«, erklärte ich ihm, »um einen Zauber umzukehren. Und die Zirkelführerinnen ... ähm. Helfen ihm.«

Wenig überraschend sah es nicht so aus, als würde er mir das abkaufen, obwohl die Walküre ihren komischen Zauberstab sinken ließ. Ich konnte immer noch keinen guten Blick darauf werfen; er verschwand schneller in ihrem Mantel als ein Handy in der Hand eines Jugendlichen. Dadurch ging es mir auch nicht besser, weil sie ihn natürlich genauso schnell wieder herausholen konnte.

Caleb hingegen wirkte sichtlich erleichtert.

Zumindest bis die kleine Hexe wieder ankam und so aussah, als suche sie Streit. Aber trotz des Vorfalls mit der Wand war er nicht das Ziel. »Jonas Marsden! Genau der Richtige.«

»Beatrice«, seufzte er.

»Was haben Sie sich nur dabei gedacht, diesem Mädchen die Ausbildung zu verweigern!«

»Wir bilden sie aus«, gab Jonas geduldig zurück. »Aber es gibt Prioritäten ...«

»Prioritäten? Wie sie ohne jeden Schutz zu lassen?«

»Sie ist nicht schutzlos. Sie hat Wachen, wie Sie sehen können. Und Schutzzauber. Und normalerweise ist ihr auch ein vertrauenswürdiges Mitglied meiner Truppe zugewiesen …«

»Nichts davon hat uns daran gehindert, hier einzubrechen …«

»Ja, nun, Sie sind etwas mehr befähigt als die Norm …«

»… oder die Lobby zu zerlegen! Wo das Mädchen vollkommen allein und vollkommen wehrlos …«

»Sie ist nicht so wehrlos, wie es scheint, wie Sie vermutlich entdeckt haben. Und jedenfalls, was soll ich Ihrer Meinung nach tun? Sie einsperren?«

»Meiner Meinung nach sollten Sie ein wenig Vernunft zeigen! Sie hätten uns schon längst hinzuziehen sollen. Alte Rivalitäten sind gut und schön, aber wenn Leben auf dem Spiel stehen …«

»Sie denken, ich würde sie vorsätzlich gefährden …«

»Ich denke, Sie *haben* sie gefährdet …«

Ich hörte nicht mehr zu. Ich war nicht daran interessiert, einen Haufen Leute über meine Ausbildung oder deren Mangel diskutieren zu hören. Wieder einmal. Ich war überhaupt nicht daran interessiert, sie reden zu hören.

Ich interessierte mich für Jules.

»Können Sie den Zauber entfernen oder nicht?«, verlangte ich zu erfahren.

Die kleine Hexe hatte Jonas wütend angefunkelt. Jetzt funkelte sie mich an. Ganz kurz, bevor ihr Blick weich wurde. »Ja, ja. Wahrscheinlich schon«, fügte sie ausweichend hinzu. »Aber es ist kaum der Mühe wert …«

»Nicht der Mühe wert?« Ich starrte sie an.

Im Raum wurde es plötzlich still.

»Sie hat es nicht so gemeint«, sagte Jasmin und sah mich mitfühlend mit ihren schönen Augen an.

»Wie hat sie es denn dann gemeint?«

»Verstehen Sie, der Zauber hat bereits den größten Teil des Schadens angerichtet, für den er gemacht wurde. Wenn man ihn jetzt entfernt, wird das zwar weitere Schäden verhindern, aber …«

»Aber *was*?«

»Aber er kann nicht umkehren, was bereits geschehen ist«, erklärte sie mir sanft. Es tut mir leid. Ich kenne nichts, was das vermag.«

Fünfundzwanzig

Ich weiß nicht, was dann geschah. Ich hörte sie gar nicht mehr. Ich hörte nur Jules. *Ich bin dort hinuntergegangen, um für Sie zu sorgen. Nun sorgen Sie für mich!*

Ich kniete mich neben ihn auf den Boden.

Das Gesicht war schlimm, aber der Körper war nicht besser dran. Er hatte ein hübsches Hemd aus blauer Baumwolle getragen, gestärkt und adrett wie der Mann selbst. Jetzt trug das Hemd beinah ihn, und der Stoff vermischte sich mit der zu glatten Haut seiner Brust. Es war, als hätte sein Körper sich um sich selbst gefaltet, wie Teig in einem Mixer, und hätte Stücke von der Baumwolle mitgenommen. Der Bereich auf seinen Schultern war immer noch größtenteils unversehrt, größtenteils normal. Aber die Hände …

Seine schönen Hände waren fast weg, nur zwei Klumpen mit einigen Wölbungen, wo einst Knöchel gewesen waren, ragten aus dem, was sein Bauch gewesen war, heraus. Ich bedeckte sie trotzdem mit meinen eigenen Händen. Irgendwie machte es mir nichts mehr aus. Ich fand sie nicht länger fremdartig oder entsetzlich oder ekelhaft. Sie waren einfach ein Teil von ihm, ein Teil von Jules. Das war genug.

Ich schloss die Augen, hauptsächlich, um den Kreis starrender Gesichter auszublenden. Und sobald ich das tat, verstärkte sich das Gefühl der Verbindung. Vielleicht machte nur meine Fantasie Überstunden, aber ich hätte schwören können, dass ich es fühlte: Seinen Zorn, seine Verwirrung, seinen beinah verzweifelten Wunsch, sich zu bewegen, nach Luft zu ringen, die er nicht brauchte, zu *sehen* … aber am deutlichsten fühlte ich seine Angst. Sie war kalt, überwältigend, entkräftend, beinah so sehr wie das, was mit seinem Körper geschah. Der Zauber war grausam; er machte sich nicht die Mühe, den Geist zu fangen. Vielleicht hatte Augustine es nicht für notwendig gehalten. Schließlich wäre ein Mensch oder ein Elf inzwischen tot gewesen.

Aber Jules war keins von beidem.

Und so blieb es ihm überlassen, sich in den Wahnsinn zu treiben in einer Endlosschleife aus Spekulationen: Was, wenn es keinen Weg gab, dies umzukehren? Was, wenn er für immer so gefangen war? Hoffnung weg, Aussehen weg, nur dieses jämmerliche und bemitleidete Ding, außerstande sich zu bewegen, zu sprechen, irgendetwas zu tun, als in eine Dunkelheit zu schreien, die niemals enden würde und die niemals antworten würde …

Ich umfasste seine Hände fester, und der Schwall verebbte plötzlich. Und wuchs dann um ein Hundertfaches an, eine Wand aus faselndem, halb wahnsinnigem Entsetzen, die mich auf einmal traf. Ich keuchte auf und öffnete die Augen, um mich über ihn gebeugt wiederzufinden, von Übelkeit und Schwindel erfasst und leise schluchzend, während meine Tränen auf die zerstörte Brust tropften …

Und sich veränderten.

Wie bei einem Regentropfen, der in einen See fiel, bewegten sich die kleinen Ringe konzentrisch nach außen und störten die makellos dahinfließende Haut, enthüllten während sie darüber glitten, unregelmäßige Stellen: Ein Haar, eine Sommersprosse, eine Narbe. Ich ließ seine Hände überrascht los, und die Haut bewahrte den Abdruck meiner Hände eine Sekunde lang. Und auch die sah anders aus, die Knöchel deutlich sichtbar in dem kurzen Moment, bevor dieses unheimliche Nichtfleisch wieder über sie hinwegfloss und sie dabei so glatt auslöschte, wie Fußspuren im Sand von der Flut weggespült wurden.

Es ging so schnell, dass ich mich fragte, ob ich es mir nur eingebildet hatte. Aber nein. Ich betrachtete das allzu perfekte Fleisch, weil ich es gesehen *hatte*, wenn auch nur einen Moment lang. Ich hatte Jules gesehen, in dem Körpersack, den sein Fleisch gerade für ihn bastelte.

Und irgendwie musste ich einen Weg finden, um ihn *heraus*zuholen.

Ich registrierte undeutlich, dass Marco alle zurück in den Aufenthaltsraum zog – die Hexen, den Kreis, alle bis auf die Vampire. Dies ging Außenseiter nichts an, wenn sie nicht helfen konnten. Dies war eine Familienangelegenheit.

Irgendjemand dimmte die Lichter; ich weiß nicht, warum. Vielleicht um den Gaffern das Starren zu erschweren; vielleicht weil es sich einfach richtig anfühlte. Und Vampiraugen brauchten das Licht nicht. Meine auch nicht, da ein diffuser Strahl von der Lounge hereinfiel und Jules beleuchtete wie ein Scheinwerfer.

Es war genug. Es war mehr als genug. Ich presste die Hände auf ihn, alle beide, die Handflächen flach und die Finger gestreckt, und ich drückte fest genug zu, um Abdrücke auf seiner Haut zu hinterlassen.

Und dann strich ich meine Hände an ihm herab und entblößte rosafarbene Brustwarzen, harte Muskeln, einen eingesunkenen Bauch und die kleine Delle eines Nabels. Es sah aus, als hätte ein Stuckateur eine Kelle genommen und die ganze Oberfläche einer Wand weggekratzt, um freizulegen, was darunterlag. Und was darunterlag, war Jules.

Er war immer noch dort drin, irgendwo.

Aber eine Sekunde später war die gesunde Haut bereits weggewaschen worden, ersetzt durch die bleiche, porenlose Perfektion, die ich bereits zu hassen gelernt hatte.

Irgendjemand legte mir eine Hand auf die Schulter, aber ich schüttelte sie ab. Und versuchte es noch einmal. Aber es war dasselbe. Wo immer meine Hände ruhten, und in einem kleinen Raum um sie herum, sah die Haut normal aus, und der Körper war heil, unverfälscht und perfekt. Aber sobald ich sie wegnahm oder versuchte, sie auf eine andere Stelle zu legen, war es, als sei, was immer an Magie dagewesen war, einfach verschwunden.

Und ich wusste nicht, wie ich dafür sorgen konnte, dass sie blieb.

»Nein«, sagte ich hilflos. »Nein!«

»Cassie. Kommen Sie da weg.«

Als ich aufschaute, sah ich Marco auf mich herabblicken, einen bekümmerten Ausdruck in den dunklen Augen. »Da wegkommen? Ich versuche, ihm zu helfen!«

»Ich weiß. Aber es gibt nichts, was Sie tun können. Wir … wir werden jemanden anrufen …«

»Wen?«, verlangte ich zu erfahren. »Wir haben es bereits bei Augustine versucht, und wenn der Schöpfer und ein hochrangiger Kriegsmagier den Zauber nicht entfernen können, denken Sie wirklich …«

»Ich denke, dass Sie sich für nichts und wieder nichts verausgaben. Sie brauchen …«

»Nichts?« Ich starrte ihn an. »*Sehen* Sie es denn nicht?«

»Sehe ich nicht was?«

Ich schaute wieder auf die Stelle, wo meine geballten Fäuste auf der rosigen und perfekten Haut von Jules' Bauch ruhten. Es sah aus wie eine Art moderner Kunstinstallation, wo eine weiß bemalte Schaufensterpuppe ein Loch bekommt, um darunter einen Teil eines lebenden Menschen zu offenbaren. Nur dass Marco diese Person nicht sah. Marco, begriff ich verblüfft, sah gar nichts.

Ich blinzelte ihn verwirrt an. Ich hatte gedacht, dass ich vielleicht etwas von Rogers Fähigkeiten geerbt hätte, dass das vielleicht der Grund war, warum … aber bildete ich mir das hier nur ein? War dies Nekromantie oder einfach Wunschdenken? Oder etwas ganz anderes?«

»Kommen Sie, Mädchen«, sagte er mir sanft. »Sie haben Waschbärenaugen. Sie brauchen Ruhe …«

Nein! Lass sie es versuchen!

Gott, Marco musste recht haben; ich musste müde sein, dachte ich und rieb mir die Augen. Denn das hatte wie Jules geklungen. Sehr sogar, begriff ich, als die Stimme erneut kam.

Bitte, Cassie, bitte! Oh Gott, Sie dürfen nicht – lassen Sie mich nicht so zurück! Ich kann es nicht ertragen. Ich kann nicht! Ich kann nicht! Ich …

Ich halluzinierte; so musste es sein.

Sie können mich hören? Er klang beinahe so schockiert wie ich es war. *Sie haben das gehört?*

»Ich – nein. Nein.«

»Lügen Sie nicht!« Und plötzlich war dieses winzige Geräusch in meinem Hinterkopf, das ich mir vielleicht nur eingebildet hatte, eine ausgewachsene Stimme, und diesmal war es keine Frage. Es war Jules. Und er redete wie ein Wasserfall. »Niemand konnte mich hören! Ich war hier drin gefangen und habe geschrien und geschrien, aber da war nur Stille und – oh Gott. Oh, Cassie, oh Gott!«

»Das ist nicht möglich«, erwiderte ich benommen. Ich war kein Vampir; ich beherrschte die Gedankensprache nicht. Naja, mit niemandem außer Billy Joe, und selbst er musste zugegen sein. Wenn er außerhalb meines Körpers war, musste ich mit ihm reden wie mit jedem anderen.

»Nun, Sie tun es!«, sagte Jules hektisch. »Und ich kann nicht – ich war nicht in der Lage, mit irgendjemandem zu reden. Ich habe gerufen und gerufen, aber niemand hat geantwortet. Bei Ihnen habe ich es nicht einmal versucht; ich weiß nicht einmal, warum. Ich schätze, ich dachte nicht, dass Sie es könnten …«

»Ich *kann* es nicht.«

»Sie tun es aber!«

»Was ist los?«, fragte Marco. »Mit wem reden Sie?«

Mir war nicht bewusst gewesen, dass ich die Augen wieder geschlossen hatte, aber ich öffnete sie, um zu sehen, dass er stirnrunzelnd neben mir hockte und seine Körperfülle die Hälfte des Raumes blockierte.

»Jules. Können Sie ihn nicht hören?«

»Nein.« Marco schien darüber nicht glücklich zu sein, und ich war es ebenso wenig, denn ich hatte auf die harte Tour gelernt, dass in der Magie alles, was ich nicht verstand, zurückkommen konnte und wahrscheinlich zurückkommen würde, um mich zu beißen. Aber im Moment gab es wichtigere Dinge. Nur wusste ich immer noch nicht, was ich …

Und plötzlich war alles da, vor mir ausgebreitet. Statt des dunklen Wohnzimmers und der Runde glühender Vampiraugen sah ich so etwas wie ein altes Buch. Nicht so alt wie ein Zauberbuch, sondern wie ein auffallendes Taschenbuch, wie eins aus den Dreißigern, mit einem grellen Cover und einer fetten Schrift. Ich bekam keine Gelegenheit, den Titel zu lesen, weil ein Wind aufkam, und in die Seiten wehte. Das Buch öffnete sich.

Es handelte von Jules.

Tage wie Sätze, Monate wie Absätze, Jahre wie Seiten blätterten im Wind, gingen zurück, zurück, zurück durch Jules' ganzes Leben. Wie eine in Fleisch geschriebene Autobiografie.

»Was – wie machen Sie …«, stieß Jules mit erstickter Stimme hervor.

»Ich … bin mir nicht sicher.« Aber als ich eine Hand ausstreckte und eine Seite festhielt, sah ich plötzlich nicht länger das Buch. Ich sah ihn.

Ich sah einen Jungen auf einer Farm, auf der kein Regen fiel, aber wo Wände aus Sand über die Landschaft fegten und das Farmhaus bis zu den Fenstern begruben. Ich sah, wie seine Eltern ihn in eine alte Klapperkiste packten, zusammen mit einem halben Dutzend Geschwistern wie Orgelpfeifen. Der Leib seiner Mutter war bereits mit dem nächsten Kind gerundet. Ich sah sie aus ihrem ruinierten Zuhause fliehen, hinein in eine leuchtendere Zukunft in ein Land der Verheißung. Was dann doch nur zu einem Leben zermürbender, körperlicher Arbeit führte, wenn man welche bekommen konnte, zu Hunger, Verachtung und ständigen Umzügen.

»Aber ich hatte eine Gabe«, sagte Jules leise.

»Dein Gesicht.«

Ich sah es sich verändern, während er älter wurde, eine willkürliche Anordnung der Gene, die die schmalen Züge seiner Mutter und die rotgesichtigen seines Vaters nahmen und daraus eine erlesene Perfektion formten. Genug, dass Leute innehielten und den zerlumpten kleinen Jungen mit den engelhaften Zügen anstarrten. Und plötzlich wollten sie alle helfen.

Geld, ein Platz für die Nacht, Arbeit für den Vater, neue Kleider … die Familie bekam wieder und wieder Hilfe von Leuten, die dachten, sie seien wohltätig, die aber in Wirklichkeit einfach von einem Jungen verzaubert waren, der lernte, seine größte Gabe zu nutzen. Es brachte ihn weit …

»Ein wenig zu weit«, sagte Jules leise.

Er übertrieb nicht. Hollywood, Partys, Trinkgelage, die Seiten blätterten weiter, und Jules veränderte sich. Das gerötete Gesicht seines Vaters erschien immer stärker, während die großen Rollen, die saftigen, die, die seinen Namen und sein Glück machen würden, an ihm vorbeigingen. Bis zu dem Tag, an dem er endlich auf einem Mauervorsprung stand und hinunterschaute. Und sich fragte, wie er so fallen konnte, dass sein perfektes Gesicht den Sprung überstand.

»Mircea hat es dir ausgeredet«, sagte ich, als ich sah, wie Mircea auf dem Sims entlangging und genauso aussah wie immer, bis auf einen Anzug aus den zwanziger Jahren mit zu kurzen Jackenaufschlägen. Er war so trittsicher, als schlendere er eine Straße entlang, trotz der Tatsache, dass sie zwölf Stockwerke weit oben waren.

»Nicht direkt«, gestand Jules. »Ich war zu betrunken, um Vernunft anzunehmen, und er wurde es müde, zu einem potenziellen Mitarbeiter zu sprechen, der entschlossen zu sein schien, sich selbst zu vernichten.«

»Was hat er getan?«

Jules lachte, ein helles Geräusch, das unter den gegebenen Umständen mehr als seltsam schien. »Er hat mich hinuntergeworfen.«

Und das hatte er. Im nächsten Moment sah ich ihn Jules vorn am Hemd packen und ihn lässig über den Rand werfen, alles mit einem schwachen Grinsen auf dem Gesicht. Und dann hatte er Vampirgeschwindigkeit benutzt, um ihn aufzufangen, bevor er auf dem Boden aufschlug.

Gerade eben.

»Er hatte gehört, das viele der Leute, die Selbstmord begehen, es auf halbem Weg nach unten bereuen«, erzählte Jules mir mit stockender Stimme. »Er wollte herausfinden, ob es der Wahrheit entsprach.«

»Und? Hat es der Wahrheit entsprochen?«

Jules stieß ein ersticktes Lachen aus. »Ich habe mir in die Hose gemacht. Und dann wurde ich nüchtern und habe ihn gefragt, wie er das angestellt hatte. Und er bot mir eine neue Art von Vertrag an. Einen unsterblichen.«

»Aber du klingst nicht glücklich.« Und das tat er nicht. Verbittert, mit einer Prise Lebensüberdruss und vielleicht einem Unterton der Hysterie als Zugabe. Aber definitiv nicht glücklich.

»An manchen Tagen ...« Seine Stimme brach, und er hielt inne, bevor er kräftiger fortfuhr. »An manchen Tagen wünschte ich, Mircea hätte mich verfehlt.«

»Was? Warum?«

»Denken Sie darüber nach, Cassie!«, sagte er wild. »Die Ewigkeit ist eine sehr lange Zeit, wenn man ein Versager ist! Ich dachte, ich würde irgendwann lernen, gut darin zu sein, lernen, ein weltgewandter, überselbstbewusster Vampir zu sein, und würde beginnen, mich wohlzufühlen – aber es ist nie geschehen. Ich habe nur neue Wege gefunden, eine Niete zu sein. Mirceas Vampire sind entweder Diplomaten oder Soldaten, und ich bin keins von beiden.«

Ich machte mir nicht die Mühe, darauf hinzuweisen, dass es andere Jobs gab. Jules war nicht der Typ, der glücklich damit war, die Wäsche zu besorgen. Er redete über prestigereiche Positionen, und ja, das fasste es so ziemlich zusammen.

»Sie könnten immer noch um eine Versetzung bitten«, sagte ich stattdessen. »Zu einem anderen Haus gehen ...«

»Und *was* tun? Gut aussehen?« Jules lachte wieder, und diesmal war es ein freudloses Lachen. »Ein Gesicht wie meins mag einem in der menschlichen Welt ein Vermögen einbringen, wenn man es richtig angeht. Aber wissen Sie, was es in der Vampirwelt bedeutet? Wenn ein drittklassiger Glamourzauber einem dasselbe Ergebnis verschaffen kann?«

»Sie sind mehr als nur Ihr Aussehen, Jules.«

»Bin ich das? Wie viele Schauspielervampire kennen Sie? Oder Akteure welcher Art auch immer?«

»Vamps haben ... Hobbys«, meinte ich ein wenig lahm, aber es stimmte. Sie taten in ihrer Freizeit eine Vielzahl von Dingen. Malen, Bildhauern, Singen ... ich kannte mal einen, der komische Fotos von Leuten machte, wenn sie am schlimmsten aussahen, eine Art umgekehrter Schönheitswettbewerb.

»Aber nicht als Beruf«, beharrte Jules. »Nicht als eine Möglichkeit, Spuren zu hinterlassen, zu *zählen*. Es gibt Leute, die dieses Leben gut meistern, denen es leicht fällt, und dann gibt es da noch den Rest von uns. Aber man kann unmöglich wissen, welches von beidem man sein wird, bevor man hineinkommt, und sobald man drin ist, gibt es nur einen Weg hinaus.«

Und ja. Die Art von Vertrag, die Vampiren angeboten wurde, hatte kein Verfallsdatum. Das war etwas, was all diese eifrigen Bewerber oft vergaßen.

»Es tut mir leid«, sagte ich und meinte es auch so.

»Das muss es nicht. Versprechen Sie mir nur – falls dies nicht klappt –, versprechen Sie mir, dass Sie es beenden werden.«

»Jules …«

»Oder lassen Sie es Marco tun. Es ist mir egal, ich will nur – ich kann nicht so leben. Verstehen Sie? Ich *kann* nicht …«

»Jules!«, sagte ich scharf, denn die Hysterie kam massiv zurückgekrochen.

»Es tut mir leid, es tut mir leid«, erwiderte er und klang ein wenig ruhiger. »Aber ich will Ihr Wort.«

»Hören Sie zu.« Ich bemühte mich um Gelassenheit, weil ich es selbst nicht so toll hinbekam. »Ich werde Ihnen nicht versprechen …«

»Cassie …«

»Nein, hören Sie zu!«, sagte ich mit leicht zittriger Stimme. »Ich bin ehrlich zu Ihnen, okay? Kein Bullshit.« Nicht diesmal; niemals wieder. Nicht mit Leuten, die mir etwas bedeuteten.

Was für eine üble Art, eine Lektion zu lernen.

»Okay.«

»Und ich erzähle Ihnen nicht, dass es klappen wird. Ich bin keine Hexe; ich kann einen Fluch nicht auf ihre Art rückgängig machen …«

»Und es würde nicht helfen, selbst wenn Sie es könnten.«

Anscheinend funktionierten diese verschwundenen Ohren immer noch sehr gut. Und ja. Das musste lustig gewesen sein, hilflos dazuliegen und zuzuhören, wie alle seine Totenglocke läuteten.

»Nein«, gab ich zu. »Aber ich kann versuchen, Sie zu dem Punkt zurückzubringen, bevor Sie sich diese verdammte Sache gefangen haben. Im Grunde stecke ich Sie in eine Zeitblase …«

Jules gab einen erstickten Laut von sich. »Ersparen Sie mir die Einzelheiten.«

Klar. Ich würde sie an seiner Stelle wahrscheinlich auch nicht hören wollen. Er hatte heute Nacht schon genug durchgemacht, aber ich konnte die Sache nicht gut aufgeben, weil es ihm nicht gut ging. Und es würde ihm auch nicht besser gehen, wenn ich es nicht hinbekam.

Und wir beide wussten das.

Ich nickte, leckte mir die Lippen und versuchte, mich zu konzentrieren.

Es war okay, dass Jules keine Einzelheiten hatte hören wollen, denn sie hätten ihm bestimmt nicht gefallen. Nicht nur, weil ich noch nie zuvor etwas Derartiges getan hatte, sondern weil ich nicht die Beste in Bezug auf die Zielgenauigkeit in der Zeit war. Deshalb klappte so selten etwas, wenn ich sprang. Agnes hatte es geschafft, buchstäblich in der Sekunde, in der sie ihren Körper verlassen hatte, in ihn zurückzukehren, sodass niemand je wusste, dass sie überhaupt fort gewesen war, es sei denn, sie entschied sich dafür, es zu erzählen. Aber sie hatte entweder eine Gabe oder höllisch viel mehr Übung gehabt, weil ich mein Ziel für gewöhnlich um Meilen verfehlte. Glücklicherweise war das so, wie ich mich fühlte, sehr unwahrscheinlich. Ich war müde aufgewacht und näherte mich schnell dem Punkt völliger Erschöpfung, und ich hatte noch nicht einmal …

Eine Blase sprang um Jules herum auf, klein, aber perfekt geformt.

Ich blinzelte sie überrascht an, da ich halb damit gerechnet hatte zu scheitern. Aber die Blase war real. Das Licht aus der Lounge schimmerte darauf wie ein Wirbel aus irisierenden Farben. Sie sah aus wie eine Seifenblase – und war ungefähr genauso stabil. Ich musste mich beeilen.

Ich konzentrierte mich auf die mentale Biografie, die Jules mir gezeigt hatte.

Sie war dick. Jules hatte nicht nur ein langes Leben gehabt; er hatte ein volles Leben gehabt. Glücklicherweise deckten wir hier nicht viel Zeit ab, und ich brauchte mir keine Sorgen um all diese unzähligen Seiten zu machen. Nur einige Worte zurück, vielleicht genügten sogar zwei Buchstaben …

Der Wind, den ich zuvor gespürt hatte, frischte wieder auf und ließ die Seiten flattern, und diesmal war er erheblich stärker. Ich griff im Geiste nach ihnen, aber sie schlüpften durch meine Finger, als seien sie geölt. Ein, zwei, drei Seiten zurück, und endlich schaffte ich es, eine zu packen, und versuchte, meine Macht hinreichend zu dämpfen, um den Sturm zu stoppen, ohne ihn – und die Blase – ganz zu eliminieren.

Und es musste funktioniert haben, denn ich hörte ein kollektives Aufkeuchen. Ich sah Jules an. Und stutzte.

Es sah aus, als sei sein Gesicht in ein Fass mit heller Farbe getaucht worden, und wurde nun wieder herausgezogen. Augen, Nase, Mund wurden allesamt sichtbar, während die glitschige, allzu makellose Oberfläche auf allen Seiten abgestreift wurde. Poren tauchten wieder auf und Augenbrauen und Wimpern und …

Und ich konnte kaum atmen.

Denn es funktionierte.

Seine Brust war schwerer anzusehen und tat seltsame Dinge mit meinem Gehirn, während sie sich auf eine Weise wand und krümmte, wie es Fleisch niemals bestimmt gewesen war. Aber die gleiche Prozedur geschah auch dort, mit willkürlichen Stückchen Material, die sich wieder zu seinem Hemd formten. Wie der Körper darunter, der begann, wieder wie ein Mann auszusehen, und wie die Hände … ich hatte den Gedanken kaum zu Ende gedacht, als Jules' schöne, anmutige Hände sich wie zwei Vögel von seinem Bauch erhoben, immer noch eingehüllt von der Blase, aber nicht länger gefangen.

Wie die Seiten des Buches, begriff ich. Sie flatterten plötzlich aus meinen Fingern, als hätten sie einen eigenen Willen. Eine Bö dieses seltsamen Windes ergriff sie, und sie fielen in einer einzigen, geriffelten Kaskade; Jahrzehnte verstrichen wie Sekunden.

Scheiße! Ich griff nach ihnen, aber sie hatten beinahe reibungsfreie Oberflächen und waren unmöglich festzuhalten. Bis ich mich endlich verzweifelt hinunterwarf und das immer noch buckelnde und sich bewegende Buch unter dem vollen Gewicht meines mentalen Körpers begrub.

Und endlich war es genug.

»Cassie …«, sagte jemand, und ich schaute Jules an. Und riss dann die Augen auf, wie gebannt, während Farbe auf den einst bleichen Wangen erblühte, während blondes Haar heller wurde, während ein Bart spross und sich dann zurückzog und dann wieder spross …

»Cassie!«

Marcos Stimme schwoll in meinem Ohr an, laut und panisch, während ich mit der Hand durch die Blase fuhr. Sie löste sich in einem Blitz aus Licht auf, der hell genug war, dass ich die Augen schließen musste. Und als ich sie öffnete, sah ich Jules, immer noch der Länge nach auf dem Teppich liegend, aber er bewegte zwei vollkommen gesunde Hände mit einem Ausdruck verblüfften Staunens auf dem Gesicht.

Und Marco, der blass war und die Lippen zusammenpresste. Und Fred, der aussah, als würde er gleich ohnmächtig werden. Und Rico, das brünette Mitglied des Trios, ein waghalsiger Typ, der dafür berühmt war, dass er vor nichts Angst hatte.

Außer vor mir, dachte ich und schaute in Augen, in denen dieses unverkennbare Gefühl lag, bevor sie schnell wegblickten.

»Was ist los?«, fragte ich und starrte zuerst sie an und dann Jules. Der immer noch die Hände spielen ließ – seine rosigen und gesunden und offensichtlich perfekten Hände.

»Mein Gott«, flüsterte Fred.

»Was?«, wiederholte ich und begann mir Sorgen zu machen. »Es hat funktioniert. Er ist wieder normal …«

»Normal?«, fragte Marco grimmig. »Das nennen Sie *normal*?«

Ich sah Jules an, der endlich aufschaute. Seine Augen waren ein wenig anders, als sie meinen begegneten, blauer vielleicht. Und auch seine Haut sah anders aus, beinahe … sonnengebräunt. Wenn überhaupt, sah er besser aus als zuvor.

»Ja?«, fragte ich. Meine Verwirrung wuchs von Sekunde zu Sekunde. »Wie nennen Sie es denn?«

Jules packte wieder meine Hand, und diesmal war er … anders, schwächer, wärmer. Und ich hätte schwören können, dass ich einen Puls in dem Handgelenk fühlte, das er an meines drückte. Und da waren feine Sommersprossen, die kurz vorher noch von einem Glamourzauber verdeckt worden waren. Und …

Nein. Nein, das konnte nicht sein, dachte ich und sah ihn ungläubig an.

»Menschlich«, sagte Jules heiser.

Sechsundzwanzig

Ich ging wieder ins Bett.

Nicht weil ich es wollte. Aber der Raum verschwamm vor meinen Augen, als ich versucht hatte aufzustehen, und Marco hatte vor Ärger aufgestampft. Und dann gedroht, mich in mein Schlafzimmer zu zerren, wenn ich nicht selbst ging.

Immerhin hatte ich es vermeiden können, wie ein Sack Kartoffeln weggeschleppt zu werden, aber nur mit knapper Not. Und jetzt schien die Decke meines Schlafzimmers auf und ab zu schwingen, obwohl ich flach auf dem Rücken lag. Es hatte etwas Psychedelisches, aber es war außerdem beunruhigend.

Doch nicht so sehr wie das, was gerade mit Jules passiert war.

Oh Gott, was hatte ich getan?

Es war eine dumme Frage. Ich wusste, was ich getan hatte. Ich hatte Jules um seinen Meisterstatus gebracht, seine Position in der Familie zerstört, die so ziemlich alles für einen Vampir bedeutete, und ihn bestenfalls zu einem Diener reduziert, schlimmstenfalls zu Beute.

Ich hatte nicht nur sein Leben ruiniert; ich hatte seinen Tod zerstört.

Okay. Er hatte gerade gesagt, wie sehr er sich nach einer zweiten Chance sehnte, aber dies war *Jules*. Er hätte Schauspieler werden sollen, weil er eine Dramaqueen war, das wusste jeder. Und er hatte vor einer Situation gestanden, in der selbst ein normales menschliches Leben wahrscheinlich vergleichsweise verdammt gut ausgesehen hatte. Aber morgen? Übermorgen? Der Tag, an dem er sein schönes, sich niemals veränderndes Gesicht im Spiegel betrachtete und die erste Falte sah?

Ich versuchte, mir einzureden, dass es so in Ordnung war. Sobald die Decke aufhörte, auf und ab zu schwanken, würde ich mir etwas überlegen. Ich würde mich hinsetzen und seine Hände in meine nehmen und … und das Gegenteil von dem tun, was immer ich gerade getan hatte.

Nur dass ich nicht wusste, was ich gerade getan hatte.

Es schien, als sollte er eine leicht jüngere Version eines Vampirs sein. Aber ich hatte nicht versucht, ein klein wenig die Zeit zurückzudrehen; ich hatte versucht, einen Fluch aufzuheben. Und einige Leute fanden, dass Vampirismus unter diese Kategorie fiel. Also war meine Macht, die sich regelmäßig verselbstständigte, übers Ziel hinausgeschossen.

Und hatte beschlossen, *alle* Flüche aufzuheben.

Das würde die Bildersprache des Buches erklären, die so anders als mein unkreativer Zeitstrahl war, durch den ich mich im Geiste schob, wenn ich durch die Zeit sprang. Aber ein Zeitstrahl war nicht passend gewesen, um mich durch Jules' Leben zu führen. Also hatte das Buch schlauerweise eine Biografie abgebildet.

Okay, damit konnte ich etwas anfangen.

Aber das erklärte immer noch nicht, wie ich es gemacht hatte.

Oder wie ich es beheben konnte.

Ich legte einen Arm über mein Gesicht und versuchte, den Raum auszublenden, versuchte, alles auszublenden. Aber es half nicht. Ich sah noch immer Jules' panisches Gesicht – sein *menschliches* Gesicht. Denn was immer der Grund war, er war von der Krankheit frei, die Vampirismus verursachte.

Also, wenn ich ihn wieder älter machte, würde er nicht wie ein Mensch altern? Und was, wenn ich einen weiteren dieser verrückten Anfälle von Macht bekam, wie den, der ihn binnen Sekunden um achtzig Jahre jünger gemacht hatte? Er hatte nicht mehr die Unsterblichkeit auf seiner Seite. Es konnte damit enden, dass er plötzlich ein alter Mann war.

Zum Teufel, er konnte *tot* sein.

Wie ich, wenn Mircea es herausfand.

Weil Mircea mich umbringen würde.

Und es war nicht so, als hätte er keinen Grund. Sicher, er konnte Jules wieder zum Vampir machen, aber er würde als Neugeborener beginnen. Genau wie alle anderen. Und man konnte auf keinen

Fall wissen, ob der delikate Cocktail, der einen Meistervamp ausmachte, sich ein zweites Mal in ihm zusammenbrauen würde. Ein Anteil war Begehren, und beim ersten Mal hatte Jules jede Menge davon gehabt. Aber jetzt? Wenn er wusste, dass er es nur so weit und nicht weiter bringen konnte? Wenn die Zeit dafür gesorgt hatte, dass er desillusioniert war?

Er konnte die Familie für immer verlieren, dank mir.

Und das war ... das war ausgesprochen schlecht.

Jules war nicht einfach ein Vampir gewesen; er war ein Meister gewesen. Und Meistervampire gab es nicht gerade wie Sand am Meer. Sie waren ein kostbarer Teil des Besitzes eines jeden Seniormeisters und wurden höher geschätzt als Geld oder Land oder buchstäblich alles andere bis auf Macht, weil fast alles andere leichter zu bekommen war. Jeder Meister konnte einen Vampir machen, aber einen weiteren Meister herausbilden ... das war heikel.

Eine gewaltige Anzahl von Faktoren floss in die Prozedur ein, die einige Vampire in den Rang eines Meisters erhob, aber die Macht des einen, der sie verwandelt hatte, hatte großen Anteil daran. Es bedeutete, dass in der Hierarchie der Meister untenstehende Vampire wie Fred oder Rico oder Jules selbst nur eine sehr kleine Chance hatten, jemals einen Meister hervorzubringen. Das zog nach sich, dass die meisten rangniederen Meister es vorzogen, bei ihren Familien zu bleiben, statt sich auf eigene Füße zu stellen und eine andere Familie zu gründen, die sie vielleicht nicht würden beschützen können.

Aber selbst in Fällen wie Mirceas gelang das Herausbilden von Meistern immer noch selten. Die meisten Vampire blieben Vampire, blieben Diener und Botenjungen, Lakaien und Schreibtischhengste für die ganze Ewigkeit. Wenn einer von ihnen Meisterstatus erlangte, war das ein Grund zu feiern und eine Quelle persönlichen Stolzes für seinen Schöpfer und wahrscheinlich obendrein ein Statusgewinn.

Wenn man in der Vampirwelt von Wohlstand sprach, sprach man darüber, wie viele Meister man befehligte.

Und dank mir hatte Mircea jetzt einen weniger.

Ich starrte auf das Handy, das unheilverkündend auf meinem

Nachttisch funkelte, und fragte mich, wie viel Zeit mir noch blieb. Es war später Nachmittag, also würde Mircea normalerweise noch nicht einmal auf sein. Allerdings konnte man sich seit Neuestem nicht immer auf seinen gewöhnlichen Tagesablauf verlassen.

Der Senat hatte im Krieg eine Menge seiner Mitglieder verloren, was bedeutete, dass jeder Senator, der verblieben war, für zwei arbeiten musste. Außerdem hatte Mircea einen Bündnisvertrag mit den anderen Senaten ausgehandelt und einige weitere Dinge getan, über die ich mir nicht im Klaren war, aber das hatte etwas damit zu tun gehabt, neue Senatoren zu finden, die halfen, die Last zu tragen. Er hatte gesagt, es würde bald geschafft sein, vielleicht Ende der Woche. Aber im Moment hatte er wirklich viel zu tun, und es gab eine Menge Leute, die seine Zeit beanspruchten und … Und ich war ein Feigling, der seine Frau stehen und ihn anrufen sollte.

Ich streckte die Hand nach dem Handy aus, weil das das einzige Nützliche war, was ich tun konnte, während ich flachlag. Aber dann ließ ich sie sinken. Denn wo sollte ich anfangen?

Und wohin würde es führen?

Es war dasselbe Problem, das ich die ganze Woche lang gehabt hatte. Ich liebte Mircea; ich verbarg *ungern* etwas vor ihm. Aber wenn ich ihm etwas erzählte, konnte ich es auch gleich dem ganzen Senat erzählen, so wie ein Gespräch mit Jonas wie ein Gespräch mit dem Kreis gewesen wäre.

Nur dass ich mit Jonas kein Verhältnis hatte.

Was die Dinge manchmal tatsächlich leichter machte. Ich fühlte mich nicht schuldig, dass Marco Jules in eins der zwei unbenutzten Schlafzimmer bugsiert hatte, bevor Jonas Gelegenheit gehabt hatte, neugierige Blicke auf ihn zu werfen. Dies war Sache der Familie; es ging ihn nichts an. Und ich konnte mir nicht vorstellen, dass Mircea begeistert davon wäre, wenn der Kreis erfuhr, dass ich jetzt in der Lage war, Meister zu demontieren.

Rein theoretisch konnte man das gleiche Argument für die ganze Sache mit Pritkin vorbringen, die ja eigentlich gar nichts mit Mircea zu tun hatte.

Trotzdem fühlte ich mich schuldig, weil ich es ihm nicht erzählte.

Und das war ein solcher Schwachsinn! Mircea war keinen Deut mitteilsamer als ich; vermutlich verdiente er von uns beiden wahrscheinlich den ersten Preis für Wortkargheit. Aus der Perspektive des Vamps war ich mit dem Burschen *verheiratet*, doch ich wusste nicht mal, was seine Lieblingsfarbe war. Oder sein Lieblingsgetränk. Oder was er die ganze Zeit machte, wenn er nicht hier war, was seit Jüngstem die meiste Zeit war.

Ich wusste überhaupt nicht gerade viel über ihn, und es machte mich wahnsinnig. Aber schlimmer noch, ich konnte mich nicht einmal beklagen. Denn dann könnte er – Hölle, dann *würde* er einen Austausch von Informationen vorschlagen, und es gab so verdammt viel, was ich ihm nicht erzählen konnte …

Ich starrte das Handy an.

Es starrte zurück.

Ich kaute ein Weilchen auf der Innenseite meiner Wange herum und war schließlich angewidert von mir selbst. Ich würde nicht stundenlang so warten. Davon kriegte ich nur Magengeschwüre, und das, obwohl mir eigentlich schon genug andere Dinge Bauchschmerzen bereiteten. Ich würde es tun. Ich würde ihn anrufen. Ich würde tun, was ich schon vor Tagen hätte tun sollen, und einfach nach dem Telefon greifen und …

Jemand klopfte an die Tür.

Ich schaute auf, das Herz pochte mir bis zum Hals. Ich war davon überzeugt, dass es Marco mit einem Telefon in der Hand war.

Und dann drückte Fred die Tür mit einem Fuß auf, weil er Bierflaschen in den Händen hatte, eine davon in eine Papierserviette gewickelt, weil wir es hier so vornehm hatten.

»Oh, Gott sei Dank«, sagte ich, als er es mir reichte.

Er wirkte ein wenig überrascht über mein inbrünstiges Willkommen. »Ich dachte mir, dass Sie einen Drink gebrauchen könnten«, meinte er und schob das Handy ein Stück zur Seite, damit wir Platz für die Flaschen hatten. Dann setzte er sich aufs Bett.

Ich leerte die halbe Flasche mit einem einzigen Zug und ließ mich dann wieder auf den Rücken fallen. Und starrte noch ein Weilchen an die Decke, die eine Spur verträglicher aussah jetzt, da ich ein Bier intus hatte. Aber nicht hilfreicher.

»Geht es Jules gut?«, fragte ich nach einer Minute.

»Er ist menschlich«, antwortete Fred mit seltsam zittriger Stimme. Als könne er es immer noch nicht ganz glauben. »Er ist ein wenig hysterisch, klar, aber davon abgesehen geht es ihm gut. Ich meine, vielleicht nicht, wenn er so bleibt, Sie wissen schon, was im Moment … also, es ist nicht nötig, dass Sie sich deswegen jetzt fertig machen, in Ordnung?«

Klar. Es sei denn, ich könnte nicht herausfinden, wie ich es umkehren konnte.

»Sind alle nach Hause gegangen?«, fragte ich hoffnungsvoll.

»Oh, leider nicht.«

Natürlich nicht.

»Jonas und die Hexen haben es rausgekriegt. Sie wissen schon, ich habe immer gedacht, es sei nur ein altes Märchen, aber Hexen mögen es *wirklich* nicht, eine Party zu verpassen, oder?«

Ich konnte nicht anders. Ich lachte. »Wohl nicht, nein.«

»Ich habe versucht, für Sie zu lauschen, aber sie sind in der Küche unter einem Stille-Zauber. Und sie haben die Jalousien geschlossen.« Er wirkte bekümmert. »Ich habe nur herausfinden können, dass sie denken, dass er sie einwickeln will. Und dann haben sie mit den Armen herumgefuchtelt.«

Ich hoffte, dass das Armgewedel nicht mit irgendeinem Zauber zu tun hatte. »Ist Marco bei ihnen?«

»Nein, er versucht, aus diesem Mädchen etwas Vernünftiges herauszubekommen.«

»Welches Mädchen?«

»Rhea irgendetwas; den Nachnamen habe ich nicht mitbekommen. Sie wissen schon, die Hexen haben sie mitgebracht.«

»Sie ist selbst keine Hexe?«

»Doch, aber sie gehört nicht zu den Anführerinnen des Zirkels. Nach dem, was ich mir zusammenreimen konnte, ist sie ein Mitglied Ihres Hofes.«

»Meines …« Ich brauchte eine Sekunde. »Sie meinen den Pythia-Hof?«

»Haben Sie zwei?«

»Ich war mir nicht mal sicher, ob ich einen habe. Es ist nicht gerade so, als hätte sich jemand die Mühe gemacht, vorbeizukommen und Hallo zu sagen.«

»Nun, jetzt hat es jemand getan.«

Ja, und ich nehme an, wegen des Outfits hätte ich darauf kommen sollen. »Was will sie?«

Fred seufzte. »Ich weiß es nicht. Aber sie faselt ständig etwas darüber, dass es alles ihre Schuld sei …«

»Was soll ihre Schuld sein?«

»Jules. Oh, nicht die Sache mit dem Verfluchtwerden; das geht ganz allein auf ihn. Aber die andere Sache. Es scheint, als würde es Ihre Macht mehren oder so, wenn Sie ein Mitglied Ihres Zirkels in der Nähe haben …«

»Moment mal.« Dies ging viel zu schnell. »Welches Zirkels?«

»Ihres Zirkels.«

»Fred«, sagte ich ungeduldig. »Wir haben das schon besprochen. Ich bin keine Hexe. Ich habe keinen …«

»Nun, ihr zufolge haben sie einen. Der pythische Hof ist der Zirkel der Pythia. Und Zirkelmitglieder geben ihren Führern Machtverstärkung. Deshalb gibt es sie überhaupt«, fügte er hinzu, als ich ihn nur ansah. »Als einen Pool magischer Mitarbeiter, die ihre Macht für Sie bündeln. Verstehen Sie?«

Klar, ich hatte nur nicht gewusst, dass es das für mich gab. Eine solche Information hätte mir schon hundert Mal nützlich sein können. Ich runzelte die Stirn.

»Ich fühle mich nicht so, als wäre meine Macht verstärkt worden.«

»Vielleicht nicht jetzt. Aber ich glaube, sie meint, dass Sie, ääh, die Ziellinie mit Jules vielleicht nicht überschritten hätten, wäre sie nicht hier gewesen und hätte Ihnen eine Verstärkung gegeben, mit der Sie nicht gerechnet haben.«

Ich brauchte eine Sekunde, um das zu verdauen. »Und sie hat sich nicht die Mühe gemacht, dies zuvor zu erwähnen?«

»Sie sagte, sie habe gedacht, dass Sie Bescheid wüssten. Und ich glaube, sie hat darauf gewartet, dass die Hexen weggingen, bevor sie mit Ihnen reden wollte. Ich habe den Eindruck, dass sie nicht allzu gut miteinander auskommen.«

»Warum war sie dann bei Ihnen?«

Fred sagte nichts.

»Fred?«

»Vielleicht wollen Sie warten und Sie fragen …«

»Ich habe Sie gefragt.«

Er seufzte abermals. »Sie sagte, sie sei auf der Suche nach Schutz zu dem Hexenzirkel geflohen. Wie es scheint, hat es ein Problem mit Ihrem Hof gegeben. Sie wollte nicht sagen, worum es dabei geht. Sie will mit niemandem reden, außer mit Ihnen, aber sie hat etwas herausgefunden und ist zu den Hexen geflohen.«

»Und sie haben beschlossen, sie auf meiner Türschwelle abzusetzen.«

»So ungefähr. Ich glaube mittlerweile, dass sie sie für eine Spinnerin halten, aber sie wollten ohnehin einen Blick auf Sie werfen, und Rhea war ein guter Vorwand. Und sie ist … nun, vielleicht werden Sie mehr Glück mit ihr haben.«

Klasse. »Glück« bedeutete jetzt in meinem Leben, etwas über ein neues Problem zu erfahren, mit dem ich mich würde herumplagen müssen. Nachdem es sich bereits so anfühlte, als hätte ich mehr als genug am Hals, vielen Dank. Aber eine Sache hatte die ganze Situation mit Mircea mich gelehrt: Dinge hinauszuzögern machte es einem selten leichter.

»Kommen Sie«, sagte ich und schwang die Beine über die Bettkante, denn zumindest hatte ich nicht mehr das Gefühl, dass das Zimmer schwankte. »Lassen Sie uns gehen und herausfinden …«

Irgendjemand begann zu schreien.

Ich schloss die Augen.

Natürlich.

Es stellte sich heraus, dass es Jules war, der in der Balkontür stand, einen doppelten Whiskey in der Hand, während er seine jüngst menschlich gewordenen Stimmbänder erprobte. Aber ich glaubte nicht, dass die Verwandlung die Schuld daran trug. Zumindest nicht zur Gänze.

»Gehen Sie wieder ins Schlafzimmer, bis wir uns um diese Sache gekümmert haben!«, befahl Marco, sobald ich auf den Flur trat.

Ich antwortete nicht, weil ich zu beschäftigt damit war, das riesige, klaffende Loch anzustarren, das sich in der gegenüberliegenden Wand aufgetan hatte. Das mit den feurig roten Rändern und den verstörenden Geräuschen und dem kreiselnden, schwarzen Herzen und dem Wind, der stark genug war, um mir das Haar zu zerzausen. Offensichtlich hatte Casanova recht gehabt, dachte ich automatisch.

Man wusste es, wenn man es sah.

»Cassie!«, blaffte Marco. »Verschwinden Sie hier!«

»Ich kann nicht.«

»Warum nicht?«, fragte er.

»Weil ... ich glaube, dass das für mich ist.«

Er sah mich ungläubig an. »Was?«

»Ich fürchte, ich habe einen Termin.«

»Mit wem? Mit Luzifer?«

»Will ich nicht hoffen«, murmelte ich und machte einen einzigen Schritt vorwärts.

Und hielt inne. Denn zum ersten Mal überhaupt sah ich Marco das Undenkbare tun. Und zwar eine seiner höchst verbotenen und lächerlich teuren Cohibazigarren wegwerfen.

»Gehen Sie zurück. Ins Schlafzimmer. Sofort.«

Ich stand einen Augenblick da und rang mit mir. Aber nicht weil ich eingeschüchtert war. Schlimmstenfalls würde Marco mich über eine kräftige Schulter werfen und mich davonschleppen. Und wenn man überlegte, wie würdevoll ich mich dieser Tage benahm, würde eine weitere Peinlichkeit auch keine Rolle mehr spielen.

»Ist es hier immer so?« Die Walküre war aus dem Aufenthaltsraum gekommen, und stand, die Hände in die Hüften gestemmt, vor den Schiebetüren. Und betrachtete ungläubig das Höllenmaul.

»So ziemlich«, antwortete einer der Vamps träge.

»Verdammt, Cassie!« Marco wirkte angepisst.

»Wir haben schon früher darüber gesprochen«, rief ich ihm ins Gedächtnis. »Sie sind nicht mein Gefängniswärter.«

»Nun, irgendjemand sollte es verdammt noch mal sein!«, schoss er zurück, während der Wind ihm das schwarze Haar um den Kopf peitschte. »Durch die ganze Schöpfung zu rennen, mit Dämonen zu ringen, *was Sie mit Jules gemacht haben*, und jetzt *dies* …«

»Mit Dämonen ringen?« Ich blinzelte, weil ich nicht angenommen hatte, dass er davon wusste.

Das war vermutlich dämlich, denn natürlich wusste er davon. Aber er hatte es nicht erwähnt, und so verschwiegen war selbst Marco eigentlich nicht. Und dies war das Dante's, wo laute, übernatürliche Darbietungen jeden Tag stattfanden. Und diese hatte wie lange gedauert? Fünf oder sechs Minuten?

Ich war mir nicht sicher, aber ich dachte nicht, dass es länger gedauert haben könnte. Und ja, es hatte einen Haufen Zeugen gegeben, aber die waren entweder ahnungslose Touristen gewesen oder Wachen unter Casanovas Befehl. Was auch die Überwachungskameras betraf …

»Davon haben Sie nichts gewusst«, sagte ich und beobachtete ihn.

»Schwachsinn. Jeder wusste …«

»Sie *nicht*. Nicht bis vor einer halben Stunde.«

Marco sagte nichts, aber sein Gesicht war beredt genug. Denn er war nicht diplomatischer als Jules. Mircea schickte mir keine Diplomaten; das wäre ohnehin bloß Verschwendung.

Er schickte Panzer.

»Wie haben Sie es herausgefunden?«, verlangte ich zu erfahren.

Marco verschränkte seine massigen Arme vor der Brust und versuchte, mich niederzustarren. »Ich habe es Ihnen doch gesagt. Mircea weiß, was hier los ist …«

»Mircea? Er hat Sie angerufen?«

»Das war nicht der …«

»Wann?«

»Vor ein paar Minuten, und wir haben nicht …«

»Mircea hat Sie angerufen … und mich nicht?«, fragte ich, weil ich mir sicher sein wollte.

»Vielleicht hat er gedacht, dass er bei mir weiterkäme!«

Na klar. Vielleicht ging er mir aber auch aus dem Weg.

Und plötzlich fiel bei mir der Groschen. Mircea *ging* mir aus dem Weg. Ich war so damit beschäftigt gewesen, das Gleiche mit ihm zu machen, dass es mir nicht aufgefallen war. Aber natürlich mied er mich.

Er war beschäftigt, aber er war außerdem ein Meister ersten Ranges. Er konnte tagelang auf Schlaf verzichten, wenn es sein musste. Natürlich, das hatte seinen Preis, aber er hatte genug Macht, um sie zu verbrennen. Wenn er mit mir hätte reden wollen, hätte er mit mir geredet. Solange es ihm gefiel und worüber er wollte, und ich bezweifelte, dass meine Ausweichmanöver auch nur eine Sekunde lang funktioniert hätten.

Aber sie hatten es.

»Er geht mir aus dem Weg, nicht wahr?« Ich sah Marco ungläubig an.

»Hören Sie auf damit! Hören Sie sofort auf damit!«, verlangte die Walküre. Wir sahen sie an. Sie zeigte auf das Portal. *»Was zur Hölle ist das?«*

»Ja«, sagte Jonas, der hinter sie trat und über den Rand seiner Brille hinweg das Höllenmaul musterte.

Ich schaute wieder zu Marco hinüber. »Sagen Sie mir die Wahrheit. Was ist los? Warum will er mich nicht sehen?«

Marco blickte sich um, als erwarte er, dass irgendjemand einen Vorschlag machen würde. Aber die Vamps standen offensichtlich alle nicht für Vorschläge zur Verfügung. Zwei von ihnen versuchten, Jules dazu zu überreden, ins Zimmer zurückzukommen, aber Hysterie speist Hysterie, und es sah nicht so aus, als wäre ihnen das Glück hold. Eine Menge weiterer Vampire war drüben an der Bar und hatte offensichtlich das Gefühl, dass die heutige Nacht in die Genug-ist-genug-Kategorie fiel und dass sie genug gehabt hatten. Und der Rest – Jonas, die Hexen und das Mädchen – starrte das Höllenmaul an, das begonnen hatte, sich schnell genug zu drehen, um die Seiten einer Zeitschrift auf dem Couchtisch umzublättern.

Niemand half Marco aus der Klemme.

»Marco ...«

»Ich weiß es nicht, in Ordnung?« Er war entnervt. »Ich weiß nicht einmal, ob es stimmt.«

»Hat er darum gebeten, mit mir zu sprechen?«

»Nein. Ich …«

»Haben Sie ihm gesagt, ich sei bewusstlos oder etwas in der Art?«

»Nein, er …«

»Dass ich in der Dusche war?«

»Nein! Verdammt, er hat nicht …« Marco brach abrupt ab.

»Er hat nicht – was? Er hat nicht *gefragt*?«

Marco sah mich nur an.

Ich starrte zurück. »Er hat Sie angerufen, Sie darüber informiert, dass ich dabei beobachtet worden bin, wie ich in der Luft mit Dämonen gerungen habe, hat nach dem Meistervampir gefragt, um den ich ihn gerade gebracht habe, und dann *hat er aufgelegt*?«

»Sie müssen selbst mit ihm darüber sprechen«, bemerkte er.

»Wie kann ich das, wenn er nicht mit mir reden will?«

Marco setzte zu einer Antwort an, aber in dem Moment stieß Jules ein besonders schrilles Kreischen aus. Vielleicht weil das Portal begonnen hatte, sich um etwas zu drehen, was sich mit Lichtgeschwindigkeit näherte. Und wenn ich mich nicht irrte, wurde es außerdem kleiner.

»Würde ihm irgendjemand verdammt noch mal das Maul stopfen?«, knurrte Marco.

Aber Jules schien sich für die Idee nicht zu erwärmen. Jules schien so ziemlich genug von uns und unseren Ideen zu haben. Er stieß ein weiteres Kreischen aus und witschte zwischen seinen Kumpanen durch, prallte mit einigen anderen zusammen, entzog sich ihren Versuchen, ihn festzuhalten, durch einen Sprung, wie ihn ein Torwart macht, um einen Ball auf der Linie zu retten. Dann rannte er zur Tür hinaus.

Marco folgte ihm, änderte aber den Kurs auf halbem Weg und stürzte sich stattdessen auf mich. Weil ich nämlich meine vermutlich einzige Chance ergriffen hatte und auf das sich schnell schließende Portal zugesprungen war. Aber dann geschah eine zweite Sache, die eigentlich ein Ding der Unmöglichkeit war: Der riesige, aber anmutige Marco stolperte plötzlich und fiel der Länge nach auf den Teppich. Er stürzte so heftig, dass alle Gläser in der Bar klirrten.

Ich hatte gerade noch sehen können, wie – wie hieß sie noch gleich, die Hofdame, mit der ich einige Dutzend Worte gewechselt hatte – das Bein ausstreckte. Und nach dem Winkel zu urteilen, war es kein Versehen gewesen. Ich schaute sie an, und sie schaute mich an, mit großen Augen und leicht entsetzt. Und dann war ich durch die Flammen auf und davon.

Siebenundzwanzig

»Weißt du überhaupt, wer deine Mutter war?«, fragte Pritkin mit finsterem Blick.

Ich gab den Blick zurück – aber nicht, weil er mies drauf war. Das hatte ich erwartet. Nein, das war gelogen. Ich hatte Schlimmeres erwartet.

Er war schon sauer genug gewesen, als er am Hof seines Vaters überrascht und angegriffen worden war, oder als er gegen die Ratswachen um sein Leben kämpfte. Aber jetzt hatte er Zeit gehabt, darüber nachzudenken. Und anscheinend, um sich in eine Wut hineinzusteigern.

Ich schien diese Wirkung auf die Männer in meinem Leben zu haben, dachte ich düster und nahm einen weiteren Schluck von einem abscheulichen Getränk.

Wir waren in einer Bar in der Hölle, die als das Schattenland bekannt war, denn der Dämonenrat hatte kein normales Gefängnis. Er hatte ferne Welten, wo er die sogenannten »alten Schrecken« aussetzte, Kreaturen, über die ich gar nicht mehr erfahren wollte, vielen Dank. Und dann, am anderen Ende des Spektrums, gab es … nichts.

Wahrscheinlich lebten die meisten Leute, die den Rat verärgert hatten, nicht lange genug, um eine Zelle zu brauchen.

Aber das bedeutete, das ich Pritkin nicht in einer dunklen, feuchtkalten Zelle besuchte, sondern in einer dunklen, feuchtkalten Bar. Im Großen und Ganzen hätte ich die Zelle vorgezogen. Ich saß im Schneidersitz auf meinem Stuhl, um den Boden nicht berühren zu müssen, der seit einem Jahr nicht mehr eklig zu nennen war und jetzt hart daran arbeitete, widerlich zu werden.

Trotzdem schmatzte etwas zwischen meinen Zehen, in das ich auf dem Weg zum Tisch getreten war.

Ich versuchte, nicht darüber nachzudenken, was genau es sein könnte.

Ich versuchte es mit aller Macht.

»Barkeeper!«, rief Casanova heiser und versuchte mit den Fingern zu schnippen. Aber es gelang ihm nicht, und nach weiteren fehlgeschlagenen Versuchen betrachtete er stirnrunzelnd seine langen, normalerweise eleganten Finger, als könne er nicht verstehen, was mit ihnen los war.

Leider hatte der Ruf jeden eingeschlossen, der beim Rat in Ungnade gefallen war, sprich, der einige ihrer ehemaligen Sklaven in den Äther freigelassen hatte. Damit waren ich und Caleb sowie Pritkin gemeint. Zusammen mit einem Casinomanager, der diesen Namen nicht verdiente und der kurz davor war, unter den Tisch zu rutschen.

»Meinst du nicht, du hattest genug?«, fragte ich, noch während der schlurfende Schrank von einem Barkeeper eine weitere Flasche auf den klebrigen Tisch stellte.

Casanova machte eine hilfreiche Geste, die besagte, dass dem nicht so sei.

Ich erwiderte die Geste nicht, weil ich versuchte, möglichst unauffällig Abstand von dem Barkeeper zu halten. Er hatte verdächtige Flecken auf der Schürze und roch so, wie ein Schlachthaus aussieht. Außerdem drückte er jedes Mal, wenn er an den Tisch kam, Casanova die Schulter, als versuche er zu ermitteln, wie viel Fleisch unter dem teuren Stoff war. Es hätte mich normalerweise angeekelt, aber nach dem heutigen Tag war ich dazu nicht mehr in der Lage. Und Casanova war zu betrunken, um es zu merken.

»Hast du verstanden?«, fragte Pritkin scharf.

Ich umklammerte mein Glas und widerstand dem starken Drang, es ihm an den Kopf zu werfen. »Ob ich weiß, wer meine Mutter ist? Ja, ja, ich weiß es, Pritkin, danke.«

»Das bezweifle ich.« Er verschränkte die Arme vor der Brust und lehnte sich auf seinem Stuhl zurück.

»Und du weißt es vermutlich?«

»Ich hatte in letzter Zeit viel Freizeit«, antwortete er grimmig. »Ich habe sie genutzt, um einige Nachforschungen anzustellen.

Und sagen wir einfach, man erinnert sich in den Höllen nicht ganz in der gleichen Weise an sie wie auf der Erde.«

»Spielt das eine Rolle?«, brummelte Caleb. »Wir haben größere Probleme, John.«

Er vermied es demonstrativ, den Zauberwürfel von einer Stadt hinter den schmutzigen Fenstern der Bar anzusehen. Ich sah auch nicht hin, da ich mit dem Rücken zum Fenster saß, aber ihre Gegenwart war deutlich zu spüren.

Hinter mir falteten sich Häuser auf anderen Häusern auf, Straßen wurden zu Alleen, zu Trampelfaden, zu Sackgassen, Autos tauchten auf und verschwanden wieder, Bäume und Blumenkübel und Briefkästen stelzten und tobten ihren kurzen Moment auf der Bühne und wurden dann – Simsalabim! – durch einen Parkplatz ersetzt. Und das Licht veränderte sich ständig, Lampen und Straßenlaternen und beleuchtete Werbetafeln gingen an und aus, und mit jedem blink, blink, blink tanzten und flackerten die Schatten in der Bar wie in einem Club mit einem schlechten DJ.

Meine Migräne bekam davon eine Migräne, was ironisch war.

Weil die Stadt dazu entworfen war, genau das zu vermeiden.

Der Zauber, der das wahre Gesicht der Stadt verbarg, hatte angenehm, sogar heimelig sein sollen. Er sollte den Ort wie die eigene Heimatstadt aussehen lassen oder zumindest wie ein Gebiet, das einem bekannt war, was bei einem Ort, der als riesige Kreuzung für die Höllen diente, vermutlich logisch war. Ein einzelnes Stadtbild hätte bei tausend verschiedenen Spezies mit völlig unterschiedlichen Sinneswahrnehmungen nicht ausgereicht. Also hatten die Eigentümer des Schattenlandes gesagt, scheiß drauf, und einfach jedem gegeben, was er wollte.

Oder es zumindest versucht. Es lief nie ganz so wie geplant, da die Leute davon ausgenommen waren, nach denen man sich selbst auf dem Vegas Strip umgedreht hätte. Aber die Stadt sah normalerweise auch nicht aus wie die Origamikreation eines möglicherweise wahnsinnigen Künstlers.

Aber andererseits vergriff sich daran normalerweise auch kein angekotzter Dämonenlord.

Zumindest war das vermutlich der Grund, warum die Straße

draußen, die eigentlich zum Ratsgebäude führen sollte, plötzlich ein schwerer Fall von Zappelphilipp-Syndrom war. Rosier hatte sich klar zum Ziel gesetzt, mir nicht zu erlauben, meinen Standpunkt zu vertreten. Und bis jetzt machte er seine Sache verdammt gut.

Meine Macht funktionierte in einem begrenzten Maß im Schattenland, zumindest wenn ich nicht erschöpft war. Aber ich konnte nicht springen, wenn ich nicht wusste, wo ich hinging. Und wenn die Straße sich vor meinen Augen veränderte. Und solange ich einen Kerl mitschleppte, der anscheinend eh nicht wegwollte.

»Doch, es spielt eine Rolle!«, widersprach Pritkin. »Ich versuche Cassie zu erklären, warum sie damit aufhören und nach Hause gehen muss!«

»Das werde ich gerne tun«, erklärte ich ihm ruhig. »Nachdem wir den Rat gesprochen ...«

»Wir brauchen den Rat nicht ...«

»Wir brauchen ihn, da du ohne ihn nicht auf die Erde zurückkehren kannst!«

»Ich kehre nicht auf die Erde zurück.« Es klang endgültig.

Von wegen endgültig.

»Ich bin nicht den ganzen Weg hergekommen und habe all das durchgemacht« – ich wedelte wild mit dem Arm, weil mir für die letzte Woche die Worte fehlten – »um einfach ohne dich nach Hause zu gehen!«

»Dann gewöhn dich an die Idee«, sagte Pritkin barsch und goss sich noch mehr Höllensaft ins Glas.

»Was ist das für ein Zeug?«, fragte Caleb und musterte argwöhnisch seinen Drink. Er hatte ihn noch nicht angerührt.

»Lokale Spezialität. Sie wird aus Beeren gebraut, die in den Hügeln wachsen«, antwortete Pritkin knapp und kippte einen großen Schluck hinunter.

»Ist es stark?«

Pritkin zuckte die Achseln.

»Wenn es einen Vamp betrunken macht, dann ist es stark«, warnte ich.

Caleb zog eine Augenbraue hoch und sah Casanova an. Aber es war schwer zu sagen, ob der Vampir tatsächlich besoffen oder nur überreizt war. Seit unserer Ankunft hier hatte er in sein Getränk geweint, das nicht einmal annähernd ein Bier war.

Caleb musste wohl beschlossen haben, einfach er selbst zu sein, das heißt, übertrieben dramatisch, und nahm einen gesunden Schluck. Und behielt ihn irgendwie unten. Aber unter dem ganzen Dreck wurde er so weiß, wie es einem Schwarzen möglich war.

»Pritkin hat mir mal gesagt, dass Alkohol keine große Wirkung auf ihn hat – er sei praktisch damit aufgezogen worden«, meinte ich zu Caleb.

Caleb funkelte seinen Kumpel an. »Fuck, womit bist du aufgezogen worden?«

Pritkin hob sein Glas. »Damit.«

»War ja klar«, keuchte Caleb und winkte hektisch den Barkeeper herbei, um Wasser zu bestellen.

Ich funkelte wieder Pritkin an.

Es war auf eine Weise befriedigend, die ich nicht gleich definieren konnte. Vielleicht weil es in meinem Leben im Moment das einzige Normale war. Ich sah Pritkin ständig wütend an. Ich beschloss, es richtig zu machen und den Blick noch zu verstärken.

»Du kannst mich so ansehen, solange du willst. Es ändert nichts an den Tatsachen«, blaffte er mich an.

»Und was wären das für Tatsachen?«

»Dass es nichts bringen wird, vor den Rat zu treten, selbst angenommen, wir könnten es schaffen. Er hasst mich …«

»Ich wette, der Rat hasst die Götter noch mehr!«

»Darum geht es ja«, sagte er heftig und schluckte das Äquivalent von Farbverdünner hinunter.

»Okay.« Ich hatte die Nase voll. »Okay. Ich habe eine Scheißwoche hinter mir, und ich kann im Moment keine Andeutungen gebrauchen. Also, warum kommst du nicht einfach auf den Punkt und sagst mir, was mit dir los ist? *Willst* du zu Rosier zurückgehen? Willst du herumsitzen und darauf warten, dass ein Mörder Glück hat? Oder dass dein Dad dich ausnutzt und an den Höchstbietenden verschachert? Ist das wirklich so viel reizvoller, als mit mir zurück auf die Erde zu kommen und, was weiß ich, ein gottverdammtes Leben zu haben?«

Zwischen meinen Zehen schmatzte es wieder, und mir wurde zu spät bewusst, dass ich aufgestanden war und halb über dem Tisch hing, und was ich tat, konnte man nicht mehr als Anfunkeln bezeichnen. Wenn er ein Hemd getragen hätte, hätte ich die Fäuste hineingekrallt. Tatsächlich lagen sie aber flach auf dem Tisch und ich war dicht vor seiner Nase, und wenn Blicke töten könnten, dann wären wir beide tot.

»Ja, klar«, lallte Casanova. »So fängt's an. Aber dann gibt man ihnen die besten Jahrhunnerte seines Lebms, und was passiert? Sie lügen dich an und fallen dir in den Rücken und … und« Er schien den Faden zu verlieren, falls er überhaupt jemals einen gehabt hatte. Er verstummte.

Und Pritkin schlug auf den Tisch, so fest, dass alle Gläser hochsprangen. »Hier geht es nicht darum, was ich will«, erklärte er mir heftig. »Darum ist es nie gegangen!«

»Worum dann? Denn du redest völligen Blödsinn!« Ich hatte gehofft, einen Verbündeten zu haben, wenn wir bis hier gekommen waren. Stattdessen musste ich gegen ihn und seinen Vater kämpfen. Und das kotze mich an!

So wie er aussah, kapierte Caleb es auch nicht. »Wenn du etwas zu sagen hast, sag es«, erklärte er ihm. »Dann müssen wir herausfinden, wie wir dich von hier wegbekommen.«

»Ich gehe nicht weg. Ihr geht«, erwiderte Pritkin, und diesmal lagen eine heftige Eifersucht und hoffnungslose Sehnsucht in seiner Stimme. Und verdammt! Was immer er sagte, er wollte nicht wieder dorthin zurück.

»Warum?«, fragte ich.

Pritkin goss sich noch etwas von dem Gesöff ins Glas und lehnte sich zurück. »Erinnerst du dich an den Spitznamen deiner Mutter auf der Erde?«

»Was?«

»Beantworte die Frage!«

»Die Jägerin«, knurrte Caleb.

Pritkin sah ihn an. »Ja. Wollt ihr raten, was sie gejagt hat?«

Ich setzte mich wieder hin.

»Es gibt einen Grund, warum die ›Götter‹, wie man sie nennt, die Erde mochten«, erklärte er mir. »Obwohl sie von dort keine Kraft beziehen konnten.«

Ich schwieg. Wir waren kurz davor, dem Dämonenrat gegenüberzutreten, vorausgesetzt, dass wir ihn finden konnten, wurden möglicherweise gleich von einem anderen Gast hinterrücks erdolcht und wurden mit ziemlicher Sicherheit von dem verdammten Barkeeper vergiftet. Aber Pritkin war in Vortragsmodus verfallen, und das tat er nicht ohne Grund.

»Wie was zum Beispiel?«, fragte ich, verschränkte die Arme und lehnte mich gegen den klebrigen Stuhl.

»In den skandinavischen Legenden war die Erde als Midgard bekannt oder als Mittlegard im Altenglischen«, erklärte er mir. »Tolkien wurde dadurch zu ›Mittelerde‹ inspiriert; es ist fast eine wörtliche Übersetzung. Die Wikinger nannten sie so wegen ihrer Lage in der Mitte ihrer kosmischen Karte, auf halber Strecke zwischen dem Himmel und den Höllen.«

»Ja, und?«

»Hast du die Sagen gelesen?«, fragte er.

»Sie stehen auf meiner Liste.« Mit ungefähr tausend anderen Dingen.

»Nun, wenn du sie gelesen hättest, wüsstest du, dass sie die Geschichten von Wesen erzählen, von den ›Göttern‹, die ihren Ursprung irgendwo in der Dimension hatten, die man den Himmel nennt. Aber wie die Wikinger wurden sie rastlos und gingen auf Erkundungsfahrt. Unter anderen Welten entdeckten sie das Feenland, den Nordmännern bekannt als Álfheimr oder das ›Land der Elfen‹. Es war nichts Besonderes, bis auf einen Punkt: Es war der Grenze zwischen den Dimensionen näher als jede andere Welt, auf die sie gestoßen waren. Und als solche hatte es Verbindungen, die keine der anderen hatte – Verbindungen zu einem vollkommen neuen Universum, von dem die sogenannten Götter nichts wussten.«

»Das Feenland verbindet sich mit der Erde«, sagte ich und fragte mich, worauf er hinauswollte.

»Ja. Die Erde ist auf dieser Seite des Dimensionsrisses das Gegenstück zum Feenland. Und so, wie das Feenland Verbindungen zum Rest des Himmels hatte …«

»Hat die Erde Verbindung mit dem Rest der Höllen«, murmelte Caleb und sah aus, als hätte bei ihm gerade etwas Klick gemacht.

Nun, da war er der Einzige.

»Die Erde befindet sich streng genommen in der Höllendimension«, stimmte Pritkin im zu. »Aber als die nächste Welt auf unserer Seite des Risses besitzt sie Aspekte beider Dimensionen, so wie das Feenland auf der himmlischen Seite. Gemeinsam bilden sie eine Brücke – die einzige bekannte und wahrscheinlich die einzige, die es gibt – zwischen den beiden Universen.«

»Die Bifröst-Brücke«, sagte Caleb leise.

Pritkin nickte. »Die alten Legenden – griechisch wie nordisch – sprechen von einer Regenbogenbrücke, die es den Göttern erlaubt, zwischen der Erde und ihrer Heimatwelt zu pendeln. Vermutlich bezogen sie sich auf die Ley-Linien, die von hier zum Feenland verlaufen, und die Portale haben sie durchschnitten.«

Caleb saß einfach nur da und wirkte sprachlos. Und sorgte dafür, dass ich mir noch blöder vorkam als sonst, weil ich nicht verstand, was das alles sollte. »Na und? Wir wussten, dass sie von woanders kamen«, bemerkte ich. »Die ganzen Legenden sprechen davon, dass sie wieder nach Hause gehen, nach Asgard oder auf den Olymp oder sonstwohin, und das regelmäßig. Das ist nichts Neues.«

»Dann ist das hier vielleicht neu.« Pritkin beugte sich vor. »Die Götter blieben auf der Erde, obwohl sie von dort keine Kraft beziehen konnten. Warum? Warum war das so wichtig für sie? Warum waren sie so erzürnt, als deine Mutter einen Weg fand, sie zu verbannen? Warum haben sie jahrtausendelang so hart daran gearbeitet, zurückzukommen?«

Ich musterte ihn stirnrunzelnd. Jetzt, da er es so ausdrückte, schien es nicht besonders viel Sinn zu ergeben. »Keine Ahnung. Vielleicht fanden sie es toll, verehrt zu werden?«

»Deswegen sollen sie all das getan haben? Deswegen sollen sie den Tod riskiert haben, für nichts weiter als ein Streicheln des Egos und das von einem Volk, das sie kaum besser als Tiere behandelt haben?« Er schüttelte den Kopf. »Nein.«

»Okay, wie lautet dann deine Theorie?«

»Es ist keine Theorie. Ich habe Monate darauf verwandt, und es war nicht einfach. Die einzigen Wesen, die die Informationen hatten, die ich wollte, waren nicht scharf darauf, über das Thema zu sprechen. Aber es ist mir gelungen, hier einen Hinweis zu bekommen, dort eine Bestätigung und dann noch ein Stück von …«

»Pritkin! Sag es mir einfach.«

Grüne Augen schauten in meine. »Die Götter waren nicht an der Erde um ihrer selbst willen interessiert. Sie wollten sie wegen ihrer Rolle als ein … ein Wasserloch … wenn man so will, für ihre eigentliche Beute.«

»Welche Beute?«, fragte ich. Langsam bekam ich ein richtig schlechtes Gefühl bei dieser Sache.

»Die Götter können aus menschlicher Energie keine Kraft beziehen, nicht weil sie sie nicht verarbeiten können, sondern weil sie so schwach ist, dass sie ihnen fast nichts bringt. Deine Mutter hätte eine ganze Stadt leeren können und wäre danach kaum besser dran gewesen. Aber es gab auf dieser Seite des Risses Geschöpfe, die viel länger lebten, Energie viel besser gewannen und sie viel effizienter lagerten …«

»Kühe!«, sagte Casanova und schwenkte sein Glas. »Jeder ist einfach irgendjemandes Kuh.«

Ich warf ihm einen finsteren Blick zu, nicht zuletzt, weil er mir gerade Höllensaft über den ganzen Arm gespritzt hatte. Aber Pritkin nickte. »Das ist keine schlechte Analogie.«

»Dass wir *Kühe* sind?«, begehrte ich auf und schaute mich vergeblich nach etwas um, womit ich es aufwischen konnte.

Aber alles in diesem Laden war bereits schmutziger als ich.

»Nein, wir sind Gras«, stellte Pritkin fest. »Die Dämonen sind die Kühe.« Er sah meinen Gesichtsausdruck. »Betrachte es einmal so, Cassie. Menschen können Gras essen, korrekt?«

»Ja, ich schätze schon. Theoretisch.«

»Aber niemand tut es. Warum ist das so?«

»Keine Ahnung … weil es *Gras* ist.«

»Es fehlt ihm an Nährstoffen, an Kalorien, an allem, was wir fürs Leben brauchen, richtig?«

Ich nickte.

»Ein Mensch würde bei einer Grasdiät verhungern. Aber eine Kuh … eine Kuh kommt ziemlich gut damit zurecht. Wird sogar fett. Und dann, wenn ein Mensch die Kuh isst …«

»Okay, langsam.« Mir schwirrte der Kopf. »Du sagst mir … dass die Götter auf die Erde kamen, einen Haufen fetter Dämonen fanden, die das ganze menschliche Gras kauten, und beschlossen, ein Grillfest zu veranstalten?«

Er nickte. »Etwas in der Art. Erinnere dich, Dämonen leben viel längere Leben als Menschen und haben die Fähigkeit, viel mehr Energie zu speichern. In manchen Fällen von Tausenden von Nahrungsaufnahmen über Hunderte von Jahren. Und nicht nur von der Erde. Sondern auch von all ihren Heimatwelten.«

»Aber ihre Heimatwelten bringen nicht so viel.« Ich erinnerte mich an etwas, das Rian gesagt hatte.

»Nein. Was der Grund ist, warum die Erde so geschätzt wurde, als die Leute meines Vaters und andere lange vor den Göttern darüber gestolpert sind. Und dann in Scharen kamen, um Kraft von den Menschen zu beziehen, die sie nicht wahrnehmen konnten und sich praktisch nicht gegen sie wehren konnten.«

»Aber irgendjemand steht immer höher in der Nahrungskette«, warf Caleb mit einer gewissen grimmigen Befriedigung ein.

Pritkin nickte. »Und als die Götter die Dämonen entdeckten, empfanden sie für sie das Gleiche wie die Dämonen für die menschliche Population. Hier war eine gewaltige Energiequelle, pflückreif, die ihnen gegenüber so gut wie wehrlos war. Ja, sie konnten ein bisschen schlagen und treten, aber hindert das einen Löwen daran, eine Gazelle zu reißen? Und auch nur die größten von ihnen waren zu einer solchen Reaktion fähig.«

»Warum sind die Dämonen dann trotzdem noch gekommen?«, fragte ich. »Als sie wussten, dass die Götter hier waren …«

»Bleiben Gazellen dem Wasserloch fern?«, gab er zurück. »Obwohl sie wissen, dass die Löwen auch dorthin kommen?«

»Ja, aber das ist Wasser. Das ist eine Notwendigkeit.«

»Ebenso wie Energie in einer Welt, in der Macht regiert. Warum denkst du, dass Rian Casanova verraten hat? Sie kennt ihn seit Jahrhunderten. Sie haben ein Band …«

Casanova schnaubte ein hartes Lachen.

»Es ist wahr«, beteuerte Pritkin. »Sie haben ihr ein großes Geschenk gemacht. Das größte, das man einem Dämon machen kann. Sie haben ihr Macht gegeben, mehr als jeder andere Wirt, den sie hätte finden können. Und Macht kann ihr … alles andere geben.«

»Also hat sie mich für Macht verraten«, sagte Casanova verbittert. »Vermutlich dachte sie, ein Vampir würde das verstehen.«

»Sie hat Sie für ihr Leben verraten«, widersprach Pritkin scharf. »Das sie sonst vielleicht in einem der Machtkämpfe verloren hätte, die am Hof – an *jedem* Hof – epidemisch sind. Als Rian auf die Erde kam, war sie jung und schwach. Jetzt, nachdem sie jahrhundertelang so viel Energie verschlungen hat, wie sie aufnehmen konnte, kehrt sie heim, nicht als Schachfigur, die benutzt und vielleicht dem Ehrgeiz von jemand anders geopfert wird, sondern als eigenständige Machthaberin.«

Casanova blinzelte ihn an und sah so nachdenklich aus, wie es einem Mann mit so viel Höllensaft im Bauch möglich war. Aber ich starrte nur auf den Tisch, wo das flackernde Licht den Staub, der sich an den klebrigen Stellen gesammelt hatte, in eine Landkarte verwandelte. Eine Karte eines Universums, das plötzlich viel größer war, als ich es mir je vorgestellt hatte.

»Und zu der Zeit, über die wir sprechen, war Macht noch wichtiger als jetzt«, fügte Pritkin hinzu. »Die alten Kriege waren in vollem Gang, und die wenigen Dämonenrassen, die es auf der Erde gab, bevor sie entdeckt wurde, erlitten eine haushohe Niederlage. Die Macht, die sie von der Erde gewannen, half ihnen, ihre Ressourcen zu erneuern, gab ihnen eine Außenseiterchance in Schlachten von einem Ausmaß, das Menschen sich nicht vorstellen können, Schlachten, die Jahrhunderte währten und sich über zahllose Welten ausdehnten, Schlachten, die, wenn sie verloren worden wären, vielleicht zu der Vernichtung ihrer gesamten Spezies geführt hätten. Daher kamen sie, wie groß das Risiko auch war. Und die Götter wussten, dass sie kommen würden.«

Für einen Moment herrschte Schweigen am Tisch, als jeder sich mühte, es zu begreifen. Ich wusste nicht, wie die anderen sich fühlten, aber mir ging es nicht gut. Pritkin hatte recht; ich konnte mir einen Krieg diesen Ausmaßes nicht vorstellen. Ich konnte mir auch etwas anderes nicht vorstellen.

»Ich verstehe immer noch nicht, was das mit meiner Mutter oder mit dir zu tun hat«, sagte ich nach einem Moment.

»Artemis die Jägerin«, murmelte Caleb und riss plötzlich die Augen auf. Als würde er es verstehen.

»Ja«, bestätigte Pritkin. »Sie war die Göttin, die die Dämonen am meisten fürchteten. Die sie am meisten respektierten und am meisten hassten.«

»Warum? Du hast gesagt, alle Götter hätten Jagd auf Dämonen gemacht!«, ereiferte ich mich.

»Ja, aber sie hat nicht nur am Wasserloch darauf gewartet, dass sie zu ihr kamen«, sagte Pritkin leise. »Sie konnte die Tore zwischen Welten öffnen, ein Talent, das es ihr erlaubte, viel leichter in die Offensive zu gehen als der Rest ihrer Art.«

»Sie hat sie hier gejagt«, sagte Caleb, als könne er es nicht ganz glauben. »Sie hat sie in ihren eigenen Welten gejagt.«

»Nein«, murmelte ich, aber Pritkin nickte.

»Jede Quelle, die ich finden konnte, sagt dasselbe. Sie riss eine blutige Schneise durch hundert Welten. Cassie …« Er hob eine Hand, als ich wieder protestieren wollte. »Es tut mir leid, aber es ist wahr. Du hast doch den Souk in Zarr Alim gesehen?«

»Zarr Alim?«

»Die Hauptstadt meines Vaters.«

Ich nickte, verwirrt und verärgert.

»Nun, wenn du Zeit gehabt hättest, dich umzuschauen, hättest du vielleicht kleine Amulette bemerkt, die von alten Frauen auf dem Marktplatz verkauft werden, Amulette mit einem vertrauten Gesicht darauf. Sie werden immer noch von den Einheimischen als Schutzzauber gegen Unglück benutzt, obwohl niemand mehr weiß warum. Nur dass einmal vor langer Zeit ihre Vorfahren Schutz vor dem Gesicht auf diesen Münzen wollten.«

»Und was für ein hübsches Gesicht es war«, bemerkte jemand, als mir eine Hand seitlich über das Haar strich, bevor sie sich plötzlich darin festkrallte. Eine sehr vertraute Hand.

Und *fuck*.

Achtundzwanzig

»Lassen Sie sie los!« Caleb sprang auf die Füße und stieß eine Hand vor – und einen Zauber. Der von dem Dämonenfürsten an meiner Seite abprallte, mit einer Explosion in die Decke fuhr und dort ein großes, schwarzes Brandmal hinterließ. Keiner der Stammgäste der Bar zuckte auch nur zusammen, bis auf den Barkeeper, der mit einer Verbeugung und einem weiteren Glas herbeigeeilt kam.

Pritkin reagierte nicht, außer um sich noch einen Drink einzuschenken, daher tat ich es auch nicht. Wir wussten beide, dass Rosier mich nicht verletzen würde. Er hatte einen Eid geschworen, mir nicht das Leben zu nehmen. Vermutlich würde ein Eidbruch ihn selbst töten.

Bedauerlicherweise hatte er nichts davon erwähnt, mir nicht mein Dasein zur Hölle zu machen.

»Setzen Sie sich, setzen Sie sich«, sagte Rosier leutselig zu Caleb, der verwirrt von Pritkin zu seinem Vater schaute, vielleicht weil er endlich begriffen hatte, dass mein Angreifer und sein Freund Zwillinge hätten sein können.

Er war vorher wohl irgendwie zu beschäftigt gewesen.

Naja, nur dass der eine Zwilling nie die Chance bekommen hatte, sich nach seiner Spritztour aus der Hölle etwas frisch zu machen. Daher zogen sich über Pritkins nackte Brust Schmutzstreifen, von seinem Haar lösten sich kleine Staubwolken ab, wenn er sich zu schnell bewegte, und er hatte seine Schuhe nur deshalb nicht verloren, weil er von Anfang an keine angehabt hatte. Irgendwo hatte er ein paar Jeans gefunden, um die lächerlichen Seidenhosen zu ersetzen, aber das war so ziemlich die einzige Verbesserung.

Rosier dagegen trug einen schlichten, dunkelgrauen Anzug, aber der Schnitt hätte Armani vor Neid weinen lassen. Seine Schuhe waren auf Hochglanz poliert. Sein lässiges Seidenhemd war waldgrün, die Lieblingsfarbe seines Sohnes.

Vielleicht war es auch seine, wenn auch wahrscheinlich nicht aus demselben Grund.

Wenn ich raten sollte, mochte Pritkin sie, weil sie ihn an Zuhause erinnert hatte, als er mitten in der Wüste festgesessen hatte. Rosier hatte sie wahrscheinlich bewusst ausgewählt, um die leuchtende Farbe seiner Augen zur Geltung zu bringen. Augen, die solche Ähnlichkeit mit denen seines Sohnes hatten, die mich anlächelten, als er sich hinsetzte.

Ich musste mich auf meine Hände setzen, damit ich nicht irgendetwas Spaßiges versuchte – wie ihm die Augen auszukratzen.

»Mach ruhig weiter«, sagte Rosier und sah Pritkin an. »Erzähl ihr den Rest.«

Pritkin ignorierte ihn. Caleb blieb stehen, angespannt und sprungbereit. Der Einzige, der sich bewegte, war Casanova. Er rutschte langsam unter den Tisch.

»Nun denn. Dann werde ich es tun, ja?« Rosier schaute mit gebleckten, weißen Zähnen in die Runde. »Lasst uns mal sehen. Ich glaube, Emrys hat den Teil abgedeckt über …«

»Sein Name ist Pritkin«, unterbrach ich den Mistkerl schroff.

»Das ist noch schlimmer als das schreckliche ›John‹«, tadelte Rosier. »Wie dem auch sei, Emrys ist ein menschlicher Name.«

»Aber er mag ihn nicht.«

Mehr große, weiße Zähne. »Im Leben, meine Liebe, gibt es vieles, das wir nicht mögen, aber akzeptieren müssen. Das ist ein Teil des Erwachsenwerdens. Das zu lernen ist bei *Emrys* längst überfällig.« Ich sah ihn wütend an. Er grinste zurück. Die Art von verwegenem, unbekümmertem Grinsen, das ich Pritkin nicht zugetraut hätte, bevor ich ihn auf einem Teppich durch die Hölle hatte windsurfen sehen. »Sie ähneln Ihrer Mutter wirklich gar nicht, oder?«, fragte Rosier und schaute mir forschend ins Gesicht. »Ein Jammer.« Er lehnte sich zurück und eine brennende Zigarette erschien in seiner Hand. »Nun, das war ein Bild von einer Frau.«

»Ein Jammer, dass sie Sie für Vieh hielt«, fauchte ich.

Rosier wirkte ungerührt. »Ja, zweifellos. Und das ist ein Teil Ihres Problems, nicht wahr?«

Ich rang mit mir darum, nicht zu antworten, aber ich musste wissen, was er meinte. Ich musste wissen, warum Pritkin einfach dasaß und trank, statt zu brüllen oder Ränke zu schmieden oder … oder *irgendetwas* zu tun, um zu versuchen, aus diesem Schlamassel rauszukommen. Ich musste wissen, warum er aussah, als seien wir bereits gescheitert.

»Was ist Teil meines Problems?«, fragte ich schließlich.

»Sie haben es sich noch nicht zusammengereimt?« Rosier seufzte etwas Rauch aus. »Aber Sie waren ja auch immer ein wenig langsam, nicht wahr?«

»Dann machen Sie es nicht so kompliziert«, knirschte ich und wünschte, ich hätte etwas, irgendetwas, das bei diesem Hurensohn funktionieren würde. Aber es ist etwas schwierig, jemanden so altern zu lassen, dass er aufhörte zu existieren, wenn diese Existenz in Jahrtausenden gemessen wurde.

»Also schön«, sagte er, plötzlich energisch. »Die sogenannten Götter mögen sich von uns genährt haben, aber es scheint, dass sie zu ihren menschlichen Ködern nicht viel freundlicher waren. Bis auf Ihre Mutter, die feststellte, dass sie die Kreaturen vernichteten, zu denen eine Bindung aufzubauen sie sich törichterweise gestattet hatte. Oder zumindest hat sie das angeblich gesagt.« Er stieß einen Seufzer aus und sah mich durch den Nebel aus Rauch an. »Ich habe diese Ausrede immer als ziemlich … armselig … empfunden, für jemanden, der entschieden nicht von Empfindsamkeit durchdrungen war.«

Ich spießte ihn mit meinen Blicken auf. »Und? Was hat irgendetwas von alledem zu tun mit …«

»Denken Sie darüber nach, Mädchen, vorausgesetzt, Sie haben die Fähigkeit dazu! Sie will ihre geliebten Menschen beschützen, sie beschließt, dass ihre Mitgötter wegmüssen, und ihre Gabe – die übrigens deutlich stärker war als Ihre kleine Version – würde ihr erlauben, sie zu bannen und die Tore hinter ihnen zuzuschlagen. Der Trick bestand natürlich darin, sicherzustellen, dass sie nicht zurückkehren würden.«

»Sie hat einen Bann benutzt«, sagte ich und fragte mich, warum mir gerade flau im Magen geworden war.

»Ja, einen Bann. Den sie selbst sprechen und aufrechterhalten musste, bis dann ihr kleines silbernes Grüppchen oder was immer stark genug werden konnte, um es selbst hinzukriegen. Und es gab sicherlich Widerstand, sicher eine Masse von Kräften, die auf die andere Seite einschlugen. Indem sie ihren Mitgöttern verwehrte, frei über die Erde zu herrschen, verwehrte sie ihnen außerdem ihren einzigen Weg in die Hölle. Keine fetten ... Kühe, nicht wahr ... mehr. Keine kostenlosen Mahlzeiten mehr. Ohne die Erde waren sie auf die Himmel beschränkt, und als sei das nicht genug gewesen, schnitt sie sie außerdem noch vom Feenland ab! Ich nehme an, sie musste das tun; besser, die ganze Brücke zu sperren als nur die Hälfte, und sie hatte so viele getreue Anhänger unter den Elfen ...«

Rosier hielt inne, aber diesmal sagte ich nichts. Denn er hatte recht – manchmal begriff ich Dinge nicht so schnell wie Pritkin oder Caleb. Manchmal bekam ich von dieser verrückten neuen Welt, in die ich irgendwie hineingestolpert war, Kopfschmerzen, wenn ich versuchte, sie zu begreifen. Manchmal hatte ich gemeckert, dass ich mir ein Lehrbuch wünschte, etwas, das mir alles erklärte, das es einfach machte.

In diesem Moment war ich irgendwie froh, dass ich keins hatte.

Denn in diesem Moment produzierte mein Gehirn Antworten, die mir nicht gefielen.

»Beginnen meine Worte Sinn zu machen?«, fragte Rosier bösartig. »Ein riesiger Bann, ein götterabweisender Bann, und nicht nur um eine Welt herum, sondern um zwei. Und ihn dann aufrechtzuerhalten, gegen alle, die da kamen? Ihn nach Bedarf zu verstärken, bis die schwachen, jämmerlichen Menschen übernehmen konnten? Woher hatte sie diese Art Macht, hm? Sie war stark, ja, aber nicht so stark! Nicht einmal ansatzweise. *Also, was denken Sie, woher die Macht gekommen ist?*«

Ich sah Pritkin an, aber sein Blick ruhte auf seinem Vater. Er hatte nichts gesagt, aber er ließ eine Hand dezent spielen. Das gefiel mir nicht. Mir gefiel Pritkin laut und nörgelnd, mit anderen

Worten, in seinem normalen Zustand. Es gefiel mir nicht, wenn er still wurde.

Es gefiel für gewöhnlich auch niemand anderem.

»Woher?«, fragte Rosier und schlug auf den Tisch, so heftig, dass ich zusammenzuckte. »Sie können nicht so begriffsstutzig sein!«

»Sie hat Dämonen dafür gejagt«, stellte ich fest, denn er hatte recht; es war offensichtlich.

»Ja«, zischte er. »Aber nicht irgendwelche Dämonen. Sie hatte es ohnehin immer auf große Beute abgesehen, weil sie eine Herausforderung vorzog. Warum sollte dies anders sein? Und tatsächlich, kleine Fische halfen ihr nicht. Sie brauchte so viel Macht, dass nur die größte, saftigste Beute genügen würde. Sie jagte, oh ja – Artemis die Jägerin, Hel mit ihren feurigen Jagdhunden, Diana mit ihrem Bogen! Sie jagte unter jedem Namen, den man ihr gab, was immer an verwirrter, gequälter, getrübter Erinnerung sie haben, die Leute in meiner Welt und in Ihrer, sie mögen viel vergessen haben, aber sie erinnern sich daran, dass sie *jagte.*«

Jetzt gab es keine geheuchelte Freundlichkeit mehr, kein gelassenes Gehabe, keine Maske. Rosier war auf die Füße gesprungen und drängte mich gegen die Wand zurück; das Gesicht, das normalerweise dem seines Sohnes so ähnlich war, erschien plötzlich fremd, als es sich vor Schmerz, vor Zorn verzerrte.

»Tausende von Jahren, Hunderte von Generationen hindurch konnten selbst Ihre Leute nicht die vage, aber beharrliche Erinnerung an die größte Jagd von allen vergessen! Man sieht es in Ihren Statuen, auf Ihren Vasen, in buchstäblich jedem Abbild von ihr, das je geschaffen wurde. Die Erinnerung an das methodische, das taktische, das unbarmherzige Schlachten …«

»Nein!«

»Doch! Das *Abschlachten* der Größten unter uns. Das große Abernten der Dämonenfürsten.« Mein Rücken stieß gegen die Wand, aber er hörte nicht auf näherzukommen. »Wo genau, meine Liebe, glauben Sie, dass mein Vater hingegangen ist? Warum ich Fürst der Inkuben bin und nicht er? Haben Sie sich niemals gefragt, was aus ihm geworden ist? Ist Ihnen das niemals durch den Kopf gegangen? Nein?«

Ich schüttelte den Kopf. Das konnte alles nicht wahr sein. Konnte nicht. Die Dämonen … sie konnten furchteinflößend sein, aber sie waren nicht … sie konnten nicht verdient haben … das war nicht wahr.

»Sie hat ihn aus einer Laune heraus getötet. Ist ihm eines Tages über den Weg gelaufen, als sie anderswo plünderte und folgte ihm nach Hause. Sie hätte sich ansonsten vielleicht nicht die Mühe gemacht, sich in unsere Welt zu wagen, wie ihre Tochter es so verwegen und gedankenlos tun würde, denn wir Inkuben, wir sind die Anstrengung nicht wert. Aber als er um sein Leben floh, in tödlicher Gefahr, war der Instinkt der Jägerin …«

»Ich glaube Ihnen nicht! Warum sollte ich Ihnen glauben?«

»Sie brauchen nicht mein Wort darauf zu nehmen. Sie möchten Ihren Tag bei Gericht haben? Bitte. Nur zu. Gehen Sie und präsentieren Sie Ihren Fall vor den Überlebenden des Massakers Ihrer Mutter, und schauen Sie, wie weit Sie kommen! Aber der da«, sagte Rosier und packte die Schulter des Sohnes, der sich immer noch nicht bewegt hatte. »Der, den Sie mir genommen haben, so wie Ihre Mutter meinen Erzeuger genommen hat – nein. Nein, kleines Kind der Artemis, nein. Ihn bekommen Sie nicht!«

Und plötzlich kam etwas über mich beim Anblick von Rosiers Hand, die Pritkin festhielt, beim Anblick seiner Finger, die sich in Pritkins Fleisch gruben. Etwas Wildes und Fremdes und Unerwartetes. Etwas, das ich nicht verstand, außer als ein Tröpfchen dieses dunklen Gefühls, das ich verspürt hatte, als ich Pritkin wiedergesehen hatte, gefangen und verhätschelt am Hof seines Vaters, gekleidet in prächtige Gewänder, für die er keine Verwendung hatte, umringt von glatter, steriler Perfektion statt seines gewohnten fröhlichen Chaos, mit nichts von dem, was er liebte, in Sichtweite, keinen Tränken, keinen verrückten Waffen, um gegen die Kreaturen zu kämpfen, die jetzt seine Gefängniswärter waren.

Nur ein Mann, der verloren und verbittert und allein war, in einer Welt, die er hasste. Ein Mann, der umringt war von den Eifersüchteleien eines Hofes, der ihn mit Freuden tot sehen würde.

Ein Mann, der aus einem Grund litt und nur aus diesem Einzigen.

Weil er es gewagt hatte, mir zu helfen.

Und plötzlich wurde das Tröpfchen zu einer Flut.

»Ich werde ihn *nehmen*«, sagte ich und schlug Rosiers Hand weg, »wo immer ich es verdammt nochmal will, *Dämon*!«

»Ah, da ist sie«, zischte er. »*Da ist sie!* Die Arroganz der Göttin. Unglücklicherweise sind Sie nicht Ihre Mutter, Mädchen. Sie haben nicht die Macht, um Ihren Worten Taten folgen zu lassen. Sie haben nicht die Macht, *irgendetwas* zu tun. Warum Sie noch nicht tot sind, werde ich niemals verstehen, aber ich habe den starken Verdacht, dass es eine Menge damit zu tun hat, dass Sie meinen Sohn bezirzt haben. Irgendwie.« Er wirkte zutiefst verwundert. »Irgendwie haben Sie es geschafft, ihn an sich zu binden, ihn in Ihre Kämpfe hineinzuziehen und sein Leben wieder und wieder in Gefahr zu bringen. Aber das hört jetzt auf!«

»Das zu entscheiden liegt beim Rat.«

»Das geht den Rat nichts an!«, blaffte Rosier und zog am Arm seines Sohnes. »Ebenso wenig, wie es Sie angeht. Komm, Emrys.«

Pritkin bewegte sich nicht.

Sein Vater gab einen angewiderten Laut von sich. »Du weißt, wie dies enden wird!«

»Er weiß es nicht!«, mischte ich mich ein. »Niemand von uns weiß es, bis der Rat entscheidet. Und meine Mutter hat gesagt …«

»Ihre Mutter hat den Rat seit Tausenden von Jahren nicht mehr gesehen! Sie weiß gar nichts darüber! Sie hat Sie belogen, Mädchen, wahrscheinlich, damit Sie aufhören, sie zu nerven!«

Ich zuckte zusammen, weil mir selbst ein ähnlicher Gedanke gekommen war. Aber ich glaubte es nicht wirklich. Und selbst wenn es die Wahrheit war, würde es nichts ändern.

Welche andere Wahl hatten wir?

»Ich weiß nicht, was geschehen wird, wenn wir vor den Rat gehen«, erklärte ich Pritkin wahrheitsgemäß. »Aber ich weiß, was geschehen wird, wenn du zurückgehst an den Hof deines Vaters. Und du weißt es ebenfalls.«

Er sah mich nicht an – es war beinahe so, als hörte er mich nicht einmal –, und Rosier lächelte.

»Ja, er weiß es. Er wird der Prinz eines großen Hauses sein. Sie würden ihn lieber als Bettler sehen. Er wird über einen großen Hof regieren und Einfluss an zahllosen anderen haben. Sie möchten ihn als Diener sehen, der Ihre Aufträge erledigt, der Ihre endlosen Katastrophen bereinigt! Ich gebe ihm ein gewaltiges Königreich – was geben Sie ihm?«

Ich schaute auf, so zornig, dass ich kaum sehen konnte. »Seine Freiheit!«

Rosier lachte schnaubend. »Diese uralte Plattitüde. Manchmal vergesse ich, was für ein Kind Sie sind.«

»Es ist nicht kindisch, den Wunsch zu haben, über sein eigenes Leben zu bestimmen!«

»Nein, es ist sträflich naiv. Die einzig freie Person ist der Bettler in der Gosse. Und seine Freiheit besteht darin, von den über ihm Stehenden herumgeschubst zu werden. Jede Person von Bedeutung hat Verpflichtungen. Es wird Zeit für Emrys, den Seinen gerecht zu werden.«

Er zog wieder am Arm seines Sohnes, und diesmal funktionierte es. Pritkin stand auf. Und ich umfasste seinen anderen Arm mit meinen beiden Armen, denn dies durfte nicht geschehen.

»Pritkin, bitte. Mutter hätte mich nicht hierher geschickt, wenn sie nicht dächte, dass wir eine Chance haben!«

Nichts.

»Warum willst du nicht auf diese Chance setzen?«, fuhr ich fort, und meine Stimme schwoll panisch an, weil ich ihn nicht verstand. Ich verstand nichts von alledem!

»Du bist besser dran, wenn ich es nicht tue«, sagte er mir und hob den Kopf.

»Was?«, fragte ich ungläubig. Denn er sah aus, als meinte er es ernst.

»Endlich kommt er zu Verstand.« Rosier zog seinen Sohn weg, nur um zu erleben, dass Caleb vor ihn hintrat. »Seien Sie vorsichtig, Kriegsmagier! Ich habe keinen Eid geleistet, Sie zu verschonen!«

»Ganz meinerseits«, erwiderte Caleb, die Augen ruhig und die Füße fest auf dem Boden.

»Sie sind genauso töricht wie die da«, blaffte Rosier. Und redete dann weiter, was er ebenso gern tat, wie sein Sohn es nicht tat. Aber ich hörte nicht zu.

»Wie kannst du das sagen?«, fragte ich Pritkin. »Wie kannst du einfach aufgeben?«

»Ich gebe nicht auf. Ich akzeptiere die Realität.«

»Welche Realität? Du willst *nicht* dorthin zurückkehren! Und ich brauche dich ...«

»Das tust du nicht, wie du es während dieser letzten Tage deutlich gemacht hast. Wenn du in den Hof meines Vaters einbrechen kannst, wenn du die Wachen des Rates abwehren und eine Zusammenkunft erzwingen kannst ...« Er fuhr sich mit einer Hand durchs Haar. »Du wirst schon zurechtkommen, Cassie.«

»Nein! Werde ich nicht! Ich brauche dich ...«

»Warum? Was kann ich dir geben, das andere dir nicht geben können?«

»Was?«

Grüne Augen brannten sich plötzlich in meine. »Es ist eine einfache Frage. Du hast erklärt, dass du mich brauchst. Warum?«

»Ich – ich habe es dir gesagt. Dieser Job ...«

»Mit dem du bewunderungswürdig fertig wirst.«

»Tue ich nicht! Ich konnte ohne Hilfe nicht einmal meine Eltern erreichen!«

»Aber es gibt andere Dämonenexperten – Jonas zum Beispiel.«

»Aber ich brauche dich!«

Und ganz plötzlich drängte Pritkin mich um den Tisch. Nicht wie sein Vater es getan hatte, in einem Anfall von Zorn, sondern langsam, gnadenlos. Bis zu dem Punkt, dass ich immer wieder über Stühle stolperte.

»Dann nenn mir einen Grund ...«

»Ich ... es gibt so viele ...«

»Benenne einen.«

»Ich kann hundert nennen ...«

»Ich habe nicht um hundert gebeten; ich habe um einen einzigen gebeten. Und du kannst ihn mir nicht nennen.«

»Doch, kann ich!«

»Dann tu es!«

»Ich …« Ich starrte ihn an, denn er sah aus, als hinge eine Menge von meiner Antwort ab. Vielleicht alles. Und ich wusste nicht, was er hören wollte, denn ich hatte ihm die Wahrheit gesagt. Es gab buchstäblich so viele Dinge, dass ich nicht wusste, wo ich anfangen sollte. Wie konnte er nicht sehen, wie sehr er mein Leben verändert hatte? Wie konnte er nicht wissen …

Aber er tat es nicht. Das zeigte sich in der Art, wie er den Kopf abwandte, als ich einfach nur dastand. In der Art, wie er die Augen schloss. In dem kleinen, selbstironischen Lächeln, das seine Lippen umspielte und das ich nicht verstand, von dem ich aber wusste, dass es nichts Gutes bedeuten konnte.

Ich musste etwas sagen, und es musste das Richtige sein, und ich wusste nicht …

Pritkin öffnete die Augen, aber ich konnte seinen Blick nicht deuten. Ausnahmsweise einmal war das Gesicht, auf dem sich für gewöhnlich tausend Gefühle zeigten … leer. Resigniert. Er distanzierte sich und verließ mich bereits in jeder Weise, die zählte, noch bevor sein Körper durch diese Tür ging.

Und ich wusste nicht, was ich dagegen unternehmen sollte.

»Du hast recht«, sagte ich ihm verzweifelt. »Ich kann andere dazu bringen, zu tun, was du tust. Sie werden nicht genauso gut sein, aber … okay. Es könnte funktionieren. Aber es spielt keine Rolle, denn ganz gleich, wie gut sie sind, sie können dich nicht ersetzen. Sie können es nicht, weil ich dich nicht nur für das brauche, was du tun kannst. Ich brauche dich … um deiner selbst willen.«

Das hatte ich auf die harte Tour gelernt, die ganze Woche lang. Ich hatte nicht begriffen, wie sehr ich mich auf sein Stirnrunzeln oder sein Achselzucken oder seine widerstrebenden Blicke der Anerkennung verließ, um mir zu helfen, etwas herauszufinden – bis sie nicht mehr da waren. Oder dass ich mit einigen Leuten über viele Dinge reden konnte, aber nur mit ihm über alles.

Und dass das unglaublich wertvoll war.

Ich schaute in seine Augen und fragte mich, wie ich zu ihm durchdringen konnte. Ich war eine Niete bei emotionalen Sachen; war es immer gewesen. Es war einfacher, einen Scherz zu machen oder einen blöden Witz, als zu versuchen, Gefühle in Worte zu fassen, die ich niemals hätte haben sollen. Gefühle, die zu haben gefährlich war, weil sie einen verletzbar machten, und ich hatte früh gelernt, dass Verletzbarkeit eine *sehr schlechte Sache* war.

Als ich gehört hatte, dass Tony meine Gouvernante ermordet hatte, hatte ich nicht geweint. Ich hatte das Gefühl gehabt, als hätte jemand ein Messer in meinen Eingeweiden umgedreht, aber ich hatte trotzdem nicht geweint, weil ich gewusst hatte, dass sie das hassen würde. Gewusst, dass sie es als eine Schwäche betrachten würde. »Tränen sind nutzlos«, hatte sie mir hundertmal gesagt. »Weine nicht; handle!«

Und ich hatte es versucht. Ich hatte es versucht. Denn größtenteils gab ich ihr recht. Aber jetzt wusste ich nicht, welche Taten helfen würden, und ich hatte die Worte nicht.

Ich hatte gar nichts.

»Du hast mich bewundernswert genannt«, murmelte ich elend. »Aber das bin ich nicht. Ich vermassele ständig alles, und nicht alles sind Dinge, von denen ich weiß, wie ich sie in Ordnung bringen kann. Die Pythia hat angeblich all diese Macht, aber es gibt *jede Menge* Dinge, die ich nicht in Ordnung bringen kann! Und an manchen Tagen, an den meisten Tagen in letzter Zeit, fühle ich mich einfach, als ... als würde ich explodieren. Und niemand ist da, der mir sagt, ich sei dumm, oder der mir schrecklichen Kaffee bringt oder mich einen Marathon laufen lässt, bis ich zu müde bin, um mir deswegen noch länger Sorgen zu machen. Oder der einfach *zuhört* ...«

»Ihrem endlosen Gefasel?«, knurrte Rosier und wandte sich von Caleb ab. »Wenn Sie einen Vertrauten wollen, kaufen sie sich ein Tagebuch! Mein Sohn ist zu Höherem bestimmt!«

Ich sah Pritkin in die Augen. »Ja. Das bist du. Aber du hast gefragt. Und ich weiß nicht, wie ich es richtig sagen soll; ich weiß nicht, was du willst. Ich weiß nur, dass ich dich brauche, ich brauche *dich*, ich kann dies nicht ohne dich tun ...« Ich weinte jetzt, wie ich es für Eugenie nicht getan hatte, wie ich es für mich selbst nicht getan hatte. Aber ich kam nicht dagegen an, weil ich hier gerade alles vermasselte, ich machte es vollkommen falsch, und er würde fortgehen …

»Oh, verschonen Sie uns.« Rosier klang angewidert, aber ich hörte ihn kaum. Alles, was ich sehen konnte, war Pritkins Gesicht. Alles, was ich denken konnte, war, dass dies vielleicht das letzte Mal war, dass ich ihn sehen würde.

Und das reichte, um zu tun, was eine Armee von Dämonen nicht getan hatte, nämlich mich in ausgewachsene Panik zu versetzen. »Du darfst nicht gehen! Du darfst nicht!«

Feste Hände umklammerte meine. »Cassie …«

»Versuch es einfach. Du musst es einfach versuchen.«

»Es ist nicht so einfach. Selbst wenn …« Er brach ab.

»Selbst wenn *was*?«

»Cassie, der Rat … er ist nicht wie ein menschliches Gericht mit Regeln und Prozeduren und einem Anflug von Gerechtigkeit. Sie sind bestenfalls willkürlich und unberechenbar und schlimmstenfalls … sind sie der Inbegriff von Chaos.«

Ich blinzelte ihn an. Denn ich hatte dieses Wort schon einmal gehört. »Mutter sagte, Chaos sei wie ein Sprung von einer Klippe, wenn man nicht weiß, was einen am Grund erwartet. Aber sie schien nicht zu denken, dass das so schlimm sei. Ich habe damals nicht verstanden, was sie meinte, aber ich denke … vielleicht tue ich es jetzt. Manchmal gibt es keine Garantien. Manchmal muss man, wenn man etwas nur genug will, einfach *springen*.«

Pritkin bewegte sich immer noch nicht, aber etwas regte sich in seinem Gesicht, als er mich ansah. Ich war mir nicht sicher, was es war, aber es schien seinem Vater nicht zu gefallen. Ganz und gar nicht.

»Schön«, sagte Rosier entschieden. »Dann machen wir es eben auf die harte Tour.«

Neunundzwanzig

Die harte Tour erwies sich als verdammt hart.

»Scheiße!«, fluchte Caleb, als die Tür aufflog und eine Menge wohlbekannter, blaugewandeter Wachen in die Bar stürmte, die aussahen, als erinnerten sie sich auch an uns. Und auf keinen Fall konnten wir beide es mit so vielen aufnehmen.

Aber dann packte Pritkin Rosier und warf ihn gegen die erste Reihe. Die Wachen stolperten rückwärts gegen einen Tisch voller Einheimischer, sodass Becher mit Höllensaft in hohem Bogen durch die Luft flogen. Ein Haufen staubiger, grau gekleideter Gäste wurde zu Boden geschleudert.

Das schien die Wachen nicht allzu sehr zu stören. Sie waren damit beschäftigt, sich mit wild rudernden Armen wieder hochzurappeln, und mehrere zogen eine dieser verdammten geschwungenen Klingen. Bis eine knorrige, klumpige, graugrüne Gliedmaße, weniger eine Hand als ein Rüssel, sich unter dem Umhang eines der Gäste hervorschlängelte und das nächstbeste Schwert wie Alufolie zerquetschte.

Okay, so funktioniert das also, dachte ich, unmittelbar bevor Wachen und Möbelstücke durch den Raum flogen.

Ich hatte mich auf den widerlichen Fußboden fallen lassen, um einem Stuhl auszuweichen, der hinter mir an der Wand in tausend Stücke zersplitterte. Aber da war ich schon unter dem Tisch und packte Casanova und die Flasche, die er immer noch festhielt. »Gib mir das!«

»Holdirdeineigenesch«, nuschelte er und entriss sie mir wieder. Er blinzelte verschwommen in die Runde, bevor sich sein Blick auf den Wachposten konzentrierte, der gerade hinter mich gehechtet war. Nur dass Casanova anscheinend dachte, der Mann sei ebenfalls hinter seinem kostbaren Höllensaft her.

Also knallte er ihm die Flasche auf den Kopf.

»Was'n los?«, fragte er, als der Wachposten vornüber sackte und uns einen Blick auf stampfende Beine und blitzende Klingen freigab. Und auf einen graugrünen, fleischigen Klumpen, der einen Stuhl zu fressen schien.

»Kneipenrauferei!«

»Oh. An so was war ich nicht mehr beteiligt seit …« Ein geschwungenes Schwert spaltete den Tisch sauber in zwei Teile. »Und jetzt erinnere ich mich auch, warum.«

Wir rutschten zurück, als die Plattenteile hinunterkippten, sodass wir auf einen gewaltigen, blaugewandeten Krieger starrten, auf dessen Klinge Blut schwärzlich glänzte. Ich starrte ihn an, er starrte zurück, und unter dem Schleier, den er trug, sah ich ihn lächeln. Denn wir hatten keine Waffen, und Caleb und Pritkin erwehrten sich einer halben Kompanie, und die nächste Deckung war eine Säule einige Meter hinter dem Angreifer, die geradeso gut auf einem anderen *Planeten* hätte sein können …

Und dann sauste das Schwert herunter. Es war keine Zeit zu schreien, keine Zeit für irgendetwas, außer zu springen oder zu sterben, und ich konnte nicht springen, und ich *wusste*, dass ich es nicht konnte …

Und sprang nicht.

Zumindest nicht weg.

Ich wusste das, weil wir eine Sekunde später immer noch in derselben Pfütze aus verschüttetem Höllensaft saßen, unter demselben durchgehackten Tisch, vor demselben mörderischen Wachposten. Aber die Säule, die dort drüben gestanden hatte …

War jetzt hier.

Mit einer gefährlich aussehenden Klinge, die auf halber Höhe durch sie hindurchgefahren war.

»Was haben Sie *getan*?«, kreischte Casanova, und seine Stimme überschlug sich. Vielleicht weil die Spitze der Klinge nur Zentimeter vor seinen schielenden Augen gelandet war.

Ich starrte die Klinge an und schaute dann zum Fenster, dessen Scheiben sich übereinandergelegt hatten wie ein Kartendeck. Und dachte, dass ich es vielleicht wusste. »Dies ist das *Schattenland*«, fauchte ich, als der Wachposten versuchte, seine Klinge herauszuziehen.

»Na und?«

Ich packte Casanovas Kopf und drehte ihn zum Fenster. »Und Sie können sich die Dinge so denken, wie Sie sie haben wollen!«

»Aber … aber, dabei geht es nur darum, wie es *aussieht.*«

»Sind Sie sich sicher?«, fragte ich, als der frustrierte Krieger ein Brüllen ausstieß und gegen die halsstarrige Säule boxte.

Die prompt dreißig Zentimeter rückwärts sprang und ihm ins Gesicht krachte.

Und ihn zurückboxte.

»Ich verstehe, was Sie meinen«, sagte Casanova, als der Bursche auf den Arsch fiel, einen Abdruck der Tageskarte von der Tafel an der Säule auf die Stirn gestempelt.

Und dann eilten mehrere weitere Wachen ihrem Kumpan zu Hilfe. Und mussten erleben, dass ein schnell nüchtern werdender Vampir ihnen die Tischhälften an den Kopf warf. Und dann rollten wir uns ab und schrien und krochen über den verdreckten Boden, während wir versuchten, die Säulen des Raumes zwischen uns und den Männern zu halten, die uns nach dem Leben trachteten.

Aber das war ein wenig schwierig, wenn man zwischen wild umherrutschenden Holzsäulen hindurchlavierte wie eine Flipperkugel in einem besonders aggressiven Spiel.

Oder sagen wir doch gleich unmöglich. Eine Säule erschien plötzlich in einer Lücke direkt vor mir, woraufhin ich mir fast die Nase brach. Casanova krachte gegen eine andere, fiel der Länge nach rückwärts, und eine dritte glitt zwischen seine Beine.

Schmerz und Zorn mischten sich auf seinem vom Alkohol geröteten Gesicht. Ein unglückseliger Wachposten versuchte prompt, den Vampir zu schlagen, während er am Boden lag, und stürzte sich auf ihn. Und wurde wie ein Baseball zur Tür zurück katapultiert, als Casanova auf die Beine schoss, sich einen Stuhl schnappte und ihn schwang.

»Bringen Sie uns mit einem Sprung hier weg!«, brüllte er.

»Kann ich nicht!«

»Was?«

»Meine Macht zickt rum ...«

»Was?«

Ich sprang zur Seite, um einem Wachposten auszuweichen, der auf dem Rücken vorbeigeschlittert kam. Und dann noch einmal, um der Kreatur auszuweichen, die ihn jagte. Und dann vollführte ich einen merkwürdigen Tanz mit einem dritten Angreifer, seinem Schwert und einer Säule.

Weil es so aussah, als erstrecke sich Rosiers Eid, mich nicht zu töten, nicht auf seine Leute.

Dies war wahrlich nicht der Zeitpunkt für eine längere Erklärung, warum ich Schwierigkeiten hatte, meine Macht außerhalb der Erde zu benutzen. Oder selbst zu Hause Probleme damit hatte. Oder dass ich nicht verstand, worin diese Probleme bestanden. Im Moment gab es nur eine Sache, die von Belang war, während Casanova mir mörderische Blicke zuwarf, weil ich uns nicht im Handumdrehen aus welcher Situation auch immer herausholen konnte.

»Ich kann nicht springen, verdammt! Denken Sie sich etwas anderes aus!«

Aber Casanova wollte nicht denken; er wollte mit mir rummeckern. *»Sie sind in die Hölle gekommen, ohne einen Weg hinaus zu wissen? Sind Sie wahn...«*

Er brach ab, als drei Wachen ihn ansprangen, die sein ständiges Gejammer anscheinend mit Schwäche verwechselten.

Aber Casanova war nicht schwach. Er zog es vor, andere Leute seine Probleme lösen zu lassen, am liebsten während er herumstand und sie darüber informierte, was sie falsch machten. Aber wenn es hart auf hart ging, war er durchaus imstande, Probleme zu beseitigen, ob nach links oder rechts oder zum Fenster hinaus, wie die Wachen schnell lernten.

»Lauf zum Tresen«, brüllte er mir zu. *»Zum Tresen!«*

Klar, der massive alte Block, der aussah, als sei er aus Eiche, es aber wahrscheinlich nicht war, war die einzig verfügbare Deckung, bis auf wacklige Tische, die zusammenbrachen, wenn man sie nur ansah. Aber der Tresen schien weit entfernt zu sein, und uns gingen langsam die Säulen aus. Und dann war ich endgültig verloren, als die vor mir in zwei Stücke gehackt wurde und eine Klinge geschwungen wurde, die mir die Kehle aufschlitzen würde.

Sie verfehlte ihr Ziel.

Weil der Mann, der sie hielt, taumelte und zurückstolperte, was keinen Sinn ergab.

Bis ich bemerkte, dass er plötzlich viel kleiner war.

»Ha!«, sagte Casanova, der gerade nach Schattenlandmanier einfach den Teppich unter ihm weggezogen und ein großes Stück Fußboden entfernt hatte.

Und dann wurde ein Gast gegen ihn geschleudert, und sie taumelten gegen mich, und wir kamen zu Fall. Ich prallte gegen einen Tisch und irgendjemand stieß mich mit dem Ellbogen, sodass ich auf die Knie fiel. Und dann landete ich auf dem Boden, weil mich jemand anders mit dem Knie rammte. Mein Kinn schlug hart auf, und als ich den Blick hob, benommen und unter Schmerzen, sah ich den blutverschmierten und um sich schlagenden Pritkin, der zur Tür gezerrt wurde.

Er war wohl von einem Dutzend Dämonen umzingelt, während Rosier und ein halbes Dutzend weitere Caleb abwehrten. Und plötzlich kapierte ich. Das alte Sprichwort, nach dem Blut dicker ist als Wasser, musste auch auf die Dämonenreiche zutreffen, denn Rosier würde ihn mitnehmen.

Und dann dem Rat trotzen und dessen Gesetze missachten und seine Oberherrschaft zementieren.

Unsere Blicke trafen sich einen Augenblick über den Tresen hinweg, und Triumph blitzte in seinen Augen auf. Denn wir wussten beide, dass niemand für die Tochter eines alten Feindes einen gefährlichen Präzedenzfall schaffen würden. Sobald Pritkin in das Reich seines Vaters zurückkehrte, würde er nicht wieder herauskommen.

Pritkin musste das ebenfalls begriffen haben, denn er kämpfte hart. Aber er hatte keine Waffen, einer seiner Arme baumelte nutzlos an seiner Seite und an dem anderen hingen fünf Wachen – die plötzlich schreiend rückwärts taumelten, als eine Feuerkugel rund um Pritkins gepanzerten Arm aufblitzte und ihre Roben in Brand steckte.

Aber Verstärkung strömte haufenweise herein, ungeachtet der Tatsache, dass unsere Chancen nur noch lächerlich klein waren. Sechs von den Hinzugekommenen packten Tische, um sie als Schilde zu benutzen, und gingen auf Pritkin los, und der Rest lief zu Rosier hinüber, um ihm zu helfen. Was ihn in die Lage versetzte, sich zu seinem Sohn umzudrehen und eine Hand zu heben …

Das Feuer ging abrupt aus.

Pritkin hatte immer noch seine eigenen Schilde oben, zumindest im Moment, aber es spielte keine Rolle. Die Wachen hatten offensichtlich lange genug versucht, einen widerstrebenden Dämonenfürsten irgendwohin zu zerren, und mit zusätzlichen Kräften brauchten sie das auch nicht mehr. Sie hievten ihn einfach vom Boden hoch, und es waren zu viele, als dass er gegen sie hätte kämpfen können, und er war fast zur Tür hinaus …

Also tat ich das Einzige, was ich tun konnte.

Und verschob sie.

Genauer gesagt verschob ich sie auf die Decke, was der einzige Ort war, der mir einfiel und der vielleicht helfen würde. Es schien immerhin die Wachen zu überraschen, die immer noch versuchten, die Tür zu benutzen, um hereinzukommen. Und die am Ende stattdessen durch das Dach fielen, und zwar auf diejenigen, die Pritkin umzingelten.

Gewonnen, dachte ich automatisch, während sie um sich traten und schlugen und er mit leicht irritiertem Gesichtsausdruck von ihnen wegsprang.

Aber nicht so irritiert wie Rosier, als er zu mir herumwirbelte und etwas in einer Sprache schrie, die ich nicht kannte. Und alle Krieger im Raum hielten plötzlich inne. Und schauten ebenfalls auf.

Und dann kamen sie direkt auf uns zugestürmt.

»*Jodor*«, hauchte Casanova.

Ich sagte nichts, weil ich mich mühte, auf die Füße zu kommen – warum, weiß ich nicht. Es war nicht so, als hätte ich Zeit gehabt, irgendetwas zu tun oder auch nur zu entscheiden. Aber es spielte keine Rolle, weil meine Beine mir nicht gehorchten und meine Augen immer wieder den Fokus verloren und mich dann etwas auf dem Kopf traf.

Aber es war kein Wachposten.

Es war …

»Gut gemacht«, murmelte Casanova. Und begann wie ein Schnellfeuergewehr Flaschen über den Tresen zu werfen, hinter dem wir irgendwie gelandet waren. Ich hielt mir meinen pochenden Kopf, der gegen die Unterseite der Theke geprallt war. Mir war schwindlig, ich war verwirrt und mir wurde schlecht. Ich sah den Barkeeper drüben an der Wand hocken, mit einem gleichermaßen verwunderten Ausdruck auf dem Gesicht. Denn er hatte plötzlich nichts mehr, wohinter er hocken konnte.

Weil wir uns nicht zum Tresen bewegt hatten; der Tresen war zu uns gekommen. Aber ich hatte ihn nicht bewegt. Und dann schlitterte etwas darüber hinweg, und jemand anders sprang darauf, und …

»Warst du das?«, fragte ich Pritkin, der jetzt irgendwie wieder hier war. Er lag auf dem Rücken, seinen gesunden Arm um den Hals seines Vaters geschlungen.

»Die Tür«, sagte er halb erstickt, denn Rosier hielt seinerseits den Hals seines Sohnes umklammert.

»Nein, *ich* habe die Tür bewegt«, erwiderte ich und schlug Rosier eine Flasche aus unserem schwindenden Vorrat über den Kopf.

»*Diese* Tür!«, krächzte Pritkin, während ihm die Augen aus den Höhlen traten.

Ich wurde von etwas Faserigem im Gesicht getroffen.

Ich griff danach und stellte fest, dass es ein Seil war. Merkwürdig, dachte ich. Und dann war Rosier irgendwie verschwunden, und Pritkin schlang das Seil um meine Taille.

Ich versuchte, ihm zu helfen, denn seine Hand schien ihm nicht richtig zu gehorchen. Aber meine gehorchte mir ebenso wenig. »Wohin?«

»Raus.«

»Oh, gut.«

»Kommt!« Ich hörte Calebs Stimme und schaute wieder auf.

Und sah ihn an der Vordertür der Bar hängen, die sich jetzt in der Decke über unseren Köpfen öffnete.

Und dann wurde ich schnell hinauf und hinaus aufs Dach gezerrt, wo ich auf einigen abscheulichen Schindeln landete, von denen ich blaue Flecken am Hintern bekam. Und dann fror ich, weil es im Schattenland immer kalt war. Aber das war okay, denn ich bekam dadurch einen etwas klareren Kopf.

Klar genug, um zu begreifen, dass Pritkin und Casanova immer noch unten waren.

Ich kroch zurück zum Türrahmen, wo jemand anders am Seil hing, jemand, der schwer genug war, dass Caleb sich anstrengen musste. Ich griff nach dem Ende des Seils, aber bevor ich ziehen konnte, kletterte Casanova durch die Öffnung.

»Ich habe eine gerettet«, erklärte er mir. Er sah ein wenig zerzaust aus.

»Was?«

Er zog eine Flasche Höllensaft hervor und stellte sie auf die Dachschindeln. »War nur noch eine übrig.«

Das Gebäude erzitterte, als irgendein heftiger Zauber in dem Raum unter uns losging, und ich packte seine Jackenaufschläge. »Wo ist *Pritkin*?«

Und dann war er da, mühte sich, sich mit nur einem gesunden Arm am Türrahmen hochzustemmen. Aber er schaffte es, noch bevor Caleb ihm helfen konnte. Er strengte sich an, als wäre er vor dem Teufel auf der Flucht. Und eine Sekunde später begriff ich, warum.

Als der Teil des Dachs, auf dem ich kniete, plötzlich unter mir nachgab.

Ich hatte einen Sekundenbruchteil, um Rosiers bösartiges Gesicht und einen Wald glänzender Schwerter zu sehen, während der Boden mir entgegenschoss …

Und dann wurde mir der Arm beinahe ausgekugelt, als jemand mich auffing.

Ich schaute auf, und Casanova starrte auf mich herab, als könne auch er nicht glauben, dass er das geschafft hatte. Vor allem mit einer Hand, denn mit der anderen hielt er noch immer die verdammte Flasche umklammert. Und dann schrie er und zerrte mich hoch und schrie wieder, weil er auf dem Rand des sich verbreiternden Lochs wegrutschte.

Und dann riss Caleb ihn zurück, und Pritkin packte mich. »Los!«

Nur zu gern. Aber die Kaskade aus alten Schindeln und halb verrotteten Deckenbalken und modrigem Putz hinter uns ließ es so scheinen, als liefen wir auf der Stelle, als rutsche die Dachkante in gleicher Schnelligkeit weg. Unser Vorsprung verringerte sich immer weiter.

Und dann war sie unter unseren Füßen, die brodelnde Masse von Trümmern, gerade als Caleb mich packte und mich hochschwang, was die falsche Richtung zu sein schien, aber weil ich die Kehle voller Mörtelstaub hatte, konnte ich nicht schreien. Und dann ging es rasend abwärts, aber ich kam nicht dahinter, warum, bis …

»Scheeeeiiiiße!«, schrie ich und stellte fest, dass Staub gar nichts war gegen eine Seilrutsche an einer funkensprühenden Stromleitung, die lose über dem Dach gebaumelt hatte und mittels derer Caleb uns mit unglaublichem Schwung über die Straße und auf das Dach eines eingeschossigen Gebäudes katapultierte.

Das wir genau in dem Moment erreichten, als indigoblau gekleidete Wachen in alle Richtungen aus der Bar hinter uns herausschossen wie Fledermäuse aus der Hölle. Oder Diener eines sehr übelgelaunten Dämonenfürsten. Und dann konnte ich sie nicht mehr sehen, weil wir irgendwelche Stufen hinaufrannten, und dann stürmten wir über das flache Dach des zweiten Gebäudes und liefen zum Rand, und nein, nein, *nein* …

Wir sprangen über eine zu breite Straßenschlucht. Casanovas Füße suchten trippelnd Halt auf der Kante des nächsten Daches, er ruderte mit den Armen und griff nach mir, drehte sich um sich selbst. Caleb langte ebenfalls zu mir hinüber, und wir führten einen Tanz mit dem Tod auf dieser Kante auf, bis Pritkin uns von der Kante wegzog.

Und dann rannten wir weiter.

»Wo tagt der Rat?«, brüllte Caleb, während wir über das Dach rannten.

»Weniger als einen Häuserblock entfernt«, antwortete Pritkin, was eine gute Neuigkeit hätte sein sollen. Nur dass es sich nicht so anhörte.

Auch Caleb schien es gemerkt zu haben. »Was ist das Problem?«, fragte er.

»Das«, sagte Pritkin, während wir auf die andere Seite des Daches liefen.

Na super.

Diese Seite hatte eine Feuerleiter, die nach unten führte, aber sie nutzte uns nichts. Denn die Straße unter uns hatte plötzlich beschlossen, dass sie keine Straße mehr sein wollte. Und sich in einen Entwässerungsgraben verwandelt.

Und dann flugs in einen mit Steinen umfriedeten Garten. Und hey, im Handumdrehen in ein Abwasserrohr. Sie veränderte sich so schnell, dass mir schwindlig wurde, und ich war nicht einmal dort unten. Ich konnte mir nicht vorstellen zu versuchen, mich auch nur einen Meter durch eine Landschaft hindurchzuschlagen, die sich ständig veränderte, geschweige denn einen Häuserblock weit.

Nur dass es nicht so aussah, als wollte uns jemand auch nur diese winzige Chance einräumen.

Denn das Gebäude erbebte plötzlich überall um uns herum, wie bei dem Nachbeben eines heftigen Erdstoßes. Nur dass das Erdbeben kam und nicht ging. Und uns nach oben schleuderte …

Und nach oben und nach oben und nach oben und noch etwas mehr nach oben, während das Gebäude aus dem Boden wuchs und zusätzliche Stockwerke wie Waggons eines Güterzuges hervorkamen, der geradewegs in den Himmel fuhr.

»Oh, Scheiße«, sagte Casanova kläglich. Und dann: »Fuck!«, als erneut ein Kabelende aufs Dach schwang.

Und diesmal stand ich auf Casanovas Seite.

Denn ja, da *war* eine weitere elektrische Leitung, die an einer Seite des Gebäudes befestigt war. Und ja, sie *war* zusammen mit dem Rest dieses Hauses länger geworden. Aber das Gebäude war jetzt gute vierzehn Stockwerke hoch, es ragte wie ein lotrechter, schmaler Pfahl aus der Hölle dort unten.

Und dann war es kein Pfahl mehr, als Pritkin mit einer Hand wedelte und dieser Pfahl die Straße hinunterrutschte, die wieder eine Straße war und sich dann in einen Hügel verwandelte, an dem wir auf dem Pfahl wie auf Skiern heruntterglitten, bis wir vor einem prächtigen Gebäude anhielten.

Ein Gebäude, das aussah wie ein Verwaltungsgebäude, es aber wahrscheinlich nicht war.

»Oh, *Gott*«, sagte ich inbrünstig.

»Fuck!«, wiederholte Casanova und wich zurück.

»Es ist machbar«, sagte Caleb unerschütterlich.

»In welchem Universum?«

»Hast du einen besseren Plan?«, fragte Pritkin und knotete ein sehr dünnes und nicht allzu stabil aussehendes Stückchen Seil an die Leitung.

»Ja! Egal was, Hauptsache, es findet auf dem Erdboden statt.«

»Sei ein Mann«, riet Caleb.

»Ich bin ein *Vampir* …«

»Und doch hast du Höhenangst.«

»Ja!«, sagte Casanova hysterisch. »Ein Sturz aus der Höhe ist eins der wenigen Dinge, die mich töten können! Ich hasse Feuer, und ich hasse Höhen!«

»Was empfindest du für Pfähle?«

»Sehr witzig! Gottverdammt…« Er brach ab, als ein wohlbekannter, roter Blitz über das Dach fegte und am Rand des Gebäudes explodierte.

»Was *tun* sie?«, schrie er gellend.

»Sie versuchen, eine Belohnung zu bekommen«, knurrte Pritkin. Und ich erinnerte mich dran, was er zuvor gesagt hatte. Dass er Feinde habe, selbst bei Hof. Aber verdammt, Rosier war dabei …

Nur dass er damit nichts zu tun hatte, begriff ich. Unter den Männern mit den blauen Roben, die von dem anderen Dach auf unseres sprangen, war keiner mit einem eleganten, grauen Anzug. Er musste unten auf der Straße sein und seine Wachen selbstständig agieren lassen. Und das bedeutete …

»Oh, Scheiße!«

Und ich nehme an, Casanova stimmte mir zu. Denn er packte Caleb, der nach dem Ende des Seils griff. »Nein, Caleb nimmt Cassie!«, sagte Pritkin. »Du kommst mit …«

Den Rest hörte ich nicht, falls es überhaupt einen Rest gab, denn ich wurde brutal umgestoßen. Ich schlug hart auf der Dachfläche auf, gerade als rote Blitze explodierten, wo wir alle eben noch gestanden hatten, und ein Teil des Daches sich in eine Menge herumfliegender Steine auflöste. Ich hätte mich geduckt und meinen Kopf geschützt, aber es war der Teil, auf dem Caleb und Casanova gestanden hatten, und ich schrie und rappelte mich hoch …

Und beobachtete, wie sie sich an einem Ende des Seils, das Pritkin an das Kabel geknotet hatte, langsam herunterließen. Eine beinahe schwindelerregende Welle der Erleichterung überflutete mich. Es würde ihnen nichts zustoßen; solange das Seil hielt, würden sie …

»Cassie!« Überall gingen Zauber los, ohrenbetäubend laut, aber ich hörte den Ruf und drehte mich um. Ich sah Pritkin, der sekundenlang von unnatürlichem Zauberlicht beleuchtet wurde, seine Silhouette hob sich gegen eine riesige Kugel aus brodelnder Energie ab, die in seine Richtung flog. Und dann packte ich ihn, weil er nicht mich und das Seil gleichzeitig festhalten konnte, vorausgesetzt, dass er überhaupt in der Lage war, nach dem Seil zu greifen, wenn ich es nicht einmal richtig sehen konnte in all dem fremdartigen Zauberlicht, das mich blendete.

Und dann glitten wir ebenfalls hinab, tiefer und tiefer, und das Dach explodierte, und …

Und es folgte ein Moment völliger Desorientierung und freien Falls inmitten fliegender Trümmer und heißer Luft, durch die wir hindurchrauschten, und *nein, nein, nein, nein, NEIN* …

Aber dann blieben wir mit einem heftigen Ruck hängen. Nach dem freien Fall war es schwierig, die Dinge geistig wieder neu zu ordnen, mitten in einem verrückten Mix aus Ohrensausen, elendem Schrecken und Verzweiflung, die mir den Schweiß ausbrechen ließ. Dann schwang die Leine heftig in eine Richtung, und wir landeten in einem Bogen auf dem Boden, bis wohin die Leine fast reichte. Die Pflastersteine der Straße waren lose, sie wackelten unter meinen staubigen Füßen. Mir wäre das Herz in die Hose gerutscht. Wenn es nicht schon längst dort gewesen wäre.

Und dann rannten wir los, unser Schwung katapultierte uns wieder nach oben und gleichzeitig nach vorn, auf einem wahnsinnigen Slalom eine sich ständig verändernde Straße entlang.

Eine Weile konnte ich nur Neonlicht zu beiden Seiten vorbeihuschen sehen, bunte Fähnchen wie Kinderdrachen in der Nacht, die sich hoben und senkten, während Schilder und Gebäude mal existierten und mal nicht und Taxis hupten und Leute uns etwas zuschrien oder wegrannten, um uns auszuweichen.

Aber aus irgendeinem Grund *lachte* ich, als wir über das Dach eines Autos liefen, uns abstießen und über einen Bus sprangen, mit Schwung hinüberhechteten und auf der anderen Seite vor einem wie verrückt hupenden Auto landeten. Dann sprangen wir auf einen roten Doppeldecker, den wir erwischten, genau als unser morsches Seil riss.

Ich landete auf der oberen, offenen Plattform, immer noch keuchend von wildem, irrsinnigem, unkontrolliertem Gelächter, das zu einer verrückten Situation passte, die unmöglich wahr sein konnte, es aber irgendwie doch war, und ich brauchte eine Sekunde, um zu begreifen, dass Pritkin ebenfalls lachte. Und dann rannten wir die gewundene Treppe hinunter und sprangen auf den Gehsteig und stießen mit Caleb und Casanova zusammen, die auf der Straße auf uns zugerannt kamen.

»Angeber«, sagte Caleb atemlos.

Von dort war es ein kurzer Spurt durch die Türen des großen Gebäudes und durch eine seltsam normal aussehende Eingangshalle und einen nicht gar so normal aussehenden Flur und dann durch eine Doppeltür …

Hinein in ein scheinbar endloses, dunkles Oval, glatt und ohne Fugen und übersät von Sternen.

Wie Donner krachte eine Stimme auf uns herab. »Der Rat tagt.«

Dreißig

Ich weiß nicht, was ich erwartet hatte. Vielleicht einen Gerichtssaal oder ein Sitzungszimmer, irgendeinen Raum, der so hergerichtet war, dass er für menschliche Augen tröstlich vertraut erschien. Doch diese Annahme hatte sich an der Tür zerschlagen. Wenn man es bis hier geschafft hatte, dann durfte man vermutlich gar keinen Trost nötig haben oder verdienen.

Ich fragte mich, in welche Kategorie wir gehörten, während ich mich umschaute und versuchte, mich in den Griff zu bekommen.

Das war etwas schwierig, da es nichts zum Greifen gab. Es war, als seien wir aus einem Raumschiff auf ein Sternenfeld getreten und sähen uns plötzlich einem großen, dunklen Raum und Hunderten, vielleicht Tausenden von Versionen der Lichtkreatur, die ich im Dante's gesehen hatte, gegenüber. Einige waren klein und matt, andere groß und leuchtend, aber ich konnte nicht erkennen, ob das etwas mit Macht zu tun hatte oder ob einige einfach näher waren als andere.

Ich konnte auch sonst nicht viel erkennen, da ich buchstäblich die Hand vor Augen nicht sehen konnte. Es gab hier zwar jede Menge Licht, aber es schien von nichts zurückgeworfen zu werden. Es war wie der Weltraum zwischen den Sternen, grenzenlos und schwarz, nur eine nichtssagende Leere.

Und höllisch unheimlich.

Es war auch ziemlich lästig. Nicht nur konnte ich weder Pritkins noch Calebs oder auch nur Casanovas Gesicht sehen, obwohl er noch vor einer Sekunde direkt neben mir gewesen war, die absolute Dunkelheit brachte auch meinen Orientierungssinn völlig durcheinander. Ich meinte ständig, ich würde umfallen, schien das aber auch nicht zu können. Oder ich war schon umgefallen. Mein

Gehirn sandte mir immer wieder merkwürdige Wahrnehmungen, als sei ich nicht mehr ganz in der Senkrechten.

Es fühlte sich so an, als würden wir schweben, als seien wir einfach nur irgendwelche Geister, die mit dem Strom schwammen, ich, die Jungs, ein Haufen angekotzter Dämonenlords …

»*Hier unten schweben wir alle*«, murmelte Caleb irgendwo zu meiner Linken, als hätte er mich gehört. Das war genau das, was ich jetzt brauchte, Caleb, dachte ich boshaft, du verdammter Stephen King. Aber ausnahmsweise einmal sprang mein Gehirn nicht auf das Stichwort an, indem es mich folterte. Vielleicht, weil es damit bereits beschäftigt war.

Es war so unglaublich still. Nach Calebs Bemerkung wurde nichts mehr gesagt. Ich wusste nicht, ob sie auf uns warteten, ob wir etwas tun oder sagen sollten, aber niemand tat oder sagte etwas. Auch Pritkin nicht, der schon früher hier gewesen war und wahrscheinlich wusste, wie es lief. Also hielt auch ich die Füße still, aber es war nicht lustig.

Ich hatte irgendwo gelesen, dass das menschliche Gehirn nicht so gut funktionierte, wenn man ihm die üblichen Reize verwehrte. Wenn man zum Beispiel einen Schallschutzraum betritt, der normale Hintergrundgeräusche ausblendet. Man sollte meinen, dass es bei der Stille dort erholsam, sogar friedlich sei …

Aber nach wenigen Minuten beginnen die unterforderten Gehirne auszuflippen, weil sie die Reize zur Steuerung und zur Balance brauchen und um nicht in jeder Ecke Monster zu sehen.

Aber das war hier kein Problem.

Allerdings nur, weil es hier keine Ecken gab.

Nein, hier gab es einfach nur verdammt viele gruselige und beängstigende Wesen, die mich nicht mochten und eh Menschen fraßen und wahrscheinlich der Ansicht waren, dass sie nach allem, was sie wegen Mom durchmachen mussten, ein Recht auf Rache hatten und … *halt die Klappe, Cassie.*

Ja. Ja, das wäre gut. Nur dass ich, als ich das Gedankengeplapper ausblendete, Ärger mit dem akustischen Zeug bekam, halb gehörtes Geflüster und ferne, unirdische Geräusche. Und seltsames Geraschel, als würde das, was ich hinter der kollektiven Lightshow sehen würde, nicht ganz menschlich aussehen. Oder gar nicht menschlich.

Und okay, vielleicht hatte ich mich geirrt.

Vielleicht war dunkel gar nicht so schlecht.

Und dann war es plötzlich nicht mehr dunkel.

Zwei Dinge geschahen gleichzeitig: Meine Mutter erschien in der Mitte des gewaltigen Raums und war von Licht wie von einem großen Heiligenschein umgeben, und ich verlor Energie in einem solchen Ausmaß, dass ich taumelte.

Es war keine normale Erschöpfung nach dem Motto, »ich bin so müde«, wie ich sie in letzter Zeit dauernd hatte … seit ich sie besucht hatte. Gut, vielleicht hätte ich schon vorher darauf kommen sollen. Aber das hier war schlimmer und auch viel buchstäblicher, als ob die Energie fürs Springen und Kämpfen und Retten meiner Haut, auf die ich keinen Zugriff gehabt hatte, wie eine Wand aus hellem Wasser hinter einem Deich aufwallte. Ein Deich, der gerade gebrochen war.

Und oh, *Mist*.

Ich konnte ihn beinahe sehen, einen funkelnden Energiestrom, der von mir zu ihr floss und sich glitzernd um ihre Füße wand. Oder vielleicht eine Flut, denn dies war viel, viel mehr Macht, als ich fürs Springen oder Zeitanhalten oder … oder sonstwas benutzte. Viel mehr, als ich je zuvor in meinem Leben auf einmal kanalisiert hatte.

Und das trotz der Tatsache, dass sie nicht wirklich hier war. Ich konnte durch sie hindurch auf der anderen Seite Sterne sehen, obwohl sie kein Geist war. Ich kannte Geister. Es war mehr, als sei sie auf einer zwischenzeitlichen Version von Skype.

Und das Signal ging mitten durch mich hindurch.

Daher brauchte ich einen Moment, um mich zusammenzureißen und auf etwas anderes zu achten als die nachdrücklichen Beschwerden meines allzu menschlichen Körpers und um zu bemerken – dass sie ganz genauso aussah.

Okay, vielleicht nicht ganz. Es gab einige Veränderungen; die blonde Mähne loderte in der Dunkelheit kupferrot, die violetten Augen waren groß und leuchtend, die Porzellanhaut glühte, als hätte sie ihre eigene Lichtquelle. Aber sie war immer noch in schlichtes Weiß gekleidet, sie war keine zehn Meter groß oder eine Masse brodelnder Energie wie der letzte Gott, den ich gesehen hatte, und sie trug keine der Requisiten bei sich, die ich wohl unterbewusst erwartet hatte: Bogen, Pfeile, Schild, Krone …

Es war nicht so, dass ich enttäuscht war … nicht direkt. Es war nur so, dass wir in dem Moment gut einen kleinen Einschüchterungsfaktor hätten gebrauchen können. Stattdessen nahm sie sich einen Moment Zeit, um uns zu betrachten, und lächelte dann beinahe kokett. »Es ist lange her, Mylords. Haben Sie mich vermisst?«

Nicht cool, Mom, dachte ich leicht verzweifelt, als ein unglückliches Grollen durch den Raum hallte.

Aber es schien sie nicht zu stören. Lange Wimpern überschatteten für einen Moment Porzellanwangen, als ein schiefes Lächeln an ihren Lippen zupfte. »Nein. Wahrscheinlich nicht.«

»Wir kennen Euch, oh, Nimmesarra.«

Einer der Sterne fiel vom Himmel und verwandelte sich in einen freundlich aussehenden Mann in einem dunklen Geschäftsanzug. Er war blond wie Rosier, aber da endeten die Ähnlichkeiten. Sein Haar war schütter und zurückgekämmt, sein Gesicht war rund und unscheinbar bis auf eine deutliche Kerbe an einem ansonsten unauffälligen Kinn. Er sah jung aus, vielleicht so alt wie ich, vielleicht ein paar Jahre älter, und seine Stimme war sanft, beinahe schmelzend.

Ich musterte ihn stirnrunzelnd.

Er hatte kein Recht, ein Dämon zu sein.

»Was wir nicht wissen, ist, warum Ihr vor uns tretet«, fügte er hinzu und blieb einige Schritte von dem Licht entfernt stehen, das Mutter auf den – ja, da war ein Boden, vermutlich für uns körperliche Typen – verströmte. Als er herumging, konnte ich den Boden an den Schatten sehen, die sein Körper warf. Weil Mutters Licht sie nicht warf.

Und es war erstaunlich, wie viel besser ich mich beim Anblick dieser wenigen Quadratmeter Normalität fühlte. Ich hob nacheinander die Füße und stellte sie wieder ab, kratzte mit ihnen bewusst über den Boden, den ich jetzt tatsächlich spüren konnte. Und die verrückten Loopings, die mein Verstand gedreht hatte, ließen etwas nach.

Zu blöd, dass es nicht gegen den Energieverlust half.

Mutter sah mich an. »Kommunikation mittels Seidr ist für Menschen schwierig, und meine Tochter muss die Bürde allein tragen. Ich werde mich daher kurz fassen, denn meine Zeit hier ist knapp. Sie ist gekommen, um Euch um das Leben eines Mannes zu bitten. Ich … bin es nicht.«

Das rief bei mir eine Reaktion in Form eines verständnislosen Blinzelns hervor. Und eine gedankliche Wiederholung von einigen Geschichtslektionen, die ich von Pritkin erhalten hatte. Bitte, sag mir, dass ich das hier nicht vermasselt habe, dachte ich verdutzt. Bitte, bitte, bitte …

»Warum seid Ihr dann hier?«, fragte der Mann mit einem leichten Stirnrunzeln. Als sei er nicht froher über ihre Antwort als ich.

»Um Euch eine Gnade zu gewähren, Adra. Oder sollte ich sagen, noch eine?«

»Wann hat der Weltenzerstörer uns jemals etwas anderes als Schaden zugefügt?« Diesmal war es eine härtere Stimme, aber ich konnte nicht erkennen, von wo sie kam.

Bis eine kleinere, stämmige Gestalt auf das Stückchen Boden stampfte, das Mutters Licht beleuchtete.

Okay, das war besser. Der erste Typ mochte mich zwar in falscher Sicherheit gewiegt haben, wäre ich ihm woanders begegnet, aber bei diesem hier war das kein Thema. Natürlich hatte das nicht viel zu sagen. Der neue Kerl konnte durchaus ein Schwächling sein. Ich hatte durch den Umgang mit Vamps gelernt, dass man nicht nach dem Aussehen urteilen durfte.

Aber das war irgendwie schwierig, wenn das fragliche Aussehen so bizarr war.

Er – und das vermutete ich ausschließlich aufgrund seiner Stimme – war unter einer dunklen Robe käsebleich und pummelig. Und soweit ich das feststellen konnte, hatte er keinerlei Gesichtszüge, die ein Mensch erkennen würde. Er hatte jedoch einen Kopf; zumindest nahm ich an, dass man die Schwellung so nennen konnte, die sich auf den mutmaßlichen Schultern befand, obwohl das völlig offen war. Aber anstelle von Augen, Nase und Mund hatte er eine Menge Fühler oder Tentakel oder, Scheiße, keine Ahnung, weiße, wiegende Dinger, die wie die Nesseln einer Anemone aus Pusteln auf dem Klumpen kamen. Sie umringten ein Loch, das mit mindestens zweihundert winzigen, spitzen Zähnen gesäumt war.

Okay, vielleicht war das der Mund. Ich wusste es nicht, weil ich nicht nah genug herangehen wollte, um es herauszufinden. Ja, gut, dann war ich eben speziezistisch und engstirnig und überhaupt, aber …

Ich tat es trotzdem nicht.

Aber Mutter wirkte nicht beunruhigt. Sie zog eine Augenbraue hoch, was ich selbst nie geschafft hatte. Bei jedem Versuch gingen beiden Brauen hoch, sodass ich überrascht statt elegant erheitert aussah. Aber sie bekam es hin.

»Wann, Asag? Als ich Ninurta getötet und Euer Volk von zehntausendjähriger Knechtschaft befreit habe. Als ich Pazuzu zusammen mit der Hälfte seiner Legionen erschlagen und damit den Krieg beendet habe, wozu ihr nicht in der Lage wart. Als der große Kamish vor mir floh, blutend aus tausend Wunden und so schwach, dass ihr ihn jagen und verbannen konntet …«

»Nichts davon habt Ihr für uns getan! Ihr habt nicht versucht, uns zu retten!« Die Stimme war aufgebracht.

»Natürlich nicht. Aber das Ergebnis meiner Taten war hilfreich, oder etwa nicht? Oder habt Ihr vergessen, wie sie Euch gegeißelt haben, die Ihr jetzt ›alte Schrecken‹ nennt, die Ihr aber einst Lords genannt habt und denen Ihr mit Euren Familien untertänigst gedient habt? Habt Ihr so schnell vergessen, wie sie in Blut und Krieg schwelgten, während Euer Volk Not und endlose Furcht litt und wieder und wieder darauf wartete, gerufen zu werden, denn kein Sieg war jemals genug, und keine Niederlage wurde als endgültig erachtet …?«

Mom sprach weiter, aber ich hatte echt Mühe, mich auf sie zu konzentrieren.

Ich erlebte gerade so etwas wie den Stromstoß, den ich bei Mircea verspürt hatte, aber das wäre so, als würde man sagen, ein Regentropfen fühle sich an wie eine Sintflut. Ja, gut, das mochte einiges erklären. Wie zum Beispiel, dass ich immer wieder in die Köpfe anderer Leute gelangte oder sie in meinen kamen … zumindest hätte es einiges erklären können, wenn ich gewusst hätte, was zum Teufel eigentlich los war. Aber ich wusste es nicht, und ich konnte mich nicht konzentrieren, wenn mir einige gefühlte tausend Volt durch jede Ader jagten.

Hilfe, dachte ich schwach.

»Sie haben Euch blutend auf dem Schlachtfeld zurückgelassen«, sagte Mutter gerade. »Futter für die Aasfresser. Oder Ihr habt Euch hinter Eure Schutzzauber gekauert, allein auf Euren kleinen Welten, außerstande zu wachsen oder Kontakt aufzunehmen oder zu erforschen, aus Angst vor dem, was durch die Nacht streifte …«

»Vor allem vor Euch!« Der Dämon klang, als ersticke er.

»Oh, nicht doch, Asag. Nicht Ihr. Ich habe nur den Mächtigen aufgelauert.«

Die Anwesenden im Raum lachten, wenn auch etwas unbehaglich. Es trug nicht viel dazu bei, die Spannung zu brechen. Ich hatte das Gefühl, dass nichts dazu imstande wäre.

»Was immer Ihr von mir halten mögt«, fuhr Mutter fort, »die Tatsache bleibt, dass sich durch die Tötung der Großen an vielen Höfen vernünftigere Stimmen durchsetzen konnten. Außerdem trug es dazu bei, alte Kriege zu beenden und die gegenwärtige Ära einzuleiten, die zwar kein Frieden ist, aber eine größere Stabilität besitzt, als Ihr je gekannt habt.«

»Und dafür sollten wir Euch danken?«, fragte der, den sie Adra genannt hatte, sanft.

»Nein, aber Ihr solltet mir vielleicht für Tausende von Jahren der Freiheit vor den Verwüstungen meines Volkes danken. Als ich ihnen verbot, die Erde zu betreten, hat sie dies auch von Euren Welten abgeschnitten. Ihr mögt denken, dass ich einen hohen Tribut an Euren Leben gefordert habe, aber wie viele hätten sie genommen? In mehr als vier Jahrtausenden, wie viele?«

»Hört Ihr das?«, fragte Asag. »Jetzt ist sie unsere Wohltäterin!«

»Es ist schwierig, überhaupt etwas zu hören«, warf eine andere Stimme ein. »Über Eurem Geplapper. Einige von uns würden lieber der Königin des Himmels zuhören.«

»Der Himmel ist der Ort, an dem sie hätte bleiben sollen. Zusammen mit dem Rest ihrer Art!«

»Aber wir sind nicht geblieben. Wir werden nicht bleiben«, erwiderte Mutter scharf. »Ihr habt mich gefragt, warum ich gekommen bin; es geschah, um Euch dies zu sagen. Mein Volk ist verzweifelt. In den guten Jahren hat es geschlemmt und ist stark geworden. Aber auch viel zahlreicher. Und im Gegensatz zu Euch hat es seine Bevölkerungszahl nicht kontrolliert. Mein Volk kommt jetzt, weil es kommen muss; unsere Welt kann so viele nicht ernähren, sie kann nicht einmal die Grundernährung sichern. Und wenn es kommt, zu welchem Preis auch immer, wird es hinter Euch her sein. Und es wird nicht nur die Alten nehmen und es dabei bewenden lassen, wie ich es getan habe. Mein Volk wird Euch alle nehmen.«

»Plötzlich kann es zurückkehren, nachdem es so lange ausgesperrt war?«, hakte der, den sie Adra nannte, nach. »Plötzlich versagt Euer großer Schutz?«

Er klang weniger verrückt als der andere Bursche, aber ich war mir nicht sicher, ob er weniger skeptisch war. Vermutlich konnte man ihm keinen Vorwurf machen; es klang, als hätte sie sie in der Vergangenheit ziemlich ausgenutzt. Aber wenn sie sie jetzt dazu bringen wollte, ihre Meinung zu ändern, sollte sie sich besser beeilen.

Ich hatte kribbelig hinter mir, hatte feurig durchlebt und mich von glühend heiß verabschiedet. Und näherte mich dem Zustand, wie immer man ihn auch nennen mochte, wenn eine Comicfigur den Finger in eine Lampenfassung steckte und aufleuchtete und durch die Haut das Skelett sichtbar wurde. Selbst meine Haare fühlten sich strohig an. Ein Mensch war nicht dazu bestimmt, so viel rohe Macht zu kanalisieren.

Und dieser Mensch würde das nicht mehr lange machen.

»Nein, aber mit ihrem Hunger wächst auch ihre Verzweiflung«, sagte meine Mutter, diesmal schneller. »Mein Volk wird jetzt Dinge riskieren, die es einst verachtet hätte. Und ich bin nicht länger hier, um ein Bollwerk für die Zwillingswelten oder für Euch zu sein.«

»Auf diese Art von Bollwerk können wir verzichten!«, gab Asag zurück. »Seht Ihr nicht, was sie tut?«, fragte er seine Mitdämonen. »Selbst aus dem Grab greift sie uns an! Sie benutzt ihr menschliches Kind, um zu uns zu sprechen, so wie sie das Gezücht von ihr und dem Inkubus benutzen will, um das zu beenden, was sie begonnen hat. Und um uns alle zu vernichten!«

»Mein Sohn hat nichts damit zu tun!« Rosiers Stimme erscholl von irgendwoher. »Ich habe es Euch gesagt, es ist das Mädchen …«

»Schweigt! Wenn Ihr Euch nicht vor Jahren gegen seine Hinrichtung ausgesprochen hättet, stünden wir jetzt nicht vor dieser Gefahr!«

»Die Gefahr, vor der Ihr steht, ist nicht ihr Werk, Asag«, meinte Mutter sanft. »Eure Paranoia ist so stark wie eh und je, und wie immer ist sie unangebracht.«

Der Dämon setzte zu einer Antwort an, wurde aber von dem Dämon unterbrochen, den Mom Adra nannte. »Ihr mögt Eure Bedenken im Anschluss äußern, Mylord. Für den Moment lasst sie sprechen.«

»Es ist nicht Asags Gefasel, das Ihr fürchten müsst«, sagte sie. »Oder andere wie ihn. Es sind jene, die zu ängstlich sind, um jetzt zu sprechen, die aber, wenn ich fort bin, ihre Furcht in die Stimme der Vernunft kleiden werden. Wir werden das Gleiche tun wie zuvor, werden sie sagen. Wir werden Schutz hinter unseren Mauern und hinter unseren verschlossenen und verriegelten Toren suchen und warten. Es hat uns einmal gerettet; warum nicht wieder? Und es wird uns vor Feinden schützen, die vielleicht nie mehr zurückkehren oder die, falls sie es doch tun, nicht die gleichen Fähigkeiten haben wie die Herrscherin über die Wege. Sie haben es bisher nicht gewagt, in unseren eigenen Ländern Jagd auf uns zu machen. Sie werden es auch jetzt nicht wagen. Wir sind sicher …«

Ihre sanft spöttische Stimme verlor sich, und im Raum herrschte Totenstille.

»Ich bin gekommen, um Euch zu sagen, dass Ihr nicht sicher seid. Ihr seid es bisher nur deshalb gewesen, weil Ihr mich nicht interessiert habt. Ich hätte jederzeit jeden von Euch nehmen können wie es mir beliebte, und es gibt jetzt jene, die so mächtig sind, wie ich es einst war. Sie haben nicht meine Gabe, nein. Aber sie haben andere. Und sie werden sie nutzen.«

»Lügen!«, explodierte Asag. »Lügen! Wer ist die Einzige, die uns gejagt hat, die uns benutzt hat, der wir ewigen Hass geschworen haben? Habt Ihr so schnell vergessen?«

»Wir haben nichts vergessen«, sagte Adra. »Und ich habe Euch einmal gewarnt.«

Zumindest dachte ich, dass er das sagte. Ich konnte über meinem eigenen Herzschlag kaum noch etwas hören, ich konnte meine Beine nicht spüren, und ich zitterte am ganzen Leib, als hätte ich Fieber. Ich spürte eine Hand auf meinem Arm, die fest zupackte, aber ich wusste nicht, wessen Hand es war. Irgendjemand versuchte, mich zu stützen, aber es war mir längst egal. Ich musste nicht auf den Füßen stehen; dies musste einfach vorbei sein. Ich musste einfach …

Ich musste ihr Zeit geben, ihre Rede zu beenden.

Mutter ließ den Blick über den Raum schweifen, und jetzt war keine Erheiterung in ihrer Stimme, kein Scherz, keine Neckerei. Sie war tonlos und unnachgiebig, die Stimme eines Orakels in Vollbesitz seiner Macht. Trotz allem bekam ich eine Gänsehaut.

Ich fragte mich, ob es noch jemandem aufgefallen war, dass sie nicht mehr einfach nur sprach.

Sie prophezeite.

»Ihr steht auf Messers Schneide. Schließt Euch meiner Tochter an. Kämpft mit ihr. Gebt ihr den Inkubus oder was immer Ihr an Hilfe geben könnt. Denn wenn Ihr es nicht tut, wird sehr bald eine Zeit kommen, da Ihr wünschen werdet, Ihr hättet es getan.«

Einunddreißig

Fünf Minuten später saß ich leicht dampfend auf einem Sofa in der Lobby. Als Comicfigur wäre mein Gesicht schwarz gewesen, die Haare hätten mir zu Berge gestanden, und Dampfwölkchen wären mir aus den Ohren gequollen. Und ich war nicht die Einzige.

»Also, das hätte besser laufen können.«

Das war Caleb. Er wischte sich das Gesicht mit einem überdimensionalen Taschentuch ab, das er aus seinem vielen Leder gezogen hatte. Ihm standen die Haare nicht zu Berge, weil er keine hatte, aber seine sonst kräftige Gesichtsfarbe war aschfahl geworden, und er hatte seine Augen ein wenig weiter aufgerissen als es technisch notwendig gewesen wäre. Bei jedem anderen hätte ich gesagt, er flirte mit einer Panikattacke, aber Kriegsmagier taten so etwas nicht.

Natürlich standen sie für gewöhnlich auch nicht vor einer Plenarsitzung des Hohen Rats der Dämonen.

Nicht dass wir das jetzt noch taten. Ich hatte die Verbindung, oder was immer das war, zu Mom verloren, kurz nachdem im Raum Chaos ausgebrochen war. Kein gutes Chaos. Eher von der Art: komische Schwingungen, die sich anfühlten, als würde sich meine Haut gleich von den Knochen lösen, als seien wir in einer riesigen Trommel und jemand hätte plötzlich beschlossen, wie ein Irrer darauf herumzuschlagen. Und dann war da dieser Lärm gewesen, bei dem es sich wahrscheinlich nicht um metallisches Kreischen und schrilles Quieken und elefantenähnliches Trompeten gehandelt hatte, sondern mein Gehirn hatte aufgegeben, diesen Mist verstehen zu wollen, und einfach begonnen, irgendwelchen Müll dort hineinzuwerfen.

Also ja.

Hätte besser laufen können.

Andererseits hatten diese Schwingungen dazu geführt, dass ich würgte und mich krümmte. Und zusammenbrach, hinfiel auf nichts, nicht einmal einen Boden, denn ich konnte ihn noch immer nicht richtig spüren, einfach *nichts*, was eine Erfahrung war, auf die ich in Zukunft absolut verzichten konnte. Aber die gute Nachricht war, wir waren deswegen auf unseren kollektiven Ärschen hinausgeworfen worden.

Die schlechte Nachricht war, Pritkin war nicht mit uns gekommen.

Ich starrte auf die großen Doppeltüren, die zurück in das innere Heiligtum der Hölle führten, und trotz allem verspürte ich einen plötzliche Drang, wieder dort hineinzulaufen. Offenbar mehr als nur einen Drang, denn im nächsten Moment war ich halb auf den Beinen, und Calebs Arm hielt mich zurück. »Keine Chance«, brummte er.

»Ich will mir das nur anhören …«

»Was anhören?«, wollte er wissen. »Das Kreischen?«

»Sie werden dich ohnehin nicht reinlassen«, rief Casanova mir ins Gedächtnis. »Sie sagten, keine Menschen bei den Beratungen.«

»Pritkin ist dort drin …«

»Er ist der Angeklagte. Das ist etwas anderes.«

»Das ist ja das Schlimme!«

»Hier.« Casanova überließ mir seine kostbare Flasche Höllensaft.

Ich blinzelte ihn an.

»Du bist weiß wie ein Laken«, bemerkte er schroff.

Ich nahm die Flasche, ein wenig zaghaft. Und okay, wenn ich eine Bestätigung gebraucht hätte, dass es schlimm stand, dann hatte ich sie gerade bekommen. Casanova war nett zu mir.

Wir waren so was von am Arsch.

Ich trank. Leute oder Dinge oder Dinge, die so taten, als seien sie Leute, kamen und gingen und beachteten die drei Penner nicht, die sich in der Ecke lümmelten. Caleb schaute sich immer wieder um, aber nicht so, als mache er sich auf einen Kampf gefasst. Eher so, als beruhige ihn die leere Vertrautheit der Lobby.

Mir half sie nicht sehr.

Lange Minuten verstrichen.

»Vielleicht war es als Verhandlungstaktik gedacht«, platzte Caleb plötzlich heraus.

Ich schaute zu ihm hinüber. Er sah etwas weniger panisch aus, aber nicht glücklicher. Ich kannte das Gefühl.

Zeit zum Nachdenken zu haben, war ätzend.

»Was?«

»Sie wissen schon«, sagte er. »All diese Sachen über die Götter …«

Ich reichte die Flasche weiter. »Sie denken, Mom hat gelogen?«

Caleb nahm einen Schluck und verzog das Gesicht. »Das will ich nicht sagen. Wir haben bereits erlebt, dass ein Gott aufgetaucht ist und die flegelhaften Kinder eines anderen. Aber sie könnte übertrieben haben. Sie hat mit ihnen gefeilscht, und in einer Verhandlung bittet man immer um mehr, als man zu bekommen hofft. Wir wollen Pritkin, also bittet Ihre Mutter um …«

»Eine Armee?«, beendete Casanova seinen Satz ungläubig. »Eine Dämonen*armee*?«

Caleb runzelte die Stirn. »Ich dachte, Sie wären derjenige, der das für eine gute Idee hielt. Sie haben den halben verdammten Marsch in Rosiers Hauptstadt lang herumgemeckert über …«

»Die Tatsache, dass wir bei dem Krieg, *der bereits in Gang ist*, ein wenig Hilfe brauchen könnten«, erwiderte Casanova und riss die Flasche wieder an sich. »Nicht darüber informiert zu werden, dass eine Armee ausgehungerter Götter drauf und dran ist, die Höllen in Schutt und Asche zu legen, und plant, die Erde dafür als Schlachtfeld zu benutzen.«

Er kippte so viel von dem Gesöff herunter, wie in zwei Gläser gepasst hätte, alles mit einem einzigen Schluck.

»Nun, verzeihen Sie mir die Hoffnung, dass es nicht wahr ist«, gab Caleb zurück. »Als jemand, der es wird bekämpfen müssen!«

Casanova beugte sich über mich hinweg, um ihn anzustarren. »Und wir Übrigen müssen das nicht tun? Sie denken, die Götter werden die Kriegsmagier auslöschen und alle anderen einfach in Ruhe …«

»Das Corps ist das offensichtliche Ziel, ja. Wir sind die Einzigen mit genug Magie, um uns ihnen in den Weg zu stellen …«

»Oh, bitte!«, sagte Casanova heftig. »Wenn diese Dinger – haben Sie diese Dinger gesehen? – da drin in ihren Stiefeln zittern, welche Chance denken Sie, haben Sie dann wohl?«

»Eine bessere als Sie glauben oder als Sie erwarten. Das Corps ist nicht mehr das unorganisierte kleine Grüppchen, das Sie in Erinnerung haben …«

»Ja, weshalb *die Göttin, die Ihren Orden gegründet hat*, gerade gesagt hat, dass wir ohne die Dämonen am Arsch sind! Sehen Sie's ein – wenn die Götter an diesem verdammten Bann vorbeikommen, sind wir tot, sind wir *alle* …«

»Hört auf damit«, befahl ich, aber niemand hörte mir zu.

»So spricht der große militärische Geist eines Kasinomanagers!«, blaffte Caleb.

»Der lange genug gelebt hat, um seinerzeit einige Kriege gesehen zu haben«, blaffte Casanova zurück. »Und es sind nie nur die Kämpfer, die leiden …«

»Ich hatte nicht behauptet, dass es …«

»Und wir wissen beide, dass es einfacher ist, den Kriegsschauplatz zu beherrschen, wenn man sich keine Sorgen um Sabotage zu machen braucht!«

»Hör auf damit!«, sagte ich ihm. Aber er hörte nicht auf.

»An ihrer Stelle würde ich niemanden irgendwo in der Nähe meiner einzigen Pforte zu diesem Universum haben wollen, nicht nach dem, was beim letzten Mal passiert ist. Einfacher, uns zu töten, die Elfen zu töten, Teufel, die Menschen ebenfalls zu töten. Es ist nicht so, als würden sie sie noch länger brauchen, wenn sie sowieso in die Höllen einfallen …«

»Sie bräuchten sie, um ihre kostbare Herde zu füttern«, knurrte Caleb. »Auf keinen Fall würden sie …«

»Wenn sie ihre Kühe füttern wollen, können sie das mit Kreaturen tun, wie wir sie in Rosiers Welt gesehen haben. Wenn selbst die Inkuben sie kontrollieren können, müssen die Götter sich niemals Sorgen wegen einer Rebellion machen. Sie müssen sich niemals Sorgen über irgendwelche …« Er brach ab, als ich aufstand. Denn es war entweder das oder anfangen zu schreien.

»Wo gehst du hin?«, fragte Casanova.

»Irgendwo anders!«

»Cassie …«

»Nein«, erwiderte ich, als er nach meinem Handgelenk griff. Und es verfehlte, weil er betrunkener war, als er es in der Bar gewesen war. »Ich kann nicht, in Ordnung? Ich – ich *kann nicht.*«

»Ist schon gut«, sagte Caleb mir. Und zog dann eine Grimasse, denn das war es nicht, und wir wussten es beide. »Nur … setzen Sie sich wieder.«

»Ich will mich nicht setzen!«

»Es ist nicht so, als hättest du eine Wahl«, bemerkte Casanova. »Wo willst du sonst hingehen?«

Ich antwortete nicht, weil ich es nicht wusste. Ich wusste nur, dass ich nicht dasitzen und zuhören konnte, wie sie stritten, wenn es verdammt nochmal nichts gab, was ich wegen irgendetwas tun konnte. Ich taumelte vor Erschöpfung, aber ich konnte auch nicht schlafen, nicht solange Pritkin dort drin war und um sein Leben flehte. Und es sah nicht so aus, als sei in dieser Flasche noch genug Stoff, um mich damit zu betrinken.

Ich wusste nicht, was ich wollte.

»Ich weiß, wie Sie sich fühlen.« Caleb nahm meine Hand.

Er grapschte nicht oder riss daran oder hielt sie auch nur fest, was mir in dem Zustand, in dem ich mich befand, vielleicht den Rest gegeben hätte. Die Finger waren leicht geöffnet, der Griff locker. Ich hätte sie jederzeit wegziehen können.

Und daher wollte ich es eigenartigerweise gar nicht.

»Ich empfinde genauso«, eröffnete er mir. »Ich kenne John seit über fünfzehn Jahren. Er hat mir ein halbes Dutzend Mal den Arsch gerettet, und ich habe vielleicht dreimal die Gefälligkeit erwidert …«

»Ich denke, Sie haben den Punktestand vielleicht heute ausgeglichen«, sagte ich ein wenig rau.

»Vielleicht.« *Falls es gutgeht*, blieb unausgesprochen. »Aber ich kann jetzt nichts für ihn tun. Nur warten. Es wird eine Entscheidung geben, wenn es eine Entscheidung gibt, und John wird uns dann brauchen. Und wir müssen für ihn da sein. In Ordnung?«

Ich nickte, denn ich konnte plötzlich nicht sprechen. Ich ließ mich von Caleb wieder auf das Sofa ziehen oder was immer es in Wirklichkeit war. Ich wusste es nicht, aber es war bequem, und dann zog er mich an seine Schulter, die es nicht war. Aber es machte mir in dem Moment nichts aus.

»Tut mir leid«, sagte Casanova, was vielleicht gar nichts bedeutete. Aber dann reichte er mir die Flasche wieder.

»Ist schon gut«, erwiderte ich und betrachtete sie verschwommen. »Ich denke, ich habe genug.«

»Gibt's gar nicht«, murmelte er und sah sich um. Und kippte den Rest runter.

Ich erwachte auf etwas Hartem. Ich versuchte, es zu boxen, denn dieses Kissen hatte bessere Tage gesehen. Aber es schien nicht zu helfen.

Also boxte ich es noch einmal.

»Au«, sagte jemand sanft.

Ich öffnete die Augen und sah etwas, das vielleicht ein Knie war. Ich blinzelte, und es wurde schärfer. Ja, es war ein Knie. Ein sehr schmutziges, mit Jeansstoff bedecktes Knie, auf das wohl außerdem gesabbert worden war.

Ich richtete mich etwas auf und begriff, warum mein Kissen so verdammt hart gewesen war. Mein Kopf hatte auf irgendjemandes Oberschenkel geruht, und wer immer es war, er hatte sein Beintraining ernst genommen. Ich drehte den Kopf in die andere Richtung und sah einen Bauch. Ich betrachtete ihn stirnrunzelnd, was nicht fair war, denn es war ein netter Bauch. Flach und hart und mit dem Ansatz des tiefen V's der Muskeln, die man manchmal einen Adonisgürtel nannte, über dem lockeren oberen Rand der Jeans.

Aber etwas stimmte trotzdem nicht damit. Und das schloss die wie gemeißelte, leicht pelzige Brust darüber ein. Und die felsähnlichen Schultern darüber. Und das Gesicht …

Ich setzte mich abrupt auf. Vielleicht ein wenig zu abrupt, denn der Raum vollführte eine träge Drehung um mich herum. Aber es war mir egal, weil ich das Problem endlich begriffen hatte: Der Körper war richtig, aber die Haut war falsch. Statt Calebs sattem Mokkaton war sie bleich und sonnengebräunt und …

Ich packte eine dieser übergroßen Schultern und schüttelte sie so heftig ich konnte, was bedeutete, dass sie vielleicht ein wenig wackelte. »Sie haben dich freigelassen?«

Eine Augenbraue wurde hochgezogen. Und verdammt! Das konnte einfach jeder außer mir.

»Nein«, antwortete Pritkin. »Sie beraten sich noch. Sie scheinen mich dafür nicht zu brauchen.«

»Oh.« Ich lehnte mich zurück und wachte gänzlich auf. Und musterte ihn.

Er sah okay aus. Naja, das war eigentlich gelogen. »Okay« war ein relativer Begriff, wenn man bedachte, wo wir waren, und konnte einiges bedeuten. Aber Pritkin sah nicht aus, als hätte man ihn noch weiter verprügelt.

Bedauerlicherweise war das so ziemlich das einzige Plus.

Er hatte keine zusätzlichen Anziehsachen gefunden, die er mit der schmutzigen Jeans kombinieren konnte, die jetzt außerdem an mehreren Stellen Risse hatte und auf einer Seite versengt war, wahrscheinlich die Folge des Fast-Treffers auf dem Dach. Sein Haar, immer schrecklich, war jetzt besonders pritkinesk, will sagen, dass es jeden anständigen Friseur an die Schwelle zum Selbstmord befördert hätte. Obwohl es zu seinem Gesicht passte, einem stoppeligen Trümmerfeld, und zu seinem schwarzen, geschwollenen linken Auge, und zu seinem rechten Arm, den er in einer Schlinge trug, und seinen Rippen …

»So wie du aussiehst, würdest du bei Rosier nicht einmal einen Fuß in die Tür bekommen«, eröffnete ich ihm nach einer Minute.

Er schürzte die Lippen. »Sollte ich mir Sorgen machen, dass du darüber erfreut klingst?«

»Tue ich nicht!« Das war lächerlich. »Und ich meinte, dass du schrecklich aussiehst.«

»Hättest du gern einen Spiegel?«, fragte er honigsüß.

»Nein.«

Ich schaute mich um. Wir waren immer noch auf dem Sofa, nur dass irgendjemand einen Paravent an eine Seite gestellt hatte, der uns vor Blicken aus der übrigen Lobby abschirmte. Das schien mir oft zu passieren.

Selbst in der Hölle gibt es wohl gewisse Standards.

Obwohl zumindest Caleb der Erde Ehre machte. Er stand neben einer Säule, die Arme verschränkt, die Augen wachsam, auf seinem Gesicht wieder sein gewohnter Leg-dich-mit-mir-an-und-stirb-Ausdruck, vielleicht noch etwas verschärft in Anbetracht des Orts, an dem wir uns befanden. Sein knielanger, lederner Staubmantel sah ebenfalls flott aus. Natürlich war das eine Kriegsmagierausgabe, was bedeutete, dass er weniger ein Mantel war als eine selbstheilende Rüstung, die kleine Beschädigungen fast ebenso schnell reparierte, wie sie entstanden. Ich vermutete, dass er vielleicht auch selbstreinigend war, denn es mangelte ihm verdächtig an Dreck.

Casanova auf der ganz, ganz anderen Seite zog unseren Durchschnitt wieder herunter, wenn auch weniger wegen seines Aussehens als wegen seiner Haltung. Er lag der Länge nach auf dem Sofa auf meiner anderen Seite und musste die Flasche geleert haben, die er immer noch umklammert hielt. Denn sein hübsches Gesicht war teigig und zerknittert, wie sein einst schicker Anzug. Seine Augen huschten immer wieder benebelt durch die Lobby, als versuche er, durch den langweiligen, beigen Glamourzauber hindurchzusehen.

Insgesamt waren wir ein trauriger Haufen, und dann knurrte mein Magen klagend. »War ich lange k.o.?«, fragte ich und strich mir eine schlaffe Haarsträhne hinters Ohr. Und zuckte zusammen, weil selbst das wehtat.

»Ein paar Stunden«, antwortete Pritkin mir. »Du warst nicht bewusstlos, nur erschöpft. Wir hielten es für das Beste, dich schlafen zu lassen. Es wird wahrscheinlich noch Stunden dauern, bevor wir etwas hören.«

Ich verdaute das. Und unglücklicherweise nichts sonst. Mein Magen meldete sich abermals zu Wort, nachdrücklicher diesmal.

»Gibt es hier irgendwo ein Café?«

»Nein«, sagte er, stand auf und verzog das Gesicht. Ich war wohl nicht die Einzige mit steifen Gliedmaßen. »Aber nebenan gibt es einen Essensstand. Wenn ich mich recht erinnere, ist es einer der sicheren.«

»Sicher?« Caleb runzelte die Stirn, als mache dieses Wort hier keinen Sinn. »Täusche ich mich, oder waren da vorhin massenweise Typen, die uns töten wollten?«

»Das war, bevor wir den Rat erreicht hatten«, sagte Pritkin, streckte sich und ließ seinen Rücken knacken. Ich versuchte das ebenfalls, weil es so klang, als würde es sich umwerfend anfühlen, aber ich war zu biegsam. Ich fiel einfach nach vorne über. Also tat ich so, als berührte ich meine Zehen, wo ich schon dort unten war.

Und, Gott, meine Zehen. Und der Rest meiner armen Füße. Verdreckt, Pediküre weg, zerschnitten und geprellt und Spuren von Höllenschmodder zwischen den Zehen.

Und nach alledem, dem Rennen und dem Kämpfen und dem beinahe Sterben … gab mir das den Rest.

Das trieb mir schließlich das Wasser in die Augen.

Bis ein Paar waschechte Flip Flops vor meinem Gesicht baumelte.

Ich blickte auf. »Wie …«

»Laden um die Ecke«, erklärte Pritkin mir etwa im gleichen Moment, als ich seine sauberen, hübschen, in Flip Flops steckenden Füße bemerkte.

»Du hast ein Bad genommen!«, klagte ich ihn an und starrte auf sie hinab.

»Schwamm.« Er deutete mit dem Kopf auf ein diskretes Schild an einer nahen Wand. Mit einem Pfeil, der in einen Flur zeigte und der schnörkeligen Aufschrift: *Toiletten.*

Und ich bemerkte, dass es noch etwas gab, worum ich mich kümmern musste. »Bin gleich wieder da«, sagte ich ihm und schnappte mir die Schuhe.

»Warten Sie.« Das war Caleb, der das Schild argwöhnisch musterte. »Woher wissen wir, was da drin ist?«

»Was?«

»Da drin ist eine Toilette«, erklärte Pritkin ihm mit einem etwas erheiterten Gesichtsausdruck. »Viele der Dämonenrassen haben nämlich Körper.«

»Und was ist, wenn einer dieser Körper sie angreift?«, wollte Caleb wissen. »Oder wenn irgendein Geist es tut?« Er sah sich unglücklich um. »An diesem Ort wimmelt es von Bedrohungen.«

»Nicht für uns. Seit die Verhandlung begonnen hat, stehen wir unter dem Schutz des Rates. Und ich glaube, du erinnerst dich an dessen Securitypersonal?«

Caleb blickte finster drein, aber er schien nicht zufrieden zu sein. »Ich gehe mit ihr«, verkündete er nachdrücklich.

»Tun Sie nicht«, sagte ich ihm genauso nachdrücklich.

Er kniff die Augen zusammen. »Dann geht John mit. Es ist mir egal, wer von uns es tut, aber Sie gehen nirgendwo allein hin. Nicht hier.«

»Ich habe dir gerade erklärt, dass wir unter Schutz stehen.« Pritkin sah seinen Freund ungeduldig an.

»Ja, unter dem Schutz des *Rates.* Warum fühle ich mich damit nicht besser?«

»Solltest du. Niemand wird das auf die Probe stellen, besonders nicht in ihrem eigenen Gebäude. Cassie wird vollkommen sicher sein.«

Caleb zog einen der Gurte hoch, an denen einige der achtzig oder so Pfund Waffen befestigt waren, die er bei sich trug. »Ich weiß, dass sie sicher sein wird. Weil ich bei ihr sein werde.«

»Das ist doch lächerlich«, ereiferte ich mich.

»Ich bleibe draußen vor der Kabine …«

»Sie bleiben hier!«

»Das steht nicht zur Diskussion.«

»Da stimme ich Ihnen zu.«

Caleb verschränkte die Arme vor der Brust und funkelte mich an. Ich funkelte zurück. Etwas schmatzte zwischen meinen Zehen, was mich gleichermaßen anekelte wie ärgerte, denn ich sollte längst dabei sein, es abzuwaschen.

»Dieser Ort ist nicht so gefährlich, wie du zu denken scheinst«, versuchte Pritkin es noch einmal bei Caleb.

Caleb verlagerte das Funkeln auf ihn. »Hast du Schläge auf den Kopf bekommen?«

»Ja, mehrmals …«

»Dachte ich mir.«

»… aber das ändert nichts an den Tatsachen. Das Schattenland existiert für den Handel. Die Besitzer haben ein begründetes Interesse daran, irgendeine Form von Ordnung aufrecht zu erhalten …«

»Klar. Ich habe mich auch bisher echt sicher gefühlt!«

»Die meisten Leute werden nicht von einem verärgerten Dämonenfürsten gejagt, wenn sie hierherkommen«, stellte Pritkin trocken fest. »Der Rat findet, dass es ein nützlicher Sammelpunkt ist, weil er sich auf neutralem Boden befindet. Aber sie sind ein sehr kleiner Teil des örtlichen Lebens. Ich sage nicht, der Ort sei ohne Gefahren, aber die können selbst von Menschen bewältigt werden. Magier kommen ziemlich oft hierher, um Zutaten für Tränke zu kaufen zum Beispiel …«

»Keine Magier, die noch bei klarem Verstand sind!«

»Jonas holt die meisten Sachen von hier …«

»Das macht es nicht überzeugender«, murmelte Caleb.

»… und Cassie ist mächtiger als er, locker. Wenn Jonas sich auf halbwegs regelmäßiger Basis in diesen Straßen bewegen und um Zutaten feilschen und heil wieder herauskommen kann, dann wird sie es wohl schaffen, allein zur Toilette zu gehen.«

Aus irgendeinem Grund sah Caleb ihn an, als hätte er den Verstand verloren. Seine Stimme klang auch so. »Cassie ist mächtiger als Jonas«, wiederholte er.

Pritkin runzelte die Stirn. »Natürlich. Sie ist die Pythia.«

»Sie ist …« Caleb schien einen Moment lang sprachlos zu sein, daher nutzte ich die Chance.

»Ich konnte vorher nicht springen, weil Mutter den größten Teil meiner Macht umgeleitet hat für … äh, was immer sie dort drin getan hat. Aber ich fühle mich jetzt besser …«

»Ja, so sehen Sie auch aus!«

»Ich habe nicht gesagt, dass ich topfit bin«, erklärte ich ihm ungeduldig. »Aber ich kann mich verteidigen …«

»Gut. Aber es ist mein Job, dafür zu sorgen, dass Sie das nicht zu tun brauchen.«

»Wenn Agnes Ihnen gesagt hätte, dass Sie hierbleiben sollen, würden Sie hierbleiben«, gab ich zornig zurück.

»Lady Phemonoe wäre überhaupt gar nicht hier! Sie wäre *bei Hof*, umringt von einem zackigen Securityteam! Sie träfe sich mit Würdenträgern und würde Dispute schlichten und – und alles Mögliche tun, nur nicht herumrennen und sich beinahe in die Luft sprengen lassen!«

»Haben Sie Agnes überhaupt je kennengelernt?«, fragte ich, aber Caleb hörte nicht zu.

»Hast du sie heute gesehen?«, fragte er John. »Diese Hexen hatten recht; sie hat nicht einmal *Schilde*, und ich konnte sie nicht erreichen, und das Einzige, was sie als Schutz hatte, war ein verdammter Vampir ...«

»Hey, dumichauch, Kumpel«, lallte Casanova hinter uns.

»... sie ist fast umgebracht worden! Ich habe fast zugelassen, dass sie ...« Caleb brach wutschnaubend ab.

»Sie haben gar nichts zugelassen«, sagte ich ihm. »Wir sind in Schwierigkeiten geraten, aber das war nicht Ihre Schuld ...«

»Ich kann mir lebhaft vorstellen, wie ich das dem alten Herrn erkläre«, fauchte Caleb. »Sehen Sie, Sir, sie ist am Ende abgefackelt, aber das war nicht meine Schuld!«

»Das war es auch nicht. Ich wollte hierherkommen ...«

»Genau, und ich hätte so viel Verstand haben sollen, um Nein zu sagen. Genau wie ich es neulich hätte tun sollen!«

»Sie hätten Nein sagen sollen?«, wiederholte ich. »Ich dachte, Kriegsmagier täten, was die Pythia will.«

»Eine Pythia will so etwas nicht!«, gab Caleb zurück, plötzlich außer sich vor Wut. »Sie dringt nicht in die Hölle ein und kämpft gegen Dämonen und führt *Schlachten gegen Götter ...*«

»Sie lebt sonst auch nicht in Zeiten wie diesen«, unterbrach Pritkin ihn. »Noch keine brauchte sich annähernd derartigen Dingen zu stellen. Denkst du, Lady Phemonoe hätte tun können, was Cassie heute getan hat? Was sie gestern getan hat? Denkst du, sie hätte es *gewagt*?«

»Ich denke, sie hätte einen anderen Weg gefunden!«, erwiderte Caleb wie ein Mann, der die letzten beiden Stunden neben dieser Säule gestanden und nachgedacht hatte. Und zu dem Schluss gekommen war, dass Casanovas trunkenes Gefasel vielleicht gar nicht so weit daneben gewesen war. Und der schließlich in Panik geriet, weil ihm dies alles auf einmal vor die Füße geworfen worden war, buchstäblich über Nacht. Er wusste nicht, was er damit anfangen sollte.

Und er hatte sich wohl noch nicht allzu oft in seinem Leben so gefühlt.

»Ich hatte ja keine Ahnung …« Er sah mich anklagend an. »Sie klangen so, als würden wir uns einfach in irgendeinen Palast schleichen. Einfach John packen und zusehen, dass wir wegkommen …«

»Was wir auch getan haben.«

»Das haben wir nicht getan! Wir …« Caleb brach ab und sah sich erneut um, aber die langweilige, beige Lobby schien ihm nicht zu helfen. »Dieser Ort, die Höllen, die *Größe* …« Er brach ab und schaute von mir zu Pritkin, halb ärgerlich, halb staunend. »Das sind ganze *Welten* hier unten.«

Pritkin betrachtete seinen Freund, und sein Gesichtsausdruck veränderte sich. Von entnervt zu sauer zu … verständnisvoll. Denn vielleicht hatte er sich auch einmal so gefühlt. Überwältigt und unzulänglich, konfrontiert mit einem plötzlich riesigen Universum, das er überhaupt nicht verstand.

»Ja«, sagte er schlicht.

Caleb sah ihn noch einen Moment länger an, dann drehte er sich abrupt um, und sein Ledermantel schwang ihm um die Beine.

Und ich kapierte es endlich.

Ich hatte jetzt seit mehr als drei Monaten mit solchen Sachen zu tun. Und es war hart gewesen. Und beängstigend. Bis zu dem Punkt, dass mir an den meisten Tagen danach zumute war, mich unter dem Bett zu verstecken oder einfach zu rennen und niemals stehenzubleiben, und die Wahrheit war, wenn es irgendjemanden gegeben hätte, auf den ich diesen Job hätte abwälzen können, hätte ich es wahrscheinlich getan. Wie Caleb wahrscheinlich liebend gern von hier weglaufen würde. Aber er hatte es nicht getan. Und er würde es nicht tun, denn er war ein anständiger Kerl. Weil ein Leben der Pflicht und der Disziplin dem im Wege stand. Und weil es auch für ihn nichts gab, wo er hingehen konnte.

Aber in diesem Moment brauchte er etwas, das ihn erdete. Etwas Vertrautes. Etwas, von dem er wusste, wie er es machen musste. Selbst wenn es nur etwas Dummes war.

Selbst wenn er mich nur zur Toilette eskortierte.

»Kommen Sie«, sagte ich und legte ihm eine Hand auf die Schulter. »Wenn niemand sonst dort drin ist, lasse ich die Tür offen.«

Zweiunddreißig

»Wollen Sie wirklich hier essen?«, fragte Caleb fünfzehn Minuten später.

»Und ob ich das will«, antwortete ich. Mir lief das Wasser im Mund zusammen.

Die Imbissbude war kein Karren, obwohl sie ungefähr die Größe eines solchen hatte. Es war eine kleine, quaderförmige Hütte, die eingekeilt lag zwischen dem Gerichtshaus und einem Haufen Läden. Die Läden schienen geschlossen zu sein, nur einige auf der anderen Straßenseite hatten geöffnet. Autos zischten die immer noch belebte Straße entlang. Ihr Scheinwerferlicht, das sich auf der spiegelnden Straße verdoppelte, nahmen meine müden Augen nur leicht verschwommen wahr.

Ich schaute auf, und leichter Regen fiel auf mein Gesicht. Er mochte ebenfalls eine Illusion sein, nach allem, was ich wusste, aber er fühlte sich real an. Alles fühlte sich real an. Einfach eine dunkle, blau schimmernde, verregnete Straße, eher im Winter als im Sommer, mit Leuten, die sich eingemummelt hatten und eilig ihrer Wege gingen.

Und vor mir eine Imbissbude, über der in flackernder Leuchtschrift *Zur Ameise* stand. Eine zweiseitige Speisekarte war auf eine Tafel geklebt. Und ein starker Geruch von einem Grill drang aus dem hinteren Teil des Raumes. Ich wäre am liebsten über die Theke gekrochen. Unfassbar, dachte ich staunend, ich würde tatsächlich ein Abendessen bekommen.

Vielleicht.

Ich sah mich verstohlen um und wartete darauf, dass das dicke Ende kam. Dass irgendjemand oder irgendetwas mich daran hinderte, etwas zu essen zu bekommen. Und es war nicht so, als gebe es nicht jede Menge Kandidaten.

Ich konnte nicht erkennen, welche Tageszeit es war, da es hier bereits früh dunkel zu werden schien. Aber es gab reichlich Leute auf den Straßen. Und ich wusste, wo ich war; ich wusste, was sie waren, oder zumindest, was die meisten von ihnen waren. Aber keiner sah für mich allzu finster aus.

Eine größtenteils menschlich wirkende Frau kam vorbei, mit aufgetürmten hellroten Haaren, deren Farbe ebenso gut von einem trendigen Friseur als auch natürlich sein konnte. Sie trug eine Tüte Lebensmittel und sprach in ein Handy mit dem geistesabwesenden, leicht verärgerten Ausdruck einer Person, die spät dran und zu allem Überfluss noch in den Regen geraten ist. Sie kam nur wenige Schritte von mir entfernt vorbei und würdigte mich keines zweiten Blickes. Außerdem griff sie mich nicht an.

Ich schaute ihr etwas überrascht einen Moment nach. Ich wusste aus Erfahrung, dass im Schattenland jede Menge Leute wohnten, die, wenn sich ihnen halbwegs die Chance dazu bot, in Versuchung geraten würden. Aber andererseits traf das auch für die meisten Städte zu, die von Menschen bevölkert waren, nicht wahr? War es hier wirklich so anders?

Okay, ja, es war anders, aber …

»Willst du nicht bestellen?«, fragte Pritkin, und ich richtete meine Aufmerksamkeit wieder auf die Speisekarte. Wo verdammt noch mal alles gut aussah.

Und dann reichte ein kleiner, vierschrötiger Bursche in einer fettbespritzten Schürze Pritkin etwas in einem Papier. Bei dem Anblick fielen mir fast die Augen aus dem Kopf. »Sie haben *Phillies*?«, fragte ich beinahe ehrfürchtig, als ich das Baguettebrötchen mit der Fleischfüllung sah.

»Diese Straße ist in der Hand der Trankverkäufer, und dieser Imbiss hat eine Menge menschliche Kundschaft«, erklärte er mir und packte schweinisch fettiges, himmlisches Zeug in ein Baguettebrötchen. »Aber woanders … müssen Sie vorsichtig sein. Nicht alles hier ist für den menschlichen Verzehr geeignet.«

»Ja, aber was ist darin?«, erkundigte sich Caleb und spähte argwöhnisch auf den turmhohen Berg von Fleisch und Schmelzkäse und Peperonis und Zwiebeln und Pilzen und …

»Ich nehme einen von denen«, sagte ich dem Koch schnell. Im Augenblick war mir egal, was darin war.

»Das Übliche.« Pritkin zuckte die Achseln. »Du weißt, wie schwer es ist, Essen herzuzaubern und alles richtig hinzubekommen: Aussehen, Gerüche, Geschmack ... es ist einfacher und billiger, es zu kochen.«

»Bist du dir sicher?« Caleb betrachtete sehnsüchtig die Mahlzeit seines Kumpels. »Was ist mit dieser alten Regel: Wenn du etwas in der Hölle isst, kommst du nie wieder raus?«

Pritkin zog eine Augenbraue hoch. »Ich habe jahrelang hier gelebt. Und ich bin rausgekommen.«

»Schon, aber du kommst immer wieder zurück.«

»Nicht aus freien Stücken.«

Am Ende bestellte Caleb ebenfalls ein Phillie. Casanova beäugte den Dämonenkoch, bis der ihm einen Vogel zeigte, und dann bekamen wir alle Bier. Und lehnten uns an die Vorderseite der Imbissbude, um es zu trinken, da es keine Sitzplätze gab.

Pritkin schnappte sich einen mit Käse überbackenen Pilz von seinem Phillie, und mein Magen knurrte so laut wie Donnergrollen.

Seine Mundwinkel zuckten, aber er aß ihn trotzdem, der Mistkerl. Und beobachtete mich, wie ihm meine Augen in hoffnungsloser Verzweiflung folgten. Und leckte sich dann die Finger, während mir das Wasser im Mund zusammenlief.

Und dann reichte er mir das Phillie.

Oh Gott. Das war so gut. Ich tauchte praktisch mit dem Gesicht voraus hinein, und die nächsten Minuten nahm ich nichts mehr um mich herum wahr.

Als ich aus meiner vom Essen hervorgerufenen Benommenheit auftauchte, sah ich, dass Pritkin etwas bekommen hatte, was ich für meine Bestellung hielt, und ungefähr die Hälfte davon gegessen hatte, während Caleb gerade Seines gereicht bekam. »Ich werde mich dorthin setzen.« Caleb deutete mit dem Kopf auf eine Bank vor dem Gerichtsgebäude, wo Casanova bereits mit seinem Bier hockte. Ich ging davon aus, dass er Pritkin zutraute, mich vor allem außer Cholesterin zu retten.

Pritkin nickte. Caleb verschwand mit seiner Mahlzeit und einer Handvoll Servietten. Und wir aßen, in meinem Fall, bis ich so voll war, dass ich das Gefühl hatte, ich würde gleich platzen.

Ich dachte darüber nach, den obersten Knopf meiner Jeans zu öffnen, aber als ich mich verstohlen umschaute, beobachtete Pritkin mich. Und ich begriff plötzlich, was er sehen musste – völlig verfitzte Haare, der Mund und wahrscheinlich die Hälfte meines Gesichts glänzend von Fett, das T-Shirt schmutzig und voller Schweißflecken. Ich schluckte den letzten Bissen herunter und fühlte mich plötzlich gehemmt. Zuvor war ich zu hungrig und müde gewesen, um es zu empfinden. Ich leckte mir die Lippen.

Und seine Blicke folgten der Bewegung.

Meine eigenen Augen weiteten sich leicht, dann wandte ich den Blick ab, denn das tat ich immer, wenn etwas Derartiges geschah. Nicht dass es oft geschah. Abgesehen von einigen unbegreiflichen Lebensrettungen benahm Pritkin sich größtenteils, als sei ich ein junger Mann.

Was gut war. Was so war, wie ich es mochte. Was so war, wie es sein sollte.

Ich trank etwas Bier. »Also, ähm, was glaubst du, wie es gelaufen ist?«

Pritkin beschäftigte sich wieder mit seiner eigenen Mahlzeit. »Schwer zu sagen. Aber sie schienen die Warnung deiner Mutter ernst zu nehmen.«

»Das ist doch gut, oder?«, fragte ich. Denn er hatte diese spezielle Falte zwischen den Augen, die, die sagte, dass er wegen irgendetwas verwirrt war.

»Vielleicht. Aber andererseits hätte die Warnung gar nicht nötig sein sollen.«

»Wie bitte?«

Er gab einen unzufriedenen Laut von sich, halb Grunzen, halb Seufzen. »Der Kreis mag es geschafft haben, Apollos kurze Rückkehr in die übernatürliche Gemeinschaft vor den meisten zu verbergen, aber glaubst du wirklich, dass die Fürsten es nicht wussten? Obwohl der Kampf gerade im Dante's stattfand? Dort sind die Hälfte der verdammten Angestellten von Dämonen besessen.«

»Nun ja, aber das sind Inkubi. Und vielleicht wollte Rosier nicht, dass sie etwas sagten. Vielleicht hatte er Angst … ich weiß nicht … dass es dir nützen würde …«

»Aber ich hatte zu dem Zeitpunkt gar kein Problem«, bemerkte er. »Das hatte ich erst, nachdem du den Spartoi getötet hast, was schon für Verwunderung hätte sorgen müssen. Dass ich am Hof meines Vaters aufgewacht bin, hat mich natürlich veranlasst, Fragen zu stellen. Es kann den Ratsmitgliedern kaum anders gegangen sein, es sei denn, der Kreis hat auch das vertuscht.«

»Sie hatten nie eine Gelegenheit dazu«, erwiderte ich und verzog bei der Erinnerung das Gesicht. »Die Vamps haben die Krönung übertragen, und einige Hunderttausend Leute haben das ganze Ding live gesehen. Ganz zu schweigen von den vielen, die die Zeitungsartikel und Fotos gesehen haben und …«

»Dann wissen sie es. Und wahrscheinlich wissen sie mehr, als berichtet wurde. Sie hätten auch ohne den Zwischenfall mit Apollo Nachforschungen angestellt. Und wenn man den noch hinzurechnet, dann sind das zwei größere Versuche in ebenso vielen Monaten, den Gang der Dinge zu verändern. Es kann ihnen unmöglich entgangen sein. Und doch war die Reaktion auf die Ankündigung deiner Mutter … es klang beinah so, als hätten die meisten von ihnen keine Ahnung gehabt.«

Ich runzelte die Stirn. »Vielleicht versuchen die Anführer, nicht alle in Panik zu versetzen, bis sie entscheiden können, was sie tun wollen.«

»Cassie, der Rat, das *sind* die Anführer. Es gibt kein Oberhaupt; jedes Mitglied hat eine Stimme. Es wurde nach den Kriegen so eingerichtet, als niemand weiteres Blutvergießen um der Herrschaft willen wollte. Das soll nicht heißen, dass sie keine Fraktionen haben, und natürlich haben die Stimmen einiger Mitglieder mehr Gewicht als die anderer. Aber wir reden nicht über eine Abstimmung, wir reden über Informationen, die sie einfach nicht zu haben schienen.«

Ich dachte einen Moment darüber nach und aß Pilze. Ich war satt, aber die Pilze waren in Butter auf dem Grill gebraten worden und dann mit geschmolzenem Käse und knusprigen Fleischbröckchen bedeckt worden und, tja. »Aber irgendjemand muss entscheiden, was zur Sprache gebracht wird. Ich meine, sie können ja nicht über alles reden – dann würden sie niemals irgendetwas anderes tun.«

»Das ist die Aufgabe des Adramelechs.«

»Des was?«

»Deine Mutter hat ihn kurz Adra genannt. Ich weiß nicht, warum.«

»Aber ich«, sagte ich trocken. Mom hatte sich dort drin nicht gerade von ihrer besten Seite gezeigt, was ihr Benehmen betraf. Oder vielleicht doch.

Zumindest hatte sie diesmal niemanden getötet.

»Sie schien nicht erfreut über die Zusammensetzung des Rats zu sein«, stimmte Pritkin mir zu. »Aber auch wenn ihr Auftritt vielleicht nicht höflich zu nennen war, war er keine Beleidigung. Adramelech ist ein Titel, kein Personenname. Er fungiert als der Sprecher oder Präsident des Rates.«

Verdammt. Und er hatte so nett gewirkt. »Ich dachte, du hättest gesagt, der Rat habe kein Oberhaupt.«

»Hat er auch nicht, wenn du jemanden meinst, der mehr Macht hat als alle anderen. Der Adramelech ist im Wesentlichen da, um für Ordnung zu sorgen.«

»Also ist er derjenige, der sich vielleicht dazu hätte durchringen sollen zu erwähnen, dass die alten Götter im Begriff standen, ein Comeback zu inszenieren?«

»Nicht zwangsläufig. Der Adramelech organisiert nur, wie Themen erörtert werden, und versucht zu verhindern, dass die Debatte abschweift. Er schlägt normalerweise selbst keine Themen vor.«

»Wer tut es dann?«

»Wer immer die Aufsicht über die Region führt, um die es geht.«

»Und wer hat die Aufsicht über die Erde?«, fragte ich, weil Pritkin grimmig klang.

»Du hast es ja gesehen. Dafür wurde Asag von den Asakkus aufgerufen.«

Toll. »Also, welchen Grund hat diese Bursche, dieser Asag, die Rückkehr eines einzelnen Gottes und der Kinder eines anderen einfach zu ignorieren?«

Pritkin schüttelte den Kopf. »Ich weiß es nicht. Und ich werde es wahrscheinlich auch nicht in Erfahrung bringen können. Ich hatte Mühe, auch nur das Grundlegende über deine Mutter herauszubekommen. Niemand will über die alten Kriege reden – oder über ihr Ende. Die meisten versuchen, so zu tun, als hätte es sie gar nicht gegeben.«

»Also lassen sie es darauf ankommen, dass sie erneut ausbrechen?«, hakte ich ungläubig nach. »So blind können sie nicht sein!«

»Es ist keine Frage von Blindheit.« Pritkin trank einen Schluck Bier. »Es ist … Furcht, sogar Grauen. Du musst verstehen, Cassie, die Dämonen, die es gewagt haben, sich einst den Göttern zu stellen … die waren uralt im Vergleich zu denen, die du gesehen hast. Sie waren unglaublich mächtig und über die Maßen blutrünstig. Sie schwelgten im Kampf, lebten für ihn, genossen ihn. Und doch fielen sie – wie einer der wenigen, die bereit waren, mit mir darüber zu reden, sagte – wie die Sterne vom Himmel. Jene, die überlebten, glauben, dass ein Kampf nichts nützt …«

»Woher wollen sie das wissen, wenn sie es nicht einmal versuchen! Ziehen sie es vor, abgeschlachtet zu werden?«

»Sie ziehen es vor, überhaupt nicht darüber nachzudenken. Diejenigen, die überlebt haben – bedenke das, das waren diejenigen, die deine Mutter oder die anderen Götter nicht interessiert haben. Die nicht mächtig genug waren, um verfolgt zu werden, oder die überlebt haben, indem sie auf Nummer sicher gingen, sich abgeduckt haben, auf der Hut waren …«

»Man kann auch zu vorsichtig sein. Man kann sterben, während man sich unter einem Bett versteckt oder was immer das Dämonenäquivalent davon ist, ebenso, wie man seinen Mann stehend im Kampf sterben kann.«

Pritkin warf mir einen seltsamen Blick zu.

»Was ist?«

»Als ich dich kennengelernt habe, hast du es bevorzugt wegzulaufen und hast dich gern versteckt. Du hast mir mehrmals erklärt, es sei das, worin du am besten wärst.«

»Ja, aber damals war es sinnvoll. Denn alles, worüber ich mir Sorgen zu machen brauchte, war Tony. Doch jetzt wird es uns nicht helfen. So wie es den Dämonenfürsten nicht helfen wird!«

Wenn überhaupt, würde es unseren Feinden helfen, falls die Ratsmitglieder beschlossen, den Kopf in den Sand zu stecken, bis ein hungriger Gott des Weges kam und ihn abriss. Kein Wunder, dass Mom sauer gewesen war. Sie musste die Gruppe betrachtet und sich gefragt haben, was mit diesen Wesen passiert war, gegen die sie gekämpft hatte. Oder vielleicht hatte sie sich gewünscht, sie hätte einige der furchteinflößenderen am Leben gelassen.

»Du siehst wütend aus«, sagte Pritkin, der mich beobachtete.

»Ich – ich kann einfach nicht verstehen, dass du nicht für dein Leben kämpfst – für das, was du willst. Dass du einfach aufgibst …«

Einer seiner Mundwinkel zuckte. »Nein. Natürlich verstehst du das nicht. Du hörst niemals auf, es zu versuchen, nicht wahr?«

»Was ist denn die Alternative?«

»Verzweiflung. Hoffnungslosigkeit. Zorn. Depression.«

»Aber das alles bringt dich nirgendwohin.«

Er schnaubte, es hörte sich fast an wie ein Lachen, nur dass es nicht glücklich klang. »Nein, das tut es nicht.«

Ich trank Bier und sagte nichts. Denn ich gewann den Eindruck, dass wir plötzlich nicht mehr über den Rat sprachen. Aber ich war mir nicht sicher, da ich seinen Gesichtsausdruck nicht sehen konnte.

Der Imbissbudenbetreiber hatte anscheinend nicht darauf vertraut, dass Duft genug Kunden anlocken würde, und Schnüre mit funkelnden Lichtern vor dem Laden drapiert. Deshalb lagen Pritkins Augen, die oberhalb der Lichter waren, aber unter dem Schatten der Markise, im Dunkeln. Doch fröhliche Lichtpunkte in nicht zusammenpassenden Farben sprenkelten ihn überall sonst – Grün über einem Wangenknochen, Bernstein über einem muskulösen Arm, Rosa auf seinem Hals. Es sah aus, als schwimme er in Regenbogenwasser.

Er zog leicht den Kopf ein, und seine Augen fingen das Licht ein, leuchtend smaragdgrün blitzend. »Wie machst du das?«

»Wie mache ich was?«

»So … hoffnungsvoll zu bleiben. Optimistisch. *Sicher.* Du bist bei einigen der zynischsten aller Kreaturen, einmal abgesehen von Dämonen, aufgewachsen. Du hast gesehen, wie sie die Welt betrachteten, immer gierig, immer voller Intrigen. Jeder ihrer Gedanken vom Aufwachen an galt dem Ziel, ihre Position in irgendeiner Weise zu verbessern …«

»Sie würden sagen, dass ihr Verhalten auch die Position ihrer Familien und ihrer Verbündeten verbessert«, rief ich ihm ins Gedächtnis. »Vampire sind vielleicht nicht im menschlichen Sinne selbstlos, aber sie kümmern sich um die Ihren. Manchmal besser als Menschen, da es ihrer Machtbasis schadet, wenn sie es nicht tun.«

»Genau darauf will ich hinaus. Irgendwie fällt das, was sie tun und lassen, immer wieder auf sie zurück. Und du bist in diesem Denken aufgewachsen, bist durchdrungen davon, und doch … doch bist du mich holen gekommen.«

»Ja, nun. Du weißt schon. Das war nicht ganz …«

»Nicht ganz was?«

»Ich meinte nur, ich habe auch etwas davon, daher kannst du nicht sagen …«

»Was hast du davon?«

»Ich – wir haben das besprochen, erinnerst du dich?«

»Nein. Nein, ich erinnere mich nicht. Ich dachte, wir hätten festgestellt, dass du viele andere Leute finden könntest …«

»Nicht *viele.* Ich kenne nicht allzu viele Kriegsmagier, die Halbdämonen sind.«

»… dann andere. Die dir an meiner Stelle helfen. Wie Caleb. Oder Jonas.«

»Ja, nun … das ist …«

»Nein, das ist auch nicht ganz richtig, oder?« Er neigte den Kopf. »Du hast noch etwas anderes gesagt … etwas darüber, dass du mich brauchst, um meinetwillen. Was hast du damit gemeint?«

»Ich meinte – ich meine, nun, wir sind Freunde …«

»Sind wir das? Sind wir Freunde?«

»Ich – ja. Wie sonst würdest du, ähm ...«

»Ich weiß nicht genau, wie ich es nennen würde. Ich habe bis vor Kurzem nicht viel darüber nachgedacht. Es schien nicht wichtig zu sein.«

»Ja, ja, genau. Und es gibt keinen Grund, plötzlich ...«

»Aber ich nehme an, ich werde jetzt darüber nachdenken müssen, das heißt, falls ich zurückgebracht werde. Nicht wahr?«

»Ähm«, murmelte ich und brach ab. Weil ich wusste, worauf Pritkin hinauswollte. Ich sollte mir im Klaren über die Dinge sein, das war ihm ein Herzensanliegen. Was in Ordnung gewesen wäre, nur dass er besser darin war als ich, Dinge vor sich selbst zuzugeben. Und gerade jetzt, wo ihm der Todesstoß versetzt werden konnte, wenn er wieder hineinging.

Ich konnte es an seinem Tonfall erkennen, der schärfer und eindringlicher geworden war, aber auch an seinem Gesichtsausdruck. Er hatte sich etwas bewegt und beugte sich zu mir vor, den Ellbogen auf der Theke und das Kinn auf die Hand gestützt. Er hatte den jungenhaften Gesichtsausdruck, den er bekam, wenn er sich freute. Und das bedeutete im Allgemeinen, dass jemand anders gleich in Schwierigkeiten geraten würde. Und es gab hier nur einen anderen.

Einen, der Taktik Nummer zweihundertundfünfzehn für den Umgang mit aufbrausenden Kriegsmagiern gelernt hatte, und der das Thema wechselte.

»Ich habe auch über etwas nachgedacht, was du vorhin gesagt hast«, bemerkte ich, nachdem ich mein Bier geleert hatte. »Du hast gesagt, du kommst nicht aus freien Stücken hierher. Bedeutet das, dass du nichts von hier vermisst?«

Normalerweise wurde Pritkin ärgerlich, wenn ich einfach so das Thema wechselte – oder wenn ich es versuchte. Denn in der Hälfte der Fälle herrschte er mich an, beim Thema zu bleiben. Aber diesmal nicht, und er wirkte nicht erregt. Er lächelte sogar leicht, ein seltsames, kleines halbes Lächeln, das mir überhaupt nicht gefiel.

»Was sollte ich vermissen?«

»Ich weiß nicht. Der Hof deines Vaters war … nun, einiges dort war wunderschön …«

»Viele Dinge sind wunderschön. Nur wenige sind auch gut.« Er kam einen Schritt näher.

»Ja, ich … ich nehme es an«, erwiderte ich und wich leicht zurück. »Aber es muss hart gewesen sein, all dem Wohlstand und der Macht den Rücken zu kehren …«

»Es gibt dort nur Herren und Sklaven. Ich wollte keins von beiden sein.« Ein weiterer Schritt.

»Nun, nein. Aber es muss andere Dinge gegeben haben. Ich meine, er ist ein Dämonenfürst …«

»Es gibt nichts, was ich will, was er mir geben kann.«

»Aber … aber du könntest dort herrschen. Du könntest alles haben, was du willst …«

»Nicht alles«, sagte Pritkin leise, und ich stieß mit dem Rücken gegen die Imbissbude.

Ich schien Platzangst zu bekommen. Und Pritkin sah mich immer noch an. Aber ich konnte seinen Gesichtsausdruck erneut nicht deuten, nur dass es diesmal nicht an der Beleuchtung lag. Ich war einfach nicht vertraut mit diesen speziellen …

Er denkt wahrscheinlich, wie beschissen ich aussehe, sagte ich mir hastig, und dass ich so vor den Rat hintreten muss und dass das unsere Chancen kein bisschen verbessern wird, und verdammt, ich wünschte, ich hätte daran gedacht, mir eins dieser geklauten Kleider von Augustine zu schnappen, bevor ich aufgebrochen war, obwohl es vermutlich nicht überlebt hätte, was inzwischen passiert war, aber man konnte nie wissen, und ich fragte mich, ob einer dieser Läden etwas verkaufen würde, was vielleicht …

Ein Daumen wurde ausgestreckt und wischte mir etwas vom Mundwinkel.

Mein Hirn war wie leergeblasen.

Ich sollte lachen, dachte ich automatisch. Mir eine Serviette nehmen, erwähnen, wie ich wieder herumgeferkelt hätte … aber es ging nicht. Ich schien mich nicht bewegen zu können.

Und das war dumm, denn offensichtlich wollte er nur nett sein. Er versuchte, dafür zu sorgen, dass ich nicht dort hineinging und mich mehr blamierte, als ich es wahrscheinlich ohnehin tun würde. Er versuchte nur …

Der Daumen bewegte sich über meine Unterlippe, zeichnete langsam ihre volle Form nach. Und ich atmete gleichzeitig schneller und stockender. Ich wäre beinahe erstickt, irgendetwas zog sich in meiner Brust zusammen. So sehr, dass es wehtat.

Dies war nicht – wir waren nicht – nicht dass er …

»Ich bereue nichts, was ich in diesen letzten sechs Monaten getan habe«, bemerkte er leise. »Ich fand, dass es ebenso sehr ein Fluch war wie ein Segen, all diese Zeit zum Nachdenken. Über die Dinge, die ich hätte sagen können, die ich dir hätte sagen sollen …«

»John!« Die Stimme kam aus einer gewissen Entfernung. Er ignorierte sie. »Ich dachte, ich verschone dich, aber ich glaube, in Wirklichkeit habe ich versucht, mich selbst zu schonen. Lange Zeit war ich beinahe dankbar für den Fluch meines Vaters. So hart es war, er machte einige Dinge einfacher. Ich musste mich um nichts sorgen; ich brauchte nichts zu riskieren …«

»John!«, erklang die Stimme abermals.

Pritkin schaute auf, verzog das Gesicht und blickte dann wieder auf mich herab. Und sein Gesichtsausdruck war so grimmig, wie ich es schon ewig nicht mehr gesehen hatte. »Aber irgendwann in diesem letzten halben Jahr habe ich begriffen, dass ich nach dem, was mit meiner Frau passiert ist, zwar auf die Erde zurückgekehrt bin. Aber ich bin nicht ins *Leben* zurückgekehrt. Ich war auf der Erde ebenso sehr ein Gefangener wie bei Hof. Nicht nur wegen des Fluches, sondern weil ich mir nicht gestatten wollte …«

»John!« Der Rufende war jetzt näher. Es war Caleb.

Pritkin murmelte leise etwas und fasste mich an den Armen. »Cassie, ich weiß nicht, wie sich diese Angelegenheit entwickeln wird. Bei dem Rat kann man nie wissen. Aber was auch immer geschieht, du sollst wissen, dass ich will, dass du dich erinnerst, dass ich *froh* darüber bin, dass du zurückgekommen bist, um mich zu holen. Ich bin froh, dass ich eine Chance hatte, dich kennenzulernen. Ich bin froh …«

»John!« Caleb ergriff seinen Arm. »Wir müssen gehen – gleich. Sie rufen nach dir – sie haben ein Urteil gefällt!«

»Natürlich haben sie das«, antwortete Pritkin. »Natürlich haben sie das, verdammt noch mal!«

Und anscheinend lässt man den Hohen Dämonenrat nicht warten. Wir ließen alles stehen und liegen und liefen den Gehweg entlang, Pritkin und Caleb grimmig und stumm, Casanova mit trüben Augen und torkelnd, und ich – ich weiß nicht, wie ich aussah, aber in meinem Kopf wirbelte alles herum wie bei einem Tornado.

Nicht wegen der Dinge, die Pritkin gesagt hatte; darüber hätte ich jetzt nicht nachdenken können. Sondern weil sie ihn gehen lassen mussten. Sie *mussten*. Nach allem, was meine Mutter gesagt hatte, konnten sie nicht einfach … oder?

Ich hatte keine Ahnung. Sie waren ungefähr eine Million Jahre alt, aber das machte es nur schwerer, es zu erraten. Ich hatte genug Probleme herauszufinden, wie jahrhundertealte Vampire dachten. Ich hatte null Chance, das Verhalten von Kreaturen vorherzusehen, neben denen sie sich wie Kinder ausnahmen. Ich wusste nur, dass sie meine Mutter *ganz und gar nicht* gemocht hatten, und als ihre Tochter war ich nicht beliebter. Dass Pritkin in ihren Augen Wiederholungstäter war. Aber wie meine Mutter gesagt hatte, er war nur ein einziger Mann, und wenn sie keine Armee aufstellen wollten, war das Mindeste, was sie tun konnten …

Und dann waren wir zurück und traten in dem Moment durch die Vordertüren, als die Doppeltüren zum Ratssaal aufgerissen wurden. Das war eine gewisse Überraschung – ich hatte gedacht, sie erwarteten eher, dass *wir* zu *ihnen* kämen, nicht andersherum. Aber der blonde Dämon mit der angenehmen Stimme kam auf uns zu, die Hand ausgestreckt und ein Lächeln auf dem Gesicht. Und das sah aus – lieber Gott, es sah aus –, Caleb sagte irgendetwas, einen Kraftausdruck, aber im Anschluss stieß er erleichtert den Atem aus. Und ich drehte mich kurz um und drückte seinen Arm. Denn wir hatten es geschafft, endlich hatten wir es geschafft …

Und dann stieß mich jemand brutal gegen Caleb, so heftig, dass wir beide taumelten. Und gleichzeitig ertönte etwas Undefinierbares, ohrenbetäubend laut. Und ein Aufschrei von solch gepeinigter Qual, dass er die Luft durchschnitt und ich herumwirbelte, noch während ich fiel. Ich schaute nach oben …

Und sah Pritkin, einen Moment lang beleuchtet von hartem Zauberlicht, eine Silhouette vor dem Hintergrund einer Explosion. Aber diesmal konnten wir ihr nicht davonlaufen.

Sein Mund war offen, aber er bewegte sich nicht, ebenso wenig wie der Rest von ihm. Einen Augenblick hing er in der Luft, wie mitten in einem Sprung, als hätte ich es geschafft, die Zeit anzuhalten. Aber das hatte ich nicht; ich wusste, dass ich die Zeit nicht angehalten hatte. Ich konnte immer noch Staubflöckchen träge in dem Zauberlicht hinter ihm tanzen sehen, goldgelb und brennend wie die Sonne …

Und dann verschlang ihn das Licht, und er fiel, immer noch reglos, zu Boden. Sein Vater kam herbeigeeilt und riss ihn an sich, und ein weiterer dieser schrillen Schreie kam aus diesem für gewöhnlich zynischen Mund.

Die Hölle brach los zwischen Wachen und Ratsmitgliedern, und Leute rempelten und stießen und traten mich, während ich mir meinen Weg freiboxte, und dann kniete ich neben Pritkin, packte ihn und schrie Rosier an: »Was ist passiert? Was ist *passiert*?«

»Was passiert ist?« Grüne Augen blitzten mich an, leuchtend von Trauer und Hass. »Was passiert ist? Sie haben meinen Sohn getötet!«

Dreiunddreißig

Eine halbe Stunde später war ich wieder in meiner Hotelsuite in Vegas, wo ich ein anderes Bild des Grauens betrachtete. Es kam mir unwirklich vor, wie das, das ich gerade hinter mir gelassen hatte. Es kam mir unmöglich vor.

»Es ist passiert, kurz nachdem Sie gegangen sind«, sagte Jonas. »Wir haben die Bilder gerade erst bekommen.«

Ich tat so, als würde ich zuhören, während er etwas anderes sagte, das ich nicht mitbekam. Seine Stimme schwoll an und ab, wie ein ferner Lautsprecher bei starkem Wind. Und selbst wenn ich die Worte hören konnte, ergaben sie oft keinen Sinn.

Wie die Szenen in meinem Kopf.

Ich stieß Rosier beiseite und packte den schlaffen Körper. Pritkins Kopf fiel zurück, und die kurzen, blonden Strähnen streiften meinen Arm, weich, viel zu weich ohne das Pflegeprodukt, das er normalerweise dafür benutzte. Falsch. Wie der entsetzlich reglose Körper, oder das Gesicht, ohne Verstand oder Zorn oder dieses seltsame Aufblitzen von Humor …

Oder sonst etwas.

»Nein.« Es kroch mir kalt über den Rücken.

»Es war eine Bombe, das ist klar«, fuhr Jonas fort. »Wahrscheinlich waren es mehrere. Jemand hatte sich an den Schutzzaubern zu schaffen gemacht. Wir suchen immer noch nach der genauen Ursache.«

Die Zeit um uns kräuselte sich, und Rosier flimmerte wie ein alter Fernseher mit Bildstörung. Aber meine Macht funktionierte im Schattenland nicht richtig; das hatte sie nie getan. Die Zeitverzerrung gab sich nach nur wenigen Sekunden, und Caleb und ich blickten einander an.

Jonas sah mich an, daher nickte ich. Ich hatte das Herrenhaus, das den Hof der Pythia beherbergte, schon einmal gesehen. Mircea hatte mich dort hingebracht, damit ich einen Blick auf meine Mutter werfen konnte, als sie noch die Erbin war. Es war ein schönes georgianisches Gebäude gewesen, hell erleuchtet für das Fest an jenem Abend, und die cremeweißen Säulen und die elegante Backsteinfassade waren in einen warmen goldenen Schein getaucht gewesen.

Jetzt sah es ein bisschen anders aus.

Es regnete in London, denn von dort kamen die Bilder vom Hof mithilfe irgendeines Zaubers, der mir egal war, der aber meine Balkontüren in einen seltsam zerhackten Bildschirm verwandelt hatte. Es spielte keine Rolle. Das Bild, das sich mir auf den verzerrten Glasscheiben und Türgriffen bot, wollte ich gar nicht besser sehen.

Jonas verfolgte die Rettungsbemühungen und wirkte dabei seltsam gefasst. Ich wusste nicht, ob das an seiner jahrzehntelangen Erfahrung mit dem Kreis lag und ein weiterer Tatort ihn einfach nicht erschütterte. Oder ob er versuchte, mich zu beschützen.

So oder so, ich wünschte, ich hätte seine Distanziertheit gehabt.

Aber das regennasse, ausgebrannte Gebäude war schwer zu verkraften. Wenn auch nicht annähernd so schwer wie die Leichensäcke, so viele und so klein, die auf dem Gehweg lagen. Sie wurden nass, Regen perlte und lief dann von den Plastikplanen hinab, obwohl es keine andere Wahl gab. Es waren zu viele, um sie alle gleichzeitig fortzubringen, und ständig wurden weitere aus den Trümmern gezogen. Er war groß gewesen, dieser Hof, den ich nie gesehen hatte, diese Mädchen, die einen Eid geschworen haben, um mir zu dienen und denen ich nie begegnet war. Er war … groß … gewesen.

»Hilf ihm!«, sagte ich zu Caleb, der bereits etwas murmelte, das über uns beide hinwegstieg und mir von der Macht dahinter eine Gänsehaut bescherte.

Aber das war auch alles.

Caleb fluchte und riss Pritkin weg, stieß mich zurück, als ich ihn wieder packen wollte. Er legte ihn auf den Boden, drückte ihm eine Hand auf die Brust und knurrte etwas, das den allzu stillen Leib er-

schauern ließ, als käme er wieder zu sich. Bis die Magie verging und Pritkin wieder reglos auf den beigen Teppich der Lobby fiel.

»Schalten Sie es aus«, sagte Marco schroff. Er sah nicht zu dem Bild, obwohl ich bezweifelte, dass es auf ihn eine größere Wirkung hatte als auf Jonas. Marco hatte im Laufe der Jahre Dinge gesehen, die einen erfahrenen Kriegsmagier erbleichen lassen würden; von einem Haufen anonymer Leichen in verschlossenen Säcken würde ihm wohl kaum übel werden.

Nein, wie gewöhnlich passte er auf mich auf. Oder versuchte es. Und ich war ihm dankbar dafür, aber ich wollte es nicht.

Ich wollte den Hof sehen.

»Wo hat es angefangen?«, fragte ich heiser und versuchte, einen Teil der Trümmer zu identifizieren, der schlimmer aussah als die anderen, was vielleicht auf den Entstehungsort hindeutete. Aber das Gebäude war kaum mehr ein Gebäude. In der Mitte klaffte ein schwarzer Krater, der trotz des sanften Regens immer noch qualmte. Trümmerteile lagen auf der anderen Straßenseite oder ragten aus umliegenden Gebäuden, und es war so viel zerbrochenes Glas auf der Straße, dass die Rettungswagen ein gutes Stück entfernt parken mussten, damit die Reifen nicht platzten.

Das ganze Ding sah aus wie der Entstehungsort.

Kein Wunder, dass niemand herausgekommen war.

Ein menschliches Wort, heftig und wütend. Eine weitere Beschwörung, stark genug, um Pritkins schlaffen Leib zwei Handbreit über den Boden zu heben und ihn mit hellblauem Feuer zu umgeben. Und dann ein weiterer Kraftausdruck, weil auch das nicht funktioniert hatte.

»Caleb ...«, hauchte ich.

»Ein großer Fluch«, murmelte Casanova. »Ich habe ihn landen sehen ...«

»Caleb!«

»Er reagiert nicht.« Caleb blickte auf, die Augen dunkel von den gleichen Gefühlen, die mich durchdrangen.

»Dann probier etwas anderes!«

»Ich habe schon genug Magie durch ihn hindurchgejagt, um ein Dutzend Flüche aufzuheben!«

»Cassie?«

Ich schaute auf und merkte, dass ich Jonas' Antwort verpasst hatte. Und seinem Gesichtsausdruck nach zu urteilen auch die Frage, die er danach gestellt hatte. »Was?«

»Lassen Sie sie in Ruhe! Sehen Sie nicht, dass sie sich ausruhen muss?« Rhea, dachte ich undeutlich, schien aus ihrem Schneckenhaus gekommen zu sein. Ihr Blick fuhr zu Jonas, als sie mir einen Kaffee reichte. Sie hatte vermutlich herausgefunden, wie man die Pads benutzte. Nicht allzu überraschend; sie sah ganz anders aus als das verängstigte Mädchen, dem ich in der Küche begegnet war.

»Das wird sie«, sagte Jonas ruhig. »Aber zuerst muss ich es wissen.«

»Was … wissen?«, fragte ich. Meine Lippen fühlten sich taub an.

Sie brachten jetzt kleinere Leichensäcke heraus, lächerlich kleine. Sie konnten nicht den Eingeweihten gehört haben. Sie sahen aus, als würde kaum ein fünfjähriges Kind hineinpassen.

»Die Kita«, knurrte Rhea, und okay. Schüchternes Mädchen wurde definitiv vermisst. Sie hielt den Becher so fest gepackt, dass ich Angst hatte, dass sie ihn zerbrechen und kochend heißen Kaffee über sich vergießen würde. Sie wirkte nicht, als würde es ihr etwas ausmachen. Ich hatte noch nie ein derart hasserfülltes Gesicht gesehen.

Gut, eins vielleicht.

»Was denken Sie, wo sie ihn hinbringen?«

»Weg von Ihnen!«, knurrte Rosier, dessen Gesicht weiß vor Trauer war. Die Frage, ob er seinen Sohn liebte, stellte sich nun nicht mehr. »Er hätte von Anfang an von Ihnen wegbleiben sollen!«

»Cassie!« Jonas' Stimme war scharf geworden. »Ich muss wirklich wissen, ob Sie etwas gesehen haben, *irgendetwas*, das uns helfen könnte.«

»Dabei?« Ich schüttelte den Kopf. »Nein …«

»Nicht dabei. Bei *Ares*.«

»Was?« Ich schaute verwirrt auf und versuchte, mich zu erinnern, wovon wir gesprochen hatten. Aber es spielte keine Rolle, denn die Antwort war dieselbe. »Ich habe keine Vision gehabt.«

»Nicht mal beim Tarot?«

»Nein. Das heißt, der Stern ist aufgetaucht, aber …«

»Aber …?«

»Die Karte hat gelogen.«

»Wie kann dies der Wille des Rates sein?«, fragte Caleb. »Haben Sie nicht gehört, was Artemis gesagt hat?«

Aber der Rat war bereits im Aufbruch begriffen, und die Wachen hielten uns zurück. Sie erklärten bloßen Sterblichen nichts. Sie hatten ihn getötet, und sie wollten uns nicht einmal sagen, warum.

»Antworten Sie mir!«, verlangte Caleb, denn niemand hatte je behauptet, dass es ihm an Mut fehlte.

Und dann zögerte einer und drehte sich langsam um. Der, von dem ich es am allerwenigsten erwartet hätte. Der, den Mutter Adra genannt hatte.

Der, der ihn getötet hatte.

»Sie haben es gehört«, sagte Adra leise. »Besser als Sie, Kriegsmagier.«

»Und das heißt?«

Die Augen des Dämons fanden meine. »Was Sie gehört haben, war der letzte Zug in einem großen Spiel.«

»Herrgott nochmal, Jonas!« Das waren nicht Marco oder das Mädchen gewesen, sondern die große Hexe mit dem kurzen, grauen Haar, deren Namen ich vergessen hatte.

Zumindest bis Jonas mit finsterem Blick aufschaute. »Wissen Sie, Evelyn, ich brauche wirklich nicht …«

»Es geht nicht darum, was Sie brauchen«, sagte sie und baute sich vor Jonas auf. Ein Kriegsmagier war an seiner Seite, nicht Caleb, sondern jemand, den ich nicht kannte. Ich konnte mich nicht einmal an seine Ankunft erinnern. Aber er machte eine kleine Bewegung, und die Hexe sah ihn an und fletschte die Zähne. »Fühlen Sie sich glücklich, Söhnchen?«

»Ich brauche kein Glück«, entgegnete er mit tiefer Stimme.

»Nein, aber wenn man bedenkt, für wen Sie arbeiten, ist Können vermutlich zu viel …«

Ich hörte nicht mehr hin.

»Wovon reden Sie?« Caleb sah aus, als wolle er Adra die Faust ins Gesicht rammen.

Ich nicht. Ich wollte nur, dass Pritkin sich bewegte. Wollte sehen, wie die Brust sich hob und senkte. Wollte sehen, wie er die Augen öffnete und mich wegen irgendetwas anfunkelte, egal was …

»Ich spreche von der Tatsache, dass das Wesen, das Sie Artemis nennen, ein ganzes Universum durch ihren Verrat für sich gewonnen hat, denn sie war die einzige große Macht, die noch übrig war. Sie hatte dafür gesorgt, indem sie die Größten meiner Art jagte, bis keine mehr übrig waren, und dann, indem sie ihre eigenen Leute in die Verbannung schickte. Aber in einem Punkt hat sie sich verrechnet. Sie war am Ende zu schwach, um von ihrem Sieg zu profitieren.«

»Sie lügen!«

»Warum? Weil ich Ihnen etwas sage, das Sie nicht hören wollen?«, fragte Adra ungerührt. »Die, die sie Artemis nennen, mag Ihren Orden gegründet haben, Kriegsmagier, aber täuschen Sie sich nicht. Sie tat es für ihre eigenen Zwecke, nicht für Ihre.«

Caleb wandte sich fluchend ab, und Adra sah mich an. »Wir wissen nicht, was schiefgegangen ist. Vielleicht hat der Zauber mehr Energie erfordert, als sie geplant hatte, vielleicht haben ihre Mitgötter härter gekämpft, als sie erwartet hatte. Wir wissen nur, dass sie danach verwundbar war und gezwungen war, sich zu verstecken. Und das machte sie gut, denn wir haben sie gesucht, diejenigen von uns, denen sie Unrecht getan hatte. Und obwohl wir sie nicht gefunden haben, haben wir dafür gesorgt, dass sie nicht wieder auftauchen und es nicht riskieren konnte, Kraft aus unseren niederen Orden zu beziehen, weshalb sie ihre große Stärke nicht wiedererlangen konnte. Wir sind zwar nicht in der Lage, sie ihrer gerechten Strafe zuzuführen, aber wir konnten sie zwingen, unter den Menschen in Vergessenheit zu geraten, allein und unbesungen zu sterben und verbittert darüber nachzubrüten, wie nah sie dran war.«

Ich hatte mich über Pritkin gebeugt, sah aber nun zu Adra durch einen Schleier wirren Haares auf. »Sie verdrehen alles.«

»Aber in einem Punkt haben wir uns geirrt«, erklärte er mir gelassen. »Wir haben um Längen unterschätzt, wie lange dieser Prozess des Verfalls dauern würde. Gerade als wir uns sicher waren, dass sie gestorben sein musste, gerade als wir uns endlich in Sicherheit wähnten, schmiedete sie einen anderen Plan. Einen Plan, in dem ein Kind eine Rolle spielte.«

»Ich will die Pythia sprechen«, sagte die ältere Hexe. Es klang nicht wie eine Bitte.

»Falls Cassie den Wunsch hat, mit Ihnen zu reden, kann sie das tun, wenn wir hier fertig sind«, informierte Jonas sie. »Vielleicht werden Sie zustimmen, dass die Verhinderung der Rückkehr einer alten Bedrohung etwas wichtiger ist als das geringfügige Anliegen …«

»Ja, *geringfügig*«, sagte sie. »Sorgen wir uns um die Politik, bevor wir uns mit dummen Frauenthemen befassen. Aber falls ich Sie daran erinnern darf, es war eine *Frau*, die Ihnen diese Information gebracht hat, es waren *Frauen*, die dabei geholfen haben, sie hier herzubringen, es sind Frauen, die heute Nacht gestorben sind!«

»Ich werde mich nicht darauf einlassen, Evelyn. Wirklich nicht«, erwiderte Jonas, auf dessen hellen Wangen kleine, rote Flecken erschienen. »Dies ist keine Frauenfeindlichkeit, trotz Ihrer seltsamen Entschlossenheit, es so aussehen zu lassen. Es ist …«

»… lächerlich«, sagte ich und sah Adra verwirrt an.

»Meinen Sie? Ein Kind, das halb menschlich sein würde. Ein Kind, das anders als die Götter hier auf der Erde Kraft beziehen könnte. Ein Kind, das an den unwahrscheinlichsten Orten versteckt werden könnte, bis es groß wurde, bis es an die Macht käme …«

»Nein! Das ist es nicht, was …«

»Ein Kind, das dazu herangezogen werden könnte, die einzige Macht der Götter zu übernehmen, die auf der Erde geblieben ist, um dann mit ihrer Hilfe in der Zeit zurückzugehen und sich mit einer Mutter zusammenzutun, die im Laufe der Jahrhunderte zwar ihre Stärke, aber nichts von ihrer Schläue verloren hat …«

»Ich habe gegen die Götter gekämpft«, erklärte ich ihm heftig. »Nicht versucht, einen zurückzubringen!«

»Natürlich haben Sie das. Es sind Rivalen, Bedrohungen, die Sie herausfordern und stürzen könnten. Sie mussten bekämpft werden, bis Sie sie finden und sie herbringen konnten …«

»Ich habe sie nirgendwohin gebracht!«

»Sie haben ihre Gedanken gebracht. Sie haben in dem Saal des Rates eine Verbindung geöffnet. Haben Sie irgendeine Ahnung, was das für ein Gefühl war, sie wiederzusehen? Wie sie dort stand, lebendig und

erheitert – erheitert – über unsere Bestürzung, über unseren Schock und unsere Furcht? Zu hören, wie sie Befehle erteilte, als sei keine Zeit vergangen, als hätte sich nichts geändert …«

»Sie hat Ratschläge gegeben, keine Befehle. Und ihre Gedanken sind nicht ihre …«

»Aber Sie stehen mit ihr in Kontakt. Sie können zurückgehen, können sie finden, wann immer Sie wollen. Sie haben bewiesen, dass …«

»Und doch hat sie sie nicht hergebracht.« Das war Calebs ärgerliche Stimme. »Wenn Cassie Teil einer ausgeklügelten Intrige war, wäre das ihre erste Handlung als Pythia gewesen. Das ist nicht zu leugnen!«

Adra lächelte schwach. »Ach nein? Es ist klar, dass Sie nicht für die Politik geschaffen sind, Kriegsmagier.«

»Sie haben sie in die *Hölle* gehen lassen«, sagte Evelyn. »Doch Sie wollen ihr nicht erlauben, ihren eigenen Zirkel zu retten? Und seit wann haben Sie der Pythia etwas zu *erlauben*?«

»Wir haben eine Übereinkunft mit dem Rat«, erklärte Jonas ihr. »Und ich erkenne einen Ruf des Rates, ebenso wie ich eine Falle erkenne! Es gab keinen Grund, diese Kinder zu töten, überhaupt keinen Grund, außer um Cassie zu zwingen, an einen Ort zu einer Zeit zu kommen, die ihr Feind vorgab …«

»Und wenn es so war? Aus welchem Grund auch immer, diese Kinder sind genauso tot …«

»Und das ist eine Tragödie. Aber Cassie zu verlieren wäre eine noch größere Tragödie. Wie dem auch sei, man zerstört nicht einfach so die Zeitlinie!«

»Sie und ich, wir haben sie zerstört«, rief ich ihm benommen ins Gedächtnis. »Wir sind zurückgegangen …«

»Um eine Welt zu retten. Keine Handvoll Menschen!«

Wo zieht man da die Grenze?, fragte ich mich. Bei einer Million? Tausend? Einem?

Denn im Moment schien einer ein schrecklicher Verlust für mich zu sein.

»Und was bedeutet das?«, blaffte Caleb.

»Der Rat hat den Verdacht, dass sie in mehrerer Hinsicht Artemis' Tochter ist«, sagte Rosier gehässig und antwortete, bevor Adra es konnte. »Dass sie beschlossen hat, dass sie ihre Mutter nicht länger brauchte,

nachdem sie meinen Sohn kennengelernt und nicht nur erfahren hatte, wer er ist, sondern auch, was er ist. Dass sie mit seiner Hilfe den Dämonenlords die Kraft entziehen konnte, die notwendig war, um ihre Rivalen abzuwehren, um ihre Kontrolle zu sichern, um selbst zu herrschen ...«

»Ich will nicht herrschen!«, stieß ich mit erstickter Stimme hervor. »Ich wollte nicht mal Pythia sein.«

»Und das hätten Sie auch nie werden sollen!«

»Wir haben über die Informationen gesprochen, die wir von Ms Silvanus erhalten haben«, sagte Jonas und sah Rhea über den Rand seiner Brille hinweg an.

»Welche Informationen?«, fragte ich. Ich zwang mich, mich wieder auf das Hier und Jetzt zu konzentrieren, obwohl ich nichts anderes wollte als zurückgehen. Um eine Lösung zu finden. Um es in Ordnung zu bringen.

Doch manchmal gibt es keine Lösung.

»Der Inkubus wurde zurückgeschickt«, erklärte Adra mir. »Es ist eine alte Hinrichtungsmethode, die die Seele zurück durch ihr Leben schickt, in frühere Versionen von sich selbst. Wenn die Seele den Anfang ihrer Lebensreise erreicht, wird sie erlöschen, und der Körper wird sterben.«

»Das ist doch gequirlter Schwach ...«, begann Caleb.

»Ist es nicht.« Ich dachte an Jules. Und für eine Sekunde beschleunigte sich mein Herzschlag, als ich mich fragte, ob ich nicht das Gleiche für Pritkin tun könnte. Aber da war ein Unterschied. Jules' Körper war verwandelt worden, aber seine Seele nicht. Sie hatte in einem Fleischgrab gesteckt, war aber präsent. Bei Pritkin war das nicht so. Und es war seine Seele, die verflucht worden war.

Adra hatte seine Waffe perfekt gewählt.

Rhea sah mich mit großen, gequälten Augen an. Sie sagte nichts, aber das brauchte sie auch nicht. Ich kannte diesen Gesichtsausdruck. Ich hatte ihn ein oder zweimal im Spiegel gesehen. »Du hattest eine Vision«, sagte ich.

Große, braune Augen schauten mich an. »Ich habe nie Visionen«, flüsterte sie. »Jedenfalls fast nie und niemals über etwas Wichtiges. Das ist der Grund, warum ich immer noch eine Senioreingeweihte und keine Akolythin bin. Ich helfe – habe geholfen –, die Kinder auszubilden, die neuen Eingeweihten.«

»Aber diesmal hast du etwas gesehen.«

»Ich habe Ares gesehen«, antwortete sie und blickte in weite Fernen. »Er ragte über einem Feld vor einem stürmischen Himmel auf. Er war hier, in dieser Welt, und kämpfte gegen unsere Truppen. Und wir verloren … haushoch.«

»War noch jemand bei ihm?«, fragte Jonas scharf.

»Was?«

»Irgendwelche anderen Götter?«

Sie schüttelte den Kopf. »Ich habe nur ihn gesehen. Aber es ging so schnell – wie der Blitz. Ich ging mit einer Hustenmedizin nach oben. Eins der Kinder war mit einem Schnupfen angekommen und hatte den halben Schlafsaal mit einer scheußlichen Kopfgrippe angesteckt, und … es überkam mich einfach. Ganz plötzlich war ich irgendwo anders und sah diese schrecklichen Dinge, und es blitzte und donnerte, und Leute schrien, und Bäume krachten zu Boden, und der Himmel war ganz rot und … und ich ließ das Tablett fallen.«

»Das hätte ich wahrscheinlich auch«, sagte ich ihr, weil sie weiß war und wieder zitterte und ihre Stimme kaum mehr als ein Flüstern war.

»Ja, aber die Treppen sind aus Marmor; alle haben es gehört«, berichtete sie weiter und sah mich mit so viel Schmerz in den Augen an, dass ich es endlich begriff; ich war nicht die Einzige, die sich für die heutige Nacht verantwortlich fühlte. »Und ich war so durcheinander … die Adepten überredeten mich, es ihnen zu erzählen, und zu der Zeit war mir nicht klar … ich sah keinen Grund, warum nicht … bis ich es merkte. Sie waren glücklich. Sie *freuten* sich darüber. Dann sahen sie, dass ich sie anschaute, und veränderten den Gesichtsausdruck. Aber ich wusste es, ich hatte es *gesehen* …«

»Und deshalb bist du gekommen, um es mir zu sagen.«

Sie schluckte. »Nein. Ich hätte es tun sollen, aber es gab solche Gerüchte über Sie, sie sagten … Erst bei der Krönung ist mir klar geworden – Sie konnten nicht das sein, was sie sagten. Die Macht war Ihnen zugefallen, der Kreis hatte Sie akzeptiert, und dann haben Sie bei der Krönung den Spartoi getötet. Sie haben ihn getötet!«

Und plötzlich wusste ich, warum sie mir bekannt vorkam. »Du warst da.«

Sie nickte wieder. »Ich habe Sie gesehen, aber ich … man hat gemerkt, dass Sie nicht auffallen wollten und ich habe nicht …«

»Aber du hast gewusst, wer ich war.«

Sie wirkte überrascht. »Natürlich.«

»Obwohl jemand anders sich für mich ausgab?«

Sie blinzelte wieder, als redete ich Unsinn. »Ja, aber ich wusste, dass das nicht Sie waren. Da war keine Macht, keine Aura, keine …« Sie machte eine wegwerfende Handbewegung. »Es war klar.«

So viel zu meiner tollen Tarnung.

»Aber die anderen haben Sie nicht gesehen, und als ich von ihnen wegkam, waren Sie verschwunden. Und als ich Sie dann wiedersah …« Sie machte eine weitere anmutige kleine Flatterbewegung mit der Hand, vielleicht weil sie nicht wusste, wie sie mir auf höfliche Art sagen sollte: »Sie haben in Ihrem Geburtstagskostüm gegen einen Spartoi gekämpft und wurden dabei fast gegrillt. Aber dann haben die Vampire Sie fortgebracht, und ich wusste nicht, wie ich Sie erreichen konnte …«

»Also bist du zu den Zirkeln gegangen.«

»Ja. Meine Cousine …«

»Und die Zirkel haben dich zu mir gebracht.«

»Ja.«

»Damit du mir was erzählen konntest? Was haben sie vor?«

Sie schüttelte den Kopf. »Ich weiß es nicht, ich weiß es nicht! Ich habe versucht, den Adepten zu folgen, damit sie denken, ich sei ihrer Meinung, habe gehofft, mehr herauszufinden … aber ich bin keine Schauspielerin, und sie hatten in jener Nacht mein Gesicht gesehen. Sie haben mir nicht geglaubt!«

Ich sagte ihr nicht, dass es in Ordnung sei, denn das hätte nichts gebracht. Sie sah nicht aus wie ein Mädchen, das hohle Phrasen brauchte. Sie sah aus wie ein Mädchen, das etwas zu tun brauchte.

Ich kannte das Gefühl.

»Ich werde zurückgehen«, sagte ich Rosier. »Ich werde verhindern, dass der Zauber gelegt wird ...«

»Man wird dich daran hindern«, sagte Adra sanft. »Das ist der Grund, warum es hier getan wurde, um eine solche Möglichkeit auszuschließen.«

»Dann nennen Sie mir den Gegenzauber! Ich werde in der Zeit zurückgehen, ich werde seine Seele finden ...« Er sah mich nur an. »Pritkin hat nichts Unrechtes getan! Wenn Sie schon jemanden verletzen müssen, verletzen Sie mich!«

»Sie werden Ihnen nichts tun. Sie brauchen Sie«, stieß Rosier hervor. »Aber mein Sohn ...«

Adra stimmte ihm nicht zu, aber er stritt es auch nicht ab. Und am schlimmsten war, dass kein Hass, keine Bosheit in seinen Augen war. Es war eine politische Entscheidung für ihn gewesen, mehr nicht. Eine Bedrohung war identifiziert worden; eine Bedrohung war entfernt worden. Aber für mich ...

War es wie das Ende der Welt.

»Wie viele Akolythen sind gegenwärtig dort?«, fragte Jonas.

»Das ist ganz verschieden«, antwortete Rhea und sah mich an. »Der größte Teil des Hofes besteht aus Junioreingeweihten, die gerade erst hergebracht worden sind – kleinen Mädchen, die ungewöhnlich vielversprechend erschienen. Und Senioreingeweihten, das sind die meisten von uns, die ausgebildet sind, aber keine Macht besitzen. Die Adepten sind nur eine kleine Gruppe, auserwählt unter den begabtesten Senioreingeweihten. Nach Myras Tod gab es nur noch fünf.«

Für einen Moment sah ich sie nur an, davon überzeugt, dass der gegenwärtige Zustand meines Kopfes mir Streiche spielte. Aber nein. Ich dachte, ich hörte nicht richtig. »Wie bitte?«

»Habe ich – war etwas unklar?«, fragte sie mit besorgtem Blick.

»Das hoffe ich«, entgegnete ich gepresst. »Du sagtest, die Senioreingeweihten trügen die pythische Macht nicht. Folglich ... tun es die Adepten?«

Sie nickte. »Das müssen sie, zu Übungsszwecken. Sie alle erhalten eine Grundausbildung in den pythischen Künsten, und diejenige, die sie am besten beherrscht, wird oft als Erbin auserwählt. Das berücksichtigt auch den Fall, wenn eine Erbin stirbt oder abgesetzt wird. Es muss immer jemand anders da sein, der ausgebildet wurde und übernehmen kann. Außerdem stehen sie in Notzeiten der Pythia zur Verfügung, um ihr zu helfen.«

»In Notzeiten?« Ich sah Jonas an.

Er sagte nichts, aber er nahm die Brille ab und putzte sie, obwohl er das bereits vor dreißig Sekunden getan hatte.

»Wenn sie das Gefühl hat, dass es unklug sei, eine gefährliche Mission allein durchzuführen«, erklärte Rhea.

Ich sah Jonas immer noch an.

»Ja, nun«, sagte er energisch. »Dank der Aussage von Ms Silvanus wussten wir bereits, dass es ein Problem mit dem Hof gab …«

»Jonas.«

»Sie hatten schon genug am Hals, Cassie! Es gab keinen Grund, Ihnen noch mehr …«

»Es gab keinen Grund, mir zu sagen, *dass eine ganze Gruppe von Myras herumlief*?«

»So kann man das nicht sagen«, wandte er ein. »Die Akolythen haben nur einen kleinen Bruchteil der Macht der Erbin, kaum genug für die Ausbildung …«

»Jonas.«

»Und Myra war eine Verräterin. Bis jetzt hat es keinen Grund zu der Annahme gegeben, dass der Rest des Hofes genauso sei, erst recht nicht, dass er seinen eigenen Zirkel angreifen würde …«

»Jonas!« Er brach ab und sah mich an. Und irgendetwas auf meinem Gesicht musste zu ihm durchgedrungen sein, denn er verkniff sich, was immer er gerade sagen wollte. »Verschweige mir nie wieder so etwas. Niemals.«

Ich stand auf und drängte mich durch die Glastüren, hinaus auf den Balkon. Zum Glück folgte Jonas mir nicht. Ich weiß ehrlich nicht, was ich sonst getan hätte.

So ist es mir mein ganzes Leben gegangen: Die Leute verschwiegen mir etwas. Manchmal aus gutem Grund, wie sie meinten, manchmal, meistens, weil Wissen Macht war, und je weniger ich von Ersterem hatte, desto weniger würde ich ihnen Letztere streitig machen können. Tony, der Kreis, der Senat, Mircea … irgendeiner gab sich immer Mühe, mich über etwas im Dunkeln zu lassen.

Aber es gab Dinge im Dunkeln, die einen beißen konnten, wenn man nicht wusste, dass sie da waren. Wenn man ihnen nicht ausweichen konnte, weil man nicht einmal wusste, dass es sie gab. Beim Wissen ging es nicht nur um Macht; es ging ums Überleben, um mein Überleben und das von jedem, der auf mich angewiesen war.

Und ich hatte die Dunkelheit gründlich satt.

Evelyn trat auf den Balkon. Sie sagte nichts. Aber ihr Handgelenk ruhte auf dem Geländer, nicht weit von der Stelle, wo ich es krampfhaft umklammerte. Und in ihrer Hand war …

Es war also doch ein Zauberstab gewesen, dachte ich und sah zu, wie sie ihn geschickt zwischen den Fingern hin und herwirbelte.

Unsere Blicke trafen sich.

»Ich denke, es wird Zeit, dass die Mädels und ich gehen«, stellte sie fest. Und dann sah sie mich einfach an, graue Augen blickten in blaue.

Ich befeuchtete mir die Lippen.

»Ich bringe euch zur Tür«, sagte ich heiser.

Vierunddreißig

Die Villa war dunkel und still, als wir in die Halle des Pythia-Hofes sprangen. London ist Vegas sieben Stunden voraus, was bedeutete, dass es etwa gegen Mitternacht war, und ich hatte uns so weit ich konnte zurücktransportiert. Was verdammt nochmal nicht sehr weit war, denn fünf zu tragen, hat einen Preis, und der ist hoch.

Ich ließ mich auf die Knie fallen und taumelte wegen des Kraftverlustes.

»Lady …«

»Mir geht es gut«, sagte ich Rhea, schroff genug, dass ihre Hand zurückzuckte.

Ich blieb einen Moment lang unten und beobachtete, wie die Marmorfliesen von Agnes' Halle pulsierten, und ich fragte mich, ob meine Augäpfel gleich aus den Höhlen springen würden. Innerlich fluchte ich, denn mein Zeitgefühl hatte eingesetzt, um mir zu bestätigen, was ich bereits befürchtet hatte. Ich hatte den Zeitsprung aufgrund des Risikos früher beenden müssen, als ich es eigentlich wollte …

Wir hatten höchstens fünfzehn Minuten.

Nicht wirklich der passende Zeitpunkt für Rumgejammer, sagte ich mir streng und stand auf.

Der Ort sah ungefähr genauso aus wie beim letzten Mal, als ich hier gewesen war. Fahle Streifen silbernen Lichtes, das wahrscheinlich von Straßenlaternen kam, aber aussah wie Mondstrahlen, fielen schräg durch hohe, neoklassizistische Fenster. Es gab eine Menge Marmor, etwas Wandtäfelung, die aussah, als sei sie vielleicht aus echtem Mahagoni gemacht, und zwei Statuen von griechisch aussehenden Frauen, die Krüge hielten. Eine Treppe – die, auf der Rhea ihre Vision gehabt hatte, nahm ich an – führte hinauf zu einem Treppenabsatz.

Ein Kronleuchter klimperte leise über unseren Köpfen, umhergeweht vom auffrischenden Wind, der durch ein Dachfenster drang. Es klang entsetzlich laut in meinen gespitzten Ohren, wie das teuerste Windspiel der Welt. Nichts sonst bewegte sich.

Ich fand das keinesfalls beruhigend.

Rhea schien genauso zu denken. »Es sollten Wachen hier sein«, meinte sie besorgt. »Der Kreis – er hat ständig seine Leute hier.«

»Sie sind hier«, bestätigte Evelyn grimmig hinter mir. Als ich mich umdrehte, sah ich sie in der Nähe der Haupttüren, wo eine Gestalt in einem ledernen Staubmantel hinter einer Topfpflanze ausgestreckt lag.

Ich hatte gerade fragen wollen, wie er gestorben war, aber dann drehte sie ihn um. Und ich brauchte nicht zu fragen. Die Haut war grau und papierdünn und zur Unkenntlichkeit zerknittert, da sein Fleisch darunter größtenteils vertrocknet war. Es zog ihm den Mund zu einem stummen Schrei auseinander, die Augen waren in den Kopf eingesunken und die Knochen brüchig genug, dass mehrere bereits von der sanften Bewegung brachen.

Ein Ring fiel von einem verkümmerten Finger, um über den Boden zu klappern, und Rhea gab einen leisen Laut von sich. »McClaren«, flüsterte sie. »Eine seiner Enkeltöchter ... sie ist eine neue Eingeweihte ...«

»Adeptinnen«, fluchte Evelyn. »Ich hatte gehofft, dass Marsden sich geirrt hat.«

»Die Frage ist, sind sie immer noch hier?«, meldete Beatrice sich zu Wort.

»Sie sollten nicht mehr hier sein.« Das war Jasmin. »Eine Bombe hat das Gebäude zerstört, kein Angriff. Wenn die Adeptinnen einen Funken Verstand haben, sind sie geflohen, nachdem sie die Bombe gelegt haben.«

Ich schluckte. Vielleicht war es doch keine so schlechte Idee gewesen, so knapp zu kalkulieren. Aber Beatrice schien davon nicht überzeugt zu sein.

Eine Straßenlaterne leuchtete durch ein Fenster, das Licht glänzte auf ihren Ketten und färbte ihren Afro schwach blau. Und betonte die Stirnfalten zwischen ihren Brauen. »Warum dann die

Männer des Kreises angreifen? Die Adeptinnen waren bereits drin und konnten sich frei bewegen. Warum die Patrouillen hineinziehen?«

»Wenn sie mit den Schutzzaubern herumgepfuscht haben, waren sie vielleicht nervös«, meinte Jasmin. »Wollten sie aus dem Weg haben …«

»Apropos Schutzzauber, warum haben wir keine ausgelöst, als wir eben hereingekommen sind?«

»Ihr seid mit mir zusammen«, erklärte Rhea, aber sie klang zweifelnd. »Doch das hätte nur verhindern müssen, dass der allgemeine Alarm losgeht. Trotzdem müsste jemand inzwischen hier sein, um nachzusehen …«

»Daher die Angriffe auf die Männer des Corps«, sagte Jasmin.

»Auf alle?«, fragte Beatrice. »Und wie hat eine Gruppe unausgebildeter Mädchen das geschafft, pythische Macht hin oder her?«

»War ein Überraschungsangriff«, sagte Evelyn, und befingerte ihren Zauberstab. »Anders kann's gar nicht sein.«

»Und ich frage noch einmal, *alle*? Ihr wisst, was sie sind: Argwöhnische, nervöse Mistkerle, jeder einzelne von ihnen. Und doch …«

»Lasst uns einfach die Kinder rausholen«, schlug ich vor und sah mich um. Ich hatte eine Gänsehaut. »Wo sind sie?«

Ich brauchte nicht zweimal zu fragen. Rhea hatte bebend dagestanden, und jetzt schoss sie zur Treppe hinüber. »Warte!«, rief Evelyn und legte mir eine Hand auf den Arm.

»Wir haben weniger als fünfzehn Minuten«, teilte ich ihr mit.

Aber sie antwortete nicht. »Beatrice.«

Die kleine Hexe hatte bereits ihren Stab gehoben. Eine der winzigen Dellen, die ich versehentlich für Hohlräume im Holz gehalten hatte, erstrahlte in einem bläulichen Licht, wie eine Taschenlampe. Ich verstand den Sinn nicht, da wir bereits sehen konnten …

Das war allerdings nichts, verglichen damit, als sie den Stab hart auf den Boden krachen ließ und ein Impuls aus dem unteren Ende kam, wie eine Welle, die an einen Strand flutete. Oder vielleicht wie ein Stein, der in einen Teich geworfen wurde, denn er strömte in alle Richtungen und hob dabei dabei die Wischspuren auf dem Boden hervor, den Staub in den Ecken und die Risse in den Fugen zwischen den Kacheln. Wie ein Schwarzlicht an einem Tatort zeigte es alles, was versteckt war.

Einschließlich der Füße von einem Haufen Männer entlang der Wände.

»Ich hasse es, wenn ich recht habe«, murmelte Evelyn und stieß mich dann zur Tür. »Los!«

Ich schlug stattdessen auf dem Boden auf. Die Wandvertäfelung begann Körper auszuformen, Dutzende. Und dann schmolz sie ganz dahin, als der Zauber an den Beinen der Gestalten empor lief und sie dabei ihrer Tarnung beraubte. Kriegsmagier, und zwar keine von unseren, begriff ich, während sie sich von den Wänden schälten und Flüche zu schleudern begannen, die vom Schild abprallten, den Jasmin gerade rechtzeitig hochgezogen hatte.

Aber einer war durchgekommen, einen Sekundenbruchteil bevor der Schild zuschnappte. Stroboskoplichtartig tauchte er den Raum in ein giftiges Grün. Dank eines Fluches, von dem ich nicht einmal gesehen hatte, dass Evelyn ihn abgefeuert hatte, verfehlte er sein Ziel. Evelyns Fluch traf den Täter fast im selben Moment, als er sich bewegte. Aber er sprengte das Dachfenster weg und den größten Teil der Haustür gleich mit, sodass Glas auf uns herabregnete.

Und schließlich Schutzzauber durch das Haus kreischten.

»Nun, die Kinder sind wach«, bemerkte Beatrice, als Evelyn sich zu mir umdrehte.

»Verdammt, bist du taub?«, fragte sie scharf.

»Wenn ich gehe und die Adeptinnen auftauchen, sterbt ihr«, sagte ich und zerrte am Mantel des toten Kriegsmagiers herum. Ich versuchte, nicht zu atmen, weil er mit bröckeligem, weißem Staub bedeckt war, der überall hinflog, während ich zog und zerrte, um den Mantel abzukriegen und der Körper dabei zerbröselte. Aber ich musste ihn haben. Die Mäntel waren so verzaubert, dass sie Angriffen widerstanden, und ich war im Begriff, angegriffen zu werden, es sei denn, ich hatte mehr Glück als gewöhnlich.

»Du hast Zara gehört«, sagte Evelyn. »Sie sind wahrscheinlich bereits fort!«

Ich brauchte eine Sekunde, um zu begreifen, dass sie die Hexe meinte, die ich Jasmin genannt hatte. »Und wenn sie es nicht sind? Sie sind vielleicht gut …«

»Wir sind besser als gut.«

»Aber Sie können nicht gegen jemanden kämpfen, der die Zeit manipulieren kann!«

Sie setzte zu einer Antwort an, aber der Schild zerbarst, als ihn ein Dutzend Flüche gleichzeitig trafen. Und dann hob Beatrice erneut ihren Stab. Diesmal glänzte eine andere Delle, in einem dunklen, blutigen Rot. Und alle Lichter im Raum zersprangen plötzlich und ließen Funken und Scherben auf den Boden regnen und Flammen die Wände hoch züngeln.

»Hübscher Salontrick, alte Frau«, bemerkte ein Magier und packte sie.

Der Stab senkte sich wieder herab.

Flammenstrahlen schossen aus jedem Licht und schnitzten ein Pentagramm aus Feuer in die Luft und spießten ein halbes Dutzend Magier mit Flammen auf.

»Freut mich, dass es Ihnen gefallen hat«, erwiderte sie, als der Mann zu ihren Füßen zusammenbrach.

Aber obwohl das unser unmittelbares Feld räumte, tat es auch nicht viel mehr als das. Weil Magier jetzt von allen Seiten auf uns zugerannt kamen und in den Raum eilten, von dort, wo sie sich wohl versteckt hatten, nicht wissend, wo wir hereinkommen würden. Aber jetzt wussten sie es, und wir mussten …

Wieder auf den Boden!

Zara murmelte etwas Leises und Bösartiges, und die Hexen rissen mich schnell mit sich herunter, als die alle Fenster zerbarsten. Die Vorhänge blähten sich nach innen und rissen dann ab, um durch den Raum zu fliegen, und etwas, das sich so anfühlte und so klang wie ein Hurrikan brüllte durch das Haus. Spiegel zersprangen, der Kronleuchter peitschte umher wie übergeschnappt, und Statuen kippten um. Ein halbes Dutzend Magier, die ihre Schilde nicht rechtzeitig hochgezogen hatten, flogen umher. Aber andere hockten sich einfach hin und warten geduldig in ihren Schildblasen.

Denn, klar …

Ich glaubte auch nicht, dass sie in der Lage sein würde, das lange aufrecht zu erhalten.

»Wenn sie die Bomben gelegt haben, sind sie nicht hier«, brüllte Evelyn über das Tosen des Sturms. »Das hier war wahrscheinlich eine Falle. Der alte Mann hatte recht – sie sind hinter Ihnen her!«

»Sie hatten auch recht«, keuchte ich, während ich mich immer noch mühte, den Mantel zu befreien. »Sie sind bereit, einige Dutzend Kinder zu töten, um an mich heranzukommen.«

Evelyn fluchte. »Ich kann nicht Sie beschützen und den Mädels helfen, und sie können es nicht mit so vielen auf einmal aufnehmen.«

»Dann beschützen Sie mich nicht«, erwiderte ich, als der Wind erstarb und sich der Mantel mit einem Übelkeit erregenden Knirschen löste.

Schilde ploppten überall, als die Magier wieder auf die Füße sprangen. Wir waren im Begriff, überrannt zu werden, und die Hexen konnten nicht gleichzeitig Flüche schleudern und Schilde aufrechterhalten. Einen Haufen Kriegsmagier dicht an sich heranzulassen, war nicht schlau. Nicht schlauer als das, was ich vorhabe, dachte ich, packte sie und sprang mit allen drei Hexen dorthin, wo Rhea flach gegen die Treppe gedrückt kauerte, auf halbem Weg nach oben, die dünne Blase ihres Schildes kräuselte sich in den immer noch starken Winden.

Und brach dann komplett zusammen, als ein Blitz purpurner Flammen ihn traf.

Ich warf mich auf sie. Der Mantel bedeckte uns beide, aber es reichte nicht. Ein weiterer Fluch traf, und ob verzaubert oder nicht, der Mantel war zusammen mit seinem Besitzer gealtert. Etwas peitschte über meinen Rücken, eine dünne Linie aus Feuer entlang der verschlissenen Rückennaht, und ich schrie, noch während ich sprang.

Wir landeten mitten in einem Haufen von Magiern oben an der Treppe, Magiern, die jetzt, da der Hurrikan zu einem tropischen Sturm abgeebbt war, auf dem Weg nach unten waren.

Und die stolperten und fielen, als wir mitten in sie hineinsprangen.

Buchstäblich, in Rheas Fall. Sie war durch den Rock ihres Kleides mit einem Magier verschmolzen, der Rock nun von einem schweren Ledermantel durchtrennt – und vom Bein dahinter. Sie zog mit einem Ruck daran, und er schrie, woraufhin sie nur heftiger ruckte. Dann wurde sie von einem anderen Magier gepackt und zur Seite geschleudert ...

Und das Bein des Mannes wurde am Oberschenkel abgetrennt.

Weil Fleisch und Knochen nicht gut darauf reagieren, von einem Streifen bestickten Leinens entzweigerissen zu werden.

Blut spritzte überall hin, auf die Magier in der Nähe und auf mich. Und brachte Rhea, die offensichtlich nicht für solche Falle ausgebildet worden war, zur Raserei. Sie riss sich von ihrem Angreifer los, trat einen anderen gegen das Geländer und floh die verbliebenen Stufen hinauf. Keiner der Magier versuchte, sie aufzuhalten, da sie bereits tödlich verletzt zu sein schien.

Oder vielleicht weil sie sich auf mich stürzten.

Ich konnte nichts tun, denn ich konnte nicht wieder springen, nicht jetzt, vielleicht nie mehr. Aber es spielte keine Rolle, weil Dreifachblitze von etwas Rotem und Tödlichem an mir vorbei peitschten – ein Blitz so nah, dass er mein Haar versengte. Sie rissen Löcher in die Magier, die über mir auf der Treppe verblieben waren.

Dann wurde ich von drei Wahnsinnigen die Treppe hinaufgezogen, die alles in Sichtweite verfluchten. Und sofort zurückverflucht wurden, als die Magier im Flur herausfanden, dass wir nicht länger dort unten waren, vielleicht weil ihnen ein Haufen ihrer Kameraden gerade auf den Kopf gefallen war. Aber sie waren hinter uns, und vor uns waren der Treppenabsatz und der Flur, in den Rhea gerade verschwunden war.

Etwas traf die Wand neben mir und hinterließ ein massives Brandmal, etwas anderes krachte auf meinen Rücken und machte meinen Arm trotz des Schutzes durch den Mantel taub. Aber dann waren wir im Flur, und Jasmin – Zara – warf einen Schild über den Zugang, wie einen Stopfen.

Was drei Magier zurücktaumeln ließ, als sie direkt dagegen rannten.

Wir stürmten den Flur entlang, wo kleine Leute in weißen Nachthemden bereits aus mehreren Zimmern rannten. Oder vielleicht war es ihre Tageskluft, denn wer konnte den Unterschied erkennen? Aber es sah so aus, als wäre Rhea nicht so sehr übergeschnappt, wie ich gedacht hatte, denn sie erschien an der Tür eines Raums hinten im Flur. Sie atmete ein wenig komisch, hatte aber ein Kind an jeder Hand.

Und schrie: »Hinter Euch!«

Verdammt, das hat nicht lange gedauert, dachte ich und schlug auf dem Boden auf, gerade als etwas das Licht an der Wand neben mir ausblies. Glas splitterte, und Kinder schrien, doch zu meinem Erstaunen liefen sie nicht Amok. Weder als Rhea einen Befehl zischte und sie in ordentlichen Reihen den Flur hinunter bugsierte, noch während die Hexen alles hinter ihnen wie besessen verfluchten.

Aber die Chancen es zu schaffen waren lächerlich, und wir wurden müde. Als Zara das nächste Mal einen Schild errichtete, zerplatzte er fast sofort unter einem so dichten Hagel von Flüchen, dass es aussah wie eine Miniatursonne, die im Flur explodierte. Das Einzige, das uns rettete, war die Tatsache, dass dies nicht eines der Häuser war, die nur dekorativ auf alt getrimmt waren, sondern gute, solide Wertarbeit. Und der Flur war schmal und ließ es nicht zu, dass alle gleichzeitig auf uns zugerannt kamen.

Dennoch ließ er genug durch, mehr als genug. Zara wurde am Arm getroffen und schrie, halb vor Schmerz und halb vor Zorn. Und irgendetwas traf mich. Es erwischte mich an der Seite meines Mantels und steckte ihn mit einem Feuer in Brand, das nicht erlosch. Entweder musste ich meinen Schutz aufgeben oder mit ihm in Flammen aufgehen, also schleuderte ich ihn durch den Flur auf die Magier.

Sie schlugen den Mantel weg, aber die vordere Reihe war eine halbe Sekunde lang abgelenkt – lange genug, damit Evelyn einen Fluch abfeuern konnte. Nicht auf sie, sondern auf die Decke. Es war genug Macht dahinter, um den halben Flur zum Einsturz zu bringen, ihn in der Mitte aufzureißen und eine Ladung Gips und herabstürzende Trümmer auf unsere Verfolger zu kippen. Zusammen mit einem Schwung Wasserrohre, aus denen es erst auf ihre Köpfe tropfte und dann goss, was sie allerdings nicht sonderlich zu stören schien.

Bis Beatrice einen Flammensäule den Flur entlang sandte und das Wasser in brühheißen Dampf verwandelte.

Es scheint, dass selbst dunkle Magier eine Abneigung dagegen haben, zu Tode gedämpft zu werden. Einige zogen Schilde hoch, aber etliche von ihnen gerieten in Panik und versuchten umzudrehen, wobei sie in die krachten, die sich hinter ihnen befanden. Das schuf einen hinreichenden, vorübergehenden Engpass, sodass wir noch die letzten Kinder aus den Schlafsälen holen und sie, so schnell ihre kleinen Beine sie trugen, durch den Flur schieben konnten.

Ich wusste nicht, wohin wir gingen, aber alle anderen schienen es zu wissen. Die älteren Kinder halfen den Jüngeren. Den Flur entlang, um eine Biegung zu einer Hintertreppe. Was großartig gewesen wäre, nur dass die ebenso schmal war wie der Flur, der dorthin führte.

Ich starrte sie an und brauchte es im Geiste nicht einmal durchzurechnen. Auch der Ausdruck auf den Gesichtern der Hexen hätte mir die Wahrheit gesagt, selbst wenn sie nicht offensichtlich gewesen wäre. Ich wusste nicht, wie lange wir brauchen würden, diese vielen Kinder diese vielen Treppenstufen hinunterzubringen, aber es war auf jeden Fall länger, als wir Zeit hatten.

Erheblich länger.

Schon kamen die dunklen Magier um die Biegung, anfangs mit Schilden, die sie dann aber fallen ließen, als sie die Sachlage erfassten. Ein Stoß Flüche wie der, mit dem sie zuvor Zaras Schild zerschmettert hatten, folgte, nur dass wir diesmal keinen Schild errichtet hatten. Doch die Flüche blieben aus.

Oder um genau zu sein, sie wurden auf Kriechtempo verlangsamt, denn ich hatte nicht mehr genug Macht übrig, um sie ganz zu stoppen.

»Ihr habt sechs Minuten«, sagte ich ihnen. »Bringt sie so weit weg, wie ihr könnt.«

Beatrice nickte und packte Zara fest am Arm, die japste und

zitterte und bleich war wie ein Laken. Evelyn hingegen sah mich nur an. »Und was werden Sie tun?«

»Ihnen Zeit verschaffen«, stieß ich keuchend hervor, denn reden war ... im Moment schwierig.

»Ich bleibe bei Ihnen«, sagte Evelyn unerschütterlich.

»Das ... ist keine so tolle Idee.«

»Und warum nicht?«

Ich japste jetzt selbst, und meine Sicht verschwamm. Und die dumme Frau redete immer noch mit mir. »Weil ich nicht ... genug habe ... um Sie mit einem Sprung von hier wegzubringen.«

»Und Sie haben genug, um allein zu springen?«

Okay, vielleicht doch nicht so dumm.

»Ich komme zurecht.«

»Sie werden tot sein! Und dann wird die Macht an eine dieser elenden Adeptinnen gehen ...«

»Nein, wird sie nicht«, mischte Rhea sich ein. Sie hatte die älteren Kinder klugerweise zuerst hinuntergeschickt und begleitete jetzt die kleineren. Sie blieb stehen und sah mich an.

»Und woher wissen Sie das?«, fragte Evelyn. »Die sind die nächsten in der Reihe.«

»Weil die Macht die Pythia auswählt«, sagte Rhea, mit grimmigem Stolz auf dem Gesicht, als sie mich betrachtete. »Es war das, was Sie heute verstehen mussten, und worauf ich mich während dieser letzten Wochen besinnen musste. Sie geht nicht einfach an die Nächsten in der Reihe, die die Leute für geeignet halten. Sie geht zu der, die *tatsächlich* die beste Wahl ist.« Sie machte noch einen dieser perfekten Knickse. »Lady.«

Ich sah sie an, und zum ersten Mal, vermutlich auch zum letzten Mal, war ich stolz, war ich verdammt stolz, dass die Macht an mich gegangen war.

Und dann waren sie fort. Evelyn bildete, immer noch unwillig, die Nachhut, als die letzten der Kinder in der Dunkelheit vor ihr verschwanden. Ich sank auf die Knie, weil es einfacher war. Und weil es nicht länger eine Rolle spielte, ob ich gut aussah, da niemand hier war, um mich zu sehen, bis auf einen Haufen Männer, die im Begriff standen, mit mir zu sterben.

Ich glaubte nicht, dass sie so begeistert von der Partie gewesen wären, wenn die Adeptinnen erwähnt hätten, was mit diesem Ort gleich geschehen würde. Aber ich hatte keine Möglichkeit, es ihnen zu sagen, auch keine Kraft dazu, selbst wenn ich die Möglichkeit gehabt hätte. Der Flur verdunkelte sich, während die Flüche jetzt merklich beschleunigten, bis sie ungefähr das Tempo erreichten, in dem eine Person bequem gehen konnte. Boden und Decke wurden in Streifen aus unnatürlichem, magischen Licht getaucht.

Ich beobachtete, wie sie näher kamen, und fand es witzig. Denn sie sahen seltsam vertraut aus, wie die in den Himmeln über Rosiers Hof. Gefährlich, aber so schön. Wie von Mondlicht überflutete Sandbänke einer fremdartigen Welt, wie die unzähligen Sterne im Ratssaal, wie der Funke Anziehungskraft beim Blick in ein Paar grüner Augen.

Pritkin, dachte ich und spürte goldglänzendes Licht auf dem Gesicht. Und schloss die Augen.

Epilog

Als ich sie wieder öffnete, sah ich einen blonden Dämon bei mir sitzen.

Ich fuhr hoch und packte ihn, bevor ich den dreiteiligen, grauen, formellen Anzug überhaupt richtig sah, das dünne blonde Haar und das Grübchen, das er dem Kinn hinzugefügt hatte – ein typisches Merkmal einer leeren Maske, was es leichter machte, so zu tun, als sei das Gesicht echt. Adra, dachte ich und schaute in gelassene, graue Augen.

»Also bin ich doch in der Hölle gelandet?«, krächzte ich angewidert.

Er lächelte. Und beschloss dann anscheinend, dass er ruhig lachen konnte. »Ich glaube, Sie können sich entspannen«, vertraute er mir an, als ich mich wieder aufs Kissen fallen ließ. »Ich kenne nicht allzu viele, die sich freiwillig melden würden, Sie zu übernehmen.«

Ich schluckte, weil meine Zunge sich pelzig anfühlte. Und blinzelte etwas an, das entweder eine verdammt gute Illusion war, bis hin zu dem rosa Fleck auf dem Teppich von einem Glas Wein, das ich vor einer Woche verschüttet hatte – oder es war mein Zimmer in Vegas. Ich wusste nicht, warum irgendjemand eine so gute Illusion an mich verschwenden sollte.

»Warum sind Sie hier?«, fragte ich. »Warum bin ich hier?«

»Sie sind hier, weil wir Sie in dem Moment herausgezogen haben, in dem Ihr Zauber zusammengebrochen ist. Es war eine ziemlich knappe Sache. Einen Augenblick dachte ich, dass wir es nicht schaffen würden.«

»Sie haben mich rausgezogen«, wiederholte ich, weil das nicht viel Sinn ergab.

Er nickte.

»Aber …« Ich runzelte die Stirn und versuchte, an einer massiven Migräne vorbeizudenken. »Woher haben Sie gewusst …«

»Dass Sie Hilfe brauchten?«, fragte er, lehnte sich zurück und schlug die Beine übereinander. »Das hatte etwas mit dem Seidr-Zauber zu tun, den Ihre Mutter gewoben hat.«

»Was?«

»Der Zauber, den sie benutzt hat, um mit uns zu sprechen, ist einer, den die Götter benutzt haben, um miteinander zu kommunizieren. Er schafft eine Illusion, der viele geistig beiwohnen, ähnlich einer Konferenzschaltung. Zugegeben, ich glaube nicht, dass das vorher schon mal über die Zeit hinweg gemacht worden ist, aber andererseits … sie war immer clever.«

»Ach ja?«, fragte ich rau. Denn ich hatte beschlossen, dass es mir egal war.

»Nun, es ist ein sehr alter Zauber. Ein sehr seltener Zauber, da die Götter jetzt fort sind. Heutzutage wissen nur wenige Leute, wie man ihn webt … oder wie man ihn beendet.«

Ich brauchte einen Moment, aber dann ich verstand ich. »Sie haben mir nachspioniert.«

»So ungefähr.« Zumindest versuchte er nicht, es zu beschönigen. »Als sie im Ratssaal war, ist uns die Existenz mehrerer anderer Seidr-Verbindungen zu Ihrem Geist aufgefallen. Von denen Sie nichts gewusst zu haben schienen, und ebenso wenig hatten Sie sich die Mühe gemacht, sie zu verriegeln.«

»Mehrere …« Ich brach ab, denn plötzlich ergaben einige Dinge einen Sinn. »Mircea und Jules.«

»Was den Vampir betrifft, weiß ich es nicht. Das erste Band war fest abgeriegelt; nicht einmal wir konnten es erkunden, ohne zu riskieren, dass Sie verletzt wurden.«

Mircea, dachte ich grimmig. Er hatte mentale Gaben, über die er nicht sprach, die aber unübersehbar waren. Ich wusste nicht, wie weit sie reichten, aber vielleicht … vielleicht hatten seine Fähigkeiten ausgereicht, sich selbst zu schützen. Vielleicht war das außerdem der Grund, warum er plötzlich nicht mehr erreichbar gewesen war. Es muss schon schlimm genug gewesen sein herauszufinden, dass die eigene Freundin eine Halbgöttin war, auch ohne dass sie plötzlich anfing, das eigene Gehirn auszuspionieren.

Mircea wäre ausgeflippt, dachte ich benommen.

»Aber die zweite Verbindung«, sagte Adra gerade. »Ja, Sie sind mit einem Menschen namens Jules verbunden. Er hatte dank Ihnen in letzter Zeit ziemlich unbehagliche Träume.«

Darauf hätte ich wetten können. »Also zwischen dem Zeitpunkt, an dem meine Mutter mich in ihrem Haus mit dem ersten Zauber belegt hat, und dem Moment, in dem ich vor den Rat kam, gab es eine Zeitspanne, in der mein Geist von anderen besucht wurde, ohne dass ich es wusste?«

»So scheint es. Ich frage mich, warum Ihre Mutter Sie nicht besser über den Zauber informiert hat, den sie zu benutzen plante, aber … ich glaube, ich weiß es. Wir hätten nie gedacht, dass jemand freiwillig drei deutlich erkennbare Linien offenhalten würde, wenn sogar eine schon ein gewisses Risiko darstellt. Daher ist es uns in den Sinn gekommen, dass man Sie vermutlich nie die Wirkweise des Zaubers gelehrt hatte, und dass Sie demzufolge auch nicht wissen würden, wie Sie die Verbindungen verriegeln konnten.«

»Aber ich habe gespürt, wie der Zauber aufgehoben wurde. Ich habe Erleichterung gespürt …«

»Davon, dass Ihre Mutter und viele aus dem Rat Ihren Geist verlassen haben, nur wenige von uns sind bei Ihnen geblieben. Die Bürde war immer noch da, aber mit weniger Geistern, die kommunizierten, war sie geringer. Nach der Macht, die zu kanalisieren Sie zuvor gezwungen gewesen waren, schien es eine Erleichterung zu sein.«

Ich funkelte ihn an. »Was haben Sie sich denn erhofft? Zu entdecken, welche Art von Rache ich plante?«

Er seufzte. »Cassandra – darf ich Sie Cassandra nennen?«

»Nein!«

Er seufzte noch einmal. »Wir haben es, wie es scheint, falsch angefangen? Kann man das so sagen?«

»Falsch angefangen …« Ich starrte ihn nur an.

»Ich bin mir sicher, so ist es«, sagte er und schaute auf, als suche er eine Bestätigung. »Ja, ja, so kann man das sagen.«

»Das kann man *nicht* …«

»Aber Sie müssen unser Dilemma verstehen. Ares und die anderen Götter arbeiten aktiv an einer Rückkehr auf die Erde, etwas, das einige von uns möglichst geheim halten wollen, um eine allgemeine Panik zu vermeiden. Aber Sie haben das nicht nur vereitelt, sondern sind vor dem ganzen Rat erschienen und haben eine Armee verlangt.«

»Meine Mutter wollte die …«

»Ja, und das ist der springende Punkt, nicht wahr? Offen gesagt, wenn wir die Wahl zwischen Ares und Artemis haben, würden wir Ersteren bevorzugen. Seine Fähigkeiten sind ehrfurchtgebietend, aber sein Bewegungsspielraum in der Hölle ist begrenzt. Seine Rückkehr würde uns Zeit geben, über … extreme Maßnahmen nachzudenken. Die Rückkehr Ihrer Mutter würde das nicht ermöglichen.«

»Also haben Sie Pritkin getötet.«

»Es schien klug zu sein. Ob Sie beabsichtigten, Ihrer Mutter zu ihrer früheren Herrlichkeit zu verhelfen oder an ihrer Stelle zu regieren, Sie hätten den Inkubus gebraucht. Nur wenige sind in der Lage, Macht zu übertragen wie er, und Rosiers Abneigung gegen Ihre Mutter ist allgemein bekannt. Ich glaube, er würde eher sterben, als ihr zu helfen, ihre Kraft wiederzuerlangen. Was Pritkin betraf, waren wir nicht so sicher. Und schon gar nicht, was Sie betraf.«

»Also haben Sie mir nachspioniert.«

»Wir wollten wissen, was Sie tun würden, sobald Sie seiner beraubt wären. Einige Mitglieder des Rates haben sich außerdem auch für Ihren Tod ausgesprochen. Aber anderen von uns schien das … unklug … Die Götter versuchten zurückzukehren, und Sie haben Erfahrung, wie man ihnen gegenübertritt. Wir benötigten mehr Informationen.«

»Wie *was*?«

»Wir wollten wissen, was Sie ohne den Inkubus tun würden. Würden Sie versuchen, einen weiteren zu finden, der stark genug ist, um ihn zu ersetzen? Würden Sie Ihre Mutter wieder besuchen und mit ihr einen neuen Plan aushecken? Würden Sie zu einem bis dato unbekannten Komplizen gehen und eine Strategie entwerfen? Was würden Sie tun?«

»Sie wissen, was ich getan habe!«

»Ja. Wir wissen es. Und zum ersten Mal in mehr Jahren, als ich zählen kann, gebe ich zu … Erstaunen verspürt zu haben.«

Ich sagte nichts. Ich wünschte nur, dass er weggehen würde. Aber anscheinend gehen uralte Dämonen, wann sie wollen.

»Zuerst haben wir es nicht verstanden«, fuhr er fort und klang dabei immer noch leicht überrascht. »Wir dachten, Sie würden wegspringen, als die Hexen gegangen waren. Wir dachten, Sie würden Effekthascherei betreiben. Ist das das richtige Wort?«

»Schlagen Sie es nach«, entgegnete ich schroff und schwang die Beine aus dem Bett.

»Aber dann, als Sie nicht … als wir begriffen, dass Sie es nicht tun würden, nicht einmal, um sich selbst zu retten … kam uns der Gedanke, dass es vielleicht möglich war, zu zynisch zu sein. Dass wir nicht einkalkuliert hatten, dass nicht jeder so denkt wie wir.«

Er konnte diese Erleuchtung nicht erst gestern gehabt haben, dachte ich, während mein Herz zu schmerzen begann. Mir war schwindlig, und mir tat alles weh. Als sei ein Teil meiner selbst herausgeschnitten worden und läge japsend im Flur. Ich wollte schreien, wollte mich ereifern, wollte mit Dingen um mich werfen. Ich wollte weinen und nie mehr aufhören. Ich wollte, dass er verschwand, damit ich mich um meinen Schmerz zusammenrollen konnte.

»Noch was?«, krächzte ich.

»Ja. Ich wollte … wir wollten Ihnen dies geben.« Er zog etwas hervor, das wie eine Brieftasche aus Aalhaut aussah, es wahrscheinlich aber nicht war. Er holte etwas heraus und gab es mir.

Es war ein Stück Papier. Ein liniertes Blatt Notizbuchpapier, das irgendwie geschmacklos für einen uralten Dämon schien, aber es kümmerte mich nicht. Denn alles, was darauf zu sehen war, war ein Haufen bedeutungsloser Kringel.

»Was ist das?«, fragte ich und erwog, das Papier zu zerreißen.

»Der Gegenzauber.«

Ich betrachtete die Notiz einen Moment verständnislos, und dann schaute ich wieder zu ihm auf. Ich weiß nicht, was in meinem Gesicht stand, aber er betrachtete es lange Zeit forschend. Und dann lächelte er leicht.

»Das ist es, was ich gemeint habe. Das ist es, was ich … nicht einkalkuliert hatte.«

Ich verstand gar nichts. »Warum tun Sie das?«

»Der Rat hält es für unwahrscheinlich, dass eine Person, die weltenverändernde Macht erlangen wollte, nicht nur davon ablässt, sondern auch ihr Leben hingibt«, sagte er mir sanft. »Und zwar für Kreaturen, die ihr nicht einmal nützlich sein konnten.«

»Dann … ist dies echt.« Ich schaute darauf hinab, und mein Herz begann zu hämmern.

»Ja, es ist echt. Wenn Sie ihn finden können, bevor der Fluch abgeschlossen ist, können Sie ihn retten. Aber ich warne Sie – es wird nicht einfach werden. Der Zauber, den wir benutzt haben, wurde eigens dazu entworfen, Ihre Machtausübung zu vereiteln. Seine Seele wird nur einmal und dann nie wieder durch jedes Jahr seines Lebens wandern. Danach können Sie ihre Fähigkeiten zwar benutzen, um wieder und wieder zu demselben Moment zu springen, aber Sie werden ihn nicht dort finden.«

Ich umklammerte das Papier und hörte, wie es in meiner Faust zerknitterte. »Aber … ich kann das nicht lesen.«

»Es ist in einer uralten Sprache geschrieben; es gibt nur wenige, die es lesen können. Glücklicherweise ist einer von ihnen erfreut, Sie begleiten zu dürfen.«

»›Erfreut‹ ist nicht das Wort, das ich benutzen würde«, erklang eine Stimme in beißendem Tonfall. Unmittelbar bevor mich etwas in den Solar Plexus traf.

Es war ein Rucksack. Und der Mann, der einen identischen Rucksack in der Hand hielt, war …

»Oh Scheiße.«

»Genauso fühle ich mich auch«, zischte Rosier. »Jetzt ziehen Sie sich an. Uns läuft die Zeit davon.«

»Sind da Kleider drin?«, fragte ich.

»Ja …«

»Dann werde ich mich umziehen, wenn wir dort ankommen. Wohin springen wir?«

»Achtzehnachtzig. Und Sie sollten verdammt noch mal hoffen, dass wir ihn dort erwischen.«

»Warum dort?«

»Der Fluch wird fortschreitend schneller im Laufe der Zeit, Mädchen! Und ich habe nicht den Wunsch, in einer barbarischen Ära herumzulungern wie …«

Tja, dachte ich. Er redete immer noch gern. Das würde die Hölle werden.

Warum also musste ich unwillkürlich lächeln?

Ich umklammerte den Zauber mit einer Hand, warf mir den Rucksack über die Schulter und packte Rosier.

»Halten Sie den Mund«, sagte ich ihm.

Und sprang.

ENTDECKE
NEUE WELTEN
MIT PIPER FANTASY
Mach mit und gestalte deine
eigene Welt!
PIPER
www.piper-fantasy.de